Frankfurter Fische

Uwe Krüger, geboren 1964 und aufgewachsen in der Mainmetropole, hat sich schon früh für das Leben unter Wasser interessiert. Folgerichtig studierte er in Frankfurt Zoologie, Hydrologie, Mikrobiologie und Botanik und arbeitete anschließend mehrere Jahre für einen weltweit agierenden Zierfischgroßhandel. Heute wohnt er mit seiner Familie im Grünen und beobachtet das Treiben der Großstadt von den Gipfeln des Odenwaldes. Beruflich ist er als Marketing-Manager tätig, und in seiner Freizeit angelt er Fische und neue Ideen für ein Buch.
Der Blog zum Buch: www.aquacrime.wordpress.com

Dieses Buch ist ein Roman. Handlungen und Personen sind frei erfunden. Ähnlichkeiten mit lebenden oder toten Personen sind nicht gewollt und rein zufällig.

UWE KRÜGER

Frankfurter Fische

KRIMINALROMAN

emons:

Bibliografische Information der Deutschen Bibliothek
Die Deutsche Bibliothek verzeichnet diese Publikation in der Deutschen Nationalbibliografie; detaillierte bibliografische Daten sind im Internet über http://dnb.d-nb.de abrufbar.

FSC
www.fsc.org
MIX
Papier aus verantwortungsvollen Quellen
FSC® C083411

Umschlagmotiv: Istockphoto.com/instamatics
Umschlaggestaltung: Tobias Doetsch
Gestaltung Innenteil: César Satz & Grafik GmbH, Köln
Druck und Bindung: CPI – Clausen & Bosse, Leck
Printed in Germany 2013
ISBN 978-3-95451-162-4
Originalausgabe

Quellenangaben:
S. 7: Dylan Thomas: »Windabgeworfenes Licht«. Herausgegeben von Klaus Martens, aus dem Englischen von Erich Fried, Curt Meyer-Clason u. a., München 1992.
S. 235: Loren Eiseley: »The Night Country«. Deutschsprachiges Zitat aus William H. Calvin: »Der Strom, der bergauf fließt«. München 1994.
S. 339: Robert Louis Stevenson: »Dr. Jekyll und Mr. Hyde«. Aus dem Englischen von Harald Raykowski, München 1983.
S. 387: John Steinbeck. Deutschsprachiges Zitat aus William H. Calvin: »Der Strom, der bergauf fließt«. München 1994.

Für Rita und Edmund,
ohne die nichts wäre, wie es ist.

Prolog

Geh nicht gelassen in die gute Nacht,
Brenn, Alter, rase, wenn die Dämmerung lauert;
Im Sterbelicht sei doppelt zornentfacht.
Dylan Thomas

Martin Paschke presste sein faltiges Gesicht so lange an die Scheibe, bis er sich selbst in einen Fisch verwandelte und zusammen mit Blaustreifenschnappern und flaschengrünen Demoisellen durch fünftausend Liter Meerwasser glitt. Dabei hielt er ein Auge auf die Netzmuräne gerichtet, die nur scheinbar gelangweilt das schuppenschwänzige Treiben aus der Deckung einer alten Weinamphore betrachtete. Die schlaffe Haut des alten Mannes mit den unzähligen Altersflecken und den kalkweißen Bartstoppeln unterschied sich selbst auf den zweiten Blick kaum von der Tarnfärbung der Muräne.

Stunde um Stunde konnte Paschke so vor einem der riesigen Becken kauern, Wahrnehmung und Empfinden abgeschirmt, konzentriert auf die sprudelnde Bewegung des Wassers, das Strömen des Sauerstoffs und die Aktivitäten der kleinen und größeren Flossenträger.

Bei manchen Fischen, die er schon lange kannte, konnte er den Bruchteil einer Sekunde vor der eintretenden Aktion erahnen, ob das Tier pfeilschnell einen frechen Schwarm Jungfische maßregeln, einen besonders aufdringlichen Konkurrenten per Flankenbiss in die Schranken weisen oder einfach nur herzhaft gähnen würde – fast immer lag Paschke mit seiner Voraussage richtig.

Die Muräne schob sich aus ihrer Amphorenfestung und schlängelte sich an der Scheibe hoch. Martin Paschke bückte sich nach seiner Jacke und zog einen in Zeitungspapier eingewickelten Klumpen gefrorenes Rinderherz hervor. Er ließ die Jacke sinken und ging in Richtung des Technikraums, wo er die einzelnen Großaquarien von oben erreichen konnte. Er freute sich auf den Moment, wenn er die Handvoll Fleisch ins Wasser tauchen und sich die Muräne auf das Futter stürzen würde, während er mit den Fingern über den schlanken, weichen Körper des Geschöpfes streicheln würde.

Er schlurfte zur Treppe, zog sich an einem speckigen Handlauf hoch und erstarrte.

Die Tür stand einen Spalt offen, die Raumbeleuchtung war eingeschaltet. Ein Mann, den er nicht kannte, balancierte breitbeinig auf den Rändern eines der Quarantänebecken und stieß mit einem herdplattengroßen Kescher immer wieder in das aufspritzende Wasser. Schließlich presste er den Kescher gegen das Glas und zog das Netz mitsamt der Beute über den Rand. Ein Spatelwels von beachtlicher Länge, der es locker mit Paschkes Lieblingsmuräne aufnehmen konnte, klatschte auf den Boden und verdrehte die kleinen Augen. Nur eine Sekunde später wandte sich der Mann um.

»Verdammt, was tun Sie hier?«

Paschke dachte, dass er es war, der diese Frage hätte stellen müssen. Er tastete nach seinem Handy, bis ihm einfiel, dass es in seiner Jacke sein musste, die vor dem Muränenbecken lag. Verzweifelt machte er einen Schritt nach vorne, schüttelte die Fäuste und brüllte: »Bleiben Sie stehen, sonst rufe ich die Polizei!«

»Das würde ich an Ihrer Stelle schön sein lassen!«

Der Mann zog etwas hinter seinem Körper hervor und richtete es auf sein Gegenüber. Paschke starrte in die tiefschwarze Öffnung eines Pistolenlaufs. Er drehte sich um und rannte los, stockte einen Moment, als er die Tür erreichte, wartete auf die Kugel, die kommen musste, dann war er draußen in der Dunkelheit des nächtlichen Gebäudes. Keuchend stolperte er die Treppe zu den Terrarien hinauf. Er hoffte, dass er seinen Heimvorteil nutzen und im Finstern entwischen konnte.

Martin Paschke hatte Angst. Er hielt inne und lauschte: Grillen zirpten. In dem Käfig hinter ihm kroch etwas durch das Laub. Dann Schritte, die sich näherten. Er bog in einen der Seitengänge, wo die tropischen Würgeschlangen untergebracht waren. Hier war es deutlich wärmer als unten in der Fischhalle. Hinter einer gewaltigen Monstera-Pflanze, deren Luftwurzeln einen hölzernen Vorhang bildeten, versteckte er sich. Wassertropfen sammelten sich auf seiner Haut. Er wischte sich mit dem Handrücken übers Gesicht, inhalierte Blutgeruch. In seiner Faust steckte immer noch der Klumpen Rinderherz. Er hielt den Atem an und starrte auf das rote Licht der Notbeleuchtung. Wartete.

Dann sah er den Schatten. Der Mann hatte die Waffe immer noch in der Hand. An der Abzweigung blieb er stehen.

»Ich weiß, dass Sie hier sind. Kommen Sie raus, und ich erkläre Ihnen alles!«

Paschke duckte sich hinter den Vorhang aus Luftwurzeln, atmete flach und schluckte feuchte, exkrementgeschwängerte Luft. Etwas kratzte in seinem Hals.

Die dunkle Gestalt hob witternd den Kopf, drehte sich in alle Richtungen.

Paschke spürte den Klumpen in seiner Hand. Es fühlte sich an, als hätte das aufgetaute Herz zu schlagen begonnen. Hinter dem Insektarium gab es einen Notausgang. Falls er es bis dahin schaffte, konnte er vielleicht entwischen und Hilfe holen.

Der Schatten des Mannes näherte sich, blieb stehen, schlich weiter. Er war ganz nah. Noch drei Meter und der Mann hatte ihn erreicht. Zwei Meter. Noch einen Schritt und er würde Paschke entdecken. Verzweifelt hob er den Arm und schleuderte den Futterbrocken in das offene Becken der Wasserschildkröten, wo er laut klatschend aufschlug. Der Schatten zuckte zusammen, fuhr herum und lief auf das Geräusch zu. Paschke rannte in die andere Richtung.

Er war alt und nicht in Form, aber er hätte es trotzdem geschafft, wenn er nicht auf halber Strecke ausgerutscht und hingefallen wäre. Noch bevor er sich aufrappeln konnte, packte ihn der Mann an den Schultern und zog ihn an sich. Paschke schrie und trat mit dem Knie gegen den Unterleib des Angreifers, der ächzte und losließ. Ohne nachzudenken, stürzte sich Paschke auf ihn. Seine Hände umklammerten den Hals seines Gegners. Paschke drückte zu, spürte das knorpelige Gewebe der Atemröhre unter seinen knotigen Händen, fühlte die Kraft des Mannes, der sich wie ein Aal in seinen Fäusten wand. Paschke wusste, dass der Verlierer des Kampfes die Arena nicht lebend verlassen würde. Er schob alle Bedenken beiseite und drückte fester. In diesem Moment spürte er das kalte Metall der Waffe an seiner Stirn.

»Aufhören, du Narr!«, japste der Mann.

Paschke erstarrte. Seine Hände zitterten. Langsam lockerte er den Griff, merkte gleichzeitig, dass er sich in die Hose gemacht hatte. Ohne den Mann aus den Augen zu lassen, wankte er ein paar Schritte zurück. Da ertasteten seine Hände hinter seinem Rücken etwas Hartes. Ein faustdicker Stein. Er zog daran, es knirschte leise. Von draußen ertönte das Maunzen eines Pfaus, einige Paviane antworteten kreischend. Paschke umklammerte den Stein und schleuderte ihn gegen die Stirn des Mannes, doch der duckte sich, und der Brocken verfehlte sein Ziel.

Paschke rannte um sein Leben. Nach wenigen Schritten prallte er mit dem Bauch gegen eine Barriere. Noch bevor er realisieren konnte, wogegen er gelaufen war, wurde er gepackt und herumgewirbelt. Paschke trat zu, doch der Mann packte seinen Fuß und schob ihn nach hinten. Seine Hände suchten Halt, griffen ins Leere. Während er nach Hilfe schrie, stürzte er rückwärts über die Absperrung.

Der Schmerz des Aufpralls explodierte in seinem Kopf, nahm ihm aber nur für Sekunden die Besinnung. Vor ihm bewegte sich ein meterlanger Holzstamm. Paschke erstarrte, als ihm klar wurde, wo er sich befand.

Das Reptil schob seinen massigen Körper näher. Neugierig. Witternd. Hungrig. Paschke starrte in zwei gelbgrüne Augen, deren schmale, senkrechte Pupillen ihn kalt taxierten.

Das Letzte, woran Martin Paschke dachte, bevor ihm ein fürchterlicher Schmerz die Besinnung raubte, war die Frage, warum er nicht auch dieses Tier in seine intime Zwiesprache mit einbezogen hatte.

Teil 1

Die klassischen Hauptsätze der Thermodynamik, vereinfacht:
1. Du kannst nicht gewinnen.
2. Du kannst nicht unentschieden spielen.
3. Du kannst das Spiel nicht verlassen.

Anonym

1

Barmer stellte sich breitbeinig in den Flur, zerrte die Kiefer zu einem Bulldoggengrinsen auseinander und platzierte seinen Spruch wie eine Tretmine: »Der Sebald steht im Wald, er hat es nicht geschnallt. Die Kleine macht ihn nass, sie schnappt sich seinen Pass.«

Barmer zwinkerte mit den Augen, deutete eine Verbeugung an und verschwand ohne eine Antwort abzuwarten in einem der Zimmer des Polizeipräsidiums.

»Arschloch«, murmelte Kriminalhauptkommissar Klaus Sebald, während er die Tür zu seinem Büro öffnete. Er kramte eine Dose Kaffee hervor, goss Wasser in die Kaffeemaschine und ließ sich an seinem Schreibtisch nieder. Finster starrte er auf die Maserung im Holz. Der Geruch des überbrühten Pulvers zerrte Galle in seinen Mund. Er öffnete die oberste Schublade, schob die Sig Sauer beiseite und suchte nach einer Kopfschmerztablette. Er fühlte sich wie ein Seemann, den man im Ausguck vergessen hatte. Es war nicht oder nicht nur der Apfelwein, der ihm so zusetzte und den er – obwohl er es eigentlich besser hätte wissen müssen – »wenn schon, dann im Original«, also unverdünnt, getrunken hatte. Und es war auch nicht diese grauenhafte lokale Spezialität »Handkäs mit Musik«, ein halb roher Käse, der mit Zwiebelsud und trockenem Brot gereicht wurde. Es war die Niederlage, die Enttäuschung, die polizistenpeinliche Aktion.

Gestern war sein freier Abend gewesen, und er hatte seiner jüngsten Bekanntschaft imponieren wollen. Bei Apfelwein und zünftigem Essen wollte er sich von seiner charmant-vertraulichen Seite zeigen, und eine Zeit lang ging das auch gut. Dachte er zumindest. Hätte er ihr gebeichtet, dass er ein Bulle sei, hätte sich die Dame wahrscheinlich nicht getraut. Aber seine bisherigen Erfahrungen bei der offenen Beantwortung der Frage nach seinem Beruf waren wenig ermutigend, und so manch verheißungsvoller Abend verpuffte wie die Zigarette danach, bevor es ein Davor gegeben hatte. Wer wollte schon mit einem Bullen ins Bett, der bei Rot nicht über die Straße geht und armen Rentnern, die ihren Kleinwagen ins Halteverbot stellten, einen Strafzettel verpasst? Also hielt er lieber den Mund! Aber diesmal wäre ihm eine Menge Ärger erspart geblieben, wenn er frühzeitig klargemacht hätte, auf welcher Seite des Gesetzes er stand.

Immerhin waren fünfhundert Piepen ein unverschämter Preis für einmal Pinkeln im Stehen. Als er von der Toilette zurückkam und in den Garten des Apfelweinlokals zurückstolperte, war seine Dame für die Nacht verschwunden. Mit ihr seine geliebte Lederjacke und die Brieftasche mit Geld und Ausweis. Natürlich war von der Frau weit und breit nichts mehr zu sehen, und niemand wusste, wohin sie verschwunden war. Er wankte aus dem Lokal, um draußen nach ihr zu suchen, wurde aber von einem kräftigen Kellner zurückgehalten und der Zechprellerei beschuldigt. Niemand glaubte ihm, dass er selbst der Geprellte war, und es fehlte nicht viel, und er hätte den unfreundlichen Ober aus dem Weg geboxt. Schließlich rief der Dicke die Polizei. Da ihn die Kollegen nicht kannten, landete das Protokoll in seiner Personalakte.

Nichts. Keine Tablette in Sicht. Sebald stöhnte und griff sich an den Kopf. Mühsam stand er auf, schüttete den Kaffee in einen Becher, trank einen Schluck und warf sich wieder auf seinen Stuhl. Er fuhr den Computer hoch und loggte sich bei Interpol ein. Als Suchwörter probierte er: Frau, Trickbetrügerin, Touristen. Den zeitlichen Rahmen begrenzte er auf die letzten zwölf Monate. Das System spuckte neunhundertdreiundvierzig Namen aus. Er seufzte und klickte sich durch die Details.

Nach einer halben Stunde erfolgloser Suche klingelte das Telefon: die Nummer seines Chefs. Sebald nahm ab. »Ja?«

»Sebald? Können Sie sich nicht normal melden?«

Sebald schwieg. Was war normal?

»Kommen Sie mal rüber in mein Büro!«

»Jetzt gleich?«

»Wenn Sie dazu in der Lage sind!«, schnauzte der Major zurück, und Sebald fand, dass die Stimme seines Chefs ziemlich genau in der Mitte zwischen Spott und Zorn balancierte. Noch! Im Hörer klickte es, dann ertönte das emotionslose Freizeichen.

Das Ziehen in der Magengegend wurde stärker.

So, jetzt wusste der Major also auch Bescheid. Auf die Abfuhr hätte er gerne verzichtet. Wie die meisten seiner Kollegen nannte Sebald den Chef gerne »Major Tom«, wegen der vielen Himmelfahrtskommandos, die er vergab. Thomas Meinhart war seit mehr als zehn Jahren Leiter des Frankfurter Polizeipräsidiums, und er kannte die Stadt und ihre Menschen mit allen Stärken und Schwächen. Sebald wusste, dass der Major ihm wohlgesonnen war, doch an diesem Morgen war seine schlechte Laune schon am Telefon unüberhörbar.

Sebald richtete sich auf und stapfte los.

Zu seiner Überraschung war der Chef nicht alleine im Büro. Barmer stand grinsend im Raum und blickte auf Glotzkes gestikulierende Hände, die anschaulich unterstrichen, wovon er gerade redete. Sebald atmete erleichtert auf. Major Tom war zwar ein ewiger Nörgler und Perfektionist, aber er würde ihn nicht vor Kollegen herunterputzen!

»Na endlich. Kommen Sie rein, Sebald! Dr. Glotzke von der Spurensicherung kennen Sie ja.«

Meinhart machte eine kurze Pause, um den Männern Gelegenheit zu geben, sich zuzunicken. »Dr. Glotzke ist hier, weil wir vor einer Stunde einen Anruf vom Frankfurter Zoo bekamen. Dort wurden heute Morgen die Überreste eines Menschen gefunden …« Er machte eine Pause und schaute ernst in die Runde. »Und zwar im Krokodilgehege.«

Er fixierte Sebald über den Rand seiner Lesebrille und wartete auf eine Reaktion. Sebald schwieg und hob die Brauen.

»Die Kollegen von der Spurensicherung sind schon vor Ort, aber ich möchte, dass Sie sich zusammen mit Herrn Barmer und Dr. Glotzke persönlich um die Sache kümmern. Ich erwarte diszipliniertes Arbeiten und einen lupenreinen Bericht.«

Obwohl Sebald das Büro lieber gleich als später verlassen hätte, rang er sich zu einer Frage durch.

»Wer hat angerufen? Der Direktor?«

»Nein. Einer seiner Mitarbeiter. Kurt Klein.«

Der Major stand auf und öffnete die Tür.

»Also dann, meine Herren, an die Arbeit! Besprechung heute Nachmittag um fünfzehn Uhr.«

Barmer und Glotzke verließen das Büro. Sebald war dicht hinter ihnen, aber nicht schnell genug.

»Herr Sebald, auf ein Wort noch!«

Er zögerte, drehte sich langsam um und blickte dem Major in die Augen.

»Ja, Chef?«

Er betete, dass seine Alkoholfahne die Halbwertszeit eines explodierenden Chinakrachers hatte. Major Tom rümpfte die Nase, und Klaus Sebald wusste, dass sein Gebet nicht erhört worden war.

»Noch so etwas wie gestern Abend und Sie finden sich als Verkehrspolizist in der Innenstadt wieder.«

Sebald zögerte kurz, überdachte eine schnelle Antwort in der Art wie »Sie wissen doch, dass ich nichts lieber täte, um diesem Büromuff zu entgehen«, überlegte es sich jedoch anders, nahm Haltung an und murmelte ein »Alles klar, Chef!«. Dann verließ er das Büro seines Vorgesetzten.

Draußen warteten Glotzke und Barmer, die sich amüsierte Blicke zuwarfen. Schweigend gingen sie in den Hof zu den Dienstwagen. In der warmen Vormittagsluft tanzte ein Schwarm Mücken. Eine Biene torkelte über ihre Köpfe. Der Tag versprach wieder heiß zu werden. Sebald war froh, dass er das kurzärmlige Hemd trug. Er trat nach einem Kieselstein, hörte, wie Barmer nach ihm rief, und beeilte sich, ins Auto zu kommen. Er ließ sich neben Glotzke auf dem Rücksitz nieder, der damit beschäftigt war, seine Ausrüstung zu überprüfen. Als sie losfuhren, lehnte sich Sebald ans Fenster, schloss die Augen und malte sich aus, wie die blonde Betrügerin – eingewickelt in seiner Lederjacke – sich selbst befriedigte. Die Vorstellung erregte ihn so sehr, dass ihm ein Stöhnen entfuhr und Glotzke – die Lautäußerung missverstehend – ihm eine Plastiktüte in die Hand drückte.

2

Der halbe Tierpark war abgesperrt. Bulldozer und Planierraupen gruben sich durch das Gelände, schoben Sand und Steine übereinander und schaufelten zukünftige Wassergräben in den Untergrund. Der Zoo war Großbaustelle, und man konnte unmöglich mit dem Wagen direkt vor das Exotarium fahren. Als aufwendige Verschönerung und zwecks Verwirklichung moderner Haltungsmethoden schuf man neue, größere Gehege.

Glotzke hatte Schlagseite, er schleppte seinen schweren Ausrüstungskoffer mit sich herum. Alle paar Meter blieb er stehen und schüttelte die Hand aus. Barmer wirkte grimmig und auf ungewohnte Weise nachdenklich. Allein Sebald genoss den Spaziergang, hatte plötzlich »Killing Me Softly« im Ohr. Kopfschmerzen und Kater hatten sich verdrückt.

Sebald dachte an den vergitterten, türgroßen Spiegel im Menschenaffenhaus mit dem seltsamen Schild: »Hier sehen Sie das gefährlichste Säugetier der Welt, den *Homo sapiens*.« Als Kind stand er oft davor, begriff nicht, dass er selbst damit gemeint war, wunderte sich nur, warum seine Mutter hinter ihm wissend ihr eigenes Spiegelbild anlächelte. Lange Zeit hielt er diesen Käfig für ein großes Geheimnis, stellte sich eine Bestie hinter dem Spiegel vor, dessen Gefährlichkeit so groß war, dass man ihren Anblick den Zoobesuchern nicht zumuten konnte.

Mit der Zeit hatte er den Homo sapiens, den weisen Menschen, und seine schlechten Seiten zur Genüge kennengelernt. Vielleicht war das einer der Gründe, warum er Polizist geworden war: um als Großwildjäger das bösartige Säugetier Mensch zu erlegen. Er kannte viele Kollegen, die diese Lust am Jagen in sich spürten und nicht selten sehr gute Polizisten waren. Unsympathisch waren ihm allerdings die Hetzer, die Ungeduldigen, die ein schnelles Ergebnis suchten und für die der erste Verdächtige meistens auch der Schuldige war. Barmer, das wusste Sebald, war so ein Typ, und er überlegte, ob ihn der Major mit Absicht zusammen mit Barmer losschickte. Er beschloss, sich auf keinen Fall provozieren zu lassen, und war froh, dass Kollege Glotzke dabei war.

Sie bogen jetzt schweigend um die Ecke und erblickten das rautenförmige, denkmalgeschützte Gebäude, an dessen Vorderfront eine

Meereslandschaft aus bunten Mosaiksteinen prangte. Sebald kannte das Haus aus seiner Kindheit, und eine aufgeregte Neugier wie vor dem Treffen mit einem guten alten Bekannten überkam ihn.

Der Eingangsbereich war mit rot-weiß gestreiften Plastikbändern abgesperrt. Drei Personen standen davor, die sich lautstark unterhielten. Barmer nickte ihnen zu und legte los.

»Polizei. Guten Tag. Wir wurden angerufen wegen des – nennen wir es vorerst – Unglücksfalls.«

»Guten Morgen«, erwiderte ein älterer Herr in einem braunen, etwas schäbigen Trenchcoat. »Ich bin der Direktor des Zoologischen Gartens, und dies sind meine Mitarbeiter Kurt Klein, Tierpfleger und Leiter der Vivaristik, und der Kurator des Exotariums, Dr. Schlenk. Wir können uns das wirklich nicht erklären. Die ganze Angelegenheit ist mir sehr unangenehm. Wir werden uns selbstverständlich dafür einsetzen, dass das entsprechende Tier umgehend eingeschläfert wird. Ich kann Ihnen aber versichern, dass für unsere Besucher zu keinem Zeitpunkt ein Risiko bestand.«

Sebald überlegte, ob man ein Krokodil überhaupt einschläfern konnte wie einen altersschwachen Hund oder eine Katze. Er hielt diese Vorstellung für ziemlich abwegig und fragte sich, ob die kurzen Pfeile aus Blasrohren, die er aus diversen Tierfilmen kannte und mit denen Wölfe, Raubkatzen und sogar Nashörner erfolgreich betäubt werden konnten, die hartgeschuppte Reptilienhaut durchdringen würden. Skeptisch schaute er den Direktor an.

»Vielleicht können Sie uns erst einmal erzählen, was eigentlich passiert ist!«

»Ja, natürlich, aber das übernimmt besser Herr Klein. Er hat das Opfer entdeckt.«

Kurt Klein zuckte ermattet mit den Achseln. Er begann stockend zu sprechen und versuchte das Zittern in seiner Stimme unter Kontrolle zu bekommen. »Ich war heute etwas später an meinem Arbeitsplatz, da mein Wagen nicht ansprang. Wie jeden Morgen machte ich einen Kontrollgang durch das Exotarium. Zum Glück war die Kasse noch geschlossen und kein Besucher im Haus. Als ich oben am Krokodilbecken vorbeikam, sah ich …« Er zögerte, und seine fahle Gesichtsfarbe wechselte ins Grüne. Stammelnd versuchte er, das innere Bild in Worte zu fassen. »Da sah ich das rote Wasser im Becken, und zuerst dachte ich noch, das Tier hätte sich irgendwo verletzt, aber dann war da … der Körper oder … was davon übrig war, die zerrissenen Kleider. In einer Ecke lagen die Gedärme. Es war … schrecklich.«

»Und Sie wissen, wer das Opfer ist?«

»Natürlich! Der Martin. Man kann ihn ja noch … erkennen. Wie konnte er nur so leichtsinnig sein!«

Das Entsetzen war ihm deutlich ins Gesicht geschrieben, und Sebald rätselte, ob es möglich war, diese Betroffenheit nur vorzutäuschen. Er hatte in seinem Leben schon viele Menschen kennengelernt, die um sich herum Lügengebäude aus härtestem Stahl aufgebaut hatten, deren rostiger fauler Kern erst mit der Zeit und den richtigen Fragen sichtbar wurde. Auch hier spürte er eine Unaufrichtigkeit hinter den stammelnden Worten des Mannes.

»Wer war dieser Martin?«, fragte er.

»Ein Angestellter von uns, der Nachtwächter Martin Paschke«, antwortete der Direktor anstelle von Klein.

Sebald schob seine Verärgerung darüber, dass nicht der Angesprochene geantwortet hatte, zur Seite und blickte dem Direktor auf die schmalen Lippen.

»Er war auch für die Überwachung der Technik zuständig und erfüllte diese Aufgabe meines Wissens äußerst korrekt«, fügte dieser hinzu.

»Glauben Sie, dass Herr Paschke versehentlich in das Becken gefallen ist?«

Schnell erwiderte der Direktor: »Ausgeschlossen! Die Sicherheit hat bei uns absolute Priorität, und das gilt nicht nur für unsere Besucher, sondern natürlich auch für alle Mitarbeiter, die mit gefährlichen Tieren zu tun haben. Zu solch einem Vorfall kann es meiner Meinung nach nur kommen, wenn jemand vorsätzlich in das Gehege steigt. Deshalb haben wir ja auch die Polizei geholt.«

»Gab es denn einen Grund, warum Paschke dies hätte tun sollen?«, fragte Barmer und ließ die Hand mit seinem Notizblock sinken, auf dem er bisher scheinbar gelangweilt herumgekritzelt hatte. Sebald wusste jedoch, dass er alle anwesenden Personen genau beobachtet und auf jedes Wort geachtet hatte.

»Nun, äh, nicht direkt.«

»Und indirekt?« Barmer lächelte unschuldig und klickte mit seinem Kugelschreiber.

Der Direktor suchte einen Moment nach den passenden Worten, dann sagte er: »Wissen Sie, die meisten Tierpfleger sind auch privat große Tierliebhaber, und viele pflegen in ihrer Freizeit ein Tier oder auch mehrere. Herr Paschke hatte, soviel ich weiß, zwar kein eigenes Haustier, er war aber richtig vernarrt in seine – wie er sie nannte – Anbefohlenen, und es ist durchaus denkbar, dass er in naiver und leichtsinniger Absicht sich … äh, das Krokodil etwas näher ansehen wollte und dabei die vorgeschriebenen Sicherheitsregeln außer Acht ließ.«

Barmer öffnete ungläubig den Mund.

»Sie halten es für möglich, dass das Opfer freiwillig zu dem Krokodil gehüpft ist? Um mit ihm zu spielen?«

»Es ist doch Ihre Aufgabe, herauszufinden, was passiert ist.«

Der Direktor richtete seinen Blick auf den Pfleger, und Sebald bemerkte, wie er seinem Angestellten mit einer kaum wahrnehmbaren Bewegung zunickte. Kurt Klein räusperte sich.

»Ähm, also der Martin war in dieser Hinsicht etwas seltsam veranlagt, nicht direkt pervers oder so, aber auch nicht mehr ganz normal in seiner Tierliebe. Solange er sich unten bei den Aquarien aufhielt, war ja noch alles in Ordnung. Mit einer Glasscheibe dazwischen konnte ja nicht viel passieren. Aber einmal erwischte ich ihn, als er das Terrarium mit den Blauzungenskinks öffnete, sich einen herausnahm und ihm – na ja – so etwas wie einen Kuss gab. Als ich mich näherte und scherzhaft fragte, ob er das auch mit einer Giftschlange machen würde, meinte er tatsächlich: ›Klar, du musst dem Tier nur genügend Zeit lassen, dann kannste auch ein Krokodil streicheln und ’ne Mamba küssen!‹ Vielleicht wollte er das wirklich ausprobieren. Pech nur, dass er sich den wilden Sobek dafür ausgesucht hat.«

Alle drei Polizisten schauten ihn fragend an.

Der Kurator Dr. Schlenk erklärte: »Es handelt sich um *Crocodylus niloticus*, ein vier Meter langes Nilkrokodil aus dem Zoo von Kairo, das eigentlich als Geschenk des ägyptischen Staatspräsidenten für den New Yorker Tierpark bestimmt war. Da jedoch wichtige Frachtpapiere für den Weiterflug fehlten, wurde er von der tierärztlichen Grenzkontrolle vom Frankfurter Flughafen hierher zur Quarantäne gebracht. Aufgrund des Fluges und der fremden Umgebung war das Tier äußerst gestresst und entsprechend aggressiv. Wir haben es deshalb scherzhaft nach dem ägyptischen Krokodilgott Sobek benannt. Das Reptil sollte nur vorübergehend hier untergebracht werden, bis alle Unterlagen für den Weitertransport komplett sind. Wahrscheinlich kommt eine Weitergabe jetzt nicht mehr in Frage.«

Barmer zündete sich eine Zigarette an und blickte spöttisch auf den Kurator. »Sie sollten froh sein! Ein echter Menschenfresser ist doch eine Attraktion, die nicht jeder Zoo bieten kann.«

3

Bevor sie das Exotarium betraten, öffnete Glotzke den Aluminiumkoffer und verteilte Handschuhe und Plastikfüßlinge. Seine Leute, die vor ihnen eingetroffen waren, waren schon dabei, das untere Stockwerk auszuleuchten, anschließend sollten sie sich nach oben vorarbeiten. Obwohl nichts auf ein Verbrechen hindeutete, hatte Sebald ihn gebeten, gründlich vorzugehen und sicherheitshalber das ganze Gebäude sperren zu lassen, was der Zoodirektor eine überflüssige Maßnahme nannte. Sebald ignorierte seinen Protest, lupfte das Absperrband in die Höhe und wartete, bis einer nach dem anderen darunter durchgekrochen war. Er folgte der Gruppe und suchte nach einem Lied, das »Killing Me Softly« ablösen konnte.

Die Halogenstrahler der Techniker hatten die schummrige Dschungelbeleuchtung in gleißende Helligkeit getaucht. Das Glas der Aquarien wirkte stumpf, und die Bewegungen der Fische dahinter glichen matten Pinselstrichen eines phantasielosen Malers. Sebald war enttäuscht. Bei seinem letzten Besuch war er fasziniert gewesen von der Farbenpracht und ruhigen Lebendigkeit hinter den Glasscheiben, bis er überrascht erkannt hatte, dass seine weibliche Begleitung seine Begeisterung für das aquatische Treiben nicht teilte und sich demonstrativ mit ihrem Handy beschäftigte. Damals waren sie ins Zoocafé geflüchtet, obwohl er sich gerne noch den oberen Teil des Hauses angeschaut hätte. Seitdem besuchte er mit seinen Dates lieber den »King-Kamehameha-Club« mit seiner elitären Eleganz oder als Kontrastprogramm eine der urigen, gemütlichen Ebbelwoi-Kneipen in Alt-Bornheim. Den Zoo strich er aus seiner Liste der »Fisch sucht Fahrrad«-Treffpunkte.

Sebald betrachtete die Aquarien und pfiff das Lied vom gelben Unterseeboot.

Sie folgten den beiden Angestellten die Treppen hinauf zu den Krokodilbecken. Der Direktor entschuldigte sich mit dringender Arbeit und dem Hinweis, dass er selbstverständlich auch weiterhin unterstützend zur Verfügung stehe. Geh du nur!, dachte Sebald und fragte sich, ob der Kerl einfach nur Schiss vor dem hatte, was ihn hier erwartete.

Schließlich erreichten sie eine niedrige Mauer, hinter der sich das geräumige Gehege mit Land- und Wasserteil befand. Die Oberkante der aus Steinen und Zement erbauten Umfassung reichte ihm nur bis zum Bauchnabel, und es war kein Problem, über sie zu springen oder sich tief darüberzubeugen. Natürlich warnten große Schilder vor genau diesen Aktivitäten. Da der Bereich hinter der Absperrung fast zwei Meter tiefer lag, waren die Besucher vor hochschnellenden Echsen geschützt. Ein künstlicher Wasserfall plätscherte aus der mit Lianen und Epiphyten bewachsenen Rückwand in ein kreisförmiges Bassin. Sebald trat näher und erstarrte. Auf der Wasseroberfläche trieben blutige Schlieren und Stofffetzen. In einem Ast hing ein halbes Bein. Der Körper des Mannes, oder was davon noch übrig geblieben war, lag wie ein Schlachtopfer auf einem Baumstamm. Der Bauch war ein einziges blutiges Loch aus zerrissenen Organen, aus dem die Hüftknochen weiß und glänzend herausragten. Sebald spürte, wie ihm die Übelkeit des Morgens wieder hochkroch, und wischte mit dem Ärmel über die Stirn.

Direkt unter ihm lag das Krokodil. Man hatte den Menschenfresser mit einer dünnen Holzwand von seiner nicht beendeten Mahlzeit isoliert. Das Krokodil hielt die Augen halb geschlossen und schien seine Umwelt nicht zu beachten – die Taktik eines erfolgreichen Jägers. Sebald beugte sich nach vorne, konnte aber zwischen den langen Fangzähnen keinerlei Reste von Kleidung oder Menschenfleisch erkennen. Der Hauptkommissar lehnte sich, um besser sehen zu können, noch ein Stück mit dem Oberkörper hinaus, als hinter ihm ein Feuerzeug klickte. Sebald schnellte herum: Dicht hinter ihm stand Barmer und zündete sich seine Kippe an.

»Ein kleiner Stoß, und du landest neben dem Vieh. Geht ganz schnell.«

Die beiden Männer musterten sich stumm. Sebald fragte sich, wohin sie ihre gegenseitige Abneigung noch führen würde. Barmer hatte ihn von Anfang an nicht leiden können. Sebald kam als Seiteneinsteiger von der Uni und war Barmer gleichgestellt, der es jedoch nicht akzeptierte, dass ihm ein Grünschnabel ins Handwerk pfuschte. Besonders unangenehm empfand Sebald die herablassende Aggressivität, mit der sein Kollege ihm manchmal begegnete. Barmer, der erbarmungslose Barbar, so nannte ihn Sebald, wenn sie wieder einmal wegen Nichtigkeiten aneinandergeraten waren. Es war klar, dass sie kurz davor waren, sich gegenseitig die Köpfe einzuschlagen.

»Lass die Fluppe lieber aus!«, zischte Sebald, »Glotzke mag's nicht, wenn man seinen Tatort verunreinigt.«

Barmer lachte auf. »Glaubst du wirklich, das hier ist ein Tatort?« Dabei nickte er in Richtung Krokodilbecken.

»Warum nicht? Nie im Leben steigt einer freiwillig da runter.«

»Und wenn er sich umbringen wollte?«

»Wer will schon so enden?«

»Du hast es doch gehört! War ein komischer Kauz.«

Wie zur Bestätigung zog Barmer an der Zigarette, hielt den Stängel vor sich und betrachtete den aufsteigenden Rauch, als materialisierte sich gerade ein Dschinn vor seinen Augen.

Sebalds Hände schwitzten. »Vielleicht war jemand bei ihm, oder Paschke hat jemanden überrascht.«

Barmer schüttelte den Kopf. »Wohl kaum. Glotzkes Leute haben nichts gefunden, was auf einen Einbruch hindeutet. Entweder war dieser Paschke ein Irrer, der sich den letzten Kick geben wollte und dabei draufging. Oder es war ein Unfall, und der Direktor des Zoos will dem Mann einen Selbstmord andichten, damit niemand so genau nachsieht, ob das Gehege wirklich so sicher ist, wie er behauptet. In beiden Fällen sind wir hier falsch am Platz.«

Barmer drückte seine Zigarette an der Wand aus und steckte die Kippe ein. Er ließ Sebald stehen und schlenderte zu den Technikern, die begonnen hatten, die menschlichen Überreste aus dem Wasser zu klauben. Barmer sagte etwas zu ihnen, und die Männer schauten lachend zu Sebald.

Dreckskerl!, dachte Sebald.

Er war selten einer Meinung mit Barmer, musste aber zugeben, dass die Selbstmordtheorie auf wackeldürren Beinen stand. Möglicherweise gab es wirklich ein Sicherheitsproblem mit dem Gehege, und der Direktor wollte davon ablenken, indem er den armen Paschke selbst für seinen Tod verantwortlich machte.

Sebald sah sich um. Glotzke hockte neben einer Mauer, auf der Kakteen in einem Beet wuchsen. Mit einem kleinen Besen schob er etwas Geröll in einen seiner vielen Plastikbeutel. Er blickte auf und machte Sebald ein Zeichen, näher zu kommen.

»Hier liegt allerhand herum. Kaugummipapier, Eintrittskarten, sogar einen Schnuller haben wir gefunden.«

»Auch Fußspuren?«

»Jede Menge, aber es dürfte fast unmöglich sein, die für uns relevanten – falls es denn überhaupt welche gibt – von denen der vielen Besucher zu unterscheiden.«

»Sonst noch was?«

»Ja. Unten in der Fischhalle liegt eine dunkelbraune Jacke, die wahrscheinlich dem Toten gehörte. Paul hat darin Paschkes Ausweis und ein Handy entdeckt.«

Sebald bemerkte das Duo aus Kurator und Tierpfleger. Schlenk trat auf sie zu und hielt die Hände beschwörend in die Höhe. »Wie lange muss unser Haus denn noch für die Öffentlichkeit geschlossen bleiben?«

Sebald brachte sein Einfältigkeitslächeln zwischen die Lippen, mit dem er leicht unterbelichtet aussah. Der Trick funktionierte so gut wie immer. Seine Gesprächspartner nahmen ihn nicht ernst, entspannten sich, wurden unvorsichtig, wählten ihre Antworten weniger sorgfältig, bis sie schließlich etwas ausplauderten, was sie eigentlich gar nicht sagen wollten.

»Sobald die Kollegen von der Spurensicherung hier fertig sind«, erwiderte er freundlich.

»Und wann wird das sein?«

»Nun, das hängt von Ihrer Kooperationsbereitschaft ab und davon, was die Spurensicherung ergibt. Falls wir nichts Außergewöhnliches finden, können Sie wohl morgen das Exotarium wieder öffnen.«

Die beiden nickten erleichtert, sie waren wohl davon überzeugt, dass nichts Derartiges auftauchen würde.

Sebald wandte sich direkt an den Tierpfleger. »Herr Klein, als Sie heute Morgen hier ankamen, haben Sie irgendetwas Ungewöhnliches bemerkt?«

Klein zog die Nase kraus und kratzte sich am Kopf. »Nein, alles war so wie immer.«

»Die Eingangstür war also verschlossen?«

»Ja.«

»Wer schließt nach Feierabend zuletzt ab?«

»Nun ja, eigentlich Paschke. Während seines Dienstes ist die Tür aber immer abgeschlossen, er ist … er war da sehr gewissenhaft.«

»Wer hat noch einen Schlüssel für den Eingang?«

»Hm, außer uns nur noch der Direktor.«

»Wissen Sie, ob Herr Paschke ein Handy hatte?«

»Ich glaube schon. Das sollte er jedenfalls. Damit er anrufen konnte, falls es Probleme mit der Technik gab.«

»Kam das vor?«

»Höchstens einmal im Jahr. Hatte er das Handy bei sich?«

»Wir haben unten eine Jacke mit Handy gefunden. Ich möchte, dass Sie sich die Jacke ansehen und bestätigen, ob sie Herrn Paschke gehörte.«

»Das hab ich doch schon!«

Sebald sah ihn verdutzt an.

Glotzke räusperte sich. »Das stimmt. Ihr Kollege hat sie ihm vorhin gezeigt.«

»Na dann ...« Das war ärgerlich. Barmer hatte ihm nichts davon erzählt. Es konnte den Erfolg ihrer Ermittlungen beeinträchtigen, wenn sie sich nicht besser absprachen. Sebald konzentrierte sich wieder auf die Befragung. »Hatte der Tote eigentlich Verwandtschaft?«

»Paschke war unverheiratet, und es gab auch keine Angehörigen, aber das sollte die Polizei besser wissen als wir.«

Sebald überhörte den leisen Vorwurf in Kleins Bemerkung. »Freunde oder Bekannte?«

»Nicht, dass wir wüssten.«

»Hat er nie irgendetwas Persönliches erzählt?«

»Wissen Sie, wir haben ihn ja nur selten zu Gesicht bekommen, und bei Betriebsfesten war er nie anwesend. Wir haben wirklich kaum Kontakt zu ihm gehabt.«

Sebald ärgerte sich nicht nur über die dürftigen Informationen, sondern vor allem darüber, dass Klein, an den er die Fragen richtete, im Plural antwortete, als versuchte er dadurch von sich selbst abzulenken. »So, aber das mit dem Blauzungenskink haben Sie trotzdem mitbekommen?«

Klein errötete und erwiderte hastig: »Ja, aber nur, weil ich an diesem Abend meine Hausschlüssel im Büro vergessen hatte und das erst bemerkte, als ich vor verschlossener Wohnungstür stand. Also fuhr ich spätabends noch einmal hierher und überraschte ihn mit der Echse.«

Sebald wechselte das Thema. »Wer macht hier eigentlich sauber?«

»Meinen Sie die Gehege oder die Gänge?«

»Beides.«

»Also vor ein paar Jahren hatten wir noch eine Putzfrau – pardon, Reinemachefrau –, die einmal die Woche durchwischte, aber da immer mal wieder junge Spinnen oder Fauchschaben aus den Terrarien entwischten, hielt es keine lange aus. Die Becken werden von uns Pflegern gereinigt, die Gänge putzt einer der Lehrlinge, wenn gerade Zeit ist.«

Sebald schwieg, und der Pfleger nutzte die Pause zu einer Gegenfrage: »Können wir jetzt gehen?«

»Wenn Sie mir noch verraten, wo Sie gestern Nacht waren?«

Kurt Klein wich einen Schritt zurück. »Wollen Sie damit sagen, Sie verdächtigen mich?«

Na endlich redet er einmal von sich selbst, dachte Sebald zufrieden und sagte: »Im Fernsehen erwidert der Kommissar darauf meistens ›Das sind Routinefragen‹. Ich versuche nur, mir ein umfassendes Bild zu machen.«

»Wir waren gestern Nacht zusammen beim Angeln«, mischte sich der Kurator ein.

»Darf ich fragen, wo und wann?«

»Am Main in der Nähe von Miltenberg. Da sind ein paar gute Stellen, wo's große Zander gibt. Wir sind kurz vor der Dämmerung hingefahren und kamen erst gegen drei Uhr wieder zurück.«

»So spät?«

»Ja, dieser Fisch ist nachtaktiv.«

»Gibt es jemanden, der das bezeugen kann?«

»Dass der Fisch nachtaktiv ist?« Dr. Schlenk grinste.

»Sie wissen, was ich meine.«

»Außer uns war niemand da.«

Er schwieg. Sebald glaubte ihm. Er wollte warten, was Spurensicherung und Obduktion ergaben. Mit diesen beiden Komparsen konnte er sich später noch einmal unterhalten.

»Nun gut, ich denke, das ist alles. Zumindest für den Moment.«

Die beiden murmelten eine Verabschiedung und stapften Richtung Ausgang.

Sebald wartete, bis sie die Treppe erreicht hatten, dann rief er laut: »Herr Klein! Eine Frage noch.«

Kurt Klein prallte gegen eine unsichtbare Wand, drehte sich langsam um, das Gesicht weiß und spitz. »Ja bitte?« Seine Stimme hatte einen dumpfen Klang.

»Und?«

Der Tierpfleger blickte Sebald verständnislos an. »Und … was?«

»Na, hat einer angebissen?«

»Ach so!« Der Mann lächelte. »Ja. Ein schöner Zwanzigpfünder ging uns an den Haken.« Dabei hielt er die Handflächen so in die Luft, dass ein junges Kalb dazwischengepasst hätte, drehte sich um und eilte davon.

Sebald biss sich in die Finger und zog mit den Zähnen die Handschuhe aus. Der Plastikgeschmack war widerlich. Er fragte sich, wovor der Tierpfleger Angst hatte.

4

Die junge Frau erreichte den Grund des Sees, tauchte mit den Händen tief in das modrige Sediment ein, fühlte die Kälte des Schlamms auf der Haut. Um sie herum herrschte dunkle Einsamkeit. Sie schaltete die Stabtaschenlampe ein und ließ den gelben Lichtkegel über den Seeboden wandern. Meterhoher Schlamm aus zerfallenden Pflanzen und Tierleichen, ein Baumgerippe, Blattskelette. Ein kapitaler Spiegelkarpfen ruhte regungslos kaum zwei Armlängen entfernt. Auf dem alterskrummen Rücken glänzten ovale Schuppen wie flache Kristalle, Maul und Kiemendeckel öffneten und schlossen sich in perfekter Synchronisation, pressten das sauerstoffarme Tiefenwasser durch die feinblättrigen Lamellen, von wo der wertvollste Rohstoff der Erde zu Herz, Muskeln, Hirn und Innereien weitergeleitet wurde. Die Taucherin näherte sich behutsam und schob ihre Maske so nah an den Kopf des Tieres, dass sie sich fast in den Schuppen spiegeln konnte. Viele Minuten betrachteten sie sich gegenseitig, argwöhnisch zunächst, später wie Gefährten, die sich nach langer Trennung neu aneinander gewöhnten, um dann zu erkennen, dass sie verlernt hatten, die Gedanken des anderen zu erraten. Plötzlich stülpte der Fisch sein faltiges Maul nach vorne und gähnte. Über seine Rückenflosse breitete sich eine ondulierende Bewegung aus, fast ein Winken.

Die Frau sah auf ihre Uhr. Es war Zeit für den Aufstieg. Sie überschlug die Dauer der Dekompressionspausen und errechnete zweiunddreißig Minuten für den Rückweg. So viel Zeit musste sie sich für den Aufstieg nehmen, wenn sie nicht die Bildung lebensgefährlicher Embolien riskieren wollte. Sie blickte nach oben, und auf einmal überfiel sie ein lähmendes Gefühl der Angst. Im Schein ihrer Lampe erkannte sie eine dünne Blasenkette, die sich neben den größeren wie ein schmales Band nach oben wand und dort nicht hätte sein dürfen. Sie hatte ein Leck. Die Frau spürte, wie die Panik auf sie zuraste, suchte nach einem Ausweg, zwang sich, ruhig zu atmen. Ihr Blick suchte die Anzeige ihres Finimeters. Immer noch halb voll. Das konnte nicht stimmen! Mit einem schnellen Griff drehte sie ihr Jackett vom Rücken und schätzte das Gewicht der Sauerstoffflasche. Sie war zu leicht! Dann entdeckte sie es: Durch einen winzigen Riss im Atemschlauch zwängten sich silberne Luftperlen wie der Rauch einer glimmenden Kerze. Wie lange mochte die Stelle schon undicht sein? Sie zog ihr Tauchermesser und klopfte mit dem Griff auf den Deckel des Manometers. Der Zeiger zitterte drei Sekunden auf der Stelle und drehte dann tief in den roten Bereich. Ihre Luft war so gut wie verbraucht. Die Frau umfasste die undichte Stelle mit Daumen und Zeigefinger, konzentrierte sich auf einen langsamen und ruhigen Atemrhythmus und begann unverzüglich mit dem Auftauchen.

In einer Tiefe von fünfunddreißig Metern machte sie die erste Pause. Laut ihrer Berechnung musste sie hier zwölf Minuten warten, bis sie gefahrlos weiter aufsteigen konnte. Sie gab sich fünf Minuten und tauchte hoch auf fünfundzwanzig Meter. Das war viel zu schnell, um den Stickstoff abatmen zu können, andererseits musste sie jede Minute damit rechnen, dass ihr die Luft wegblieb. Sie starrte in die dunkle Tiefe und nach oben in das warme Glitzern der spiegelnden Oberfläche. Eine Minute später zog sie tief ein letztes Mal am Mundstück, dann war die Flasche leer. Eine fremdartige, absolute Stille umgab sie, und für einen Augenblick war sie fasziniert davon, nur noch ihr Herz und das pulsierende Blut in ihrem Körper zu hören. Sie wusste, dass sie ihren Atem bis zu zehn Minuten anhalten konnte, und sie wollte die Zeit nutzen, um den tödlichen Bläschen Gelegenheit zu geben, aus ihrem Blut zu verschwinden.

Mit einer raschen Bewegung zog sie sich die Tauchermaske vom Gesicht und ließ los. Wie eine geknackte Miesmuschel schaukelte die Maske in die Tiefe. Das kalte Seewasser presste sich an ihr Gesicht, ihre Umgebung verwandelte sich in ein verschwommenes blaugrünes Universum. Sie fragte sich, ob es ihr Schicksal war, an diesem Ort zu sterben.

Nach zehn Minuten konnte sie das Bedürfnis nach Luft nicht länger niederkämpfen. Sie war kurz davor, Wasser einzuatmen. Sie musste auftauchen. Etwas Dunkles, ein riesiger Wels, näherte sich, der eine silbrige Kette hinter sich herzog. Sie kämpfte gegen die Halluzinationen, fingerte an der Schnalle ihres Bleigürtels. Der riesige Raubfisch näherte sich. In ihrer Lunge wühlte ein stechender Schmerz, die Augen brannten. Sie musste jetzt auftauchen. Plötzlich umgab sie ein helles Licht. Sie hatte zu lange mit dem Auftauchen gewartet. Hatte sich zu weit in das Jenseits gewagt. Das Licht flackerte. Noch bevor sie völlig in der Dunkelheit verschwand, sah sie, wie der Fisch sein Maul öffnete, um sie zu verschlingen.

Etwas Festes berührte ihre Lippen. Kalte, trockene Luft strömte daraus hervor. Ihre Zähne verbissen sich darin. Niemals würden sie wieder loslassen. Wenn so das Paradies war, war es ihr recht. Ihre Lungen sogen das trockene, lebensspendende Gas in sich hinein, dehnten sich aus, extrahierten kurz und nahmen einen weiteren tiefen Zug. Wie ein Trinker, der nach langer Abstinenz in den Rausch eintauchte, inhalierte sie den fehlenden Sauerstoff, füllte die Lungen bis zum Bersten und spürte, wie der Stoff ihren Körper durchströmte. Mit der Erholung kam die Erinnerung, mit der Erinnerung setzte der Verstand wieder ein. Die Frau öffnete die Augen und starrte auf den Engel vor sich, den sie für einen Fisch gehalten hatte und an dessen Nabelschnur mit Pressluft sie hing. Der Engel hob seine Hand und bildete mit Zeigefinger und Daumen einen Kreis. Sie erwiderte das Zeichen, deutete auf ihre Unterwasseruhr, streckte alle zehn Finger von sich. Ihr Schutzengel nickte und verharrte so lange an ihrer Seite, bis sie gefahrlos nach oben schweben konnten.

Der Karpfen am Grunde des Sees erwachte aus seiner Mittagsruhe, schob sein Maul in den weichen Schlamm und begann nach Futter zu suchen. Plötzlich zuckte das Tier zurück. Im Schlamm lag etwas Hartes, Unbekanntes. Vorsichtig stupste der Karpfen mit dem Maul dagegen, prüfte mit den empfindlichen Barteln Geschmack und Geruch. Das Tier benötigte nur wenige Sekunden, um zu begreifen, dass das Ding nicht fressbar war. Mit einem kräftigen Flossenschlag entfernte sich der Fisch und hüllte die Taucherbrille in eine Wolke aus Sediment.

5

Der alte Wirt vom Forellenhof am Staffelsee wunderte sich schon lange nicht mehr. Früher ja, da schon, als seine Kinder, kaum volljährig geworden, den Hof verließen, um in der Stadt ihr Glück zu versuchen. Da wunderte er sich, dass sie lieber in einem stickigen Büro vor flimmernden Bildschirmen saßen und sich ihren Rücken und die Augen kaputt machten, statt draußen an der frischen Luft zu arbeiten. Oder als er seine Frau mit dem unappetitlichen Förster vom Nachbardorf im Bett erwischte, da wunderte er sich über ihren schlechten Geschmack und seine Beherrschtheit. Zuletzt hatte er sich – auch schon eine Ewigkeit her – über seine Hilflosigkeit gewundert, als er mitansehen musste, wie sein bester Freund im See ertrank, der einen riesigen Hecht aus dem Netz ziehen wollte, dabei das Gleichgewicht verlor und mitsamt dem Netz in der Tiefe verschwand. Sie hatten zwar fischen, aber nie schwimmen gelernt – als die Taucher seinen Freund endlich fanden, war es zu spät. Sie mussten ihn aus den Schlingen herausschneiden und gaben ihm den toten Körper und den zappelnden Hecht. Da an der Wand hing der bullige Kopf des Mörderfisches, sein zähnegespicktes Maul vom Präparator weit aufgerissen. Ein Kleinkind würde gerade hindurchpassen. Verwundert stellte der Wirt fest, wie viele Jahre dieser Kopf schon auf ihn niederblickte und an die schlimme Vergangenheit erinnerte. Mit Verwunderung stellte er fest, dass er sich heute wunderte. Fast hätte er darüber den Anlass seiner Verwunderung vergessen.

Direkt unter dem abgetrennten Kopf saßen sie. Ein Mann mit einer wunderschönen Frau. Die Frau wirkte erschöpft und hatte um ihre nassen schwarzen Haare ein Handtuch gewickelt, das er ihr aus einem der leer stehenden Gästezimmer geholt hatte. Der Mann war groß und hatte seine langen hellen Haare zu einem Pferdeschwanz zusammengebunden. Mit dem Dreitagebart und der etwas zu breiten Nase sah er aus wie Stargeiger David Garrett nach einer durchzechten Nacht. Unter den buschigen Brauen betrachtete er die Frau aufmerksam und prüfend.

Die Frau sah wirklich müde aus. Kam wohl aus dem Ausland, Italien vielleicht oder noch weiter. Sie trug einen dünnen blauen Pullover, der ihr viel zu groß war und ihrem Begleiter gehören musste. Ihre langen braunen Beine steckten in einer bequemen sandfarbenen Baumwollhose, die sie bis über die Knie hochgekrempelt hatte. Neben ihrem Tisch standen eine Tauchflasche und so etwas wie eine Schwimmweste. Der Fischerwirt hatte Ähnliches zuletzt bei den Polizeitauchern gesehen, die seinen verunglückten alten Freund aus dem See zogen. Die Frau trank das Bier, das er ihr hingestellt hatte, mit schnellen, hastigen Zügen aus und lehnte sich entspannt zurück. Für einen kurzen Moment schloss sie zufrieden die Augen. Sie hatte weder Strümpfe noch Schuhe an, und von der Theke aus konnte er ihre feinen Knöchel und die kleinen, fast zarten Füße sehen.

Ihr Begleiter schaute den Wirt an und nickte ihm zu. Der alte Fischer zog die Unterlippe nach vorne, ging einen Schritt zur Seite und zapfte das Bier fertig. Aus der Küche drang der Duft gebratener seefrischer Forellen, gewürzt mit Thymian und Rosmarinkräutern, die seine neue Köchin in dem kleinen Garten hinter dem Haus gepflückt hatte. Er sah ihr dabei gerne zu, heimlich beobachtend, wie sie sich bückte und ihr weiter Rock einen Blick auf ihre vollen Waden freigab. Seitdem seine Frau beim Förster ins Horn blies, wurde er nur noch selten von seinen Kindern besucht.

Er nahm das frisch gezapfte Bier, schlurfte zu ihnen hinüber und stellte es vor ihr auf dem Tisch ab. Er konnte der Versuchung nicht widerstehen, dabei auf ihre nackten kleinen Zehen zu blicken, die unter dem Tisch wie neugierige Mäuseköpfchen hervorlugten.

»Zum Wohl!«

»Danke«, hörte er den Mann sagen.

»Ist das auch noch für mich?«

Die Frau hatte eine rauchige, tiefe Stimme, in der jetzt ein leichtes Zittern wie nach einer großen Anstrengung unüberhörbar war.

»Klar, das wird Sie wieder auf die Beine bringen!«, antwortete ihr Begleiter, ohne seinen Blick von ihr zu wenden.

Der Wirt schaute der Frau neugierig ins Gesicht: »Derf i frong, ob was passiert is, so nass wia Sie san?«

Die Frau machte den Mund auf, aber ihr Begleiter erwiderte schnell: »Vielen Dank. Es ist überhaupt nichts passiert! Wir waren gerade tauchen und möchten uns nur gerne ein bisschen ausruhen und etwas Leckeres essen. Es stört doch hoffentlich nicht, dass wir nicht wie zu einer Hochzeit herausgeputzt sind?« Dabei sah er dem

Wirt fest in die Augen, um ihm zu signalisieren, dass er nur eine Antwort akzeptieren würde.

»Na, mi stör'n bloß Gäst, die ned zoin woin. Sunst ko a jeda kumma, wiara mog.« Und mit einem listigen Blick ergänzte er: »A zur eigna Hochzeit, wenn's so weit is …«

Die Frau gluckste in ihr Glas und errötete leicht, während der Mann sichtlich verärgert zu ihm aufblickte.

Bevor dieser jedoch etwas sagen konnte, versuchte der Wirt seinen Gast zu besänftigen: »Woin'S no a Bier? Geht aufs Haus!«

Ohne eine Antwort abzuwarten, schlurfte er hinter den Tresen und zapfte ein frisches Glas. Dabei schaute er mit leerem Blick vor sich hin und versuchte möglichst uninteressiert zu wirken. Die Gäste setzten ihr Gespräch fort, und obwohl sich die beiden leise unterhielten, konnte er doch von seinem etwas erhöhten Platz hinter der Theke fast jedes Wort deutlich verstehen. Gerade setzte der Mann eine »Ich beschütz dich«-Miene auf und griff nach ihrer Hand.

»Geht es Ihnen auch wirklich gut? Soll ich Sie nicht doch lieber zum Arzt fahren?«

Sie akzeptierte die Berührung für ein paar Sekunden und zog dann die Hand zurück. »Mir geht es wieder gut. Ich weiß gar nicht … Sie haben mir das Leben gerettet!«

»Hätte doch jeder gemacht. Sie hatten allerdings Glück, dass ich Sie überhaupt gefunden habe.«

»Haben Sie mich denn gesucht?«

»Nicht direkt, aber in so einem einsamen Gewässer schaut man schon mal nach, wer noch so herumschwimmt.«

»Woher wussten Sie denn, dass ich überhaupt tauchen war? Ich hätte ja auch spazieren gehen können!« Die Augen der Frau wanderten irritiert über die Tischplatte, bis sie sich in der erdbraunen Iris des Mannes spiegelten.

»Ich muss wohl kurz nach Ihnen auf den Parkplatz gefahren sein, und auf der Rückbank Ihres Wagens waren Neoprensocken und Ersatzjackett unübersehbar. Da war für mich klar, dass Sie einen Tauchgang machten. Was ist denn eigentlich passiert? Haben Sie die Zeit falsch eingeschätzt?«

»Nein, so etwas passiert mir nicht!« Die Frau blickte düster vor sich hin.

»Es ist aber doch passiert. Warum tauchen Sie auch alleine?«

»Das Gleiche könnte ich Sie fragen!«

Mit einer schnellen Bewegung beugte sie sich nach unten und wuchtete ihr Jackett mit der Sauerstoffflasche auf den Tisch. Der Wirt verdrehte die Augen, sagte aber nichts.

»Hier! Der Schlauch hat einen Riss, aus dem Pressluft austrat, sodass ich für meine Deko-Pausen nicht mehr genug Zeit hatte. Es ist mir ein Rätsel, wie das passieren konnte.«

»Materialverschleiß?«

Der Frau schoss das Blut in den Kopf. Der alte Forellenwirt erkannte in den blitzenden Augen einerseits Zorn und andererseits die Verlegenheit, bei einer folgenschweren Nachlässigkeit erwischt worden zu sein.

»Zeigen Sie mal her!« Der Blondschopf rückte näher zu ihr hin und betrachtete sich die Stelle. »Mmh, sieht aus, als wenn Sie an einer scharfen Kante hängen geblieben wären.«

»Oder jemand hat den Schlauch zerschnitten …«

»Das meinen Sie doch nicht im Ernst?« Der Mann wirkte sichtlich erschrocken. »Warum, und wer sollte so etwas tun?«

Die Frau zuckte mit den Schultern, öffnete den Mund und nickte dann zustimmend. »Sie haben völlig recht. Warum sollte jemand so etwas tun? Ich muss die undichte Stelle übersehen haben.«

Mit einem Ruck schob sie die Pressluftflasche mit den schwarzen Gummischläuchen vom Tisch, stellte sie wieder zurück auf den Boden und betrachtete den Fischkopf über sich. *»Esox lucius«,* bemerkte sie trocken. »Der leuchtende Einzelgänger.«

Ihr Retter schob ihr das volle Glas zu und lächelte ihrem hochgestreckten Kinn zu. »Und mein Name ist Frank Litos. Sag einfach Frank zu mir!«

»Schön. Ich bin Hanna.« Sie senkte den Kopf und zeigte eine Reihe blitzender kleiner Zähne.

Der Mann hob sein Glas und prostete ihr zu: »Darauf müssen wir anstoßen!«

Der Klang von Glas auf Glas erfüllte die muffige Stube.

»Darf ich fragen, wo du herkommst und was du sonst so machst, außer in bayerischen Seen herumzutauchen?«

Sie musterte ihn mit einer Mischung aus Zuneigung und Vorsicht. Der Wirt wienerte mit einem Lappen über ein trockenes Glas und streckte den Hals in die Luft.

»Fragen darfst du, mein lieber Frank, doch ob die Antwort deine Neugierde befriedigen wird, musst du selbst herausfinden.«

Die Frau nahm einen tiefen Schluck und lehnte sich zurück. Schließlich entspannte sie sich und lächelte ihr Gegenüber an. »Meine Familie stammt aus Ägypten, und seit einiger Zeit lebe ich in Frankfurt, wo ich studiert habe.«

»Was hast du studiert?«

»In Kairo vor allem Zoologie, Mikrobiologie und Ägyptologie. Später in Frankfurt habe ich mich mit gentechnischen und molekularbiologischen Fragen beschäftigt.«

»Wieso sprichst du so gut Deutsch?«

»Meine Mutter hat mich an die Deutsche Schule in Kairo geschickt. Später war ich als Fremdenführerin unterwegs und hatte viel Kontakt mit deutschen Touristen, insbesondere mit Tauchschülern aus Deutschland.«

»Du bist Tauchlehrerin?«

»Ich habe Tauchkurse gegeben und bin später nach Deutschland gekommen, um weiter zu forschen und meine wissenschaftlichen Interessen zu verwirklichen.«

»Wonach hast du denn so geforscht?«

»Nicht so viele Fragen auf einmal! Ich würde gerne auch etwas über meinen *cupido ex aqua* erfahren.«

Mit einem Schnappen öffnete sich eine Luke neben der Theke, und weißwurstförmige Finger schoben zwei Teller in die Stube. Aus der Öffnung tönte eine Stimme: »Essen is fertig!« Die Klappe fiel wie ein Fallbeil, der Wirt kramte Besteck aus einer speckigen Lade und marschierte mit den Tellern zu seinen Gästen. Er schaffte es, alles abzustellen, ohne die Kräutersoße überschwappen zu lassen, und nickte den beiden stolz zu. »Frische Seeforellen nach Art des Hauses. An guadn Appetit wünsch ich!«

Verwundert bemerkte er, wie er auf die feingliedrigen Hände der Dame starrte. Er stand einfach nur da und glotzte. Die fragile Schönheit und seltsam faszinierende Ausstrahlung dieser Frau verwirrten ihn und lenkten seine Gedanken in ungewohnte Bahnen. Noch immer stand er da und wartete. Ihr Begleiter runzelte die Stirn und blickte ihn irritiert an, doch die Frau nahm das Besteck, löste gekonnt das zarte Fleisch von den Mittelgräten und schob sich eine erste Gabel davon in den Mund. Der Wirt fuhr sich mit den

Lippen über den buschigen Schnurrbart, an dem Reste von Schaum und Spucke klebten.

»Köstlich! Ihre Köchin versteht ihr Handwerk.«

»Vielen Dank«, murmelte der Wirt und nahm sich vor, dieses Lob wirklich weiterzugeben. Dann ging er zurück, öffnete die Schublade mit dem Besteck und fing an, Messer und Gabeln auszuräumen und der Größe nach zu sortieren. Verstohlen schielte er zu seinen Gästen, die sich mit viel Appetit und wenig Worten über die Mahlzeit hermachten. Die Frau genoss sichtlich jeden einzelnen Bissen und strich mit der letzten Kartoffelscheibe so lange über den Teller, bis von der würzigen Soße nichts mehr übrig war. Dann legte sie das Besteck beiseite, fasste die Forelle mit der einen Hand am Kopf, mit der anderen am Schwanz und knabberte die Gräten sauber.

Schließlich räusperte sich der Mann. »Ein sehr übersichtliches Skelett. Findest du nicht auch?«

Die Frau wischte sich die Hände an der Papierserviette ab und lächelte. »Wie meinst du das?«

»Nun, es gibt keine Gräte zu viel, eine jede hat ihre Bedeutung, und das gesamte Skelett ist auf ein Leben unter Wasser optimiert. So wie das unsere an ein Leben an Land angepasst ist.«

»Es gibt auch Überlegungen, die das Gegenteil behaupten.«

»Inwiefern?«

Sie fuhr sich mit der Zunge über die Lippen. »Nun, es existieren vielfältige Hinweise, dass unsere affenähnlichen Vorfahren einen langen Zeitabschnitt im Wasser verbracht haben.«

Der Mann lachte. »Du willst mich auf den Arm nehmen?«

Sie grinste. »Nein, höchstens auf die Flosse!« Wieder Gelächter. Es klang ungewohnt in der holzvertäfelten rauchigen Stube. Der Wirt starrte in das aufgerissene Maul des Raubfisches an der Wand.

»Im Ernst! Es gibt physiologische Besonderheiten beim Menschen, die darauf hinweisen, dass wir einmal Wasserbewohner waren.«

»Zum Beispiel?«

»Zum Beispiel liegt der Beginn der Luftröhre vor dem der Speiseröhre, was an Land nur Nachteile mit sich bringt. Wenn wir uns verschlucken, können Nahrungsmittel in die Lunge geraten. Also wäre es doch naheliegend, dass sich bei einem ursprünglich terrestrischen Lebewesen zwei getrennte Gänge für Nahrung und zur Atmung gebildet hätten. Das wäre evolutiv viel sinnvoller gewesen.«

»Und weshalb ist das deiner Meinung nach bei uns Menschen nicht so gelöst worden?«

»Weil es bei unseren Vorfahren keine Lungen gab, sondern Kiemen, also Schlitze am Hals, durch die Wasser ausgeatmet wurde. Und Rudimente davon sowie einen viel weiter oben liegenden Kehlkopf finden sich bei jedem menschlichen Embryo.«

»Sehr interessant.«

»Es weist so vieles darauf hin. Unser Körper besteht zu siebzig Prozent aus Wasser. Warum sollten wir aus Wasser gemacht sein, wenn wir nicht ursprünglich daraus kamen? Ein sich entwickelndes reines Landlebewesen würde doch eher eine andere Bausubstanz für den Körperaufbau wählen als ausgerechnet einen so flüchtigen und instabilen Stoff wie Wasser, meinst du nicht auch?«

»Ich denke, wir sind uns einig, dass frühes Leben, also Zellen, in einem flüssigen Medium entstanden sind.«

Die junge Frau fixierte ihr Gegenüber mit den Augen und senkte die Stimme: »Warum, glaubst du wohl, hatte ich keine Taucherbrille auf, als du mich gefunden hast?«

»Weil mein hässlicher Anblick dich so erschreckt hat, dass du dir die Maske vom Gesicht gerissen hast?«

»Sehr komisch! Du kennst doch bestimmt den Tauchreflex?«

»Die Verlangsamung der Herzfrequenz bei extremen Tieftauchern?«

»Genau. Aber dieser Reflex funktioniert bei allen Menschen und kann schon durch einen Spritzer kaltes Wasser ins Gesicht ausgelöst werden. Warum gibt es wohl so einen Reflex?«

Der Mann schien Gefallen an dem Spiel gefunden zu haben und tat so, als ob er die Antwort nicht wusste: »Vielleicht, damit man ruhigen Blutes noch einmal darüber nachdenkt, ob man auch wirklich schwimmen kann, bevor man sich endgültig in die Fluten stürzt?«

»Falsch, du Schlauberger! Der einzige Grund ist, dass man länger unter Wasser bleiben kann, um dort auf Nahrungssuche zu gehen. Wohlgemerkt, ich spreche von unseren Vorfahren!«

»Die algenabweidenden Meeresaffen? Als Nächstes wirst du mir erzählen, dass der aufrechte Gang der Primaten entstand, weil ein stehender Affe länger den Kopf über Wasser halten konnte als ein Tier auf allen vieren.«

»Gar nicht schlecht, der Gedanke. Bravo! Das hätte von mir sein können.«

»Und ich kann dir auch sagen, wie diese abstruse Geschichte weitergeht: Als die Wasseraffen nämlich genug hatten von Meersalat und rohem Fisch, entschlossen sie sich, wieder ans Trockene zu klettern. Sie pulten sich die Schuppen von der Haut, entdeckten das Feuer und wenig später das Rad. Und weil sie viele Millionen Jahre später beim Halten der Teetasse so große Probleme beim Spreizen des kleinen Fingers mit den Schwimmhäuten hatten, bildete sich auch noch das letzte Rudiment einer aquatischen Lebensweise zurück, sodass heute nichts mehr an diesen Teil unserer Vergangenheit erinnert.«

Die Frau zuckte zusammen. »Ich hasse Zyniker!«, fuhr sie ihn an. »Willst du dich über mich lustig machen?«

»Tut mir leid!«, stammelte er. »Ich wollte das nicht ins Lächerliche ziehen.«

»Was du aber getan hast!«, schnauzte sie zurück und leerte ihr Glas in einem Zug.

»Sorry, aber das Ganze klingt unglaublich. Bitte erzähl mir mehr!«

Sie schloss für einen Moment die Augen und begann: »Die Theorie wurde in den fünfziger Jahren von Alister Hardy entwickelt, einem britischen Wissenschaftler, der entdeckte, dass eine Vielzahl aquatischer Anpassungen bei Delphinen und anderen Walen erstaunliche Ähnlichkeiten mit physiologischen Merkmalen von Menschen haben. Allerdings machte er den Fehler, seine Theorie nicht adäquat zu veröffentlichen, sondern hielt einen Vortrag vor einer Tauchervereinigung. Sein Pech war, dass unter den Anwesenden ein Reporter saß, und am nächsten Tag hatte die Yellow Press seine Seriosität als Wissenschaftler ruiniert. Kein Akademiker wollte sich ernsthaft mit einer Theorie auseinandersetzen, deren Erfinder in der Skandalpresse behauptete, dass der Mensch vom Delphin abstammt.«

»Und was geschah danach?«

»Nicht mehr viel. Der Forscher ging in den Ruhestand und überließ es der Nachwelt, über seine Ideen nachzudenken. Leider hat sie sich nicht besonders dafür interessiert.«

»Gibt es denn noch weitere Indizien, die für diese ungewöhnliche Theorie sprechen?«

Frank schien jetzt ehrlich interessiert zu sein, und Hannas Ehrgeiz, ihm die Inhalte von Hardys Theorie näherzubringen, war geweckt.

»Natürlich! Hast du dich zum Beispiel jemals gefragt, warum der Mensch kaum noch Haare auf dem Körper hat, im Gegensatz zu unseren nächsten Verwandten, den Menschenaffen?«

»Ich dachte immer, das hat etwas mit dem Tragen von Kleidung zu tun. Während der Eiszeit mussten unsere Vorfahren sich mit tierischen Fellen bedecken, um sich zusätzlich gegen die Kälte zu schützen. Im Laufe der Zeit haben wir deshalb unseren eigenen Pelz eingebüßt.«

»Es könnte aber auch sein, dass wir schon lange vorher unser im Wasser störendes Haarkleid reduziert haben.«

»Wie bitte? Welchen Vorteil soll das denn haben?«

»Man kann sich besser bewegen. Nicht umsonst rasieren sich Leistungsschwimmer vor Wettkämpfen die Haare am ganzen Körper. Bist du schon einmal mit Kleidern schwimmen gegangen?«

»Und was ist mit Seehund und Biber? Beides hervorragende Taucher mit einem dichten Fell!«

»Beides Tiergruppen, die erst vor kurzer Zeit den Weg ins Wasser fanden.«

»Akzeptiert! Aber was sagst du über das Hausschwein mit seiner rosigen haarlosen Schwarte?«

»Ein typisches Zuchtmerkmal, das bei wild lebenden Schweinen so nicht auftritt. Außerdem«, die Frau grinste übers ganze Gesicht, »benötigen Hausschweine eine Suhle, um sich wohlzufühlen.«

Wieder Gelächter. Lauter, herzhafter diesmal. Das Lachen ergoss sich wie eine Flut durch die gesprengte Staumauer, riss Misstrauen, Argwohn und Zweifel mit sich, zerrte den unheilvollen Dreiklang fort und schwemmte ihn irgendwo flussabwärts ans Ufer, weit, weit weg, wo sein Murmeln, Maulen und Mosern kaum noch zu hören war.

Der Wirt stand mit offenem Mund hinter seiner Theke und glotzte das Paar aus immer größer werdenden Augen an.

Die Frau nahm das Gespräch wieder auf. »Darüber hinaus gibt es aber auch eine emotionale Seite dieser Theorie. Hast du nie eine seltsame Geborgenheit unter Wasser gespürt? Existiert in deinem Inneren nicht auch eine Sehnsucht nach Meer und Salz, als wenn in unserem Blut noch Reste dieser früheren Heimat übrig geblieben sind, deren Realität uns an Land so selten bewusst wird. Diese Vertrautheit mit dem Meer … wie ein längst vergessener Ort aus unserer Kindheit …«

Sie verstummte, setzte sich stocksteif auf und wartete. Jetzt war er an der Reihe.

»Also hat der Spruch, dass alles Leben vom Wasser kommt, doch seine Berechtigung?«

»Ja«, antwortete sie, »und zwar mit einer Aktualität, die viele Menschen nicht wahrhaben wollen: Das Gute wie das Schlechte, deine Freunde und deine Feinde – alles findest du im Wasser, alles kommt aus dem Wasser.«

Der Forellenwirt dachte an Vergangenes und Vergehendes. Vieles davon war unter Wasser geschehen, als ob dieses Element sein Schicksal bestimmte. Erschrocken blickte er zu dem gewaltigen Hechtkopf an der Wand, dessen grüne Glasaugen ihn in glitzernder Lebendigkeit anstarrten. Hatte er eben seine eigenen Worte vernommen, oder war es wirklich diese junge, unerfahrene Frau, die seine geheimen Gedanken ausgesprochen hatte?

Der junge Mann griff nach ihrer Hand und beugte sich vor. »Übrigens, was ich dich schon vorhin fragen wollte. Tauchst du immer alleine?«

»Nur wenn ich keinen passenden Tauchpartner finde«, erwiderte sie, und ihre Augen funkelten.

»Ich glaube, ich kann dir ein Angebot machen.«

Seine Lippen wurden schmal, und die Stimme klang plötzlich geschäftlich. Sie zog ihre Hand aus der seinen, und die Vertrautheit zwischen ihnen war nicht viel mehr als ein Teller voller Gräten.

»Willst du für mich arbeiten? Es ist ein sehr interessanter Job!«

»So? An welche Art von Beschäftigung dachtest du denn?«

»Könntest du dir vorstellen, für Europas größten Zierfischimporteur tätig zu sein?«

»Meinst du das im Ernst?«

»Klar. Wir suchen noch einen fähigen Biologen, der uns beim Verkauf und in der Anlage unterstützt. Deine Affinität zum Wasser und seinen Geschöpfen hast du mir ja schon ausreichend bewiesen.«

»Als was arbeitest du dort?«

»Ich bin Tierarzt und kümmere mich darum, dass die Fische in Topkondition sind, bevor sie weiterverkauft werden.«

»Ein Umzug kommt für mich aber nicht in Frage.«

»Du brauchst dir keine neue Wohnung suchen, die Firma hat ihren Sitz in Frankfurt.«

»Wem wäre ich unterstellt?«

»Mir und Herrn Heimske, dem Besitzer von Aquafutur.«

»Klingt interessant. Ich überleg's mir.«

Der Mann lächelte und strich sich eine Haarsträhne hinter das Ohr. »Hanna, wir brauchen dich dort. Mit deiner Erfahrung könntest du uns wirklich helfen. Komm doch einfach mal vorbei und schau es dir an. Meine Zusage gilt. Also was ist? Machst du mit?«

Verstohlen beobachtete der Wirt die junge Frau. Hinter der glatten Stirn schien es zu brodeln, ihre kleinen Augen huschten wie aufgeschreckte Elritzen hin und her. Endlich lächelte sie, packte ihr Glas und prostete ihrem Begleiter entschlossen zu: »Einverstanden. Auf gute Zusammenarbeit!«

Sie schlugen die Gläser so fest aneinander, dass der Wirt Angst bekam, sie würden zerspringen, aber dann tranken sie aus und wankten wie gerettete Schiffbrüchige aus der Stube.

Der Wirt schüttelte den Kopf und starrte auf den zurückgelassenen Geldschein, der wie eine unbekannte Botschaft aus den Fischresten ragte. Langsam trat er näher und räumte den Tisch leer. Wie von einer unsichtbaren Hand gezwungen, hob er den Kopf und starrte noch einmal in die grünen Glasaugen der verstaubten Trophäe. Der Hecht nickte ihm zu, als er sich einen Stuhl schnappte und ihn von der Wand riss. So schnell er konnte, rannte er damit nach draußen und beförderte die schuppige Erinnerung in die Mülltonne.

»Da hätt der scho lang hig'hert!«, murmelte der Fischer erleichtert und schlurfte zurück in die Gaststube. Dort, wo der präparierte Kopf gehangen hatte, blieb nur ein heller Fleck wie ein blinder Spiegel an der Wand zurück. Hinter der Theke stand seine Köchin und nickte.

»Des duad guad«, sagte sie und lächelte.

Der alte Forellenwirt lächelte zurück. Und wunderte sich.

6

Pünktlich um sechs Uhr dreißig hämmerte der Schlägel des mechanischen Weckers wie ein entfesselter Spechtkopf Hanna aus dem Schlaf. Hanna gähnte und lauschte den durch die gekippten Fenster eindringenden Geräuschen, bemühte sich, den Zauber der nächtlichen Stille noch für ein paar Herzschläge in den beginnenden Morgen hinüberzuretten, bevor die sich aufbauende Welle aus Türenschlagen, Motorenrasseln, Brummen, Kreischen, Dröhnen, Schreien von Mensch und Maschine die flüsternden Traumgestalten für den Rest des Tages unter sich begraben würde.

Schließlich gab sie auf, rutschte aus dem Bett, zockelte in die Küche und schaltete die Kaffeemaschine ein. Danach ging sie ins Bad, hielt ihren Kopf schräg unter den Wasserhahn, schnupperte den leicht chlorigen Duft des Wassers und versuchte sich vorzustellen, aus welcher Quelle, welchem See oder Fluss die Wassermoleküle stammten, die jetzt leise gurgelnd im Ablauf des Waschbeckens verschwanden. Und sie folgte ihnen, dachte an die dunklen Röhren, deren Durchmesser sich stetig vergrößerten, stellte sich vor, wie sich die schmalen Abflussleitungen der benachbarten Häuser und Grundstücke zu Rinnsalen und Kanälen vereinten, wie das Wasser von überallher zusammenfloss, dabei keinen Unterschied machte zwischen ihrem mit winzigen Haut- und Schweißspuren versetzten und den anderen Wässern, vereint in einer immer dicker werdenden Brühe bis zur städtischen Kläranlage, wo die Suppe gerecht, gesiebt, geschüttelt und mit Dreck fressenden Bakterien gewürzt wurde: ein Zaubertrank, der aus einer alten Hure eine unbefleckte Jungfrau machen sollte. Die Aufgabe aber war unerfüllbar, und um sich selbst ein wenig aus der Verantwortung zu stehlen, überließ man den Rest der Natur. Zurückgeleitet in Bach und Fluss und Meer würden sich die Moleküle von alleine trennen, säubern und vermehren, bis sie irgendwann von Neuem geerntet und verpackt in Leitungen, Tanks und Flaschen wieder für den Menschen zur Verfügung standen.

Die junge Ägypterin hob den Kopf und trocknete sich sorgfältig ab. Dann kämmte sie die langen schwarzen Haare, strich etwas Hennapaste auf die Augenbrauen und entnahm dem Kleiderschrank eine elegante Hose und eine indigoblaue Bluse mit tiefem Ausschnitt, ein Kompromiss aus Bequemlichkeit, Männerphantasien und angemessener Förmlichkeit. Passend zu den hohen Temperaturen wählte sie ein Paar bequeme Schnürsandalen aus weichem Saffianleder. Hanna drehte sich im Spiegel. Eine winzige Kleinigkeit fehlte noch. Ein Schmuckstück, individuell und dezent zugleich. Sie zögerte, horchte in sich, suchte nach Gründen, die dagegensprachen, fand keine und öffnete eine kleine Schatulle aus geschnitztem Palmenholz. Sie wählte aus glitzernden Broschen, Ohrringen, Halsketten und gefassten Schmucksteinen einen zierlichen Goldring aus, auf dem ein dünner Vogel seine filigranen Flügel ausbreitete: Mutters Erbstück und die einzige Verbindung zu ihrem Vater. Mutter, die immer geschwiegen hatte, wenn Hanna sie nach ihrem Vater gefragt hatte. Mutter, die den besten Kaffee in ganz Kairo gekocht hatte und die ihr schließlich am Sterbebett – fast zu spät – anvertraute, dass ihr Vater in dieser Stadt in Deutschland lebte. Deshalb war sie nach Frankfurt gekommen. Um eine Antwort auf die Frage zu finden, wer sie eigentlich war.

Hannas Nasenflügel weiteten sich. In der Küche röchelte die Kaffeemaschine, und das bitter-würzige Kaffeearoma breitete sich in ihrer Wohnung und ihrer Erinnerung aus. Der mächtige Nil, auf dessen samtgrünen Fluten ein buntes Potpourri aus winzigen Nachen, störrischen Schaluppen und eleganten Segelbooten trieb, die Altstadt mit ihrem Labyrinth staubiger Gassen, in denen die Marktfrauen Schwarzkümmel, Knoblauch und Koriander neben Meeräschen, Austern und Ziegenmilch feilboten, dazwischen der allgegenwärtige Gestank von Diesel und Abgasen und über allem – wie zur Versöhnung – eine winzige salzige Prise frischer Meeresluft aus dem Norden. All diese Gerüche fanden sich wieder in diesem einzigen Kaffeegeruch. Nur die Antwort auf ihre Fragen würde sie durch Kaffeesatzleserei nicht erhalten.

Hanna musste lächeln. Da hatte sie in zwei Stunden ein Vorstellungsgespräch, und sie verlor sich in sentimentalen Erinnerungen. Sie wusste, dass sie den Job annehmen würde, nicht nur weil sie seit dem Vorfall im Institut keinen Schritt mehr in die Uni setzen konnte, sondern auch weil sie nicht ewig von ihrem Ersparten leben konnte. Vor allem aber – und dieses Eingeständnis fiel ihr nicht leicht – fühlte sie sich zu Frank hingezogen, wollte sie ihm nah sein. Sie grinste, trank einen großen Schluck Kaffee und tänzelte durch den Flur in ihr Unterwasserreich: ein mittelgroßes Zimmer, das bis unter die Decke mit den unterschiedlichsten Aquarien zugebaut war. Vom winzigen Zwanzig-Liter-Becken für Killi-Fische bis zum oben offenen Sechseck-Aquarium, das genug Platz für einen badenden Menschen bot, war alles dabei. Hanna hätte zu gerne noch einige Hundert-Liter-Becken dazugestellt, misstraute jedoch der Belastungsfähigkeit des Holzdielenbodens.

Sie öffnete eine Dose Trockenfutter mit Spirulina-Garnelen-Geschmack und streute die Flocken in ein Aquarium mit Kongosalmlern und Silberwelsen, die sich sofort darüber hermachten. Von Becken zu Becken gehend verteilte sie Fingerspitzen voll Glück an deren Bewohner. Den gefräßigen Flösselhechten, die mit ihren lang gestielten Flossen eher an Krokodile erinnerten, warf sie ein halbes Dutzend Futterguppys hinein, und für die unter der Wasseroberfläche lauernden Schmetterlingsfische fingerte sie ein paar morgenmüde Stubenfliegen aus einer Zuchtdose. Aus einem kleineren Becken fischte sie eine walnussgroße Apfelschnecke heraus und näherte sich dem Aquarium, in dem der riesige Fahaka wie ein untergetauchter Baseball planschte. Die eigelben Knopfaugen verfolgten jede von Hannas Bewegungen, und seine Brustflossen flatterten auf und ab wie winzige Flügel. Nervös schnappten die kräftigen Zähne nach der Schnecke in Hannas Hand. Der Kugelfisch streckte sein Maul aus dem Wasser, und Hanna schob ihm die Schnecke zwischen die Kiefer. Mit einem Knacken brach er die Schale, schlürfte das Fleisch ein und tauchte ab.

Hanna drehte sich um und griff nach einer Plastikschachtel. Langsam trat sie an ein mit Sand, knochentrockenen Wurzeln und flachen Steinen dekoriertes Terrarium – den einzigen größeren Behälter im Raum, der kein Wasser enthielt –, öffnete die Schiebetür einen Spalt weit und schüttete eine Handvoll Grillen hinein. Die Hausbewohner würden ihre Gäste nicht lange warten lassen.

Zufrieden schlich Hanna aus dem Zimmer. Im Flur blieb ihr Blick an Franks Pullover hängen, der wie selbstverständlich über der Stuhllehne lümmelte, als genieße er dauerhaftes Bleiberecht. Wieder lächelte sie, dachte an seine warme Hand, das freundliche Zwinkern aus dunklen Augen, die schmalen Lippen über dem kantig-pelzigen Kinn. Sie zögerte kurz, nahm das Kleidungsstück aber nicht und verließ eilig die Wohnung. Sie war bereit und entschlossen, alle finsteren Flecken aus ihrem Leben zu streichen.

7

Der Mann mit der fingerlangen Narbe auf der Wange schob seinen Fuß über die Brust der Frau, entlang des Halses und hoch bis zu ihrem Kinn. Mit den Zehen drückte er fest zu, bog ihren Kopf nach hinten und genoss die Angst in ihren dunkelbraunen Augen, deren Farbe so gar nicht zu den wasserstoffgebleichten Haaren passte.

Warum mussten sie sich nur alle blond färben? Die Kunden bevorzugten natürliche Typen, nicht solche Blondinenverschnitte, die außer ihrer Dummheit nichts mit Pamela Anderson gemeinsam hatten. Bald hatte er genug Kohle zusammen, um die Liga zu wechseln. Er würde sich nie wieder mit solchem Abschaum abgeben müssen. Nicht mehr lange, und er würde die Kuh bis zum letzten Tropfen gemolken haben.

Er ließ seine Füße zurück ins warme Wasser sinken und griff nach der Champagnerflasche, die neben dem Whirlpool auf einem Hocker stand. Die Hälfte des Inhalts schüttete er sich in den Rachen und rülpste laut. Dann hielt er der Frau den Rest hin und nickte ihr zu. »Da, nimm!«

Die Frau blickte ihn in einer Mischung aus Erstaunen und Misstrauen an, zögerte und langte nach der Flasche. In diesem Moment drehte er die Öffnung nach unten und schüttete den Champagner ins Badewasser.

»Hahaha. Verdünnt schmeckt's noch besser. Los, trink!«

Die Frau zog die Nase nach oben, wagte aber keinen Widerspruch. Sie senkte den Kopf, bis ihre Lippen die Wasseroberfläche berührten, und öffnete den Mund. Während sie das warme Badewasser schluckte, wandte sie kein einziges Mal ihren Blick von ihm, so als könnte sie im Gesicht des Mannes lesen, was er als Nächstes mit ihr vorhatte. Er lehnte sich zurück und lachte. »Wie hat dir das Pisswasser geschmeckt?«

Stille. Von draußen drang das aufgeregte Schimpfen einer Amsel durch das Badezimmerfenster.

»Sag es«, herrschte er sie an.

»Gut«, sagte sie.

»Lauter!«, bellte seine Stimme.

»Guuut!«, brüllte sie zurück, schlang die Arme wie einen Knoten um sich und schluchzte.

Er nickte und ließ sich zurücksinken. Im selben Moment klingelte ein Handy, das auf einem Stuhl in der Ecke lag.

Genervt blickte er zur Seite. »Los, hol's mir!«

Sofort gehorchte die Frau, stieg aus der Wanne und brachte ihm das Telefon.

»Schmittke, hallo? … Scheiße, was willst du? … Nein, hab ich nicht vergessen! … Mach dir keine Sorgen, ich werd das schon in deinem Sinn regeln … Klar, nur ein bisschen Spaß … Hehehe … Die Adresse? … Hab ich alles in meinem Buch! … Heute schon? … Okay, wird erledigt! … Ich melde mich.«

Er drückte auf die Aus-Taste, legte das Handy auf ein Handtuch und lehnte sich zurück. Die Frau stand immer noch am Beckenrand und fixierte ihn mit einem seltsamen starren Blick.

Kleines Luder, glotz nicht so frech!, dachte er. Dir zeig ich's später. Jetzt muss ich nachdenken.

»Kannst 'ne Fliege machen! Ich hab noch zu tun.«

Die Frau duckte sich wie unter einem Schlag, schlang ein Handtuch um ihre Hüften und stolperte die Treppe nach oben. Im Flur trocknete sie sich ab, schlüpfte in ihr Kleid, das ordentlich zusammengefaltet auf einem schwarzen Taburett lag, und zwängte sich in die High Heels. Sie taumelte zur Wohnungstür und hatte schon die Hand auf der Klinke, als sie zögerte, lauschte. Für einen Moment verharrte sie, dann schlich sie leise in die Küche, die in gleißendes Morgenlicht getaucht war. Sie öffnete eine Schublade und kramte darin, bis sie gefunden hatte, wonach sie suchte. Andächtig zog sie das Messer an sich. Der spiegelnde Stahl zeichnete Lichtblitze an die Decke. Eine Botschaft? Sie führte das Tranchiermesser an ihre Kehle und erfühlte die Kühle und Schärfe der Klinge. Diese Wunde würde nicht mehr heilen!

Ein Geräusch erschreckte sie. Hastig legte sie das Messer zurück und rannte zur Tür. Angst kroch ihr über den Rücken, verbiss sich in ihren Magen. Dann war sie draußen, geblendet von der Sonne. Ein Rotkehlchen hüpfte bei ihrem Anblick in den schützenden Schatten einer Hainbuchenhecke. Die Frau verlor keine Zeit und verließ das Grundstück, ohne sich noch einmal umzudrehen.

8

Hanna saß vor einem fünftausend Liter fassenden Großaquarium und beobachtete fasziniert das Treiben unter Wasser. Tellergroße kolumbianische Scheibensalmler zogen mit kräftigen Flossenschlägen durch das Becken, im Sand, fast vollständig vergraben, lag ein schwarzer Henlei-Rochen, von dem nur das aufgerichtete Augenpaar und der stachelbewehrte Schwanz sichtbar waren, und zwischen bizarren Wurzelästen lauerte ein brasilianischer Tigerwels, der mit seinen kleinen Knopfaugen und dem unverhältnismäßig großen Maul seine nächtliche und räuberische Lebensweise verriet.

Hanna bedauerte, dass sich die Eigenschaften eines Menschen nicht auch an äußeren körperlichen Merkmalen festmachen ließen wie bei diesem Tier. Dann könnte man gleich erkennen, ob ein friedlicher Pflanzenfresser oder aber ein lüsternes Raubtier vor einem stand. Nur zu gerne hätte sie dies gewusst bei dem Mann, den sie in wenigen Minuten wiedersehen würde und den sie so plötzlich und spektakulär kennengelernt hatte.

Eine Stimme riss sie aus ihren Gedanken: »Nicht wahr, das sind wundervolle Geschöpfe?«

Eine schmale Tür in der Wand hatte sich geöffnet. Frank und ein gedrungener, älterer Mann traten heraus.

»Sie kosten ein kleines Vermögen, weil sie so schön und selten sind. Die Welse werden wissenschaftlich *Merodontodus tigrinus* genannt, was so viel wie ›zahnreicher Tiger‹ heißt. Was sie außer ihrer Schönheit allerdings so wertvoll macht, ist ihre Verletzlichkeit. Sie werden in Stromschnellen des Rio Madeira mit großen Haken geangelt, sodass leider nur die stärksten Tiere den Fang überleben und entsprechend wenige Tiere bei uns im Handel landen.«

Dabei blickte sie der Tierarzt aufmunternd an. Hanna erhob sich und wollte gerade etwas erwidern, als der Ältere weitersprach:

»Um diesen begehrten Fisch trotzdem anbieten zu können, haben wir ein Zuchtprogramm unter der Leitung von Dr. Litos entwickelt, das es sich zum Ziel gemacht hat, diese und viele andere bedrohten Fischarten unter künstlichen Bedingungen zu reproduzieren.«

Der Mann erinnerte Hanna mit seinen kleinen Schweinsaugen und dem breiten Grinsen unwillkürlich an die Welse im Becken. Er ließ seinen Blick unverhohlen über ihr Dekolleté schweifen. Dann reichte er ihr die Hand und fuhr fort: »Mein Name ist Heimske, und ich bin der Besitzer von Aquafutur. Dr. Litos hat Sie mir empfohlen, und ich muss sagen, er hat nicht übertrieben. Da wir beabsichtigen, unser Zuchtprogramm zu erweitern, bieten wir Ihnen eine Stelle als Biologin in unserem Betrieb an.«

»Und weil ich in Ihren Augen genauso schön und selten bin wie dieser geangelte Fisch im Becken, hätten Sie mich gerne in Ihrer Sammlung, stimmt's?«

Hanna blickte ihren zukünftigen Chef respektlos und mit einem leicht herablassenden Lächeln an.

Er ließ ihre Hand fallen, und einen Moment glaubte sie, ein zorniges Blitzen in seinen Schweinsäuglein aufflackern zu sehen. Dann entspannten sich seine Züge, und mit anerkennender Stimme sagte er: »Sie gefallen mir. Wenn Sie bei den Verhandlungen mit unseren Geschäftspartnern ähnlich selbstbewusst auftreten, können wir nur von Ihnen profitieren. Sie werden zusammen mit Dr. Litos an unserem Zuchtprojekt arbeiten und zusätzlich die Organisation der Fischimporte und des Verkaufs übernehmen.«

Hanna war über seine Direktheit und die schnelle Entscheidung erstaunt.

»Es freut mich zu hören, dass Sie an meiner Arbeitskraft so interessiert sind.«

Dabei betonte sie das Wort »Arbeitskraft« und schaute ihrem Gegenüber herausfordernd in die Augen, ohne aber erkennen zu können, ob er diese kleine Zurechtweisung registriert hatte.

»Doch bevor ich Ihnen meinerseits eine Zusage geben kann, möchte ich mir gerne Ihre Firma genauer ansehen und einige Fragen klären.«

»Nur zu, meine Liebe. Dr. Litos wird Ihnen gerne Ihre Fragen beantworten und Ihnen alles zeigen. Entschuldigen Sie bitte, dass ich Sie schon wieder verlassen muss, aber ich habe noch einen wichtigen Termin. Also: Auf gute Zusammenarbeit!«

Er wollte ihr wieder dic Hand reichen, doch als Hanna keine Anstalten machte, diese zu ergreifen, nickte er ihr zu und verließ den Raum mit hastigen kleinen Schritten.

»Ist der immer so ein Kotzbrocken?«, wandte sich Hanna an Frank.

»Meistens ist er sogar ein unausstehlicher Kotzbrocken. Heute war er wirklich gut gelaunt.« Damit zwinkerte er ihr aufmunternd zu. »Wenn du in dieser Branche Erfolg haben möchtest, solltest du dich auf dumme Witze und Anzüglichkeiten einstellen. Am besten, du schaffst dir früh ein dickes Fell an.«

»Keine Sorge, mein Beschützer, ich bin alt genug, um auf mich selbst aufzupassen, und wer etwas von mir will, wird mich kennenlernen.«

»Na, darauf freue ich mich schon, aber jetzt komm mit. Ich zeige dir die Anlage.«

Hanna nickte. Sie gingen einen schmalen, weiß gestrichenen Gang entlang. An der Decke spendeten Neonröhren ein künstliches Licht. Irgendwelche blauen und roten Rohre führten an der Wand entlang. Schließlich gelangten sie an eine große Stahltür. Frank öffnete sie, und Hanna trat in eine Welt, die sich schwülfeucht und glitzernd wie ein tropischer Regenwald präsentierte und dessen Ende sie nicht erkennen konnte. Auf Aluminiumgestellen in drei Etagen übereinander reihte sich Glasbecken an Glasbecken, und in jedem schwammen Dutzende, Hunderte oder Tausende der schillerndsten und interessantesten Fische, die Hanna jemals gesehen hatte. Die Luft war feuchtwarm und wassergesättigt, die Pumpen und Motoren arbeiteten mit pochender Präzision, sodass die Luft von dumpfem Blubbern, Saugen und Prusten erfüllt war. Ein penetranter Geruch aus Fischfutter und Ozon lag über allem. Wo sich das gleißende Licht im Wasser oder an Glaswänden spiegelte, glitzerte es geheimnisvoll. Hanna verengte ihre Augen zu zwei Schlitzen und blinzelte in dieses Meer aus Wasserquadern. Die ganze Anlage kam ihr vor wie ein riesiger, atmender Organismus aus Wasser, Glas und Metall.

»Beeindruckend, nicht wahr?«

Frank war neben ihr stehen geblieben, und ihr entging nicht die Begeisterung in seinen Augen, als er, ohne eine Antwort zu erwarten, fortfuhr:

»Du siehst hier fast zehntausend Becken, die zum Schutz gegen Korrosion auf eine spezielle Unterkonstruktion aus Aluminium gestellt wurden. In diesen Aquarien leben bis zu fünf Millionen Zierfische aus der ganzen Welt. Wir haben uns außerdem auf Seltenheiten spezialisiert und unterhalten in Manaus, Iquitos und Bogotá eigene Fangstationen. Aus Afrika importieren wir vor allem aus

Nigeria, Kamerun, dem Kongo und Tansania. Die Fische aus Asien kommen aus Singapur, Hongkong, Thailand und Sri Lanka, und das sind nur die wichtigsten Länder. Zwei Mal in der Woche werden die Fische eingeflogen und von uns am Flughafen abgeholt. Hier werden sie dann ausgepackt und akklimatisiert, gepflegt, gefüttert und schließlich weiterverkauft.«

»Mit entsprechendem Gewinn, versteht sich«, warf Hanna ein. »Die ganze Technik muss doch ein Vermögen gekostet haben. Bringt der Fischverkauf denn so viel ein? Und die Energiekosten sind wahrscheinlich auch wahnsinnig hoch.«

»Es geht. Wir haben einen geschlossenen Wasserkreislauf, bei dem Schmutzwasser in einem Austauscherfilterbecken biologisch gereinigt wird. Anschließend bestrahlen wir es mit UV-Licht, um Bakterien abzutöten, reichern es zusätzlich mit reinem Sauerstoff an und können es in Trinkwasserqualität erneut in die Becken leiten. Energieintensive Arbeiten erledigen wir mit billigem Nachtstrom, und die Abluftwärme treibt Gasgeneratoren an, sodass wir einen Teil unseres Energiebedarfs selbst decken können. Heimske hat klein angefangen, mit hundert Becken, und vor zwanzig Jahren konntest du mit schönen Diskuswildfängen oder neuen Welsen noch ein Vermögen in Japan und Taiwan verdienen. Er hat seinen ganzen Gewinn wieder in die Firma investiert, und vor zwei Jahren hat er diese Anlage gebaut. Wir importieren hier nicht nur, sondern haben ein spezielles Zuchtprogramm entwickelt, bei dem wir möglichst attraktive Tiere nachzüchten, die in der freien Natur selten oder schon ausgestorben sind. Aquafutur ist somit nicht nur der größte Importeur von Süßwasserfischen, sondern auch innovativer Züchter von Arten, die in der Natur kurz vor dem Aussterben stehen.«

»Da kann ich mich aber glücklich schätzen, bei euch gelandet zu sein!«

Frank ignorierte Hannas spöttischen Ton. »Komm mit, ich stell dich den Kollegen vor!«, sagte er und verschwand hinter einer Wand aus Aquarien.

»Na gut«, murmelte Hanna, »schauen wir uns die Goldfische etwas genauer an.«

Sie folgte dem Tierarzt, der jetzt durch einen Gang lief, durch den ein Auto gepasst hätte. Das Licht der Neonröhren spiegelte sich in dem Glas der Aquarien und wirkte zusammen mit den bunt schillernden Farben der Fische wie ein schimmerndes Kunstwerk. Hanna fühlte sich wie in einem riesigen Kaleidoskop, das sich mit jedem Wimpernschlag veränderte. Welch ein Überfluss an Farben und Formen! Sie eilte hinter Frank her, der geschickt den Wasserpfützen auf dem Boden auswich.

Schließlich endete der Gang, und sie standen an der Peripherie eines Platzes, der wie eine italienische Piazza wirkte. Unzählige Gänge endeten hier, die gläsernen Wände der Fischbecken bildeten eine halbrunde Mauer, die wie eine geöffnete Faust einen lang gestreckten Metalltisch umschloss mit zwei badewannengroßen Glasbecken an jeder Seite. Wie Waschfrauen knieten drei Männer davor und tauchten ihre Arme bis zu den Achseln in das Wasser. Alle drei steckten in Gummistiefeln, die kaum über die Knöchel reichten, und trugen kurze, speckige Hosen und Hemden, die schon so oft gewaschen waren, dass die ursprünglichen Farben aus dem Gewebe verschwunden waren.

Der mittlere Mann überragte seine Kollegen um mindestens einen Kopf. Sein rechter Nachbar hatte strubbeliges, abstehendes Haar und knochendürre Beine, die an den Vogel Strauß erinnerten, während sich der andere mit blonden, kurz geschorenen Nackenhaaren und glatten, muskulösen Waden wie das entsprechende wohlgeformte Gegenstück präsentierte.

Hanna wandte sich an Frank. »Was machen die da?«

»Etwas, was mir gar nicht gefällt«, antwortete Frank ausweichend.

Hanna kniff die Augen zusammen, konnte aber nicht viel mehr erkennen, als dass die Männer etwas aus dem Becken herausholten, was sie sich anschließend johlend und hüpfend gegenseitig zuwarfen. Was zum Teufel trieben die dort?

Frank eilte auf die Männer zu. »Ihr wisst doch, dass ihr diesen Unfug lassen sollt!«, fauchte er. »Wenn ich euch noch mal dabei erwische, seid ihr euren Job los!«

Das Trio drehte sich um und präsentierte drei grinsende Gesichter, in denen sich alles Mögliche, nur kein schlechtes Gewissen spiegelte.

Frank fixierte den Hünen in der Mitte. »Gerade von dir, Henry, hätte ich solchen Blödsinn nicht erwartet!«

Der Angesprochene grinste frech. »Mach mal halblang! Den Jungs wachsen bei der ewigen Nässe noch Schwimmhäute, und mit 'n bisschen Spaß lässt sich die tägliche Plackerei besser aushalten.«

Bevor Frank noch etwas erwidern konnte, mischte sich Hanna ein. »Um was für einen Spaß handelt es sich denn, meine Herren?«

Frank brummte etwas Unverständliches und sagte dann mit einer Stimme, der man anhören konnte, wie mühsam er um Beherrschung kämpfte: »Darf ich vorstellen: unsere neue Mitarbeiterin, Frau Samak! Und die Herren hier sind Bertram, Henry und Marcel.« Frank rang sich ein Lächeln ab. »Unser Kompetenzteam.«

Hanna stellte sich vor Henry und streckte ihre Hand aus. »Hallo. Ich bin Hanna.«

»Und ich bin *Malapterurus*«, grunzte der Riese und hielt Hanna seine Pranke entgegen.

Dann geschahen mehrere Dinge gleichzeitig, zumindest kam es Hanna später so vor, da ihr Gehör- und Tastsinn nicht in der Lage waren, die Situation in eine zeitliche Abfolge zu bringen: Im selben Moment, als Henry ihre Hand schüttelte, trat sein blonder Kollege nach vorne, bohrte seine blauen Augen in ihre und formte mit den Lippen die Worte »Halt! Nicht einschlagen!«, und noch während ihr Hirn mit der Dechiffrierung dieser Warnung beschäftigt war, sandten die Synapsen aus ihrer Hand verwirrende Signale, deren Bedeutung sie nicht erkannte: das Gefühl von etwas Glitschigem, Länglichem, durch das sich ein wellenförmiges Zittern ausbreitete, ein stechender Schmerz wie tausend Nadeln auf der Haut und eine schlängelnde Bewegung, die sich durch ihre Finger wand und als dunkler Schatten vor ihren Füßen landete.

»Au«, schrie sie, und endlich gelang es ihr, das Rätsel zu lösen, den Urheber der Verwirrung zu identifizieren. Vor ihr auf den feuchten Steinplatten lag ein hässlicher nachtbrauner Fisch, dem wurmförmige Barteln aus dem breit gespaltenen Froschmaul wuchsen. *Malapterurus electricus*, der afrikanische Zitterwels und wahrhaftiger Quasimodo unter den Zierfischen, starrte sie aus stecknadelkleinen Äuglein böse an. Hanna hob den Kopf, bereit, die drei Männer zur Rede zu stellen. Aber außer Frank, der mit zornglühendem Gesicht neben ihr stand, war niemand mehr zu sehen. Die Falten auf Franks Stirn waren so tief wie die Borke einer Eiche, in die der Blitz geschlagen hatte.

9

Warme Luft, die durch baumdicke Röhren geblasen wurde, schuf zusammen mit dem aufsteigenden verdunstenden Wasser ein fast perfektes Imitat eines tropischen Regenwaldes unter dem weiten Dach der Halle. Jedenfalls fühlte sich Hanna wie in der grünen Hölle Amazoniens, als sie von Becken zu Becken taumelte und immer wieder die prächtige Vielfalt hinter dem Glas und die Raffinesse der technischen Einrichtung bewunderte. Sie schmeckte die Feuchtigkeit auf ihren Lippen, spürte die Schweißnässe unter ihrer Bluse und sog die Mischung aus Fischfutter, Schwüle und Ozon tief in ihre Lungen.

Nach dem Zwischenfall mit dem Zitterwels war Frank in einem der Gänge verschwunden, um die beteiligten Mitarbeiter »zu maßregeln«, wie er es nannte. Im Nachhinein und nach dem ersten Schreck empfand Hanna das Ganze als geschmacklosen Spaß, eine Art Mutprobe oder Test für die »Neue«. Eigentlich nichts, worüber sie sich aufregen sollte. Frank schien die Angelegenheit ernster zu nehmen, und sie dachte darüber nach, ob es noch einen anderen Grund gab, weshalb er den Willkommensgruß per Zitterwelsbaby nicht als harmlosen Schabernack betrachtete.

Bei ihrem Rundgang bewunderte Hanna die Routine, mit der die Mitarbeiter durch die Gänge eilten, die Becken kontrollierten, das Wasser wechselten, die Fische fütterten und für den Versand vorbereiteten. In einem der Seitengebäude fand sie riesige runde Zuchtbecken, die eine gewisse Ähnlichkeit mit einem Swimmingpool hatten und in denen Millionen von Guppys, Platys und anderen lebend gebärenden Zierfischen aufgezogen wurden. Die Wasserwerte wurden computergesteuert kontrolliert und bei Abweichungen vom Sollwert automatisch durch entsprechende Maßnahmen korrigiert.

Die Firma war wie ein Ameisenstaat organisiert: Jeder hatte seine feste Funktion und erfüllte die ihm zugewiesene Arbeit. Hanna erinnerte sich an den Spruch, den sie über dem riesigen Südamerika-Becken gelesen hatte und dessen Bedeutung sie jetzt erahnte: »Aquafutur – die Zukunft hat begonnen«.

Vor ihr öffnete sich ein kaum meterbreiter Gang, an dessen Seiten sich links und rechts große Becken mit verschiedenen Rochenarten befanden. Hanna zögerte kurz und kletterte vorsichtig an den Aluminiumstreben hoch, um einen Blick in die oberen Aquarien werfen zu können. Neugierige Rochen schwammen ihr entgegen, beäugten sie argwöhnisch aus U-förmigen Pupillen. Die Tiere sahen wohlgenährt aus, und neben den bekannten Pfauenaugenrochen, die in allen Größen vertreten waren, entdeckte sie auch seltenere Arten: samtschwarze Rochen mit murmelgroßen weißen Punkten aus dem Rio Xingú, die wegen ihrer Seltenheit von Liebhabern gesucht und geschätzt wurden, marmorgezeichnete Mantilla-Stechrochen und sogar ein Dutzend schwarz-gelb gestreifte Tigerrochen.

Einige frisch importierte Fische trugen noch das kleine Plastikröhrchen über dem Giftstachel, das brasilianische Exporteure zu ihrem eigenen Schutz beim Verpacken der Fische angebracht hatten. Die Fänger hatten höchsten Respekt vor dieser Waffe, wie Hanna wusste, und ein Rochenstich wurde mehr gefürchtet als ein Schlangenbiss. Es kam immer wieder vor, dass unvorsichtige Badende auf einen im Sand eingegrabenen Rochen traten oder tauchende Kinder in den Bauch gestochen wurden und sich schlimmste Verletzungen zuzogen. Gefährlich waren dabei nicht die eigentliche Verletzung, sondern Sekundärentzündungen und die schlechte Abheilung der Wunde. Der fürchterliche Schmerz konnte zur Ohnmacht führen, und da ärztliche Hilfe im Regenwald selten in der Nähe war, bedeutete ein Stich oft das Todesurteil für den Betroffenen. Deshalb wurden Rochen gnadenlos verfolgt und Tiere, die versehentlich in ein Fischnetz gerieten, schnell getötet. Dies änderte sich erst, als man erkannte, dass reiche Aquarianer in Amerika und Asien hohe Summen für diesen gefährlichen Fisch bezahlten, um ihn zur Aufwertung des eigenen Selbstwertgefühles als Unterwasserkampfhund zu pflegen.

Hanna kletterte wieder nach unten. Als sie um die gläserne Ecke bog, sah sie Marcel an einem der Becken arbeiten. Erfreut ging sie auf ihn zu. »Danke, dass Sie mich vorhin gewarnt haben.«

»Keine Ursache. Leider war es ja zu spät. Ich bin Marcel. Marcel Fischer.«

Er schob ihr eine kräftige Hand entgegen, bemerkte ihr Zögern und lächelte. »Von mir haben Sie keine versteckten Zitterwelse zu befürchten, mein Ehrenwort!«

Irgendetwas verunsicherte Hanna. Es war nicht die Angst vor einem zweiten elektrischen Schlag. Sie hatte eher das Gefühl, diesen Mann schon einmal gesehen zu haben, konnte sich aber nicht erinnern, wann und wo. Sie überging ihre Irritation und schüttelte dem Blonden die Hand.

»Wir haben den gleichen Namen!«, sagte sie.

»Wie bitte?«

»Fischer. Mein Name bedeutet ins Deutsche übersetzt auch Fischer.«

»Ach? Das ist ja interessant.«

Marcel wandte sich ab und fuhr mit der Fütterung des Rochens fort.

Hanna versuchte, im Gespräch zu bleiben. »Ich stamme aus Ägypten, aber mein Vater war Deutscher. Ist Henry eigentlich immer so«, sie suchte nach dem passenden Wort, »so unsensibel?«

»Nein. Die Fische pflegt er aufmerksam und pflichtbewusst, man könnte fast sagen liebevoll, wenn dieses Wort im Zusammenhang mit ihm nicht so völlig deplatziert klingen würde.«

Sie lachten, und wieder hatte Hanna dieses Gefühl, dass sie in ein bekanntes Gesicht blickte.

»Hier, wollen Sie auch mal?« Marcel hielt ihr einen Brocken Frostfutter hin. »Die Motoro-Rochen sind schon ein halbes Jahr hier und eingewöhnt. Sie sind so zahm, dass man sie mit der Hand füttern kann.«

Hanna schob ihren Ring vom Finger, legte ihn auf die Glasabdeckung des benachbarten Beckens und tauchte ihre Hand in das warme Wasser. Die Rochen stiegen auf, umflatterten aufgeregt die Beute, näherten sich und pflückten die Leckerbissen aus Hannas Fingern. Im selben Moment nahm sie einen Schatten wahr, der sich aus der Luft auf sie zubewegte. Reflexartig zuckte sie zurück, ein feuchter Lappen berührte ihre Schulter, landete klatschend auf den Fliesen. Hanna schrie auf. Direkt vor ihr lag ein riesiger Stechrochen, groß wie ein Autoreifen. Der stachelbewehrte Schwanz bog sich weit zurück, verharrte den Bruchteil einer Sekunde in äußerster Anspannung und schnellte dann peitschend auf ihre Beine zu. Hanna sprang aus dem Stand so hoch sie konnte, das Schwanzende berührte die Sohlen ihrer Sandalen, mit den Händen umklammerte sie den Rand des obersten Beckens; das Gesicht an die Scheibe gepresst, hing sie dort, während der Fisch unter ihr gefährlich zappelte. Endlich – kurz bevor sie abrutschte – hörte sie Marcels Stimme hinter ihrem Rücken.

»Kannst runterkommen! Ich halt ihn fest.«

Hanna ließ los und landete hart neben Marcel, der mit einem Kescher den Schwanz des Rochens fest auf den Boden drückte.

Obwohl Hanna zitterte, versuchte sie, sich ihre Angst nicht anmerken zu lassen. »Der Rochen muss aus einem der oberen Becken gefallen sein. Wie kann das passieren?«

Marcel zuckte mit den Schultern und sah an ihr vorbei. »He, Henry«, schrie er in den Gang, »komm her und hilf uns mit diesem wild gewordenen Vieh!«

Henry rannte zu ihnen, erfasste mit einem Blick die Situation und griff beherzt von unten in das Maul des Fisches, hob ihn empor und packte mit der anderen Hand den Schwanz des Tieres genau oberhalb der ersten Stacheln. Jeweils einen Fuß auf den Glasrand des gegenüberliegenden Aquariums setzend, kletterte er freihändig nach oben, warf den Rochen zurück ins Wasser und verschloss das Becken mit einer Plastikscheibe. Mit einem Sprung, dessen Geschmeidigkeit in seltsamem Kontrast zu der schwerfälligen Masse des Körpers stand, landete er wieder auf dem Boden. In seinen Augen glänzte Zufriedenheit. »Sieht so aus, als ob jemand die Abdeckung vergessen hat.«

»Was ist hier los? Bertram steht alleine am Packtisch, und ihr dreht Däumchen, oder was?«

»Nein, Frank. Marcel und Henry haben mich gerade davor bewahrt, die erste Arbeitswoche krankfeiern zu müssen.«

»Stimmt, Chef«, erklärte Marcel, »einer der Motoro-Rochen ist aus 'nem Becken gesegelt. Die Abdeckung war nicht drauf!«

Der Tierarzt blickte alle drei scharf an. »Ist jemand verletzt?«

»Nicht eine Schramme, sogar der Rochen wedelt noch fröhlich mit den Flossen«, erwiderte Henry und zeigte seine nikotingelben Vorderzähne.

»Du weißt, dass so etwas nicht vorkommen darf! Sag das auch den anderen Mitarbeitern! Alle Aquarien, in denen gefährliche Fische schwimmen, müssen gegen Herausspringen gesichert sein.«

»Vielleicht war's ja gar niemand von uns«, entgegnete Henry. »Vielleicht hat die Dame ja ihre neugierige Nase ins Wasser gehalten, und der Fisch hat sie mit 'nem Futterbrocken verwechselt.«

In Henrys Blick erkannte Hanna eine gefährliche Mischung aus Spott und Angriffslust. Doch noch bevor sie etwas erwidern konnte, trat Frank vor und knurrte: »Für heute reicht es, Henry! Noch ein freches Wort, und ich mache deinen Zinken zu Fischfutter!«

Beide Männer ballten die Fäuste. Hanna blickte zu Marcel hinüber, doch der schaute schnell weg und sah nicht so aus, als wollte er zwischen den Kontrahenten vermitteln. Plötzlich wurde ihr bewusst, dass Henry über etwas verfügte, was ihm Macht verlieh. So viel Macht, dass er es wagen konnte, sich gegen seinen Vorgesetzten aufzulehnen. Die Lippen des Arbeiters zuckten nervös, und sein Unterkiefer bewegte sich mahlend hin und her. Schließlich senkte Henry die Fäuste und verschränkte die Arme vor der Brust. »Ich weiß, was es mit den Fischen in Anlage sieben auf sich hat.«

Für einen kurzen Augenblick wich die Farbe aus Franks Gesicht, zumindest kam es Hanna so vor. Er trat einen Schritt zurück und wollte gerade etwas erwidern, als eine Gestalt um die Ecke bog.

Heimske stand breitbeinig vor ihnen und fixierte finster die Gruppe. Schließlich rang er sich ein Lächeln ab und wandte sich an Hanna. »Wie ich sehe, haben Sie schon Bekanntschaft mit unserem Vorarbeiter gemacht. Henry bringt enorm viel Erfahrung als Züchter mit, denn hinter dem Eisernen Vorhang war jeder noch so kleine Fisch ein winziges Samenkörnchen, das gehegt und gepflegt werden musste, um die Verfügbarkeit der Art im Osten zu gewährleisten. Sie können sich sicherlich vorstellen, dass Fischimporte aus den Tropen sich auf wenige kommunistische Länder wie Kuba oder Vietnam beschränkten und neue Fische für die Aquarienfreunde der DDR noch begehrter als die berühmten Bananen waren. Hehe. Nicht wahr, Henry?«

Der Angesprochene schien über den Witz nicht lachen zu können und senkte den Blick. »Kann schon sein, Chef. Ich geh dann mal und helfe Bertram.«

»In Ordnung. Übrigens klemmen die Schwertträger aus Singapur so mit den Flossen, als wollten sie ihre ichthyologische Herkunft verleugnen. Vielleicht kannst du, Marcel, eine Handvoll Salztabletten ins Wasser werfen, um die Burschen bei Laune zu halten?«

»Klar, wird gemacht.«

Henry und Marcel verschwanden in entgegengesetzte Richtungen, und Hanna fragte sich plötzlich, worauf sie sich einließ. War sie hier wirklich willkommen? Sollte sie den Beinahe-Unfall als Warnung betrachten, als Zeichen, diese nasse Hölle auf dem schnellsten Weg wieder zu verlassen? Andererseits – sie hob den Blick, und ihre Augen starrten auf ein Becken mit den prächtigsten Killi-Fischen, die sie jemals gesehen hatte –, andererseits steckten die unzähligen Aquarien voller Schätze, die auf Entdeckung warteten und ihren Forscherinstinkt reizten. Und nicht zuletzt gab es unter all den kalten Flossen und Schuppen auch noch warme Haut in Gestalt von Frank, die darauf wartete, berührt zu werden. Zumindest interpretierte sie Franks Lächeln so, mit dem er seine Worte einleitete: »Liebe Hanna, Aquafutur würde sich sehr freuen, dich als neue Mitarbeiterin begrüßen zu dürfen.«

Der Satz klang aus Franks Mund verführerisch, kein bisschen nach abgedroschener Phrase, und Hanna schmeckte den Klang seiner Stimme auf ihrer Zunge, bis Heimskes Räuspern den Zauber beendete.

»Na, dann darf ich Sie bitten, in mein Büro zu kommen, um den Arbeitsvertrag zu unterschreiben!«

Sie sah Frank an, der ihren Blick erwiderte und ihr aufmunternd zunickte.

»Gut, ich bin bereit und gespannt darauf, Aquafutur kennenzulernen!«

Mit festen Schritten näherte sie sich dem Büro, und keiner der ihr folgenden Männer ahnte, dass ihr Herz einen Schlag aussetzte, als sie an dem Tigerwels vorbeiging, der im selben Moment einen Futterfisch in seinem gefräßigen Maul verschwinden ließ.

»Augenblick bitte, ich habe etwas vergessen!«

Hanna drehte sich um und rannte zurück in die Fischhalle, vorbei an Männern in kurzen Gummistiefeln und abgeschnittenen Jeans, die mit kleinen Keschern im Wasser rührten und Fische wie Erbsen in eine Schüssel zählten. Mit zitternden Knien erreichte sie die Becken mit den Stachelrochen, ihre Augen suchten und fanden das Aquarium mit den zahmen Fischen, ihre Pupillen öffneten sich, tasteten nach dem Goldschimmer ihres Ringes, aber da war nichts. Nichts außer dem klaren, durchsichtigen Blau aus tausend gläsernen Schatullen, nichts außer Millionen schwimmender Edelsteine, die ihre Gestalt in jeder Sekunde verändern konnten, nichts außer der gleißenden Helligkeit unzähliger gasgefüllter Sonnenschwerter. Der goldene Ibis war entflogen.

10

Hanna stieg an der Hauptwache aus der S-Bahn und bahnte sich ihren Weg durch die Menschenmassen der B-Ebene. Hinter beleuchteten Plastikwänden räkelten sich halb nackte Frauen, und die schmutzig grauen Flecken aus festgetretenen Kaugummis würde keine Kehrmaschine der Welt jemals wieder aus dem Relief der Steine herauskratzen können. Hanna schlenderte an Graffitis vorbei, deren Sinn sie nicht enträtseln konnte, doch die wilde Schönheit dieser modernen Hieroglyphen verwandelte die tristen Beton- und Marmorwände in urbane Kunstwerke. Auf dem treppenreichen Weg nach oben kam sie an einer Reihe silbrigschmutziger Telefone vorbei, und für einen Moment verlangsamte sie ihre Schritte. Mit wem konnte sie noch offen reden? Wem konnte sie sich überhaupt noch anvertrauen? Sollte sie wirklich bei dem Zierfischimporteur anfangen? Was erwartete Frank von ihr? Was erhoffte sie sich von Frank?

Hanna stand jetzt vor einem Stadtplan, auf dem mit schwarzen, roten und blauen Linien das öffentliche Verkehrsnetz der Stadt eingezeichnet war. Die blauen Linien waren am auffälligsten und standen für das U-Bahn-Netz der Stadt. Die meisten Verbindungen trafen sich am Hauptbahnhof, sodass es den Eindruck machte, als entsprängen von dort Bäche, die sich durch die Stadt schlängelten. Das breite Band des Mains legte sich wie ein fetter Äquator quer über die Stadt, nur zwischen Offenbach und Fechenheim war er zu einer schwungvollen Kurve gefaltet. Von der linken äußeren Ecke der Karte trennte sich etwa in einem Winkel von dreißig Grad ein im gleichen hellen Blau gehaltener Faden, der in nordöstliche Richtung führte. In kleinen, blassen Lettern stand der Name Nidda daneben.

Die Erinnerung löste Steine aus einer Mauer, und durch die Löcher erkannte Hanna Bilder eines längst vergangenen Sommers. Sie erblickte das Gesicht ihrer alten Freundin Lia, die zusammen mit einer Handvoll Gleichgesinnter in einer Wagenburg an einem Altarm der Nidda wohnte, ohne dass sie sich allzu viele Gedanken über Steuern, Miete oder den aus der öffentlichen Leitung abgezapften Strom machten. Hanna lebte damals ein paar Monate bei den Aussteigern. Es war ein schöner Sommer mit langen Abenden am Lagerfeuer und

Gesprächen über eine tolerante, hoffnungsfrohe Zukunft. Mit dem Anbruch der kalten Jahreszeit war Lia bei irgendeinem obstrusen Freund in einer noch obstruseren WG untergetaucht, während Hanna mit dem Geld, das sie als Doktorandin verdiente, locker die kleine Wohnung im Nordend finanzieren konnte.

Lia hieß eigentlich Kordelia, doch die Letzten, die sie so genannt hatten, waren ihre Eltern an ihrem achtzehnten Geburtstag, bevor sie sie von zu Hause rauswarfen, nachdem sie ihre »Provokationsperformance gegen den sexistischen Autowahn«, wie sie ihre Aktion später selbst bezeichnete, realisiert hatte. Dabei hatte sie ihren ganzen Körper mit roter Farbe bemalt und auf ihre Brüste große, gelbe Scheinwerfer gepinselt. Mit einem alten Schaltknüppel vom Schrottplatz, den sie sich zwischen die Beine klemmte, setzte sie sich nackt auf das Auto ihres Vaters und stöhnte so lange auf dem Dach des alten Fords herum, bis irgendein Spanner hinter den Gardinen die Bullen anrief, die ihrer Vorstellung ein schnelles Ende bereiteten. So kam es, dass Lia an ihrem achtzehnten Geburtstag ihre erste Strafanzeige wegen Ruhestörung und Verstoßes gegen die guten Sitten erhielt. Es war zwar nicht ihre letzte, aber eine der letzten, die noch ordnungsgemäß zugestellt werden konnten, denn nach dem elterlichen Rausschmiss begann für Lia ein wechselvolles Leben zwischen armseliger Halbkriminalität und intensiver Lebensverwirklichung.

Hanna kramte das Notizbüchlein hervor, in dem sie alle Kontakte, Adressen und Telefonnummern, die sie für wichtig hielt, notiert hatte. Sie schrieb alles chronologisch auf, wie in einem Tagebuch, und wusste deshalb sofort, an welcher Stelle sie den gesuchten Namen finden konnte. Lias Handynummer stand als eine der ersten ganz vorne.

Zu ihrer großen Überraschung meldete sie sich sofort.

»Ja, hallo?«

»Rate mal, wer dran ist!«

Für einen Moment war Stille in der Leitung.

»Nein, das gibt's doch nicht. Bist du's, Hanna?«

»Ja, die Herrscherin des Südens hat Sehnsucht nach ihrer alten Weggefährtin aus dem Norden.«

»Ich werd verrückt. Die kleine Ägypterin meldet sich mal wieder. Wie geht's dir?«

»Es ist viel passiert seit unserem letzten Treffen«, antwortete Hanna ausweichend.

»Was denn?«

»Hast du Zeit?«

»Klar, so viel ich will. Das weißt du doch.«

»Schön. Wohnst du noch in der verrückten WG in Bockenheim?«

Lia gluckste. »I wo, ich hab mein kleines Zimmer wieder gegen 'ne Burg eingetauscht!«

»Wow. Und jetzt verlangst du Wegezoll von den armen Reisenden?«

»Schön wär's. Aber es ist halt nur 'ne Burg aus alten Planwagen. Immerhin ist meiner der schönste auf der Welt.«

Hanna wurde ernst. »Lia, ich brauch deinen Rat, zumindest deine Meinung. Können wir uns treffen?«

»Klaro. Wann und wo?«

»Ich wohne immer noch gegenüber vom ›Harvey's‹.«

»Dem Schwulencafé?«

»Genau. Was hältst du davon, wenn wir uns in einer Stunde dort treffen? Wer zuerst kommt, hält den Platz frei!«

»Okidoki, aber du zahlst die erste Runde.«

»Sicher. Du kommst also?«

»Selbst wenn du mir deine Briefmarkensammlung zeigen wolltest, würde ich kommen«, lachte Lia ins Handy. »Bis gleich also.«

Lia hatte sich ihr Leben nach einer strikten Lebensphilosophie eingerichtet, die Hanna einmal spöttisch als »erzkonservatives Anarchoedikt« bezeichnet hatte. Einer ihrer Grundsätze war, immer Zeit zu haben und eine Sache sofort zu beenden, wenn sie das Gefühl hatte, keine Zeit mehr zu haben. Die Konsequenz dieser Einstellung machte es Lia jedoch nicht gerade einfach, einer geregelten Arbeit nachzugehen oder eine feste Beziehung aufzubauen. Ein anderer wichtiger Teil ihres Kodex brachte sie immer wieder in Konflikt mit der weltlichen Gesetzgebung: »Hilf dir selbst und den Hilflosen und nimm der Reichen Almosen!«

Lia war bei ihren Freunden beliebt wegen ihrer Freizügigkeit und berüchtigt für ihre schnellen Finger, mit denen sie angeberische Yuppies um ihre Spekulationsgewinne und leichtsinnige Touris um ihre Reisekassen erleichterte. Dabei war sie so vorsichtig und geschickt, dass sie fast nie erwischt wurde.

Voller Vorfreude sprang Hanna die letzten Treppenstufen nach oben, wo sich sofort eine lärmende Menschenmenge um sie schloss. Die auf der Zeil wie Soldaten hingepflanzten Platanenstämmchen boten nur unzureichend Schatten vor der grellen Nachmittagssonne, die hoch über den Wolkenkratzern der Stadt im grauen Smogdunst schwebte. Hanna streifte ihre Espadrilles ab und ging barfuß weiter. Nach einer Viertelstunde erreichte sie den Friedberger Platz, von dem aus vier Straßen wie Finger nach Norden abzweigten. Zwischen Güntersburgallee und Bornheimer Landstraße lag das bekannteste Schwulencafé Frankfurts. Bei dem schönen Wetter waren fast alle Stühle und Tische, die vor dem Eingang aufgestellt waren, besetzt.

Schon von Weitem sah Hanna ihre Freundin winken, stürmte ihr entgegen und umarmte sie. Verwundert stellte sie fest, dass Lia sorgfältig geschminkt und die wilde Kurzhaarfrisur tadellos gepflegt war. Bei ihrem letzten Treffen vor fast einem Jahr prangte noch ein selbst entworfenes Graffiti auf ihrem kahl geschorenen Hinterkopf. Auf dem Nasenrücken balancierte eine Sonnenbrille, deren nachtschwarze Gläser Lias Augen vollständig verbargen.

Hanna hauchte ihrer Freundin einen Kuss auf jede Wange. »Hallo, Kohlenmunk! Ich erkenn dich kaum wieder. Bist du frisch verliebt?«

»Nicht direkt«, antwortete Lia geziert, »meine Tätigkeit verlangt nach einer gewissen äußeren Gepflegtheit. Übrigens, wie findste den hier?«

Kaum hatten sie sich gesetzt, reichte sie Hanna einen verbogenen Personalausweis, auf dem ein blasshäutiger Endzwanziger leicht genervt in die Kamera lächelte. Der Name des Mannes stand in schmucklosen Majuskeln rechts neben dem Foto.

»Mmh, mein Typ ist er nicht, aber er hat ausdrucksstarke Augen, und die Unterschrift gefällt mir.«

Die geschwungene Schrift mit kecken Aufwärtsstrichen und kleinen zackigen Vorwärtsstrichen hatte etwas Humorvolles, was Hanna gefiel. »Klaus Sebald«, las sie. »Ist das dein Neuer, oder warum trägst du seinen Perso mit dir herum?«

»Ich hab noch mehr von ihm. Hier, schau mal!« Lia hielt einen grünen Dienstausweis in die Luft. Hanna beugte sich über den Tisch und las laut: »Klaus Sebald. BKA Frankfurt. Hauptkommissar. Ich glaub, mich frisst ein Krokodil – der Typ ist ein Bulle!«

»Geil, was?«

»Ich weiß nicht. Was willst du damit machen?«

»Ich schick ihm die Ausweise zurück, damit der Arme wieder auf Verbrecherjagd gehen kann.«

»Keine gute Idee! Dann kannst du ihm ja gleich deine Telefonnummer mitteilen.«

»Vielleicht mach ich das auch …«, grinste Lia und verstaute die Dokumente wieder in ihrem Rucksack. Da der Kellner kam, stellte Hanna keine weiteren Fragen. Sie entschieden sich für Wasser gegen den Durst und zwei Milchkaffee für die gute Laune. Lia trommelte mit den Fingern auf der Tischplatte, und Hanna bemerkte den schwarzen Staub in den Poren ihrer Haut. Hanna wusste, dass Lia am liebsten mit Kohle zeichnete, was den Effekt hatte, dass ihre Hände nie ganz sauber waren

»Was macht die Kunst?«, fragte Hanna mit Blick auf Lias kohlengeschwärzte Finger.

»Och, davon leben kann ich nicht. Mal hier ein Porträt auf einem Straßenfest, mal da ein paar Zeichnungen auf einem Flohmarkt. Und du? Es ist lange her, seit wir durch Bockenheims Kneipen gezogen sind. Hast mächtig Karriere gemacht, stimmt's?«

»Na ja, ich habe eine tolle Stelle im Mikrobiologischen Institut …« Hanna zögerte und verschluckte das »gehabt«. Sollte sie Lia von dem Alptraum erzählen? Vielleicht sollte sie von hinten beginnen und zuerst von Frank und der Fischfabrik berichten.

»Genau. Ich habe dein Bild einmal in der Zeitung gesehen zusammen mit 'nem alten Wichs…« Lachend behielt Lia den Rest des Wortes für sich. »Wollte sagen, mit 'nem alten Wissenschaftler, der gentechnische Experimente durchführt.«

»Ja, wir haben viel geforscht und einiges entdeckt. Vielleicht haben wir auch Grenzen überschritten …«

Hanna dachte dabei nicht nur an ihre Forschungen und ließ den Satz unbeendet.

»Habt ihr auch Tiere geklont?«

»Jeder eineiige Zwilling ist eine identische Kopie seines Geschwisters. Das ist in der Natur überhaupt nichts Ungewöhnliches.«

»Tatsächlich?«

Lia sah ihre Freundin an.

»Klar! Du wirst es nicht glauben, aber es gibt Blattlausarten, bei denen hat die geklonte Blattlaustochter schon bei ihrer Geburt völlig identische Enkelläuse in sich.«

»Du kannst doch nicht Läuse mit Menschen vergleichen!«

»Warum nicht? Das Prinzip ist das gleiche!«

»Mmh. Aber es liegt eine große Gefahr in der Anwendung eugenischer Praktiken. Die Nazis haben das doch mit ihrem Wahn vom reinrassigen Übermenschen in grauenvoller Weise vorgemacht!«

»Da hast du völlig recht. Aber was ich und andere Mikrobiologen versucht haben, war die nutzbringende Anwendung mikrobiologischer Techniken.«

»Fragt sich nur: nützlich für wen?«

Da bemerkte Hanna den Ärger in Lias Augen. Sie war kurz davor, sich mit ihrer besten Freundin zu streiten! Der Kellner erlöste sie von dem plötzlichen Schweigen, das sich zwischen ihnen ausgebreitet hatte.

»Bitte schön: Wasser und Kaffee für die Damen. Darf ich gleich kassieren?«

Er grinste dämlich. Hanna bezahlte für beide.

Der Kellner hinterließ eine unangenehme Stille. Während Lia an ihrem Wasser nippte, wickelte Hanna die beigelegten Zwillingszuckerstückchen aus dem Papier und ertränkte die quadratischen Geschwister in ihrem Kaffee. »Der Skorpion spielt Schicksal und lässt sich nicht mit anderen ein«, war in blassblauer Schrift auf das Einwickelpapier gedruckt.

Gedankenverloren rührte sie in ihrer Tasse, bis die sich auflösenden Zuckerkörnchen nicht mehr unter dem Löffel knirschten. Für einen Moment verspürte sie den Wunsch aufzustehen und in ihrer Wohnung zu verschwinden, sich hinzulegen unter die Wasserbecken, ein Fisch unter Fischen, unsichtbar im Schwarm. Sie schielte hinüber zu dem himmelblau gestrichenen Haus auf der anderen Seite des Platzes.

Als könnte sie ihre Gedanken lesen, fragte Lia: »Wohnst du noch in dem Spießerheim da drüben?«

Hanna nickte.

Lia strich ihrer Freundin eine Strähne aus den Augen und kam zur Sache: »Warum wolltest du mich eigentlich sehen?«

»Weil …«

Hanna suchte nach den richtigen Worten, nach einer Erklärung für das Geschehene, nach irgendeiner verborgenen Plausibilität hinter den schrecklichen Ereignissen. Aber wie konnte sie ihrer Freundin gegenüber erwähnen, dass die Menschen an ihrer Seite wegstarben, aus ihrem Leben wegbrachen wie zerbröckelnde Säulen, und sie mit der Frage zurückließen, ob sie alles zu ihrer Rettung Mögliche getan hatte? Konnte sie Lia so viel zumuten? Und wo sollte sie beginnen? Sie nahm einen großen Schluck von dem bittersüßen Getränk und atmete tief aus.

In diesem Moment bog ein roter Porsche um die Ecke, umrundete den Platz und parkte auf einem der wenigen freien Anliegerparkplätze. Ein athletischer Mann stieg aus, sah sich suchend um, schlenderte zu dem blauen Haus und klingelte an der Haustür. Als niemand öffnete, kam er direkt auf die beiden Frauen zu. Hanna stockte der Atem, als sie den Mann mit der Narbe im Gesicht wiedererkannte. Sie presste sich in ihren Stuhl und hielt spontan die Speisekarte vor sich. Der Mann ging an ihnen vorbei und setzte sich an einen der äußeren Tische.

Wie durch dichten Nebel, der gleichermaßen Licht und Schall zurückhielt, nahm Hanna Lias Worte wahr. »Du bist ganz bleich geworden. Was ist denn los?«

Hanna senkte ihre Stimme. »Der Typ, der eben kam – guck jetzt nicht hin –, der sucht nach mir. Damals am Roten Meer hätte er mich fast vergewaltigt, doch meine Leute halfen mir und haben ihn halb totgeschlagen. Wir schafften ihn fort und haben nie mehr etwas von ihm gehört. Doch jetzt hat er mich gefunden.«

»Scheiße!«, murmelte Lia.

Hanna nickte. »Hast du seine Narbe gesehen? Sie erinnert ihn jeden Tag an mich.«

»Meinst du, er will sich an dir rächen?«

»Er beobachtet den Hauseingang, stimmt's? Wahrscheinlich wartet er auf mich.«

Lia kaute an ihren Nägeln und schielte hinüber zu dem Mann. »Ich könnte ein paar Kumpels aus der Leipziger anhauen und sie bitten, sich um die Angelegenheit zu kümmern. Um die Tageszeit dürften die auch noch halbwegs nüchtern sein …«

»Nein. Ich will nicht, dass du oder deine Freunde da mithineingezogen werden. Ich muss das allein schaffen.«

»Du warst schon immer eine Einzelkämpferin. Lass dir halt mal helfen!«

Hanna starrte verbissen auf die helle Haut über ihren Fingerknöcheln. Wie hatte der Mann sie nach so vielen Jahren aufspüren können? Nervös pulte sie an dem zusammengeknüllten Stückchen Papier, in dem der Zucker eingewickelt war. Auf der Rückseite des Papiers drohte ein blauer Skorpion mit seinem bedornten Schwanz. Plötzlich kam ihr ein Gedanke. Ja, sie brauchte Hilfe! Von kleinen kämpferischen Helfern, auf deren Verschwiegenheit sie sich absolut verlassen konnte. Alles, was sie benötigte, befand sich in ihrer Wohnung!

»Ich weiß, wie du mir helfen kannst«, sagte sie und bemühte sich, die Erregung in ihrer Stimme zu verbergen. »Lia, bleib hier sitzen und warte, bis er die Geduld verliert und aufgibt! Versuch ihm zu folgen und herauszubekommen, wo er wohnt! Wenn du die Adresse hast, ruf mich an! Alles Weitere werde ich erledigen.«

Lia betrachtete ihre Freundin. Sie ahnte, dass Hanna einen Plan hatte und dass es Ärger geben würde.

»Weißt du wirklich, worauf du dich einlässt?«

»Vertrau mir einfach und tu mir den Gefallen!«

»Okay, okay, kannst dich auf mich verlassen. Ich ruf dich dann an.«

Hanna wartete auf den Moment, als der Kellner vor den Tisch des Mannes trat, um die Bestellung entgegenzunehmen. Sobald sie der Mann nicht mehr sehen konnte, schnellte sie hoch, nickte ihrer Freundin zu und verschwand lautlos in der Bornheimer Landstraße. Lia musterte den geheimnisvollen Fremden, der sich eine Zigarette angezündet hatte und abwechselnd auf seine Uhr und Hannas Haus blickte. Nervös rückte sie ihre Sonnenbrille zurecht, bestellte sich noch einen Kaffee und wartete ab.

11

Hanna wählte den Hinterhof, um ungesehen in ihre Wohnung zu kommen. Leise schlich sie durch das Treppenhaus nach oben. Vor ihrer Eingangstür hockte ein Junge und weinte.

»Tarik, was ist passiert?«

Der Junge zuckte zusammen, entspannte sich aber, als er Hanna erkannte.

»Ritze ist verletzt.« Er hielt ihr ein kalkblasses Wollknäuel entgegen, das Hanna sofort als Tariks beste Freundin erkannte. Eine zahme Ratte mit weißem Fell und Heißhunger auf Lakritze. Tarik hatte die Ratte von seinem älteren Bruder Kasim geerbt, der sie angeschafft hatte, um damit Lehrer zu erschrecken und Freunde zu beeindrucken. Ihren Namen hatte Ritze von ihrer Lieblingsspeise bekommen, und da sie kaum etwas anderes fressen mochte, tauschte Tarik einen beachtlichen Teil seines Taschengeldes in Lakritzstangen, klebrige Schnecken, gestanzte Rauten und schwarzseidige Süßholzkatzen ein.

Hanna nahm die verletzte Ratte in die Hand und untersuchte das Tier. Die rechte Ohrmuschel hatte einen zentimetertiefen Riss, aus dem Blut sickerte. Die Wunde war nicht lebensbedrohlich, musste aber behandelt werden.

»Wie ist das passiert?«

»Das war das Frettchen von Jamal. Wird sie wieder gesund?«

Hanna nickte. »Sicher. Sie ist stark und zäh wie ein Kamel.«

Hanna öffnete schnell die Tür zu ihrer Wohnung, und die drei huschten hinein.

Die Fenster in Hannas Bad und Küche gingen zum Hof, und hier wagte sie es, das Licht einzuschalten. Für den Jungen und sich brühte sie einen kräftigen Kräutertee auf. Hanna reinigte und desinfizierte die Wunde, was die Blutung stillte. Die Ratte atmete heftig, ließ die schmerzhafte Prozedur jedoch ohne Gezappel über sich ergehen. Tarik blickte sich um.

»Wohnst du allein hier?«

»Nicht ganz. Immerhin habe ich genau wie du ein paar Haustiere, die mir Gesellschaft leisten.«

»Wo denn?«

»Komm mit! Ich zeig sie dir!«

Zögernd folgte ihr der Junge bis zu einer geschlossenen Tür. Hanna ließ ihn eintreten. Mit großen Augen und offenem Mund näherte er sich den beleuchteten Becken, in denen die seltsamsten Fische schwammen. Sobald er vor der Scheibe eines Aquariums stehen blieb, schossen dessen Bewohner nach vorne, drängelten sich heran und gierten mit schnappenden Mäulern nach Futter.

»Wow, das ist ja wie im Zoo …« Der Junge wandte sich grinsend an Hanna. »Nur dass es hier keinen Eintritt kostet. Sind die alle so zutraulich?«

»Ich glaube eher, dass der Hunger sie so mutig macht. Willst du sie füttern?«

»Oh ja, sehr gerne!«

Hanna reichte ihm eine Dose mit gefriergetrockneten Bachflohkrebsen. »Nimm eine Fingerspitze davon und wirf sie ins Wasser!«

Als Tarik sich auf die Fußspitzen stellte, um die Tiere zu füttern, wurde Ritze wieder munter, sprang von seiner Schulter auf den Kopf und schnupperte vorsichtig balancierend an dem Futter. Der Junge kicherte. »He, Ritze, seit wann stehst du auf Wasserflöhe?«

Auch Hanna lachte. Plötzlich hatte sie das Bedürfnis, dem Jungen mehr von sich zu erzählen. »Die Tiere hier in diesem Zimmer stammen alle aus meiner Heimat Ägypten.«

»Das Land, aus dem die Mumien kommen?«

»Genau! Aber dort gibt's noch mehr Interessantes: die größte Wüste und den längsten Fluss der Welt, den Nil. Dort haben die Pharaonen die Pyramiden gebaut.«

»Sind das hier alles Fische aus dem Nil?«

»Ja, die frechen Kerle, die du gerade fütterst, sind Nilbarschbabys. Die können so groß werden wie ein Schwein, schmecken aber besser.«

»Die werden gegessen?«

»Ja, schon die alten Ägypter haben mit Netzen, Reusen und Angeln Fische gefangen.«

»He, der hier frisst gerade seine Jungen auf!«

Tarik deutete aufgeregt auf einen Fisch in einem Nachbarbecken, der mit geweiteter Kehle die um ihn herumzappelnden Jungfische aufschnappte.

»Da täuschst du dich. Das Gegenteil ist der Fall. Die Kinder suchen Schutz im Maul ihres Vaters.«

»Ist ja irre, und ich dachte, der verspeist seine eigenen Kinder!«

»Die Buntbarsche legen Eier, die sie im Maul ausbrüten, und die geschlüpften Jungen flüchten bei Gefahr dorthin zurück. Schon bei den alten Ägyptern waren deshalb die Barsche Symbol für Fruchtbarkeit und Wiedergeburt.«

Tarik stellte sich vor ein anderes Becken.

»Und wie heißen die hier?«

»Das sind Nilhechte. Sie besitzen ein elektrisches Organ, mit dem sie sich im trüben Wasser orientieren können.«

»So was wie ein Echolot?«

»Nicht ganz, aber so ähnlich. Woher kennst du das?«

»Wir haben einmal eine Fahrt mit dem Schiff auf dem Main gemacht, und der Kapitän hat es uns gezeigt.«

»Das Echolot funktioniert mit Schallwellen, während die Nilhechte ein elektrisches Feld um sich aufbauen.«

»Also wie ein Unterwassermagnet?«

»Ja, genau so. Die alten Griechen nannten den Nilhecht *Oxyrhynchos*, und die Pharaonen verehrten ihn als göttlichen Fisch. Es wurden sogar Fischmumien gefunden, und auf manchen Wandmalereien wird die Verwandlung der Toten zu Fischen dargestellt.«

Der Junge hüpfte zum nächsten Becken. »Und die hier sehen aus wie Aale oder eher noch wie kleine Unterwasserdrachen.«

»Du hast recht, der Flösselhecht *Polypterus bichir*, der Vielflossige, ist tatsächlich so etwas wie ein Drachen aus grauer Vorzeit. Die Ägypter nannten ihn auch ›Fischefäller‹. Vor ihm musste man sich im Totenreich in Acht nehmen, weil er die Seelen fressen wollte.«

»Uuh, der sieht aber eklig aus!« Tarik zeigte auf einen armdicken braunen Fisch, der teilnahmslos neben dem *Polypterus* lag und mit seinen winzigen Knopfaugen, wulstigen Lippen und abstehenden Barteln jeden Hässlichkeitspreis gewonnen hätte.

»Ein Zitterwels, der seine Beute durch elektrische Schläge betäubt. Den hat man früher gichtkranken Patienten unter die Füße gelegt, weil das die Schmerzen lindern sollte. Im alten Ägypten wurden die Fische auch in der Heilkunst verwendet. Aus der Galle von Barschen machte man Salbe, aus den Gräten Mittelchen gegen Kopfschmerzen, und gegen graue Haare verwendete man Wels-Hirn.«

»Puh, wie eklig. Und dieser hier sieht aus wie ein runder Papagei ohne Federn.«

»Ja, das stimmt. Noch dazu ein sehr giftiger Papagei.«

»Wieso denn?«

»Das ist ein Kugelfisch, aus dem man Fugu macht. Seine Innereien und die Haut enthalten eines der gefährlichsten Gifte überhaupt. In Japan sterben jedes Jahr ein paar Menschen an den Folgen einer falsch zubereiteten Fugu-Mahlzeit, und auf Jamaika verwendet man das Fleisch des Kugelfisches für das berüchtigte Zombiegift.«

Hanna starrte auf den Nilkugelfisch, der in Erwartung einer neuen Schneckenmahlzeit seinen Körper an die Glasscheibe presste. Das schnabelförmige Maul zuckte dabei unaufhörlich, so als wollte der Fisch seinem Hunger Nachdruck verleihen.

Während Tarik sich die Aquarienfische ansah, spähte Hanna aus dem Fenster und musterte die Tische vor dem »Harvey's«. Ihr Feind schien sich zurückgezogen zu haben. Wenn sie ihren Plan heute Nacht realisieren wollte, musste sie bald mit ihren Vorbereitungen beginnen.

»Was ist denn das?«

Hanna zuckte zusammen und drehte sich um. Tarik deutete auf einen murmelgroßen marineblauen Gegenstand, der auf einem der Becken lag.

»Ein Glücksbringer aus meiner Heimat: ein Skarabäus, der heilige Pillendreher. Er ist aus Lapislazuli und kann fünftausend Jahre alte Geschichten erzählen. Hier, er gehört dir!«

Sie drückte dem Jungen den Talisman in die Hand und schob ihn nach draußen. »Er wird dich beschützen, wenn du Hilfe brauchst, aber jetzt musst du nach Hause!«

»Darf ich dich wieder mal besuchen und mir die Fische ansehen?«

Hanna nickte. Tarik schloss die kleine Faust um sein Geschenk und rannte, so schnell er konnte, mit der fiependen Ratte die knarrende Holztreppe nach oben.

Zwei Stunden später klingelte ihr Telefon.

»Hanna? Ich bin's …«, flüsterte Lia.

»Wo steckst du?«

»Na, ich würde sagen, so fünf Meter über dem Boden auf dem Ast einer Hainbuche – von denen gibt's hier ziemlich viele.«

»Stehst du im Wald?«

»Woher weißt du das? Der Stadtwald ist nur 'n Steinwurf entfernt.

Ich hab hier oben 'ne schöne Aussicht auf ein paar Spießervillen inklusive Yuppie-Ärsche.«

»Erzähl!«

»Der Typ blieb noch 'ne halbe Stunde sitzen, fummelte die ganze Zeit an seiner Uhr rum, bis es ihm dann zu langweilig wurde. Als ich merkte, dass er 'ne Fliege machen wollte, hab ich schnell 'n Taxi bestellt und bin hinter ihm her.«

»Das war keine gute Idee! Jetzt weiß noch jemand Bescheid.«

»Der Taxifahrer hat sich über etwas Abwechslung gefreut. Ich hab ihm erzählt, dass der Typ im Porsche mein Freund ist, den ich in Verdacht habe, mich zu betrügen.«

Wahrscheinlich bot sich der Fahrer als Tröster an. Mist! Das konnte noch Probleme geben.

»Wo bist du jetzt?«

»Auf dem Lerchesberg hinter Sachsenhausen. Da, wo die Möchtegernreichen sich von erfolglosen Architekten hässliche Bungalows bauen lassen.«

»Vielleicht besucht er ja jemanden.«

»Glaub ich nicht. Der hat seinen Schlitten gleich in die Garage gestellt. Ich sitze seit 'ner Stunde im Baum und kann ihm von hier fast ins Küchenfenster pinkeln. Der ist allein. Und, wenn mich mein Eindruck nicht täuscht, ziemlich nervös.«

»Lia, ich dank dir tausendmal für deine Hilfe. Aber jetzt geh nach Hause! Ich melde mich morgen und erzähl dir alles.«

»Was hast du vor? Wie ist dein Plan?«

»Ein paar Steine beseitigen, die mir im Weg liegen.«

»Na, hoffentlich hast du genügend Dynamit dabei!«

Hanna lachte, ließ sich die genaue Adresse geben und versprach ihrer Freundin, sich so bald wie möglich zu melden. Dann beendeten sie das Gespräch.

Es wurde Zeit, mit den Vorbereitungen zu beginnen. Die Sonne kratzte am Horizont aus gezackten Hochhaustürmen. Im Westen überragte der Fernsehturm stolz alle anderen Gebäude, aber das kitschige Magentarot seiner Scheinwerfer konnte es mit dem prächtigen Abendrot nicht aufnehmen.

Hanna zog sich aus, duschte heiß und kochte danach einen starken grünen Tee, in den sie einige aufputschende Kräuter streute. Dann band sie ihr schwarz glänzendes Haar zu einem Knoten zusammen und schminkte Lider und Lippen tiefblau. Als sie sich im Spiegel betrachtete, blickte sie in das Gesicht einer zu allem entschlossenen Frau. Sie öffnete einen alten Holzschrank und entnahm ihm einen zimtfarbenen Ledergürtel, an dem kleine Stoffbeutel hingen. Aus dem Badezimmer holte sie ein Stofftaschentuch und ein braunes Fläschchen mit einer klaren Flüssigkeit. Beides verstaute sie in einem der Beutel. In der Küche durchwühlte sie die Schubladen, bis sie einen Schlüsselbund mit hakenförmigen Metallstiften gefunden hatte, ein altes Geschenk von einem früheren Verehrer, das half, verschlossene Türen oder Fenster mit wenigen geschickten Handgriffen zu öffnen. Ein modernes »Sesam, öffne dich!«. Hanna lächelte grimmig und packte das Werkzeug in einen der leeren Beutel.

Jetzt galt es noch, ihre zweite Haut überzustreifen, um mögliche Fingerabdrücke auszuschließen. Das Material hatte sie beim Experimentieren mit verschiedenen Fixierungsmitteln entdeckt. Die Mischung besaß die Zähigkeit und Flexibilität von Polyethylen, gleichzeitig war es atmungsaktiv und so dünn, dass es ihr Gefühl in den Händen nicht einschränkte. Vorsichtig holte sie ein kleines Gefäß aus dem Kühlschrank, drehte den Verschluss ab und kratzte die paraffintrübe Paste in ein gewölbtes Glas, das sie über einem kleinen Gaskocher fixierte. Hanna entzündete das Gas und wartete, bis die milchige Masse zu einer durchsichtigen Flüssigkeit geschmolzen war. Dann tunkte sie ihre Fingerkuppen in die heiße Schmelze und stöhnte auf. Der Schmerz fraß sich durch ihre Nerven, trotzdem wartete sie, bis der feine Lack alle Täler und Schluchten ihrer Haut gefüllt und in ein glattes Meer verwandelt hatte. Selbst auf Glas würden ihre Finger keine Spuren mehr hinterlassen.

Gut so! Jetzt brauchte sie nur noch etwas, womit sie ihr Gesicht verbergen und gleichzeitig ihren Gegner einschüchtern konnte. Etwas, was ihr half, alle Ängste, Hemmungen und Bedenken fallen zu lassen. Hanna fand, was sie suchte, in einer alten Truhe, in der sie ihre Schätze aus ihrer Heimat aufbewahrte. Die tönerne Maske mit den schmalen Augenschlitzen und winzigen Mundlöchern aus Djenné. Es gab nichts, was besser geeignet wäre, um damit vor ihren Feind zu treten. Die Maske war mit Ornamenten übersät, und wenn man lange genug darauf starrte, entdeckte man in der Anordnung der Zeichen Tierköpfe und feixende Geisterfratzen. Entschlossen setzte Hanna die Maske auf und zog das schmale Befestigungsband hinter ihrem Kopf fest.

Das Einzige, was jetzt noch fehlte, waren ihre Waffen. Die mussten gut gewählt sein. Präzise, lautlos und tödlich. Sie lächelte. Wie in Trance richtete sie sich auf und öffnete das Zimmer zu ihren gläsernen Palästen und ging vorbei an schnappenden Mäulern bis zu dem Haus mit seinen sieben Wüstenprinzen. Behutsam öffnete sie die Schiebetür des Terrariums und beugte sich weit hinein in das orangewarme Licht der Infrarotstrahler. Mit einer schnellen Bewegung drehte sie einen der faustgroßen Sandsteine um. Sofort schoss ein sandgelber Skorpion hervor, den gegliederten Schwanz mit dem giftigen Stachel wie eine Feder bis zum Kopf gespannt, bereit zur Verteidigung. Hanna murmelte beruhigende Worte in einer Sprache, die seit vielen Generationen nicht mehr gesprochen und verstanden wurde, und das nervöse Tier schien sich zu beruhigen. Unter der Maske ertönten die Worte dumpf und klamm, und was an ihre Ohren drang, hatte einen fremdartigen, unbekannten Klang. Ihr Atem wurde schneller, sie fühlte eine Macht in sich aufsteigen, die sich aus der Kraft und dem Wissen eines jahrtausendealten Volkes nährte, und für einen Moment fühlte sie den kühlen Hauch uralter Pharaonengräber über ihre Haut streichen.

Ihre Stimme schwoll zu einem melodischen Gesang, ihr Kopf zuckte rhythmisch zur Seite, der Skorpion vor ihr näherte sich und berührte mit den mächtigen Pedipalpen ihre hingestreckten Finger. Der Stachel zuckte nervös, als das Tier Hannas Hand bestieg. Ohne den Gesang zu unterbrechen, ließ Hanna den Skorpion in ein Plastikröhrchen gleiten, das sie in einen der Beutel an ihrer Hüfte steckte.

Niemand sah das kalte Lächeln unter Hannas Maske, als sie sich nach unten beugte und nach dem warmen Holz einer Wurzel griff. Nur sie wusste, dass darunter ein gewaltiger, goldgelber Skorpion auf Beute wartete …

12

Die blonde Frau spülte vier Schlaftabletten mit etwas Kranwasser hinunter und bemühte sich, die vielen unrasierten Gesichter aus ihrer Erinnerung zu streichen, besonders das eine, dessen grinsende Fratze sie bis in ihre Träume hinein verfolgte. Sie dachte an das Rotkehlchen und an das Messer mit der langen, scharfen Klinge. Müde und erschöpft lag sie auf ihrer Matratze, hoffte, dass die Übelkeit mit dem Schlaf verblasste. So wie ihre Kopfschmerzen von der frischen Luft am Meer weggepustet wurden. Früher. Das Meer. Als Kind war sie oft am Hafen gewesen und später mit ihrem ersten Freund an einsame Ostseestrände gefahren. Bis die Werften geschlossen wurden und er nichts Besseres mit sich anzufangen wusste, als seinen Verstand mit selbst gebranntem Schnaps klein zu trinken. Als er sie rausschmiss, weil eine andere wartete, wollte sie weg. Deutschland erschien ihr weit genug, und der Klang des Namens versprach Arbeit und Essen. Doch die fremde Sprache hörte sich aus den Mündern ihrer Bewohner unfreundlich und abweisend an. Sie irrte umher – suchte erst die Lichter der Stadt und dann, als sie dort ohne Geld keine Hilfe fand, die Schatten zwischen den Mauern –, ziellos, verzweifelt, bis jemand sie in ihrer Muttersprache ansprach, grob und unfreundlich zwar, aber doch in der Sprache ihrer Mutter. Sie ahnte schon damals, wohin sie dem Mann folgte, und trotzdem ging sie mit und bot sich den Freiern für Geld an. Sie war jung und verdiente leicht.

Was hatte sie vorhin gegessen? Das Pilzragout in der schmierigen Kneipe hätte sie nicht antasten sollen. Nach dem miesen Flash hatte sie sowieso keinen Hunger gehabt. Der Stoff war sein Geld nicht wert gewesen und die schönen Bilder viel zu früh aus ihrem Kopf verdampft. Sie öffnete die Augen, und das Gefühl der Übelkeit verstärkte sich. Ihre dünnen, mondhellen Finger suchten die Packung auf dem Nachttisch und zerrten drei weitere Tabletten aus dem silbrigen Papier, schob sie zwischen die Lippen und schluckte. Die Tabletten schabten wie Kieselsteine durch ihre Speiseröhre. Ein Frösteln schüttelte ihren Körper, und sie hoffte, dass der Schlaf schnell kommen würde.

Das Rotkehlchen war wieder da. Es riss den kleinen Schnabel auf und stimmte ein mitreißendes Liedchen an. Die kleine Zunge flatterte in dem roten, fleischigen Rachen wie ein Taktstock zur Musik. Jetzt wurde der Tanz langsamer und die Stimme ruhiger. Sie fühlte, wie der Schlaf sie bedeckte, wie heiße Schneeflocken fiel er auf sie, bedeckte ihren Körper, machte sie unsichtbar und klein. Sie genoss das Gefühl der aufkommenden Schwere. Sie wollte zurück. Ans Meer. Dorthin, wo sie nicht nur die Tiere verstand, sondern auch die Menschen. Vielleicht könnte sie sich in Danzig ein kleines Zimmer mieten, als Bedienung in einer Kneipe jobben. Wieder am Meer. Alles schien ihr besser als das Warten auf die Freier, die Brutalität der Männer, der Neid der Frauen untereinander. Die Übelkeit war noch da, stärker sogar, aber der Schlaf war mächtiger.

Sie merkte nicht, wie sich abrupt ihr Inneres verdrehte und das Angedaute durch ihre Speiseröhre schoss, in ihrem Rachen hängen blieb und die Luftröhre zuschmierte, eine schleimige klebrige Masse. Die Frau träumte vom warmen Sand und liebkosenden Wellen. Es war ein schöner Traum, den ihr der Schlaf zum Abschied schenkte. Ein Schlaf so tief und fest, dass sie in dieser Welt nicht mehr daraus erwachen sollte.

13

Hanna schrie und wachte auf. Für einen Moment glaubte sie, immer noch die Figuren ihres Traumes vor sich zu sehen, dann realisierte sie, dass sie in ihrem Bett lag, in ihrem Zimmer, in ihrer Wohnung, in Sicherheit. Es war drückend heiß, und obwohl sie nackt war, klebten ihre Haare verschwitzt am Körper. Hanna sah sich um und erblickte die Reste des halluzinogenen Kräutertees auf dem Nachttisch, ohne dass sie sich daran erinnerte, wann und weshalb sie davon getrunken hatte. Ihre Zunge war trocken wie Kiefernborke, und in ihrem Kopf kreiselten unzusammenhängende Bilderfetzen. Sie bemerkte, dass das Fenster geschlossen war, stand taumelnd auf und öffnete es. Ein lauer Wind berührte ihre Stirn und trocknete den Schweiß auf ihrer Haut. Sie atmete tief durch, blickte benommen über die Dächer und Wolken hinauf zum Himmel. Der Mond strahlte in einem hellen, kalten Licht. Es kam Hanna vor, als wollte er den gleißenden Lichtpunkten der Großstadt zeigen, wie unabhängig er von Wechselstrom, Wolframdrähten und funktionierender Elektronik war. Sein mit Kratern übersätes Pockengesicht grinste zu ihr herunter. Wollte er sie auf etwas aufmerksam machen, was noch vor der Morgensonne aus dem Dunkel gezerrt werden sollte?

Wie herabprasselnde Steine traf sie die Erinnerung der vergangenen Nacht. Sie eilte nach nebenan in den Raum mit seinen lebenden Bewohnern. In der Ecke stand rot beleuchtet das Terrarium. Mit zitternden Händen wühlte sie im Sand, spähte unter jeden Stein und jede Wurzel. Sie suchte nach Bestätigung für das, was ihr Gefühl schon längst wusste. Das Glashaus stand leer. Die Skorpione waren fort.

Teil 2

Seth nahm den Leichnam, zerriss ihn in vierzehn Teile und verstreute die Gliedmaßen über ganz Ägypten. Doch Isis fand alle Körperteile wieder, mit Ausnahme des Schamgliedes, das in den Nil geworfen und dort von den Frevlerfischen gefressen worden war.

nach Plutarch

1

In der Wohnung im zwölften Stock schellte ein Telefon. Kriminalhauptkommissar Klaus Sebald brauchte einige Zeit, bis ihm klar wurde, woher das Klingeln kam.

»Scheiße«, entfuhr es ihm, als er sich beim Herumlaufen in der unbeleuchteten Wohnung den Zeh am Türrahmen stieß. »Wo hab ich das Ding nur hingelegt?«

Mit jedem Klingeln steigerte sich in ihm eine hilflose Wut auf die Unabwendbarkeit des gleichmäßigen und völlig emotionslosen Geräusches. Er fluchte lauthals. Wenn er das Gerät nicht gleich fand, war der gestauchte Zeh völlig für die Katz gewesen. Er humpelte Richtung Fensterbank und stützte sich dort ab. Da fiel es ihm wieder ein: Er hatte das verdammte Ding gestern in den Blumentopf direkt hinter den Kugelkaktus gesteckt und Major Tom reden lassen, wobei er sich den Chef als sprechenden Stachelkopf vorstellte. Natürlich ging es um den Fall Paschke. Glotzkes Team hatte nichts finden können, was nach einem Verbrechen roch, und der Major wollte den Fall offiziell abschließen. Der Alte wollte mit Sebald absprechen, ob sie dem Staatsanwalt die Unfallversion oder einen Selbstmord als wahrscheinlichste Todesursache präsentieren sollten, aber Klaus tat ihm nicht den Gefallen. Sebald hätte gerne im Umfeld des Exotariums weiterrecherchiert, aber der Chef lehnte das strikt ab. Vielleicht rief der Major jetzt an, weil er es sich anders überlegt hatte.

Hektisch griff Sebald nach dem Handy, drückte eine Taste und zog es hinter dem Kaktus hervor. »Autsch!«, entfuhr es ihm, während er die Erdkrümel abschüttelte.

»Wieso autsch?«, fragte jemand am anderen Ende. Sebald erkannte die Stimme seines Kollegen Karl.

»Hab mir gerade in den Daumen gestochen.«

»Darf man fragen, womit?«, erwiderte Karl, der schon einiges gewohnt war und sich kaum noch von Sebalds Marotten beeindrucken ließ.

»Mit den Bartstacheln meines Chefs«, knurrte Sebald und lutschte den Schmerz aus der winzigen Wunde.

Karl hieß eigentlich Karl-Heinz Mayer, doch weil sich kein Mensch merken konnte, wie genau der Nachname geschrieben wurde, nannten ihn alle nur Karl May. Er selbst fand das gar nicht unpassend, da er gerne Geschichten erzählte und in seiner Jugend die Winnetou-Bücher verschlungen hatte. Karl May war bei fast allen Kollegen beliebt, weil er zu den wenigen gehörte, die sich bei unangenehmen Aufgaben nicht versteckten. Dies verringerte für die anderen die Wahrscheinlichkeit, als unfreiwilliger Freiwilliger ausgewählt zu werden. So fühlten sich die meisten Kollegen irgendwie in Karls Schuld und hatten deshalb stets ein nettes Wort für ihn übrig. Dafür konnte er sich zwar nichts kaufen, doch er freute sich über diese Zuwendung. Auch Sebald kam problemlos mit ihm aus, zumindest bis letzte Woche, als er Karl aus einer Laune heraus erzählt hatte, dass der berühmte Schriftsteller schwul war und einen Teil seines Lebens wegen Betrugs hinter Gittern verbracht hatte. Diese Informationen über seinen Spitznamengeber kränkten Karl zutiefst, zumindest mehr, als es Sebald beabsichtigt oder für möglich gehalten hätte. Er wollte deshalb etwas gutmachen und fragte so freundlich, wie es ihm um diese Nachtzeit möglich war: »Was gibt es denn Schönes, dass du mich um halb drei aus meinen süßesten Träumen klingelst?«

»Falls du gestern nicht wieder zu viel Äppler in dich geschüttet hast, setz dich in deinen Wagen und komm zum Lerchesberg, Bischofsweg 84. Hier wartet eine Leiche, die der Star in deinen Alpträumen werden könnte.«

»Ich alpträume nicht. Zumindest kann ich mich nicht daran erinnern.«

»Sei froh! Die Kollegen von der Spurensicherung sind bereits hier, aber Glotzke meint, einer von euch soll sich erst mal einen groben Überblick verschaffen, bevor er das volle Programm startet.«

»Ist Barmer denn nicht da?«

»Wir konnten ihn nicht erreichen. Sein Handy ist abgeschaltet.«

»Gut, dann gibt's wenigstens keinen Streit.«

»Hm, normalerweise kann ich auf eure Revierkämpfe verzichten, aber bei dem Anblick hier bin ich für jedes vertraute Gesicht in meiner Nähe dankbar.«

»So schlimm?«

»Komm selbst und sieh dir die Bescherung an, aber vergiss die dunkle Sonnenbrille nicht. Übrigens, hast du nicht erwähnt, dass dir jemand ein Aquarium geschenkt hat?«

»Ja, der Kurator des Exotariums hat es mir aufgedrängt, als er mein Interesse an den Tieren mitbekam. Als Bestechungsgeschenk völlig ungeeignet, aber als Einstieg in ein neues Hobby einen Versuch wert.«

»Bring es mit! Hier warten ein paar beschuppte Untermieter auf eine komfortablere Unterkunft. Vielleicht taugt ja dein blauer Daumen mehr als dein grüner.« Karl May lachte schadenfroh und legte auf.

Sebald starrte einen Moment ratlos auf seinen lädierten Daumen. Dann zog er sich an, fuhr mit dem Aufzug nach unten und eilte zu seinem königsblauen E36er-BMW, der nicht weit entfernt im Parkverbot auf ihn wartete. Er öffnete den Kofferraum und betrachtete das rechteckige Aquarium, das er – seiner Faulheit sei es gedankt! – noch nicht in seine Wohnung getragen hatte. Bevor er einstieg, drehte er den Kopf nach oben und stellte verwundert fest, wie hell der Vollmond in dieser Nacht schien. Er startete den Motor und fuhr zügig durch die schlafende Stadt.

Der Tatort war ganz in der Nähe. Zu Fuß etwa eine halbe Stunde, mit dem Wagen keine zehn Minuten. Er bog in den Bischofsweg ein, beidseitig hohe Hecken, dahinter das, was sie verbergen sollten: Terrassen aus Marmor, englischer Rasen, Pools so groß, dass Flusspferde darin Platz hatten, gepflegter Reichtum. Vor der Nummer 84 zählte er vier Einsatzfahrzeuge plus Glotzkes Spezialtransporter. Das Blaulicht war eingeschaltet. Mayer hockte auf einer der Kühlerhauben und zog nervös an einer Zigarette.

»Was hast du denn da gemacht?«, fragte Sebald und deutete auf Karls rechten Handrücken, auf dem eine paprikarote Brandblase wuchs.

»Hab nicht aufgepasst und mich am Auspuff verbrannt, als ich was reparieren wollte. Halb so schlimm.«

Karl trat die Kippe aus und fuchtelte mit den Armen in der Luft herum. »Gut, dass du endlich da bist! Glotzke kann's kaum noch abwarten.«

»Wie lange seid ihr schon vor Ort?«

»Ungefähr 'ne Dreiviertelstunde.«

»Mann oder Frau?«

»Wir haben es mit einer männlichen Leiche zu tun.«

»Besser als andersrum! Wer hat die Leiche entdeckt?«

»Ich.«

Sebald blickte ihn verwundert an.

»Na ja, wir erhielten einen anonymen Anruf. Das Ganze hörte sich nach einem dummen Streich an, deshalb nahmen wir die Sache nicht besonders ernst. Ich hatte regulären Dienst, also machte ich mich mit Enzo auf den Weg.«

»Kann es sein, dass der Anrufer mit dem Täter identisch ist?«

»Wie kommst du darauf?«

»Vielleicht war es ein Unfall, das Opfer war verletzt, und der Täter wollte, dass jemand zu Hilfe kam.«

Karl schüttelte entschieden den Kopf. »Glaub ich kaum. Das sieht nicht wie eine Effekthandlung aus. Allerdings wusste die Frau Bescheid über … das hier.«

»Die Frau?«

»Ach so, hab ich vergessen zu erwähnen. Die Stimme am Telefon war eindeutig weiblich.«

»Vielleicht eine Zeugin, die unerkannt bleiben möchte?«

»Wohl kaum. Hör dir das Band später an. Wir haben den Anruf aufgezeichnet.«

Nachdenklich nickte Sebald und musterte die Umgebung. Der Bungalow stand auf einem weitläufigen Gelände. Das Grundstück war von der Straße durch eine Eibenstrauchhecke abgeschirmt. Die giftigen Samen waren noch klein und der im Herbst leuchtend rote Arillus unscheinbar grünlich gefärbt. Das Nachbargrundstück lag brach, Brennnesseln wucherten unter einer stattlichen Hainbuche. Zur anderen Seite wurde das Grundstück von einem Acker begrenzt. Schön einsam und trotzdem zentral gelegen, dachte Sebald, ein Traum für jeden Immobilienmakler!

Sein Blick fiel auf Enzo, der im Streifenwagen saß und mit den Leuten von der Zentrale telefonierte. Enzo war früher im Formel-1-Geschäft als Mechaniker tätig gewesen, doch als er bei einem missglückten Boxenstopp versehentlich über den Haufen gefahren wurde und sich mit vier gebrochenen Rippen und einem Lungenriss im Krankenhaus wiederfand, konnte er den überzüchteten Rennmaschinen nichts mehr abgewinnen. Nach seiner Genesung wechselte er deshalb den Job. Sebald fand das nur konsequent, doch die meisten von Enzos Freunden hatten kein Verständnis dafür, dass er ausgerechnet bei der Polizei anfing.

Sebald nickte ihm freundlich zu und wandte sich wieder an Karl May. »Wie bist du in die Wohnung gekommen?«

»Die Haustür war nicht abgeschlossen, nur zugezogen. Als nach mehrmaligem Klingeln niemand öffnete, hab ich halt mal probiert, was geht.«

Er grinste verlegen. Falls es wirklich nur ein dummer Streich gewesen und der Hauseigentümer bei einer Peinlichkeit erwischt worden wäre, hätte man ihn wegen Hausfriedensbruchs anzeigen können. Sebald verdrängte den Gedanken, dass sein Kollege von Glück sagen konnte, dass dadrin ein echter Toter auf ihn gewartet hatte. Es wurde Zeit, sich ein eigenes Bild zu machen.

»Okay. Kommst du mit, oder soll ich alleine reingehen?«

»Ich lass dich doch nicht einsam sterben.«

Sie liefen rüber zu Glotzke, der ihnen Latexhandschuhe und Plastikfüßlinge aushändigte. »Fasst nur etwas an, wenn es sich nicht vermeiden lässt, und beeilt euch!«

»Warum habt ihr noch nicht mit der Spurensicherung angefangen?«

»Ist nur so 'n Gefühl von mir. Vielleicht solltest du dir den Tatort ansehen, so wie ihn der Mörder verlassen hat.«

Glotzke hatte recht. Obwohl er den Wert seiner Arbeit genau kannte, wusste er als erfahrener Kriminaltechniker, dass grelle Halogenscheinwerfer und klickende Kameras nicht nur Spuren konservieren, sondern auch zerstören konnten.

Sebald nickte. »Gut, es wird nicht lange dauern.« Er streifte die Plastiksachen über und öffnete die Tür. Das Licht im Flur brannte.

Als Sebald den Toten im Wohnzimmer sah, wurde ihm klar, dass Karl nicht übertrieben hatte. Die Leiche war nackt und lehnte mit dem Rücken an einen umgestürzten Holztisch, der Kopf hing schlapp auf der Brust, unter dem Bauchnabel klaffte ein blutiges Loch. Sebald brauchte einen Moment, um zu begreifen, dass dem Mann der Penis abgetrennt worden war. Als ob das nicht gereicht hätte, waren die Handgelenke bis zum Unterarmknochen zerschlitzt und die halb abgetrennten Stümpfe wie Marionettenhände über dem Bauch des Opfers drapiert worden. Im Raum verstreut lagen blutige Kleidungsstücke.

Die Tatwaffe, ein scharf aussehendes blutverschmiertes Küchenmesser, steckte mit der Spitze in der Tischplatte, knapp neben der

Schläfe des Opfers. Das Gesicht sah noch im Tod hart und gefühllos aus, und unter dem rechten Auge zog sich eine längst verheilte, aber immer noch deutlich sichtbare Narbe bis zu den Mundwinkeln hinab. Der Körper des Mannes war umgeben von einem ovalen See aus blutgetränkten Teppichfasern. Ein schwacher süßlicher Geruch erfüllte den Raum. Zwischen den Beinen der Leiche lag ein mit Wasser und Luft prall gefüllter Plastikbeutel, in dem drei etwa handlange Fische schwammen. Der größte hatte einen torpedoförmigen, kieselgrau gefärbten Körper und ein vorgestrecktes Maul, das an eine Tapirnase erinnerte. Die dunklen Augen blickten Sebald an, als wollten sie ihn an dem teilhaben lassen, was sie hier erblickt hatten. Der kleinere hatte glänzende, rundliche Schuppen und kam ihm vor wie ein zusammengedrückter Karpfen. Von dem dritten Fisch konnte er kaum etwas erkennen, da er andauernd in Bewegung war, sein Körper schimmerte wie fließendes Aluminium, nur die algengrünen Augen bildeten zwei ruhende Pole in dem sich schlängelnden Fleisch.

Das abgeschnittene Glied des Opfers konnte er nirgendwo entdecken. Er vermutete es unter dem Fischbeutel zwischen den Beinen der Leiche.

Sebald blickte zu Karl, der bleich neben ihm stand. »Warst du schon in den anderen Räumen?«

»Nein.«

»Hältst du es für möglich, dass der Mörder noch im Haus ist?«

»Nein.«

»Weshalb nicht?«

»Warum sollte er warten, bis die Polizei eintrifft?«

»Weil er krank ist? Weil er will, dass wir ihn finden? Weil er sich nach Bestrafung sehnt?« Sebald hob die Hände wie zur Beschwörung in die Luft. »Was weiß ich, wie so 'n Irrer tickt!«

Sie hörten das Geräusch hinter der Tür gleichzeitig. Ein leises Kratzen und Knirschen, das entsteht, wenn eine grobe Feile über weiches Holz gezogen wird. Wie Drogen rauschte das Adrenalin durch ihre Körper, beschleunigte den Herzschlag und erhöhte die Muskelspannung. Fast im selben Moment fraß sich die Angst durch ihre Eingeweide und loderte flackernd auf. Sebald sah die Furcht in den Pupillen seines Kollegen, und er wusste nur zu genau, dass dieser das Gleiche bei ihm wahrnahm. Er führte den Zeigefinger quer zu den Lippen, zog seine Sig Sauer und gab Karl ein Zeichen, ihn zu decken.

Dann rammte er mit der Schulter die Tür und ließ sich fallen. Die Tür prallte gegen die Wand und schwang langsam zurück. Sie starrten auf die leere Stelle dahinter, die weiße Wand, den eichenbraunen Rahmen, den Teppich mit aufgesetztem Türstopper. Direkt daneben bewegte sich etwas auf dem Boden, drehte sich um die eigene Achse, schüttelte die Gliedmaßen wie ein Streetdancer und reckte ihnen etwas entgegen, dem sie lieber nicht die Hand geben wollten.

Fasziniert starrte Sebald auf das achtbeinige Geschöpf. »Wahnsinn: ein Skorpion!«

Karl stöhnte auf und taumelte zurück. Sebald schnappte sich ein Cocktailglas, das auf einem der Regale stand, und bevor das Tier flüchten oder angreifen konnte, stülpte er das Gefäß darüber, schob seinen Notizblock darunter und drehte das Ganze um. Der Skorpion rutschte nach unten und stieß mit den Scheren gegen den Glasboden, während der schwarze Stachel nervös über dem Kopf baumelte.

Karl näherte sich und äugte angeekelt hinein. »Meinst du, das Vieh ist giftig?«

»Wäre möglich. Die meisten Arten sind harmloser als eine Wespe, aber diesem hier trau ich nicht über den Weg!«

»Vielleicht gibt es ja noch mehr hier …«

Plötzlich klapperte etwas im Flur, Stimmen näherten sich. Glotzkes Männer betraten den Tatort. »Na, ihr zwei Schnüffelnasen«, sagte einer der Forensiker, »jetzt räumt mal das Spielfeld und lasst die Profis ran!«

Sebald hielt Glotzke den gefangenen Skorpion hin. »Es könnte sein, dass von der Sorte noch mehr da sind. Deine Leute sollten vielleicht mit ihrer Arbeit noch warten, bis der Tatort gesichert ist. Wir rufen besser Professor Bloomsfeld an …«

Glotzke machte ein unglückliches Gesicht. »Wenn's denn sein muss. Also, Männer, ihr habt es gehört. Wir ziehen uns bis auf Weiteres zurück.«

Er wandte sich an die beiden Polizisten. »Das gefällt mir alles nicht. Die Spuren werden nicht besser, wenn wir noch länger warten.«

»Glaubst du, mir gefällt es, den Rest der Nacht zwischen Gifttieren und einer Leiche zu verbringen?«, raunzte Sebald zurück. »Ich geb es ja nicht gerne zu, aber bei dem Zoo hier sollten wir jemanden dabeihaben, der wenigstens weiß, womit wir es zu tun haben.«

»Na gut, aber ihr kennt den Alten. So 'n läppischer Skorpion ist nichts gegen einen schwitzenden holländischen Giftzwerg.«

»Trotzdem: Bitte ruf ihn an! In der Zwischenzeit kümmern wir uns um die anderen Zimmer.«

»Na schön. Viel Spaß dabei!«

Glotzke drehte ab und kramte sein Handy heraus. Professor Bloomsfeld war Leiter der Abteilung »Arthropoda« im Senckenberg-Museum und arbeitete eng mit der Kriminalpolizei zusammen, wenn es darum ging, den Todeszeitpunkt von spät entdeckten Leichen im Gelände aufzuklären. Dabei bedienten sich der Professor und sein Team der Schmeißfliegen und ihrer Larven, deren unterschiedliche Entwicklungsstadien konkrete Angaben über das Alter verwesenden Fleisches möglich machten. Die ganze Angelegenheit war ziemlich widerwärtig, brachte aber überaus genaue Ergebnisse und hatte schon manche Falschaussage widerlegt. Außerdem war der Professor bekannt für seine zoologische Kompetenz und sein schnelles Händchen, wenn es darum ging, eine ausgebüxte Giftschlange einzufangen, die irgendwo in der Stadt auftauchte.

Sebald schob Karl May aus dem Wohnzimmer, verschloss die Tür hinter ihnen und marschierte an Glotzkes müden Mitarbeitern vorbei, die ihrem Chef beim Telefonieren zuschauten und in ihren mondgrauen Anzügen wie vergessene Astronauten aussahen. Die beiden Polizisten gelangten in eine große, helle Küche, die mit viel Marmor und teuren Kochutensilien ausgestattet war. Sebald kramte ein Taschentuch hervor und öffnete den Kühlschrank. Bei dem Anblick musste er sich beherrschen, nicht zuzugreifen: Champagner und Red Bull neben Kaviar und gerollten Sushi-Häppchen in trauter Gemeinschaft mit Billigkäse und Frikadellen vom Discounter. In einem Seitenfach entdeckte er eine Schachtel mit Tabletten. Er nahm die Packung, studierte die Aufschrift und reichte sie an Karl weiter. »Anabolika, zum Muskelaufbau. Natürlich verschreibungspflichtig.«

»Sollen wir die für Barmer mitnehmen?«

Sebald grinste und legte die Medikamente zurück an ihren Platz. Er öffnete wahllos Schranktüren und kramte in den Schubladen herum. In einer stapelten sich ein Dutzend Fleischermesser.

Karl May sah ihn an. »Die Klingen hier sehen der Tatwaffe verdammt ähnlich.«

»Da könntest du recht haben. Wir sagen Glotzke Bescheid, damit er sich hier genau umsieht und Fingerabdrücke nimmt.«

Der Raum neben der Küche enthielt außer einem altmodischen Drehstuhl und einem dazu passenden Schreibtisch aus wurzelbrauner Eiche keine weiteren Möbel. Aus der Tischplatte wuchs eine Lampe im Jugendstil hervor. Sebald setzte sich auf den Stuhl und knipste das Licht an. Er hoffte, dass es auch im übertragenen Sinn funktionierte. Vorsichtig zog er an einer der Schubladen unterhalb der Tischplatte. Zugesperrt! Was sonst? Die Kollegen würden das Schloss schnell knacken, aber vielleicht schaffte er es ja auch.

Karl deutete mit dem Finger auf das Fenster. »Er ist schon da!«

»Häh?«

»Bloomsfeld! Der Professor ist eingetroffen.«

Sebald starrte aus dem Fenster, dem man selbst nachts ansah, wie dringend es geputzt werden musste. Draußen stand ein Mann in einem gelben Wollpullover mit schulterlangem grauen Haar und zwängte sich in einen Tyvek-Anzug, der mindestens zwei Nummern zu klein war. Obwohl Glotzkes Leute behilflich waren, schien der Zitronenfalter zu groß für diese Haut.

Karl lachte auf. »Wie ein Schneemann im Sommer! Der arme Kerl wird dadrin zerschmelzen.«

Sebald grunzte zustimmend und konzentrierte sich wieder auf die verschlossenen Schubladen. Er beugte den Kopf vor und betrachtete die Tischplatte, auf der sich eine dünne Schicht Staub abgelagert hatte. Etwas irritierte ihn. Er starrte auf das Holz, betrachtete die Maserung und trat einen Schritt zurück: Weitwinkel statt Tele. Er zog ein Taschentuch hervor und hob die Tischlampe vorsichtig an. Unter dem Sockel befand sich ein kleiner Hohlraum, in dem ein Schlüssel steckte.

Karl trat näher. »Woher wusstest du das?«

»Der Staub.«

»Wie bitte?«

»Um die Lampe herum ist deutlich weniger Staub als an anderen

Stellen auf der Tischplatte. Ein Hinweis darauf, dass sie regelmäßig bewegt wurde.«

Mayer klatschte in die Hände. »Bravo! Ich erstarre in Bewunderung vor Sherlock Holmes.«

»Lass die Witzeleien! Oder möchtest du ab sofort Watson genannt werden?«

»Nur wenn die Beförderung sich in barer Münze auszahlt.«

Sie lachten, Sebald steckte den Schlüssel ins Schloss, und die Verriegelung klickte zurück. Die Schublade öffnete sich mit einem leisen Scharren. Ein holzfarbenes Rechteck bleckte auf, ein Mund ohne Zunge und Zähne.

»Verdammt, da ist kein Krümel drin!«, entfuhr es Karl.

»Was bedeutet das?« Sebald hatte die Frage mehr an sich als an seinen Kollegen gerichtet.

»Du meinst, warum gibt es ein Versteck, aber keinen Schatz?«

»Genau. Was könnte das bedeuten?«

»Vielleicht hat der Besitzer das Versteck gewechselt, da es ihm zu unsicher erschien.«

»Es gibt noch eine Möglichkeit.«

»Die da wäre, Mister Holmes?«

»Jemand hat den Schatz gestohlen.«

»Der Mörder?«

Ein langer Aufschrei, der wie eine akustische Chimäre aus bayerischem Jodler und dem Gejohle biertrinkender Fußballfans daherkam, ertönte aus dem Wohnzimmer, dicht gefolgt von einem »Juhu, ich hab dich!«.

Mayer und Sebald sahen sich an. »Bloomsfeld«, sagten sie gleichzeitig.

Sie schwiegen und warteten darauf, dass der Professor erneut sein Jagdglück bejubelte. Nach dem dritten Urschrei wandte sich Sebald an Karl: »Komm mit! Wir schauen uns noch im Keller um, dann soll die Spurensicherung übernehmen.«

Sie verließen das Zimmer und stiegen die Treppen nach unten, wo es kühler wurde. Der Gang führte zu vier Räumen, die Sebald wie der Entwurf eines Innenarchitekten zum Thema »Evolution eines Kellerraumes« vorkam. Im ersten befanden sich die Heizung und ein riesiger Öltank mit Auffangwanne, im zweiten diverse Besen, Tücher und Poliermittelchen (nur das Nötigste – für die

Reinemachefrauen. Dem Hausherrn traute Sebald den Umgang damit nicht zu), im dritten moderne chromglänzende Fitnessgeräte (überdimensioniert – für den Hausherrn) und im letzten eine Sauna mit Tauchbecken und Badewanne (nobel bis protzig – für den Hausherrn und seine Konkubinen).

Die Badewanne war gefüllt. Auf der flamingofarbenen Keramikablage balancierte ein langstieliges Champagnerglas mit rotlippigem Rand, daneben stand ein Aschenbecher, in dem das Mundstück einer Zigarre lag.

Sebald zog die Luft ein. »Das Kraut riecht nach Luxus. Havannas goldener Sonnenuntergang, gepresst in ein paar Tabakblätter.« Er rührte mit der Hand im Wasser und roch daran. »Das Wasser ist kalt, riecht aber gut.«

Mayer verdrehte die Augen. »Wenn du meinst. 'n eigener Swimmingpool wäre mir lieber.«

Sebald nickte. »Für was hältst du das hier?«

Mayer knetete seine Unterlippe, als könne er ihr ein bisschen Weisheit abpressen. »Tja, für mich ist das die noble Absteige eines Zuhälters, der entweder hoch verschuldet ist oder besonders scharfe Miezen im Angebot hat.«

»Die Frage ist nur: Wer hat die Krallen an ihm gewetzt? Ein Kater oder eine Katze?«

Der Satz schwebte in der Luft, prallte an den gekachelten Wänden ab, suchte nach einem Ausgang und zerstob unter dem sechsten Jubelgeschrei aus Professor Bloomsfeld aufgeregter Kehle.

Sebald zog seinen Kollegen aus dem Raum. »Lass uns hochgehen und dem Professor bei der Jagd zusehen!«

Im Flur hatten die Kriminaltechniker mit der Arbeit begonnen. Glotzke hüpfte herum, erteilte Anweisungen und verteilte Aufmunterungen, je nachdem, was er für notwendig hielt. Sebald beobachtete kurz die routinierten Handgriffe der Spezialisten, das präzise Absuchen glatter Gegenstände nach Fingerabdrücken, das Eintüten winziger Partikelchen, die Suche nach Haut- und Haarfragmenten für die Erstellung von DNS-Steckbriefen. Glotzkes Team war berühmt für seine sorgfältige und erfolgreiche Arbeit. Wenn es eine Spur gab, die der Täter hinterlassen hatte, würden sie sie finden.

Als Glotzke die beiden Polizisten bemerkte, nickte er ihnen zu und zeigte mit dem Daumen auf die geschlossene Wohnzimmertür. »Er ist gleich so weit, hat er gesagt.«

Sebald trat näher und klopfte an. »Professor? Können wir rein?«

»Einen kurzen kleinen Moment noch!«

Sebald hörte ein Rascheln, ein Klappern und Scheuern. Dann schwang die Tür nach innen, und ein grinsendes Gesicht tauchte auf, aus dessen bärtigem Boden eine kapitale Kartoffel unter kirschbraunen listigen Augen emporragte.

Wie der Gemüsekaiser in dem Bild von Giuseppe Arcimboldo, dachte Sebald.

In Bloomsfelds erhobener Hand, sicher eingeklemmt zwischen Zeigefinger und Daumen, zappelte ein sandgelber Skorpion, den der Kammerjäger geschickt in ein Gefäß gleiten ließ, das er sorgfältig verschloss. Dann stellte er den Becher neben sechs weitere Plastikbehälter und drehte sich um. »*Androctonus amoreuxi.* Fast könnte ich sagen: Sieben auf einen Streich!«

Der Gemüsemann reichte Sebald eine Hand mit gurkendicken Fingern, und für einen Moment fürchtete Sebald, dass sie beim Schütteln wie überreife Früchte abfallen würden.

»Guten Abend oder vielleicht besser guten Morgen, Kriminalhauptkommissarlein! Da hast du mich ja zu einer erquicklichen Jagd kommen lassen.«

Sebald trat einen Schritt zurück und schielte zu Glotzke, der hinter ihnen eingetreten war und fassungslos auf den Professor starrte. »Verdammt! Wieso haben Sie die Handschuhe ausgezogen und die Kapuze abgenommen?«

»Weil ich diese kleinen Hüpfer sonst nicht erwischt hätte! Aber keine Sorge, ich lass euch ein paar Haare von mir als Beleg zurück.«

»Das ist doch, also …« Glotzkes Kopf glühte auf wie ein chinesischer Lampion. Sebald spürte, dass der Chef der Spurensicherung kurz davor war durchzubrennen.

»Danke, Professor, dass Sie so schnell kommen konnten«, sagte er. »Was meinten Sie gerade über die Skorpione?«

»*Androctonus amoreuxi.* Eine westafrikanische Art, deren Stich nicht ungefährlich ist. Systematisch können wir sie bei den Buthiden einordnen. Von den tausendfünfhundert weltweit vorkommenden Skorpionarten sind wohl nur an die zwanzig für den Menschen von medizinischer Bedeutung. Eine davon sehen Sie hier.«

»Kann sein Stich einen Menschen töten?«

»Tja«, der Professor verschob die Mundwinkel, »sagen wir mal so: Sein Stich würde ausreichen, um fünfzig Mäuse innerhalb von Minuten ins Kleintierparadies zu befördern. Über die Auswirkungen auf den Menschen gibt es natürlich keine empirischen Untersuchungen, aber Todesfälle bei Kindern und älteren Menschen sind bekannt.«

»Können wir endlich anfangen?«, mischte sich Glotzke ein, dessen Gesicht wieder annähernd seine normale Färbung angenommen hatte. »Oder sind noch mehr von den Viechern hier?«

Der Professor richtete sich auf, schob die Backen auseinander und intonierte mit tiefem Bass *»Solo sette Amorette«*, wobei er die letzte Silbe wie ein Opernsänger mit heiserem Tremolo in die Länge zog. Die Polizisten blickten ihn ungläubig an, worauf er in ein unbändiges Gelächter verfiel. Sebald fragte sich ernsthaft, ob der Mann betrunken war. Irgendwie hoffte er es. Mit Betrunkenen kannte er sich aus. Seine Mutter hatte in früheren Zeiten immer einen an ihrer Seite gehabt.

Bloomsfeld beruhigte sich. »Sieben Schurken sind im Sack, ihr könnt eure Lupen rausholen.«

Glotzke drehte sich auf der Stelle um und konzentrierte sich auf die Sicherung des geschändeten Tatortes.

»Hast du das erste Tier selbst gefangen?«, wandte sich der Professor wieder an Sebald, der nervös nickte. »Gratulation! *Amoreuxi* ist ein großer Kämpfer, der seine Feinde aggressiv attackiert. Normalerweise lebt er aber in einer geschmackvolleren Umgebung, und sein gehäuftes Auftreten hier lässt sich wohl kaum mit einer zoogeografischen Bildungsreise erklären.« Professor Bloomsfelds kleine Obstaugen blitzten spöttisch.

»Sie meinen, die Tiere wurden hier ausgesetzt?«

»Ausgesetzt? Das klingt so gefühllos. Vielleicht sollten sie ja dem hier nur etwas Gesellschaft leisten?« Er deutete dabei auf die Leiche und kicherte erneut. Der Professor legte einen Arm um Sebalds Schulter und zeigte mit dem Zeigefinger der anderen Hand auf einen Punkt in der Luft.

»Du musst mir nachsehen, dass ich etwas pietätlos bin, aber ich habe bei meinen Untersuchungen für euch so oft den Hauch verwesender Menschenteile in der Nase, dass ich zum Ausgleich gerne einmal ein Liedchen anstimme, und pfeileschwingende Amoretten passen einfach wunderbar zu den kleinen Übeltätern hier. Ich habe überall nachgesehen, und meiner Meinung nach sind in diesem Raum nur diese sieben, die wir hier eingedeckelt haben.«

»Haben Sie auch schon die Fische im Beutel gesehen?«

Sebald trat einen Schritt nach vorne, um sich aus der Umklammerung zu lösen. Nein, der Professor roch intensiv nach Knoblauch und Schweiß, nicht nach Alkohol.

»Ja, natürlich. Sehr interessant und als Bouquet durchaus passend zu den Dickschwanzstacheln.«

»Wie meinen Sie das?«

»Nun, diese Tiere kommen alle aus Nordafrika. Ein Verbreitungsschwerpunkt von *Androctonus* liegt in Ägypten, und bei den Fischen handelt es sich um Arten, die alle im Nil heimisch sind. Darüber hinaus spielt der Skorpion in der ägyptischen Mythologie eine große Rolle. Gefickt eingeschädelt, nicht wahr?«

»Sie meinen, dass die Tiere mit Absicht so ausgewählt wurden, um eine Nachricht zu hinterlassen?«

»Ist schon ein komischer Zufall. Hast du hier ein Aquarium gefunden, aus dem die Fische stammen könnten?«

»Nein, im Haus befindet sich nichts dergleichen.«

»Dann würde ich unter allen Möglichkeiten diejenige favorisieren, dass der oder die Täter die Fische mitgebracht haben. Die zweifellos reizvollen Motive dafür zu finden liegt in deiner Hand, Kommissarlein, oder besser in deinem Kopf und Hirn.« Der Professor lachte.

Sebald fragte: »Sollen wir die Fische untersuchen, oder möchten Sie das erledigen?«

Professor Bloomsfeld zog ein rot-weiß kariertes Taschentuch aus den Tiefen seines Tyvek-Anzuges, schnäuzte sich lautstark die Nase und fuhr sich anschließend damit über die Stirn. Glotzke verdrehte die Augen, sagte aber nichts.

»Ich denke, mit diesen sieben Rackern habe ich genug Gäste bei mir zu Hause. Vielleicht kümmerst du dich um die heimatlosen Fische. Unser Oberforensiker hier sollte die Plastiktüte auf Fingerabdrücke untersuchen, und es ist bestimmt kein Fehler, das Wasser nach organischen und anorganischen Bestandteilen zu analysieren.«

Er zwinkerte Sebald zu und gähnte herzhaft. Das Zäpfchen im Rachen schaukelte wie ein lebendig gewordener Stalaktit.

Sebald wandte sich an Glotzke und bat ihn, sich die Tüte mit dem Wasser etwas genauer anzusehen. Dann drehte er sich um und trat dicht an Bloomsfeld heran. »Professor?« Sebald bemühte sich, einen ruhigen, bestimmten Ton anzuschlagen.

»Ja, mein Kommissarlein?«

Sebald atmete tief durch, schaffte es aber nicht ganz, seine aufkommende Ungeduld zu beherrschen. »Kennen Sie den Zoodirektor und seinen Kurator?«

»Der das Exotarium betreut?«

»Genau.«

»Schönes Haus und nette Bewohner.«

»Was halten Sie von den beiden?«

»Der Direktor gehört zu den Angsthasen und Leisetretern und ist ansonsten harmlos. Dieser Kurator scheint gerissener zu sein, und man munkelt immer mal wieder etwas …«

»Was denn?«

»Na ja, da gibt es wohl noch einen Mitarbeiter, der für das Grobe zuständig ist.«

»Herrn Klein?«

»Könnte sein, dass er so heißt. Groß ist er wohl nicht …«

»Und was macht er?«

»Es gibt Gerüchte, sonst nichts.«

»Worüber?« Sebald blieb hartnäckig.

»Es heißt, dass sie sich ein gutes Zubrot mit dem illegalen Handel seltener Tiere verdienen. Da viele vom Aussterben bedrohte Arten aus ihren Herkunftsländern nicht exportiert werden dürfen, bieten verrückte Sammler verrückte Summen.«

Der Professor pflückte die Plastikdosen mit den Skorpionen vom Tisch und stapfte in den Flur zurück, wo die Spurensicherung soeben ihre Arbeit beendete. Umständlich zerrte er sich den Schutzanzug vom Leib. »Hier, halt die mal kurz!« Er drückte Sebald die Behälter in die Arme und zog sich einen speckigen Trenchcoat über, in dessen faltigen Tiefen er dann die Skorpione verstaute. »Für einen Zoo gibt es aber Ausnahmeregelungen für vereinfachte Importe …«

»Und die Tiere könnten dann weiterverkauft werden?«

»Vielleicht. Aber ist es nicht deine Aufgabe, die Wahrheit zu finden, Kommissarlein?«

Der Professor hob die Hand zum Abschied, und seine Gurkenfinger wirbelten wie bei einem Flamencogitarristen in der Luft, dann drehte er sich um und öffnete die Tür. »Ich untersuche die Tierchen im Museum. Falls ich etwas Besonderes entdecke, melde ich mich. Viel Spaß mit den Fischen!«

»Professor Bloomsfeld!« Sebald machte sich lang, reckte den Kopf in die Höhe. »Ich rechne es Ihnen hoch an, dass Sie uns in dieser ungewöhnlichen Angelegenheit noch dazu spät in der Nacht so tatkräftig unterstützen, aber bitte … nennen Sie mich nicht immer Kommissarlein! Ich nenne Sie ja auch nicht … Blümchenfeld!«

Die umstehenden Polizisten kicherten, Professor Bloomsfeld strahlte.

»Aber nur zu! Das ist doch ein sehr netter Kosename.«

Bevor Sebald etwas erwidern konnte, verließ der Professor das Haus. Als er an Enzo vorbeischlurfte, griff er in die Manteltasche und hielt dem Polizisten eine der Dosen vors Gesicht. Enzo wurde bleich und sprang zurück, wobei er reflexartig nach seiner Waffe suchte.

Der Professor lachte auf und schlenderte fort. Noch lange hallte sein Gelächter durch die morgendlichen Straßen der Stadt, und Frühaufsteher auf dem Weg zur Arbeit wechselten die Straßenseite, um dem späten Zecher auszuweichen.

Sebald gähnte. Er konnte hier nichts mehr tun. Er klopfte Karl auf die Schulter und wünschte ihm eine gute Nacht. Im selben Augenblick fiel ihm ein, dass es viel zu spät oder auch zu früh dafür war. Im Osten näherte sich die Vorhut der aufgehenden Sonne als dämmerndes Morgenrot, und die ersten Amseln zwitscherten ihren erwartungsvollen Gesang in die noch stille Stadt.

Einen langen Moment ließ Sebald die friedliche Stimmung auf sich wirken und hoffte, mit diesen Eindrücken das grauenvolle Bild des Toten aus seinem Kopf zu vertreiben. Obwohl sich die Amseln alle Mühe gaben, gelang es ihnen nicht.

2

Der Major blickte in die Runde und betrachtete seine Leute. Was er sah, gefiel ihm nicht. Obwohl er die Dienstbesprechung erst auf elf Uhr gelegt hatte, wirkten seine Mitarbeiter müde und überarbeitet. Innerhalb einer einzigen Minute konnte er sieben gähnende Münder zählen. Er hasste es, wenn jemand ungeniert den Rachen aufriss, ohne die Hand davorzuhalten, doch heute hatte er ein gewisses Verständnis dafür. Sieben Mal pro Minute! Alle acht Komma fünf sieben und ein paar zerquetschte Sekunden ein Gähnen in der Runde, und jetzt musste er sich sogar selbst beherrschen, um nicht in diesen unbewussten Schrei nach Sauerstoff und Hirnkühlung einzustimmen. Aber halt, hatte er nicht neulich gelesen, dass Gähnen ein Reflex sei, der sich auf Drohgesten zurückführen ließe, vergleichbar dem Zähnezeigen imponierender Menschenaffen?

Sogar Barmer schien seinen Urlaub nicht in der Hängematte verbracht zu haben. Noch ein Gähnen und sein Echo. Barmer, Enzo, Karl. Er konnte und wollte es sich nicht leisten, unausgeruhte Polizisten auf Verbrecherjagd zu schicken. Zu leicht konnten wichtige Dinge übersehen, Fehler gemacht werden. Sie kritzelten nervös auf ihren Notizblöcken und rutschten unruhig auf ihren Stühlen herum. Dr. Glotzke raschelte mit Papier, und seine kleinen Augen verrieten, dass sie diese Nacht kaum geschlossen waren.

Der Major blickte auf seine Uhr. Wo blieb nur Sebald? Er wollte die Besprechung ungern ohne ihn beginnen, andererseits konnte er die Anwesenden nicht länger warten lassen.

In diesem Moment hörte man vor der Tür eilige Schritte, und Sebald trat ein. Auch er sah unausgeschlafen und darüber hinaus unrasiert aus, aber der Major erkannte in seinen Augen den motivierten, wachsamen Blick, den er so an diesem jungen Polizisten schätzte. Mit einem gemurmelten »'tschuldigung für die Verspätung« ließ sich Sebald auf seinen Platz fallen.

Der Major durchschritt den Raum und blieb vor Sebald stehen, der ihn lächelnd ansah.

»Wieso kommen Sie so spät?«

Das Lächeln verschwand, und an seiner Stelle erschien ein verlegenes Grinsen.

»Musste noch etwas erledigen, Chef.«

»Und was bitte, wenn man fragen darf?«

Barmer mischte sich ein: »Der Spinner hat sich in seinem Büro ein Aquarium hingestellt.«

Sebald blickte finster zu seinem Kollegen hinüber.

»Stimmt das?«, fragte der Major.

Sebald nickte. Wenn er diesem Verhör die Krone aufsetzen wollte, könnte er jetzt einen Vortrag über die konzentrationsfördernde und entspannende Wirkung eines Aquariums halten. Er könnte dem Major und diesem aufgeblasenen Barmer von wissenschaftlichen Untersuchungen erzählen, die klar nachgewiesen hatten, dass die Beschäftigung mit einem Aquarium prophylaktische Eigenschaften zur Verhinderung eines Herzanfalls hatte. Höchstwahrscheinlich würden seine Argumente aber auf wenig Verständnis stoßen. Deshalb antwortete er trocken: »In dem Becken schwimmen Beweisstücke.« Das fröhliche Grinsen hüpfte wieder zurück in sein Gesicht, während im gleichen Augenblick der Unterkiefer des Majors bedenklich weit nach unten kippte.

»Sebald, bitte bleiben Sie einmal sachlich! Ich habe mich doch wohl verhört, oder?«

»Nein. Ganz und gar nicht. In dem Becken sind die Fische, die wir heute Nacht bei dem Opfer gefunden haben.«

Barmer bekam einen Hustenanfall und rote Flecken im Gesicht, während der Major das dringende Bedürfnis hatte, sich zu setzen.

»Was um alles in der Welt haben Sie sich denn dabei gedacht?«

»Nun, es muss einen Grund dafür geben, warum der Mörder die Tiere mitgebracht und bei seinem Opfer platziert hat. Es erschien mir deshalb nicht richtig, die Fische wegzugeben oder gar zu töten. Vielleicht wollte uns der Täter damit sogar einen Hinweis hinterlassen. Im Übrigen habe ich mit Zustimmung von Dr. Glotzke gehandelt, wobei wir selbstverständlich darauf geachtet haben, eventuelle Spuren sicherzustellen.«

Der Major zog die Stirn zusammen und seufzte.

»Und? Gab es Spuren?«

»Leider nichts Konkretes. Keine Fingerabdrücke oder so. Aber wenn man davon ausgeht, dass der Täter uns etwas mitteilen wollte, würde ich sagen, dass die drei Fische an sich eine Spur darstellen.«

Der Major blickte Sebald irritiert in die Augen, öffnete den

Mund, schloss ihn dann aber wieder. Schließlich wandte er sich an Glotzke.

»Gut, dann darf ich jetzt also Dr. Glotzke bitten, uns über den bisherigen Ermittlungsstand im Mordfall Ulf Schmittke Auskunft zu geben.«

Der Angesprochene räusperte sich und strich mit der flachen Hand über den Stoß beschriebener Blätter vor sich.

»Nun, liebe Kolleginnen und Kollegen, die pathologische und forensische Untersuchung ist noch nicht abgeschlossen, aber einige Ergebnisse liegen bereits vor. Obwohl es sich um einen verunreinigten Tatort handelte, konnten wir eine Vielzahl von Spuren sicherstellen.«

»Moment!«, warf der Major ein. »Wieso verunreinigt?«

»Tja, also, da war ...« Glotzke wand sich, da er einerseits Bloomsfelds Achtlosigkeit am Tatort erwähnen musste, andererseits nicht als Petze vor dem Kollegium dastehen wollte.

Sebald half ihm: »Wir brauchten Unterstützung beim Fang giftiger Skorpione. Niemand ist dafür besser geeignet als Professor Bloomsfeld, mit dessen Hilfe es gelang, den Tatort abzusichern.«

Der Major nickte, obwohl seine Miene verriet, dass er immer noch im Nebel tappte. Als erfahrener Kriminalist wusste er jedoch, dass die Erkenntnis mit der Zeit wächst. »Verstehe«, knurrte er, »also dann bitte weiter im Text, Dr. Glotzke!«

»Gut, also die Untersuchung des Tatortes erbrachte eine Fülle von Spuren, auch Fingerabdrücke, die wir zurzeit in unserer Datenbank auswerten und zuordnen. Neben Haaren und Partikeln, die von dem Opfer stammen, fanden wir verschiedene Frauenhaare, die meisten blond gefärbt.«

Jemand kicherte. Der Major blickte streng. »Bitte mehr Ernsthaftigkeit! Dr. Glotzke, was wissen wir über Todesursache, Tatwaffe und Tatzeit?« Thomas Meinhart wusste, dass sie diesen Fall nur mit Fakten lösen konnten.

»Nun gut, ich erspare Ihnen einmal die Details der pathologischen Untersuchung, soweit sie die Physis und körperlichen Eigenschaften der Leiche betreffen. Das Opfer war in einem durchtrainierten und kräftigen Zustand. Todesursache war der hohe Blutverlust mit anschließendem Herzversagen, die Tatwaffe mit allergrößter Wahrscheinlichkeit ein bei der Leiche gefundenes Küchenmesser mit einer achtundzwanzig Zentimeter langen Klinge. Auf dem Griff entdeckten wir Fingerabdrücke von einem Mann und welche von einer kleineren Person, wahrscheinlich die einer Frau oder eines Jugendlichen. Die männlichen Abdrücke lassen sich eindeutig dem Opfer zuordnen. Die der Frau finden sich auch an anderen Stellen im Haus, vor allem im Saunabereich.«

»'tschuldigung.« Sebald hob die Hand. »Neben dem Wohnzimmer befindet sich ein Arbeitsraum mit Schreibtisch und Tischleuchte, unter der ein Schlüssel versteckt war. Konnten Sie an diesen Gegenständen Abdrücke nehmen, die mit denen auf der Tatwaffe übereinstimmen?«

»Da muss ich nachsehen.« Dr. Glotzke wühlte in seinen Papieren. »Hier hab ich die Liste! Raum drei, untersuchte Gegenstände Nummer dreiundzwanzig und vierundzwanzig. Die Tischlampe: Fingerabdrücke von Ulf Schmittke; keine weiteren. Der Schreibtischschlüssel: Fingerabdrücke von Ulf Schmittke; keine weiteren. Beantwortet das Ihre Frage?«

Sebald nickte nachdenklich. »In gewissem Sinne ja. Danke, Doktor!«

»Fahren Sie fort mit Ihrem Bericht«, sagte der Major an Glotzke gewandt.

»Nun, die tödliche Verletzung wurde nicht durch das Abschneiden des Penis und der damit verbundenen Läsion der Blutgefäße verursacht, sondern durch die beidseitige Durchtrennung der *Arteria radialis*, sodass das Opfer innerhalb von wenigen Minuten verblutet ist.«

Barmer meldete sich zu Wort: »Woher wollen Sie das so genau wissen?«

Der Mediziner räusperte sich. »So schmerzhaft die Amputation des Sexualorgans für den Betroffenen gewesen sein mag, er wäre daran nicht verblutet, zumindest nicht in einer Nacht. Leider ist diese Art Trauma nicht so selten, wie man annehmen müsste, und so wissen wir recht gut über die körperlichen Folgen und Möglichkeiten der Indikation Bescheid.«

»Da hat sich jemand gerächt und den Typen wie 'ne Sau abgestochen!« Barmer fasste sich an den Hals.

Der Major sah ihn streng an und lenkte die Aufmerksamkeit wieder auf den Pathologen. »Dr. Glotzke! Ist es möglich, festzustellen, in welcher Reihenfolge die Verletzungen zugefügt wurden?«

»Leider nicht. Wir wissen nur, dass das Opfer mit Acetylether betäubt und gefesselt wurde und dann mit dem Messer eine Abszindierung der Handextremitäten erfolgte, die zum Tod geführt hat. Ja, Herr Sebald?«

»Können Sie etwas über den Zeitpunkt des Todes sagen?«

»Die Totenstarre war im Hals- und Nackenbereich schon erkennbar, nicht jedoch in den unteren Körperbereichen. Wenn man berücksichtigt, dass die postmortalen Prozesse bei den sommerlich warmen Temperaturen schneller als gewöhnlich abgelaufen sind, würde ich den Zeitpunkt des Todes auf zwischen einundzwanzig und dreiundzwanzig Uhr festlegen.«

Karl May meldete sich: »Der anonyme Anruf kam um halb zwei rein. Um Punkt zwei Uhr war ich am Tatort.«

Glotzke nickte. »Das Opfer wurde betäubt, ausgezogen und mit dem Oberkörper an einen umgestürzten Tisch gebunden. In der Küche befinden sich Tranchiermesser, die der Tatwaffe sehr ähnlich sind. Es ist durchaus möglich, dass der Täter die Waffe nicht mitgebracht hat, sondern vor Ort ausgesucht hat. Übrigens konnten wir trotz intensiver Suche den abgeschnittenen Penis nirgendwo finden!«

Barmer kicherte neurasthenisch, während die anderen Männer unruhig auf ihren Stühlen herumrutschten.

Sebald hob die Hand. »Noch eine Frage, Dr. Glotzke. Haben die giftigen Skorpione, die wir am Tatort fanden, irgendetwas mit dem Tod des Mannes zu tun?«

»Die vorläufigen Obduktionsergebnisse geben keinerlei Hinweise darauf, dass das Opfer an einem Nervengift gestorben ist. Wir haben auch keine Verletzungen gefunden, die auf einen Skorpionstich hinweisen.«

»Was waren denn das für Skorpione?«, fragte der Major.

»*Androctonus amoreuxi*. Eine Art, die in Nordafrika recht verbreitet ist. Professor Bloomsfeld hat sie eindeutig identifiziert. Da sie dem Opfer allem Anschein nach nicht gehören, muss der Mörder sie zusammen mit den Fischen mitgebracht haben. Darüber hinaus gibt es keinerlei Spuren eines Einbruches. Allerdings stand die Terrassentür offen, sodass wir davon ausgehen können, dass der Täter auf diesem Weg in das Haus eingedrungen ist.« Glotzke begann damit, seine Papiere zu sortieren.

»Oder der Mörder kannte sein Opfer und hat brav an der Tür geklingelt.« Barmer verschränkte die Hände hinter seinem breiten Kreuz und lehnte sich zurück.

Der Major mischte sich ein. »Dr. Glotzke, gibt es sonst noch irgendwelche Auffälligkeiten?«

»Wie gesagt sind die Untersuchungen noch nicht abgeschlossen. Aber auf dem Körper des Toten fanden wir schwarze Staubpartikel, die wir eindeutig als Kohle identifizieren konnten.«

»Wie bitte? Kohle?«

»Ja. Kohlestaub, dessen Herkunft wir nicht klären konnten. Im Hause des Opfers gibt es diese Quelle nicht.«

»Vielleicht schafft ja eine seiner Huren schwarz.« Wieder Barmer. Gelächter der anderen.

Der Major schritt durch den Raum, legte die Stirn in Falten und ballte demonstrativ die Fäuste. Er verspürte Hunger, die Hitze im Raum legte sich auf seine Brust. Er richtete seinen Blick auf das Tonbandgerät in der Ecke und wandte sich an Karl. »Können Sie für uns alle noch einmal das Band mit dem anonymen Anruf abspielen, bitte?«

Karl sprang auf, erleichtert, endlich aktiv werden zu können.

»Klar, Chef! Also, werte Kollegen, dieser Anruf erreichte uns heute früh um halb zwei Uhr.«

Karl drückte auf einen Knopf, das Band setzte sich in Bewegung, der Lautsprecher knackte wie nasses Holz in einem Feuer, ein diffuses Rauschen markierte den Beginn der Aufnahme, und eine gelangweilte Männerstimme ertönte: »Polizeinotruf, ja bitte?«

»Holt euch das Schwein, bevor es zu spät ist!«

»Was sagen Sie? Wer spricht da?«

»Im Bischofsweg 84 am Stadtwald könnt ihr ihn einsammeln. Noch lebend, wenn er Glück hat.«

»Ich verstehe nicht …«

»Ich habe ihm eine Lektion verpasst!«

»Wie bitte? Um was geht es denn?«

»Die Diener der Isis sind am Werk, und die Frevlerfische bereiten ihr Mahl.«

»Was meinen Sie damit? Wer sind Sie?«

Klick.

»Halt! Warten Sie! Legen Sie nicht auf!«

Rascheln von Papier, aufgeregtes Murmeln, dann Stille. Karl drückte auf einen Knopf, und das Band stoppte. Er grinste verlegen in die Runde, als ihm bewusst wurde, dass alle Blicke auf ihn gerichtet waren. Zufrieden nahm der Major zur Kenntnis, dass keiner seiner Mitarbeiter mehr gähnte. Gerade als er den Mund aufmachen wollte, um mit ein paar motivierenden Worten neuen Schwung in die Besprechung zu bringen, öffnete sich die Tür, und eine Frau mit hochtoupiertem Haar, orange leuchtender Bluse und knielangem Sommerrock betrat den Raum. »Chef, gerade kam ein Fax aus dem Gallus rein.«

Meinhart ließ die Erkenntnis auf sich wirken, dass ihm die neue Hochfrisur seiner Sekretärin besser gefiel als die Apfelsinenbluse, aber er sagte nichts dazu, da er befürchtete, dass seine Einschätzung weniger seinem guten Geschmack als vielmehr den unbewussten Vorgaben des reiferen Alters folgte. Stattdessen sagte er etwas spitzfindig: »Danke, Isolde. Kam das Fax aus dem Gallus oder von den Kollegen aus dem Gallus?«

Mit einem Lächeln, das nur Frauen so hinbekamen, servierte sie ihm das Papier. »Beides! Ich dachte mir, das könnte Sie interessieren.« Ohne eine Antwort abzuwarten, stob sie aus dem Raum.

Meinhart wusste nicht so recht, ob er sich über die Unterbrechung freuen oder ärgern sollte. Ohne mit seinen Gedanken ganz bei der Sache zu sein, überflog er den Inhalt der Nachricht. Protokolle von den Kollegen aus dem Gallusviertel waren nicht gerade das, womit sich die Mordkommission im Allgemeinen beschäftigte. Der heruntergekommene Stadtteil im Westen zwischen dem Hauptbahnhof und einer vierspurigen Autobahn war, wenig schmeichelhaft, als Klein-Kamerun bekannt. Dort hatten die Kollegen eine illegale polnische Prostituierte in einer Absteige gefunden, tot natürlich. Anscheinend war die Frau an ihrem eigenen Erbrochenen erstickt. Die Polizei untersuchte, ob Fremdverschulden vorlag. So etwas kam immer wieder vor. Urbane Kollateralschäden sozusagen. Die Betroffenen waren mit sich und ihrer Situation überfordert, und die Stadt gab ihnen den Rest. Bedauerlich, doch nichts für das Mordkommissariat. Meinhart wollte das Blatt gerade beiseitelegen, als sein Blick an den beiden letzten Zeilen hängen blieb: »Nach ersten Ermittlungsergebnissen hatte die Tote als Prostituierte für den heute Nacht ermordet aufgefundenen Zuhälter Ulf Schmittke gearbeitet.«

Thomas Meinhart kratzte sich mit der linken Hand an der Schläfe, während die rechte das Papier umklammerte, als handelte es sich um das begehrte Los mit dem Hauptgewinn. Hier war ihre Spur, und sie war heiß wie Magma. Konnte es so einfach sein? »Ich habe ihm eine Lektion verpasst!« Die unbekannte Stimme aus dem Lautsprecher hallte in seinem Kopf nach. Es gab keinen Zweifel daran, dass sie einer Frau gehörte.

3

»Versprochen, Hanna, ich knüpf mir die Leute vor, und wenn einer wirklich deinen Ring gefunden hat, dann bekommst du ihn zurück.«

»Danke, Frank. Er ist nicht besonders wertvoll, bedeutet mir aber sehr viel.«

»Ich kümmere mich drum. Mach dir deshalb keine Sorgen!«

»Bist ein Schatz …« Hanna beugte sich vor und hauchte Frank einen Kuss auf die Lippen. Sie blickten sich in die Augen, und Hanna fühlte, wie sich ihr Herzschlag beschleunigte. Frank lächelte unsicher, seine Verlegenheit amüsierte sie.

»Ähm, und hier ist dein wichtigstes Arbeitsgerät für die Fischhalle.«

»Eine Taschenlampe? Wofür brauch ich die denn?«

»Zur täglichen Kontrolle der Becken. Mit Hilfe der Lampe erkennst du kleinste Hauttrübungen und Verfärbungen, sodass wir bei eventuellen Krankheiten schnell eingreifen können. Wie heißt die häufigste Fischkrankheit, mit der wir uns rumschlagen müssen?«

»*Ichthyophthirius* oder Weißpünktchenkrankheit. Sie wird von einem schmarotzenden Ciliaten ausgelöst, der vor allem geschwächte Fische befällt. Bei Massenbefall ist die Krankheit hochpathogen. Richtig, Herr Doktor?«

»Absolut! Zum Glück ist *Ichthyo* mit Malachitgrünoxalat gut zu behandeln, immer vorausgesetzt, die weißen Pünktchen werden frühzeitig genug erkannt.«

»Und dafür benötige ich die Taschenlampe?«

»Genau.« Frank lächelte geheimnisvoll und reichte ihr die Lampe. »Wenn du den Verdacht hast, dass Fische krank sind, steht dir unser Labor zur Verfügung, in dem wir Problemfälle diagnostizieren und Therapieansätze zur Heilung entwickeln. Es ist eines der modernsten Privatlaboratorien im Bereich der Fischpathologie.«

»Ich weiß die Ehre zu schätzen und werde jedes Reagenzglas mit dem ihm gebührenden Respekt behandeln.«

»Mach dich nicht über uns lustig! Die Fischbranche ist einerseits intuitiv und spannend, andererseits durchdrungen von Vorurteilen, Unflexibilität und Dilettantismus. Jemand, der erfolgreich Neonfische züchten kann, ist eben noch lange nicht in der Lage, Fische über einen längeren Zeitraum zu halten und damit zu handeln. Herr Heimske hat in ein leistungsfähiges Labor investiert, um sich von dieser weitverbreiteten Scheinprofessionalität abzusetzen, und unser Erfolg gibt uns recht.«

Hanna schwang sich auf den Drehstuhl und tippte auf die Tastatur. Die Homepage eines Zierfischexporteurs aus Kolumbien füllte die Plasmazellen eines angeschlossenen Monitors mit bunten Informationen.

»Und das hier ist also mein neuer Arbeitsplatz?« Herausfordernd blickte sie Frank ins Gesicht. »Nicht schlecht für den Anfang. Nur die Einrichtung ist etwas geschmacklos!«

Sie musterte übertrieben kritisch den kahlen Gummibaum in der Ecke und den Kunstdruck von Kandinsky, dessen bunte Formen wie UFOs auf der Raufasertapete schwebten. Hinter einer zweiten Tür an der Schmalseite des Zimmers war eine Englisch sprechende Stimme zu vernehmen. Hanna verstand so viel, dass jemand um die Preise bestimmter Fischarten feilschte. Insgesamt unterschied sich das Büro durch nichts von einem Versicherungsbüro oder Abteilungsleiterzimmer einer unbedeutenden Sparkassenfiliale.

»Dein Arbeitsplatz ist in erster Linie die Fischhalle und danach dieses Büro. Wenn dir die Wände hier nicht gefallen, kannst du sie ja gerne grün anmalen – aber in deiner Freizeit, versteht sich!«

Hanna freute sich über den gereizten Ton in Franks Stimme. Es musste einen Grund dafür geben, weshalb er sie so spontan eingestellt hatte. Sie wollte in Erfahrung bringen, ob er sie aufgrund ihrer wissenschaftlichen Kenntnisse in Lohn und Arbeit genommen hatte oder nur, weil er scharf auf sie war. »Wie wäre es mit Blau? Das passt doch bestens zu einem Fischgroßhandel.«

»Wie du meinst …«

Hanna fiel auf, dass Frank ungeduldig sprach, fahrig war. Er war mit seinen Gedanken nicht bei der Sache.

Zerstreut fuhr er sich mit der Hand durchs Haar und deutete auf den Bildschirm vor ihr. »Der Computer hat einen schnellen Internetzugang und eine selbsterklärende Handelssoftware mit allen Informationen zu unseren Kunden und Lieferanten. Am besten, du machst dich gleich damit vertraut. Ich muss zum Chef …«

»Schade, ich dachte, du bringst mir noch einen Kaffee, bevor ich loslege.«

Frank überhörte die Ironie in ihrer Stimme und wandte sich zur Tür. »Frag doch mal deine Kollegin im Nachbarzimmer! Vielleicht gibt sie dir ja einen aus.« Er zwinkerte ihr zu und verschwand aus dem Zimmer.

Hanna drehte sich auf dem Bürostuhl ein paarmal um sich selbst und klickte sich anschließend ins Internet. Das Warenwirtschaftsprogramm der Firma würde sie sich später von ihrer neuen Kollegin erklären lassen. Sie hatte keine Lust, in eine grüne Banane zu beißen, sondern wollte sich die Tücken der Software lieber von jemandem zeigen lassen, der täglich damit arbeitete. Sie tippte bei Google den Begriff »Zombiegift« ein und wartete auf die Ergebnisliste. Während ihres Studiums hatte sie sich ein Semester lang mit der biologischen Wirkung des Tetrodotoxins beschäftigt, und das Thema interessierte sie immer noch. Die meisten Einträge enthielten nichts Neues. Einige Autoren diskutierten die Gründe, weshalb Fische, die zur selben Zeit am selben Ort gefangen wurden, unterschiedlich toxisch sein konnten. Eine andere Seite beschrieb die kulturellen und religiös-kultischen Hintergründe des Voodoo-Kultes, wie er auf der Insel Haiti praktiziert wurde, inklusive eines Geheimrezepts für ein Zombiepulver. Am interessantesten erschien ihr der Bericht über einen japanischen Yoga-Meister, der nach Einschätzung der behandelnden Ärzte eine Vergiftung durch eine falsch zubereitete Kugelfischmahlzeit nur überlebte, weil es ihm gelang, mit Hilfe spezieller Entspannungsübungen seine Körperfunktionen so lange auf ein Minimum zu reduzieren, bis er an ein Atmungsgerät angeschlossen werden konnte.

Schließlich loggte sich Hanna aus, vergaß aber nicht, im Internet Explorer den Cache zu leeren, um keine unnötigen Spuren im Web zu hinterlassen. Als sie auf die zuletzt besuchten Websites klickte, um diese ebenfalls zu löschen, zögerte sie und wählte den letzten vor ihr gewählten Link aus. Ein elektronischer Zeitungsartikel – schon einige Wochen alt – baute sich auf. Viel Text, wenige Bilder. Sie wollte die Seite gerade wieder schließen, als sie an der Überschrift hängen blieb.

Frankfurter Rundschau vom 12. Juni

Berühmter Professor verschwunden
Frankfurt am Main/Bad Homburg v.d. Höhe/cs
Wie bereits berichtet, verschwand vor fast einem Jahr der renommierte Biologie-Professor Johannes Dammler, ohne jemandem etwas über seinen

Aufenthaltsort mitzuteilen. Die eingeleiteten Ermittlungen von Polizei und Staatsanwaltschaft führten zu keinem Ergebnis und wurden nun vorläufig eingestellt.
Professor Dammler ist einer der führenden deutschen Mikrobiologen und leitete an der Johann-Wolfgang-Goethe-Universität eine Arbeitsgruppe über transgen veränderte Süßwasserfische. Trotz der vorhandenen Erfolge war seine Arbeit umstritten, sodass sich die Universitätsleitung gezwungen sah, nicht zuletzt aufgrund der ungeklärten weiteren Finanzierung das Forschungsprojekt einzustellen. Die Polizei vermutet, dass sich der Professor wegen der Kritik an seiner Arbeit ins Ausland abgesetzt hat. Hinweise auf Steuerhinterziehung bestätigten sich ebenso wenig wie Befürchtungen, der Professor könnte das Opfer eines Gewaltverbrechens geworden sein.
Der Vermisste verfügt über ein beträchtliches Vermögen, das unangetastet ist und treuhänderisch verwaltet wird. Professor Dammler hinterlässt keine Angehörigen. In Deutschland werden jedes Jahr mehr als 20.000 Personen als vermisst gemeldet. Die allermeisten tauchen nach spätestens einem Monat wieder auf. Nur zwei Prozent der Vermissten bleiben dauerhaft verschollen.

Hanna starrte auf die Buchstaben und kämpfte gegen die Flut der Erinnerung. Die Bilder schleuderten unzählige Enterhaken nach ihr, setzten sich in ihrem Kopf fest, drangen in ihr Bewusstsein. Auf ihre Nähe reagierte Hanna mit körperlichen Schmerzen, ein Schwindel ergriff sie, und Schweiß bildete sich auf ihrer Stirn. Wie kam es, dass dieser Artikel hier an diesem Computer gelesen worden war? Und von wem? Wer hatte ein Interesse an diesen Informationen? Oder war Frank auf den Artikel gestoßen, als er im Netz über ihre akademische Laufbahn recherchierte? War es klug, ihn darauf anzusprechen?

Sie zuckte zusammen, als das mintgrüne Telefon auf dem Tisch zu plärren begann. Hanna starrte auf den Hörer, atmete tief aus und nahm den Anruf entgegen. »Aquafutur. Guten Tag.«

»Willst 'n Kaffee?« Eine rauchige, tiefe, unbekannte Frauenstimme drang aus dem Lautsprecher.

Überraschenderweise konnte Hanna den frischen Kaffeeduft riechen. Wie war das möglich? Im nächsten Moment wusste sie, wer die Anruferin war.

»Sehr gerne!«, antwortete sie. »Ich komme gleich vorbei!«

Hanna legte auf, schloss die Augen und zählte bis zwanzig. Dann richtete sie sich auf, ging zur Tür und trat entschlossen in das Nachbarzimmer. Das Erste, was Hanna wahrnahm, war ein Sessel, dessen Form und Farbe sie an ein riesiges aufgeweichtes Brötchen erinnerte. Es dauerte einen Augenblick, bis ihr klar wurde, dass dieser Eindruck von der darin sitzenden Person verursacht wurde, deren überquellender Körper mit den schmutzig braunen Rändern des Möbelstückes praktisch verschmolz. Nach einer weiteren Sekunde war Hanna klar, dass es sich bei der Person um eine Frau handelte, die sie mit kleinen Äuglein anstarrte und dabei spöttisch grinste. Der melonenförmige Kopf thronte direkt auf den Schultern, und die zwei fleischigen Brüste wirkten wie das vergrößerte Spiegelbild eines beachtlichen Doppelkinns.

Die Frau saß vor einem ausladenden Schreibtisch, auf dem – wie auf einer Kommandobrücke – Monitor, Faxgerät, Drucker und Telefon im Halbkreis aufgereiht waren. An den Wänden hingen Poster und Zeichnungen mit Fischporträts aus aller Welt. Das Grinsen des weiblichen Sumoringers dauerte an. Beide Frauen starrten sich wortlos an, so als wollten sie es den stummen Zuschauern an den Wänden gleichtun. Schließlich bewegte sich der Fleischberg, und Hanna sah eine Hand wie eine Walrossflosse auf sich zukommen.

»Kannst den Mund ruhig wieder zumachen! Ich fress zwar einiges in mich rein, aber kannibalistisch bin ich noch nicht veranlagt.«

»'tschuldigung! Ich bin Hanna … die neue Biologin.«

»Jaja, weiß schon. Frankyboy hat dich angeschleppt. Ich bin Maralda.«

»Hübscher Name.«

»Verarschen kann ich mich selbst.«

Maralda öffnete die Tür eines Hängeschrankes, fingerte umständlich eine Tasse heraus und füllte sie bis an den Rand mit der braunen dampfenden Flüssigkeit. Hanna griff danach, aber da Maralda den Henkel festhielt, musste sie die heiße Tasse mit beiden Händen entgegennehmen.

»In der Fischbranche duzt man sich zwar von Anfang an, hält aber auch die Etikette ein. Trotzdem: Auf gute Zusammenarbeit!«

Hanna wusste nicht, was sie zu dieser Bemerkung sagen sollte, also nuschelte sie etwas Zustimmendes und nickte ihrer neuen Kollegin zu. Der Kaffee war so heiß, dass sie nur einen winzigen Schluck davon nippen konnte. Maralda schaukelte auf ihrem Brötchensessel und malte mit einem angekauten Bleistift Kringel auf ein Blatt Papier. Da sich im Raum kein weiterer Stuhl befand, lehnte sich Hanna an den Türrahmen und betrachtete die Fischbilder an den Wänden.

Ohne aufzublicken erhob Maralda die Stimme. »Haste schon mal was mit Fischen geschafft?«

»Klar, bei meinen Studien und auch sonst …«

»Aber doch wohl noch nie im Großhandel, oder?«

Hanna schüttelte den Kopf.

»Was haste denn so studiert?«

»Zoologie und Mikrobiologie in Kairo und Frankfurt.« Hanna pustete kleine Wellenkreise in den kochend heißen Kaffee. Sie konnte sich nicht recht vorstellen, dass ihre Gesprächspartnerin ernsthaft an ihren Studien interessiert war.

Maralda nickte wissend mit dem Kopf. »Ägyptische Revolution und so was?«

»Ich bin nicht besonders interessiert an Politik.«

»Soso.« Maralda musterte sie mit einem kalten Blick. »Woran bist du denn dann interessiert?«

Hanna zuckte mit den Schultern. Was wollte dieser neugierige Fleischberg von ihr hören?

Maralda beugte sich nach vorne und senkte die Stimme: »Hör mal, wenn du ein Problem hast, kannste immer zu mir kommen. Okay?«

»Ich habe kein Problem!«

»Gut. Damit das so bleibt, solltest du zwei Dinge beachten!«

»Und welche Dinge wären das?«

»Erstens: Ich bin die Chefin hier! Und zweitens: Lass deine Finger von Henry!«

Hanna spürte, wie der Zorn in ihr aufflammte. Was bildete sich dieser aufgeblasene Kugelfisch ein? Henry war ein Arschloch, und je weniger Kontakt sie mit ihm hatte, desto lieber war es ihr. Gerade, als sie den Mund öffnen wollte, um Maralda die Flossen zu stutzen, klingelte das Telefon in ihrem Büro. Wortlos ging sie hinüber und nahm ab.

»Hallo?«

»Ich bin's, Frank. Kannst du bitte in die Halle kommen?«

»Jetzt sofort?«

»Wenn möglich … Ich möchte dir etwas zeigen.«

»Gut, ich komme gleich.«

Hanna warf den Hörer auf die Gabel und zwängte ihren Kopf durch den Türspalt. Maralda hing in ihren Polstern wie eine Aalquappe in einer Felsspalte. »Tschüss, ich muss los. Der Chef verlangt nach mir.« Sie betonte das Verb und verließ den Raum, ohne sich noch einmal umzusehen. Beim Hinausgehen beschloss sie, sich noch am selben Abend für ihr kleines Büro eine eigene Kaffeemaschine zu kaufen.

4

Eine halbe Stunde Pause. Dann sollte das Ergebnis aus dem Labor vorliegen. Falls die Fingerabdrücke der toten Prostituierten mit denen auf der Mordwaffe übereinstimmten, hatten sie den Fall in weniger als vierundzwanzig Stunden gelöst. Oder vielmehr Kommissar Zufall, dessen Erfolge gerne von anderen in Anspruch genommen wurden. Der Major hatte sie aus dem Zimmer gejagt, um persönlich das Fax aus Isoldes Büro entgegenzunehmen, und Sebalds volle Blase führte ihn auf direktem Weg zu den Toiletten. Vor den Pissoirs stand Barmer, und Sebald musste das einzige gut funktionierende Pissbecken direkt neben ihm wählen: Alle anderen kannte er als tückische Mäuler, die nicht schlucken wollten, was man ihnen vorsetzte, oder einen nach vollbrachtem Geschäft aus lauter Übermut rauschend bespritzten. Also stellte sich Sebald neben seinen Kollegen und hängte seinen Schwanz über die Keramikbeule. Er starrte auf eine gesprungene Kachelecke in Kopfhöhe und wartete auf die Erleichterung. Neben ihm grunzte Barmer etwas Unverständliches und schüttelte sich die letzten Tropfen ab, sodass Sebald befürchtete, sie würden bis zu ihm fliegen. »Ist ja hier der einzige Ort«, nuschelte er, »wo du's noch im Stehen machen kannst.«

»Was?« Sebald fragte sich, ob die Architekten bei der Planung der Toilettenkacheln mit Absicht ein schmutziges Uringelb ausgewählt hatten oder ob sich der Farbton im Laufe der Jahre verändert hatte.

»Na, Pinkeln natürlich. Sonst steht ja überall 'n Spruch wie ›Nur Schweine pissen im Stehen‹ oder so 'n Schwachsinn.«

Sebald kam zu der Überzeugung, dass ein Polizeigrün passender gewesen wäre, und verlagerte sein Gewicht auf das andere Bein. Barmers Geschwätz irritierte ihn, und deshalb ließ das erlösende Plätschern auf sich warten.

»Überall wirste verarscht – sogar auf dem Klo!«

Oder ein dezentes Blau. Sollte ja anregend wirken. Wieso musste Barmer sich ausgerechnet jetzt bei ihm auskotzen?

»Und? Haste die Zicke schon gefunden?«

Aha, Barmer wechselte das Thema.

»Wen meinst du?«

»Stell dich nicht dümmer, als du bist! Ich red von der Tussi, die dich erst vollgestopft und dann ausgenommen hat.«

Barmer grölte, und in Sebalds Erinnerungen formten sich Bilder einer lächelnden Blondine, die ihm über ihrem Apfelweinglas tief in die Augen blickte, während sein Blick abschweifte und in den Tiefen ihres Dekolletés verschwand. Er würde die kleine Trickdiebin schon wiederfinden. Sein Geschlecht fühlte sich angesprochen und zuckte nach oben. Etwas verschämt blickte er zu Barmer, der damit begonnen hatte, sich an den Heizungsrippen den Rücken zu scheuern wie ein Elch, der sein Revier markierte. Barmer ging ihm auf den Sack!

»Lass das mal meine Sorge sein! Ich find die Kleine schon. Übrigens, wo warst du eigentlich gestern Nacht?«

Barmers Hirschgrinsen sackte in sich zusammen, und ein Hustenanfall schüttelte ihn. In diesem Moment entleerte sich Sebalds Blase, und ihr Inhalt verschwand schäumend in den Poren des Pissfängers.

»Wieso willst du das wissen?«

Sebald hatte sein Geschäft erledigt und wusch sich die Hände. »Weil wir dich gestern nicht erreichen konnten und deine Frau dachte, du hättest Dienst.« Das war natürlich gelogen. Karl konnte Barmer per Handy nicht erreichen, aber mit seiner Frau hatte er nicht gesprochen.

»Woher willst du wissen, was meine Frau denkt?«

»Vielleicht, weil ich sie besser verstehe als du!«

Barmers Augen verengten sich und funkelten drohend. Die Pupillen drehten eine Runde, bevor sie ihren Gegner erneut fixierten. Mit den hochgezogenen Lippen, die an Lefzen erinnerten, und seinem pelzigen Dreitagebart hatte er Ähnlichkeit mit einem tollwütigen Wolf.

Barmer knurrte: »Ausgerechnet du, der räudige Sohn einer Hure, spielst dich als Frauenversteher auf!« Lachen. Bellen. Lachen. Bellen. »Leck mich, Hurensohn!«

Sebald ahnte, was er gleich tun würde. Trotzdem konnte er es nicht steuern, geschweige denn verhindern. Sein Körper verwandelte sich in ein autonomes Wesen und entzog sich seiner Kontrolle. Die Verteidiger sprachen in solchen Fällen meistens von einer Reflexhandlung, trotzdem wusste sein Verstand genau, was die Muskeln anrichteten, und gab seinen Segen dazu. Sebald ballte die Hand und schlug zu. Nicht zu fest, doch hart genug, um den Schmerz in seiner eigenen Faust deutlich zu spüren, die mit einem dumpfen Schlag irgendwo am Unterkiefer seines Gegenübers hängen blieb. Barmer wankte zurück und tastete nach seiner Unterlippe. Ungläubig starrte er auf das Blut an seinen Fingern.

Sebald keuchte: »Sag nie mehr so etwas, sonst wird es dir leidtun!«

Der Blick zwischen den Männern war wie eine Straße aus Hass. Dann entspannte sich Barmer, nickte und kramte ein Taschentuch hervor, das er auf seine Unterlippe presste. Seine Stimme klang beherrscht und voller Verachtung. »Wenn ich das dem Major melde, bist du erledigt, Kleiner!«

Er wandte sich ab und ging zur Tür. Bevor er in den Flur hinaustrat, drehte er sich noch einmal um. »Und du weißt, dass ich damit nicht die Körperverletzung meine!«

Sebald blieb in der gelben Wüste zurück. Nur langsam drang die Erkenntnis in sein Bewusstsein, dass er gerade zu weit gegangen war.

5

Die Luft triefte. Hanna fühlte sich, als ob ihr ein nasser Schwamm auf der Haut ausgedrückt worden wäre. Schweißtropfen perlten auf ihrer Haut, schufen eine filigrane Struktur wie winzige Glaskugeln auf brauner Erde. Mit jedem Schritt wurde sie entspannter, die kalte Welt draußen verlor ihre Konturen, ihre Schärfe, die Härte. Es war fast so, als würde sie tauchen, unter Wasser sein, schwerelos. Hier unter dem schützenden Flachdach zwischen den Aquarien und ihren schwimmenden Bewohnern fühlte sie sich so geborgen wie in der Tiefe des Roten Meeres. Die Faszination des Ortes erfüllte sie mit Staunen und Stolz. Sie ließ sich Zeit, schmeckte die salzige Feuchtigkeit auf ihren Lippen, sog den Geruch von Fischfutter und Schwüle ein, lauschte dem monotonen Brummen der Pumpen und dem aufschäumenden Geblubber von Sauerstoffblasen und betrachtete fasziniert die unglaubliche Vielfalt der Farben und Formen.

Kurz bevor sie die Entladezone erreichte, wo sie sich mit Frank verabredet hatte, zögerte sie, gab einer spontanen Entscheidung nach und bog in einen Gang ab, in dessen Aquarien sich die Importe aus Afrika befanden. Vor einem der Becken stand Henry und fischte etwas aus dem Wasser. Als er sie bemerkte, drehte er sich abrupt um und musterte sie missbilligend. Hanna betrachtete den Fisch im Becken. »Ich glaub's nicht. Das ist ja ein Albino-Nilhecht.«

Henry grunzte. »Die rotäugige Missgeburt hier wird der Firma einen ordentlichen Batzen Geld einbringen. Die Japsen stehen auf so was.«

»Klar, Seltenheiten sind begehrt und teuer.«

Henry runzelte die Stirn. In seiner Hand hielt er einen nassen Beutel, aus dem gelblich gefärbtes Wasser auf den Boden tropfte. Er öffnete den Mund, um etwas zu erwidern. Für einen Moment hatte Hanna das Gefühl, der grobschlächtige Mann wollte ihr etwas Wichtiges anvertrauen. Schließlich schüttelte er den Kopf und knurrte: »Du passt nicht hierher. Es wäre besser, du würdest wieder gehen!«

Hanna antwortete nicht und musterte die immer größer werdende Wasserlache unter dem tropfenden Säckchen.

»Was ist dadrin?«, fragte sie.

»Torf.«

»Wofür?«

»Um den pH-Wert abzusenken.«

»Und was nehmt ihr zum Aufhärten des Wassers?«

Er deutete stumm mit dem Kopf auf einen Zwanzig-Liter-Eimer in der Ecke. Schneeweiße Gebilde, die wie zerschnittene Golfbälle aussahen, türmten sich darin.

Hanna nahm eins heraus und betrachtete es nachdenklich. »Salztabletten … sehr interessant!«

»Ich sag's dir noch mal: Verschwinde hier! Wir brauchen keine Studierten und erst recht keine Frauen …«

Hanna blickte ihm kalt in die Augen. »Willst wohl die Fische mit niemandem teilen?«

Drohend hob Henry die Faust mit dem nassen Torfsäckchen. »Das ist meine letzte Warnung!«

»Ach ja? Dann hör mir mal gut zu! Ich bin hier aufgrund meiner hohen Qualifikation und meiner Erfahrung und kann dieser Firma sicher von Vorteil sein. Und ich allein bestimme, ob und wie lange ich hier arbeiten möchte.«

Damit ließ sie ihn stehen und machte sich auf den Weg zur Importstation.

Sie hatte sich nur wenige Schritte entfernt, als sie jäh zurückgerissen wurde und etwas Feuchtes hinten in den Halsausschnitt ihres Kleides geschoben wurde. Nass klebte es an ihrem Rücken. Sie schrie entsetzt auf und fuhr herum. Für eine Sekunde starrte sie in das gehässige Grinsen von Henry, bevor sein kantiger Schädel im Glas- und Wasserlabyrinth der Halle verschwand. Hanna hüpfte mehrmals auf der Stelle, streckte und krümmte sich, zappelte wie ein Fisch im Netz, um den Fremdkörper abzuschütteln, spürte, wie ihr eine warme Flüssigkeit am Rücken hinunterlief, tiefer noch, aber erst als sie ihren Reißverschluss mit einem hässlichen, sägenden Geräusch heruntergezerrt hatte, bekam sie das Teil zwischen die Finger und schleuderte es weit von sich. Es war der Torfsack.

»Schaff dir früh ein dickes Fell an!«, hatte Frank sie gestern noch gewarnt. Hanna hatte nicht geahnt, dass es so schnell wachsen musste.

»Verdammter Mistkerl!«, schimpfte sie in die Richtung, in der Henry verschwunden war. »Dafür wirst du büßen!«

Gedemütigt und halb nackt zog sie sich in einen der schmalen

Seitengänge zurück und versuchte ihr Kleid wieder in Ordnung zu bringen. Es fiel ihr schwer, sich zu beruhigen. Sie hatte sich geschworen, sich nie wieder von einem Mann erniedrigen zu lassen, und nur langsam lichtete sich der Zorn in ihrem Inneren. Sie benutzte die Scheibe eines Beckens als Spiegel, brachte ihre Frisur in Ordnung und musterte ihr wütendes Gesicht. Das Glas verzerrte ihre Züge, dehnte Mund und Nase in die Breite und stauchte Stirn und Kinn. Ein Vexierbild ihrer Wut und Hilflosigkeit. Nimm dich nicht so wichtig!, dachte sie, und dann prustete sie los und zerlachte ihr monströses Spiegelbild zu einem zuckenden Clownsgesicht.

Hinter den Scheiben bewegte sich ein dunkler Schatten. Hanna wurde neugierig, trat näher und suchte den Bewohner im Haus. Sie entdeckte ein armdickes, halsloses Wesen, dessen Kopf nur durch das riesige Maul und die stecknadelkopfkleinen Äuglein als solcher erkennbar war. An der Maulspalte ragten dornenähnliche Barteln ins Wasser, und der kompakte, gerade Körper deutete darauf hin, dass der Fisch seine Beute nicht gerade durch Schnelligkeit erbeutete. Hanna bestaunte den kapitalen Zitterwels, der eine elektrische Spannung von mehreren hundert Volt erzeugen konnte, um seine Beute zu betäuben, bevor er sie in seinem hässlichen Maul verschwinden ließ. Sie erinnerte sich, wie sie einmal mit der Hand einen kegelgroßen Fisch an einer seichten Stelle des Nils fing: Ein stechender Schmerz hatte sofort den ganzen Arm betäubt, der sich noch nach Tagen später taub und ungelenk anfühlte. Wie unangenehm würde wohl ein direkter Kontakt mit diesem mächtigen Burschen vor ihr sein?

In den benachbarten Becken lagen noch weitere armdicke Zitterwelse bewegungslos lauernd am Boden. Nachdenklich starrte sie auf die schwarzen Wesen, deren äußere Schlichtheit so gar nicht zu dem komplizierten Stromgenerator in ihrem Inneren passte. Sie durfte sich nicht täuschen lassen. Sie spürte, dass dieses Haus hinter seiner Fassade aus Wasser und Glas ein Geheimnis verbarg. Hanna wusste nur noch nicht, ob es dunkel wie dieser Wels war oder hell wie ein Regenbogenfisch leuchtete.

6

Luft! In seinen Lungen klebte Barmers schlechter Atem. Sebald stand im Gang, hielt sich mit einer Hand an der Wand fest und kämpfte mit dem Gegner in seiner Brust. Luft! Er öffnete das nächstliegende Fenster und streckte den Oberkörper hinaus, inhalierte die staubwarme Luft des Hinterhofs, presste und keuchte den schwarzen Honig aus seinem Körper. Ganz langsam beruhigte er sich. Es war klar, dass er einen schweren Fehler gemacht hatte, auf Barmers Provokation so heftig zu reagieren. Der Mistkerl wusste etwas, und seine unbeherrschte Reaktion musste Barmer noch in seinem Verdacht bestärken. Falls Barmer bereits über irgendwelche Beweise verfügte, war er geliefert. Andererseits war der Major wohl noch nicht informiert, sonst hätte es schon längst ein Donnerwetter gegeben. Dann hatte Barmer auf Verdacht geblufft, und es gab noch halbwegs begehbare Wege aus dem Sumpf.

Sebald lehnte sich aus dem Fenster und starrte hinaus. Oben am Himmel zeichnete ein Flugzeug einen Kondensstreifen in das strahlende Blau. Unten im Hof standen die Einsatzfahrzeuge der Polizei, geparkt in einer Reihe auf grauem Asphalt. Die vor langer Zeit angebrachten weißen Markierungsstriche waren kaum noch erkennbar, und was noch davon sichtbar war, wirkte von hier oben wie helle Inseln in einem vom Sturm schmutzig aufgepeitschten Meer. Die Wand gegenüber, die zu irgendeinem heruntergekommenen Mietshaus gehörte, war fast vollständig von Efeu überwuchert, der es irgendwie geschafft hatte, seinen kräftigen Spross durch den versiegelten Boden zu stoßen, und sich mit Haftwurzeln eng an das Gemäuer schmiegte. Sebald hatte einmal zugesehen, wie der unbeliebte Efeu von einem Haus entfernt wurde, dessen Fassade neu renoviert werden sollte. Wie eine zweite Haut war das Blättergeflecht mit seiner Unterlage verwachsen, und als man es zusammen mit den darin gebauten Vogelnestern heruntergerissen hatte, hinterließ das abgetrennte Gewächs hässliche Spuren am Sandstein, Narben auf einem gepeitschten Rücken. Als Kind hatte ihn dieser Anblick der geschundenen, freigelegten Wand schockiert, und selbst als die Maler mit breiten Rollen triefend farbige Brandsalbe darüberstrichen, konnte er den Anblick der so entblößten, zerschürften Wand lange nicht vergessen.

Gegenüber schimpften die Spatzen jetzt frech aus ihrem grünblättrigen Versteck. Sebald ahnte, dass auch diese lebende Wand das gleiche Schicksal erwartete.

Er fingerte sein Handy hervor und drückte ein paar Knöpfe. Das Freizeichen ertönte mehrmals, und gerade als er wieder auflegen wollte, meldete sich eine tiefe, etwas kurzatmige Frauenstimme: »Ja bitte?«

»Ich bin's, der Klaus.«

»Oh, wie schön, dass du dich wieder meldest. Geht's dir gut? Was macht die Arbeit?«

»Hast du Zeit? Können wir uns treffen?«

»Klar, Schatz! Momentan bin ich aber – na ja, ziemlich ausgebucht … Aber morgen Abend würde gehen.«

»Okay. Ich komme so gegen achtzehn Uhr zu dir …«, Sebald zögerte einen Augenblick, bevor er fortfuhr, »in die Firma. Ist das in Ordnung?«

»Ja, natürlich! Du klingst besorgt. Gibt es Probleme?«

»Mmh. Ich möchte etwas mit dir besprechen. Wir können das so nicht weitermachen!«

Sebald wartete auf eine Entgegnung. Stattdessen hörte er, wie sich am Ort seiner Gesprächspartnerin ein Mann lauthals beschwerte. Die Frauenstimme war wieder da. »Ich mach jetzt Schluss. Also bis morgen.«

»Ja, bis dann …«

Die Verbindung wurde unterbrochen.

Für einen Moment stand er unschlüssig da. Der Ärger und die verzehrende Eifersucht waren wieder da. Morgen würde er alles mit ihr besprechen. Er würde ihr erzählen, dass es so nicht weiterging. Sie musste das einfach verstehen. Sie waren schon viel zu weit gegangen.

Das Klingeln seines Handys ließ ihn zusammenzucken. Ob sie das noch einmal war? Hatte sie die Ernsthaftigkeit in seinen Worten gespürt? Mit einer schnellen Bewegung brachte er das Gerät an sein Ohr und drückte auf den Empfangsknopf. »Ja, hallo?«

Ein kratziges Räuspern. Bloomsfelds Stimme: »Ah, schön, dass ich dich erwische! Ich hoffe, ich störe nicht! Haben sich die drei Flossenträger gut eingelebt?«

»Professor! Sie rufen mich doch bestimmt nicht an, um sich nach dem Befinden der Fische zu erkundigen?«

»Uiuiui, das klingt aber gar nicht gut. Hast du Ärger, Kommissarlein?«

Sebald stöhnte innerlich auf, aber er nahm sich zusammen. »Nicht mehr als sonst auch, lieber Professor. Was gibt es Neues?«

»Ich habe mir den Kot der kleinen Racker etwas genauer angesehen und ein paar Laboruntersuchungen gemacht.«

»Und? Haben Sie etwas entdeckt?«

»Leider Fehlanzeige. Nur, dass die Skorpione gut im Futter standen und vor allem mit Heimchen gefüttert wurden. Die gibt es in jeder gut sortierten Zoohandlung.«

Sebalds analytischer Verstand begann zu arbeiten. »Das bedeutet, dass die Tiere nicht aus der freien Natur stammen, sondern zuletzt in Gefangenschaft gehalten und sozusagen für ihren Auftritt vorbereitet worden sind.«

Der Professor pfiff in den Hörer: »*Exactement!* Das könnte man schlussfolgern.«

Sebald kratzte sich an der Schläfe. »Und sind Sie sonst noch zu irgendwelchen Erkenntnissen gekommen?«

»Nicht direkt, aber ich habe einmal in meinen alten Unterlagen und Büchern geblättert. Es gibt da eine seltsame Verbindung zwischen den sieben Skorpionen und den gefundenen Nilfischen.«

»Welche wäre das, Professor?«

»Erlaube mir zuvor eine Frage. Wurde der abgetrennte Penis des Opfers gefunden?«

»Nein, weder im Haus noch in der unmittelbaren Umgebung des Grundstückes.«

»Das würde passen … Kommissarlein, lach mich nicht aus, aber es gibt eine ägyptische Sage, in der drei Nilfische, die in der Mythologie als Frevlerfische bezeichnet werden, den Phallus eines Gottes auffressen, und es scheint mir so, als schwämmen zurzeit genau diese in deinem Aquarium.«

Sebald konnte förmlich spüren, wie sich seine Gedanken zu einem Knoten verbanden, der sich in seinem Hirn fester und fester zusammenzog. »Meinen Sie das im Ernst?«

»Es gibt da augenscheinliche Parallelen, und wenn du mir noch etwas Recherchezeit lässt, kann ich vielleicht bald mehr darüber erzählen.«

»Wann, Professor?«

»Ich denke, morgen habe ich alle Informationen zusammen! Wollen wir uns irgendwo treffen?«

»Ja. Schlagen Sie etwas vor!«

»Gut also. Ich bin um sieben im ›Blauen Viereck‹. Kennst du die Kneipe?«

»Ja, sicher. Die Szenekneipe an der Uni. Ich werde da sein und, Professor …«, Sebald zögerte, bevor er weitersprach, »vielen Dank für Ihre Hilfe!«

»Keine Ursache. Es ist mir ein Vergnügen.«

Noch bevor er sich weitere Gedanken über das Gespräch machen konnte, öffnete sich am Ende des Korridors eine Tür, und Karls Gesicht tauchte auf. Er winkte ihn herbei. Sebald eilte auf ihn zu, grinste fragend und betrat den Raum. Er sah zum Major und, als er dessen schlechte Laune wahrnahm, schnell woandershin. Barmer blickte finster, sagte aber nichts. Seine Unterlippe war geschwollen, blutete aber nicht mehr. Sebald setzte sich auf seinen Stuhl und richtete den Blick auf den Major, der ein weißes Blatt Papier in der Luft schwenkte.

»Gerade eben hat unser Labor die Fingerabdrücke auf der Mordwaffe als identisch mit denen der gefundenen toten Prostituierten identifiziert.«

Er blickte in die Runde und holte aus: »Meine Herren, es scheint so, als hätten wir die Mörderin gefunden.«

Der Major wartete einen Moment, bis das einsetzende Murmeln abgeebbt war.

»Allerdings kann uns die Tote kein Geständnis mehr ablegen. Umso wichtiger ist es für uns, das Puzzle zusammenzusetzen und auf seine Stimmigkeit zu überprüfen. Wie Ihnen sicherlich nicht entgangen ist, gibt es einige Ungereimtheiten. Warum hat sich die Frau umgebracht? Handelt es sich überhaupt um Suizid? War es ein Unfall? Oder Mord am Mörder? Wer kannte sie und kann bestätigen, dass sie Kontakt mit dem Opfer hatte? Welche Bedeutung haben die Skorpione und Fische? Worin lag das Motiv der Tat? Ich erwarte eine saubere Recherche.«

Der Major sah auf die Uhr. Er wollte gerade noch etwas Abschließendes bemerken, als die Tür aufflog und Isolde hereinstürmte. Irritiert bemerkte der Major, dass ihre Frisur völlig zerzaust war und Tränen über ihre Wangen liefen. »Was ist passiert?«

»Wir hatten gerade einen Anruf von der Soko Innenstadt. In der Bockenheimer Anlage wurde eine Frau überfallen. Man hat sie erstochen. Das Opfer ist …« Isoldes verquollene Augen wurden groß. Meinhart trat näher und legte beruhigend eine Hand auf ihre Schulter.

»Wer ist es?«, fragte er leise.

»Frau Barmer!«

Ein Aufschrei ergoss sich lavaheiß in den Raum, brannte sich in ihre Ohren und Erinnerung. Fast synchron drehten sich alle Köpfe zu Barmer, der sein Gesicht in die Handflächen warf und schluchzend zusammensackte.

7

Die Frau stand unschlüssig an der Tür und starrte auf das hektisch blinkende Licht auf dem Telefon, das von einem penetranten »Düdeldüdeldüdel« akustisch begleitet wurde. Die Leuchtziffern zeigten achtzehn Uhr fünfundvierzig. Spät genug. Missmutig blickte die Frau auf ihren Schreibtisch. Eigentlich hatte sie für heute genug von selbst ernannten Spezialisten, die sie nach Neuheiten ausfragten und denen ein *Hypancistrus zebra* nicht außergewöhnlich genug war. Aber lebten sie nicht genau von diesen unangenehm penetranten Kunden, die ihre Finger gierig nach allem ausstreckten, was selten und teuer war, die schwindelerregende Phantasiepreise für doppelköpfige Schildkröten und albinobleiche Flösselhechte zahlten?

Das rote Leuchten neben dem Hörer blinkte auf, verschwand, erschien wieder und verglomm – ein eingebauter Leuchtturm, dessen Lichtsignal jeden Beobachter in seinen Bann zog. Mit einem tiefen Seufzen lehnte sich Maralda gegen den Türrahmen. Ihr massiger Körper füllte dabei die Öffnung zwischen den Räumen fast ganz aus. So spät würde selbst ein arbeitswütiger Asiate nicht mehr anrufen. Falls es ein Lieferant oder Käufer aus Amerika war, konnte der Anrufer sein Glück auch morgen noch versuchen. Vielleicht sollte sie noch eine Kleinigkeit zum Essen besorgen und die Wohnung aufräumen, bevor Henry kam. Er liebte in Öl eingelegte Sardellen und Artischocken. Maralda schloss die Augen und rieb sich mit den Händen zwischen den Beinen, bis ein Stöhnen aus ihrer Kehle emporstieg, gleich einer Luftblase, die aus großer Tiefe an die Oberfläche gelangt.

Klingeln und Blinken waren hartnäckiger. Maralda rappelte sich auf und näherte sich ihrem Schreibtisch. Sie beugte sich über das Telefon und starrte auf das Display. Eine 069er-Nummer der Flughafenverwaltung. Scheiße, sollte etwa jemand von der Tierkoordinationsstelle des Flughafens anrufen? Das konnte nur Ärger bedeuten. Es kam immer wieder einmal vor, dass einer von den Tierärzten des Cargo-Centers anrief und um Hilfe bei der Notversorgung gestrandeter Sendungen bat. Dann wurde ein firmeninterner Notplan aktiviert: Sie würden die Fische abholen, mit frischem Wasser versorgen und für den Anschlussflug neu verpacken. Leider war dies für alle Beteiligten mit viel Arbeit und Ärger verbunden, aber

Dr. Litos achtete sehr darauf, dass sie sich bei Wünschen seiner Kollegen stets kooperativ verhielten. Er hatte ihr gegenüber einmal unmissverständlich geäußert, dass die Firma vom Wohlwollen der tierärztlichen Kontrollstation abhängig sei und sie es sich nicht leisten könnten, eine offizielle Bitte nach Notversorgung einer Sendung abzuschlagen. Sie dachte an die Wut des Tierarztes und an Henry, der in der Halle ungeduldig auf sie wartete. Mit geballten Fäusten atmete sie ihren Ärger aus, dann schnappte sie sich den Hörer, und im selben Moment verschwand das akustisch-optische Geschwisterpaar, als hätte es nie existiert.

»Aquafutur. Guten Abend.«

»Guten Tag. Mein Name ist Sebald. Mit wem spreche ich bitte?«

Maralda ließ erleichtert die Schultern nach unten sinken. Sie kannte die meisten Veterinärbeamten persönlich, aber diesen Namen hatte sie noch nie gehört. Vielleicht war ihr gemeinsamer Abend mit Henry doch noch nicht verloren.

»Unser Büro ist eigentlich schon geschlossen. Um was geht es denn?«

»Können Sie mir sagen, ob Sie die Arten *Barbus bynni*, *Mormyrus caschive* und *Liza ramada* vorrätig haben?«

»Weshalb möchten Sie das denn wissen?« Ein Klick mit der Maus und auf dem Bildschirm öffnete sich das Warenwirtschaftsprogramm.

»Nun, vielleicht möchte ich die Tiere kaufen.«

»Sind Sie denn Kunde von uns?«

Zwei weitere Klicks und die Namen der gesuchten Fische tauchten in der Lagerliste auf. Bestand in drei Aquarien: elf, vierzehn und dreiundzwanzig Tiere. Bingo. Es gab nur wenige Namen in der Liste, hinter denen eine Null stand.

»Noch nicht, aber ich könnte Ihnen eventuell welche anbieten.«

Aha, daher wehte der Wind! Ein Züchter, der seinen mickrigen Nachwuchs loswerden wollte. Maralda zündete ihren telefonischen Abwehrschirm: »Leider sind wir nicht an Geschäftskontakten mit neuen Züchtern interessiert!«

»Darf ich dieser Antwort entnehmen, dass Sie die Tiere schon im Programm haben?«

Maralda wechselte den Hörer in die andere Hand und versuchte sich zu konzentrieren. Irgendetwas war faul an diesem Anruf. Wieso rief dieser neugierige Kerl vom Flughafen aus an?

»Wir geben keine Informationen an unbekannte Personen weiter.«

»Auch dann nicht, wenn die Polizei Sie darum bittet?«

Jetzt war die Katze aus dem Sack. Was um alles in der Welt wollten die denn? Bestimmt keine Zierfische für ein Knastaquarium! Maraldas Knie wurden weich. Mit einem klatschenden Geräusch ließ sie sich auf ihren Sessel fallen.

»Ist etwas passiert?«, stieß sie hervor.

»Was sollte denn passiert sein?«, erwiderte der Mann freundlich, aber mit einem winzigen Anflug lauernder Neugierde in der Stimme.

Maralda gab auf. »Nichts. Gar nichts. Was möchten Sie wissen?«

8

Es gab Stadtteile, die waren geprägt und geformt von den Menschen, die dort lebten, und es gab Gebiete, in denen war es umgekehrt, dort bestimmten die Geschichten der Häuser die Schicksale ihrer Bewohner. Mehr als an allen anderen Orten der Stadt war dies im Bahnhofsviertel der Fall. Die Menschen hier mussten sich mit der latent vorhandenen Aggressivität und dem schlechten Ruf auseinandersetzen, hatten aber auch ein Auge für die versteckten Schönheiten und schätzten die funktionierenden nachbarschaftlichen Strukturen und günstigen Mieten. Kurzfristige Besucher, die die Abgründe des Rotlichtviertels suchten, fanden mit viel Glück für wenige Minuten Befriedigung in den Armen einer fremden Frau. Es gab aber auch Zeiten, als die Hütchenspieler an jeder Ecke auf Opfer lauerten, Junkies wie lebende Tote in den Hauseingängen herumlungerten, rivalisierende Banden ihre vermeintlichen Anteile an der Unterwelt mit Waffengewalt zu sichern suchten und man bei einem Bier mit einer freizügigen Dame darauf achten musste, keine K.-o.-Tropfen ins Getränk geschüttet zu bekommen.

Inzwischen ging es ruhiger zu. Japanische Geschäftsleute schlenderten zu Dutzenden durch die Straßen, umklammerten mit der einen Hand das Portemonnaie und schossen mit der anderen digitale Fotos von einer Peepshow, die sie gleich betreten würden, während sie für ihre Frauen in der Heimat Abenteuergeschichten zurechtzimmerten über Handtaschenräuber, die sie um die Urlaubskasse gebracht hatten. Die Drogenabhängigen starben nicht mehr in der Gosse, sondern zu Hause, und die Spekulanten trieben die Preise in die Höhe und verkauften Wohnraum an internationale Banken und Konzerne.

Es hatte sich viel verändert, und doch gab es noch einige Nischen, in denen die Vergangenheit lebendig geblieben war und seltsame Käuze wie früher ihre illegalen oder geduldeten Geschäfte machten.

Sebald schlenderte die Kaiserstraße entlang Richtung Hauptbahnhof. Er achtete nicht auf die ihm entgegenströmenden Pendler und Touristen, die sich aus den Katakomben des Bahnhofs nach oben wühlten, sondern bewegte sich zielstrebig vorwärts. Er kannte die Gegend seit seiner Kindheit, und seine Schritte führten ihn sicher über Asphalt, Marmor und Baustellenschutt. Da seine Füße ihr Ziel von allein fanden, konnte sich sein Hirn mit anderen Dingen beschäftigen. Mit Sabrinas Tod zum Beispiel. Ein Straßenräuber hatte es am hellen Tag auf den Inhalt ihrer Handtasche abgesehen, sie wehrte sich und wurde erstochen. Der Täter konnte entkommen, ließ aber seine Waffe zurück. Sebald nahm an, dass es sich um einen durchgeknallten Junkie auf der Suche nach Geld handelte. Sie würden ihn bald finden. Diese Szene deckte keine Mörder. Tapfere, glücklose Sabrina! Barmers Frau und seine Geliebte. Ganze drei Monate konnten sie ihre Beziehung geheim halten, dann hatte der alte Fuchs den Braten gerochen und die Flucht nach vorne angetreten. Sebald bot ihr an, zu ihm zu ziehen, aber zu seiner größten Überraschung entschied sich Sabrina für ihren Mann und brach den Kontakt zu Klaus ab. Er hatte noch ein paarmal halbherzig versucht, sie umzustimmen, ihr geraten, sich von Paul zu trennen, aber schließlich gab er es auf und betrachtete die Beziehung als erledigt. Die beiden Polizisten hatten sich schon vorher nicht riechen können, aber nach der Affäre nutzte Barmer jede sich ihm bietende Gelegenheit, um Sebald dafür zahlen zu lassen, was er ihm seiner Meinung nach angetan hatte.

Klaus konnte sich nicht vorstellen, dass sich Barmer über den Tod seiner Frau besonders grämte, und gleichzeitig schämte er sich für diesen schäbigen Gedanken. Straßenraub mit Todesfolge. Es gab nur wenige Klischees, die ein blutigeres Bild von Mainhattan zeichnen. Und jetzt? *Business as usual.* Barmer hatte sich ein paar Tage Urlaub genommen, um alles zu regeln, und der Major hatte großzügig Sonderurlaub bewilligt, obwohl sie zurzeit jeden Mann dringend brauchten. Sebald war sich ziemlich sicher, dass der frisch gebackene Witwer schneller als von den meisten erwartet wieder im Revier auftauchen würde.

Er war angekommen. Einen Moment zögerte er, fasste sich an den Hals, blickte kurz zur Seite und trat durch den Eingang. Rotes Licht verschluckte ihn, Plüsch und Tand, wohin man sah, Sades rauchiges »Smooth Operator« rieselte aus versteckten Lautsprechern. Hinter der Bar stand eine barbusige Schönheit, die er noch nicht kannte. Mit tiefer, geschmeidiger Stimme begrüßte sie ihn. »Willkommen an Bord, Liebster! Darf ich dir eine Erfrischung bringen, oder hast du einen anderen Wunsch?«

»Leider muss ich auf das freundliche Angebot verzichten. Rosa erwartet mich!«

»Uuh, die Chefin persönlich. Stehst wohl mehr auf reifere Damen?«

Sie lehnte sich über die Theke und wickelte eine armdicke Federboa um den Hals des neuen Kunden. Zwischen den Lippen bewegte sich ihre Zunge, und der perlmuttfarbene Lidschatten glitzerte wie eine Meeresmuschel am Strand. Sebald bekam einen Ständer, und ihm wurde heiß.

»So kann man es sagen«, antwortete er verlegen und wand sich aus der weichen Umklammerung. »*Au revoir, chérie!* Ich werde erwartet.«

Er stieg die zweiundzwanzig ausgetretenen Holzstufen nach oben und klopfte zweimal kurz, zweimal lang, zweimal kurz an die Tür.

»Herein!«

Die Stimme seiner Mutter. Selbst durch das Holz kraftvoll und deutlich. Er atmete tief aus, dann drückte er die Klinke und trat ein. Das Zimmer mit dem großen Fenster zum Hof hatte sich in den letzten Jahrzehnten kaum verändert. Rosa Tapete mit rosettenblumiger Deckenbordüre, ein plüschiger Sessel vor einer Wiener Frisierkommode, auf der unzählige Parfümfläschchen, Puderdosen und Flakons Posten standen, und im Zentrum das Liebesnest: ein altmodisches französisches Bett mit quietschendem Matratzenrost und schmiedeeisernem Kopfteil, über dem ein goldgerahmter Saloonspiegel hing. Die gegenüberliegende Wand war mit einem überdimensionierten Kleiderschrank zugebaut, über dem eine Barockuhr tickte. In jeder Ecke ein zierlicher Stuhl aus gedrechseltem Birnenholz. Der Boden war mit Teppichen aus aller Frauen Länder bedeckt, was dem Raum eine muffige Gemütlichkeit verlieh.

Seine Mutter erhob sich aus dem Sessel und kam mit weit ausgebreiteten Armen auf ihn zu. Sebald war erleichtert, dass sie mehr als einen Morgenrock trug. Die Umarmung war kürzer und ihr Parfüm weniger aufdringlich als sonst. Er entspannte sich. Vielleicht war es am besten, wenn er gleich zur Sache kam.

»Hallo, Mutter. Gut siehst du aus …« Er stockte, wusste nicht so recht weiter. »Also, ich muss mit dir sprechen. Wir können –«

Seine Mutter strahlte ihn an, während sie einen der Stühle in die Mitte des Raums zerrte. »Hier, mein Schatz! Setz dich erst mal! Auch ich muss dir etwas erzählen.«

»Gut, aber vorher sollten wir klären, dass –«

»Papperlapapp! Du mit deinem Klärenwollen. Wir sind doch hier nicht bei der Polizei!«

Er schwieg, seine Mutter ergriff ihre Chance und legte los: »Weißt du, was? Ich wollte es dir eigentlich noch nicht sagen. Aber vielleicht ist genau jetzt der richtige Augenblick dafür. Also spitz die Ohren!« Sie machte eine Kunstpause und sagte laut und deutlich: »Ich beabsichtige, zu heiraten und mich aus dem Geschäft zurückzuziehen!«

Hatte er richtig gehört? Er konnte sich seine Mutter beim besten Willen nicht als treue Ehefrau am Herd vorstellen, die ihren Gatten gutbürgerlich bekochte und die Zahnbürste mit ihm teilte. Andererseits löste sich eines seiner größten Probleme von allein, wenn seine Mutter ihren Beruf aufgab. Sie blickte ihn spöttisch mit schief gelegtem Kopf an. Offenbar wartete sie auf eine Antwort.

»Herzlichen Glückwunsch! Ist es jemand aus dem Milieu?«

Seine Mutter strafte ihn mit dem zornigen Blick, den er noch gut aus Kinderzeiten kannte, wenn er mit zerrissenen Hosen von seinen Streifzügen durch leer stehende Fabriken und verbotene Baustellen nach Hause kam, die umso ausgedehnter und gefährlicher wurden, je größer der Frust über seine peinliche Herkunft in seinem Herzen brannte. Dieser Blick traf ihn jetzt wieder, ein Blick, der – wie ihm jetzt plötzlich bewusst wurde – wahrscheinlich schon immer weniger den Löchern in seiner Hose gegolten hatte als vielmehr seiner Verstocktheit und permanenten Flucht vor der Realität.

»Nein, es ist jemand Solides. Ein Freund, schon angegraut, aber jung geblieben. Er hat mir letzte Woche ganz offiziell einen Antrag gemacht. Wenn du etwas früher gekommen wärst, hättest du ihn noch getroffen. Er war vorhin bei mir.«

»Also ein alter Kunde. Pass bloß auf, dass er nicht mit deinem Geld abhaut!«

Scharf sah sie ihn an. Flecken aus Zorn legten sich wie fallendes Laub auf ihr Gesicht. »Du bist unmöglich! Statt dich mit mir zu freuen, machst du mir kindliche Vorschriften.«

Obwohl er wusste, dass ihre Empörung nicht halb so groß war, wie sie tat, blickte er schuldbewusst zu Boden. Er wusste, dass er ungerecht war, aber hatte sie sich jemals die Mühe gemacht, mit ihm über seine Probleme zu sprechen? Über seine Scham und Ausflüchte, wenn er in der Schule nach seinen Eltern befragt wurde? Bis er sich irgendwann eine halbwegs glaubhafte Geschichte zurechtgezimmert hatte und allen, die es wissen wollten, erzählte, dass sein Vater schon früh bei einem Autounfall ums Leben gekommen war und seine Mutter sich daraufhin selbstständig gemacht hatte. So weit weg war dies nicht von der Wahrheit, und es gab Zeiten, in denen glaubte er selbst daran. Aber er hatte es satt, sich damit abfinden zu müssen, Notlügen zu erfinden und für seine Mutter bei der Polizei Schmiere zu stehen.

»Heißt das, dass du nicht mehr auf meine Informationen angewiesen bist?«

»Genau, das heißt es. Und wenn du noch etwas Zeit hast, dann bleib einfach hier. Er kommt heute Abend noch vorbei, und ich bin sicher, dass du ihn magst. Wenn du willst, kannst du dich bis dahin mit Maja unterhalten, die du ja schon kennengelernt hast.«

»Leider geht das nicht. Ich treffe mich gleich mit einem Informanten.«

Seine Mutter lächelte. Sie öffnete ein Fach in der Kommode, fischte eine Flasche Portwein und zwei Gläser hervor. Sebald sah ihr zu, und ihm fiel auf, dass ihre Hände dabei nicht zitterten. Sie reichte ihm das blutrote Getränk.

»Hier, für einen kleinen Schluck zur Feier des Tages wirst du ja noch Zeit haben, oder?«

Er nickte. Mutter und Sohn standen sich für einen Moment gegenüber, dann hoben beide ihr Glas und prosteten sich zu.

»Auf uns!«, nickte sie.

»Auf die Zukunft!«, erwiderte er, und dann fügte er noch hinzu: »Und auf dein neues Leben an der Seite des richtigen Mannes!«

Sie leerten die Gläser. Draußen im Hof bellte ein Hund. Das Ticken der Uhr drinnen. Sebalds Blick erfasste die Zeiger. Sieben Uhr. Er musste sich beeilen. Professor Bloomsfeld wartete bestimmt schon. Er stellte sein Glas neben die Duftfläschchen und Schönheitscremes. »Danke für den guten Tropfen! Wann ist die Feier?«

»Wir haben noch keinen Termin, aber du bekommst 'ne Einladung.«

»Schön. Also dann.« Er umfasste ihre Taille und gab ihr einen Kuss auf die Stirn, war überrascht, wie dünn und zerbrechlich sich ihr Körper zwischen seinen Händen anfühlte. Leise schloss er die Tür hinter sich.

Unten blinzelte ihm Maja entgegen. Mit einer vielknotigen Lederpeitsche drosch sie gelangweilt auf die Thekenplatte. »Na, das ging aber schnell. Also ich sag ja immer: Ein Quickie mit Klaps is besser als allein ohne Schnaps.« Sie kicherte und fuchtelte mit der Peitsche hinter ihm her.

Sebald bemühte sich, schnell ins Freie zu kommen, und hoffte, dass seine Konturen im Gedränge des Feierabendverkehrs bis zur Unsichtbarkeit verschwammen.

9

Da waren leise Stimmen, die sich näherten. Ein starkes Gefühl drängte Hanna dazu, sich nach einem Versteck umzusehen. Sie hatte Angst und suchte mit den Augen nach einem Ausweg. Gleichzeitig fragte sie sich, warum sie sich wie eine Verbrecherin aufführte. Gehetzt blickte sie nach allen Seiten. Der Gang, in dem sie stand, endete in einer Sackgasse, und die gläsernen Wände links und rechts boten keinerlei Versteck. Hanna setzte ihren Fuß auf den Beckenrand des untersten Aquariums, schob sich nach oben und kletterte wie in einer engen gläsernen Felsspalte unter Benutzung der gegenüberliegenden Aquarien höher. In weniger als fünf Sekunden war sie oben im Halbdunkel unter dem Dach. Sie sah sich um. Die Halle glich einem lang gezogenen Rechteck, auf das ein Schrägdach gesetzt worden war. An der höheren Längsseite hatte man eine Reihe von Fenstern direkt unterhalb der Decke eingebaut, die jedoch so verschmutzt waren, dass kaum Tageslicht in die Halle schien. Die wenigen Deckenlampen hingen weit nach unten, und der finstere Eindruck dort oben wurde noch verstärkt durch mehlig-graue Spinnweben, in denen fette tropische Spinnen auf unvorsichtige Kakerlaken lauerten. Hanna erkannte, dass es in der ganzen Halle kein besseres Versteck für einen Menschen gab.

Plötzlich tauchten die Köpfe von Frank und Heimske direkt unter ihr im Gang auf. Hanna zuckte zusammen, verlor fast das Gleichgewicht, fing sich und erstarrte. Die beiden Männer hatten sie noch nicht bemerkt. Wenn einer von ihnen den Kopf in den Nacken legen würde, musste er sie entdecken.

Obwohl die Männer leise sprachen, konnte sie jedes Wort verstehen. Heimske wischte sich mit dem Ärmel über die schweißnasse Stirn. »Hast du schon mit ihr gesprochen?«

»Gib ihr noch ein bisschen Zeit, sich hier einzugewöhnen.«

»Vielleicht war es doch keine so gute Idee. Henry ist schon ganz nervös.«

»Weil er nicht damit zurechtkommt, dass eine Frau mehr über Fische weiß als er selbst.«

»Glaubst du wirklich, sie kann uns weiterhelfen?«

»Bestimmt! Sie war Dammlers engste Mitarbeiterin. Wenn es jemand weiß, dann sie.«

Heimske fasste sich an den Hals, lockerte die Krawatte. »Komische Geschichte! Wie kann jemand einfach so verschwinden?«

»Vielleicht hatte er nur die Schnauze voll von deutscher Bürokratie und immer höheren Auflagen. Er hat seinen Kram gepackt und forscht jetzt mit einer chinesischen Assistentin in einem Geheimlabor in Singapur.«

Der Geschäftsführer lachte auf. »Ha, so also sehen deine Zukunftsträume aus!«

Frank grinste. »Fakt ist, dass der Alte verschwunden ist, und wenn uns überhaupt jemand bei der Entwicklung neuer GMOs helfen kann, dann seine frühere Mitarbeiterin.«

»Tja, falls sie bereit ist, mit uns zusammenzuarbeiten.«

Frank überging den vorwurfsvollen Klang in Heimskes Stimme. »Momentan ist Henry das größere Problem.«

»Wieso das?«

»Er ist rebellisch, stachelt die Mitarbeiter auf, vor allem Marcel und Bertram. Er glaubt, dass er über die Fische aus Anlage sieben Bescheid weiß und dass ihn dieses Wissen schützt, um sich seine Frechheiten erlauben zu können.«

»Mmh, Henry kennt sich zu gut aus, als dass wir auf ihn verzichten könnten. Und wegen der geheimen Anlage: Früher oder später müssen wir wohl mit der Wahrheit rausrücken.«

»Nein«, widersprach Frank. »Die Zeit ist noch nicht reif. Irgendwann in ein paar Jahren, wenn die Vernunft der Menschheit über ihre Angst gesiegt hat.«

»Ich hoffe wirklich, dass sich das Risiko lohnt.«

Frank legte ihm eine Hand auf die Schulter, und für einen Moment konnte Hanna das Blitzen in seinen Augen erkennen. »Wenn es so weit ist, werden wir unangefochtener Marktführer sein. Wir werden die Preise beliebig diktieren können.«

Heimske strich sich mit der Hand über das spärliche Haar. »Ich bin mir da nicht mehr so sicher. Vielleicht sollten wir das Projekt lieber beenden. Gestern hat die Polizei angerufen.«

»Was? Wieso? Wollten die Fische für ihr Präsidium kaufen?«

»Ich find das nicht witzig. Maralda hat es mir erzählt. Der Beamte hat sich nach einigen afrikanischen Arten erkundigt und wollte wissen, ob wir auch an den Frankfurter Zoo liefern.«

»Das muss noch gar nichts bedeuten!«

»Der Bulle hat auch den Namen Martin Paschke fallen lassen …«

»Scheiße!«

»Du sagst es. Wir hätten den Tigerwels im Exotarium lassen sollen.«

»Das ging nicht, Robert! Es war ein GMO! Einer von Dammlers Entwicklungen. Ich musste das Tier unbedingt zurückholen!«

»Wir hätten beim Versand besser aufpassen müssen. Der Wels hatte im Bereich des Packtisches nichts zu suchen!«

»Vielleicht hat sich Henry mit Absicht vergriffen. Der Kurator vom Exotarium kennt sich jedenfalls gut aus. Ihm wäre sicher aufgefallen, dass es sich um eine unbekannte Art handelt.«

»Auf alle Fälle müssen wir noch vorsichtiger sein! So etwas darf nicht wieder vorkommen! Ich gebe dir noch drei Wochen. Mehr nicht! Wenn die Ägypterin bis dann nicht auspackt, schließe ich das Labor.«

Der Tierarzt schüttelte die Fäuste. »Du bekommst deine Fische, verlass dich drauf!«, zischte er.

Eine unangenehme Pause entstand. Frank machte einen Schritt nach vorne, er stand jetzt unmittelbar unter Hanna und betrachtete die Fische im Becken. Wenn er nach oben blickte, würde er sie entdecken. Hanna hielt die Luft an, kauerte regungslos auf dem dünnen Glas. Franks Blick wanderte höher bis zum oberen Becken. Jetzt musste er sie sehen. In diesem Moment drehte er sich zu Heimske um und zog ihn ein paar Meter weiter. Hanna atmete aus.

»Ich finde, wir sollten zur Sicherheit wieder einmal das Passwort ändern.«

»Meinetwegen«, antwortete Heimske. »Welchen Fisch schlägst du vor?«

»Was hältst du vom afrikanischen Messerfisch?«

»Xenomystus?«

»Genau.«

»Mmh. Warum nicht? Von mir aus.«

»Also abgemacht. Ich werde die Schleusen gleich neu programmieren.«

»Gut. Ich bin im Büro. Wir sehen uns später.« Heimske wandte sich ab, drehte sich dann aber noch einmal um. »Wo ist sie eigentlich?«, fragte er.

Frank lächelte. »Wahrscheinlich streitet sie sich gerade mit Henry. Ich schau mal nach.«

Heimske nickte und schlurfte davon. Frank blickte ihm nach, bis sein breiter Rücken zwischen den Aquarien verschwunden war. Dann ging er langsam in die entgegengesetzte Richtung.

Hanna zögerte. Wenn sie sich vorsichtig bewegte, konnte sie ihm folgen, ohne selbst entdeckt zu werden. Behutsam setzte sie ihren Turnschuh auf die vorderste Ecke des nächsten Aquariums, verlagerte das Gewicht, trat mit dem anderen Fuß auf. So konnte es gehen. Lautlos hangelte sie sich von einer Reihe zur nächsten. Frank schien es nicht eilig zu haben. Schließlich kamen sie in einen Bereich der Halle, den Hanna nicht kannte. Irgendetwas kam ihr dort ungewöhnlich vor, und auf einmal wurde es ihr klar: Die Aquarien waren leer. In manchen befand sich Wasser, aber nirgends schwamm ein lebendes Wesen. Frank bog in einen Gang ein und blieb vor einer Wand aus bis unter die Decke gestapelten Styroporkartons stehen. Hanna sah, wie er einen der Türme aus der Mauer nach vorne zog und sich in die entstandene Lücke quetschte. Plötzlich ertönte ein leises Surren, und ein schmales Lichtfenster leuchtete auf. Frank trat in das gleißende Rechteck, die Umrisse seines Körpers glühten auf. Geblendet kniff Hanna die Augen zusammen. Als sie sie wieder öffnete, war der Tierarzt verschwunden.

10

Sebald erreichte die Kneipe dreißig Minuten nach der vereinbarten Zeit. Er fand Professor Bloomsfeld in der separaten Raucherlounge an einem kleinen Tisch. Vor ihm lag ein metallenes Döschen mit Tabak und ein abgegriffenes Buch, zwischen dessen vergilbten Seiten mehrere Streifen Zeitungspapier wie graue Zungen heraushingen. Der Professor lächelte freundlich und winkte ihn mit einer überdimensionierten Pfeife zu sich.

Sebald ließ sich auf einen Stuhl fallen. »Entschuldigen Sie meine Verspätung! Ich hoffe, Sie warten noch nicht allzu lange.«

»*Cum tempore* wie immer, lieber Freund. Wir befinden uns ja im akademischen Viertel. Außerdem war ich selbst nicht ganz pünktlich.«

Sebald lächelte dankbar und sah sich um. Das »Blaue Viereck« war gleichermaßen bei Geschäftsleuten und Studenten wegen seiner günstigen Preise und der freundlichen Bedienung beliebt. Großformatige Acrylzeichnungen an den Wänden zollten dem Zeitgeist Respekt und waren so abstrakt, dass man nach jedem Bier etwas anderes darin erkennen konnte. Mittelpunkt der Kneipe war die Bar, ein marineblau gestrichenes Karree, das wie eine Burg belagert wurde und von dem die Kellner ausschwärmten, um die durstigen Krieger mit Nachschub zu versorgen. Sebald bestellte ein großes Pils, während sich der Professor mit einem Tomatensaft begnügte.

»Sie trinken nichts?«

»Doch. Nur keinen Alkohol. Bei der Hitze vertrage ich nicht so viel.«

Sebald nickte und trank sein Glas fast leer. Die unerwartete Neuigkeit hatte ihn aus dem Gleichgewicht gebracht. Er konnte sich nicht mit dem Gedanken anfreunden, dass seine Mutter nach all den Jahren wirklich heiraten wollte. Ein Ehemann an ihrer Seite war wie eine Karikatur ihres bisherigen Lebens, eine groteske, geschmacklose Satire. Konnte das jemals gut gehen? Oder war er einfach nur voreingenommen, misstrauisch wie jeder Stiefsohn gegenüber dem fremden Vater, der sich plötzlich zwischen Mutter und Kind stellte?

Mit großen Schlucken ließ er den Gerstensaft in sich hineinfließen. Plötzlich hatte er das unbändige Bedürfnis, sich zu betrinken. Sebald hielt sein leeres Glas in die Luft und drehte sich zur Theke um. »Noch ein Bier und einen Kurzen, bitte!«

Kaum eine Minute später servierte ein Kellner das Gewünschte. Professor Bloomsfeld kramte ein Päckchen Streichhölzer hervor, hielt das brennende Hölzchen ganz nah vor sein Gesicht, musterte die Tauglichkeit der jungen Flamme und bewegte sie dann langsam zu den gepressten Tabakblättern, die er mit schmatzenden und saugenden Geräuschen zum Glimmen brachte. Genüsslich und ausdauernd sog er an der Pfeife, bis er schließlich einen Strom warmen, aromatischen Rauches in die Luft pustete, dem er nachdenklich hinterherblickte. Dann hob er den Blick und sah den jungen Polizisten prüfend und etwas spöttisch an. »War ein anstrengender Tag heute.«

Sebald nickte und schüttete sich den Klaren in den Hals. Für einen Moment fühlte er dem scharfen Brennen in seiner Speiseröhre nach, unterdrückte einen aufkommenden Schluckauf. Er hasste dieses den Körper ausdörrende Destillat, das wie Wasser aussah und doch weder labend noch erfrischend wirkte. Wie kochende Lava breitete sich der Schnaps in seinem Magen aus, er griff nach dem Bierglas. Konnte man Feuer mit Feuer ersticken? Sebald stellte das Glas zurück und grinste den Professor unsicher an. »An Tagen wie diesen verliert man nicht nur die Lust an der Arbeit, sondern auch den Glauben an die Menschheit.«

Der Professor nahm einen tiefen Zug aus der Pfeife. »Ja. Einfach schrecklich, das mit Ihrem Kollegen und seiner Frau.«

Sebald zuckte zusammen, Schweißperlen wuchsen wie winzige Kaugummiblasen auf seiner Stirn. Die Hitze in dem Schuppen war kaum auszuhalten. Die Blasen zerplatzten, und ihr salziger Inhalt vereinigte sich zu schmalen Rinnsalen, die über Schläfe, Backen, Hals, Schlüsselbein und Brust bis zu seinem Hosenbund abwärtsflossen und schließlich vom Stoff des Hemdes aufgesaugt wurden. Barmer wollte ihn fertigmachen. Aber seine Frau so zu verlieren, umgebracht auf offener Straße von einem schäbigen Straßenräuber, der ihr die Kehle durchschnitt, sie wie ein Tier abschlachtete für ein bisschen Geld aus der Handtasche, das war wirklich hart. Hart für wen? Für Barmer? Oder für ihn?

»Woher wissen Sie davon?«

»Ich war vorhin kurz in deinem Büro, und da hat dein Kollege

Karl Mayer es mir erzählt. Übrigens konnten die Fingerabdrücke auf der Tatwaffe identifiziert werden.«

»Wirklich?« Sebald war überrascht.

Professor Bloomsfeld lächelte und ließ sich einen Moment Zeit mit der Antwort.

»Deine Kollegen von der Spurensicherung sind in ihrer Datei fündig geworden.«

»Tatsächlich? Wer war es denn?«

»Ein Russe mit Kontakten zur Drogenmafia, der schon länger von Interpol gesucht wird.«

»Seltsam.« Sebald war verwirrt. »Ich hätte vermutet, dass es ein Gelegenheitsdieb war oder ein fickriger Junkie. Ungewöhnlich, dass ein Profi sich auf einen Raubmord einlässt!«

»Ja«, bestätigte der Professor. »Ihr habt wirklich Glück, dass ein Passant den Helden spielte und dem Flüchtigen ein Bein gestellt hat, sodass der seine Waffe verloren hat.«

»Wenn sich so ein Wichtigtuer schon als Großstadttarzan aufführt, hätte er die Sache wenigstens zu Ende bringen sollen!«

»Aber, aber«, der Professor wackelte mit dem Kopf. »Dann hätten wir jetzt zwei Tote zu beklagen.«

Sebald nickte, schwieg. Er spürte den Alkohol, und die rauchgesättigte Luft brannte in seinen Augen. Irgendetwas war faul an der Sache. Wie ein Adler, der sich höher in die Lüfte schraubte, um sein Gesichtsfeld zu vergrößern und damit die Wahrscheinlichkeit zu erhöhen, ein Opfer zu entdecken, trat Sebald in Gedanken einen Schritt zurück und erweiterte die Themenpalette seiner Überlegungen. Konnte Sabrina so mächtige Feinde haben? War es möglich, dass sie jemanden kannte, der Verbindungen zur russischen Mafia hatte? Wollte sich jemand an ihr rächen? Aber wofür?

Er kannte sie als zurückhaltende Person mit einem Hang zu ausgefallenen Kleidern, die selbst in ausgelassener Stimmung darauf achtete, nicht die Kontrolle über sich zu verlieren. Verschwommene Bilder von Wasser und winzigen Schneekristallen auf blondiertem Haar bildeten sich vor seinem Auge. Sebald wurde klar, dass er sie gemocht hatte. Er wischte sich mit dem Arm über die Stirn und wandte sich an den Professor.

»Übrigens, was haben Sie in meinem Büro gesucht? Wir hatten uns doch hier verabredet.«

»Eine gute Frage, Kommissarlein!« Der Professor lehnte sich zurück und nuckelte zufrieden an seiner Pfeife. »Ich habe mir noch einmal die Fische angesehen, die wir bei dem toten Zuhälter gefunden haben.«

»Warum?«

»Nur um sicher zu sein. Ich musste die Arten zweifelsfrei bestimmen.«

»Und? Ist es Ihnen gelungen?«

»Selbstverständlich! Es handelt sich eindeutig um *Barbus bynni*, *Mormyrus caschive* und *Liza ramada*. Der Lepidotusfisch, der Oxyrhynchos und der sogenannte Phagros.«

Sebald verstand kein Wort.

»So genannt bei wem? Verdammt – reden Sie endlich Klartext!« Sebald war aufgesprungen, konnte sich aber gerade noch davon abhalten, sein Gegenüber am Kragen zu packen.

Was war nur mit ihm los? Wie konnte er sich nur so gehen lassen? Er war völlig durchgeschwitzt, der Rauch brannte in seinen Augen. Mit einem lauten Seufzer ließ er sich zurückfallen. Müde rieb er sich mit Daumen und Zeigefingern über die Augenlider, doch als hätte er dabei auf einen Knopf gedrückt, begann sich sofort ein Karussell in seinem Kopf zu drehen. Bevor es an Geschwindigkeit zulegen konnte, öffnete er die Augen. »Entschuldigen Sie meine Unbeherrschtheit!«, presste er hervor.

Nachsichtig nickte der Professor. »Schon gut. Die Ungeduld ist das Privileg und die Waffe der Jugend. Aber nun sollten wir uns den Fakten zuwenden. Sieh dir das einmal an.«

Der Wissenschaftler drehte das vor ihm liegende Buch so, dass Sebald es richtigherum betrachten konnte, und öffnete es an einer Stelle, wo ein großes Stück Zeitungspapier zwischen den Seiten lag. Er klappte das Buch wie eine Auster auseinander und hielt es Klaus vor die Nase. Vor seinen Augen erblickte der junge Polizist einen fremdartigen Text. Geschwungene Zeichen und seltsame Formen wechselten sich ab, manche davon waren mit einem Kringel eingekreist, und in der Ecke erkannte er das Gesicht einer Frau und eines Mannes mit ungewohnt kantiger Frisur und schmalen, ernsten Gesichtszügen. Sebald war sofort klar, dass es sich um Ägypter handelte, und obwohl die Darstellung nur wenige Details enthielt, wirkte sie durchaus lebensecht, fast lebendig.

»Dieses Buch«, begann Professor Bloomsfeld, »ist eine Sammlung der Originaltexte aller bisherigen Ausgrabungsfunde über den Osiris-Mythos. Seit es dem französischen Sprachwissenschaftler Champollion 1822 gelang, mit Hilfe des berühmten Steins von Rosetta die Hieroglyphen zu entschlüsseln, konnten wir unser Wissen über die alten Ägypter gewaltig erweitern. Leider wissen wir immer noch viel zu wenig, um dieses Volk und seine Gebräuche und Geheimnisse auch nur annähernd würdigen und verstehen zu können.«

»Sie wollen mir doch hier keinen Vortrag über ägyptische Kultur halten?«, unterbrach ihn Sebald. »Wo soll denn die Verbindung zu unserem Mord und diesen verdammten Fischen sein?«

»Geduld, Geduld, junger Freund! Ich bin ja gerade dabei, die Geschichte zu erzählen.«

Sebald lehnte sich zurück und nahm ein paar tiefe Schlucke aus seinem Glas. Plötzlich hatte er das Gefühl, als würden ihn die beiden Ägypter aus dem Buch heraus angrinsen. Er schüttelte den Kopf und schloss die Augen. »Also gut, Professor, fangen Sie an! Ich fürchte, ich werde heute nicht allzu alt werden.«

Freundschaftlich musterte ihn der Ältere und räusperte sich. »Ein wesentlicher Bestandteil des ägyptischen Lebens waren die Götter, deren personifizierte Entsprechung auf Erden der Pharao war. Die Ägypter glaubten an eine Vielzahl von Göttern, von denen die wenigsten jedoch zu Reichsgöttern aufstiegen. Ursprung und Urahn aller nachfolgenden Götter war der Sonnengott Re, der sich aus einem Urhügel heraus selbst gebar. In seiner Allmacht schuf er die Zwillinge Schu und Tefnet, Luft und Wasser. Re konnte die beiden aber nicht fassen, sie entglitten ihm in das Meer, das die Insel seiner Geburt umspülte. Verzweifelt suchte Re seine Kinder, und als er sie endlich fand, weinte er Tränen der Freude. Die Ägypter glaubten, dass die Menschen aus den Tränen des Gottes entstanden.«

Der Professor machte eine Pause, um Sebald die Gelegenheit zu einer bissigen Bemerkung zu geben. Als dieser keine Anstalten dazu machte, fuhr er fort:

»Schu und Tefnet bekamen selbst wieder ein Geschwisterpaar: den Erdgott Geb und die Himmelsgöttin Nut. Diese wiederum vereinigten sich und zeugten vier weitere Kinder: Osiris, den Gott der Fruchtbarkeit, Isis, die das fruchtbare Land darstellte und –

gleichzeitig – Schwester und Gemahlin von Osiris war, Nephthys, die Wüstengöttin, und ihren Bruder und Ehemann Seth, den Gott der Dürre. Obwohl alle Götter sowohl positive als auch negative Eigenschaften in sich vereinen, lässt sich doch klar sagen, dass das gute Götterpaar Osiris und Isis den beiden Bösen Seth und Nephthys gegenüberstehen. Diese vier gehörten zu den mächtigsten Göttern Ägyptens, und unzählige Geschichten zeugen von ihrer hohen religiösen Bedeutung.«

Wieder sah der Professor auf und deutete auf die Zeichnung in dem vor ihm liegenden Buch. »Hier, mein lieber Kommissar, siehst du eine Wandmalerei der Göttin Isis und ihres Gemahls Osiris. Osiris herrschte über Ägypten, und seine Regentschaft war gerecht und überaus erfolgreich. Er lehrte die Menschen den Ackerbau und die Viehzucht, die Weisheit und die Gottesfurcht. Unter seiner Herrschaft erblühte das Land, und seine Schwestergattin Isis war eine kluge und beliebte Königin. Ihr Bruder Seth aber verzehrte sich vor Neid und Gier nach dem Thron, und als er es gar nicht mehr aushielt, ersann er eine furchtbare List. Mitten in der Wüste erbaute er einen prächtigen, mit Gold und Edelsteinen verzierten Sarkophag, dessen Inneres genau die Körpermaße des Osiris hatte. Eines Tages, als der König ein großes Fest gab, verkleidete sich Seth als fahrender Händler, stellte die prächtige Lade mitten im Thronsaal aus und versprach sie demjenigen zum Geschenk, der genau hineinpasste. Viele probierten den riesigen Sarg aus, doch keinem passte er vollkommen. Schließlich legte sich der König, der dem Wein schon reichlich zugesprochen hatte, selbst hinein …«

Der Professor unterbrach sich und trank etwas Tomatensaft, dessen rote Farbe einen seltsam harten Kontrast zu seinen breiten, blasshäutigen Händen bildete. Als er die Erzählung wieder aufnahm, schien es Sebald, als betrachtete ihn der Alte mit einem schadenfrohen Grinsen.

»Arglos und angetrunken wie Osiris an diesem Tag wohl war, stieg er in den Sarg, der perfekt passte. Im selben Moment sprang Seth dazu, verschloss den Sarg und versiegelte ihn mit flüssigem Blei. Niemand wagte es, Seth entgegenzutreten und den gefangenen König zu befreien. Zusammen mit seinen Verbündeten schleppte der Verräter den Sarg zum Nil und warf ihn hinein. Als Isis von dem Anschlag erfuhr, war es bereits zu spät. Verzweifelt suchte sie nach dem Sarg mit dem toten Körper ihres Mannes, und schließlich fand sie ihn weit abgetrieben in einem fernen Land.«

Der Professor zwinkerte Sebald aufmunternd zu. »Und jetzt wird es interessant: Als Isis den toten Körper nach Ägypten zurückbringen wollte, um ihn in ihrer Heimat beizusetzen, wurde sie von Seth überfallen, der die Leiche des verstorbenen Königs an sich nahm. Um sich seines Sieges über den verhassten Bruder endgültig sicher zu sein, zerhackte er den Leichnam in vierzehn Teile, die er über das ganze Land verstreute. Seths Triumph schien vollkommen. Mit List und Gewalt hatte er den Thron an sich gerissen, und niemand war stark und mutig genug, sich ihm entgegenzustellen. Isis jedoch gelang es nach jahrelanger Suche, alle Körperteile zu finden und den toten Gatten zurück ins Leben zu zaubern. Alle Teile bis auf eines! Sicher kannst du dir denken, welches wichtige Körperteil fehlte?«

Sebald zuckte zusammen. »Wie bei unserer Leiche? Sein Schwanz!«

»Genau. Wie bei dem Mord an dem Zuhälter, dessen Körper in gleicher Weise verstümmelt wurde und dessen männliches Geschlechtsteil – das vierzehnte Teil – unauffindbar ist. Aber im Gegensatz zum wiederbelebten Osiris blieb unsere Leiche bis zum heutigen Tage tot und unvollständig und wird es wohl auch bis ans Ende aller Tage bleiben.«

»Aber was bedeuten die Fische und die Skorpione, die wir am Tatort gefunden haben?«

Der Professor reckte das Kinn nach oben und sah seinem Gegenüber fest in die Augen. »Seth warf das Geschlecht seines Feindes in den Nil, wo es von Fischen gefressen wurde. Anhand der gefundenen Wandzeichnungen und aufgrund unseres Wissens über die damalige Fischfauna können wir fest davon ausgehen, dass es sich dabei um den Lepidotusfisch, den Oxyrhynchus und den Phagros handelte – alle drei Arten leben auch heute noch im Nil. Wegen ihrer verruchten Tat werden die Fische in den altägyptischen Erzählungen als Frevlerfische bezeichnet.«

»Gut, das passt. Der Täter hat also genau diese Fische hinterlassen. Aber wozu der Aufwand?«

»Mmh, wenn ich das wüsste, wäre mir wohler.«

Beide Männer blickten vor sich ins Leere, allein mit ihren Gedanken. Schließlich fragte Sebald: »Wie ging die Geschichte von Isis und Osiris weiter?«

»Isis formte aus Lehm einen künstlichen Penis für ihren Gatten, aber ihre Macht reichte nur, um Osiris kurz zum Leben zu erwecken. In der ihnen verbleibenden Zeit zeugten sie einen Sohn: Horus, den Falkenköpfigen. Dann verschwand Osiris endgültig ins Schattenreich und wurde seitdem als Gott des Todes verehrt. Isis jedoch flüchtete und versteckte sich mit ihrem Kind in den Papyrussümpfen des Nils, gejagt und verfolgt von Seth, der danach trachtete, sie zu vernichten. Während dieser Zeit wurde Isis von sieben Skorpionen beschützt, die ihr halfen, wann immer es nötig war.«

»Na wunderbar. Damit sind wir bei den kleinen Mistviechern angekommen. Entweder will uns da einer verarschen, oder wir haben es wirklich mit einem Irren zu tun, der sich für die Wiedergeburt des Dürregottes hält.«

Der Professor nickte, doch Sebald war noch nicht zu betrunken, um den Zweifel in seinem Blick zu übersehen.

»Du hast wohl recht, aber die Requisiten sind nicht stimmig. Seth allein hätte sich mit den Fischen und dem zerstückelten Körper begnügt. Die sieben Skorpione jedoch verweisen eindeutig auf Isis.«

»Also doch eine Frau, eine Täterin! Das würde passen.«

»Wie meinst du das?«

»Gestern wurde die Leiche einer Frau gefunden, deren Fingerabdrücke auf der Mordwaffe waren und die, nach allem was wir wissen, als Prostituierte für unseren Osiris-Schmittke gearbeitet hat. Möglicherweise war sie auch seine Geliebte, und damit könnte sie als Isis passen.«

»Bingo, Kommissarlein. Wenn diese Frau einen Bezug zur ägyptischen Mythologie hat, dann bleibt nur noch die Frage, wozu die ganze Inszenierung diente. Aber wenn die Frau tot ist, kann sie darüber nichts mehr verraten. Warum starb sie?«

»Wir sind noch nicht sicher. Aber es scheint ein Suizid gewesen zu sein. Die Frau nahm eine Überdosis Schlaftabletten.«

»Das solltest du gut überprüfen, denn wenn sich die Tote auch nur ein wenig mit der Göttin Isis identifiziert hat, dann ist ein Selbstmord unwahrscheinlich. Isis verkörpert Zähigkeit und Leben, aber auch Hass und Verwandlungsfähigkeit. Ihr werden große

Zauberkräfte nachgesagt, und sie soll sich in die unterschiedlichsten Tiere verwandeln können.«

»Mmh, wir haben am Tatort eine ganze Menge Spuren gefunden, die sich nicht alle dem Toten zuordnen lassen. Unter anderem auch einen goldenen Ring mit einem fliegenden Vogel.«

Der Professor blätterte in dem Buch und deutete auf eine Zeichnung, die einen hässlichen Vogel mit Storchenbeinen zeigte, dessen nach unten gebogener Schnabel an einen Säbel erinnerte. Klaus benötigte einen Moment, bis ihm klar war, warum ihn der Anblick so abstieß: Kopf und Hals des Vogels waren kahl, nackt, unbefedert.

»Sieht er so aus?«, fragte der Professor.

Sebald nickte.

»Der Heilige Ibis. Die Ägypter verehrten ihn als Sinnbild für Weisheit und Rechtschaffenheit. Häufig wurde der Vogel mumifiziert und Königen mit ins Grab gelegt. Ich verwette meine Unterhose, dass euer Täter eine Ägyptenaffinität hat. Waren Fingerabdrücke drauf?«

»Leider nicht. Das Einzige, was wir sicher sagen können, ist, dass der Ring so klein ist, dass er nur an eine Frauenhand passt.«

»Mmh, das ist nicht viel.«

Bloomsfeld erdrückte die Glut in seiner Pfeife mit dem bloßen Daumen und erhob sich. »Unsere kleine Vorlesung ist für heute beendet. Viel Erfolg bei deinen Ermittlungen, Kommissarlein! Ach ja: Sind die Skorpione gut angekommen?«

»Wieso angekommen? Ich dachte, die sind bei Ihnen?«

»Nicht mehr. Deine Kollegin hat sie doch abgeholt.«

»Wer? Wann war das?«

»Gestern Abend. Eine Dame von der Kripo hat die Skorpione bei mir abgeholt. Nettes Mädchen!«

Sebald runzelte die Stirn. »Wie sah die Frau aus?«

»Mmh. Feines Gesicht, tiefschwarze Haare, schulterlang, zierlicher Körperbau, etwa eins fünfundsechzig groß, südländischer Typus.«

»So eine Kollegin gibt's bei uns nicht!«

»Vielleicht eine Praktikantin?«

»Haben Sie nach ihrem Ausweis gefragt?«

»Natürlich nicht. Es erschien mir logisch, dass die Spurensicherung die Tiere abholt.«

»Hat sie das behauptet?«

»So was in der Richtung. Ja.«

Sebald seufzte und griff nach seinem Handy. Das musste er sofort überprüfen. Er wählte die Nummer seiner Abteilung. Enzo war am Apparat.

»Klaus hier. Sag mal, Enzo, weißt du etwas davon, dass gestern sieben lebende Skorpione bei Dr. Glotzke abgegeben wurden?«

»*Niente*, und ich bin auch froh, dass so Viecher nicht hier sind. Soviel ich weiß, hatte die doch Bloomsfeld.«

»Der meint, eine Polizistin hat die Skorpione bei ihm abgeholt.«

»*Ma no!* Da muss er was falsch verstanden haben.«

»Was sagst du?«

»*Allora*, jemand vom Zoo hat gestern Nachmittag hier angerufen und nach den Skorpionen gefragt.«

»Lass mich raten! Es war eine Frau!«

»*Certo!* Leichter Akzent …«

»Und? Was hast du ihr erzählt?«

»Dass die Biester bei Professor Bloomsfeld untergebracht sind.«

»Und was noch?«

»*Scusi*, die Dame hat äh … nach seiner Adresse gefragt.«

»Und du Hirni hast sie ihr natürlich gegeben?«

»*Perché no?* Der Major sagt doch immer, wir sollen uns besser um die Bürger kümmern. War das 'n Fake?«

»Kann sein. Ich klär das später. Sonst noch Neuigkeiten?«

»Dein Ausweis ist wieder da.«

»Wie bitte?«

»Mit der Post kam heute ein Briefumschlag. Die von der Zentrale haben ihn geöffnet und deinen Ausweis drin gefunden.«

»Da bin ich platt.«

»Kann ich mir denken. Es gibt halt doch noch ehrliche Finder.«

»Da wäre ich mir nicht so sicher.«

»Ich leg die Sachen auf deinen Schreibtisch. *D'accordo?*«

Sebald zögerte. Falls sich noch verwertbare Fingerabdrücke auf dem Ausweis befanden, sollte sich jemand aus Dr. Glotzkes Team damit befassen. Andererseits hatte die Spurensicherung mehr als genug mit echten Fällen zu tun, und es war nicht angebracht, Ressourcen wegen einer geklauten Lederjacke abzuziehen. Außerdem sagte ihm sein Gefühl, dass er diese Angelegenheit auf seine Weise und möglichst ohne Außenstehende anpacken sollte.

»Ist gut, Enzo, *mille grazie*!«

»Di niente! Ciao, commissario.«

Sebald zerdrückte die Off-Taste und fuhr sich mit den Händen durchs Haar.

Bloomsfeld machte ein nachdenkliches Gesicht und kratzte sich mit dem Pfeifenmundstück hinterm Ohr. »Die Skorpione sind verschwunden?«

»Ich fürchte ja. Aber wir werden sie wiederfinden!«

»Na, dann wünsch ich dir viel Glück dabei. Ich muss mich jetzt leider verabschieden.«

Sebald starrte Bloomsfeld an. »Professor! Wie geht denn die Geschichte mit Isis und Seth aus?«

»Heute nicht mehr. Die Antwort steht in dem Buch hier, das ich dir gerne ausleihe.«

Er warf Sebald eine Kusshand zu und eilte davon. Mit einer Geschicklichkeit, die man ihm kaum zugetraut hätte, schlängelte er sich an den Tischen vorbei zum Ausgang.

Sebald erhob sich schwankend und starrte ihm verdutzt hinterher, ließ sich dann wieder auf seinen Platz zurückfallen und bestellte bei der Bedienung ein letztes Bier. Zweieinhalb Minuten später grübelte er über einem Pils, das zu schnell gezapft war, um noch frisch zu sein. Wer war die Frau, die sich die Skorpione bei Bloomsfeld abgeholt hat? Falls es niemand von Glotzkes Leuten war, konnte es nur eine Möglichkeit geben: Die Frau hat sich ihr Eigentum zurückgeholt. Konnte das sein? Und falls ja, bedeutete es, dass Schmittke von einer Frau, von dieser Frau, gequält und umgebracht worden war? Vielleicht machte es Sinn, dem Professor das Band mit der nächtlichen Anruferin vorzuspielen. Jedenfalls war es eine heiße Spur, die deutlich erfolgversprechender war als dieses ägyptische Mythengeschwätz über gefressene Pimmel. Die Geschichte mit den Frevlerfischen würde ihn wohl kaum weiterbringen. Was der Professor erzählte, war nichts als ein Märchen. Eine Sage.

Wie zur Bestätigung und um die Lächerlichkeit der ganzen Geschichte aufzudecken, nahm er das Buch und öffnete es an einer der mit Zeitungspapier gekennzeichneten Stellen. Auf der Seite war ein Grabrelief abgebildet, das Fische zeigte, die an einem Penis knabberten. Darunter waren Hieroglyphen, deren Sinn ihm verborgen blieb. Die Bildunterschrift lautete: »Die drei Frevlerfische im Tempelgrab von Abydos«. Sebald erkannte seine Fische sofort wieder. Er blätterte ein paar Seiten weiter und entdeckte plötzlich Isis, die in einem Boot aus Papyrus kniete, umringt von sieben bedrohlich aussehenden Skorpionen.

Während Sebald die Zeichnung betrachtete, hatte er plötzlich das Gefühl, beobachtet zu werden. Er schaute auf und tastete sich mit dem Blick durch die Lounge. Es gab keinen Zweifel. Am Eingang stand sie und starrte ihn mit einer Mischung aus Erstaunen, Spott und Interesse an. Als könnte sie seine verborgenen Gedanken lesen, fixierte sie ihn. Dann war sie verschwunden.

Sebald sprang auf, klemmte das Ägyptenbuch unter die Achsel und rannte zum Ausgang, ohne sich um Gäste und Wirt zu kümmern. Jemand schimpfte, er ignorierte es. Als er endlich im Freien stand, konnte er sie gerade noch hinter einer Ecke verschwinden sehen. Er sprintete los. Die frische Luft fachte einen Taumel in seinem Hirn an, er konzentrierte sich, rannte weiter. Diesmal durfte sie ihm nicht entkommen. Das schwere Buch behinderte ihn beim Laufen, doch konnte er es unmöglich einfach wegwerfen.

Die Frau rannte vor ihm in Richtung Messeplatz. Plötzlich schlug sie einen Haken und verschwand hinter einem am Straßenrand parkenden Kleinlaster. Die nächsten Geräusche waren das schrille Kreischen blockierender Reifen und ein dumpfer Schlag. Um ihn herum fluchende Stimmen, ein Mann im Anzug gestikulierte vor seinem demolierten Fahrzeug. Wo war sie nur? Da, auf der anderen Seite der Grünanlage. Wie sie rannte! Leichtfüßig. Wachsam. Kraftvoll. Hinterher, er musste sich beeilen! Gleich würde er sie einholen, packen und festhalten. Er würde sie aufs Revier mitnehmen und so lange bearbeiten, bis ihr der Sinn nach dummen Streichen für immer vergangen war. Er achtete nicht auf den stechenden Schmerz, der in seiner Seite wuchs und sich in seiner Milz einnistete. Verdammt, wo war sie?

Er hastete weiter bis vor den Eingang des Senckenberg-Museums. Ein junger Mann in blauer Uniform starrte fassungslos auf seine leeren Hände.

Sebald wandte sich keuchend an ihn. »Kam hier eben eine junge blonde Frau vorbei?«

»Kennen Sie die? Hat mir doch einfach den Schlüsselbund aus

der Hand gerissen und ist reingerannt. Ich wollt gerade abschließen. Was soll ich jetzt nur machen?«

»Ist sonst noch jemand im Museum?«

»Nein, die Wissenschaftler sind schon alle weg.«

»Gibt es noch einen anderen Ausgang?«

»Nein … das heißt schon. In jedem Stockwerk gibt's 'ne Verbindungstür zur Verwaltung. Die is nämlich in 'nem Nachbarhaus untergebracht. Was soll ich nur machen?«

»Bewachen Sie diesen Ausgang, lassen Sie niemanden rein oder raus und verständigen Sie die Polizei!«

Mit diesen Worten ließ Sebald den Mann stehen und betrat das Halbdunkel des Museums. Sofort umgab ihn eine ungewohnte Stille. Die dicken Mauern schluckten den Lärm der Großstadt, und das matte Licht der Abenddämmerung drang gefiltert durch die wenigen Fenster. An den Wänden glühten rot schimmernde Notlichter wie die Augen von Dämonen. Sebald schlich an dem versteinerten Schieferabdruck eines Meereskrokodils vorbei und näherte sich dem Eingang zum großen Lichtsaal. Langsam und vorsichtig bewegte er sich vorwärts. Seitlich führten steinerne Treppen in das Obergeschoss. Ein Gefühl sagte ihm, dass die Frau den schnellen Weg geradeaus gewählt hatte. Er schob sich an dem violetten Glitzern einer tonnengroßen Amethystdruse vorbei, dann stand er vor der offenen Tür zum großen Dinosauriersaal.

In der linken Hälfte des Saals streckten eine Tyrannenechse und ein *Diplodocus* ihre knochigen Hälse wie zum Wettstreit in die Höhe. Rechts erkannte er den gewaltigen Schädel eines Dreihorns, das seine spitzen Knochen bedrohlich in seine Richtung schwenkte. Am Fuß der Treppe schwebte wie auf Zehenspitzen eine Stachelschwanzechse, deren schmaler Schädel an ein Alien-Porträt erinnerte. Sebald ließ seinen Blick über die toten Riesen schweifen. Obwohl die Knochen der Saurier gigantisch waren, boten sie doch nicht genügend zusammenhängende Fläche, um sich dahinter zu verstecken. Er lauschte. Bis auf seinen eigenen pochenden Pulsschlag und das leise Summen einer elektrischen Spannung konnte er keinen Ton vernehmen. Nichts. Ausdruckslos blickten die Donnerechsen mit ihren durchlöcherten Schädeln auf ihn herab, und der weit aufgerissene Kiefer des *Tyrannosaurus* bleckte wie erstarrt in die Luft. Er holte tief Luft und betrat das Herz des Museums.

Sebald versuchte sich zu orientieren. Als Kind war er oft hier gewesen, und in seiner Erinnerung durchstreifte er die Gänge und Hallen, staunend betrat er Räume voller Glasvitrinen mit Fossilien und ausgestopften Tieren: Millionen Jahre alte Zeugnisse der Vergangenheit, die in ihrer beeindruckenden Vielfalt doch nur winzige Lebenszeichen einer nie endenden Evolutionsgeschichte waren.

Er konnte sich noch gut an den verständnislosen Blick seiner Mutter erinnern, als er auf dem Flohmarkt für teures Geld versteinerte Reste von Mollusken und Trilobiten erstand. Immerhin lernte er dabei außer unwirklich klingenden lateinischen Namen das Feilschen und Handeln um einen guten Preis.

War da nicht ein Geräusch?

Langsam schlich er die Treppe hinunter, und mit jedem Schritt wuchs der Schatten der Donnerechse an Höhe und Bedrohlichkeit. Sebald wusste aus seinen früheren Besuchen, dass sich an den Seiten weitere Räume öffneten, in denen Exponate ausgestellt waren. Einer der kleinsten und unheimlichsten befand sich direkt unterhalb der Treppe: der Raum mit den Mumien.

Sebald erreichte das Ende der Treppe, versteckte das Buch unter der letzten Stufe und tastete sich nach links vorsichtig an der Wand entlang, bis er an ein rechteckiges schwarzes Loch kam. Ihm war, als drangen gedämpfte Stimmen, ein Wispern, daraus hervor. Sebald trat in die Öffnung, und sofort war ihm klar, dass er sich in dem Ausstellungsraum der Ägypter befand: menschliche Überreste, eingewickelt in graue Leinentücher, reich verzierte Dosen mit längst vertrocknetem Salböl, wertvolle Amulette und kleine Figuren aus Lapislazuli, die im Jenseits dem Verstorbenen unangenehme Arbeiten abnehmen sollten. Die Luft schmeckte nach jahrhundertealtem Staub. Er schwitzte. Konnte sich nicht daran erinnern, jemals so geschwitzt zu haben. Sein Körper schien in möglichst kurzer Zeit möglichst viel Wasser ausscheiden zu wollen. Die vertrockneten Mumien mit ihren leeren Augenhöhlen zwangen seinen Blick in ihre Richtung. Die Lippen der eingefallenen Gesichter öffneten sich zu einem stummen Schrei der Empörung über die Störung ihrer Ruhe, und war es nicht so, als bewegte sich dort in einem der Glasschränke einer der Toten? Für einen Moment dachte Sebald an Flucht. Dann hatte er die Panik und seine ausufernden Gedanken wieder unter Kontrolle. Die junge Frau, die mit dem Rücken zu ihm an einer Säule lehnte, war so lebendig wie er selbst. Durch die Vitrine konnte er sie deutlich erkennen.

So leise wie möglich schlich er näher, noch einen Schritt, dann hatte er sie erreicht. Gerade als er sie packen wollte, drehte sie sich um und sah ihm fest ins Gesicht. »Was willst du von mir?«

In ihrem Blick lag eine ruhige Beherrschtheit und Neugierde, die Sebald irritierte.

»Ich wollte etwas zurückhaben, was du seit unserem letzten Treffen für mich aufbewahrt hast.«

»Deinen albernen Ausweis hast du ja wieder …«

»Und was ist mit der Jacke und den fünfhundert Mäusen, die sich darin befanden?«

Sie lächelte, und ihre Zähne glänzten in dem rötlichen Dämmerlicht wie Katzengold.

»Das Geld hab ich ausgegeben, aber den Fetzen kannste gerne wieder haben.«

»Werd bloß nicht frech!«

»So? Bin ich das?« Ihr Lächeln verschwand. »Vorhin wäre ich fast in ein gottverdammtes Auto gerannt, nur weil mich so ein spießiger Yuppie wegen einer ollen Jacke und 'nem bisschen Kleingeld verfolgt, als hätte ich 'nen Mord begangen.«

Sebald konnte nur mit Mühe seine Wut beherrschen. Er sollte die Kleine auf der Stelle verhaften und auf das Revier mitnehmen. Er machte einen unsicheren Schritt auf sie zu, doch die Frau reckte das Kinn nach vorne und sah ihn angriffslustig an. Trotz des schummrigen Lichtes erkannte er das feste Fleisch ihrer Brüste durch den dünnen Stoff der Bluse. Als sie seinen Blick bemerkte, schlang sie ihre Arme fest um den Oberkörper, sodass ihre kleinen, kompakten Finger die Schultern umklammerten.

»Rühr mich bloß nicht an!«

»Als wir uns das letzte Mal sahen, warst du nicht so abweisend!«

Sebald hasste diese Sprüche und merkte, wie ihm die Situation entglitt. Der in seinem Blut rauschende Alkohol raubte ihm jeden klaren Gedanken, und nur mit Mühe konnte er sich beherrschen, nicht über sie herzufallen. Jetzt Herr und Herrscher sein. Sich über das Flittchen hermachen. Sich nehmen, was er wollte. Genau wie sie sich einfach genommen hatte, was sie wollte. Warum eigentlich nicht? Maja umschlang ihn mit der Federboa, zog ihn zu sich. Sie küsste und streichelte ihn, ihre gierigen Lippen saugten an ihm. Lutschten suchend und stießen tief in seinen Rachen, bis er keine Luft mehr bekam und Worte nur noch lallende Laute waren. Zappelnd, hilflos und egoistisch wie ein Säugling, der sich an Mutters Brust mit Nahrung und Liebe versorgte.

Mit größter Anstrengung verbannte er das Bild und den Schwindel aus seinem Kopf.

Die Lippen der Frau vor ihm waren schwarz. Schmal. Aufeinandergepresst.

»Also dann. Vielleicht ist das Polizeirevier ein besserer Ort für diese Unterhaltung.«

Er wollte sie nicht berühren. Hoffte, dass seine Kollegen die Sache zu Ende bringen würden. Mehr noch als der kleinen Diebin misstraute er plötzlich sich selbst.

In diesem Moment bogen sich ihre Lippen zu einem verführerischen Halbkreis. Ihre Augen fixierten einen Punkt hinter ihm, aber er widerstand dem Bedürfnis, sich umzudrehen. Auf diesen Trick würde er nicht hereinfallen.

Lächelnd gurrte sie: »Ich kenne romantischere Orte für ein Rendezvous.«

Sebald traute seinen Ohren nicht. War das eine Einladung?

Wieder dieser Blick an ihm vorbei. Verdammt, was ging da vor sich?

Verärgert entgegnete er: »Noch einmal fall ich nicht auf dich herein. Die Zeit der Witzchen ist vorbei.«

»Worauf du Gift nehmen kannst!«

Er zuckte zusammen. Spürte die Worte dicht hinter seinem Ohr, ihren warmen Hauch. Als er sich umdrehen wollte, kam der Schmerz dazu.

»Beweg dich nicht, wenn dir dein armseliges Leben lieb ist!«

Er rührte sich nicht vom Fleck. Die Stimme hinter ihm gehörte zu einer Frau. Der Schmerz war spitz und brannte an seinem Hals. Vorsichtig bewegte er den Kopf zur Seite, um in der gläsernen Vitrine vor sich das Spiegelbild seiner neuen Gegnerin erkennen zu können. Für eine Sekunde blickte er in ein zorniges Augenpaar, das von einer wallenden Pracht pechschwarzen Haares eingerahmt war. Dann spürte er einen Schlag auf die linke Backe, seine Stirn krachte gegen die Vitrine.

»Wer sind Sie?«, presste er hervor.

»Das spielt keine Rolle. Was du so unangenehm fühlst, ist ein Dolch, dessen Klinge mit dem Gift von Skorpionen getränkt ist. Bestimmt hast du genug Phantasie, um dir vorzustellen, was passiert, wenn ich dein Hälschen damit ritze.«

Die Stimme. Woher kannte er sie? Er musste Zeit gewinnen. Sicher hatte der Museumswärter längst die Polizei verständigt. »Meine Phantasie lässt mich zwar selten im Stich, aber im Moment würde ich Tatsachen vorziehen: Was wollen Sie von mir?« Seine Stimme bebte.

»Schweig!«, herrschte sie ihn an.

Sebald biss sich auf die Lippen. Plötzlich begannen seine Beine zu zittern. Ihm wurde schlecht. Hätte er vorhin nicht so viel und so schnell getrunken, könnte er sich bestimmt mit einem Ruck und einer schnellen Bewegung aus dieser Lage befreien. Aber so war er sich nicht sicher, ob seine Reaktionsschnelligkeit und Kraft ausreichen würden, um sich gefahrlos aus der Situation zu befreien.

Die Frau hinter ihm wandte sich an die Blonde. »Wir sollten schnell von hier verschwinden. Ich habe das Gefühl, dass die Cops gleich auftauchen.«

»Kannst du damit etwas anfangen?«

»Der Schlüssel fürs Museum?«

»Ja, hab sie mir am Eingang ausgeborgt.«

»Das sieht dir ähnlich. Mit etwas Glück verschwinden wir damit durch den Nachbarbau. Ich kenne da ein paar nette Notausgänge noch vom Studium …« Sebald horchte auf.

»Hast du etwas, womit wir ihn fesseln können?«

»Klar, wie wäre es damit?« Die Blonde kramte ein Gummiband aus ihrer Hose und hielt es in die Luft.

»Hihi, ein Hüpfseil. Das ist gut. Hast du auch etwas zum Knebeln?«

»Nein … oder vielleicht doch.« Sie blickte ihn spöttisch an. »Das war es doch, was du sehen wolltest, nicht wahr?« Mit diesen Worten streifte sie ihre Jeans herunter, und ihr roter Tanga leuchtete wie ein magisches Dreieck in der Dunkelheit.

Sebald begann zu schlucken.

Die tiefe Stimme hinter ihm meldete sich: »Hier, stülp ihm das über den Kopf, sonst dreht der arme Kerl noch durch.«

Die Frauen kicherten.

Sebald ließ alles mit sich geschehen. Er konnte nicht mehr. Wünschte sich weit fort. Ruhe. Schlaf. Aufwachen und feststellen, dass alles nur ein schlechter Traum war. Er schloss die Augen, und ein dünner, duftender Stoff legte sich darüber. Das Karussell begann wieder zu kreisen, doch als er die Augen öffnete, konnte er nichts erkennen. Eine schwarze Dunkelheit umgab ihn. Wie in einem Sarg. Wo erstickte man schneller? Unter der Erde oder unter Wasser? War er bereits eingeschlossen in der Lade des Osiris?

Etwas Weiches schob sich in seinen Mund.

Er wehrte sich nicht.

Keine Luft.

Ein Würgen im Hals.

Das Karussell drehte sich schneller.

Wenn er jetzt kotzen musste, würde er kläglich an seinem Erbrochenen ersticken. Wie diese polnische Prostituierte oder Jimi Hendrix oder Elvis oder Tausende andere vor und nach ihm. Abstoßend. Ein würdeloser, ekelerregender Tod. Unnötig und senil.

Sie fesselten seine Hände hinter dem Rücken und schoben ihn weg.

Er dachte an Flucht. Doch mit verbundenen Augen würde er sich schnell eine blutige Nase holen.

Nach ein paar Schritten wurde er niedergedrückt, und seine Hände fühlten etwas Hartes, Knochiges. Er spürte, wie er daran festgebunden wurde.

Die Frauen tuschelten, kicherten, er hörte das Klirren des Schlüsselbundes.

Panische Angst überkam ihn. Wollten sie ihn entmannen wie Osiris? Er wollte etwas sagen, doch außer einem kehligen Würgen war da nichts.

Dann, ohne ein Wort des Abschieds, entfernten sich die Frauenstimmen. Er lauschte ihren verhallenden Schritten und wartete auf seine Befreiung.

Er musste nicht lange ausharren. Fünf Minuten später fand ihn die Polizei gefesselt am versteinerten Unterschenkel eines Iguanodon-Sauriers, geblendet mit Hilfe eines über seinen Kopf gestülpten T-Shirts und geknebelt mit einem roten Slip. Sebald erstattete den

Kollegen einen extra knappen Kurzbericht, dann entließen ihn die Polizisten mit schadenfrohem Grinsen.

Er wankte zu den Toiletten, pinkelte und wusch sich umständlich die Hände. Ein unscharfes, geschwollenes Gesicht blickte ihn aus dem matten Spiegel entgegen, und seine Augen hatten Schwierigkeiten, ihr Ebenbild zu fixieren. In seinen Eingeweiden wühlte etwas auf der Suche nach einem Ausgang. Er wankte zurück ins Klo, steckte zwei Finger tief in den Rachen und spuckte Frust und angedaute Flüssigkeiten in die Kanalisation. Langsam begriff er, was passiert war. Die Frau war ihm schon wieder entwischt, und außer einem Hüpfseil und einem Hauch von Stoff hatte er nichts von ihr in der Hand.

Das Buch! Sebald stöhnte auf, rannte an den verdutzten Polizisten vorbei zurück ins Museum und stolperte die Treppe hinunter ins Reich der Donnerechsen. Nichts. Nur Staub und kalter Beton. Das Buch des Professors war verschwunden. Der riesige Schädel des Raubsauriers senkte sich zum Erdenwinzling herab, wie um ihn zu verschlingen.

11

Lautlos schlich Henry in den von Frauen und Männern gleichermaßen genutzten Umkleideraum. An den mit grüner Ölfarbe gestrichenen Wänden lief die Feuchtigkeit herunter, als ob die Mauern das Wasser aus irgendwelchen Poren herausschwitzten. Das helle Licht der Mittagssonne, das sich durch ein paar schmierige Glasfenster zwängte, schien auf eine Handvoll Kakerlaken, die in einer Ecke hockten und lethargisch mit den Fühlern zuckten. Henry wusste, dass sie es nicht mehr lange machen würden: Die Schaben hatten von dem für sie ausgelegten Insektengift genascht. An den wie grüner Tau schimmernden Tropfen klebte der Tod und verteilte aus vollen Löffeln seinen Gifttrank. Wer davon nippte, nippelte ab. Leider gab es einfach zu viele von den Viechern, der Sensenmann konnte nie alle satt bekommen.

Langsam näherte sich Henry den eisernen Spinden, in denen die Mitarbeiter ihre Kleider und Wertsachen aufbewahrten. Die Oberfläche des vieltürigen Metallschrankes schimmerte kalt, und wo der Lack beschädigt war, wuchs brauner Rost wie Pilzmycel an abgestorbenen Baumstämmen.

Überall hatten sie modernisiert, die Halle mit technischem Schnickschnack vollgestopft und sogar ein millionenschweres Labor eingerichtet. Nur hier, wo sie sich jeden Morgen bis auf die Unterhose auszogen und die immer ein wenig nach Fisch stinkenden Arbeitsklamotten überstreiften, hatte der Alte keinen Cent investiert. Henry konnte sich nicht erinnern, dass seit den zwanzig Jahren, die er für Aquafutur arbeitete, die Mitarbeiterräume einmal gestrichen oder renoviert worden wären. Egal. Was kümmerten ihn die Kakerlakeneier auf seinen Hemden? Damals zu Ostzeiten hatte er sich auch nicht über so etwas aufgeregt.

Vorsichtig, nach jedem Schritt lauschend, bewegte er sich vorwärts. Er wusste, dass seine Achtsamkeit übertrieben war, da sie sich gerade mit Pizza, Pasta und Bier vollstopften, doch konnte er nie ausschließen, dass der Alte die Umkleiden unangemeldet inspizierte. Er hatte sich mit Magenbeschwerden entschuldigt, und das war noch nicht einmal gelogen! Was hatte sich nicht alles geändert in den letzten Tagen, Wochen und Jahren! Früher gab es nur den Alten und ihn und noch ein paar vietnamesische Helfer, die er aus dem Osten mitgebracht hatte. Sie hatten den Laden geschmissen. Diskuswildfänge aus Manaus rangeschafft und mit tausend Prozent Gewinn an die verrückten Japsen verkauft. Die leckten sich die Finger danach, und alle hatten ihre Freude daran. Damals wurde er noch am Gewinn beteiligt, weil der Alte von seiner Erfahrung als Aquarianer und Züchter profitierte. Dann kam die Wirtschaftskrise in Japan, und die Bonsai-Aquarien wurden Mode. Die Japaner hatten kein Geld mehr für teure Fische und waren plötzlich nur noch an klein bleibenden Arten für ihre Minibecken interessiert. Nichts gegen diese wunderschön gestalteten Unterwassergärten, in denen die Pflanzen nach ästhetischen Kriterien angeordnet waren! Aber da schwammen Fische nur noch als Beiwerk und bunte Verzierung, nicht mehr als lebendiger Mittelpunkt des Aquariums.

Noch schlimmer traf es sie, als die Fluggesellschaften Direktflüge von Manaus nach Tokio und Osaka anboten: Die Japaner brachen ihre Geschäftskontakte ab und importierten selbst. In dieser schwierigen Zeit kam Dr. Litos, und je mehr der den Alten umgarnte und dessen Vertrauen gewann, desto mehr schwand Henrys Einfluss auf die Firma. Was wann gekauft und wohin exportiert wurde, entschied der neue Tierarzt. Und es war ja auch erstaunlich, welchen Erfolg er dabei hatte. Bestellte von irgendwelchen billigen Lieferanten in Brasilien, Venezuela und Kolumbien und importierte dabei eine Neuheit nach der anderen. Die Wissenschaftler kamen mit dem Bestimmen gar nicht mehr nach, hier ein gepunkteter Wels, dort ein schimmernder Salmler, in allen Ecken der Welt entdeckten sie neue Arten. Sogar die verwöhnten Asiaten wurden wieder aufmerksam und bestellten mehr denn je. Das Geschäft lief glänzend, und niemand schien sich über das Ausmaß der so plötzlich entdeckten Vielfalt zu wundern. Doch er hatte es schon lange vermutet. Schließlich brauchte kein erfahrener Aquarianer ein genetisches Labor, um Ichthyo oder Kiemenwürmer zu untersuchen. Ein robustes Lichtmikroskop genügte völlig. Beweisen ließ sich natürlich nichts, und weil er keinen Ärger wollte, hielt er lieber das Maul. Sollten sie doch der Natur ins Handwerk pfuschen, solange sie ihn damit in Ruhe ließen!

Henry suchte in seinen Taschen nach dem Schlüssel. Vor Jahren hatte er sich diesen Generalschlüssel für die Kabinen nachmachen lassen. Damals hatte sein Chef die brasilianischen Exporteure besucht, um vor Ort einzukaufen. Henry hatte die seltene Gelegenheit genutzt, einige wichtige Dinge in seinem Sinne zu erledigen. Sozusagen für später. Dazu gehörte der Schlüssel. Er hatte ihn nie benutzt, aber jetzt war es an der Zeit, seinen Feinden einen Denkzettel zu verpassen. Er hatte lange genug geschwiegen und seine Bedenken für sich behalten. Nur einmal hatte er versucht, seine Vermutungen zu äußern, aber der Alte hatte völlig abgeblockt und sich jede Kritik verbeten. Als der Doc dann auch noch diese Biologin anschleppte, war das kleine Fass mit seinem Geduldswasser endgültig übergelaufen. Seitdem sickerten aus unzähligen undichten Stellen Rinnsale und Bachläufe und trieben das Mühlrad seiner Rachepläne unablässig an. Wie konnten sie erwarten, dass er sich von dieser besserwisserischen Nil-Schlampe herumkommandieren ließ? War seine Erfahrung nichts mehr wert, sein Einsatz für die Firma vergessen?

Ein leises Scharren an der Tür ließ ihn herumfahren. Argwöhnisch starrte er in die Richtung, doch außer einer besonders fetten Kakerlake, die sich langsam am Boden entlangschob, konnte er nichts entdecken. Mit einem ausladenden Schritt war er bei ihr und presste die Sohle seines Gummistiefels auf den braunen Chitinpanzer. Es knackte unter seinen Füßen, ein Geräusch, das er schon tausendfach vernommen hatte und bei dem er jedes Mal auf winzige Lautnuancen achtete, Unterschiede in der Größe und dem Alter der Tiere, die sich beim Platzen der Schabenhaut erahnen ließen und das Opfer mit einer letzten, in der lebenden Masse nie erreichten Individualität versahen. Zufrieden kratzte er sich an der schmalen Holzbank die Reste des Insekts von den Sohlen. Dann griff er in seinen Spind, zog ein großes Marmeladenglas hervor und hielt es gegen das Licht. Das Glas war fast vollständig mit einer braunen Masse gefüllt. Die Masse bewegte sich. Henry lächelte und öffnete den Schraubverschluss.

»So, meine kleinen Lieblinge, Zeit für einen Umzug!«

Damit näherte er sich einer Tür, öffnete sie und schüttete den Inhalt des Glases in den Schrank. Ein Heer von Kakerlaken sauste durch die Luft, landete auf buntem Stoff, krallte sich in die Kleidung und zwängte sich in Falten, Bünde und Öffnungen von Kleid und Strümpfen.

»Viel Spaß im neuen Heim!«

Mit einem schadenfrohen Lachen verschloss Henry den Schrank und blickte auf seine Armbanduhr. Noch zwanzig Minuten bis zum Ende der Mittagspause. Genug Zeit, um sich noch etwas umzusehen. Sein Blick fiel auf die Nachbarschränke. Vielleicht fand er ja etwas Interessantes oder sogar eine Peinlichkeit, die er für sich nutzen konnte.

Henry öffnete einen Spind nach dem andern, schob den Kopf hinein, schnüffelte in muffigen Klamotten, löchrigen Plastiktüten und vergammelten Rucksäcken. Plötzlich stutzte er, seine Pupillen weiteten sich. Er verstand nicht, was er da sah, aber er fühlte, dass er einer Entdeckung auf der Spur war. Mit der Hand tastete er über den sich kantig ausbeulenden Stoff, zog ihn zurück und starrte auf das kurze Metallrohr. Er brauchte einen Moment, bis er begriff, dass es sich um eine Pistole handelte. Hastig verschloss er die Tür und ließ sich auf die Bank plumpsen. Auf seiner Stirn sammelte sich heißer Schweiß. Was hatte das zu bedeuten? Er atmete tief aus, pflügte mit den Fingern durchs Haar, schüttelte den Kopf. Er brauchte einen Plan. Aber das hatte Zeit. Am besten, er wartete erst einmal ab. Der Gedanke beruhigte ihn. Henry steckte den Schlüssel ein und schlich hinaus in den Gang, der in die Fischhalle führte.

Er war so in Gedanken, dass er den Schatten nicht bemerkte, der dicht an die Wand gedrückt hinter ihm herhuschte.

12

»War es wirklich nötig, die Haare so kurz zu schneiden?«

»Du weißt doch, dass Isis auch die Wandlungsreiche genannt wird.«

»Aber du bist doch nicht Isis!«

»Wer weiß?«

Gedankenverloren drehte Hanna an ihrer Brosche mit dem goldenen Isis-Knoten, strich mit dem Zeigefinger über die zentrale Lebensschleife und die jaspisroten, nach unten weisenden Seitenarme. Lia rutschte auf ihrem Stuhl herum. Sie musste immer wieder auf den kahlen Kopf ihr gegenüber schielen. Schließlich wandte sie sich ab und betrachtete Skateboarder, die wenige Meter entfernt waghalsige Kunststücke vorführten. Die beiden Frauen saßen in einem Café mitten im Gewühl der Hauptwache und genossen die Anonymität in der Masse der vorbeiströmenden Menschen. Lia hatte zur Begrüßung zwei riesige Eisbecher bestellt, die gerade noch auf dem Tischchen Platz fanden. Die Abendsonne tauchte den Platz in ein apfelsinenrotes Licht. Hanna hielt die Brosche vors Auge und fixierte durch die Schlaufe die untergehende Sonne. »Dieses Kleinod habe ich in einer noch ungeöffneten ägyptischen Grabkammer gefunden.«

Lia erhob in gespielter Empörung den Zeigefinger. »Du böse, böse Grabschänderin!«

»Ich habe den Behörden natürlich sofort meine Entdeckung verraten.«

Der Zeigefinger zuckte drohend. »Aber vorher noch ein paar nette Andenken eingesteckt?!« Lias Stimme klang streng.

Hanna schnappte sich den Finger ihrer Freundin und grinste breit. »Das war der uns zustehende Finderlohn.« Sie lachte und schob sich einen Löffel Eis in den Mund.

Lia blinzelte ihre Freundin an. »Ohne dich wäre ich im Museum ziemlich aufgeschmissen gewesen.«

»Kann sein. Als du plötzlich wie vom Skorpion gestochen aus der Kneipe ranntest, musste ich doch hinterher. War das der Typ mit der netten Unterschrift?«

Lia kratzte ein besonders großes Schokoladenstückchen aus ihrem Stracciatellaeis und drehte es genüsslich mit der Zunge. »Ja. Wie findste ihn?«

»Er scheint ja sehr hinter dir her zu sein.«

»Nein. Mal im Ernst. Was hältst du von ihm?«

»Ich mag keine Bullen!«

Lia nickte. »Für einen Polizisten hat er sich nicht besonders schlagfertig verhalten.«

»Vielleicht wollte er das gar nicht. Unterschätz ihn nicht, Lia! Er war angetrunken. Nur deshalb konnte der kleine Trick mit dem Dolch klappen.«

»Hihi, was ein bisschen Phantasie und eine Nagelfeile doch erreichen können!«

Die Frauen kicherten und stocherten in ihren Eisbergen, als suchten sie dort nach den Opfern eines Lawinenabganges. Lia betrachtete zufrieden einen ausgegrabenen Schokoladenfelsen. »Jedenfalls war unser kleiner Ausflug sehr lustig. Fast wie in alten Zeiten.«

Hannas Blick verfinsterte sich. Im selben Moment verschwand die Sonne endgültig hinter den Türmen der Banken und Versicherungen, und wie ein Vorbote der Nacht legte sich der Schatten der Hochhäuser über den Platz. »Es wird niemals wieder so sein wie früher«, widersprach sie.

Lange sagte niemand etwas. Hanna lauschte dem Gurren der aufdringlichen Täuberiche und dem Wellenschlag des vorbeirauschenden Verkehrs. Ihre Gedanken kreisten um Vergangenes. Erlebnisse, deren Wucht ihr Leben erschüttert hatten und deren Nachbeben noch immer die mühsam errichtete Zuflucht ihrer Gegenwart zum Einstürzen bringen konnten.

Schließlich sagte Lia: »Du warst da, stimmt's? Du hast ihn umgebracht?«

Hanna zuckte zusammen. Wie konnte Lia davon wissen?

»Es stand in der Zeitung: *Zuhälter bestialisch ermordet.* Die Polizei glaubt, dass es eine Prostituierte war. Aber so war es nicht, oder?«

Noch immer schwieg Hanna. Starrte ins Leere.

»Hat er dich bedroht? Wurde er handgreiflich? Wollte er …«

»Ach, Lia. Es ist besser, wenn du von meinen Problemen nicht zu viel weißt … besser für uns beide.«

»Aber du warst in der Wohnung?« Lia ließ nicht locker.

Hanna zögerte. Blickte sich suchend um. Dann senkte sie die Stimme und flüsterte: »Er wollte mich umbringen.«

Lias Augenbrauen schoben sich nach vorne.

»Er muss mich schon seit Wochen beschattet haben.«

»Du glaubst, er war schon länger hinter dir her?«

»Wahrscheinlich hat er nur auf eine gute Gelegenheit gewartet. Genau! So muss es gewesen sein.«

»Was meinst du?«

»Ulf muss mich verfolgt haben, als ich im Frühling zum Tauchen an den Staffelsee gefahren bin.« Hanna sprach leise und konzentriert. »Dort ist es ihm offensichtlich gelungen, meine Ausrüstung zu manipulieren. Weißt du, vor einem Tauchgang schwimme ich eine Runde, um mich an das Gewässer zu gewöhnen. Ulf kannte diese Gewohnheit sicher noch vom Roten Meer. Er hat den Luftschlauch beschädigt, während ich im Wasser war. Wäre Frank nicht gewesen, hättest du mich als Wasserleiche wiedergesehen.«

»Frank? Wer ist denn Frank?«

»Tierarzt bei einem Fischimporteur und mein neuer Chef.«

»Ach ja?« Lia stöhnte und rammte ihren Löffel in das Eisgebirge. Sie wartete darauf, dass Hanna mit ihren bruchstückhaften Erklärungen fortfuhr, aber Hanna presste die Lippen aufeinander und stützte die Ellenbogen auf den Tisch.

»Na gut. Aber was geschah in der Wohnung des Zuhälters?«

Hanna suchte nach passenden Worten, so als wäre sie sich selbst nicht sicher über das Geschehene. »Ich … wollte ihn einschüchtern, sodass er mich ein für alle Mal in Ruhe lässt. Die Skorpione sollten mir dabei helfen. Aber ich wollte ihn nicht umbringen.«

»Dann war es ein Unfall?«

»Ich weiß nicht. Ich habe ihn mit Ether betäubt, ausgezogen und gefesselt. Die Dornenträger sollten ein wenig Schicksal spielen …«

»Du meinst wohl russisches Roulette auf Ägyptisch? Sticht er oder sticht er nicht?«

»Ja, wenn du so willst. Die Tiere sind mir sehr nahe, und das, was sie tun, bedeutet etwas.«

Lia pustete in ihr Eis, um ihr Unverständnis zu überspielen. »Pech nur, dass deine Lieblinge jetzt als Alkoholleichen in irgendeiner Asservatenkammer schwimmen.«

Hannas Zähne blitzten auf. »Da mach dir mal keine Sorgen!«

Lia sah ihre Freundin nachdenklich an, zögerte, schluckte etwas hinunter, öffnete den Mund. »Was ist in der Wohnung geschehen? Was hast du mit dem Mann gemacht?«

Hanna starrte mit leerem Blick auf den Tisch, dann schluchzte sie plötzlich auf und schlug die Hände vor das Gesicht. »Ich weiß es nicht mehr! Bitte hör auf zu fragen! Ich habe selbst zu viel von dem Narkotikum eingeatmet, halluzinierte Bilder aus der Vergangenheit, und ich … ich hörte Geräusche in der Wohnung. Plötzlich sah ich mich mit einem Messer in der Hand … Ich erinnere mich nicht mehr, wie es dort hinkam, ich wollte etwas damit tun … etwas Schreckliches. Ich kann mich nicht erinnern.«

Lia legte ihre Hand auf die ihrer Freundin und drückte sanft. »Du musst ihn sehr gehasst haben.«

Hanna blickte sie wirr an. Ein Schleier lag über ihren Augen. »Ich hatte plötzlich das Gefühl, dass noch jemand in der Wohnung war. Ich bekam es mit der Angst zu tun und bin geflohen.«

»Er hat es verdient!«

»Als ich wieder zu Hause war – immer noch wie in Trance –, sah ich sein blutverschmiertes Gesicht vor mir. Ich wusste nicht mehr, ob ich ihn mit dem Messer verletzt hatte, und wie unter Zwang wählte ich den Notruf. Nicht um ihn zu retten! Sondern als Vollendung und Verkündigung meiner Tat. Es war zu spät.«

»In der Zeitung stand, dass er verblutet ist, weil ihm die Hände abgetrennt worden sind.«

Hanna zuckte mit den Schultern.

»Davon weiß ich nichts mehr. Nach dem Anruf fühlte ich mich irgendwie erleichtert. Ich trank einen starken Beruhigungstee, und am nächsten Morgen kam mir alles so unwirklich wie ein Traum vor.«

Hanna schwieg. Tränen zogen eine salzige Spur über ihre Wangen. Ganz tief in ihrem Inneren spürte sie ein winziges, unbekanntes Tier, das sich festkrallte und wuchs und sie lähmte. Plötzlich spürte sie Lias Hand auf ihrer Wange, ein Streicheln über ihre Haut und weiter über ihren pelzigen Kurzhaarkopf.

»Es ist vorbei, Hanna! Die Polizei wird nichts herausbekommen, weil sie nicht nach dir sucht. Du hättest deine Mähne ruhig lang lassen können!«

Hanna griff nach einer Papierserviette und schnäuzte sich die Nase. Sie lächelte und wusste auch ohne Spiegel, dass es unehrlich aussah. Gegenüber der Stelle, wo die Sonne am stahlbetonierten Horizont verschwunden war, leuchtete die silberne Sichel des aufgehenden Mondes.

»Ich musste mein Aussehen verändern, weil der Museumswärter mich bei der Polizei beschreiben könnte und …« Hanna blickte ihrer Freundin fest in die Augen. »Weil da noch etwas anderes ist …«

Lia seufzte. »Worüber du mit mir noch nicht reden kannst?«

»Genau!«

»Aber es hat etwas mit deinem neuen Job, mit diesem Frank, zu tun?«

»Deine Vermutungen sind wie der Wanderfalke bei der Jagd: schnell und treffend.«

»Und deine Antworten undurchsichtig wie der Himmel bei einem Sandsturm.«

Hanna grinste und zog die Schultern nach oben. Sie blickte Lia lange in die katzengrünen Augen. Schließlich kramte sie einen Geldschein hervor, klemmte ihn unter den leeren Eisbecher und küsste Lia auf die Wange.

»Hab noch etwas Geduld mit mir! Vielleicht kann ich dir bald schon etwas Genaueres berichten.«

»Pass auf dich auf!«

Hanna nickte und verabschiedete sich winkend. Dann wurde sie von der Menge mitgerissen, und nur ihr kahl rasierter Schädel hüpfte noch eine Weile wie ein zerknautschter Ball auf den Wellen, bevor er im Meer der vorbeieilenden Menschen unterging und verschwand.

13

»Ei, wenn ich's Ihne doch sach! Des is ganz zweifelsfrei e Männsche. Wunnert misch überhaupt net, wenn ihr annerer Has Junge gekrischt hat.«

Wie ein schussfahrender Skifahrer stand der Mann mit gebeugten Knien im Raum und fummelte zwischen den Hinterbeinen eines Kaninchens herum. Endlich fand er, was er suchte. Triumphierend hielt er das fleischige Beweisstück zwischen Daumen und Zeigefinger, während die andere Hand den Griff um die Ohren des Tieres verstärkte, um das zappelnde Tier ruhigzuhalten. »Da! Sehn Se? Klicker und Schwanz. Ganz klaa 'n Rammler!«

»Aber das Kaninchen sollte doch ein Weibchen sein! Als ich den hier gekauft hab, hieß es, das ist ein Weibchen. Und jetzt hat unsere Lola sechs Junge, und ich weiß nicht, wohin mit denen.« Die Frau blickte unglücklich in die Runde und atmete seufzend aus. In der Hand hielt sie einen kleinen Weidenkorb. Ihr Blick fiel auf Sebald, der amüsiert vor den Aquarien stand und die Szene mit wachsendem Interesse beobachtete. Offenbar hielt die Frau ihn für einen Angestellten, denn sie wandte sich jetzt hilfesuchend an ihn. »Wissen Sie, ich habe zu Hause drei Jungs, und die machen schon genug Ärger. Wenn ich ein Weibchen will, kann ich auch erwarten, dass ich eins bekomme. Der Unterschied ist ja deutlich zu sehen …« Damit zeigte sie auf den Bauch des Kaninchens.

»Da hat die Dame wirklich recht«, ließ sich Sebald zu einer parteiergreifenden Bemerkung hinreißen.

»Mische Sie sich net ei! Wenn die Viecher jung sin – und nur dann wolle die Leut se ham –, is der Pimmel natürlisch klaaner, is doch klaa, gell?«

»Aber Sie sind doch der Experte?!«, wagte die Frau einzuwenden.

»Genau, und wenn isch Ihne 'n Weibsche verkauft hab, dann war des auch eins!«

»Geschlechtsumwandlung bei Hasen – kommt das oft vor?« Sebald lächelte arglos.

»So was gibt's bei Karnickel nich!« Der Ladenbesitzer packte das Kaninchen am Nackenfell und ließ es in der Luft zappeln.

»Sie tun ihm ja weh!«, beschwerte sich die Kundin.

»Und bei Fischen?«, fragte Sebald.

»Bei dene kommt so was manschma vor, bei Schwertträgern glaub isch, zum Beispiel.«

»Ich wollte aber keinen Rammler!«

»Ei ja? So e braver Hopplhas!« Der Mann hatte das Tier auf seinen breiten Unterarm gesetzt, und das Kaninchen mümmelte zufrieden über seine komfortablere Stellung. »Also wisse Se, isch mach Ihne 'n Vorschlag: Wenn Se die Junge wirklisch net behalte wolle, dann nehm isch se halt zurück.«

Die Frau zögerte.

»Aber wenn die Klaane ihre Kinner schon ans Herz gewachse sin, dann geb isch Ihne als gude Kundin des Fudder e bissi billischer.«

»Und was ist mit dem?« Die Frau deutete auf das Kaninchen.

»Die Eier ab? Kost' net die Welt! Macht jeder Tierarzt.«

Die Frau seufzte. »Was bleibt mir auch anderes übrig.«

»Gelle? Gern geschehn!«

Mit dieser abschließenden Bemerkung drückte der Zooladenbesitzer seiner Kundin das Kaninchen in die Arme, verschwand hinter einem Regal und erschien wieder mit zwei Packungen gepresstem Wiesenklee (»Des beste Kanickelfudder, was wir ham!«), packte sie in eine Plastiktüte und tippte umständlich auf die Tasten einer altmodischen Kasse, bis sich das Geldfach mit einem blechernen Krächzen erbrach.

»Macht acht fufzisch inklusive Rabatt.«

Die Frau stopfte das Kaninchen in den Korb und fingerte ein paar Münzen aus ihrem Portemonnaie. Dann wandte sie sich zum Gehen. Sebald hielt ihr die Tür auf. »Kleine Frage noch. Welchen Namen hat denn Ihr Kaninchen?«

»Die Kinder haben ihn Lara getauft.«

»Hübscher Name!«

»Lars wäre besser, aber der ist ein Eisbär.«

»Verstehe!« Sebald verstand gar nichts, aber er war ja auch nicht für jedes Rätsel zuständig. Die Tür schwang zu und versetzte eine an der Decke angebrachte Glöckchengirlande in bimmelnde Schwingungen. Er drehte sich um und wäre beinahe mit dem Zoohändler zusammengestoßen.

»Und was kann isch Ihne Gutes tun?«

Sebald lächelte freundlich und näherte sich der kleinen, veralgten Aquarienanlage. In einem der Becken lag ein Totenkopf, dessen

Oberkiefer sich langsam hob und unter einem Schwall aufsteigender Luftblasen heruntersackte, bevor das Spiel von Neuem begann.

»Ich hab da eine Frage zu bestimmten Fischen.«

»Wolle Se 'n neues Aquarium, oder ham Se schon eins?«

»Also, ich besitze schon eines und suche noch ein paar seltene Arten.«

»Gern. Zurzeit hammer besonders schöne Platys, so rot-weiß gestreifte, wern auch ›Blutendes Herz‹ genannt. Sehr hübsch!«

Damit führte er Sebald vor ein kleines Becken mit knallbunten Glaskieseln, in dem ein gutes Dutzend der empfohlenen Fische mehr taumelnd als schwimmend auf einen Wasserwechsel wartete.

»Netter Name. Wer denkt sich denn so etwas aus?«

»Keine Ahnung. Se sin der Erste, der des wisse will. Wahrscheinlich der Importeur oder Züchter.«

»Wer importiert denn die Fische?«

»Och, da gibt's 'ne Menge … Aber die verkaufe net an privat!«

»Verstehe. Eigentlich habe ich schon ganz konkrete Vorstellungen. Ich suche die Arten *Mormyrus caschive*, *Barbus bynni* und *Liza ramada*. Haben Sie die?«

»Oioioi. Was für Dinger? Also mir müsse Se schon mit den deutsche Name komme. Wie soll'n die heiße?«

Sebald wiederholte die Namen.

»Ne, also die hammer bestimmt net. Hab isch auch noch nie von gehört. Mormürrus oder wie? Warte Se mal! Isch guck ma hier im schlaue Büschelsche. Wie schreibt sich des? Ah hier isser: Nilhecht. Lebt im Nil und seinen Nebenflüssen. Länge bis sechzig Zentimeter. Mit elektrischem Organ im Schwanzstiel. Also das is was für Spezialiste, die hammer net.«

»Und wo könnte ich die bekommen?«

»Wolle Se werklisch diese graue Mäus? Isch hab da noch e paar annere. Schwertträscher in Grün. Wunnerschön.«

»Nein, danke. Ich habe ein spezielles Afrikabecken und suche wirklich nur diese Arten.«

»Mmh, der größte Importeur, bei dem isch abbe selten kauf, weil mir die zu teuer sinn, des is die Firma Aquafutur. Also wenn überhaupt, dann kriesche Se die Viescher da. Se könne sisch ja uf misch berufe.«

»Danke, das werde ich. Haben Sie vielleicht Fischfutter?«

»Klaro. Tabletten oder Sticks?«

»Na, was die Fische lieber mögen.«

»Hehe, also dann vielleicht doch lieber Flockenfutter. Hier, mit Spirulina-Algen. Da stehn die drauf.«

Der Kommissar grunzte zustimmend und kaufte zwei Döschen Futter für den Preis von vieren. Er war froh, als er wieder auf der Berger Straße stand und sich die Tür mit Glöckchengebimmel hinter ihm schloss. Auf der Treppe zur U-Bahn-Station kam ihm ein Gedanke: Eigentlich müsste sich die Spurensicherung um den Mageninhalt seiner Fische kümmern. Immerhin bestand die Möglichkeit, dass die Frevlerfische – wie auch immer – Schmittkes Penis gefressen hatten. Der Gedanke behagte ihm gar nicht, und er beschloss, vorerst niemandem davon zu erzählen.

14

Henry streifte durch die Halle, leuchtete in die Becken und suchte mit geübtem Auge nach Hauttrübungen und ersten Anzeichen einer bakteriellen Infektion, was besonders bei Neuimporten häufig vorkam. Er erledigte diese Aufgabe gerne am späten Abend, wenn die Zentralbeleuchtung ausgeschaltet und, mit Ausnahme der nachtaktiven Räuber, die meisten Fischarten bewegungslos im Wasser schwebten und schliefen. Sein erfahrener Blick entdeckte dann schneller trübe Augenlinsen oder Gewebeanomalien, sodass die Therapie früh eingeleitet werden konnte und größere Verluste meistens zu verhindern waren.

Seine sonst so sichere und schnelle Hand zitterte kaum merklich, als er ein paar tote Neonsalmler aus einem Becken fischte, die nach ihrer weiten Reise vom Rió Negro zu geschwächt gewesen waren, um sich zu erholen. Er entleerte das Fangnetz in einen bereitstehenden Eimer, in dem der Berg mit den angewesten Tieren langsam in die Höhe wuchs.

Nervös blickte er auf. Noch eine Stunde, dann würde er Schluss machen und zu ihr fahren. Er musste mit jemandem darüber reden. Was er entdeckt hatte, beunruhigte ihn und hatte ihm den kleinen Scherz mit den Kakerlaken verdorben. Die Neue war nur kurz zusammengezuckt, hatte schweigend die Insekten aus ihren Kleidern geschüttelt und ihn beim Gehen mit einem Blick gestraft, vor dem selbst Frankensteins Monster in die Knie gegangen wäre. Sie hatte sich für den nächsten Tag freigenommen, was ihm Gelegenheit gab, sich etwas Neues zu überlegen. Vielleicht musste er bei dieser abgebrühten Ausländerin den Gruselfaktor erhöhen. Er betrachtete sein Spiegelbild auf der Aquarienscheibe und gönnte ihm ein selbstbewusstes Grinsen. Zeit für den Feierabend!

Er starrte hinüber zu dem massiven Holztisch, auf dem sie sich letzte Woche geliebt hatten. Winzige Fischschuppen reflektierten das Licht seiner Taschenlampe und glitzerten wie silbriger Tau. Neben dem Packtisch stand ein Glasbecken von der Größe einer Badewanne, aus dem sie das Wasser für die Transportbeutel schöpften. Dahinter ragte ein stählernes Regal in die Höhe, in dem Plastikbeutel unterschiedlichster Abmessungen und Volumina untergebracht waren. Über dem Tisch baumelten Blasrohre aus Aluminium mit

Plastikgriffen, aus denen je nach Bedarf Luft oder reiner Sauerstoff in die Fischbeutel gepresst wurde. Hinten an der Wand stapelten sich grauweiße Styroporkisten mit blauen, roten und gelben Aufklebern, die die Fluggesellschaften über ihre empfindliche Fracht informierten:

LIVE ORNAMENTAL FISH.
KEEP WARM!
PLEASE HANDLE WITH CARE!

Endlich ein erfreulicheres Thema! Er grinste. *Handle with care.* Das konnte er gut. Nach Dienstschluss erkundete sein geschicktes Händchen die Täler und Berge ihres massigen Körpergebirges, fand geheime Wege in verborgenen Schluchten und Spalten. Einmal, als er streichelnd und leckend auf ihr lag, hatte er nach der über sich hängenden Sauerstoffspritze gelangt und damit in ihre fleischige Höhle gepustet. Er konnte dieser Versuchung einfach nicht widerstehen und kalkulierte die darauf folgende Ohrfeige ein. Henrys Grinsen wurde breiter. Unwillkürlich rieb er sich mit den Fingern über die Wange. Auf dem Packtisch war es etwas Besonderes, aber heute würde er sie in ihrer Wohnung besuchen. Es war an der Zeit …

Plötzlich hörte er dicht hinter sich ein schleifendes Geräusch. Er fuhr herum, duckte sich. Für einen langen Moment erstarrte sein Körper, vergaß er das Atmen. Vor seinen Füßen schoss ein Wasserstrahl aus einem Schlauch, der aus einem der oberen Aquarien gerutscht war. Henry fluchte über seine Schreckhaftigkeit und trat wütend gegen den mit Fischleichen gefüllten Eimer, der sich um seinen fleischigen Mittelpunkt drehte und kreiselnd zur Ruhe kam. Henry bückte sich und platzierte das Schlauchende wieder in dem übervollen Aquarium, beschwerte mit einem Stein die Glasabdeckung und drehte den Wasserhahn zu. Schon wieder vergessen! Morgen würde er sich den Kerl vorknöpfen, der das zu verantworten hatte. Mit Wasserwechsel war ja nicht das Spülen der Kanalisation gemeint!

Kupferfarbene Lichtblitze tanzten vor seinem Kopf. Henry trat näher und betrachtete die aufgeschreckten orange glühenden Regenbogenfische, die sich in eine Ecke drängelten. Henry bewunderte ihre Schönheit und die Pracht der voll ausgefärbten Flossen. Er brauchte nicht auf dem an der Glasscheibe angebrachten Plastikschild nachzulesen, um zu wissen, wie die Fische hießen: *Melanotaenia boesemani*. Ein Name wie für ihn geschaffen! Jeder wusste, dass die »bösen Männer« seine Lieblingsfische waren.

Er betrachtete ein paar Sekunden die eleganten Schwimmer, dann schüttelte er noch einmal das Netz über dem Aas-Eimer aus, öffnete eine Metallklappe in der Wand und tauchte das Netz in das brühheiße Wasser. Das Bad in dem kleinen Blechbehälter war immer noch die effektivste und preiswerteste Form der Desinfektion.

Während er die vorgeschriebenen zwei Minuten wartete, bis die Keime in der kochenden Flüssigkeit zerplatzten, zündete er sich eine Zigarette an, inhalierte den trockenen Rauch. Der Dschungel konnte nicht viel lebensfeindlicher sein. Diese Halle war die grüne Hölle Europas. Heiß und stickig und eine Luft, die so mit Feuchtigkeit geschwängert war, dass man nie sicher sagen konnte, ob der ewige Schweißfilm auf der Haut vom Schwitzen oder von darauf kondensierter Feuchtigkeit stammte, dazu ein diffuses Licht wie unter Urwaldbäumen und über und unter allem die Kakerlaken. Nicht zu vergessen die blutegelähnlichen Kollegen, und vielleicht – er spitzte die Lippen und zwang den Rauch in seine Lungen –, vielleicht gab es ja auch hier Raubtiere, die nachts umherschlichen und Beute jagten? Ein Frösteln schüttelte ihn. Mit einer hastigen Bewegung schnippte er die glimmende Kippe in ein offenes Becken, wo sie zischend auf der Wasseroberfläche liegen blieb.

Er schaute wieder auf die Uhr und hinüber zum Lagerraum. Natürlich würde der Chef toben, wenn er bei seinem morgendlichen Rundgang die Zigarette im Wasser finden würde. Aber dieser Zorn wäre nichts im Vergleich dazu, was ihn erwartete, wenn herauskam, was sie hier regelmäßig miteinander trieben. Um sich zu beruhigen, kramte Henry eine weitere Zigarette und Streichhölzer hervor. In dem Augenblick, als der Schwefelkopf aufloderte, hörte er die Schritte. Henry zuckte zusammen, und das brennende Hölzchen landete wie ein abstürzender Komet in einer Pfütze. Langsam und ohne Hast drehte er sich um und blickte in die stählerne Öffnung einer Pistole, deren silberner Lauf direkt auf seine Stirn gerichtet war.

15

»Guten Appetit zusammen!«

Kurt Klein schreckte zusammen. Noch in derselben Sekunde zuckte der Python nach vorne und verfehlte das an einem Futterstab hängende Küken um Federbreite. Die Würgeschlange zog sich zu einer Spirale zusammen, als hätte sie das Opfer erfolgreich zwischen ihren Rippen gequetscht, und drehte sich dabei wild um die eigene Achse. Zitternd tastete die gespaltene Zunge nach einer Duftspur des verschwundenen Futterbrockens, während der Rest des Reptils damit beschäftigt schien, das Knäuel aus Schlangenhaut und -muskeln wieder zu entwirren. Der Python fauchte enttäuscht und sperrte wie zum stillen Protest das Maul auf. Mit einem leisen Fluch drehte sich der Mann um. »Verdammt. Sehen Sie, was Sie angerichtet haben! Wegen Ihnen hat Sybille ihr Frühstück verfehlt.«

In der Stimme des Pflegers schwang mehr Zorn als Vorwurf, und im Zorn versteckte sich mehr Angst als Wut. Sebald grinste frech und schielte an dem Mann vorbei in das Gehege, wo sich die Schlange zu einem lebenden Rad zusammengerollt hatte. Die glänzenden Schuppen reihten sich zu bunten Speichen aneinander, und wo die Nabe war, bleckte ein rosafarbener Rachen mit spitzen Zähnen.

»Sybille! Hübscher Name für solch ein garstiges Reptil.«

»Sybille ist nicht garstig, sondern im Gegenteil äußerst sensibel. Es ist gut möglich, dass ich sie jetzt nicht mehr zum Fressen bringen kann.«

Der Tierpfleger näherte sich wieder dem Käfig und schwenkte das tote Küken an einem lang ausgezogenen Haken mit Griff wie an einer Angel über dem Schlangenschädel, doch anstatt sich die leichte Beute schmecken zu lassen, zog sich der Kaltblüter verängstigt zurück und verschwand in einem Loch unter künstlichen Felsen.

»Da, schauen Sie! Sie frisst nicht mehr.«

Sebald sah keinen Sinn darin, sich in dieser Sache zu rechtfertigen, und schwieg.

Da war sie wieder. Die Nervosität eines schlechten Gewissens und das Bemühen, sich nichts anmerken zu lassen, als könne sich das Bewusstsein über die unrechte Tat in einem Bereich des Gehirns verstecken, wo es verborgen und unerreichbar schlummerte. Für einen Moment hatte Sebald den schrecklichen Verdacht, dass die perverse Tierliebe dieses Menschen nicht vor einem Mord an der eigenen Art haltmachen würde, wenn es ihrem Zweck dienlich war. Dann bemerkte er die Furcht und Unsicherheit im Blick des Mannes. Konnte dieses verängstigte Wesen wirklich ein Mörder sein? Sebalds Blick wanderte über das aufgespießte Futterküken, und er verdrängte die aufkommenden Muttergefühle mit einem umständlichen Räuspern.

»Wissen Sie«, antwortete er, »es kommt gar nicht so selten vor, dass Fälle, die zu den Akten gelegt worden sind, aufgrund neuer Erkenntnisse wieder hervorgeholt und …«, er sah dem Pfleger fest in die Augen, »doch noch zum Abschluss gebracht wurden.«

»Was wollen Sie damit sagen?«

»Dass ich nicht an einen Unfall glaube, zumindest nicht an einen selbst verschuldeten.«

Kurt Klein drehte sich ab und setzte das tote Küken vor das Loch mit der Würgeschlange. Mit einem tiefen Seufzer verschloss er das Terrarium und lehnte sich mit dem Rücken gegen die Glasscheibe.

»Sie glauben wirklich, ich hätte Martin in das Krokodilbecken gestoßen?«

»Genau!«

»Und welches Motiv sollte ich gehabt haben?«

Die Frage war mutig und tastete weit voraus. Wenn er jetzt nicht richtig antwortete, würde er keine Informationen mehr bekommen. Sebald zögerte und drückte – als hätte er einen Wahlzettel vor sich – mit der Mine ein fettes Kreuz in einen der Kreise. »Sie wurden von Martin Paschke dabei überrascht, wie Sie seltene Tiere aus den Gehegen entwendet haben.«

Kurt Klein erbleichte. Gleichzeitig quoll aus seinem Mund ein überraschtes Röcheln.

Sebald erkannte, dass er mit seiner Anschuldigung ins Schwarze getroffen hatte. Er setzte noch eins drauf, und seine Worte prasselten nieder wie die Schläge eines entfesselten Boxers. »Zusammen mit dem Kurator importieren Sie geschützte Tiere. Nur bleiben diese nicht im Zoo, sondern werden unter der Hand an Liebhaber weiterverkauft. Für den Fall, dass irgendjemand nachfragt, wo die Tiere geblieben sind, haben Sie immer ein paar eingefrorene Exemplare vorrätig, die leider während der Eingewöhnung gestorben sind.«

Das war nichts als eine gewagte Vermutung, die sich auf eine Anspielung von Professor Bloomsfeld stützte. Doch Sebald bemerkte zufrieden, dass er aus der Deckung einen weiteren Treffer erzielt hatte.

Kurt Klein wurde noch fahler im Gesicht, sein Körper schwankte. »Das behaupten Sie nur, aber einen Beweis haben Sie nicht!«

Sebald fixierte den Mann und setzte ein hämisches Grinsen auf. Ihm war ein Gedanke gekommen. Wenn sein Gegner darauf hereinfiel, konnte er den Kampf mit einem riesigen Bluff gewinnen. »Wir haben etwas viel Besseres …«, sagte er und zielte mit dem Kugelschreiber auf Kleins Brust.

»Was denn?« Kleins Stimme klang wie eingefroren.

»Ein Geständnis.«

»Wie bitte?«

»Dr. Schlenk hat vor einer Stunde alles gestanden.«

Im Blick des Tierpflegers lag das panische Entsetzen eines in die Enge getriebenen Tieres. Hinter der Stirn des Mannes begann der stille Kampf zwischen Loyalität gegenüber einem Vorgesetzten und Eigennutz. Schließlich gab sich der Mann einen Ruck und nahm Sebalds Blick auf. Der Kommissar wusste sofort, für wen sich der Tierpfleger entschieden hatte.

»So ein Feigling! Aber ich war immer dagegen, die Tiere zu verkaufen.«

Sebald atmete aus. Jetzt war sein Gegner nur noch Fallobst. »Stimmt! Ihnen reichte es, die Seltenheiten bei sich zu Hause zu haben.«

»Es war Schlenk, der die Idee hatte.«

Ein letztes Aufbäumen.

»Und Sie machten bereitwillig mit. Vielleicht sogar weniger des Geldes wegen, sondern weil es eine einmalige Gelegenheit war, an vom Aussterben bedrohte Tierarten heranzukommen.«

Der Tierpfleger biss sich auf die Lippen und starrte auf seine Füße.

Sebald setzte zum *Lucky Punch* an. »Das Geschäft lief prächtig, und alles funktionierte reibungslos, bis Paschke irgendwie dahinterkam. Also musste er aus dem Weg geräumt werden. Hat er euch erpresst?«

Kurt Klein sank jetzt völlig in sich zusammen. Er schluchzte. Tränen rannen ihm über das Gesicht.

»Sie können das nicht verstehen. Wenn ich ein Dreihornchamäleon oder einen Schmuckhornfrosch sehe, dann will ich das Tier einfach haben. Es ist wie eine Sucht.«

Sebald packte den Mann an den Schultern und schüttelte ihn.

»Hören Sie doch auf, von diesen Viechern zu faseln! Was geschah mit dem Nachtwächter? Wieso musste der dran glauben?«

»Der Martin? Dem hab ich nichts getan. Der wusste doch von gar nichts. War ja noch vernarrter in seine Fische als ich.«

»Haben Sie ihn in der Nacht seines Todes gesehen?«

»Nein. Ehrlich. Ich war mit Schlenk zusammen, nur nicht zum Angeln, sondern, na ja, Sie können sich's sicher denken …«

»Sie hatten ein Rendezvous mit ihm?«

»Ja, genau, so könnte man's nennen.«

»Können Sie das beweisen?«

»Wir waren die ganze Nacht unterwegs in Kneipen, in denen man uns kennt. Genügend Leute können das bestätigen.«

»Mmh, na gut. Wir werden das nachprüfen.«

Sebald machte sein TAK-Gesicht: Tadeln. Aufmuntern. Kooperieren. Er konnte sich auf seine Gesichtsmuskeln verlassen und hatte für jede Verhörsituation die passende Mimik parat. Schon als Kind stand er stundenlang vor dem Spiegel und übte so lange, bis er alle möglichen Gefühle darstellen konnte, völlig unabhängig von seinem wirklichen Seelenzustand. Die Technik nutzte er anfangs vor allem, um seinen familiären Frust hinter einer Maske der Gleichgültigkeit zu verstecken. Später bei der Polizei kam ihm diese Fähigkeit zugute, aber sicherlich hätte er mit seinem perfekten Pokerface auch als Glücksspieler Karriere gemacht.

»Ich will offen mit Ihnen reden. Die Gerichtsmediziner haben unter den Fingernägeln der Leiche winzige Gewebereste und Stofffasern gefunden, die wir nicht zuordnen können. Es wäre möglich, dass Paschke vor seinem Tod mit jemandem gekämpft hat, der ihn in das Krokodilbecken geworfen hat. Allerdings ist das nur eine Vermutung, weil die Leiche ja, Sie wissen schon, äh … unvollständig war und eine sichere forensische Beurteilung kaum möglich war. Natürlich können solche Spuren auch ganz andere Ursachen haben. Aber nehmen wir einmal an, dass in der Nacht wirklich noch jemand bei dem Opfer war. Deshalb will ich jetzt von Ihnen genau wissen, was an dem Tag los war, als Sie die Leiche fanden. Überlegen Sie gut! Jedes Detail und jede kleine Abweichung von der Norm könnte wichtig sein.«

Sebald sah sich um und senkte die Stimme: »Von diesen Informationen werde ich abhängig machen, was ich in der Schmuggelgeschichte gegen Sie unternehmen werde.«

Kurt Klein musterte den Polizisten mit einem Blick, der zwischen Misstrauen und Hoffnung schwankte. Langsam kehrte die Farbe in sein Gesicht zurück. Er streckte den Oberkörper und erwiderte Sebalds Blick. »Also gut. Ich werde Ihnen alles berichten, was mir auffiel. Es sind sowieso nur Kleinigkeiten, aber jetzt mit dem Wissen von Martins Tod haben sie vielleicht eine Bedeutung.« Er zögerte, fuhr sich mit der Hand durch die Haare.

»Fangen Sie an!«, forderte Sebald.

»Das Erste, was mir auffiel, war ein roter Lavabrocken, der nicht dort lag, wo er hingehörte.«

»Wo sollte er denn sein?«

»Na, neben der Klapperschlange.«

»Sie meinen neben der Klapperschlangenattrappe?« Sebald betonte das Wort »Attrappe« und deutete mit dem Arm den Gang hinunter. Kurt Klein nickte.

»Sind Sie sicher?«

»Absolut. Man bekommt mit der Zeit einen Blick für Veränderungen, und der Stein befand sich eindeutig an der falschen Stelle.«

»Und was war mit dem Stein?«

»Nichts. Er war nicht dort, wo er hingehörte. Das ist alles.«

»Vielleicht haben Kinder den Stein weggenommen und woanders wieder hingelegt.«

»Das könnte sein, aber bei meinem letzten Kontrollgang abends nach Kassenschluss war der Stein noch am richtigen Ort. Das weiß ich genau, weil ich dann immer die Schlange teste. Auf Knopfdruck bewegt sich das Ding nämlich.«

»Zeigen Sie mir das mal!«

Kurt Klein nickte gehorsam und schlurfte den Gang entlang. Sebald folgte, ein paar Schritte Abstand haltend, und betrachtete die schmalen wippenden Schultern und die helle Stelle am Hinterkopf des Mannes, nur mühsam verdeckt von ein paar längeren, fettig glänzenden, nach hinten gekämmten Haarsträhnen. Plötzlich überkam ihn so etwas wie Mitleid mit diesem Mann, dessen sonderbare Tierliebe ihn zu einem Gefangenen seines Vorgesetzten machte. Wenn es hart auf hart käme – da war er sicher –, würde der Kurator seinen Tierpfleger fallen lassen wie eine madige Pflaume: Was? Davon weiß ich nichts! Wie konnte er nur so etwas tun? Und mit Paschkes Tod habe ich absolut nichts zu schaffen. Das hat er Ihnen erzählt? Also wir haben uns schon kurz nach Mitternacht getrennt. Und ich habe für die Zeit danach natürlich ein Alibi!

Sebald war auch überzeugt, dass sämtliche Unterlagen über den Tierschmuggel – falls es denn welche gab – nur Kleins Namen trugen. Dr. Schlenk würde alles abstreiten und eine Mittäterschaft strikt von sich weisen: Gibt es irgendeine Unterschrift von mir? Nein. Na also, was soll dann das Ganze? Statt unbescholtene Bürger zu verunglimpfen, sollte die Polizei sich lieber auf die Kriminellen in unserem Land konzentrieren!

Über seine Anwälte würde er verlautbaren lassen, dass er eine solche Beschuldigung nicht akzeptieren und eine Schadenersatzklage wegen Rufschädigung in Erwägung ziehen würde, falls die Polizei ihre Behauptungen nicht zurücknahm. Und schließlich, wenn die Polizei weiter ermittelte, würde er seinen Liebhaber so lange bearbeiten, bis dieser alles zugab und als Bauernopfer vor Gericht gestellt wurde. Sebald kannte diese Art von Gerechtigkeit aus vielen Prozessverläufen. Wenn es hart auf hart kam, kämpften sogar Familienangehörige bis aufs Messer gegeneinander. Was hatte seine Mutter ihm erwidert, als er sie einmal nach ihren Gefühlen gegenüber ihren Freiern befragt hatte? »Sympathie, mein Kleiner, findest du im Wörterbuch zwischen Scheiße und Syphilis!«

Sebald wurde aus seinen Gedanken gerissen, als der Tierpfleger abrupt vor einer Mauer stehen blieb, hinter der sich eine künstliche Wüstenlandschaft ausbreitete. Mit der ausgestreckten Hand deutete er auf einen faustgroßen Stein und eine täuschend echt aussehende Klapperschlange, die sich dahinter versteckte. Im Hintergrund verströmten die leeren Augenhöhlen eines Rinderschädels Gruselatmosphäre, ein paar löchrige Kakteen mit fingerlangen Dornen vervollständigten das trostlose Bild. Vor ihnen auf der Mauer befand sich ein grün markierter Schalter. Der Tierpfleger nickte, und Sebald drückte auf den Knopf. Die Schlange wand sich auf unsichtbaren

Schienen durch den Sand, öffnete das rosa glänzende Maul mit den Giftzähnen und zuckte rasselnd mit der Klapper. Dann schob sie sich an ihre Ausgangsstelle zurück, erstarrte und wartete auf ihren nächsten Einsatz.

»Nettes Spielzeug.«

»Nicht wahr? Eine Meisterleistung unserer Präparatoren! Die Schlange bewegt sich auf kugelgelagerten Schienen, und in ihrem Inneren sind Hunderte von Präzisionsgelenken aus Titan, wie man sie auch in der Chirurgie verwendet. Nur die äußere Haut, die ist echt und kaschiert die Technik so gekonnt, dass die Täuschung fast perfekt ist.«

»Also sozusagen eine gehäutete Leiche auf einer elektrischen Eisenbahn.«

Der Tierpfleger verzog das Gesicht und blickte gekränkt zur Seite. »Wenn Sie es so sehen wollen …«

Ein unangenehmes Schweigen entstand, eine Stille, in die sich die Geräusche des Hauses mischten, erst leise und kaum wahrnehmbar, dann – langsam – immer deutlicher und lauter wie das anschwellende Tönen fließenden Wassers. Mit Verwunderung lauschte Sebald auf die Stimmen aus den Ecken, Gängen und Winkeln des Hauses, ein von den Glaswänden der Terrarien abgeschwächtes Zirpen, Zischen und Quaken, das Atmen, Schnaufen und Stöhnen der Lurche und Kriechtiere, das wie eine dumpfe, molltönige Symphonie aus den Tiefen des Dschungels drang und dessen Echo an diesem Ort ins Freie trat, um sich Gehör zu verschaffen. Sebald verstand plötzlich die Faszination, die Schlangen, Frösche und Fische auf Menschen wie Klein und Paschke ausübten, den geheimnisvollen Zauber, der von den urtümlichen, archaischen Wesen ausging, er spürte, dass ihre Besitzer sie als Fenster benutzten, das einen Blick in längst vergangene Zeiten freigab, als Donnerechsen und Flugsaurier Erde und Luft beherrschten und die Natur, unbefleckt und jungfräulich, vom Raubtier Mensch nichts ahnte.

Sebald deutete auf den Felsbrocken, der neben der Attrappe lag. »Und dieser Stein befand sich nicht an seiner richtigen Stelle?«

Der Tierpfleger hob den Stein hoch und legte ihn neben den Schädel.

»Hier lag er am Morgen, bevor ich Paschke bei dem Krokodil fand.«

»Also hat ihn jemand dort abgelegt. Nur wer und warum?«

Sebald bückte sich und nahm den Lavabrocken in die Hand. An einer Ecke glänzte das braune Gestein heller, so als wäre an dieser Stelle ein Stück abgeblättert. Glotzke würde ihm das Ding vor die Füße werfen, wenn er damit zu ihm kam und um eine forensische Untersuchung bat. Der Fall Paschke lag offiziell bei den Akten, und die Kollegen von der Spurensicherung würden ihr volles Überstundenkonto nicht mit der Untersuchung eines Steins weiter anfüllen wollen. Sebald wog den Brocken prüfend in der Hand und legte ihn dann zurück. Er drehte sich zu Kurt Klein um. »Ist Ihnen sonst noch etwas aufgefallen? Irgendetwas, das uns weiterhilft?«

»Na ja. Bevor ich den armen Martin im Krokodilbecken entdeckte, bemerkte ich etwas Helles zwischen den Blättern des Philodendrons. Die Morgensonne spiegelte sich auf der silbernen Oberfläche, sonst hätte ich ihn wahrscheinlich gar nicht entdeckt. Kommen Sie mit.«

Er schlurfte um die Ecke und öffnete eine Glastür, hinter der sich ein winziges Büro verbarg. Der Tierpfleger öffnete einen Metallschrank und fischte einen Kugelschreiber hervor, den er Sebald hinhielt. »Hier, ich hab ihn gleich im Büro deponiert und seitdem nicht mehr angerührt.«

Sebald zog eine Plastiktüte aus seinem Jackett und fasste damit vorsichtig nach dem Kugelschreiber. »Schönes Stück. Mit Initialen: ›F. L.‹ Sagt Ihnen das etwas?«

»Nee, hier im Zoo heißt niemand so.«

»Warum haben Sie uns das nicht gezeigt, als die Spurensicherung hier war?«

»Ist doch klar. Ich wollte nicht, dass die Polizei länger als nötig herumschnüffelt, und hoffte natürlich, dass die Untersuchungen schnell erledigt sein würden. Wenn ich Ihnen meinen Fund gezeigt hätte, wären Sie und Ihre Kollegen doch misstrauisch geworden und uns vielleicht auf die Schliche gekommen.«

Sebald unterdrückte die Bemerkung, dass doch genau dies auch so eingetreten sei. »Gut. Sie haben sicher nichts dagegen, wenn ich ihn behalte?«

»Und wenn doch?«

»Ist es auch egal.«

»Warum fragen Sie dann?«

»Damit Sie sich die Illusion bewahren können, ihn mir freiwillig gegeben zu haben.«

»Sie halten sich wohl für ganz schön clever, was?«

»Mmh, vielleicht.« Sebald spürte, dass der Mann die Geduld verlor. Die Genugtuung über diese Erkenntnis machte ihn für einen Moment verlegen.

Der Tierpfleger schnaufte. »Ich hab jetzt langsam die Schnauze voll. Typen wie Ihnen genügt es anscheinend nicht, im Schlamm zu wühlen, nein – Sie müssen auch noch damit um sich werfen.«

»Okay, das reicht jetzt! Noch so etwas und wir unterhalten uns auf dem Polizeirevier weiter.«

»Schon gut, aber Sie sollten die Leute nicht so von oben herab behandeln. Überheblichkeit ist keine Zier!«

Sebald konnte nur mit Mühe seine Überraschung verbergen. Genau das hatte auch seine Mutter oft zu ihm gesagt. Er sah den Tierpfleger prüfend an, der schwer atmend vor ihm stand und ihn herausfordernd anstarrte. Was der Tierpfleger ihm bisher mitgeteilt hatte, schien seine Annahme, dass es sich bei Paschkes Tod nicht um einen Unfall handelte, eher zu widerlegen als zu stützen. Als Beweise für ein Verbrechen taugten sie jedenfalls nicht. Er war enttäuscht. Sein Plan, den Pfleger unter Druck zu setzen, hatte funktioniert, aber was er erfahren hatte, war völlig unbrauchbar. Der Kugelschreiber konnte von jedem beliebigen Besucher stammen, und wer sonst außer ein paar frechen Gören würde die Wüstendekoration durcheinanderbringen? Sebald blickte demonstrativ auf seine Uhr.

»Ich glaube, Sie haben mir weitergeholfen. Aber jetzt muss ich los.«

»Wollen Sie nicht hören, was mir noch aufgefallen ist?«

»Nur, wenn es wichtig ist!«

»Woher soll ich das wissen?«

Sebald seufzte. Er hatte die Falle gestellt und saß jetzt selbst darin. Mehr denn je war er davon überzeugt, dass dieser Paschke aus Versehen in das Becken gefallen war, wahrscheinlich um sich das Krokodil aus der Nähe anzusehen. Wenn er nur halb so verrückt mit diesen Viechern war wie dieser Mann hier, konnte es nur diese Erklärung geben. Er hatte genug gehört und wandte sich zum Gehen. »Auf Wiedersehen.«

Kurt Klein folgte ihm, und sein Kopf ruckte beim Gehen aufgeregt in die Höhe.

»Aber was werden Sie jetzt unternehmen? Ich meine, wegen mir?«

»Ich leg ein gutes Wort für Sie ein.«

»Mehr nicht?«

Sebald schüttelte den Kopf und lief schneller. Er wollte nur noch weg. »Immer schön sauber bleiben, dann passiert nichts. Und schönen Gruß an Sybille!«

Der Tierpfleger nickte, so als hätte er vor, genau dies zu tun.

»Ich habe vorher noch nie so einen Fisch gesehen.«

Sebald nickte. Er hatte keine Ahnung, wovon der Mann sprach.

»Ein Wels. So lang wie mein Unterarm. Mit Flossen wie ein Skalar und einem Neonstreifen wie ein Kardinalsalmler. So eine Art habe ich vorher noch nie gesehen.«

Der Kommissar schwitzte. Er wollte nichts mehr hören über schwimmende Fischstäbchen. »Was meinen Sie damit?«, fragte er matt.

»Den Fisch gibt es nicht, das heißt, es gab ihn schon, ich habe ihn ja gesehen, aber ... eigentlich dürfte er nicht existieren.«

»Dann war's halt eine neue Art.«

»Das ist es ja, was mich so irritiert. Selbst das riesige Amazonasbecken ist ichthyologisch gut erforscht. Eine so auffallende Art kann eigentlich nicht übersehen worden sein.«

»Na, dann haben Sie ja ein echtes Kleinod in Ihren Aquarien schwimmen.«

»Eben nicht.«

Sebald verstand nichts. Er hatte den Ausgang fast erreicht. »Wieso nicht?«

»Der Wels ist fort. Verschwunden. Hab ihn nicht mehr gesehen seitdem.«

»Vielleicht wurde er von einem anderen Fisch gefressen?« Sebald rannte jetzt fast.

»Kann nicht sein! Die anderen sind alle kleiner.«

»Na, dann haben Sie ja immer noch Sybille und Sobek als Attraktionen des Hauses.«

Der Fisch interessierte Sebald nicht. Er hatte den Ausgang erreicht und streckte dem Mann die Hand entgegen.

»Der Raubwels war erst einen Tag bei uns, kam vom Importeur, ganz legal. Manchmal kaufen wir direkt beim Fachhandel ein.«

Sebald lächelte und öffnete die Tür. Das Licht der Morgensonne flutete in den dunklen Gang, empfing ihn warm und behaglich. Das heisere Locken eines Pfaus und die nach Licht schmeckende Luft bildeten einen verlockenden Kontrast zu der dämmrigen Fäulnis im Inneren des Exotariums. Schnell trat der Kommissar über die Schwelle und winkte dem Tierpfleger zu, der ihm aus glasigen Augen nachblickte.

»Wie heißt denn Ihr Importeur?«, hörte er sich fragen, und noch bevor die langsam zuschwingende Tür wieder vollständig geschlossen war, hörte er die zwei dumpf klingenden Worte aus dem Mund des Tierpflegers.

Sebald ließ das Robbenbecken links liegen und schlenderte am Affenhaus vorbei zum Ausgang des Zoos. Er fragte sich, welchen Inhalt die Worte »Wasser« und »Zukunft« für ihn bereithielten.

16

Hanna wollte kein Risiko eingehen, und obwohl ihr roter Peugeot alles andere als ein Hingucker war, parkte sie den Wagen in einem weit entfernten Stadtteil. Die Vorsichtsmaßnahme bedeutete, dass sie in der Dunkelheit etwa drei Kilometer über Felder und Wiesen laufen musste. Hanna war angenehm überrascht, um wie viel kühler es da draußen war im Vergleich zu den aufgeheizten Straßenschluchten der Stadt. Die Luft roch nach Heu, Staub und Gülle – trotzdem lag in ihr eine Erinnerung an mit Tau benetztes Gras. Vor ihr ragte die kubistische Silhouette des Industriegebietes in den Nachthimmel. Die schlanken Schornsteine und Türmchen streckten sich, als versuchten sie, vorbeitreibende Wolken auf ihrem Weg durch die Luft einzufangen.

Irgendwo schlug eine Kirchturmuhr. Hanna blieb stehen und zählte mit. Für einen Moment sehnte sie sich nach dem heiseren allgegenwärtigen Gesang des Muezzins aus ihrer Kindheit, doch als der elfte Schlag verklungen war, blieb es ruhig. Nur das kehlige Bellen eines Hundes und das Rauschen der Autobahn waren zu hören. Am Horizont wuchs die holzdunkle Wand eines Kiefernwaldes in die Höhe. Plötzlich ertönte daraus das anschwellende Meckern eines rufenden Ziegenmelkers. Hanna wunderte sich, denn der nachtaktive Vogel gehörte nicht dorthin. Seine Heimat waren die lichten Wälder der Mittelmeerländer. Ein Wanderer, der sich zu weit nach Norden gewagt hatte! Wie sie, allein in einem fremden Land.

Langsam ging sie weiter. Sie trug einen kleinen Rucksack, in dem sich eine Taschenlampe, eine kleine Metallsäge, verschiedene Schraubenschlüssel, ein winziger Akkuschraubendreher, Plastikhandschuhe und ein fingerdickes Seil von zwanzig Metern Länge befanden. Am Gürtel trug sie ihr Handy, einen kleinen Dolch und einige Karabinerhaken. Sie hoffte, mit dieser Ausrüstung an der Außenseite der Halle hochklettern und durch das angelehnte Fenster einsteigen zu können, das sie vor Feierabend entriegelt hatte. Falls es immer noch unverschlossen war, würde sie versuchen, sich in die Halle abzuseilen. Hanna machte sich keine Illusionen. Wenn das Passwort nicht stimmte, hatte sie keine Chance, in den geheimen Bereich von Anlage sieben vorzudringen. XENOMYSTUS. Ein seltsamer Name für einen seltsamen Fisch. Der Afrikanische Messerfisch sah wie ein Krummdolch aus Schiefer aus. Es existierte nur eine Art: *Xenomystus nigri*. Das bedeutete so viel wie »der fremdartige, geheimnisvolle Schwarze«. Hanna lächelte. Wie gut der Name doch auf sie selbst passte! Sie hatte diese Art nie gepflegt, wusste aber, dass der Fisch ein übler Räuber war, der sich nachts über schlafende Schuppenbrüder hermachte.

Der schmale Feldweg verwandelte sich in eine asphaltierte Straße, erste Gebäude tauchten auf. Trübe Straßenlaternen beleuchteten schlampig abgesperrte Baustellen, Hochhausfassaden, geteerte Flachdächer und glanzlose Fensterscheiben. Tagsüber arbeiteten hier Menschen; kommandiert und abgerichtet von selbst ernannten Zirkusdirektoren, erledigten sie ihre Aufgaben wie dressierte Hündchen und warteten brav bis Monatsende auf ihr Leckerli. Übertrumpfen. Übervorteilen. Überholen. Der Dreiklang der betrogenen Betrüger tönte noch immer durch die ausgestorbenen Gassen und wartete auf seine frühmorgendliche Erneuerung. Ein Phönix, dessen Wiedergeburt nichts anderes als das Marionettenstolpern eines Sterbenden war, zu krank für einen echten Neuanfang, zu schwach, um sich von der Leine des Herrschenden zu befreien.

Hanna fand, dass die Menschen in diesem Land ein Doppelleben führten: Im einen schufteten sie für das Geld, das sie im anderen, ihrer »freien« Zeit, wieder ausgaben. Beide Leben waren bestimmt von Kampf und Stress. Als ihr klar wurde, dass sie selbst nichts anderes tat, verstand sie plötzlich, dass jeder Mensch auf die wenigen Momente wartete, in denen etwas in seinem Leben passierte, etwas, was Grenzen überwand und neue Wege aufzeigte. Und ihr wurde auch klar, dass es nur wenigen Menschen gelang, die hohen Mauern, hinter denen sie sich das halbe Leben versteckt hatten, niederzureißen.

Das große Eingangstor war geschlossen. Einige Meter rechts davon verbreitete eine Straßenlaterne ihr kühles Licht auf beiden Seiten der Mauer. Aufmerksam lauschte Hanna in die Nacht, prüfte die Stille, kletterte an dem Lichtmasten nach oben, zog sich auf die Mauerkrone, spähte auf die andere Seite und ließ sich nach unten gleiten. Auf Katzenpfoten schlich sie an der Rückseite der Halle entlang bis zu dem Blitzableiter, Nabelschnur zwischen Himmel und Hölle. Das Eisenband würde ihr Gewicht problemlos tragen. Hanna zog sich bis zum Dach nach oben und stieß einen Seufzer aus: Das Fenster war unverriegelt. Sie griff nach einem Karabinerhaken, befestigte ihn an einer Querverstrebung des Blitzableiters, führte eine Schlinge hindurch, klinkte sich ein und warf den Rest des Seils in die Dunkelheit der Halle. Wärme und Luftfeuchtigkeit umspülten ihren Körper. Mit jedem Meter, den sie sich dem Boden näherte, wuchs die Dunkelheit. Einige Becken, deren Wasser mit ultraviolettem Licht bestrahlt wurde, leuchteten im Finstern wie in der Luft erstarrte gigantische Glühwürmchen. Sie blickte noch einmal nach oben, wo sie durch den Fensterspalt einige Sterne schimmern sah, dann berührten ihre Füße den Grund.

Hanna griff hinter sich, zog die Taschenlampe aus dem Rucksack und schaltete sie ein. Der helle Lichtstrahl wanderte über die Glasbecken und spiegelte sich in unzähligen Wiederholungen an den Scheiben. Langsam bewegte sie sich vorwärts, und das tausendfache Blubbern der Filter wurde zu einem gurgelnden, zischenden Atem, der an ihr zerrte und sog.

Endlich stand sie vor Anlage sieben. Sie schritt durch die Gänge und betrachtete aufmerksam die Aquarien. Seltsamerweise war die Technik in Betrieb, das Wasser bereit zur Aufnahme neuer Bewohner. Aber warum waren die Aquarien leer?

Hanna erreichte die weiße Wand aus Styroporboxen, die fast bis unter die Decke gestapelt waren, und zählte ab: Der elfte Turm von links. Dahinter musste sich die Tür befinden. Sie kramte die Handschuhe aus ihrem Rucksack und schlüpfte hinein. Behutsam zog sie an dem Stapel. Es ging viel leichter, als sie gedacht hatte. Da sah sie die Tür. Sie bestand aus einzelnen Platten aus einem silbrigen Metall. Eine Klinke oder ein Griff fehlten, nicht einmal ein Schloss war zu sehen. Etwa in Brusthöhe fiel der Schein ihrer Taschenlampe auf eine Konsole mit Tastenfeld in der Wand. Sie trat näher.

Auf der Tastatur konnte man nur Zahlen eingeben. Keine Buchstaben. Sie war sicher, dass Frank XENOMYSTUS gesagt hatte. Aber welche Zahlen waren richtig? Die Reihenfolge der Buchstaben im Alphabet? Sie zählte im Kopf: X war der vierundzwanzigste Buchstabe. Also zwei und vier. Dann das E. Der fünfte Buchstabe. N war der vierzehnte. Danach kam O, also eins und fünf. Schon bis dahin ergab sich die Ziffernfolge 2–4–5–1–4–1–5. Hanna brach ab. Die Zahl wurde zu groß. Wie konnte sie jedem Buchstaben nur eine Zahl zuordnen? Hanna lachte. Konnte es so einfach sein? Sie pulte ihr Handy aus der Halterung und schaltete die Beleuchtung ein. Grünes Licht glimmte auf. Sie musste es wagen. Ihr Zeigefinger schwebte über der Acht. Ihre Hand zitterte. Was würde geschehen, wenn sie sich vertippte oder das Passwort doch nicht stimmte? Sie wusste, dass das Haupttor mit einer Alarmanlage gesichert war, aber sie konnte keineswegs ausschließen, dass auch dieser geheime Bereich der Halle zusätzlich vor ungebetenen Gästen geschützt wurde. Sie musste es riskieren. Die entsprechende Ziffernfolge für XENOMYSTUS war auf dem Handy 8–2–5–5–5–9–7–7–7–7. Hanna drückte die Zahlen und wartete ab. Nichts geschah. Unter den Zahlentasten leuchteten ein grüner und ein roter Knopf. Hanna hielt die Luft an und drückte auf den grünen. Sofort erklang ein schlürfendes Geräusch, und die Tür schob sich zur Seite. Erschrocken wich Hanna zurück.

Vor ihr öffnete sich ein Gang, dessen metallweiße Wände sie an das Innere eines Raumschiffes erinnerten. Sie leuchtete hinein. Der Gang endete nach wenigen Metern an einer zweiten Tür, die identisch mit der ersten war. Eine Schleuse! Die Erkenntnis traf sie wie ein Schlag in den Magen: ein mikrobiologisches Sicherheitslabor! Sie hatte so etwas schon einmal gesehen. Während ihres Studiums erhielt eine ausgewählte Gruppe von Studenten die Möglichkeit, das P4-Laboratorium Jean Mérieux in Lyon zu besichtigen, eine der wenigen Einrichtungen dieser Art in Europa. Man hatte es erbaut – so hieß es zumindest offiziell –, um bei neuartigen Epidemien wie der Ebola-Seuche und dem Lassa-Fieber effizient nach Impfstoffen forschen zu können. In seinem Inneren herrschte ein permanenter Unterdruck, sodass kontaminierte Luft nicht herausströmen konnte. Die Besucher hatte man natürlich nicht bis in den Kernbereich der Anlage geführt, und Hanna erinnerte sich gut daran, mit welcher Vehemenz die französischen Wissenschaftler den unangenehmen Fragen der Studenten zur Sicherheit des Labors entgegengetreten waren. Ihre naiv-kritischen Einwände wurden weggewischt wie verunreinigtes Versuchsmaterial, und mit herablassender Selbstgefälligkeit klärte man sie über die Effektivität von ULPA-Filtern, Autoklaven und Druckanzügen auf.

Und jetzt stand sie am Eingang einer Schleuse, die große Ähnlichkeit mit den Schleusen in Frankreich hatte. Sollte sie sich wirklich darüber freuen? Was erwartete sie hier? Wozu benötigte ein Fischgroßhändler ein solches Labor? Was wurde hier aufbewahrt, das einen solchen Aufwand rechtfertigte? Hanna ahnte, dass eine Antwort auf diese Fragen nur vor ihr liegen konnte. Hatte sie das geheime Zentrum der Firma gefunden?

Ohne zu zögern machte sie zwei große Schritte vorwärts. Kaum hatte sie die Mitte der Schleuse erreicht, hörte sie hinter sich ein zischendes Geräusch. Die Schleusentür hatte sich wieder geschlossen. Schweißperlen wuchsen auf ihrer Stirn. Eine Mausefalle! Aber wo war der Köder? Nervös tastete sie mit dem Lichtstrahl ihrer Taschenlampe über die Wände, bis sie neben der Tür einen roten Kippschalter entdeckte. Nach kurzem Zögern klappte sie den Hebel nach unten. Etwas flackerte über ihrem Kopf, und plötzlich war die Schleuse taghell erleuchtet.

Für einen Moment war sie geblendet, dann hatten sich ihre Augen an das grelle Licht der Neonröhren gewöhnt. Sie knipste die Taschenlampe aus und verstaute sie sorgfältig in ihrem Rucksack. Wie ging diese Tür nur wieder auf? Sie konnte keinen Knopf oder so etwas wie ein Schlüsselloch erkennen. Allerdings bemerkte sie seitlich in Kopfhöhe einen Griff in der Wand. Sie zog daran, und ein etwa fünfzehn Zoll großer Monitor kam hinter einer Abdeckung zum Vorschein. Unter dem Bildschirm ein grüner und ein roter Knopf. Ein Lichtpunkt wanderte über die Mattscheibe, auf der plötzlich ein dunkler Raum mit kantigen, lang gestreckten Möbeln zu sehen war. Hanna brauchte ein paar Sekunden, bevor sie begriff, dass sie auf den Bereich vor der Eingangstür blickte und die eckigen Möbelstücke die Aquarien von Anlage sieben waren. Hier wurde also mit einer versteckten Kamera kontrolliert, ob man die Schleuse unbemerkt verlassen konnte. Ein Gedanke beunruhigte sie: Was, wenn Frank sie auf dem Bildschirm entdeckt hatte, als sie ihm bis an die Tür gefolgt war? Aber dann hätte er sie sicher zur Rede gestellt.

Ohne lange zu überlegen, drückte sie den grünen Knopf, und mit einem leisen Gurgeln verschwand die Tür irgendwo in der Wand. Hanna bewegte sich nicht und starrte hinaus in die nachtschwarze Halle. Sie begann leise zu zählen, und nach zehn Sekunden verschloss sich die Tür wieder selbsttätig. Langsam drehte sich Hanna um, betrachtete noch einmal den Bildschirm, auf dem sie nichts

Ungewöhnliches entdecken konnte, und ging die wenigen Schritte weiter bis zur zweiten Tür. Sie war verschlossen. Ein kleines Nummernfeld ähnlich wie an der ersten Schleuse befand sich neben der Tür. Hanna überlegte. Damit hatte sie nicht gerechnet. Wie sollte sie jetzt weiterkommen? Das zweite Passwort kannte sie nicht, und Frank hatte nur von einem Wort gesprochen. Hatten sie die innere Barriere unverändert gelassen? Aber dann hätte sich Heimske vergewissern und nachfragen müssen. Das war nicht der Fall. Wie konnte Heimske dann wissen, welches Wort Frank eingeben würde? »Was hältst du vom Afrikanischen Messerfisch?« Dieser Satz schien alle Informationen zu enthalten, mit denen beide Schleusen zu öffnen waren.

Hanna lehnte sich mit dem Rücken an die verschlossene Tür und blickte den engen Gang zurück. Und als stünde die Antwort des Rätsels schon die ganze Zeit mit großen Buchstaben an der Wand, erkannte sie plötzlich den Zusammenhang. Es gab nur einen Afrikanischen Messerfisch, und sein vollständiger Name, wie ihn die binäre wissenschaftliche Nomenklatur vorschrieb, war *Xenomystus nigri*. Gattung und Art. Die beiden Gipfeltürme der wissenschaftlichen Systematik. Sie müsste nur die Zahlenkombination für NIGRI eingeben, um sich Einlass zu verschaffen. Der Gattungsname war das Passwort für die erste Tür und der Artname der für die zweite. Ohne zu zögern, drückte sie die Tasten 5–3–3–6–3. Sie betätigte den Knopf und hielt den Atem an. Einen winzigen Moment zweifelte sie an der Richtigkeit ihrer Überlegungen, dann zischte etwas unter ihren Füßen, und die Tür schob sich wie von Geisterhand gezogen zur Seite. Hanna blinzelte in die gleißende Helligkeit des Raums. Vor ihr lag das Herz der Firma.

Spiegel an den Wänden und versilberte Chemikalienschränke ließen das Labor größer erscheinen, als es tatsächlich war. Hanna sah zwei speziell ausgestattete Arbeitstische, die durch Sicherheitsglas bis unter die niedrige Decke hermetisch abgeschlossen waren und in denen man nur über eingearbeitete armlange Gummihandschuhe hantieren konnte. Sie erkannte Brutschränke zur Kultivierung von Zellkulturen, Thermocycler, Mikroinjektionsnadeln, Reagenzgläser, Pipettiergeräte, Desinfizierungsmittel und viele weitere bekannte und unbekannte Arbeitsgeräte eines mikrobiologischen Labors.

Mit einer Mischung aus Bewunderung und Misstrauen betrachtete sie ihre Umgebung. Dann bemerkte sie eine breite gläserne Tür, die zu einem weiteren Raum führte. Ein goldenes Schimmern drang daraus hervor. Die Tür ließ sich problemlos öffnen, und Hanna stockte der Atem. Glas an Glas reihten sich Aquarien aneinander, in denen – als würden sie in der Luft schweben – die unglaublichsten Fische kreisten: violett fluoreszierende Orandas, die Flossen so lang wie Gardinen, riesige Diskusbarsche mit dem Körper einer Tortenplatte und eingestreuten nagelgroßen und bonbonbunten Schuppen, armlange schwarz-weiß gestreifte Spatelwelse, die so gleichmäßig wie ein Zebrastreifen gezeichnet waren, golden schimmernde Guppys mit monströsen, fingerlangen Schwanzflossen, regenbogenfarbige Skalare, leuchtende Schmerlen, gepunktete Salmler, netzbemusterte Barben, glimmende Beilbauchfische, glitzernde Grundeln und glänzende Kärpflinge. Fische in allen Farben, Formen und Mustern. Wie gemalt. Geboren aus der Phantasie eines expressionistischen Künstlers, dem es gelungen war, die Vielfalt der Natur zu bündeln und in seinen Geschöpfen zum Ausdruck zu bringen, oder – Hannas Gedanken wirbelten – elende Geschöpfe, die dem Willen eines unberechenbaren Schöpfers unterworfen waren und deren Gestalt die krankhafte Phantasie ihres Erschaffers spiegelte.

Hanna zitterte plötzlich. Ihr war, als hätte jemand die Tür zu einer Kältekammer geöffnet und sie hineingezerrt. Eine Wand aus Gefrorenem umgab sie, und das wärmende Tremolo ihres bebenden Körpers war der Versuch, sich daraus zu befreien. Sie konnte den Anblick der Tiere nicht mehr ertragen. Die Faszination ihrer künstlichen Schönheit hatte sich in einen Alptraum verwandelt, und sie erkannte in den Fischen nur noch armselige Opfer einer nach optischer Exzentrik selektierenden Genschmiede. Bei den Tieren handelte es sich um genetisch veränderte Organismen, und obwohl sie die wissenschaftliche Leistung ihres Schöpfers bewunderte, fühlte sie doch, dass hier jemand eine Grenze überschritten hatte, hinter der sich verbotenes Land befand. Verboten, nicht weil es fremd und unbekannt war, sondern weil es Gefahren barg, deren Ausmaß für Mensch und Tier existenzvernichtend sein konnten. Hanna taumelte zurück in den Laborbereich. Das also waren die Fische für Anlage sieben! Hanna zweifelte nicht daran, dass Aquafutur sie mit unvorstellbarem Gewinn verkaufen würde, sobald sich die Gelegenheit dafür bot. Die Gesetze in Deutschland ließen einen legalen Handel mit ihnen noch nicht zu, doch welcher Zöllner konnte schon zwischen genetisch veränderten Individuen und einer neuen, außergewöhnlichen Zuchtform unterscheiden? Möglicherweise wurden die Fische hier schon im großen Stil ins Ausland exportiert. Hanna fröstelte immer noch. War Frank für dieses Horrorkabinett verantwortlich? Glaubte er wirklich, diese Fische verkaufen zu können? Welche Rolle sollte sie dabei spielen?

Sie hatte genug von diesem Ort! Nicht nur die sterile Laborumgebung bereitete ihr Unbehagen, sondern ein tiefes inneres Gefühl einer sich nähernden Bedrohung. Bevor sie das Labor verließ, vergewisserte sie sich, dass sie keine Spuren hinterlassen hatte.

Sie stand schon an der Tür zur inneren Schleuse, als ihr Blick an etwas hängen blieb, das ihre Aufmerksamkeit erregte: ein Foto in Standardformat, mit einer Stecknadel an die Wand gepinnt, ungerahmt, etwas verblasst. Hanna trat näher. Auf dem Bild war eine Gruppe von Menschen vor einem Gebäude, das ihr bekannt vorkam. Sie erschrak. Fetzen der Erinnerung durchzuckten ihr Hirn wie Blitze am Horizont. Das Foto zeigte Studenten im Hof des biologischen Institutes, die einen Mann im weißen Kittel umringten. Er stand lässig auf ein Bein gestützt und lächelte in die Kamera. Professor Dammler. Die kleinen weißen Zähne reflektierten das Sonnenlicht, und seine Augen sprühten vor wohlwollender Autorität. Neben ihm entdeckte Hanna ihr eigenes Gesicht, bleich wie der Anzug, in dem sie steckte, und seltsam kontrastierend zu ihren tiefschwarzen nach hinten gekämmten Haaren. In ihren Augen blitzte stolzes Schimmern, eine Spur spöttischer Überheblichkeit, die sie von den anderen Kommilitonen abgrenzte.

Es war Dammlers Geburtstag. Sein fünfzigster. Er hatte sein Team zu einem kleinen Umtrunk vor dem Institut eingeladen. Die Aufnahme war im Mai vor zwei Jahren entstanden. Wie kam das Foto hierher? Hanna betrachtete die Gesichter. Alte Bekannte, Weggefährten, Nutznießer. Plötzlich erstarrte sie. Ein paar Meter hinter der Gruppe und etwas außerhalb des Schärfebereichs der Kamera standen zwei Männer im grauen Anzug. Der eine wirkte gedrungen und drehte sich gerade nach etwas um, sodass nur der hellblonde Hinterkopf zu sehen war. Der andere Mann war deutlich größer. Er machte einen ungeduldigen Eindruck, so als wartete er darauf, dass jemand auf ihn aufmerksam wurde und ihn nach vorne in den Kreis der Feiernden komplimentierte. Hanna schüttelte ungläubig den Kopf und legte die Stirn in Falten. Das Gesicht dieses Mannes gehörte zu Frank Litos.

Sie brauchte ihren ganzen Willen, um sich von dem Foto loszureißen. Welche Verbindung gab es zwischen Professor Dammler und Frank? Stammten die GMOs aus Dammlers Labor? Wusste Frank, dass Hanna und der Professor an der Entwicklung genmodifizierter Arten geforscht hatten?

Sie musste mit jemandem darüber reden! Dammler war tot. Ihr schauderte bei dem Gedanken, dass sein Körper in der Kanalisation verrottete. Plötzlich vermisste sie den Alten und seine aufbrausende Art, hinter der sie stets verletzte Gefühle und große Einsamkeit vermutet hatte, seine unkonventionellen Versuchsanordnungen und die ausufernden Diskussionsrunden in seinem Büro.

Sie wandte sich ab. Mit einem letzten Blick vergewisserte sie sich, dass alles so war, wie sie es beim Betreten des Labors vorgefunden hatte, durchschritt die Schleuse und trat hinaus in die feuchtigkeitsgesättigte Luft der Halle. Hinter ihr schloss sich die Tür mit einem letzten hydraulischen Gurgeln, dann stand sie draußen, umhüllt von einer Tarnkappe aus gewebter Finsternis. Sie kramte die Taschenlampe hervor, brachte die Styroporboxen wieder in die richtige Position und betrachtete die gestapelten Behälter. Nichts deutete darauf hin, dass sich dahinter etwas anderes verbarg als grau gestrichener Beton.

In diesem Moment hörte sie das Geräusch. Ein Scharren oder Kratzen. Es kam vom anderen Ende der Halle, von dort, wo sich der große Packtisch befand. Manche Fische konnten knurrende oder zischende Geräusche von sich geben, aber das war es nicht. Sie zögerte, fragte sich, ob es nicht besser wäre, so schnell wie möglich von hier zu verschwinden. Dann siegte ihre Neugierde, und sie schlich langsam in die Richtung, aus der das Geräusch gekommen war.

Obwohl sie von Millionen von Lebewesen umgeben war, empfand sie nur grenzenlose Einsamkeit. Immer wieder legte sie kleine Pausen ein, um sich zu orientieren und zu lauschen. Schließlich erreichte sie das Ende eines langen Ganges und erblickte die Packstation mit den für den nächsten Arbeitstag vorbereiteten Boxen. Irgendetwas stimmte dort nicht. Etwas war anders. Hanna fokussierte den Strahl der Taschenlampe enger, um seine Leuchtkraft zu erhöhen. Ein schwarzer senkrechter Schatten schwebte in der Luft. Hanna schrie auf. Über dem Packtisch hing ein menschlicher Körper. Wie unter Zwang schob sie sich näher und betrachtete den seltsam verdrehten Körper, der bis zur Hüfte unter Wasser getaucht war. Die Augen waren aufgerissen und starrten blind zur Decke. Das Kinn ragte wie ein spitzer Felsen über dem weit zurückgebogenen Hals. Es war Henry.

Hanna wusste, dass jede Hilfe zu spät kam. Sie machte einen Schritt nach vorne. Der Strahl ihrer Lampe wanderte über die mit einer Schnur auf dem Rücken gefesselten Hände. Zwischen den Armen steckte ein mit dem Packtisch fest verbundener Metallpfosten, der eine Flucht unmöglich gemacht hatte. Umgestürzte Eimer mit Salztabletten lagen herum, Schaum waberte auf der Wasseroberfläche. Im Becken zuckten elektrische Welse, die sich mit weit geöffneten Mäulern um Henrys Beine wanden. Als wäre ein Vorhang zur Seite gezogen worden, erkannte Hanna den teuflischen Plan hinter dem Ganzen: Jemand hatte Unmengen von Salztabletten in das Wasser geschüttet. Das hatte dazu geführt, dass die Fische in osmotischen Stress gerieten und in Dauererregung elektrische Schläge austeilten. Zusätzlich erhöhte das Salz die Leitfähigkeit des Wassers, was die Wirkung der Schläge vervielfachte. Henrys Körper musste unter den unzähligen Stromschlägen kollabiert sein.

Hanna trat ganz an das Becken heran. Der schmale Lichtkegel ihrer Lampe ruckte unwillig über die Szenerie, blieb an etwas Rundem hängen. Ein Beutel trieb in der schaumigen Brühe. Etwas bewegte sich darin. Mit zwei Fingern fischte sie den Beutel heraus, hielt ihn mit der einen Hand vor das Gesicht und leuchtete mit der anderen hinein. In dem milchigen Wasser schlängelte sich ein aalförmiger Fisch mit breitem, abgeflachtem Schädel, dessen Maulspalte bis weit hinter die kleinen rostroten Augen reichte und dem Tier ein grinsendes Aussehen verlieh. Aufgrund der schwarzen Augenbinde und des über die ganze Körperseite reichenden Fleckenmusters konnte Hanna die Art leicht als *Parachanna obscura*, den Dunkelbäuchigen Schlangenkopffisch, identifizieren. Der Raubsalmler stützte sich mit den Brustflossen auf dem Boden des Beutels ab und hielt den Kopf schräg nach oben, ganz so, als beäugte er seinerseits die Frau auf der anderen Seite.

Dicht unter der Wasseroberfläche und um größtmöglichen Abstand zu dem anderen Beutelinsassen bemüht, schwamm ein stattlicher Regenbogenfisch aufgeregt im Kreis. Er sah aus wie aus zwei unterschiedlichen Fischen zusammengeklebt: Kopf und Brust schimmerten metallisch blau, während die hintere Körperhälfte in leuchtendem Gelb erstrahlte, das sich zur herzförmigen Schwanzflosse hin zu einem kräftigen Orange steigerte. Die heruntergezogene Maulspalte und das kreisrunde düstere Auge verliehen dem Fisch ein schmollendes Aussehen, ein Eindruck, den der weit herabhängende silberglänzende Bauch noch verstärkte. Es handelte sich eindeutig um *Melanotaenia boesemani*.

Was hatte das zu bedeuten? Hanna war unfähig, sich zu bewegen. Sie stand da und sah den beiden Wesen beim Atmen zu, so als würden sie anfangen zu reden, wenn sie nur lange genug wartete. Die Namen der Fische drehten sich in ihrem Kopf, die Wörter hüpften hin und her, mischten sich neu, lösten sich auf und fanden wieder zueinander, sinnlose Kreationen, gereimter Unfug: *Gattung und Art, keiner gespart. Boesemani* böser Mann. *Parachanna* gegen Hanna.

Hanna taumelte zurück. Die Namen hatten eine Bedeutung! Der Mörder hatte diese Arten einzig aus dem Grund ausgewählt: Hanna und der böse Mann. Hanna und Henry.

Sie hatte das Gefühl, in der Falle zu sitzen. Henry hatte es erwischt. War sie als Nächstes an der Reihe? Was sollte sie tun? Während ihr Verstand die verschiedenen Möglichkeiten durchging, die ihr noch blieben, stierte sie unverwandt auf den Beutel in ihrer Hand.

Wenn sie die Polizei benachrichtigte, wäre sie sofort die Hauptverdächtige, und es würde ihr kaum gelingen, den Behörden ihre Unschuld zu beweisen. Henry hatte sie vor aller Augen gedemütigt, und damit hätte sie ein starkes Motiv, sich an ihm zu rächen. Zumindest würde die Polizei sie genau unter die Lupe nehmen, was sie unbedingt vermeiden musste. Sie konnte Frank anrufen und um Hilfe bitten. Aber dann musste sie ihm erklären, was sie hier gesucht hatte. Würde er ihr überhaupt glauben, dass sie nicht Henrys Mörderin war? Oder sie konnte von hier verschwinden und so weiterleben wie bisher in der Hoffnung, dass ihr Streit mit Henry von den anderen nicht erwähnt wurde und die Polizei sie in Ruhe ließ. Oder sie konnte – Hanna schluckte bei dem Gedanken – auch diesen Toten spurlos verschwinden lassen. Ohne Leiche gab es kein Verbrechen.

Sie drehte den Beutel in ihrer Hand. Fasziniert beobachtete sie, wie die Fische ihre Balance hielten und sie es nicht schaffte, die Tiere aus dem schwebenden Gleichgewicht zu bringen. Genau so sollte es sein: immer im Gleichgewicht, nie die Contenance verlieren.

Plötzlich hörte sie das Schnappen einer Tür. Schritte näherten sich. Sie warf den Beutel zurück ins Wasser und löschte das Licht ihrer Lampe. Zwei, drei Sekunden stand sie wie gelähmt, gefangen von der Vorstellung, dass der bestialische Täter zurückgekommen war, um ihr Schicksal für immer mit dem von Henry zu verbinden. Dann hatte sie sich wieder im Griff, schüttelte die Angst fort und rannte los. Mit der Faust umklammerte sie die Taschenlampe, wild entschlossen zu kämpfen, falls es nötig sein sollte.

Ihre Schritte hallten durch die Gänge. Hannas Schläfen pochten, das Herz raste, ihre Muskeln zitterten. In ihrem Kopf herrschte ein tosendes Durcheinander. Die Aquarien verwandelten sich in lebendige Wände, die immer näher rückten, als wollten sie sie zwischen sich zermalmen.

Hanna hetzte von Gang zu Gang, kreuz und quer durch die Halle. Sie würde laufen, solange sie dazu in der Lage war. Sie hob den Kopf und spähte zwischen den Aquarien hindurch, versuchte sich zu orientieren, drehte sich um die eigene Achse. Plötzlich tauchte das faltige, bleiche Gesicht Professor Dammlers vor ihr auf, grinste und verschwand wieder. Hanna schrie und presste ihre Faust gegen die Zähne, biss hinein und suchte den Schmerz, der sie aus dem Alptraum reißen würde. Sie stolperte fort, vorbei an silbrigen Schatten, die unter Wasser tanzten und sie immer tiefer in das Labyrinth aus zuckenden Leibern zogen. Und dann stand sie vor ihrem Seil. Fast ungläubig starrte sie es an, bis sie ihre Chance begriffen hatte. Keuchend zog sie sich empor und erreichte das offene Fenster. Ohne noch einen Blick nach unten zu werfen, rutschte sie an dem Blitzableiter hinunter und rannte über den Hof bis an das Tor. Verzweifelt zerrte sie an dem Griff, und wie von unsichtbarer Hand geführt, rollte das schwere Metallgitter zur Seite und gab den Eingang frei.

Hanna bog in die enge Straße ein und rannte weiter vorbei an flachen Häusern – der Schein ihrer Lampe auf Henrys bleichem

Gesicht. Jägerzäune, Baugruben, Steinhaufen – der unter den elektrischen Schlägen gekrümmte Körper. Felder, Wiesen, Hecken – das schäumende Wasser mit dem schwimmenden Tod. Der Waldrand – die *obskure Hanna* im Beutel. Sich im Wind wiegende Bäume – der *böse Mann*. Und dann nur noch Dunkelheit und der Geruch nach Harz, Erde und faulem Holz.

Erschöpft ließ sie sich niedersinken, vergrub das Gesicht tief im Schoß des Waldes, stöhnte ihre Angst in die trockene Erde. Der Wald nahm sich ihrer an. Das Rauschen sich im Wind wiegender Äste, das leise Knacken der Stämme und das Flüstern aneinandergeschmiegter Gräser drangen in ihr zerstückeltes Bewusstsein und übernahmen die Kontrolle von Körper und Geist. Lange Zeit lag sie so. Wartend. Bewegungslos. Aus Sekunden wurden Minuten, die sich zu Stunden anhäuften. Aus dem Humus unter ihr tauchten winzige Lebewesen empor, suchten die Wärme ihres Körpers, tasteten und kauten, lutschten und saugten daran. Mistkäfer und Pseudoskorpione huschten über ihre Haare, Fadenwürmer und Asseln drangen in die Falten ihrer Haut, Springschwänze und Hundertfüßer naschten an abgestorbenen Zellen und tranken ihren Schweiß. Sie suchten und fanden Nahrung auf diesem fremden Organismus, geleitet von einem inneren Wissen, das sie antrieb und ihr Überleben und das ihrer Art sicherte. Und Hanna ließ es geschehen, schmeckte den eigenen Tod und hieß die knabbernden Herrscher der Erde willkommen, verneigte sich vor den Destruenten der Nacht.

Die effektivste Armee unter den Zerstörern waren die Schmeißfliegen, die sich jetzt einfanden, Hanna umkreisten und landeten. Die Soldatinnen fuhren ihre Mundwerkzeuge aus und prüften den am Boden liegenden Körper auf seine Tauglichkeit für die Brut, schreckten jedoch enttäuscht zurück, weil dieses Wesen noch nicht bereit, sein Fleisch noch nicht völlig vom Willen befreit war. Für einen Moment schwebte der Schwarm unschlüssig in der Luft, dann brachte ein leichter Wind die Blätter zum Rascheln, der Schwarm nahm neue Witterung auf, schwebte als glitzernder Ball über Bäume und Felder, erreichte die ersten Häuser und näherte sich einem geeigneteren Ziel, das in gläserner Schwüle unter einem der Dächer auf sie wartete.

17

Viel hätte nicht gefehlt, und die Frau mit den kurzen schwarzen Haaren wäre ihm in den Wagen gerannt. Ihr Gesicht, das für den Bruchteil einer Sekunde im Scheinwerferlicht aufgetaucht war, erinnerte ihn an jemanden. Als er bremste und ausstieg, war sie schon weit entfernt und rannte in Richtung Wald. Unschlüssig blickte er ihr nach. Etwas an ihr verriet ihm, dass sie auf der Flucht war. Er wartete ein paar Minuten, aber als kein Verfolger auftauchte, fuhr er weiter. Vielleicht hatte er sich getäuscht. Er war nicht hier, um Ehefrauen vor ihren gewalttätigen Ehemännern zu schützen.

Nur zwei Straßen weiter fand er die Firma. Er parkte auf der anderen Straßenseite und betrachtete das rechteckige Gebäude, das sich hinter ein giftgrün lackiertes Eisentor duckte. Aus den trüben Scheiben sickerte flimmerndes Blau, sodass die Halle im Dunkeln wie ein Schwimmbad für Riesen leuchtete. Auf dem Hof parkte eine Reihe von weißen Transportern. Zu seiner Überraschung stand das Eingangstor einen winzigen Spalt weit offen. Sebald trat hinein. Vorne führte eine Laderampe zu unterschiedlich breiten Türen, die einen verrosteten, aber sehr stabilen Eindruck machten. Unterhalb des etwa dreißig Grad geneigten Daches zog sich über die ganze Fassade eine Fensterfront, in die man aber vom Boden aus nicht hineinsehen konnte. Im hinteren Bereich der Halle schmiegte sich eine mannshohe Ligusterhecke mit eingestreuten Eibenbäumchen an die Wand. In der Luft lag ein Hauch von Fischgeruch, dessen Herkunft aber nicht zu lokalisieren war.

Sebald lauschte. Stille umgab ihn. Nur ein tiefes an- und abschwellendes Summen wie das gedämpfte Brummen von Hornissenflügeln erfüllte die Luft. Es kam aus der Halle. Sebald presste sich in den Schatten der Wand, schlich unter der Rampe vorbei und weiter bis zum hinteren Drittel des Gebäudes zu der Hecke. Eine knorrige Eibe kämpfte sich dort nach oben und streckte ihre Äste in die Höhe bis dicht an die Fenster, aus denen immer noch das blaue Licht schimmerte. Das war zu schaffen.

Sebald tastete sich an der kühlen Rinde aufwärts, umklammerte Ast für Ast, bis er hoch genug war, um mit der ausgestreckten Hand die schmierige Scheibe zu berühren. Er wischte ein Guckloch in den Dreck und schaute in die Halle. Die Reihen der Aquarien glichen gläsernen Särgen. Unter ihm wogte ein Meer aus Glas und zuckenden Schuppen, dunkel und geheimnisvoll, faszinierend und auf eine diffuse Art gefährlich und unberechenbar.

Das blaue Leuchten kam aus der Mitte der Halle rechts von ihm. Ein Mann mit einem Kescher in der Hand rührte damit in einem Becken, das einer durchsichtigen Wanne glich. Er zog armdicke Äste aus dem Wasser und ließ sie in ein anderes Aquarium fallen. Es dauerte einen Moment, bis Sebald begriff, dass es sich um braune schlangenförmige Fische handelte, die der Mann durch die Halle trug. Irgendetwas störte ihn an dem Bild, und er glaubte zu wissen, dass es nicht die scheinbar sinnlose Beschäftigung des Mannes war.

Er erstarrte, als nur wenige Meter unter ihm eine Tür geöffnet wurde und ein grauhaariger, älterer Mann die Halle verließ, sich vorsichtig umsah, lautlos über das Gelände schlich, bis die Dunkelheit der Nacht seine Konturen fraß und die Gestalt sich auflöste. Als Sebald wieder in die Halle blickte, konnte er niemanden mehr entdecken. Er wartete noch eine Minute und ließ sich nach unten gleiten. An der Tür, durch die der Mann nach außen getreten war, zögerte er, berührte die Klinke und drückte sie nieder. Ohne einen Laut schwang sie auf.

Feuchtigkeit umhüllte ihn wie eine zweite Haut, das Summen der unzähligen aufsteigenden Luftblasen verdichtete sich zu einem dumpfen Blubbern, wasserblaues Licht verwandelte den Dampf in silbrig-blauen Nebel. Sebald näherte sich dem rundlichen Becken, aus dem ein kreuzförmiges Gebilde ragte. Neben dem Glasbehälter standen einige Eimer, in denen sich etwas befand, was wie alter Schnee aussah. Der Polizist bückte sich und wischte mit dem Finger über die Substanz, führte ihn zur Nase und leckte daran. »Salz«, sagte er zu sich selbst und drehte sich um.

Vor ihm stand der Mann mit dem Kescher. In seinem Gesicht las Sebald so viel Angst und Bestürzung, dass er unwillkürlich an sich herabblickte, um sich zu vergewissern, dass er sich nicht in einen Alien verwandelt hatte. Der Mann machte eine schnelle Handbewegung zur Brust, und Sebald hätte schwören können, dass er eine Pistole aus der Weste ziehen würde, dann – als hätte er es sich anders überlegt – ließ er den Arm sinken und starrte ihn feindselig an.

»Wer sind Sie? Was fällt Ihnen ein, hier einzudringen?«

»Das Tor war nicht abgeschlossen. Ich wollte Fische einkaufen.«

»Um diese Uhrzeit? Sie ticken wohl nicht richtig! Das hier ist Privatgelände. Verschwinden Sie sofort, oder ich hole die Polizei!«

»Das trifft sich gut. Dann können Sie genauso gut mit mir vorliebnehmen.«

»Ich verstehe nicht …«

Sebald zückte seinen Ausweis, der in einer kleinen Plastikhülle steckte, und überreichte ihn mit einem freundlichen Lächeln. Der Mann betrachtete den Ausweis lange, bevor er ihn zurückgab.

»Was wollen Sie hier?«

»Darf ich Ihnen ein paar Fragen stellen? Ich weiß, dass es spät ist, aber ich werde Ihre Geduld nicht überstrapazieren.«

Der Mann zögerte und nickte resignierend.

»Wie heißen Sie?«

»Frank Litos. Ich bin hier der Tierarzt.« Er lächelte matt. »Oder, wenn Sie so wollen, der Fischarzt.«

Frank Litos. Die Initialen auf dem Kugelschreiber! Das passte.

»Nun, die Polizei arbeitet an einem Mordfall.« Sebald blickte dem Tierarzt ins Gesicht. »Am Tatort fanden wir einen wassergefüllten Beutel, in dem drei ungewöhnliche Fische schwammen, lebende Fische. Es handelt sich um die Arten *Barbus bynni*, *Mormyrus caschive* und *Liza ramada*. Kennen Sie die Tiere?«

»Natürlich. Das sind die Bynnibarbe, der Nasennilhecht und eine verbreitete Meeräschenart. Die Tiere haben eine gewisse wirtschaftliche Bedeutung als Speisefische. Soweit ich weiß, ist ihre Heimat Zentral- oder Nordafrika.«

»Haben Sie diese Arten hier?«

»Kann ich nicht sagen. Das sind keine gängigen Aquarienfische. Eher etwas für Spezialisten.«

»Anders gefragt: Wurden die Fische in der Vergangenheit schon einmal importiert?«

»Könnte sein. Zumindest der Nilhecht ist bestimmt für die Japaner von Interesse. Aber Sie glauben doch nicht, dass die Fische, die Sie gefunden haben, von hier stammen?«

»Sagt Ihnen der Ausdruck ›Frevlerfische‹ etwas?« Sebald taxierte das Gesicht seines Gegenübers, aber nichts in seinem Ausdruck veränderte sich bei der Frage.

Die Antwort folgte prompt. »Nein, klingt interessant. Um was geht es?«

Der Kommissar zuckte mit den Schultern, um klarzumachen, dass er keine Antwort geben würde, griff in seine Jackentasche und fischte einen schwarzen Kugelschreiber heraus. »Kennen Sie diesen Stift?«

Ein Zucken huschte über das Gesicht des Tierarztes, dessen Stimme kalt, fast gelangweilt klang. »Nein, nie gesehen.«

»Wollen Sie ihn sich nicht einmal genauer anschauen?« Sebald reichte ihn herüber, und der Tierarzt griff zögernd, fast widerwillig zu. Jetzt hab ich dich, dachte Sebald, zumindest deine Fingerabdrücke. Laut sagte er: »Sehen Sie am Griff … die eingravierten Initialen F. L.? Wie Frank Litos.«

Der Tierarzt schlenderte zum Packtisch und stellte sich hinter das große Glasbecken, wo das Licht stärker schien.

»Wo haben Sie den her?«

»Wir fanden ihn neben dem Krokodilgehege im Exotarium.«

»Na so was!«

»Vielleicht haben Sie davon gehört. Ein Mitarbeiter des Zoos wurde darin gefunden. Tot.«

»Ich glaub, ich habe davon gelesen. Ein Unfall, nicht wahr?«

»Vielleicht. Wir untersuchen die Sache noch«, log Sebald. »Was ist mit dem Stift?«

»Der gehört mir nicht. Hier haben Sie ihn zurück!« Der Tierarzt streckte die Hand über das Becken und ließ den Schreiber durch die Finger gleiten. Sebald machte einen Satz nach vorne, aber der Kugelschreiber versank wie ein havariertes U-Boot im Wasser.

»Oh, wie ungeschickt von mir! Warten Sie, das haben wir gleich!« Der Mann fischte den Stift heraus, schnappte sich ein Handtuch und rieb darauf herum.

»Hier ist Ihr Beweisstück«, sagte er und überreichte es ihm mit dem Tuch.

Der Mistkerl weiß, dass ich hinter seinen Abdrücken her war, dachte Sebald und steckte den Schreiber wieder ein.

»Wenn das alles ist, möchte ich Sie jetzt bitten, das Gelände zu verlassen. Ich bin müde und möchte nach Hause.«

»Eine letzte Frage noch. Arbeitet bei Ihnen ein älterer Mann, graue Haare, groß, breite Nase, so um die sechzig?«

»Nein, wieso fragen Sie?«

»Berufsgeheimnis, aber vielen Dank für die Hilfe!« Sebald packte die Hand des Arztes und schüttelte sie. »Ich rufe Sie vorher an, falls ich noch einmal vorbeikomme.«

»Mmh, na gut. Soll ich Sie hinausbegleiten?«

»Ist nicht nötig. Ich finde den Weg alleine. Schlafen Sie gut!«

Damit öffnete er die Tür und trat ins Freie. Zum ersten Mal seit Monaten empfand er die trockene, staubige Stadtluft als angenehm. Er überquerte den Hof, und sein Blick blieb an einem dunklen Fleck unter einem der Transporter hängen. Die Pfütze sah aus wie Öl oder Wasser. Er ging weiter zu dem Tor, da er darauf gewettet hätte, dass ihn Dr. Litos beobachtete. Das Tor glitt zur Seite, und er stand vor seinem Wagen. Er stieg ein und blickte zurück. Der Hof lag jetzt im Dunkeln, das blaue Schimmern aus der Halle war verschwunden. Sebald öffnete das Handschuhfach und zog eine Plastiktüte hervor. Mit spitzen Fingern ließ er seinen Polizeiausweis hineinplumpsen. Vielleicht konnte Dr. Glotzke noch etwas damit anfangen. Die Fingerabdrücke auf dem Kugelschreiber konnte er jedenfalls vergessen. Das Gefühl, dass etwas nicht stimmte, hatte sich noch verstärkt. In seinem Kopf wirbelten verschwommene Bilder, farblos und ohne scharfe Konturen, so als befänden sie sich unter Wasser. Er beschloss, nach Hause zu fahren, startete den Wagen und nahm die nächste Auffahrt zur A 3.

Genau auf der Kaiserleibrücke, als er die Grenze zwischen Offenbach und Frankfurt querte, fiel es ihm wie Fischschuppen von den Augen: Erstens war die zierliche Frau, die ihm vor Aquafutur fast vor das Auto gerannt war, niemand anderes als die zweite Frau aus dem Senckenberg-Museum. Und zweitens wusste er jetzt, was ihn so irritierte, als er durch das Fenster in die Halle gespäht hatte: Unter einem der Aquarien ragten die Sohlen von zwei Gummistiefeln hervor. Das Besondere und Beängstigende aber war, dass die Ferse nach unten und die Spitze nach oben zeigte, was nur möglich war, wenn darin noch ein Paar Menschenfüße steckte.

18

Die Frau in dem laborbleichen Anzug murmelt einen Fluch und schiebt die misslungene Bakterienprobe zu einer Reihe von Petrischalen auf dem Arbeitstisch. Sie schüttelt den Kopf und starrt nach draußen auf die sich windenden Parkbäume, die zuckenden Äste, wirbelnden Gesichter aus emporgeschleudertem Laub. Sie erhebt sich, macht ein paar Schritte zur Fensterfront und öffnet die Tür zum Balkon des Labors. Kaum ist sie im Freien, packt sie der Wind, zerrt an ihren Schultern, zerzaust das Haar. Aus der Geborgenheit einer Ligusterhecke dringt das zögerliche Lied einer Nachtigall. Die Frau lehnt sich weit über das niedrige Geländer, während der Nachtvogel sein Panflötenlied immer lauter und drängender aus der kleinen Kehle presst, sich überschlagende Triller zu einer einzigen euphonischen Kette aneinanderreiht. Endlich, mit dem letzten Ton, entladen sich die schweren, überreifen Tropfen und überschwemmen das Land. Regen prasselt auf die Erde. Die Frau inhaliert die feuchte Luft, hebt wie zum Gruß die Arme und betrachtet die brodelnde Welt unter sich. Als sie sich umdreht, blickt sie in das Gesicht eines alten Mannes.

»Du hast mich richtig erschreckt! Wie lange stehst du schon hier und beobachtest mich?«

Statt einer Antwort tritt der Mann näher und mustert die Frau.

»Ist alles in Ordnung, Johannes?«

Der Mann packt sie mit der linken Hand am Arm, zieht sie an sich, umfasst ihr Kinn mit der rechten und presst mit Daumen und Mittelfinger so gegen ihre Backen, dass sie den Mund öffnen muss. Sofort schiebt er seine Zunge zwischen ihre Lippen. Die Frau windet sich, aber der fleischige Knebel in ihrem Mund lässt nur ein kehliges Röcheln zu, der harte Griff des Mannes zwingt sie in die Knie, zerrt sie hinaus auf den Balkon. In dem Moment, als der Mann seine Hand gierig auf ihre Brust legt, ertönt das Lied der Nachtigall von Neuem, und die Frau versteht die Worte des Sängers: »Kämpfe! Kämpfe gegen den Feind, sonst bist du verloren!«

Sie spannt die Muskeln an und schleudert ihre Arme mit einer blitzartigen Bewegung nach oben, stößt ihn mit den Händen wuchtig vor die Brust. Der Angreifer taumelt nach hinten, die Arme rudern durch die Luft, dann prallt er gegen die Balustrade und stürzt in die Tiefe. Ein dumpfer Laut. Etwas knirscht. Die Nachtigall bricht ab.

Die Frau erstarrt. Horcht. Ganz langsam schiebt sie ihre Füße vorwärts und späht hinab. Vor ihr liegt der Körper des Mannes, Arme und Beine von sich gestreckt, das Gesicht dem Nachthimmel zugewandt, die Augen stieren ins Leere. Schwarze Löcher im Fleisch, so finster wie das Loch in der Erde daneben.

Auf einmal kniet sie neben dem Toten, zerrt ihn die paar Meter weiter, schiebt ihn mit Händen und Füßen vorwärts, bis sein Kopf über dem Abgrund baumelt, die Schultern verschwinden und er mit einem letzten Tritt in modrige Finsternis rutscht. Vorsichtig – auf allen vieren kriechend – nähert sie sich dem runden Loch, späht über die gusseiserne Kante, und plötzlich packen sie zwei dürre Hände, die sie mit sich zerren, sie schreit und fällt und fällt, dreht sich um sich selbst, und fast hofft sie auf das klatschende endgültige Geräusch, das am Ende des Falls auf sie wartet …

Mit einem Ruck richtete sich Hanna auf und presste beide Handflächen gegen ihre Schläfen, als ob es ihr so möglich wäre, die verhasste Traumwelt schneller aus ihrem Kopf zu verbannen. Da war er wieder: der Traum, von dem sie gehofft hatte, dass er nicht wieder hervorkriechen würde aus dem finsteren Dreck, dem Loch, in das sie den toten Körper ihres Doktorvaters gestoßen hatte. Professor Dammler, dessen kantiges Gesicht sie immer noch verfolgte, im Traum und – wie es schien – jetzt auch noch in der Wirklichkeit.

Misstrauisch blickte sie sich um, überzeugte sich, dass sie zu Hause in ihrem Bett lag. Durch Hannas Kopf rasten die Bilder der vergangenen Nacht: das geheime Labor, der seltsam verdrehte Körper von Henry, Dammlers bleiche Fratze wie ein Geist in der Nacht, ihre panische Flucht in den Wald. Ihre Feinde lebten gefährlich, aber dieser Gedanke beunruhigte sie eher, als dass er sie tröstete.

Sie legte die Hand auf ihre Brust und spürte das gleichmäßige, schnelle Schlagen ihres Herzmuskels. Aber ein anderes Pochen war auch noch da, und plötzlich wurde ihr bewusst, dass es aus ihrem Handy drang, das neben ihr auf dem Nachttisch bebte. Hanna starrte auf das Display. Franks Nummer blinkte wie eine Leuchtboje in schwerer See. Was wollte er von ihr? Natürlich. Henrys Leiche musste entdeckt worden sein. Sein Anruf konnte nichts anderes bedeuten. Sie durfte sich auf keinen Fall anmerken lassen, dass sie die schreckliche Neuigkeit schon kannte. Sie drückte auf den Knopf, und das Vibrieren erstarb unter ihren Fingern.

»Hanna Samak, ja bitte?« Mist! Das klang zu perfekt. Sie schob ein kaum unterdrücktes Gähnen nach.

»Guten Morgen, Hanna! Hier ist Frank.«

»Hallo, Frank. So früh schon auf den Beinen?« Scheiße! Die digitale Uhrzeit zeigte neun Uhr dreiundfünfzig. Nicht mehr allzu lange bis zum Mittagessen.

»Klar. Wie immer in diesem Sommer wird der Tag heiß und sonnig. Hast du gut geschlafen?«

Was sollte das? Hinter dieser harmlosen Frage konnte alles Mögliche stecken. Für Nettigkeiten bestand absolut kein Anlass. Ob die Polizei schon am Tatort war? Sie durfte sich nichts anmerken lassen.

»Hör mal, Hanna, ich weiß ja, dass du heute Urlaub hast, aber vielleicht können wir uns heute Abend treffen?«

Sie versuchte es mit einem unbefangenen Ton: »Wenn du meinst, Frank, gerne …« Sie wartete darauf, dass er es sagte, dass er endlich von Henry erzählte, von dem schockierenden Mord.

»Du magst doch Fisch, oder?«

Wie konnte er nur so etwas fragen?

»Klar mag ich Fische, sonst würde ich ja nicht bei euch arbeiten!« Worauf wollte er hinaus? Warum klang seine Stimme so ruhig? Sollte sie nach Henry fragen?

»Nein. Das meine ich nicht.« Er lachte.

Hanna konnte es nicht fassen. Franks Gelächter hallte in ihrem Kopf, und dann schüttelte etwas ihren Körper. Ein Gedanke durchzuckte sie wie ein Blitz und spaltete ihren Schädel: Hatte sie sich Henrys Tod nur eingebildet? Halluzinierte sie? Wurde sie verrückt? War sie auf dem sicheren Weg, schizophren zu werden?

»Was ich meine, ist, ob du gerne Fisch isst. Speisefische natürlich!«

»Sicher«, hauchte Hanna. Mit der freien Hand umklammerte sie ihr Knie, suchte mit den Augen nach einem Punkt, der ihr Halt geben konnte.

»Dann lade ich dich heute Abend zu einem ganz besonderen Fischessen ein. Lass dich überraschen! Ich hole dich um acht Uhr zu Hause ab. Hast du Lust?«

»Ja, also … gerne«, stotterte sie, und dann gab sie sich einen Ruck. »Sag mal, ist Henry schon da?«

Stille. Gedämpftes Rauschen wie unter einem Wasserfall. Dann wieder Franks Stimme. »Vermisst du ihn etwa? Nein, er ist heute noch nicht zur Arbeit erschienen. Also dann bis heute Abend.«

Das Gespräch war beendet. Hanna ließ sich zurücksinken. Eine

Welle der Erleichterung erfasste ihren Körper. Jetzt wusste sie, dass sie nicht verrückt wurde. Sie war sich ganz sicher: Frank hatte sie angelogen. Ganz deutlich hatte sie das Zittern in seiner Stimme wahrgenommen. Noch immer hallte das Echo seiner Sätze in ihr nach und bildete deutlich das Wort »Lüge«.

19

Die drei beschuppten Wesen näherten sich der Scheibe und schwammen aufgeregt an die Wasseroberfläche. Vor ihren Augen tauchte ein Schatten auf, und in Erwartung der mit dieser Erscheinung einhergehenden Nahrung saugten sie hungrig die hauchdünne Grenzschicht zwischen Luft und Wasser ein. Die dunkle Gestalt zog sich langsam zurück. Enttäuscht pressten sich die Fische an die unsichtbare Barriere aus Glas, ein stummer, fordernder Tanz.

Klaus Sebald nahm ein flaches, blutiges Päckchen aus dem Gefrierfach des Kühlschranks und näherte sich wieder dem Aquarium. Dann positionierte er einen Bleistift so auf dem Schreibtisch, dass er die Blisterpackung mit den gefrorenen Mückenlarven darüberlegen konnte, und drückte mit dem Handballen fest auf die Sollbruchstelle der fleischroten Eistafel. Mit einem leisen Knirschen brach ein Stückchen davon ab. Er fingerte den frostigen Riegel heraus und tauchte das freie Ende behutsam in das Aquarium. Ohne Scheu begannen die Fische daran zu knabbern und zerrten an den sich lösenden Insekten, sogen die kleinen Larven mit einem Schwall Wasser in sich hinein, schluckten die Nahrung gierig hinunter und pressten gleichzeitig das nasse Element durch die Kiemendeckel wieder heraus. Einsaugen, Schmecken, Prüfen, Verwerten, Ausatmen. Das waren die Grundtätigkeiten zur Aufrechterhaltung eines Stoffwechsels, dessen Funktionieren Voraussetzung für das Existieren lebender Systeme war.

Sebald musterte die runden, lidlosen Fischaugen und fragte sich, ob seine nassen Gäste so etwas wie ein Bewusstsein besaßen. Plötzlich hörte er Schritte hinter sich und erkannte Karl an dessen leicht schleppendem Gang.

»Willst du auch mal füttern?«, fragte Sebald, ohne sich umzudrehen.

»Sind das die Reste aus der Kantine?«, stellte Mayer in typischer Verhörmanier die Gegenfrage.

Sebald lachte auf. »Ha, im Gegensatz zu uns bekommen die hier nur das Beste vom Besten. Hör mal, was hier steht: ›Gefrorene Mückenlarven aus garantiert schadstofffreien Gewässern, schonend gefriergetrocknet, mit zwölf wertvollen Vitaminen und Spurenelementen‹.«

Karl betrachtete verständnislos den Hinterkopf seines Kollegen. »Hoffentlich stinkt nachher mein Joghurt nicht danach!«

»Das wäre mal was Neues: Mückenlarvenaroma statt Aprikosengeschmack!«

»Spinnst du?«

»Manchmal frag ich mich das auch. Warst du eben beim Major?«

»Ja.«

»Und? Was hat er gesagt?«

»Er ist immer noch sauer wegen dieser Sache im Museum.«

»Glaub ich gern. Mir hat das auch keinen Spaß gemacht.«

»Was war denn da eigentlich los?« Karl stellte sich neben Sebald, betrachtete die fressenden Fische und wartete geduldig auf eine Antwort.

»Ist 'ne dumme Geschichte. Ich war im ›Blauen Viereck‹, da kam sie plötzlich herein. Du weißt schon, die, die mir damals meine Jacke geklaut hat.« Sebald vermied es, von Professor Bloomsfeld und ihrem Gespräch über die Frevlerfische zu berichten.

»Und du musstest natürlich hinter ihr her!«

»Klar doch. Ich hätte sie auch im Museum erwischt, wenn da nicht plötzlich eine andere Frau aufgetaucht wäre.«

»Eine Komplizin?«

»Ja. Sie schlich sich von hinten an und bohrte mir einen spitzen Gegenstand in den Nacken, behauptete, das wäre ein vergiftetes Messer.«

»Und das hast du geglaubt?«

»Die Frau klang sehr überzeugend.«

»Wie sah sie aus, die mit dem Messer?«

»Scheiße, ich hab so gut wie nichts von ihr gesehen! Es war finster. Sie stand hinter mir und achtete verdammt gut darauf, dass ich ihr nicht ins Gesicht blicken konnte.«

»Und dann haben sie dich tatsächlich an einen Saurierknochen gefesselt? Und mit einem Schlüpfer geknebelt?« Karl kicherte und schlug sich mit der Hand auf die Schenkel.

»Verdammt, ja. Ich war blau und dachte, wenn ich mich wehre, dann bringen die dich um!«

»Na, so wie du dich hast vorführen lassen, musst du gewaltig einen in der Krone gehabt haben!«

Sebald antwortete nicht und starrte auf den schmelzenden Eisbrocken zwischen seinen Fingern. Er wusste, dass der Alkohol seinen Teil zu seinem kläglichen Versagen beigetragen hatte, aber da war auch diese seltsame Geschichte des zerstückelten Ägypters, die sich in seinem Kopf wie ein Film immer wieder abspielte. Deshalb hatte sich eine lähmende Angst über seinen ganzen Körper ausgebreitet und seinen Verstand blockiert, als die geheimnisvolle Unbekannte wie eine erwachte Mumie auftauchte.

Sebald wandte sich von dem Aquarium ab, ging zum Kühlschrank und warf die Tüte mit dem restlichen Frostfutter in das Gefrierfach. Er wischte sich die nassen Hände an der Hose ab und verdrängte den Gedanken, dass er dadurch für den Rest des Tages nach Fischfutter stinken würde.

Karl sah ihn nachdenklich an. »Du hast es auf die Blonde abgesehen, weil du auf sie scharf bist, nicht wegen deiner ollen Jacke. Stimmt's?«

Sebald kratzte mit dem Fingernagel in den Lücken zwischen seinen Schneidezähnen herum und blickte nachdenklich in den Raum. »Kann schon sein. Was weiß ich.«

Karl räusperte sich und zuckte mit den Schultern. »Na ja. Früher oder später wirst du sie bestimmt finden.«

Sebald sah ihn an. »Was hat denn der Alte noch so gesagt?«

»Dass er die Nase voll hat und dass er nur von Stümpern umgeben ist, die sich in ihrer Freizeit besaufen und die Polizei lächerlich machen.«

»Klingt ganz nach Ärger.«

»Außerdem hat er seinen Unmut darüber geäußert, dass wir immer noch nicht die Stimme auf dem Band identifizieren konnten und die Herkunft dieser Viecher hier weiterhin unklar ist, und außerdem läuft ja auch der Mörder von Barmers Frau noch frei herum.«

»Komische Geschichte. Und Barmer ist immer noch beurlaubt?«

»Ja, die Sache geht ihm wohl sehr nahe. Er war heute ganz früh mal hier, hat ein paar Worte mit dem Major gewechselt und ist dann wieder nach Hause. Er wollte auch zu dir, aber du warst noch nicht im Büro.«

»So? Hat er gesagt, über was er mit mir sprechen wollte?«

»Nö, aber er hat gemeint, er würde sich mal bei dir melden.«

Sebald biss sich auf die Lippen und schwieg. Karl legte ihm die

Hand auf die Schulter und blickte ihm in die Augen. »Ich weiß ja, dass du ihn nicht ausstehen kannst. Aber vielleicht ist das ein guter Zeitpunkt, sich mit ihm auszusprechen?«

»Das glaube ich kaum!«

»Wieso nicht? So ein Schicksalsschlag verändert die Menschen, macht sie sensibler und verständnisvoller.«

Sebald lachte trocken. »Das mag für die meisten von uns gelten, aber nicht für Paul. Der ist doch froh, dass seine Frau tot ist.«

Karl May blickte ihn verwundert an und schnalzte mit der Zunge. »Ich an deiner Stelle wäre etwas vorsichtiger mit solchen Äußerungen.«

»Ach ja? Und wenn es stimmt?«

»Woher willst du das wissen?«

»Sie selbst hat es mir gesagt.«

»Vielleicht hast du sie falsch verstanden oder wolltest es so verstehen?«

Sebald zuckte mit den Schultern. »Du meinst, ich habe nach einem Grund gesucht, damit Sabrina ihren Mann verlässt?«

Karl räusperte sich verlegen. »Na ja, nur weil du dich immer mit Paul zoffst, muss das nicht heißen, dass er seine Frau schlecht behandelt.«

»Du hast ja keine Ahnung!«

Sebald dachte an den Tag, als er die Frau mit den traurigen Augen kennenlernte. Betriebsausflug mit Partner auf den schmutzig braunen Fluten des Rheins. Rechts und links steile Weinhänge und dazwischen Meinharts Team auf einem Ausflugsdampfer mitten im Strom. Es regnete, und die Mannschaft hockte schunkelnd im Schiffsbauch, billigen Riesling vor sich und weinselige Lieder auf den Lippen. Es war letztes Jahr kurz vor Ostern, und aus den grauen Wolken über den steilen, noch unbegrünten Hängen rieselten Schneeschauer herab. Trotz der Kälte saß Sabrina draußen, dicht an die Reling gekauert, und starrte mit ihren grauen klaren Augen in die aufgewühlten Fluten. Sebald war vom Anblick und der zarten Verletzlichkeit dieser Frau fasziniert und stellte sich neben sie. Während die Kollegen im beheizten Unterdeck das Loreleylied anstimmten, hatte sie ihn gefragt, ob die Fische im kalten Wasser nicht frieren würden. Er war sprachlos, überwältigt von der schlichten Größe der Frage, wusste aber keine Antwort und konnte es ihr nicht erklären. Irgendwann hatte er seinen Arm um ihre schmalen Schultern gelegt, und gemeinsam starrten sie auf die gurgelnden Wellen.

Bevor sie in Sankt Goarshausen anlegten, küsste sie ihn und sagte, dass er wie ein Fisch sei, dem sie alle ihre Geheimnisse anvertrauen könne. Dann hatte sie ihn mit einem seltsamen Blick angesehen, in dem Verzweiflung und eine geheimnisvolle Vertrautheit lagen. Er besorgte sich Bücher über die Biologie der Fische, und zwei Tage später rief er sie an und erzählte ihr von wechselwarmen Geschöpfen, die ihre Körpertemperatur nach der Umgebung richteten, und dass die Fische im Winter unter dem Eis schliefen und die ganze Zeit keine Nahrung benötigten, weil sie ihren Stoffwechsel so weit drosseln konnten, dass sich ihr Herz nur noch einmal in der Minute zusammenzog. »Ist das nicht verrückt«, hatte er gesagt, »nur ein einziges Mal in der Minute!«

Und sie schien sich wirklich über seinen Anruf zu freuen, war genauso begeistert wie er. »Mein kleiner stummer Fisch kann ja plötzlich reden«, sagte sie, und dabei klang ihre Stimme seltsam nah und voller Bedeutung.

Drei Monate waren sie zusammen, und er hätte geschworen, dass sie bereit war, ihren Mann für ihn zu verlassen. Aber als es so weit war und Paul dahinterkam, dass ihn seine Frau mit einem Kollegen betrog, beendete Sabrina ihr Verhältnis zu ihm und brach die Verbindung völlig ab. Und jetzt war sie tot!

Sebald zwang sich zurück in die Gegenwart, fixierte Karl, der die Fische beim Fressen beobachtete, und fragte: »Was ist mit dem Kerl, der sie erstochen hat?«

»Vladimir Karentschevko. Scheint ein dicker Fisch im europäischen Drogenhandel zu sein. Einer unserer Kontaktleute hält das jedoch nur für Tarnung und traut dem Typen noch mehr zu.«

»Wieso? Was denn?«

»Karentschevko arbeitet für gewisse Leute aus dem Ostblock. Er erledigt das Grobe, wenn Kunden Schwierigkeiten machen.«

»Ein Killer?«

»Könnte sein.«

»Woher haben wir seine Fingerabdrücke?«

»Vor zwei Jahren stand er wegen Urkundenfälschung vor Gericht und wurde – dreimal darfst du raten – natürlich freigesprochen. Sein

Anwalt schaffte es, dem Gericht einen schwerwiegenden Verfahrensfehler nachzuweisen. Als Erinnerung blieb der Polizei kaum mehr als seine dermatologische Visitenkarte.«

»Wisst ihr, wo er sich gerade aufhält?«

»In seiner Wohnung ist er jedenfalls nicht mehr. Ein internationaler Haftbefehl ist draußen. Nur eine Frage der Zeit, bis er uns ins Netz geht.«

»Aber warum sollte ein Profikiller Sabrina umbringen?«

»Gute Frage. Vielleicht war es nur ein dummer Zufall. Vielleicht hat sie ihn bei einem seiner krummen Geschäfte beobachtet, er verlor die Nerven und hat eine Zeugin aus dem Weg geräumt.«

»Habt ihr Barmer das schon gefragt?«

»Meinst du das im Ernst?«

»Klar! Eigentlich müsstet ihr Barmers Wohnung auf den Kopf stellen.«

Karl blickte ihn erschrocken an. »Das glaubst du doch selbst nicht, dass seine Frau in irgendwelche illegalen Geschäfte verwickelt gewesen sein könnte?«

Sebald schüttelte den Kopf und hob die Hände. Nein, das konnte er nicht wirklich glauben. Er roch an seinen Fingern und verzog angewidert den Mund. Nervös begann er, im Büro herumzulaufen. »Hast du mal 'ne Kippe für mich?«

»Ich denke, du rauchst nicht mehr?«, erwiderte Karl, fingerte aber im gleichen Atemzug eine angebrochene Packung aus seiner Hemdtasche. »Hier, kannst alle haben. Wollte sowieso aufhören.«

Sebald hob die Schultern und suchte nach seinem Feuerzeug. Er öffnete die Schublade seines Schreibtischs, und sein Blick blieb an einem braunen Umschlag hängen, der halb über seiner Dienstwaffe lag. Er zog ihn heraus und breitete die Fotos auf der Tischplatte aus.

Karl betrachtete die Bilder aus der Wohnung des toten Zuhälters und verzog angewidert das Gesicht. »Schrecklicher Tod! Die Frau muss völlig durchgeknallt gewesen sein.«

»Du meinst die tote Polin?«

»Wen sonst? Ihre Fingerabdrücke waren doch überall auf dem Küchenmesser.«

»Das beweist noch nicht, dass sie damit auch zugestochen hat.«

»Du siehst immer alles zu kompliziert! Die Frau hat sich mit Drogen zugedröhnt und ihren Peiniger im Rausch abgeschlachtet.

Vielleicht wollte sie ihn ursprünglich nur erschrecken, verlor aber die Kontrolle und hat sich später selbst umgebracht, als ihr dämmerte, was sie da angerichtet hat.«

»Ihr habt Drogen gefunden?«

»In ihrem Blut fanden wir Reste von Kokain und einem Schlafmittel. Sie ist an ihrem eigenen Erbrochenen erstickt.«

»Und sonst? Konnte jemand die Frau identifizieren? Habt ihr euch umgehört?«

»Die Szene schluckt so etwas ohne Kommentar. Diese Leute wollen nicht über Tote reden. Unsere Informanten wissen nur, dass sie sich seit einem Jahr in Deutschland aufhielt, illegal versteht sich. Sie wohnte – oder besser gesagt hauste – in einem schäbigen Hotelzimmer. Der Besitzer verschachert seine Käfige an Prostituierte und Drogenabhängige. Die Frau gehörte seit etwa fünf Monaten zur Crackszene und besorgte sich ihr Geld für das Zeug auf dem Straßenstrich.«

»Gab es in dem Zimmer, in dem sie wohnte, irgendeinen Hinweis auf die Fische?« Sebald deutete auf das Glasbecken. »Irgendwelche Spuren eines Privatzoos?«

»Nein. Nichts! Kein Aquarium, kein Fischfutter, keine Skorpione. Vielleicht hat sie die Viecher kurz bevor sie zu Schmittke ging in irgendeinem Zoogeschäft gekauft.«

»Ja, das könnte sogar sein.«

Sebald starrte auf die Glut zwischen seinen Fingern und bemühte sich, seine Gedanken zu ordnen. Der Fall war mysteriös, obwohl es offensichtlich war, dass die Polin den Mann umgebracht hatte. Und das Motiv? Frauen wie sie hatten viele Feinde und ebenso viele Gründe, sich für die unzähligen Erniedrigungen zu rächen. Trotzdem war die Tat ungewöhnlich: Die meisten illegalen Einwanderer ertrugen ihr Schicksal klaglos und achteten darauf, niemals aufzufallen. Sie blieben Gestrandete in einem reichen Land, in dem sie nicht willkommen waren, Verfolgte und Ausgebeutete, und die bestimmenden Gefühle in ihrem Leben waren stumpfe Teilnahmslosigkeit und Verzweiflung. Es war offensichtlich, dass die meisten weder die Idee noch den Willen aufbringen konnten, ihre Situation aus eigener Kraft zu verbessern, aber ebenso selten entlud sich der Frust in unkontrollierter Aggression oder Gewalt gegenüber anderen. Viel wahrscheinlicher als ein Mord als extremste Form der

Verweigerung war der Suizid. War es möglich, dass die Frau den Tod ihres Zuhälters und ihren eigenen geplant und durchgeführt hatte? Welche Rolle spielten die Tiere? Gab es eine Verbindung, die er übersehen hatte, nicht sehen konnte, weil ihm eine wichtige Information fehlte? Und dann war da noch dieser geheimnisvolle Anruf. Weshalb hätte die Frau nach ihrer kaltblütigen Tat die Polizei benachrichtigen und sich so einem Risiko aussetzen sollen? Was genau bedeuteten ihre Worte? Oder war es so, wie Karl vermutete, und der Konsum der Drogen machte ihre Handlungen nicht zuletzt für sie selbst völlig unberechenbar?

Finster blickte er auf die graue erkaltete Asche am Ende des Zigarettenstummels, und noch bevor seine suchenden Augen den Aschenbecher fanden, zerbröselte der abgebrannte Tabak und segelte in kleinen Flocken zu Boden. »Hast du jemandem das Band mit der Aufnahme vorgespielt?«

»Ja, aber niemand wollte sich festlegen. Wir haben mit ein paar Prostituierten gesprochen, die sie flüchtig gekannt hatten, aber die Frauen waren sich nicht sicher, ob die Stimme auf dem Band von ihr stammte. Die Polin war anscheinend äußerst schweigsam. Die Leute beschreiben ihre Stimme als rauchig und tief, was zu unserer Anruferin passen würde.«

»Wir sollten mit einem Angehörigen sprechen. Es muss doch noch Verwandte in ihrer Heimat geben.«

»Es wird nicht einfach sein, jemanden zu finden. Und falls doch, werden die Leute nicht reden wollen.«

»Wir könnten die polnischen Kollegen um Hilfe bitten.«

»Glaubst du ernsthaft, das führt zu etwas?«

»Einen Versuch ist es wert. Wir bräuchten jemanden, der die Stimme auf dem Band identifizieren kann.«

»Na gut, ich kümmere mich drum.«

»Danke. Und gib Enzo das Band! Er soll sich die Stimme genau anhören. Ich will sicher sein, dass die Frau, die sich gestern nach den Skorpionen erkundigt hat, nichts mit der Sache zu tun hat.«

Karl legte die Stirn in Falten und schob die Nase nach oben. »Glaubst du wirklich, jemand verteilt die Viecher, um sie anschließend wieder bei der Polizei abzuholen?«

»Keine Ahnung, aber vielleicht war die Polin nicht alleine. Vielleicht gibt es eine Komplizin.«

»Die geheimnisvolle Unbekannte?«

»Genau!«

Sebald setzte seinen Fuß auf die Asche. Mit kleinen, kreisenden Bewegungen verteilte er die Reste flächig auf dem cremefarbenen Teppich. Entgegen seiner Hoffnung blieb der graue Fleck sichtbar: ein ovales Muster wie die Fratze eines aus dem Nebel starrenden Feindes.

Sie brauchten unbedingt einen schnellen Ermittlungserfolg, sonst würden sie die Ungeduld und schlechte Laune des Majors zu spüren bekommen. Sebald trat auf den Aschenteufel und wandte sich wieder an Karl. »Was habt ihr über das Opfer, diesen Ulf Schmittke, herausfinden können?«

»Mmh, nicht viel. Der Typ wohnte erst seit einem Jahr in Frankfurt. Die Nachbarn haben nichts Auffälliges bemerkt, außer dass er einen teuren Schlitten fuhr und selten vor Mittag das Haus verließ. Aber das ist in der Gegend nichts Ungewöhnliches. Das versammelte Spießertum bewohnt die Siedlung, eine geballte Ladung aus Dekadenz und Protzigkeit.«

»Und wovon hat Schmittke seine Brötchen gekauft?«

»Wie es scheint, war er gerade dabei, sich als Zuhälter zu etablieren.«

»Dann ist er vielleicht jemandem in die Quere gekommen. Als Zugereister kannte er möglicherweise die hiesigen Gepflogenheiten nicht, oder es war ihm egal und er hat sich mit Absicht in einem schon besetzten Revier niedergelassen.«

»Du meinst, dass sich einer von den Platzhirschen auf den Schlips getreten fühlte?«

Sebald nickte mehrmals und zeichnete mit dem Zeigefinger eine halbe Acht auf die Frontscheibe des Aquariums. Die Fische folgten seiner Bewegung und schwammen eine synchrone Figur. Er löste den Finger und setzte ihn als Punkt eines Fragezeichens wieder auf die Scheibe, an deren Rückseite sogleich die Tiere mit ihren Mäulern anstießen. Möglicherweise hatte jemand den Zuhälter aus dem Weg räumen wollen, und die Polin spielte nur eine unbedeutende Nebenrolle.

»Habt ihr die Wohnung gründlich untersucht?«

»So gründlich, wie Glotzke und seine Leute arbeiten.«

Sebald rieb sich die Handflächen und nagte an seiner Unterlippe.

Er wusste, dass die Kollegen von der Spurensicherung nichts übersahen. Aber wussten sie auch, wonach sie suchen sollten?

»Dieser Ulf Schmittke muss doch einen Organizer, ein Notizbuch oder so etwas gehabt haben, um seine Termine zu planen.«

»Da stimm ich dir zu, aber wir sind auf nichts Entsprechendes gestoßen.«

»Was ist mit dem Computer? E-Mails?«

»Einen Laptop haben wir nicht gefunden, und der PC machte nicht den Eindruck, als wenn ihn sein Besitzer häufig nutzte.«

»Du hast gesagt, der Typ wohnte noch nicht allzu lange in Frankfurt.«

»Ja, er kam vor einem Jahr aus München, wo er bei einer Agentur beschäftigt war, die ihn als Stuntman für Dreharbeiten beim Film vermittelt hat.«

»Seltsame Laufbahn: vom Stuntman zum Stenz. Hast du die Anschrift der Agentur?«

»Ja, aber sag jetzt bloß nicht, dass ich da hinsoll?«

»Wieso nicht?«

»Weil das Aufgabe der bayerischen Polizei ist.«

»Also, Karl! Du weißt doch so gut wie ich, dass die Kommunikation zwischen den Ländern nicht immer optimal verläuft, um es einmal vorsichtig zu formulieren. Wir müssen mehr über den Mann in Erfahrung bringen, und das geht nur, wenn einer von uns vor Ort recherchiert.«

»Und wieso ich? Warum fährst du nicht?«

»Weil ich die Frau aus dem Museum schnappen will und …«, Sebald grinste seinen Freund an, »weil ich von niemandem hier verlangen kann, in meiner Abwesenheit die Fische zu füttern.«

Karl May verzog das Gesicht. »Sehr rücksichtsvoll! Und was dachtest du, soll ich in München machen?«

»Dich umhören. Leute befragen. Herausfinden, weshalb Schmittke von der süddeutschen Metropole ins beschauliche Hessen wechselte. Freiwillig macht das doch keiner. Und außerdem …« Sebald zog mit seinem Zeigefinger Kreise durch die Luft und stoppte kurz vor Karls Nase. »Vielleicht drehen die dort am Weißwursthorizont gerade einen neuen Indianerfilm, und du kannst ein paar Autogramme von Winnetou abstauben.«

»Das genehmigt der Major nie!«

»Dann fahr halt, ohne ihn zu fragen!«

»Und wer bezahlt meine Spesen?«

»Gib mir die Belege. Ich zeichne sie ab.«

»Und wenn's rauskommt?«

Sebald sah seinen Kollegen herausfordernd an. »Wieso sollte der Major das rauskriegen?«

»Weil der alte Fuchs fast immer alles rauskriegt.«

»Keiner zwingt dich, aber wenn wir nichts unternehmen, wird der Fall nie wirklich aufgeklärt.«

Karl May sah unglücklich aus und bearbeitete mit den Zähnen seine Unterlippe wie ein Eichhörnchen die Schale einer Haselnuss. »Okay, ich fahr nach München, aber auf deine Verantwortung!«

»Klar, alles was ich mache, geht auf meine Verantwortung.«

»Und bis ich wiederkomme, schaffst du dir einen eigenen Kühlschrank an, damit meine Käsebrote nicht nach Fischfutter stinken!«

Sebald grinste, und sie verließen das Büro, in dem noch lange ein unangenehmer Geruch von Rauch und totem Fleisch in der Luft hing.

20

Der Lkw musste mehrmals ansetzen, bevor er so ausgerichtet war, dass er durch das schmale Eingangstor passte. Sie lehnte am Fenster und beobachtete, wie die kräftigen Hände des Fahrers das große Lenkrad umfassten, die Rechte in rhythmischer Abfolge nach unten griff: kuppeln, Gas geben, vor, zurück, bis sich das überbreite Fahrzeug Stück für Stück durch das Tor gequetscht hatte. Obwohl es noch früh am Morgen war, spürte sie die drückende Hitze des neuen Tages schon stickig und still wie unter einem Leichentuch. Der Mann am Lenkrad schwitzte und öffnete den Mund. Sie wusste, dass es nur ein Fluch sein konnte, wahrscheinlich über das enge Tor, dessen geizige Dimensionen zu den Unannehmlichkeiten passte, die sein Beruf mit sich brachte, so lästig und unvermeidbar wie volle Autobahnen und pedantische Zollbeamte. Jetzt hatte er den Laster so positioniert, dass er langsam geradeaus fahrend durch die Öffnung passte. Wie ein Wurm sich mühsam in harte trockene Erde eingräbt, glitt das Fahrzeug stockend, aber unaufhaltsam vorwärts und verschwand schließlich mit dem rostfarbenen Hinterteil auf dem Gelände.

Sie öffnete das Fenster und blickte dem Namen der holländischen Spedition auf der Plane, den roten Bremslichtern nach, sah, wie der Fahrer aus der Kabine stieg, steifbeinig, gähnend, und in der Halle verschwand. Wo war nur Henry? Er hatte die in Plastik eingeschweißten Wärmebeutel bestellt, die sie benötigten, um die Fische auch im Winter warm und wohlbehalten an ihren Bestimmungsort zu befördern. Zaubersäckchen, gefüllt mit Eisenstaub, Zellulose und Aktivkohle. Öffnete man die Plastikverpackung und zerriss das dünne Mäntelchen aus luftdichter Folie, wurde das Gemisch mit Sauerstoff geflutet, entzündete sich selbsttätig und verwandelte sich, als gezügelte chemische Reaktion, in einen winzigen Ofen, der flammenfrei brannte und die kälteempfindliche Fracht wirksam schützte. Im Warenlager hatte sie sich die Dinger dutzendweise unter eine dünne Decke gelegt, um sich gegen die winterliche Kälte zu schützen. Bauch und Brüste bedeckte die harte, knochige Wärme ihres Liebhabers, während ihr Rücken auf den kleinen, heißen Beutelchen schmorte und ihren Körper in eine brodelnde, glühende Masse verwandelte.

Wo war Henry nur? Sie hatte bis Mitternacht gewartet und war dann enttäuscht zu Bett gegangen. Henrys einziges Laster waren diese verdammten Fische, und wenn er ein frisches Schaumnest der Labyrinthfische entdeckte, konnte es schon sein, dass er eine Liebesnacht mit ihr dafür sausen ließ. Trotzdem konnte sie sich nicht erklären, warum er sich nicht gemeldet hatte. Und jetzt war er immer noch nicht aufgetaucht. Sollte sie ihn zu Hause anrufen? Sie blinzelte und schob die Nase wie ein knurrender Hund nach oben.

Der Fahrer schlurfte wieder aus der Halle, und hinter ihm erblickte sie Marcel, auf einem Gabelstapler sitzend, stolz und unnahbar wie ein Soldat auf einem Kriegselefanten. Mit seinen breiten Händen dirigierte er das Tier zu dem Laster, als wolle er den Eindringling verjagen. Marcel sprang vom Stapler und schob die Planen des Lkws beiseite, besah sich die Paletten und zeigte mit der Hand in ihre Richtung. Der Fahrer nickte, holte einen Stoß Papier aus der Kabine und näherte sich mit trägen Schritten dem Bürogebäude. Schnell schloss Maralda das Fenster und kramte nach den Bestellunterlagen, die sich irgendwo zwischen den Papieren auf ihrem Schreibtisch befinden mussten. Sie würde den Fahrer so rasch wie möglich abfertigen und dann bei Henry anrufen.

21

Der weiße Balken des Haltesignals hüpfte in die Vertikale, und mit einem Ruck setzte sich die Bahn in Bewegung, legte sich quietschend in die Kurve und nahm Geschwindigkeit auf für die letzte, lange Gerade nach Südosten, dort, wo die Stadt bis an die große Schleife des Flusses heranwucherte, vorbei an Reihenhäusern mit fleckig schmutzigen Fassaden, stillgelegten Fabrikhallen und verwilderten Kleingärten, immer die gleiche festgelegte Strecke, eingezwängt zwischen Gleisen und Stromleitungen, Autokolonnen und Ligusterhecken, immer vorwärts, weiter, wie ein nie ermüdendes Pendel von einem Wendepunkt zum anderen, schnaufend, schiebend, drängend.

Die Linie 11 ruckelte durch Fechenheim, während Sebald von seinem Platz im hinteren Waggon aus das graue Band des Mains suchte. Die noch junge Nacht strickte ihr lichtloses Netz über der Stadt.

Er hatte gegenüber Karl nicht die volle Wahrheit gesagt. Tatsächlich fuhr er nicht selbst nach München, weil er sich mit Barmer aussprechen wollte. Er war zu dem Schluss gekommen, dass es das Beste wäre, wenn er mit seinem Kollegen offen über ihre Differenzen sprach. Er musste herausbekommen, was genau Barmer über seine Mutter in Erfahrung gebracht hatte. Sein Kollege besaß in diesem östlichen Stadtteil ein Haus mit Garten, und er hoffte, ihn an diesem Abend dort anzutreffen.

Als er das Präsidium verließ, um in seinen Wagen zu steigen, hatte er das vertraute Geräusch einer Straßenbahn wahrgenommen, die gerade um die Ecke bog. Das quietschende Schieben der eisernen Räder erinnerte ihn an seine Kindheit, als er stundenlang im hinteren Teil saß, ohne Fahrschein von einem Ende der Stadt zum anderen fuhr und aus dem Fenster starrte, während die Bahn durch die engen Straßen mäandrierte, Menschen verschlang und wieder ausspuckte, ein stählerner Wal auf Schienen, bis Sebald selbst sich nur noch als fleischigen Happen denken konnte, ein bisschen Leben im Bauch des Fisches, getragen von einem Kontinent zum anderen, gleichermaßen hilflos und behütet. Das ging so lange, bis er einschlief oder die Fahrkarten kontrolliert wurden und damit sein mobiles Dasein ein jähes Ende fand.

Aber jetzt hatte er einen gültigen Fahrschein in der Tasche, in der in diesem Augenblick etwas summte. Sebald fischte das Handy hervor und betrachtete es neugierig. Eine Nummer aus dem Präsidium. Er zögerte kurz und nahm das Gespräch an.

»Klaus Sebald.«

»Günter Glotzke hier. Störe ich?«

»Nein, natürlich nicht. So spät noch am Arbeiten?«

»Ich wollte dir nur Bescheid geben – wegen des Kugelschreibers …«

»Wieso? Was ist damit?«

»Die Fingerabdrücke, die wir ursprünglich darauf gefunden haben, stimmen mit denen auf deinem Ausweis überein.«

»Was?« Er brauchte einen Moment, um zu verstehen, wovon Glotzke sprach.

»Beide Abdrücke stammen von der gleichen Person, und damit meine ich nicht dich!«

Sebald war wie elektrisiert, die Information war wichtig. Sie bedeutete, dass der Kugelschreiber aus dem Exotarium eindeutig Frank Litos gehörte. Die Initialen waren nur Indizien, aber die Abdrücke Beweise. Es gab also tatsächlich einen Zusammenhang zwischen Martin Paschke und Aquafutur!

»Hallo? Bist du noch dran?«

»Jaja. Wie sicher ist das Ergebnis?«

»Ich hab die Abdrücke selbst untersucht und fast ein Dutzend eindeutige Übereinstimmungen gefunden. In Prozenten ausgedrückt würde ich sagen fünfundneunzig Prozent Sicherheit, dass Übereinstimmung vorliegt, obwohl der Computer nicht ganz so optimistisch ist.«

»Sind die Abdrücke registriert?«

»Ist heut Weihnachten?«, entgegnete Glotzke etwas pikiert. »Nein, die Person ist nicht vorbestraft. Aber du wirst ja noch wissen, wem du deinen Ausweis in die Hand gedrückt hast, oder?«

»Ja, natürlich.« Der Gedanke kam so plötzlich wie ein Vogel aus der Luft. »Sag mal, kannst du mir einen großen Gefallen tun?«

»Na ja, kommt drauf an …«

»Ist es möglich, die Abdrücke, die wir bei Ulf Schmittke gefunden haben, mit diesen zu vergleichen?«

»Mmh, also …« Glotzke räusperte sich umständlich.

»Ich weiß, du hast grad 'ne Menge um die Ohren, aber möglicherweise hilft uns das weiter.«

»Nein, das ist es nicht. Ich meine, also ich habe …«

»Ja?«

»Na ja, da ich mir dachte, dass du danach fragen würdest, hab ich's schon gemacht.«

Sebald war sprachlos. »Und das Ergebnis?« Er spürte, wie sein Herz schneller schlug. Vielleicht war dies der Durchbruch! Vielleicht lag hier die Verbindung zwischen den Frevlerfischen und dem Zuhälter.

»Leider nein. Die Abdrücke auf der Mordwaffe von Schmittke stammen eindeutig von einer Frau.«

Die Bremsen der Bahn kreischten, und Sebalds Kopf zuckte nach unten wie ein Geierschädel beim Abendessen. Dann stand die Bahn, und aus den Lautsprechern verkündete eine weibliche Stimme das Ende der Fahrt.

»Da ist noch etwas …« Glotzke zögerte, als könnte er sich nicht entscheiden, ob er es erwähnen sollte.

»Und was?«

»Ich bin mir nicht sicher, da nur Fragmente auf deinem Ausweis waren, aber ich glaube, dass ich einen Abdruck darauf gefunden habe, der mit denen identisch ist, die wir bei Schmittke gefunden haben, und zwar … auf der Mordwaffe!«

Überrascht brüllte Sebald ins Handy: »Wie kann das sein? Ich dachte, ihr hättet die Abdrücke der toten Polin auf dem Messer gefunden.«

»Ja, zusammen mit anderen …« Glotzke machte eine Pause, bevor er weitersprach. »Klaus, du weißt, dass ich das melden muss!«

»Was? Wieso? Verdammt! Glaubst du etwa, ich hätte etwas mit einer dieser Nutten zu tun?«

»Mein Job ist es, Spuren auszuwerten. Für die Interpretation seid ihr zuständig!«

»Okay, aber gib mir noch drei Tage! Dann kannst du es Meinhart mitteilen. Bitte!«

»Mmh, das riecht nach Ärger.«

»Bitte, Günter! Ich brauche die Zeit, um das Mädchen zu finden!«

»Das kann ich nicht machen.«

»Ohne mich hättet ihr die Spur nie gefunden. Warte wenigstens noch achtundvierzig Stunden mit dem Bericht!«

»Mir ist nicht wohl dabei. Aber gut, ich warte noch zwei Tage.«

»Danke«, krächzte Klaus und drückte auf die Beenden-Taste.

Sebald saß wie versteinert auf dem Sitz und dachte nach. Welche Rolle spielte die blonde Diebin? Wie war es möglich, dass ihre Abdrücke in Schmittkes Wohnung auftauchten? War sie etwa eine seiner Dirnen? Wollte sie sich an ihm rächen? Kannten sich die beiden Frauen und hatten das Messer abwechselnd geführt, um den Zuhälter zu quälen? Oder war alles nur eine Spinnerei? Hatte sich Glotzke vertan und die Spur führte ins Nichts? Er musste die Frau finden. Aber erst galt es, mit Barmer zu sprechen.

Plötzlich klopfte ein dunkler Schatten mit der Faust von außen an das Fenster. Ein Mann in graublauer Uniform fuchtelte ungeduldig mit den Händen. Der Wal mochte ihn nicht mehr in seinen Innereien. Sebald nickte und stand auf. Er wollte den Mann nicht länger warten lassen. Sicherlich gehörte es nicht zu den angenehmsten Aufgaben, die armen Seelen aus der Bahn zu zerren, die lieber unterwegs waren, als anzukommen. Er grinste dem Schaffner entschuldigend zu und machte sich auf den Weg zu Barmers kleinem Häuschen.

Nach einem zehnminütigen Marsch durch glutheiße Gassen und über staubtrockene Feldwege hatte er sein Ziel erreicht. Sebald drückte auf den Klingelknopf, und ein hässliches, heiseres Schnarren drang durch die Tür. Er wartete auf eine Reaktion, Schritte, irgendein Geräusch, aber nichts geschah. Vielleicht machte Barmer gerade einen Spaziergang, oder er besuchte jemanden, es gab tausend Möglichkeiten. Sebald drehte sich um. Barmers Wagen war nicht zu sehen. Neben dem Haus verlief ein schmaler kiesbedeckter Weg. Da ihm nichts Besseres einfiel, folgte er dem Pfad. Unter seinen Füßen knirschten die weißen Kieselsteine wie aufeinanderreibende Zähne. Er bog um die Ecke und machte große Augen: Vor ihm lag eine grüne Oase, umgrenzt von einer bunten Hecke aus Rotdorn, Pfaffenhütchen und Zierkirsche. Er staunte, wie üppig es rund um den gepflegten Rasen blühte. Inseln aus Goldruten, Indianernesseln und Taglilien trieben darin, und die Luft war erfüllt von Rosen- und Lavendelduft.

Sebald fühlte, dass dieser Garten ein Zufluchtsort von Barmers Frau war. Behutsam ging er über den Rasen auf die Veranda zu. Vielleicht konnte er von hier einen Blick ins Innere werfen? Er zögerte. Falls Barmer im Hause war, hätte er sein Klingeln hören müssen. Was hatte Karl heute Nachmittag erzählt? Barmer war im Präsidium gewesen und hatte nach ihm gefragt. Wollte er wirklich mit ihm sprechen?

Die untergehende Sonne malte orangegoldene Streifen auf die breite Glasfassade vor ihm. Er trat näher, blickte ins Zimmer und zuckte zurück. In dem Raum herrschte Chaos. Schubladen waren herausgerissen, und Schranktüren bleckten wie offene Mäuler, das Innere von Kissen und Sitzpolstern stülpte sich nach außen, und sämtliche Möbelstücke schienen nicht mehr an ihrem ursprünglichen Platz zu stehen. Schuhe und Frauenkleider lagen verstreut zwischen Papierschnipseln, Büchern und auseinandergerissenen Zeitschriften. Für einen Moment dachte Sebald an einen Einbruch, aber ihm wurde sofort klar, dass nichts außer der augenscheinlichen Verwüstung darauf hindeutete. Die Fenster waren verschlossen und zeigten keinerlei Gewaltspuren. Hier hatte jemand etwas gesucht, der sich ungehindert Zutritt verschaffen konnte. Das Innere des Zimmers war – so viel konnte er trotz der Unordnung feststellen – einmal geschmackvoll eingerichtet und von einer Frau bewohnt gewesen; es war das Zimmer zum Garten und damit Sabrinas Reich.

In diesem Augenblick ertönte ein gedämpftes Klingeln. Sebald drehte sich um, fingerte sein Handy hervor und drückte auf den Knopf. »Hallo?«

»Bist du allein?«

Eine gedämpfte, offensichtlich verstellte Männerstimme war am anderen Ende zu hören. Die Stimme kam Sebald bekannt vor.

»Wer spricht denn da?«

»Das tut nichts zur Sache.«

»Ich glaube, Sie sind falsch verbunden.«

»Bestimmt nicht!«

»Wer sind Sie?« Irgendetwas hinderte Sebald daran, die Verbindung einfach zu unterbrechen.

»Ein Freund, der dir helfen will … Du brauchst doch Hilfe, nicht wahr?«

»Was wollen Sie?«

»Mich unterhalten … über deine Mutter und ihr Gewerbe … und ihren Gönner von der Polizei …«

Sebald schluckte. »Ich weiß nicht, wovon Sie reden.«
»Aber natürlich weißt du das.«
»Noch einmal: Was wollen Sie von mir?«
»Reden. Ein Schwätzchen mit dir halten. Oder möchtest du, dass ich zuerst mit deinen Kollegen spreche?«
Sebald schwieg. Der Anrufer wusste Bescheid. »Wann und wo?«, fragte er.
»Das Industriegebiet im Osthafen. Kennst du das?«
»Ja.«
Sie hatten dort vor einiger Zeit einen Hehlerring hochgenommen. Das Gelände war unübersichtlich und verwildert, genauso wie die Firmen, die sich dort niedergelassen hatten.
»Es gibt eine kleine ehemalige Fabrik, gleich neben dem Schrottplatz, unverwechselbar durch die roten Backsteine. Der Haupteingang ist verschlossen, aber in der Uhlfelderstraße ist ein Tor, dunkelblau gestrichen … Das Tor schließt nicht richtig … Auf dem Gelände steht ein Lagerhaus, du erkennst es an dem Turm … Dort findest du mich. Verstanden?«
»Ja. Welche Uhrzeit?«
»In einer Stunde. Punkt elf.«
»In Ordnung, ich werde da sein.«
»Aber alleine, ohne Begleitung! Sonst wird nichts aus unserem Treffen.«
»Ja, ist klar, aber wer sind Sie?«
»Bis dann!« Ein Klicken und die Stimme war verschwunden.
Das Zittern überrollte ihn wie eine Welle, für einen Moment blieb ihm die Luft weg, und ein galliger Geschmack verbreitete sich in seinem Mund. Sebald kämpfte nicht nur gegen die plötzliche Übelkeit, sondern auch gegen seine Gedanken, die ihn einen betongrauen Gang entlangschlurfen ließen, an dessen Ende sich eine vergitterte Zelle befand. Seine Mutter saß auf einer einfachen Holzpritsche und sah ihm traurig entgegen. In ihrer Hand hielt sie ein Schild, auf das sie geschrieben hatte: »Willkommen daheim!«.
Der Osthafen war nicht weit entfernt. Zu Fuß konnte er locker in einer Stunde da sein. Er zögerte, überlegte, ob er seine Dienstwaffe aus dem Büro holen sollte, aber dann würde er es kaum noch rechtzeitig schaffen. Er warf noch einen Blick in Sabrinas Welt, dann drehte er sich um und verließ das Grundstück auf dem schmalen

Pfad, den er gekommen war. In dem Augenblick, als ihm bewusst wurde, dass er diesen Ort nie mehr betreten würde, verwandelte sich das feine Knirschen der Kieselsteine unter seinen Füßen in das kehlige Knurren eines angreifenden Raubtieres.

22

»Schmeckt es dir?«

»Wenn ich Ja sage, müsste ich lügen, und wenn ich Nein sage, bekomme ich Schwierigkeiten mit meinem Chef.«

Hanna kaute an dem trockenen Stück Fisch, das den typischen »Ich brauch noch mehr Soße«-Geschmack hatte.

Frank Litos lachte vergnügt und schwenkte grinsend den Zeigefinger. »Stimmt genau. Also überleg dir die Antwort gut!«

»In dem Fall muss ich mich vorher mit meinem Anwalt beraten«, feixte Hanna und tat so, als kramte sie in ihrer Handtasche nach einem Handy.

Frank zeigte ihr seine Grinsezahnlücke. »Der Koch ist der einzige in ganz Europa, dessen Gäste sich noch nie zweimal beschwert haben.«

Hanna kicherte. »Weil er sie beim zweiten Mahl vergiftet hat, hab ich recht?«

»Erraten!«

Sie lachten und winkten dem Ober zu, der hinter einer rosa Papierwand aufgetaucht war, weil er dachte, sie hätten nach ihm gerufen. Lächelnd wandte er sich ab und kümmerte sich um die anderen Gäste, deren Tische so angeordnet waren, dass sich die Besucher untereinander nicht sehen konnten.

»Na dann!« Hanna erhob das handgeschliffene Glas mit dem Reiswein und prostete Frank zu. »Auf den Maeotis-Fisch und darauf, dass wir die Ehre haben, ihn zu verspeisen, ohne den Löffel abgeben zu müssen!«

Frank stieß mit seinem Glas an, und ein hohes Klingen flirrte für einen Moment durch die Luft. Aus dem benachbarten Raum klangen gedämpfte Stimmen zu ihnen. In Armlänge neben Hanna drehte sich eine faustgroße Marmorkugel in einem von bunten Strahlern illuminierten Wasserbecken und plätscherte beruhigend.

»Auf Aquafutur!« Franks Stimme senkte sich zu einem Flüstern, als er weitersprach. »Und auf uns!«

»Auf dass der Koch seine Eier verliert, wenn er uns was von dem Fugu-Rogen aufgetischt hat!« Hanna gluckste los und blickte dem Tierarzt tief in die Augen. »Na, nun erzähl schon: Warum hast du mich in das einzige illegale Fugu-Restaurant in dieser Stadt eingeladen? Was da auf unserem Teller liegt, kostet schon in Japan ein kleines Vermögen. Ich will gar nicht daran denken, wie viel das bisschen Fisch hier wert ist.«

»Es ist nicht der Fisch, der so wertvoll ist, sondern seine Zubereitung. Wie Farbe und Leinwand kaum etwas kosten, so verwandelt sie sich erst durch die Hand des Malers in ein Kunstwerk. Genauso wird aus einem fetten Kugelfisch durch das Wissen und Geschick des Kochs eine kulinarische Rarität, wenn du so willst, ein von Menschenhand geschaffenes Kunstwerk.«

Wie die Fische für Anlage sieben? Hanna wagte nicht, diesen Gedanken auszusprechen. Frank schwieg und tat so, als betrachtete er das Filetstück auf seinem Teller, aber Hanna war sicher, dass er ebenfalls an die künstlichen Fische in dem Labor dachte.

»Aber um zu deiner Frage zurückzukehren. Ich dachte, wir könnten unsere interessante Diskussion über den Wassermenschen fortführen. Ich habe über deine Argumente nachgedacht und muss zugeben, dass die Vorstellung einer aquatischen Herkunft etwas Faszinierendes und Erregendes an sich hat.«

Hanna zögerte. Wenn sie gewusst hätte, dass hinter einer versteckten Tür in dem von Frank ausgesuchten Sushi-Restaurant eine kulinarische Spielhölle versteckt war, hätte sie wohl kaum dem Besuch zugestimmt. Die Zubereitung von Fugu war in Europa verboten, so viel war klar, und damit bestand neben dem Risiko, sich zu vergiften, auch die Möglichkeit, mit dem Gesetz in Konflikt zu geraten. Sie war weder auf das eine noch auf das andere besonders scharf. Trotzdem konnte sie sich nicht völlig gegen den Kitzel verschließen, hier zu sitzen und ein Gericht zu verspeisen, dessen Genuss bei falscher Zubereitung die Wirkung einer Giftspritze hatte.

Sie trank noch einen Schluck Wein und betrachtete die schwarzen Teleskopaugen-Goldfische, die in einem Dreihundert-Liter-Becken vor sich hin dümpelten und mit ihren Stielaugen wie Karpfen aussahen, die eine Brille trugen. In einer Ecke schwebte ein Tiefseetaucher vor einer Plastikmuschel, deren Schalen sich in Intervallen öffneten und murmelgroße Luftblasen an die Oberfläche entließen. Die Goldfische glotzten nach draußen. Geschöpfe einer künstlichen Selektion, die über Jahrtausende stattgefunden hatte. Sie blickte in Franks Gesicht, suchte etwas darin, das seine Gefühle verriet, seine wahren Gedanken widerspiegelte. Er lächelte ihr zu, aber in seinen Augen lag eine lauernde Anspannung, die sie sich nicht erkären konnte.

»Also, dieser Engländer, wie hieß er gleich?«, versuchte es Frank noch einmal.

»Hardy, Alister Hardy!«, gab Hanna zurück.

»Genau, also Sir Hardy hat behauptet, dass der Mensch mit dem Delphin verwandt ist?«

»Eben nicht!« Hannas Faust landete auf dem flachen Tisch, sodass die Gläser gefährlich wackelten. »Du machst den gleichen Fehler wie Hardys Zeitgenossen. Die Abspaltung der Wale vom Stammbaum der Säugetiere geschah hundert Millionen Jahre vor der Entwicklung der aquatischen Hominiden.«

»'tschuldigung«, sagte Frank kleinlaut. »Das heißt also, der Mensch – vierbeiniges Tier der Savanne – geht eines schönen Tages zur Nahrungsaufnahme ins flache Wasser und vergrößert dort seinen Aktionsradius, indem er aufrecht läuft.«

»So ähnlich könnte es gewesen sein. Es gibt in Feuerland Indianerstämme, bei denen die Frauen nach Schalentieren tauchen, während sich die Babys an den Haaren festhalten. Die subkutane Fettschicht, die bei keinem anderen Primaten vorhanden ist, verleiht den Kindern Auftrieb und die beim Schwimmen vorteilhafte Stromlinienform.«

»Du meinst, der Babyspeck ist ein Überbleibsel unserer aquatischen Herkunft?« Der Tierarzt machte große Augen.

»Stimmt«, antwortete Hanna, »genau wie unsere Tränen.«

»Wieso denn das?«

»Weinen und Schwitzen ist für ein Landlebewesen äußerst ungünstig, weil dadurch wertvolle Salze verloren gehen, die dann mühsam mit der Nahrung wieder aufgenommen werden müssen. Der Mensch kennt im Gegensatz zu den meisten Landsäugern keinen Salzhunger. Salzmangel ist eine der häufigsten Todesursachen in der Dritten Welt. Warum, meinst du, hat der Mensch so ein Handicap?«

»Laut Mister Hardy wahrscheinlich, weil er als ehemaliger Meeresbewohner mit einem Salzüberschuss fertig werden musste. Schließlich ist ja alles, was er im Meer an Nahrung findet, verdammt salzig.«

»Stimmt. Genau wie unser Kugelfisch auf dem Teller.«

Wie auf Stichwort kam der Kellner zum Vorschein und servierte den Nachtisch. »Tlanchielte Tintenfischaugen, umlahmt von flischem Meelessalat mit eine Soße aus Sepiatinte und gedünsteten Seeigeleieln. Guten Appetit!«

»Na prost Mahlzeit«, sagte Frank und bestellte zum Ausgleich noch eine Flasche Reiswein. »Was bin ich froh, dass wir uns auch auf dem Lande Nahrungsquellen erschlossen haben!«

Hanna lachte, und für einen Moment glaubte sie, einer der Goldfische blinzelte ihr zu.

Frank nahm einen Bissen von dem Dessert. »Aber ich kapiere nicht, weshalb die Hypothese von Hardy noch nicht zum akademischen Allgemeinwissen zählt. Sie klingt doch plausibel.«

»Weil der harte Beweis fehlt. Weil es keine Fossilien vom Meeresmenschen gibt. Und weil die meisten Anthropologen der Theorie vom Savannenmenschen hinterhergerannt sind und zugeben müssten, dass sie bei der Erforschung des Hominiden in einer evolutionären Sackgasse gelandet sind.«

Hanna klemmte eines der glitschigen Tintenfischaugen geschickt zwischen ihre Stäbchen und ließ es in ihren geöffneten Mund plumpsen.

»Apropos Forschung«, entgegnete Frank, und Hanna ahnte, dass sie sich jetzt dem eigentlichen Grund des Treffens näherten. »Es gibt da noch etwas, worüber ich gerne mit dir reden würde.«

War nun der angenehme Teil des Abends vorüber?

»Es geht um deinen Doktorvater, Professor Dammler.« Frank wartete einen Moment, um zu sehen, wie sie auf das Thema reagierte, aber Hanna tat ihm nicht den Gefallen und kaute stumm an ihrem Meeressalat. »Dammler war ein ausgezeichneter Wissenschaftler und du seine engste Mitarbeiterin. Hat er dir von seinen Forschungen erzählt?«

»Nur so viel wie nötig war, um meine eigene Arbeit zu unterstützen.«

»Du warst seine Vertraute. Du musst wissen, wie er die GMOs entwickelte!«

»Das hatte mit meiner Doktorarbeit nichts zu tun.«

»Aber vielleicht hast du eine Idee, wo er sich aufhalten könnte?«

»Er ist verschwunden. Mehr weiß ich nicht.«

»Wirklich nicht?« Franks Stimme klang scharf. »Das glaub ich dir nicht.«

»Was, verdammt, willst du damit sagen?«

Der Tierarzt öffnete den Mund, machte dann aber eine beschwichtigende Geste und lachte. »Lass uns nicht streiten! Dafür ist der Abend zu schön.«

»Du glaubst, dass ich mit dem Verschwinden von Professor Dammler etwas zu tun habe?«

»Und? Hast du etwas damit zu tun?«

»Wie kannst du nur so etwas denken?«

Frank schwieg und stocherte in seinem Essen.

Seine Stimme wurde ganz sanft, als er fortfuhr: »Stell dir vor, wie es wäre, neue Arten zu züchten, Wesen zu schaffen, die nie ein Mensch zuvor gesehen hat! Mit deinem Fachwissen und den Ergebnissen von Dammler können wir weiße Flecken erforschen und sie mit Leben füllen, dessen Vielfalt und Schönheit nur durch unsere Phantasie begrenzt sein wird. Ich bin sicher, dass wir dieses Ziel erreichen können. Wir werden –«

»Wie Götter sein? Ist es das, was du willst?« Ihr wurde plötzlich schlecht. Dann – als hätte ihr jemand ein Tuch über dem Kopf weggezogen – erkannte sie die schreckliche Wahrheit. Es ging nicht um sie oder den Beginn einer Beziehung. Frank war nur scharf auf Dammlers Nachlass. Sein Interesse an ihr war geheuchelt.

»Warum auch nicht? Wir schaffen nur Gutes, Schönes, vollkommene Lebewesen.«

Hanna würgte es. »Du hast mich benutzt, weil du gehofft hast, ich könnte dir die Rezeptur für die GMOs verraten!«, spuckte sie heraus.

Hanna starrte an Franks Kopf vorbei auf den Taucher, durch dessen Atemschlauch Luftblasen perlten. Das kitschige Arrangement erinnerte sie an etwas. Und dann stockte ihr Herz und setzte für Sekunden aus, während das Blut unkontrolliert durch ihren Körper rauschte und sich auf ihrer Haut rote Flecken ausbreiteten. Hannas Körper erzitterte. »Du, du hast mich am Staffelsee gar nicht gerettet! Im Gegenteil! Du hast meinen Atemschlauch beschädigt und den Unfall provoziert, um mich *retten* zu können!«

»Hanna, ich wollte nicht –«

»Also stimmt es! Du wolltest mein Vertrauen gewinnen und hast in Kauf genommen, dass ich wie eine Katze ersaufe.«

»Nein, nein, so war es nicht! Ich habe einen Sender in deiner Tauchweste versteckt, sodass ich jederzeit wusste, wo du warst.«

»Du Schwein! Ich hätte jämmerlich ertrinken können! Und ich glaubte an deine Zuneigung und Tapferkeit!« Tränen schossen ihr in die Augen.

Franks Augen verengten sich. Er schob seinen Teller von sich und presste die Lippen aufeinander. Die Worte bröckelten wie gebrochenes Eis aus seinem Mund. »Ausgerechnet du willst mir was von Ehre und Ehrlichkeit erzählen. Du, eine kaltblütige Mörderin!«

»Wie? Was fällt dir ein?«

»Ich habe dich gestern Nacht in der Halle gesehen. Du warst es! Du hast Henry umgebracht!«

Für einen langen Moment gefror die Zeit. Ihre Blicke verhakten sich ineinander. Hanna presste die Lippen aufeinander. Die Knöchel ihrer Faust stachen weiß hervor, während sie tief Luft holte. Dann polterte etwas im Nachbarraum, eine Frau kreischte, Stühle rutschten über den Boden.

»Hier spricht die Polizei.« Eine energische Stimme bemühte sich, die entstandene Unruhe zu übertönen. »Sie befinden sich in einem illegalen Lokal! Ich muss Sie bitten, zur Feststellung Ihrer Personalien mit aufs Revier zu kommen.«

Entsetzt suchten Hannas Augen nach einem Ausweg. Frank war aufgesprungen und beschwerte sich lauthals. Vor ihr zuckten die Goldfische aufgeregt im Aquarium. Hanna erkannte ihr eigenes erschrockenes Gesicht im Wasser. Dann wusste sie, was sie zu tun hatte. Mit einer schnellen Bewegung schnappte sie sich die schwere Marmorkugel, legte ihre ganze Wut und Enttäuschung in den Wurf und schleuderte sie gegen das Becken. Die Kugel prallte ab, doch ein hässliches Knirschen wuchs in der Luft, die Scheibe zerplatzte. Noch bevor das Wasser den Boden berührte, flog Hanna mit einem gewaltigen Sprung durch die Papierwand und rannte an einem überraschten Polizisten vorbei durch die Tür ins Freie. Ohne sich umzublicken, spurtete sie über die Straße und verschwand im Gewühl der Bahnhofsbesucher. Die ihr nacheilenden Beamten fanden außer unverständlich sprechenden Japanern, die alle in verschiedene Richtungen zeigten, keine Spur von der Flüchtenden.

23

Als Sebald den Schrottplatz erreichte, schlug es irgendwo auf der anderen Seite des Flusses elf Uhr. Nervös blickte er auf seine Armbanduhr, wo die beiden Zeiger ein kleines V bildeten. »Victory« oder »Verlierer«? Er war spät dran, hatte sich in den verlassenen Straßen des unübersichtlichen Hafengebietes verlaufen und war zweimal in Sackgassen gelandet. Endlich entdeckte er die richtige Abzweigung, die zu der einsamen Uferstraße führte. An der flussabgewandten Seite wuchsen Drahtzäune und marode Fabrikfassaden empor, während die andere steil zum Wasser abfiel. Granitblocksteine ragten wie löchrige Zähne aus dem schmallippigen Ufer heraus.

Kaum drei Generationen früher hatten hier noch Pferdegespanne flache Kähne den ungestauten Strom hinaufgezogen. Jetzt ruhte das Wasser in einer ausgebaggerten, korsettähnlichen Rinne. Sämtliche natürlichen Rundungen waren in eine Gerade gepresst, die wohl nur Landschaftsarchitekten erotisch finden konnten.

Sebald blickte auf das schwarze lang gezogene Loch zu seiner Linken, wo der Fluss sein musste, und dann nach rechts, wo sich die Überreste ausgeschlachteter Autowracks zu einem Berg aus zerschmetterten Riesenknochen auftürmten. Die Arbeit ruhte jetzt, und im Schein der flackrigen Gaslampe, deren mattes Leuchten sich mit dem nebelweißen Licht des aufgehenden Mondes vermischte, wirkte der Haufen aus Schrott wie ein atmender, lebender Organismus. Dahinter zweigte die Uhlfelderstraße ab, und graues unverwüstliches Kopfsteinpflaster führte ihn mitten ins Industriegebiet.

Sebald überquerte die Straße und stoppte vor einer Mauer aus gebrannten Ziegeln, die so hoch war, dass er sich selbst auf Stelzen keinen Blick dahinter hätte verschaffen können. Müde lehnte er sich mit dem Rücken an die Wand, die überraschend kühl war. Seine Füße schmerzten, und er ärgerte sich, dass er die unbequemen Lederschuhe nicht gegen ein Paar Turnschuhe ausgetauscht hatte. Am Ende der Straße stachen die knochigen Äste eines Holunderbaums in die Höhe. Kein Mensch, noch nicht einmal ein spätes Fahrzeug waren unterwegs.

Sebald näherte sich dem Holunder und entdeckte dahinter ein fleckiges blaues Tor. Er blickte sich um. Niemand war zu sehen.

Wenn er sich an den Ästen hochzog, konnte er leicht über die Mauer klettern. Er starrte auf seine Uhr. Die Zeiger hatten sich in ein liegendes L verwandelt. L wie »Loser« oder »Leiche«? Erschöpft lehnte er sich gegen das Tor und wäre fast gefallen, als es geräuschlos nachgab. Sebald hielt den Atem an und trat durch den Spalt hinein.

Er stand im Schatten der Mauer und ließ den Blick über das Gelände schweifen. Der Mond in seinem Rücken war heller geworden. Irgendwo im Westen glommen die Lichter der Stadt unter dem Horizont, als würde ein gefallener Zwillingsstern den Bruder bitten, ihn wieder an seinen angestammten Platz am Firmament zu setzen. Von der Helligkeit der Stadt drang nur wenig Licht hinter die dicken Mauern der alten Fabrik, die in ihrem Backsteingewand zu schlafen schien. Der Hof war von alten Gleisanlagen zerschnitten. Gräser und dürre Birken wuchsen als hölzerne Pioniere aus dem brüchigen Untergrund. Es war ruhig, fast still. Wenn nicht das dumpfe Heulen der zur Landung ansetzenden Flugzeuge gewesen wäre – fliegende Hunde, die alle paar Minuten über dem Stadtteil auftauchten und jaulend ihre Spur am Himmel zogen –, hätte dieser Ort etwas Idyllisches, Märchenhaftes gehabt. Die Stille beunruhigte Sebald, und langsam näherte er sich dem kleinen Lagerhaus, auf dem ein mehrstöckiger Turm wie ein Speer nach oben ragte.

Die Reste eines breiten zweiteiligen Holztores hingen in den Angeln, dahinter war nichts als finstere Leere. Sebald zögerte. Was wollte man hier von ihm, und vor allem: wer? War es Barmer, der ihn erpressen wollte? Aber selbst wenn der seine Stimme verstellt hatte, glaubte Sebald den Kollegen erkennen zu können. Nein, die Stimme hatte anders geklungen. Er konnte sie nicht einordnen, trotzdem war er sicher, dass er sie schon einmal gehört hatte. Das Handy meldete sich, wie um die Frage zu beantworten. In dem geistgrünen Display flackerte das Wort »Anonymous« auf.

»Du kommst zu spät!«, flüsterte eine heisere Männerstimme. Wieder hatte Sebald das sichere Gefühl, dass ihm die Stimme bekannt vorkam.

»Bist du das, Barmer?«, fragte er.

»Das wirst du gleich sehen.«

»Barmer, wenn du's bist, dann komm heraus, und wir können über alles sprechen!«

»Du musst schon zu mir kommen! Ich will dir was zeigen.«

»Und das wäre?«

»Lass dich überraschen!«

»Ich mag keine Überraschungen.«

»Genug geplaudert! Siehst du das Lagerhaus?«

»Ja.«

»Wenn du drin bist, wendest du dich nach rechts. Nach zwanzig Metern kommst du zu einer Treppe, die hoch in den Turm führt. Ganz oben warte ich auf dich.« Mit einem leisen Klicken erstarb die Verbindung.

Im Inneren der Halle war es stickig, aber nicht ganz so dunkel wie befürchtet. Sebald fingerte sein Feuerzeug hervor und tastete sich an der Wand entlang, bis er eine Treppe erreichte, die man aus billigem Beton hochgezogen hatte. Im ersten Stock befanden sich nur leer geräumte Büros. Durch die zertrümmerten Fenster malte der Mond weiße Striche auf den Boden. Sebald tastete sich auf der maroden Treppe weiter nach oben in den zweiten Stock. Auch hier schaute er in die verlassenen Zimmer. In einem lagen auf dem Boden ausgebreitet alte Zeitungen, leere Weinflaschen, Zigarettenkippen, eine zerlöcherte Decke. Die deutlich wahrnehmbare Geruchsmelange aus Urin, Alkohol und Tabakrauch ließ darauf schließen, dass das Gebäude immer noch genutzt wurde.

Gerade wollte er in das letzte Stockwerk hochsteigen, als er stutzte. Er lauschte, aber das leise Kratzen von schnellen Schritten ging im Dröhnen eines vorüberziehenden Flugzeugs unter. Danach herrschte nur noch Stille. Jemand wartete dort oben auf ihn, und es wurde Zeit, dass er die Person kennenlernte. Zögernd erklomm er Stufe für Stufe.

Als seine Augen auf gleicher Höhe mit der letzten Treppenstufe waren, blieb er mit einem Ruck stehen. Kalter Schweiß legte sich wie nasser Schnee auf seine Haut, sein Puls raste, und seine Erfahrung drängte ihn zur Flucht. Er zwang sich vorwärts. Mit jedem Schritt, den er höher stieg, änderte sich die Perspektive, verdichteten sich die Eindrücke zu einem Bild, das sich in die Netzhaut brannte. Zuerst erblickte er auf dem Steinboden nur kurze, struppige Haare und in einem Hinterkopf ein kleines rundes Loch, das ganz harmlos wirkte. Als er die oberste Stufe erreicht hatte – hoch und gefährlich wie die letzte Steilwand vor dem Gipfel –, bemerkte er die getrocknete Blutlache, die sich wie ein Heiligenschein um den Kopf des

Mannes legte und in dem sich das Licht des Mondes in einer Farbe spiegelte, die Sebald noch nie zuvor gesehen hatte: als hätte sich flüssiges Silber mit Feuer gemischt. Für einen Moment glaubte und hoffte er, dass er träumte und sich alles aufklären würde, sobald er aufwachte. Er fühlte sich, als würde er an der Decke schweben, und wartete darauf, dass das grauenhafte Motiv vor ihm verblasste und verschwand. Aber nichts geschah.

Sebald wusste, dass er in der Wirklichkeit lebte, zumindest in der, die für ihn zuständig war. Er knipste sein Feuerzeug an und hielt es vor das Gesicht des Toten. Im Schein der Flamme blickte er in ein erstarrtes Augenpaar, zwischen das sich trennend eine scharfkantige Nase schob. Ein spitz zulaufender Unterlippenbart hing wie ein pelziges Dreieck unter den wulstigen Lippen, aus denen schiefe Zähne hervorlugten. Der Anblick erinnerte ihn unwillkürlich an gebrochene Austernschalen mit ihrem salzigen, unappetitlichen Inhalt. Er betrachtete die verzerrten Züge des Mannes, als suchte er dort eine Antwort auf seine Fragen, als wäre es möglich, in den Pupillen des Mannes das Bild zu finden, das sich dort in der Sekunde seines Todes gespiegelt hatte. Sebald fixierte das Gesicht so lange, bis er sich den Daumen an der Flamme verbrannte und ihn der Schmerz aus seinen Gedanken holte.

In diesem Augenblick nahm er hinter sich ein schlurfendes Geräusch wahr. Ein Schatten huschte über das geronnene Blut. Sebald zuckte zur Seite, sodass der Schlag seine Schläfe verfehlte und über seinem Ohr einschlug; ein hungriger Schmerz kroch durch seine Schädeldecke und feuerte seine Neuronenblitze ins Hirn. Sebald taumelte, suchte Halt. Er wusste, dass er dem Angreifer keine Zeit für einen zweiten, besser gezielten Treffer geben durfte. Er wirbelte herum und packte das Handgelenk seines Gegners, in dessen Faust eine kurzläufige Pistole blitzte. Das Gesicht war unter einer bis zum Kinn herabgezogenen Wollmütze verborgen, in die zwei Augenschlitze geschnitten waren.

Sebald spürte, dass der Fremde seine ganzen Kräfte gegen ihn richtete, keuchend rangen sie miteinander, ein Tanz um die Waffe, tödliche Braut und einzige Begierde beider Männer. Wie Feuer loderte es in Sebalds Kopf. Er konnte sich nicht für einen der möglichen Verteidigungsgriffe entscheiden, die sie für solche Fälle trainiert hatten. Als er einen Schritt zurücktrat, um es mit einem

Beinfeger zu probieren, löste sich der Schuss. Gleichzeitig knirschte etwas unter seinen Füßen, er rutschte ab, verlor das Gleichgewicht und ruderte hilflos mit den Armen auf der Suche nach einem Halt. Nichts.

Er stürzte rückwärts die Treppen hinunter, kugelte sich reflexartig zusammen, rollte abwärts und schlug hart auf. Die Mondsichel über seinem Haupt verwandelte sich in das zuckende Schwert eines kosmischen Henkers, dessen dunkles Gewand aus lichtloser Materie gewebt war. Sein Antlitz verbarg eine Maske, so undurchdringlich wie die Unendlichkeit des Alls. Sebald stöhnte auf und verlor die Besinnung.

Teil 3

Doch wie ein Fluss, der sich windet, ausweicht, über einige träge Meilen hinweg zaudert, um sich dann über eine Reihe von Katarakten hinweg ungestüm in die Tiefe zu stürzen, kann der Mensch ein krisenhaftes Wesen genannt werden. Die Krise ist das stärkste Element in seiner Definition.

Loren Eiseley, »The Night Country«, 1971

1

Das Erste, was Sebald bemerkte, als er aus tiefer Bewusstlosigkeit erwachte, war das ferne Knirschen und Hämmern aufeinanderschlagenden Metalls. Er konnte sich später nicht mehr daran erinnern, wie lange er benötigte, um es von dem dumpfen Pochen und Ziehen in seinem Schädel zu unterscheiden, aber irgendwann einmal war er sicher, dass das monotone Stampfen nicht aus seinem Kopf, sondern von draußen kommen musste. Das Läuten einer weit entfernten Kirchenglocke erinnerte ihn an etwas. Er zählte mit, und als der achte Schlag verklungen war, öffnete er die Augen.

Was er sah, gefiel ihm nicht besonders. Er lag lang ausgestreckt in einem kahlen Treppenhaus zwischen alten Zeitungen, Holzbrettern und Mörtelbrocken. Er konnte sich nicht erklären, warum er hier lag. Sein Kopf schmerzte, und in seiner Erinnerung fehlte etwas Wichtiges. Die Strahlen der Morgensonne schoben sich durch die zertrümmerten Fensterscheiben, Staubpartikel entflammten in der Luft, und grün glänzende Schmeißfliegen zogen ihre Bahnen durch den Raum. Sebald beobachtete eine besonders fette Fliege, die an der Wand neben seinem Kopf hing und ihre winzigen Antennen aufrichtete, als empfinge sie ein Signal – vielleicht Duftmoleküle von …

Wie ein Schlag traf ihn die Erkenntnis, weshalb die Viecher hier waren: Aasgeruch und Nahrung für die Fliegenbrut. Da oben am Ende der Treppe lag eine Leiche. Stöhnend richtete sich Sebald auf, ächzte und tastete mit den Fingern vorsichtig über seinen Kopf. Das Ohr brannte, und ein unangenehmes Ziehen fuhr ihm durch die Schultern, aber sonst schien alles in Ordnung zu sein. Vorsichtig hob er die Arme. Da der Schmerz nicht überproportional zunahm, ging er davon aus, dass nichts gebrochen war. Als er die Arme wieder senkte, bemerkte er, dass das Glas seiner Armbanduhr zersprungen war. Die Zeiger waren genau bei vierundzwanzig Uhr stehen geblieben und lagen so übereinander, als wollten sie sich gegenseitig beschützen. Die Haut an seinen Handgelenken war aufgescheuert.

Dann sah er die Pistole. Er erkannte sie sofort, konnte sich aber nicht erklären, wie seine Dienstwaffe hierherkam. Sebald streckte die Hand aus, und das kalte Eisen des Griffes schmiegte sich eng an seine Haut. Vertraut. Beruhigend. Er hielt sich die Mündung vor die Nase, und der bekannte, ganz feine Brandgeruch ließ keinen Zweifel an der Tatsache aufkommen, dass die Waffe vor nicht allzu langer Zeit benutzt worden war.

Sebald schluckte. Er hatte Durst und registrierte besorgt, wie sich eine lähmende Übelkeit in seinen Gedärmen breitmachte. Hatte Barmer ihn gestern mit seiner eigenen Waffe angegriffen? Aber weshalb, und wo war Barmer jetzt? Oder handelte es sich bei dem Angreifer gar nicht um Barmer? Aber wer hatte ihn dann hierhergelockt? Vielleicht der Mann, der da oben lag? Aber weshalb hatte man ihn umgebracht? Und vor allem: Wer hatte das getan?

Er atmete tief aus und konzentrierte sich auf die Luft, die durch seine Lungen rieselte. Ein und aus, immer wieder. Sauerstoff für sein dünnes Blut. Wellen aus Luft, die die Mauer aus Übelkeit fortspülten, bis endlich nur noch flacher Sand und ebene Fläche übrig blieb. Er spürte, wie der Druck auf seinen Kopf abnahm. Mühsam stand er auf und erwog die Möglichkeit, den Ort so schnell wie möglich zu verlassen. Obwohl ihn eine innere Stimme darin bestärkte, war er jedoch zu sehr Polizist und zu neugierig, um dem starken Drang zur Flucht nachzugeben.

Vorsichtig einen Fuß vor den anderen setzend schlich er die maroden Stufen hinauf. Er kam zu dem Zwischengeschoss und wunderte sich darüber, wie tief er gestern hinabgestürzt war. Kleine Steinbrocken lagen überall verstreut. Der billige Beton zeigte tiefe Risse und Wunden. Als er endlich im obersten Stockwerk angelangt war, stockte ihm der Atem. Auf dem staubigen Boden lag immer noch die Leiche des Mannes mit dem kantigen Gesicht. Aber direkt neben ihm befand sich ein zweiter Körper, und obwohl Sebald nirgends Blut erkennen konnte, wusste er doch sofort, dass auch dieser Mann tot war. Dort, wo sonst der Kopf auf dem Körper saß, war nur ein schwarzer, in Wolle gehüllter Ball zu sehen. Sebald schluckte, als ihm klar wurde, dass es sich um den Angreifer von gestern Nacht handelte.

Spätestens jetzt sollte er zu seinem Handy greifen und die Kollegen informieren. Er zögerte, konnte sich nicht dazu entscheiden. Erst musste er nachsehen, wer der Mann war. Er packte den massigen Körper an den Schultern und drehte ihn langsam auf den Rücken. An der Stelle, wo sich das Herz befand, hatte sich eine Kugel durch Jackett und Hemd gebohrt. Sebald schob den blutigen Stoff mit den

Fingern auseinander und erblickte die kleine fleischige Öffnung, die das Projektil auf seinem Weg durch den Brustkorb in die Haut geschlagen hatte. Plötzlich trat ihm kalter Schweiß auf die Stirn. Konnte die Kugel aus seiner Waffe stammen? Was, wenn der Schuss, der sich bei dem Handgemenge gelöst hatte, dieses Ziel gefunden hätte? Dann wäre er verantwortlich für den Tod des Mannes, hätte zumindest eine Teilschuld daran. Seit wann war Notwehr ein Vergehen? Er wurde angegriffen und hatte sich verteidigt. Das musste jeder verstehen. Aber würden sie ihm auch glauben, wenn der Tote etwa …

Er brauchte Gewissheit, zerrte die Wollmütze vom Schädel des Toten. Nur widerwillig gab der Stoff sein Inneres preis, die feinen Maschen verhakten sich in dem stacheligen Bart der Leiche. Endlich rutschte der Kopf aus seiner Verhüllung und verharrte dort in bewegungsloser Stille. Sebald konnte einen Schrei nicht unterdrücken, als er in Paul Barmers glasige, kalte Augen starrte.

2

Niemand war in der Nähe. Aus dem Hafenbecken drang das Knirschen und Quietschen einer Schrottpresse zu ihm herauf, und in der Ferne grollte der Großstadtverkehr. Er war allein. Ein warmer Wind strich über das Wasser. Am Ufer vertäut, keine fünf Meter entfernt, lag ein alter verrosteter Lastkahn, festgeschnürt wie für die Ewigkeit, mehr Stein als Schiff. Er griff unter sein Hemd und zog den weißen Stahl hervor, wog ihn kurz in der Hand und schleuderte ihn in den Fluss. Die Waffe blitzte kurz auf und verschwand im trüben Wasser.

Sebald stand an der steilen Ufermauer und starrte auf die konzentrischen Kreise, die sich immer weiter von der Stelle entfernten, wo die Pistole versunken war. Er rührte sich nicht, bis die Wellenringe vollständig mit der glatten Oberfläche des Flusses verschmolzen waren. Jetzt konnte ihn niemand mehr mit Barmer und dem anderen Toten in Verbindung bringen. Sein Blick wanderte weiter an das gegenüberliegende Ufer. Die winzige Gestalt eines Spaziergängers tauchte an einem Bootssteg auf, und wie auf Befehl näherten sich Enten und Schwäne in Erwartung eines Frühstücks aus Brot und Kuchenresten. Eine grüne Wand aus schwertförmigen Pappeln versperrte den Blick auf die dahinterliegende Stadt, die spitzen Wipfel der Bäume stachen in den stahlblauen Himmel, die Sonnenstrahlen spiegelten sich in den Wellen, brachen sich und blendeten ihn, sodass er sich abwenden musste.

Als er sich umdrehte, blieb sein Blick zwischen der rostigen Außenwand des Kahns und der senkrechten Uferwand hängen. Versteckt im Schatten zwischen Wand und Boot stand ein Mann auf einer Strickleiter und musterte ihn. Mit der einen Hand hielt er sich fest, und mit der anderen umklammerte er einen Pinsel. An einem Haken, der irgendwo aus der Schiffswand ragte, erkannte Sebald einen Topf mit lehmbrauner Farbe. Die Augen des Mannes glitzerten, die markante Nase über dem zusammengepressten schmalen Mund erinnerte ihn unwillkürlich an eine Haifischflosse. Am meisten aber fielen Sebald die krebsroten Haare auf, die in dichten Locken auf dem Schädel wuchsen und wie kleine purpurne Wellen die Stirn des Mannes umspülten. Wie lange hatte der Mann ihn schon beobachtet? Hatte er die Waffe in seiner Hand als solche erkannt? Er schluckte und winkte dem Mann zu. »Na, der alte Kahn braucht wohl dringend ’nen neuen Anstrich?«

Der Mann nickte, antwortete aber nicht, blickte auf Sebalds Hand.

»War nur ’n Stock«, sagte Sebald, und seine Stimme kam ihm zittrig und verlogen vor.

Wieder nickte der Mann, etwas langsamer diesmal. Ein Zucken wanderte über seine Lippen, dann senkte er den Blick, tunkte den Pinsel in den Eimer und strich über die fleckige Außenwand.

Sebald sah auf. Der Wind wurde stärker und drückte die Wellen flussaufwärts, als kämpften beide Elemente gegeneinander. Sebald beschloss, sich ein Taxi zu suchen, das ihn nach Hause brachte. Er fühlte sich krank, und wahrscheinlich war er es auch. Rasch ging er ein paar Schritte weiter, zögerte und drehte sich um, starrte auf den Pinsel in der Faust des Malers. Die frische Farbe verbreitete sich wie eine eitrige, längliche Wunde auf der Schiffshaut. Sebald wandte sich ab und rannte die Uferstraße entlang. Nach ein paar Minuten wurde der Verkehr dichter, und als sich ein Taxi näherte, sprang Sebald auf die Straße, öffnete die Hintertür, ohne auf das Fluchen des Fahrers zu achten, und ließ sich auf den Rücksitz fallen. Erst als er völlig erschöpft und mit leerem Blick aus dem Fenster starrte, dämmerte es ihm, dass das Muster des Anstriches einer Pistole glich.

3

Sebald hockte vor seinem Schreibtisch und starrte auf die beiden Fische. Die silbern schimmernde Meeräsche, die in ihrem Bewegungsdrang unverwüstlich schien, lebte nicht mehr. Als er das Büro betreten hatte, trieb ihr aufgeblähter Leib wie ein umgestürztes Boot an der Oberfläche. Ihr Tod traf ihn wie ein böses Omen, so als wollte sie ihn an Barmer erinnern, der ihr Schicksal teilte. Er fingerte den schuppigen Leib aus dem Becken, stopfte die winzige Leiche in einen herumliegenden Plastikbeutel und verstaute das Ganze im Gefrierfach des Kühlschranks. Danach ließ er sich auf seinen Stuhl fallen und versank in einem Sumpf aus Trotz und Verzweiflung. Der dichte Nebel, der sich seit jener Nacht in seinem Kopf ausgebreitet hatte, wollte sich einfach nicht auflösen. Gedanken und Bilder blieben ohne Struktur, ein Brei aus einer klebrigen Masse, wie Klebstoff im Hirn. Sobald er die Augen schloss, starrten ihn Barmers gebrochene Augen an, aber er konnte sich nicht dazu entschließen, sich jemandem anzuvertrauen. Er wusste, dass jedes weitere Zögern seine Glaubwürdigkeit verringerte.

Barbe und Nilhecht glotzten ihm aus ihrem gläsernen Gefängnis entgegen. »Geh endlich rüber«, hörte er sie blubbern, »und erzähl dem Major alles! Los, du Feigling, mach schon, dann hast du's hinter dir!«

Und er hatte es sogar versucht. Stand schon vor der schallgedämpften Tür, die Klinke in der Hand, die Worte im Mund: Chef, ich muss mal was Wichtiges mit Ihnen besprechen. Der Major hätte von seinem Schreibtisch aufgesehen und ihn über seine Lesebrille hinweg scharf gemustert. Nach ein paar Sekunden durchdringender Musterung hätte sich der gerade Strich zwischen seinen Lippen in die Andeutung eines Lächelns verwandelt, und mit den Augen hätte er ihm signalisiert, dass er sich – was immer er auf dem Herzen hatte – ruhig anvertrauen konnte. Aber wie sollte er seinem Chef erklären, dass seine Mutter einen Puff betrieb, der unter der schützenden Hand eines Kriminalhauptkommissars florierte, weil niemand dort Angst zu haben brauchte, dass eine unangemeldete Razzia Gäste und Angestellte verschrecken würde? Und wie hörte sich das an, wenn er seinem Chef erklärte, dass Barmer ihn in ein altes Fabrikgelände gelockt hat, ihn dort mit seiner eigenen Waffe angegriffen und sich dummerweise dabei selbst ins Herz geschossen hatte? Ganz zu schweigen von der zweiten Leiche, deren Vorhandensein er mit keinem Wort und keinem logischen Grund erklären konnte. Die Tatsache, dass sie mit einem Kopfschuss neben Barmers Leiche lag, machte das Ganze nicht einfacher.

Die Fische wandten sich jetzt von ihm ab, und während die torpedoförmige Barbe in gleichmäßigen Kreisen durch das Becken schwamm, suchte ihr Schicksalsgenosse mit der langen Nase den Sand nach Futterresten ab. Die beiden waren stumme Zeugen eines anderen Verbrechens, dessen ungelöste Fragen Sebald zurück zu seiner Arbeit trieben.

Vor ihm – über die gesamte Schreibfläche ausgebreitet – lag ein großes Fragezeichen aus Farbfotos. Oben die nackte Leiche des verstümmelten Zuhälters in der Totalen, weitere Fotos mit Ausschnitten, die Details zeigten: das Gesicht des Mannes, das noch im Tod ungewöhnlich brutal und abstoßend wirkte; der blutende Armstumpf mit den abgetrennten Händen; das in dem Tisch steckende Küchenmesser mit der fabrikneuen Schneide; das kleine rote Loch über den Hoden, unnatürlich, deplatziert und von verstörender Endgültigkeit; der Beutel mit den Fischen. Frevlerfische – genau das waren sie! Zuletzt der Punkt unter dem geschwungenen Haken: ein Skorpion in Nahaufnahme – *Androctonus amoreuxi*.

Rechts neben dem Fragezeichen aus Bildern hatte er ein kleines Ausrufezeichen hinter den Namen der toten Polin geschrieben. Konnte es so einfach sein?

Die Sache war faul, so viel konnte er trotz des Nebels um sich herum erkennen. Nur – da der Major den Fall abgeschlossen hatte, warum sollte er sich noch mit zusätzlicher Arbeit belasten? Weshalb sollte er seine Bedenken äußern, wenn keiner sie hören wollte? Er hasste sich selbst für diese Einstellung, aber er fühlte sich zurzeit nicht in der Lage, den brillanten Ermittler hervorzukehren. Sollten sie doch machen, was sie wollten!

Ein leichter Schwindel schüttelte ihn. Er griff sich einen Stift und zeichnete Kreise auf ein Blatt Papier. Weiße Schatten tanzten um ihn herum. Sebald stöhnte auf und rieb sich mit den Fäusten die Augen, bis sich die inneren Bilder in zuckende weiße Blitze verwandelten.

Irgendetwas drückte auf seine Schulter. Verstört wandte er sich um. Neben ihm stand Karl May, und seine Miene verriet echte Besorgnis. »He, Alter! Was ist los mit dir?«

»Entschuldige, hab gar nicht gemerkt, dass du da bist! Mal wieder Kopfschmerzen, nichts weiter.«

Karl nahm die Hand von Sebalds Schulter und trat zur Seite. »Wenn's dir recht ist, würde ich gerne mit dir darüber sprechen, was ich in München herausgefunden habe.«

Sebald konnte seine Verwirrung nicht verbergen. Wie hatte er das nur vergessen können? »Klar hab ich Zeit«, sagte er, und mit etwas festerer Stimme setzte er hinzu: »Für dich doch immer.«

Karl grinste und zog sich einen Stuhl herbei. Er streckte Klaus etwas entgegen. »Hier, dein Ausweis! Soll ich dir von Glotzke zurückgeben.«

Sebald zögerte. Hatte er noch das Recht, diesen Ausweis zu tragen? War es nicht vielmehr so, dass er letzte Nacht die Seiten gewechselt hatte und eine falsche Rolle spielte, wenn er das Stück Plastik weiter benutzte?

»Was hat Glotzke denn damit angestellt?«

Sebald betrachtete den Ausweis und steckte ihn ein. Er hatte keine Lust, über die Fischfirma und den Tierarzt zu reden und erst recht nicht über die Abdrücke, die Glotzke auf seinem Ausweis entdeckt hatte. Die Spur, die er verfolgte, führte über dünnes Eis, das nicht mehr als eine Person trug. Er musste alleine weitergehen. Und er hatte nicht mehr viel Zeit, um die Frau zu finden. Morgen würde Glotzke seinen Bericht abgeben, in dem stand, dass die am Tatort einer Leiche gefundenen Fingerabdrücke einer Verdächtigen identisch waren mit denen, die sich auf dem Ausweis eines ermittelnden Polizisten befanden. Wie war das möglich?

Sebald spürte, dass ihn sein Kollege musterte. Er drehte sich zu Karl und stellte eine Gegenfrage: »Seit wann bist du aus München zurück?«

»Seit gestern Abend. War wieder viel los auf der Autobahn, und ohne Blaulicht bist du halt nur einer unter zigtausend.«

»Was hast du über Schmittke herausgefunden? Mit wem hast du gesprochen?«

»Der Typ war ein Einzelgänger. Hatte kaum Freunde. Einer der Nachbarn hat erzählt, dass Schmittke selten zu Hause war, gerne einen über den Durst trank und eine Zeit lang als Stuntman für eine Vermittlungsagentur gearbeitet hat.«

»Warst du auch dort?«

»Natürlich. Die Sekretärin wollte erst nicht mit der Sprache herausrücken. Schließlich hat sie mir aber doch verraten, dass unser Mann nicht mehr vermittelbar war, weil er während der Dreharbeiten einen Kollegen so schwer verletzt hat, dass dieser im Krankenhaus gestorben ist.«

»Was? Wie kam das denn?«

»Die beiden Stuntmen sollten eine Schlägerei nachspielen, dabei kam es wohl zu einem Unfall. Jedenfalls wurde der andere von einem Faustschlag so schwer getroffen, dass er zusammenbrach. Weil das so im Drehbuch stand, wurde der Ernst der Lage zu spät erkannt, und der Mann starb an inneren Blutungen.«

»Aber dann hätte Schmittke doch wegen Totschlags für mehrere Jahre hinter Gittern sitzen müssen.«

»Könnte man meinen. Aber natürlich hat Schmittke jeglichen Vorsatz abgestritten und seine Unschuld beteuert. Es kam wohl auch zu einer Gerichtsverhandlung, aber der Typ hatte einen erstklassigen Rechtsanwalt, der das Ganze als tragischen Arbeitsunfall darstellte, sodass die Anklage schließlich fallen gelassen wurde.«

Sebald stand auf und begann im Zimmer herumzulaufen. Skeptisch blickte er Karl an.

»Wo hatte der denn das Geld für so einen teuren Anwalt her?«

»Keine Ahnung. Vielleicht hatte er was gespart.«

Sebald verzog den Mund.

»Sonst noch was?«

»Nicht viel«, entgegnete Karl. »Beruflich war er seitdem wohl erledigt. Kein Schauspieler oder Regisseur und erst recht kein Stuntmankollege wollte mehr mit ihm zu tun haben.«

»Wahrscheinlich hat er sich deshalb auch aus München verabschiedet und hier in Frankfurt niedergelassen«, sagte Sebald.

»Möglich. Er wollte wohl seinem Ruf als Totschläger entkommen. Na, hat ihm ja auch nichts genutzt.«

»Wie hieß denn dieser arme Kerl, der verunglückte Kollege?«

Karl May kramte ein altes Notizbuch hervor und blätterte darin, bis er die gesuchte Seite gefunden hatte. »Sein Name war Josef Heidenfeld. War ein junger Mann von Anfang zwanzig. In der Agentur haben sie mir gesagt, dass er außer einer älteren Schwester keine weiteren Verwandten hatte. Sie soll übrigens bei dem Verfahren als Nebenklägerin aufgetreten sein.«

»Weißt du, wie sie heißt?«

»Nein, aber das lässt sich sicher rausfinden. Soll ich das für dich erledigen?«

»Kann ich auch selbst machen«, antwortete Sebald und zog die Schultern nach oben. »Wenn der Fall offiziell abgeschlossen ist, brauchen wir auch nicht mehr in der Sache ermitteln.«

Sebald hielt die Luft an und wartete auf Karl Mays Einspruch.

Zu seiner Enttäuschung nickte Karl aber und sagte: »Gut, das ist auch meine Meinung. Wir haben noch anderes zu erledigen.«

Sebald atmete lange aus und betrachtete schweigend die Fotos auf seinem Schreibtisch.

Plötzlich sagte sein Kollege in die Stille hinein: »Barmer ist heute nicht zum Dienst erschienen.«

»Ist das nicht normal nach dem, was vorgefallen ist?«

»Mmh, wir können ihn nicht erreichen.«

»Vielleicht ist er verreist.«

»Ohne offiziell Urlaub einzureichen?«

»So wie ich Barmer kenne, taucht er bald wieder auf.«

»Glaub ich auch«, sagte Karl und nahm das Foto mit den Frevlerfischen in die Hand. Dann sah er auf und deutete auf das Aquarium. »Wo ist der Dritte?«

»Leider eingegangen.«

»Tut mir echt leid!«

»Ja, mir auch«, sagte Sebald und fragte sich, wann Barmers Leiche entdeckt und zurück in die Öffentlichkeit gezerrt werden würde.

4

Kinder. Ausgerechnet Kinder. Selbst an diesem vergessenen Ort, der nach Abenteuer und Geheimnis schmeckte und hinter den dicken Ziegelmauern Freiheit und ungestörtes Spielen versprach, dessen mit Brennnesseln und gelbem Rainfarn verdeckte Wege neben den rostbraunen Eisenträgern an blutgetränkte Schlachtfelder erinnerten, wo die zerfallenen Arbeiterbaracken von wuchernden Brombeerhecken in ein dornenumkränztes Zauberschloss verwandelt wurden, selbst an diesem verschwiegenen, einsamen Ort brach sich die Gewalt der Erwachsenenwelt eine zerstörerische Schneise und brannte ihr unauslöschliches Siegel in die jungen Seelen der Entdecker.

Als die Kinder sie fanden, hatten die Nachkommen der Schmeißfliegen schon ganze Arbeit geleistet und sich wie ein entfesseltes Heer von Bergwerksleuten durch das Fleisch gestoßen. Wäre nicht der faulig-süßliche Geruch gewesen, der die Kinder auf Abstand hielt, sie hätten wohl noch mehr von den schrecklichen Einzelheiten wahrgenommen: das geronnene Blut, die verzerrten Gesichter, die hohlen, leeren Augenpaare. So blieben ihnen ein paar Details am Tatort erspart, mit denen sich später die Spezialisten der kriminalistischen Spurensicherung beschäftigen mussten. Menschen, denen es nur um Fakten gehen durfte, wollten sie nicht an der unheilvollen Wirklichkeit des Ortes Schaden nehmen.

Sebald stand vor dem Hauseingang und fischte die Morgenzeitung aus seinem Briefkasten. Seine Augen wanderten über den Artikel auf der Titelseite. In seinem Kopf entstanden Bilder, die er nicht sehen wollte. Er beneidete sie nicht, seine Kollegen, die in Barmers Resten herumstocherten, um ein Rätsel zu lösen. Er fühlte sich auch nicht erleichtert, dass man die Leichen jetzt endlich entdeckt hatte, fast sieben Tage nach der unheilvollen Nacht, die er dort verbracht hatte. Er war nur froh, dass er sich den Rest der Woche freigenommen hatte, weil es ihm so erspart blieb, sich an der Inspizierung des Tatortes beteiligen zu müssen.

Als seine Beine zu zittern begannen, wurde ihm bewusst, dass er noch immer vor seinem Briefkasten stand, mit nichts außer Shorts und einem fleckigen T-Shirt am Leib. Schnell klaubte er den Inhalt zusammen und warf alles, was er für entbehrlich hielt, in die ewig überfüllte Altpapiertonne. Bei einem an ihn adressierten Brief mit dem Aufdruck eines Frankfurter Notars zögerte er, betrachtete ihn von allen Seiten, um eine Ahnung von seinem Inhalt zu bekommen, zuckte dann mit den Schultern und warf ihn zu dem Altpapier in die Tonne. Dann schlurfte er zurück zum Haus, blieb an der Eingangstür stehen und spürte plötzlich ganz deutlich, dass er einen Fehler begangen hatte. Irgendetwas in ihm suchte nach Gründen, den Brief wieder herauszuholen, aber da er kein gutes Argument fand außer der Tatsache, dass man Briefe von Rechtsanwälten nicht einfach im Altpapier entsorgte – und diese Einstellung empfand er als so spießig, dass er sie nicht gelten ließ –, gab er der Tür einen Stoß und betrat das Treppenhaus.

Vor dem Aufzug zögerte er kurz und sah an sich hinunter. Ein bisschen Bewegung könnte nicht schaden. Vielleicht sollte er nachher noch eine Runde durch den Stadtwald joggen. Der Gedanke gefiel ihm. Er betrat den Aufzug und drückte auf einen der oberen blanken Stifte, von denen irgendjemand die Deckel mit den Nummern der Stockwerke abgepopelt hatte. Er hasste Hochhausaufzüge und benutzte sie nur, wenn er zu faul oder zu müde zum Treppensteigen war. Der Geruch nach Pisse und kaltem Rauch, die billige Plastikverkleidung und der zerkratzte Spiegel, der die klaustrophobische Wirkung mildern sollte, widerten ihn an. Mit einem Ruck schloss sich die Kabine, und die verbogenen Türblätter schoben sich ineinander. Sebald verschränkte die Arme hinter dem Rücken und lauschte dem Summen und Kratzen der Zahnräder, die ihn wie eine Ware transportierten.

Oben stieg er aus und lauschte an der Tür seiner Nachbarin. Wie immer lief der Fernseher von Frau Drombeck in schwerhörigengerechter Lautstärke. Sebald spielte einige Sekunden mit dem Gedanken, der alten Dame endlich mal wieder einen Kurzbesuch abzustatten, verwarf aber die Idee und beschloss, erst einmal zu frühstücken.

In seiner Wohnung warf er die Zeitung auf den Boden und suchte nach dem roten Slip der Blonden. Das Museum hatte auf eine Anzeige wegen Hausfriedensbruch verzichtet, sodass das delikate Beweisstück für eventuelle Ermittlungen nicht mehr von Bedeutung war. Seitdem erinnerte es Sebald an die Frau und daran, dass er noch eine Rechnung mit ihr zu begleichen hatte. Nachdem er planlos durch seine Wohnung getigert war, ohne das Teil zu finden, gab er es fürs Erste auf, setzte sich an den Küchentisch und las den Artikel ein zweites Mal durch, Wort für Wort. Die Polizei hatte anscheinend noch keine Vermutung, wer die beiden Männer umgebracht haben könnte. Barmers Name wurde nicht genannt, es hieß nur, dass sich unter den beiden Opfern auch ein Polizeibeamter befand. Bei dem zweiten Toten handelte es sich um einen russischen Staatsbürger, dem Verbindungen zur Mafia nachgesagt wurden. Er erstarrte, als er den Namen las. Vladimir Karentschevko. Sabrinas Mörder! Dann musste Barmer den Russen in der Fabrik gestellt haben. Wie hatte er ihn dort nur aufspüren können? Aber war Barmer wirklich daran interessiert, den Mörder seiner Frau zu verhaften? Die Tatsachen sprachen eher dafür, dass er den Mann liquidieren wollte. Doch weshalb hatte sich der Russe in die Falle locken lassen? Und warum um alles in der Welt sollte Sebald dort anwesend sein?

Sebalds Herz trommelte wie eine verrückt gewordene Snaredrum. Ein schrecklicher Gedanke durchzuckte ihn. Wollte Barmer ihm die Schuld am Tod des Russen anhängen? War der Erpresseranruf nur ein Vorwand, um ihn allein an diesen Ort zu locken? Hatte Barmer seine Waffe gestohlen, damit den Russen umgebracht und anschließend Sebald angerufen? Barmer konnte sich darauf verlassen, dass Sebald alleine kommen würde, um die Angelegenheit wegen seiner Mutter zu klären. Am Tatort hatte sich Barmer dann an ihn herangeschlichen, um ihn bewusstlos zu schlagen und mit der Leiche eines Mannes zurückzulassen, in dem eine Kugel aus seiner Dienstpistole steckte. Aber wenn es so war – und einiges sprach dafür –, dann war Barmers Plan gründlich danebengegangen.

Sebald knetete sein Kinn mit der Hand, strich sich über die Stirn und kämpfte die Übelkeit der Erinnerung nieder. Er musste etwas unternehmen. Jetzt gleich. Er griff nach seinem Handy und tippte Meinharts Nummer ein, überlegte es sich aber anders und legte das Handy zurück auf den Tisch. Es war besser, die Angelegenheit persönlich zu regeln. Er rannte in sein Schlafzimmer, schlüpfte in die letzte saubere Hose, die er finden konnte, und steckte ein paar kleine Geldscheine in die Tasche. Dann zog er sein bestes Hemd und das blaue Jackett an, holte Papier und Bleistift aus einer Schublade und notierte sich die wichtigsten Details. Für einen Moment dachte er daran, die Sache mit seiner Mutter wegzulassen, aber wenn er sich schon für die Wahrheit entschied, dann wollte er sie auch vollständig präsentieren. Mit einem guten Anwalt würde man ihn auf Bewährung gehen lassen. Als er endlich fertig war, faltete er das Blatt zweimal und schrieb Meinharts Namen darauf. Er steckte den Brief in seine Jackentasche und verließ die Wohnung. Der Aufzug war noch da, als hätte er auf ihn gewartet. Aus der Wohnung von Frau Drombeck tönte lautstarkes Gelächter: die Morning-Soap! Sebald wählte das Treppenhaus.

Als er ins Freie trat und die orangeroten Männer sah, die ihre Fäuste in übervolle Tonnen drückten, bevor sie ihre Fracht zu dem wartenden Mutterschiff manövrierten, fiel es ihm wieder ein. Kurz bevor der Müllmann ihn erreichte, öffnete er die Altpapiertonne und fischte den Brief des Notars daraus hervor. Mit einem Nicken ging er an dem Arbeiter vorbei, der ihn spöttisch angrinste. Als Sebald den Brief in seine Jackeninnentasche steckte, ahnte er noch nicht, dass er sich selbst gerade das Leben gerettet hatte.

5

Im Polizeipräsidium begrüßte ihn das aufgeregte Gemurmel einer Ansammlung von Jugendlichen, denen das zur Schau gestellte Desinteresse überdeutlich ins Gesicht geschrieben stand. Die meisten lungerten vor dem Pförtnerhäuschen, und der diensthabende Kollege machte ein Gesicht, als traute er der Sicherheit des Panzerglases nicht, das ihn von den ungewohnten Besuchern trennte. Ein grauhaariger Mann in Jeans, Schlabberhemd und ausgelatschten Sandalen – kaum einen halben Kopf größer als seine Schüler – fuchtelte mit beiden Armen in der Luft herum und rief lautstark, aber erfolglos nach mehr Ruhe. Ein paar Glatzköpfe, von denen der kräftigste trotz der Hitze eine speckige Rollmütze über den Kopf gezogen hatte, versuchten sich in der Kunst, möglichst cool auf kalten Zigarettenstummeln herumzukauen und gleichzeitig den Mädchen auf die Brüste zu starren.

Sebald war klar, was hier vor sich ging: Die neu geschaffene Abteilung für Öffentlichkeitsarbeit hatte beschlossen, ihrem Namen gerecht zu werden und regelmäßige Führungen durch das Präsidium anzubieten. Und dieses Mal war also eine Schulklasse dran. Ob sich die Typen wohl die Mühe gemacht hatten, ihr Dope zu Hause zu lassen? Ein Beamter in Uniform näherte sich und winkte etwas hilflos mit der Hand. Sebald musste sich zwischen den Schülern durchdrängeln, die unwillig Platz machten. Er winkte dem Pförtner zu, der den Gruß mit einem säuerlichen Gesichtsausdruck erwiderte.

Als er seine Abteilung im dritten Stock erreichte, hielt er inne, verschnaufte kurz und sah sich um. Der Gang war leer, und aus den geschlossenen Zimmern drang kein Laut nach draußen. Das Fenster zum Hof war geöffnet, und er nahm sich die Zeit, um die grüne Efeuwand gegenüber zu betrachten, deren bloße Existenz ihn zuversichtlich stimmte. Wenn er das Gespräch mit dem Major erst einmal hinter sich hatte, würde er endlich wieder richtig arbeiten können. Martin Paschke war bei einem Unfall ums Leben gekommen, und warum sollte eine drogenabhängige Nutte nicht ihren Peiniger entmannen und ein paar Fische als Andenken zurücklassen? Vor allem aber würde er jede Kneipe und jede Apfelweinwirtschaft nach der kleinen Blonden absuchen und, wenn er sie fand, ein paar Dinge klarstellen. Vielleicht würde man ihn ein, zwei Wochen beurlauben, bis die Sache mit Barmer und diesem undurchsichtigen Russen geklärt war, aber danach wäre wieder alles wie früher.

Er wollte sich gerade abwenden, um Meinhart zu suchen, als er einen Streifenwagen bemerkte, der mit zuckendem Blaulicht durch die Einfahrt raste und vor dem Gebäude hielt. Zwei Polizisten stiegen aus und führten einen Mann mit kupferroten Haaren und blauem Arbeiteranzug zum Hintereingang. Sebald konnte den Mann nur von hinten sehen, trotzdem hatte er das Gefühl, ihn zu kennen. Sebald atmete tief aus. Wenn der Mann unten der hakennasige Pinselschwinger vom Main war, steckte er ziemlich in der Klemme. Sobald die Polizei seine Waffe im Fluss gefunden hatte, wäre seine Glaubwürdigkeit so groß wie die Unschuldsbeteuerungen eines mit Farbpatronen beschmierten Bankräubers. Er musste jetzt so schnell wie möglich den Major aufsuchen und ihm alles erzählen, bevor ihm die Sache über den Kopf wuchs.

Sebald rannte die wenigen Meter durch den Flur bis zur Bürotür seines Vorgesetzten. Er fasste sich mit der Hand an die Brust und befühlte den Brief mit seinen Notizen. Dann klopfte er zweimal und drückte auf die Klinke. Die Tür schwang auf, aber das Büro war leer. Was sollte er tun? Warten, bis sein Chef zurückkam, oder den Brief einfach hierlassen und Meinhart genügend Zeit geben, darüber nachzudenken? Sebald zögerte. Im Zimmer war es noch stickiger als auf dem Gang. Jemand hatte die Rollläden heruntergekurbelt in der trügerischen Hoffnung, dass sie die Tageshitze abhalten würden.

Sebald trat ein und schloss die Tür. Drückende Schwüle umhüllte ihn. Ein schmales Rinnsal aus Schweiß und Angst kroch über seinen Rücken. Um sich Luft zu verschaffen, streifte er sein Jackett ab und warf es auf ein Sofa, das gegenüber dem Fenster an der Wand stand. Sebald machte ein paar Schritte zu dem mächtigen Eichenschreibtisch, auf dem sich Papiere und ein Aktenordner, Schreibutensilien, ein Duden und das Diensttelefon den Platz teilten. Zwischen Tisch und Fenster befand sich ein kleiner unbequemer Holzstuhl, dessen gedrechselte Zartheit in seltsamem Widerspruch zu der robusten Bauweise des Schreibtisches stand. Sebald wusste, dass sich der Alte nicht davon trennen wollte, nicht einmal, als aus der Materialverwaltung neue, hydraulisch verstellbare Bürostühle in knalligen Farben angeliefert wurden. Wie oft hatte sein Chef auf dem Stühlchen gesessen und ihn auf dem nur wenig bequemeren Besuchersessel aufmerksam betrachtet, während sie über die aktuellen Fälle diskutierten! Und wie oft brachten ihn die klugen Fragen und Anmerkungen des Majors auf eine vielversprechende Spur oder zeigten ihm Fehler in der Beweisaufnahme, die er tatsächlich übersehen hatte.

Der Schriftverkehr und die Ergebnisse aller abgeschlossenen, ruhenden oder ungeklärten Verbrechen steckten in dem feuerfesten Stahlschrank, der fast die ganze Längswand des Büros einnahm und in dem sich Hunderte von Aktenordnern eng aneinanderreihten. Wie eine Armee aus Pappe und Papier: jedes Blatt ein Soldat, jedes Indiz ein Offizier und jeder Beweis ein General. Sebald wusste, dass sich der Major auf dieses Heer verlassen konnte, und schon oft hatten sie gemeinsam in den alten Ordnern recherchiert, Untersuchungsberichte gelesen, Indizien geprüft, Zeugenaussagen auf Widersprüche untersucht, Obduktionsberichte studiert und Gutachten kommentiert. Sie hatten diesen Fundus an kriminalistischen Erfahrungen durchgeackert, bis sie tatsächlich ein fehlendes Puzzleteilchen entdeckten, das ihnen auf dem Weg zur Lösung eines ungeklärten Verbrechens ein Stück des Weges weiterhalf.

Sebald wusste und akzeptierte, dass der Major einem Anachronismus vertraute. Denn alle Informationen über Täter, Opfer und Tatverdächtige waren auch in der zentralen Datenbank gespeichert und konnten bei Bedarf am PC abgerufen werden. Inter- und Intranet waren auch bei der Polizei zu effektiven Hilfsmitteln bei der Verbrechensbekämpfung geworden. Aber wenn Sebald seinen Vorgesetzten auf die Möglichkeiten der digitalen Recherche hinwies, wurde sein Chef ungeduldig und murmelte etwas von abgestürzten Computern und ewigen Ladezeiten. Der Computer könne nur visuelle Dinge wiedergeben, pflegte der Major dann zu antworten, aber die anderen Sinne, die für eine erfolgreiche Recherche mindestens genau so wichtig waren, Hören, Fühlen, Schmecken, Riechen, ließen sich nicht speichern und waren damit verloren. Als Sebald ihn darauf aufmerksam machte, dass seine verstaubten Ordner auch nicht viel mehr als Worte auf gelbem Papier waren, wurde sein Chef wirklich ärgerlich. Das war keine gespielte Wut oder Ungeduld, wie er sie manchmal bei Besprechungen zeigte, um seine Leute zusätzlich zu motivieren, sondern echter Ärger. Sebald fühlte es, und er hörte es auch, weil ihn sein Chef duzte, was er normalerweise nicht machte.

»Sag nicht so etwas!«, knurrte er und fuchtelte dabei mit den Händen in der Luft. »Hier zwischen den Aktendeckeln steckt die Arbeit eines Lebens. Erinnerungen, die beim Nachschlagen geweckt werden und erfolgreiche Wege aufzeigen können, Methoden, die sich bei der Verbrechensbekämpfung hundertfach bewährt haben, und vor allem …«, dabei sah er Sebald fast beschwörend an, »eine konkrete Erfahrungswelt, die Raum gibt für Ideen und Intuitionen, die jenseits der abstrakten Strom-an-Strom-aus-Logik der EDV liegen.«

Sebald dachte damals spöttisch: Wow, der Major ist ein Philosoph! Aber als er jetzt an den Ordnern mit den bunt beschrifteten Etiketten entlangging, ahnte er die Wahrheit, die in diesen Worten steckte. In diesem Schrank ruhte das Lebenswerk seines Vorgesetzten, und jedes einzelne Blatt war Teil seiner Erfahrung und seines Wissens.

Die Wand aus Akten und Ordnerrücken hatte nur wenige Lücken. Vor einer blieb er stehen und musterte die dunkle kantige Öffnung. Womit befasste sich der Major gerade? Er schaute wieder zu dem Schreibtisch, ging hin und klappte den Ordner auf, der dort lag.

Er blätterte darin, und was ihn wie ein Blitz traf, war das Erkennen, das Wiedersehen mit strohgelben Haaren und kristallblauen Augen. Auf einem billigen Automatenfoto lächelte die Frau, die ihn beraubt und gedemütigt hatte. Irgendwo draußen hörte er Stimmen, die sich näherten. Er achtete nicht darauf, starrte nur auf das Bild und bemühte sich, seine wild umherfliegenden Gedanken in geordnetere Bahnen zu lenken. Wie war das möglich? Weshalb fand er hier ihre Spur, im Zimmer seines Chefs? Sebald blätterte zurück an den Anfang und begann zu lesen:

Untersuchungsbericht im Mordfall Ulf Schmittke
Recherche vom 12. bis 14. August in München
Von Karl-Heinz Mayer.

Sebald konnte es nicht fassen. Warum hatte Karl diesen Bericht verfasst? Sie hatten doch vereinbart, dass Karls Reise nach München gegenüber dem Major nicht erwähnt werden sollte. Er überflog die Worte, wühlte sich durch die Seiten und fühlte sich dabei wie unter Dauerbeschuss. Manche Sätze schlugen ein wie Kugeln:

Auftraggeber für die Recherche war Hauptkommissar Klaus Sebald.

Und weiter:

Obwohl der Unterzeichnende auf die Genehmigungspflichtigkeit der Reise hinwies, bestand KHK Klaus Sebald auf der Geheimhaltung der Aktion.

Der eigentliche Bericht enthielt eine kurze Beschreibung der Gespräche, die Karl Mayer mit Schmittkes Nachbarn, der Personalchefin der Stuntleute-Agentur sowie ehemaligen Arbeitskollegen geführt hatte. Er erwähnte auch den Unfall und das Gerichtsverfahren. Endlich fand Sebald, wonach er wirklich gesucht hatte:

Der Aufenthaltsort der Schwester des bei dem Unfall getöteten Stuntmans, Kordelia Heidenfeld, konnte noch nicht ermittelt werden. Im Melderegister der Stadt München wird sie nicht mehr geführt. Ein Personalbogen mit Lichtbild ist der Vollständigkeit halber beigefügt.

Sebald ließ sich auf das Sofa fallen und schnalzte mit der Zunge. Was für interessante Neuigkeiten! War die kleine Schönheit, hinter der er her war, tatsächlich die Schwester des von Schmittke zusammengeschlagenen Stuntmans? Dann hätte sie ein wirklich nachvollziehbares Motiv gehabt, dem Typen auch noch die Eier abzureißen. Kordelia Heidenfeld also! Ein Lob auf die EDV! Der Computer würde ihm die aktuelle Adresse in wenigen Sekunden mitteilen. Mit dem Zeigefinger fuhr er über die Schnittkante des Fotopapiers. Rechts-runter-links-hoch-rechts-runter-links-hoch. Als könne er sich ihr so nähern.

Bis er Stimmen direkt hinter der Tür hörte. Sebald fuhr auf, schnellte nach vorne und schloss den Ordner. Später konnte er nicht erklären, weshalb er nicht einfach stehen geblieben war und abgewartet hatte. Er hatte einfach nur reagiert, so wie das Wild ohne nachzudenken flüchtete, wenn es die Anwesenheit des Jägers spürte.

Mit einem gewaltigen Sprung hechtete er hinter das Sofa, kauerte sich zusammen und hielt die Luft an. Die Türfalle klickte, und zwei Männer betraten den Raum. Obwohl sie leise sprachen, erkannte Sebald sofort ihre Stimmen. Und dann traf ihn fast der Schlag, als ihm einfiel, dass sein Jackett mit dem Brief unübersehbar auf dem Sofa lag.

6

»Was gibt es denn so Wichtiges, Mayer, was Sie mir nur unter vier Augen erzählen können?«

»Ich dachte … also … es wäre meine Pflicht, Ihnen von dieser Reise zu erzählen.«

»So? Dachten Sie?«

»Na ja, weil … Sie wissen schon, Klaus so geheim damit tat.«

»Und warum haben Sie es mir nicht gleich erzählt?«

Sebald starrte auf zwei Paar Schuhe. In einem ausgetretenen Duo aus schwarz gegerbtem italienischen Ziegenleder steckten die grau besockten Füße des Majors. Ihnen gegenüber verdrehten sich zwei soßenbraune Markenschuhe ineinander, sodass die bleichen haarlosen Waden über den heruntergerutschten Socken sichtbar wurden. Karl würde über seine eigenen Füße fallen, wenn er jetzt auch nur einen Schritt nach vorne trat.

»Weil … weil ich dem Klaus einen Gefallen tun wollte, aber als ich zurückkam, habe ich mir das Ganze noch einmal durch den Kopf gehen lassen und kam zu dem Ergebnis, dass es besser ist, mich Ihnen anzuvertrauen.«

Sebald verstand nicht, weshalb Karl die Sache so aufbauschte. Zugegeben, er hatte sich nicht an den Dienstweg gehalten, aber Karl musste doch wissen, dass der offizielle Weg selten der schnellste war. Es gab keinen Grund, die Angelegenheit breitzutreten und einen Knicks vor dem Alten zu machen.

»Vielleicht wollte er so lange warten, bis er Beweise hatte.« Die schwarzen Italotreter bewegten sich zum Schreibtisch, die braunen folgten auf dem Tritt. Über ihnen räusperte sich Karl. »Das glaub ich nicht, Chef!«

»So, und weshalb nicht, Mayer?«

Meinharts Stimme klang plötzlich scharf, und das letzte Wort der Frage fuhr wie ein Hieb durch die Luft. Sekunden hörte Sebald nichts außer dem Schnaufen der beiden Männer, dann sagte Karl mit lauter, zitternder Stimme: »Weil er mich gebeten hat, zu sagen, dass er die ersten zwei Tage mit mir in München war.«

»Wie bitte?«

»Ja. Klaus hat mir erzählt, dass er am Wochenende etwas Wichtiges zu erledigen hat, und er bat mich, falls es nötig wäre …«

»Fahren Sie fort!«

»Er wollte, dass ich bestätigte, dass wir Samstag und Sonntag zusammen in München waren.«

Sebald musste sich beherrschen, um nicht aufzuspringen. Warum erzählte Karl solche Märchen?

»Mayer, ich hoffe doch sehr, Sie sind sich darüber im Klaren, was Sie da behaupten! Haben Sie irgendeine Vermutung, warum Sebald ein Alibi für diese Zeit benötigen sollte?«

»Das ist es ja, weshalb ich zu Ihnen gekommen bin.«

»Tatsächlich?« Majors Stimme klang jetzt bedrohlich tief. »Na dann raus damit, oder soll ich die Kollegen vom Verhör dazubitten?«

Und dann sprudelte es so schnell aus Karl heraus, dass Sebald hinter dem Sofa kaum noch Luft bekam. Karls Worte prasselten auf ihn herab wie eine Steinlawine, die ihn zu erdrücken drohte.

Karl wusste alles. Er wusste, wo und wie seine Mutter ihren Unterhalt verdiente und auch, dass Sebald sie informierte, wenn Razzien oder unangemeldete Besuche des Ordnungsamtes bevorstanden. Aber was Sebald am meisten schockierte, war die Tatsache, dass Karl dies alles von Barmer erfahren haben wollte, und damit blieb die Scheiße endgültig an ihm haften. Er war der Letzte in einem Rennen, bei dem es um nichts anderes ging, als den Dreck am Stecken möglichst weit von sich zu werfen. Er hatte das Spiel und seine Regeln gründlich missverstanden. Um nicht laut aufzuschreien, biss sich Sebald in die geballte Faust. Mayer hatte dem Major soeben ein starkes Motiv genannt, weshalb Sebald an einer Beseitigung Barmers Interesse haben könnte – nein, viel mehr –, weshalb er unter Berücksichtigung der Indizien der gesuchte Mörder an Paul Barmer sein musste. Es hatte überhaupt keinen Zweck mehr, jetzt noch mit dem Major reden zu wollen. Das Rennen war gelaufen, und Sebald torkelte als Letzter über die Ziellinie. Aber wer zum Henker war der verdammte Sieger?

Die Stille im Raum unterbrach seine düsteren Überlegungen. Die beiden Polizisten schwiegen einvernehmlich. Etwas Lauerndes verbreitete sich, und Sebald hatte die Vision, die Männer verwandelten sich in pelzige Raubtiere mit spitzen Zähnen, messerscharfen Krallen und übermenschlichen Sinnesorganen, die den Angstschweiß auf seiner Haut witterten. Sebald versuchte sich zu erinnern, was Karl eben gesagt hatte. Es war eine Frage, fast schon eine Aufforderung.

Aber außer dem allgegenwärtigen dumpfen Dröhnen des Autoverkehrs, das weder Glas noch Beton ganz zurückhalten konnten, blieb es ruhig im Raum.

Schließlich räusperte sich Karl und wiederholte die Frage: »Was gedenken Sie jetzt zu tun?«

»Ist das Ihre Jacke, Karl?«

»Wie bitte?«

»Das blaue Jackett auf dem Sofa. Gehört das Ihnen?«

»Nein, Chef. Aber Sie haben meine Frage nicht beantwortet.«

Die Schuhe des Majors näherten sich dem Sofa. Sebald hörte das Knistern des Stoffes, als der Chef das Jackett aufhob und betrachtete. Karls Soßenschuhe spritzten um Meinhart herum.

»Chef! Was werden Sie jetzt unternehmen?«

»Natürlich überprüfen, was Sie mir gerade erzählt haben«, antwortete der Major wie nebenbei. Seine Stimme war jetzt ganz nah. »Ich frage mich gerade, weshalb –«

»Und dann?«

»Dann werde ich die notwendigen Schritte einleiten.« Der Major beugte sich über das Sofa. Sebald vergaß das Atmen und wartete auf den schmählichen Moment seiner Entdeckung.

Das Klopfen fester Schläge drang durch die Tür. Sebald erkannte Enzos Stimme: »Chef? *Permesso*, aber wir haben da jemanden, der eine interessante Aussage machen möchte. Es geht um Barmers Mörder. Ich dachte, Sie wollen den Zeugen bestimmt selbst befragen.«

Der Major zögerte zwei Sekunden und drehte sich ganz zu Enzo um. »Willst du damit sagen, jemand hat den Mord beobachtet?«

»*Purtroppo no*, aber der Mann sagt, er hat gesehen, wie jemand eine Pistole in den Fluss geworfen hat.«

»Wo war das?«

»Im Osthafen. Keine dreihundert Meter von der Stelle, wo wir Barmer gefunden haben.«

»Gut, Enzo! Gehen Sie mit dem Zeugen schon mal in unser Zimmer und bereiten Sie alles vor! Ich komme mit Mayer gleich nach.«

Sebald hörte Enzos eilige Schritte im Flur verklingen. Vom Gang ertönten aufgeregte Stimmen und lautes Türenschlagen. Der Major räusperte sich. »Gut, Mayer, das war's dann wohl, oder?«

»Jawoll, Chef. Soll ich meine Aussage zu Protokoll geben?«

»Später. Solange wir die Sache nicht überprüft haben, sollte niemand etwas davon erfahren. Sie wissen ja selbst, dass der gute Ruf eines Polizisten schneller ruiniert ist, als er sich erarbeiten lässt.«

»Aber …«

»Das sehen Sie doch sicher genauso?«

»Ja schon, aber …«

»Na dann kommen Sie mit, damit unser Kunde nicht länger warten muss!«

Karl May grunzte wie ein unwilliges Zirkusschwein, folgte aber Meinhart hinaus in den Gang.

Erst als Schritte und Stimmen völlig verstummt waren, wagte sich Sebald wieder zu rühren. Er zitterte, aber mit jedem Atemzug schrumpfte der Fels auf seiner Brust, zerbröselte zu Sand, rieselte zu Boden. Sebald zweifelte nicht daran, dass es sich bei dem Zeugen um den Schiffsanstreicher mit der Hakennase handelte. Wahrscheinlich hatten die Kollegen im Hafen nach Zeugen gesucht und waren so auf ihn aufmerksam geworden. Vermutlich wurde dem Mann schon jetzt seine Aussage mit der Aussicht auf eine saftige Belohnung versüßt, denn die Staatsanwaltschaft heilte das träge Auge der Bevölkerung gerne und erfolgreich mit wohldosierten Geldspritzen, vor allem, wenn es um einen Polizistenmord ging. In diesem Fall würden Sebalds Kollegen ausnahmsweise die volle Unterstützung des ganzen Justiz- und Ermittlungsapparates genießen. Aber das würde Barmer auch nichts mehr nutzen und diente nur dem Zweck, die faulen Stellen im System zu umgehen, bevor sich Medien und Politiker über die generelle Unfähigkeit der Polizei zu echauffieren begannen.

Der Zeuge würde sie zu der Stelle führen, wo er seine Sig in den Fluss geworfen hatte. Aber damit war für die Polizei noch nichts gewonnen. Solange sie die Waffe in der trüben Brühe nicht gefunden hatten, konnte ihm niemand ernsthaft schaden, lag sein guter Name verborgen und behütet auf dem Grund des Maines. Vielleicht hatte die Strömung seine Pistole schon längst in irgendein Loch geschoben, im Schlick begraben, konserviert für die Ewigkeit.

Ihm war klar, dass das Wunschdenken war. Die lange Hitzeperiode hatte den Fluss in eine Ansammlung flacher Pfützen verwandelt. Die Sonne zehrte die Kraft aus seinem Leib, und aus dem kraftstrotzenden Jüngling war im Laufe des langen Sommers ein fauler, stinkender Greis geworden. Vielleicht telefonierte Major Tom gerade mit einem Taucher. Es gab nur eine Handvoll Leute, die entsprechend ausgebildet und nervenstark genug waren, um diese Art von Einsatz erfolgreich durchzuführen. Aber für diese wenigen war es eine der leichteren Übungen, im trüben Wasser nach einer Pistole zu tauchen. Die Taucher in den Neoprenanzügen würden sich mit der Nase dicht über dem Grund und den Fingerspitzen im Schlamm durch den Fluss arbeiten und jedes noch so kleine gesunkene Stück Treibgut bergen. Es war nur eine Frage der Zeit, bis sie mit der Waffe seinen Namen aufspürten.

Was ihm heute Morgen beim Schreiben des Briefes noch glaubhaft vorgekommen war, erschien ihm jetzt wie die aberwitzige Rechtfertigung eines überführten Täters. Karl Mays Bericht war so brisant, dass es selbst dem Major die Sprache verschlagen hatte, und wenn sie erst einmal die Tatwaffe aus dem Fluss gezerrt hatten, würden sie ihn so lange festnageln, bis er nicht einmal mehr den kleinen Finger zu seiner Rechtfertigung heben können würde.

Er musste sofort von hier verschwinden. Mühsam kroch er unter dem Sofa hervor. Sebald suchte in jedem Winkel des Zimmers, aber sein Jackett war verschwunden. Plötzlich stand er wieder vor dem Schreibtisch des Majors. Der Ordner lag geöffnet auf dem Tisch, das Foto der kurzhaarigen Blonden obenauf. Meinhart musste in der Akte geblättert haben, während Mayer im Büro war. Sebalds Hand zuckte vor, berührte das Foto, hob es auf und schob es mit einer hastigen Bewegung unter sein Hemd. Dann drehte er sich um, schlich zur Tür und öffnete sie leise.

Hinter den Türen arbeiteten seine Kollegen, und jeden Moment konnte jemand herauskommen, um sich die Beine zu vertreten, aufs Klo zu gehen oder eine Kippe am Fenster zu paffen. Das letzte Zimmer im Gang neben dem Aufzug und gegenüber der Treppe war seines. Dort wollte er hin. Gerade als er den Aufzug erreichte, öffneten sich zwei Türen gleichzeitig: Die eine war die Schiebetür des Aufzugs, die sich kratzend auseinanderschob und eine bunte Menge verschwitzter Körper freigab, die wie eine Herde kurzsichtiger Schafe sofort den Gang verstopfte. Aufgeregtes Gemurmel, Rufe und Schreie vermischten sich mit dem Dröhnen seines Herzschlages, aber über allem schwebte der überraschte Ausruf des Mannes, der da plötzlich hinter der zweiten sich öffnenden Tür aufgetaucht war und dessen Augen ihn überrascht anblitzten: »He, das ist der Mann, den ich gesehen habe!«

Sebald verlor keine Zeit mehr und wählte den Weg über das Treppenhaus. Viele Wochen später fragte er sich, ob er sich den Weg freigeschlagen hätte, wenn die Kaugummigesichter bei seinem Anblick nicht instinktiv zurückgewichen wären, und was geschehen wäre, wenn ein nervöser Polizist »Haltet den Mann!« oder sogar »Haltet den Mörder!« hinter ihm hergerufen hätte. Die ehrliche Antwort darauf gefiel ihm absolut nicht.

Glücklicherweise waren diese Überlegungen überflüssig, denn er konnte das Überraschungsmoment für sich nutzen, schob schwerfällige Schultern zur Seite, glotzte in ängstliche Lammgesichter und rannte, so schnell er konnte, das Treppenhaus hinunter. Niemand stellte sich ihm in den Weg.

Sebald quetschte sich durch die Glastür, rannte über die Adickesallee und verschwand in einer der engen Gassen, die ins Zentrum führten. Er spürte nicht, wie er gegen andere Körper stieß, hörte nicht die hinter ihm herschimpfenden Rufe der Passanten und achtete nicht auf die ihn anstarrenden Gesichter. Er rannte über den Eisernen Steg, drängte sich durch das Gewühl der Kneipenbesucher, bis er Sachsenhausen hinter sich gelassen hatte und das Grün der Stadtwaldbäume wie eine rettende Insel vor ihm auftauchte. Er rannte auch noch, als trockenes Unterholz und dornige Brombeerhecken nach ihm schnappten. Erst als er vollständig im Schatten der Blätter versunken war und ihn das lebende Geflecht aus Holz- und Blattzellen verbarg, akzeptierte er die völlige Erschöpfung seines Körpers. Er ließ sich zu Boden gleiten, wühlte sich mit den Händen in den staubigen Boden, schaufelte Gras und Blätter über den dampfenden Leib und drückte das Gesicht tief in die Erde. Obwohl er wie ein Kind weinte, hinterließen seine Tränen nur lehmige, stecknadelkopfkleine Klümpchen in dem trockenen Boden, winzige Homunkuli, zu deren Beseelung mehr als der Hauch Gottes nötig war.

7

Der schmale Fluss kämpfte sich in weiten Bogen durch die staubtrockene Landschaft im Norden der Stadt, und je nach Blickwinkel erschien seine Oberfläche wie ein funkelndes silbriges Perlenband oder wie ein dunkler grundloser Riss in der Landschaft. Auf beiden Seiten wurde er von schmalen Radwegen flankiert, und alle hundert Meter schob sich eine grün lackierte Holzbank in die Eintönigkeit der Landschaft.

Auf einer der Bänke saß eine junge Frau, den Kopf in den Nacken gelegt, die Augen geschlossen. Die Frau füllte ihre Lungen mit warmer Luft, ein Lächeln wuchs um ihren Mund, verweilte für einen Moment und verschwand mit dem nächsten Ausatmen. Sie öffnete die Augen und blinzelte in die untergehende Sonne, richtete sich auf und zog ein abgegriffenes Notizbuch aus einem kleinen Lederrucksack, der neben ihr auf der Bank lag. Sie blätterte in dem Heft, bis sie eine bestimmte Seite gefunden hatte. Ihre Neugierde und die Möglichkeit eines lohnenden Geschäftes hatten sich schließlich gegen alle Bedenken und Risiken durchgesetzt. Falls es zu einem Treffen kommen sollte, würde sie sich auf ihre Improvisationsfähigkeit und – wenn etwas schiefging – auf ihre Schnelligkeit verlassen können. Aber sie glaubte nicht, dass es Schwierigkeiten geben würde.

Entschlossen kramte sie ein Handy aus dem Rucksack und wählte eine Nummer. Das Klingelzeichen ertönte nur zweimal.

»Ja?«, fragte eine männliche Stimme.

»Ich glaube, ich habe etwas, was Sie interessieren könnte.«

»Wer sind Sie? Mit wem spreche ich?«

»Mein Name ist unwichtig. Sagen wir, dass wir einen gemeinsamen Bekannten hatten.«

»Von wem reden Sie?«

»Von einem Mann, dessen Adressbuch ich besitze, in dem neben den Telefonnummern von zahlreichen Frankfurter Freudenmädchen auch Ihre Nummer und Ihr Name vermerkt ist, verbunden mit dem vielsagenden Zusatz ›Goldesel‹.« Die Frau machte eine kurze Pause, bevor sie ergänzte: »Mit drei Ausrufezeichen dahinter.«

Der Mann schwieg fast zehn Sekunden. Als er sich wieder meldete, klang seine Stimme verändert. »Ich weiß immer noch nicht, wovon Sie reden.«

»Sagt Ihnen der Name Ulf Schmittke etwas?«

Wieder Stille. Sie wusste, dass ihr Gesprächspartner abwog, welches Risiko höher war: einfach aufzulegen und wichtige Informationen zu verpassen oder etwas von sich zu verraten, um ihr entgegenzukommen. Endlich kam, was sie hören wollte.

»Und was wäre, wenn mir der Name tatsächlich etwas sagt?«

»Dann würde ich Ihnen ein Geschäft vorschlagen.«

»Ich kaufe nichts von Leuten, die ich nicht kenne.«

»Nun, dann schlage ich ein Treffen vor. Zum Kennenlernen und zum Aufbau einer vertrauensvollen Geschäftsbeziehung. Sie verstehen?«

»Ich verstehe nur, dass Sie mich erpressen wollen.«

»Wenn Sie kein Interesse an dem Büchlein haben, kann ich es auch der Polizei oder einem interessierten Zeitungsreporter geben.«

»Das wäre nicht sehr klug.«

»Dann sind wir ja einer Meinung!«

»Woher haben Sie das Buch?«

»Geschäftsgeheimnisse verrät man doch nicht am Telefon.«

»Na schön. Also wann und wo?«

»Kennen Sie die ›Stalburg‹?«

»Ja, im Nordend, Glauburgstraße, soviel ich weiß.«

»Richtig! Kommen Sie morgen Abend um acht.«

»Ich werde da sein.«

»Kommen Sie alleine und bringen Sie fünftausend Euro als Anzahlung mit!«

»Ist das alles?« Es klang wie eine Warnung, nicht wie eine Frage und schon gar nicht wie ein Witz.

»Ja.« Sie drückte auf die Aus-Taste und betrachtete das kleine Gerät in ihrer Hand. Sie starrte es an, wie um sich zu vergewissern, dass es existierte. Sie musste sehr vorsichtig sein. Ihr Gefühl sagte ihr, dass dieser Mann gefährlich war. Hinter der Fassade aus Desinteresse und Gleichmut hatte sie eine zornige Ungeduld gespürt, eine nur mühsam unterdrückte Wut. Sie erwog die Möglichkeit, das Treffen platzen zu lassen, einfach nicht zu erscheinen, das Buch zu verbrennen und die Angelegenheit zu vergessen. Sie war davon ausgegangen, dass es sich bei dem Goldesel um einen früheren Kunden von Schmittke handelte; fast zwangsläufig hatte sie sich einen wohlhabenden Familienvater vorgestellt, Abteilungsleiter oder

Direktor einer mittelgroßen Firma, für den es einer Katastrophe gleichkäme, wenn sein Name im Zusammenhang mit einem toten Zuhälter auftauchte. Aber die Stimme des Mannes am Telefon hatte ganz und gar nicht ihrer Erwartung entsprochen. Es war, als wäre Schmittke immer noch nicht ganz tot, als lebte das Böse in dieser Stimme weiter.

Die Frau blickte auf. Eine Stockente landete zischend im Wasser. Die Ente schwamm näher, hob den Kopf, stocherte dann mit dem Schnabel im Schlamm. Die Frau trat ans Ufer und zog eine Tüte aus dem Rucksack, nahm einen Keks heraus, zerdrückte ihn und schleuderte die Teile von sich, beobachtete, wie der Enterich gierig danach schnappte. Gib ihm etwas, und er frisst dir aus der Hand, dachte sie. Wie an allen Gewässern der Stadt war das Entenfüttern hier verboten. Die Frau lächelte. Es war ihr egal.

8

Hinter ihm lag der Wald. Er drückte die Zahlen auf seinem Handy. Nach dem dritten Klingelzeichen brach er ab und zählte die parkenden Autos, die sich ihm durch die zerkratzten Scheiben auf dem Bürgersteig präsentierten. Es waren genau dreizehn. Dann drückte er auf das Wiederholungszeichen und wartete auf die Stimme aus dem Lautsprecher. Er benutzte das vereinbarte Zeichen nur, wenn die Polizei eine Razzia plante und er sie kurzfristig warnen musste. Sofort nach dem ersten Klingelton meldete sie sich.

»Ja?«

»Hallo, Mutter, hier ist Klaus.«

»Klausi? Gut, dass du anrufst! Bei deinem letzten Besuch hatten wir kaum Zeit, uns richtig zu unterhalten.«

»Mutter, ich muss dich warnen!«

»Ja? Wollen die Fettärsche von der Sitte mal wieder den Staub unter den Matratzen untersuchen und an benutzten Parisern schnüffeln?«

»Viel schlimmer. Diesmal gibt es richtig Ärger.«

»Ach, wann hatte ich den denn nicht?«

»Du verstehst nicht, Mutter! Es ist vorbei! Die Polizei weiß alles. Die sind wahrscheinlich schon auf dem Weg zu dir.«

»Tatsächlich?«

»Ja. Sie wissen, dass ich dich mit Informationen versorgt habe. Und sie wissen auch, dass ich der Sohn, dass du …«

Er stockte, brachte die Worte nicht heraus.

»Du meinst: Sie wissen, dass deine Mutter eine Nutte ist?«

Er schwieg. Ja, genau, das meinte er. Aber er konnte den Satz nicht zu Ende sprechen. Zurück damit in den Magen, bis er seine Bedeutung richtig verdaut hatte! Er schluckte, war froh, dass sie ihn jetzt nicht sah. Er presste die Lippen aufeinander und wartete. Als er schon dachte, sie hätte aufgelegt, hörte er ihre Stimme, und zu seiner Überraschung klang sie warm und zuversichtlich.

»Ach, mach dir darüber keine Sorgen! Es musste ja irgendwann herauskommen. Außerdem habe ich schon lange keine Leichen mehr im Keller, meine Angestellten sind alle angemeldet, und ich zahle meine Steuern wie jeder andere Bürger.« Sie lachte. Er verstand nicht, weshalb sie so gut gelaunt war.

»Lass deine Kollegen ruhig kommen und ein bisschen herumschnüffeln. Ich habe nichts zu verbergen!«

»Du darfst nichts über mich sagen, sonst bin ich meinen Job los.«

»Kleiner, was soll's! Es gibt noch viele andere Möglichkeiten, sein Geld zu verdienen.«

»Du weißt genau, was es für mich bedeutet, Polizist zu sein!«

Seine Stimme war wieder die des trotzigen Jungen, der sich von seiner Mutter ungerecht behandelt fühlte. Er konnte es nicht verhindern, aber er wusste, dass er genauso klang wie vor zehn Jahren, als ihm seine Mutter Vorwürfe machte, weil seine Freundin ihrer Meinung nach nicht zu ihm passte.

»Weshalb kommst du nicht einfach zu mir und wir besprechen alles in Ruhe?«, fragte sie.

»Das geht nicht!«

»Wieso?«

»Weil die Polizei hinter mir her ist.« Er wartete einen Moment, um ihr Zeit zu geben, den Satz zu verinnerlichen. Als sie nicht reagierte, fuhr er fort. »Wahrscheinlich wirst du jeden Augenblick Besuch von denen bekommen.«

»Klaus?« Ihre Stimme klang jetzt ernst. Die leise Ironie war verflogen.

»Ja?«

»Was ist los? Gibt es da noch ein anderes Problem?«

Wie kam sie darauf? Spürte sie seine Nervosität, die Angst, die sich in ihm wie Schimmel auf feuchtem Brot ausbreitete? Oder war die Kripo schon bei ihr, zeichnete das Gespräch auf und versuchte ihn zu lokalisieren?

»Mutter, ich kann jetzt nicht darüber reden. Ich melde mich so bald wie möglich …«

Er beendete das Gespräch. Obwohl er es sich nicht gerne eingestand, bewunderte er den Mut, mit dem sie sich der Situation stellte. Seine überstürzte Flucht aus dem Präsidium konnte selbst dem verschlafensten Polizisten nicht entgangen sein. Statt dem Zeugen ruhig gegenüberzutreten und die Vorwürfe abzustreiten, bis man ihm das Gegenteil bewies, war er wie ein Verbrecher geflohen. Wer unschuldig ist, rennt nicht fort! Er hatte diesen einfachen Grundsatz missachtet. Wenn es der Polizei gelang, seine Waffe aus dem Fluss zu bergen, konnte er sich sämtliche Unschuldsbeteuerungen vors Knie nageln.

Irgendein Insekt hatte sich unter sein Hemd verirrt und pikste ihn. Er tastete danach und zog den Stoff aus der Hose. Im selben Moment trudelte das Foto wie ein verletzter Schmetterling heraus. Die blonden Haare standen wie frisch gemähtes Heu frech nach allen Seiten ab, so als hätten sie nichts mit dem darunter befindlichen Haupte zu schaffen, und ihre Augen strahlten ihn in einem unvergänglichem Blau an. Sebald drehte das Foto um. Auf der Rückseite hatte Karl in makelloser Schreibschrift Worte aneinandergereiht:

Kordelia Heidenfeld = Schwester von Josef Heidenfeld
Ehem. Kollege von US (AZ: FRA 03/547)
VAO von KH: Leipziger Straße Nummer 134, Ffm/Hessen.

Die erste Zeile sprach für sich selbst. Die Frau hatte einen Bruder: Josef Heidenfeld. Aber was sollte die zweite Zeile heißen? US war die gebräuchliche Abkürzung für »United States«, aber das ergab keinen Sinn. Er fluchte über Karls eigenwillige Notiz. Dann erkannte er das Aktenzeichen. Unter der Nummer war der Mord an dem Zuhälter gelistet. Demnach stand US für Ulf Schmittke. Kordelias Bruder war ein ehemaliger Kollege von Schmittke. Die letzte Zeile war wieder eindeutig. VAO stand für »vermuteter Aufenthaltsort«, und KH konnte nur Kordelia Heidenfeld heißen.

Sebald prägte sich die Adresse ein. Er würde die Frau suchen und zur Rede stellen. Wenn sie etwas mit dem Tod des Zuhälters zu tun hatte, würde er es herausfinden. Wahrscheinlich war die Frau nur eine harmlose Spinnerin mit kleptomanischer Veranlagung. Er drehte das Foto wieder um. Starrte in das lebendige Blau ihrer Augen und fragte sich, ob diese Frau zu einem Mord fähig wäre. Er fand keine Antwort, aber in seinem Inneren ahnte er, dass, wie immer die Wahrheit aussah, er nicht fähig sein würde, diese Frau ins Gefängnis zu bringen.

Er musste seinen Blick förmlich aus den Tiefen ihrer Augen fortzerren. Es war noch nicht zu spät für einen Besuch. Frankfurt war eine kleine Stadt. Ein trainierter Läufer brauchte für die Nord-Süd-Strecke von Nieder-Eschbach bis Oberrad kaum mehr als zwei Stunden, fast genauso lange benötigte man während der

Rushhour mit dem Auto. Beides war nichts für Sebald. Nur wenige Häuserblocks entfernt hielt eine Straßenbahn, die ihn bis fast vor ihre Haustür fahren würde. Er schob das Foto zurück unter sein Hemd und machte sich auf den Weg.

9

Wie mit einem riesigen Schwert geschlagen, führte die Leipziger Straße schmal und geradlinig durch Bockenheim. Im Bereich der Universität präsentierte sie sich feudal und üppig mit hell beleuchteten Kaufhausfenstern, exquisiten Läden und in Hellblau und Apricot getauchten Hausfassaden für diejenigen, die ihr Studium bereits erfolgreich abgeschlossen hatten. Weiter im Westen änderte die Straße ihren Charakter. Die Gebäude schafften kaum noch fünf Stockwerke und duckten sich im Schatten der Hochhäuser. Der vom sauren Regen angefressene Sandstein bröckelte herab, und Graffiti in wilden Farben und Formen traten an die Stelle des früheren Anstriches. Die wenigen Geschäfte machten einen heruntergekommenen Eindruck, bei dem man aber nie ganz sicher sein konnte, ob er auf fehlendes Kapital oder auf absichtliche Vernachlässigung zurückzuführen war. Selbst die Straßenlampen geizten mit ihrem Licht. Wer in die abseits gelegenen Ecken und Hinterhöfe geriet, fand sich in einer anderen Welt wieder, die von fremden Sprachen, gebleichter Wäsche und dem Geruch von Knoblauch und Cannabis erfüllt war. Als hätte das Geld für die bauliche Sanierung der ganzen Straße nicht mehr gereicht, zeigte die Leipziger hier ihr altes, ehrliches Gesicht.

Sebald schlappte an einem Tor vorbei, dessen Farbe vor langer Zeit einmal Grün gewesen sein musste, jetzt aber mehr einem Kackbraun glich. Hier irgendwo musste sie wohnen. Sebald drückte gegen das Tor. Zu seiner Überraschung ließ es sich öffnen. Ein unbeleuchteter Gang führte ihn in einen Innenhof, aus dem das quäkend-geniale Wimmern von Bob Marley tönte: »Exodus«. Die Melodie setzte sich sofort fest, zerrte ihn näher. Sebald suchte nach dem Lichtschalter, tastete sich vorbei an verbeulten Briefkästen und fluchte, als er sich das Knie an einem Eisengestell stieß. Endlich fand er einen Knopf, dessen Betätigung Strom durch eine an die Hauswand geschraubte Glühbirne jagte. Das Eisending entpuppte sich als ein verrostetes Fahrrad, dreigeteilt bemalt in Schwarz, Grün und Gelb. Jamaica lässt grüßen, dachte er und besah sich die Namen auf den Briefkästen. Die meisten waren in einer so unleserlichen Handschrift auf Pappe oder vergilbtes Papier gekritzelt, dass er annahm, im Haus wohnten vor allem Chinesen. Keiner der Namen hatte auch nur die entfernteste Ähnlichkeit mit Heidenfeld. Aber die Adresse stimmte, da war er sicher. Er musste jemanden fragen.

Auf der Suche nach einer Haustür schlich Sebald an der Hauswand entlang und lugte um die Ecke. Im fusseligen Schein einer zweiten Glühbirne entdeckte er eine Tür, die mit einem Stein offen gehalten wurde und den Blick in einen finsteren Hausflur freigab. Laute Musik, spitze Schreie und ein süßlicher Geruch ergossen sich in die Nacht. Partytime in Bockenheim! Sebald trat ein und schob sich die ausgetretenen, speckig glänzenden Holztreppen hinauf. Er klingelte an der Tür, hinter der Bob Marley gerade »Stir It Up« angestimmt hatte. Sebald drückte die Klingel noch zweimal, ohne dass etwas geschah, dann verlor er die Geduld und hämmerte mit der Faust kräftig gegen die Tür. Plötzlich wurde diese aufgerissen, und ein Mann mit verfilzten Rastalocken stierte ihn aus roten Augen an. Sein schmaler Oberkörper war nackt, und er trug nur eine schlabbrige Jogginghose in undefinierbarer Farbe, deren Beine nach oben gekrempelt waren. In seiner Hand glomm ein Joint, und dem süßlichen Geruch nach zu urteilen, der Sebald aus der Wohnung entgegenschlug, war dies nicht das einzige gedrehte Räucherstäbchen an diesem Ort.

Der Mann im Türrahmen grinste ihn an wie einen alten Bekannten.

»Ey Mann, komm rein oder verpiss dich!«

Sebald war klar, dass er hier mit umständlichen Erklärungen nicht weit kommen würde. »Ich bin 'n Freund von Kordelia. Ist die da?«

»Häääh? Was für 'ne Kordel?«

Sebald zog das Foto hervor und hielt es dem Typen vor die Nase. »Kordelia! Die Frau auf dem Bild. Sie müsste hier wohnen.«

»Ach die Lia meinste? Wieso sagste das nich gleich? Was willste denn vonner?«

»Ich möchte mit ihr reden!«

Der Typ machte ein Gesicht wie eine Kuh, der man die Wiese unter dem Hintern weggezogen hatte, und starrte hilfesuchend auf den Joint in seiner Hand. Schließlich zuckte er mit den Schultern. »Nööh. Die wohnt nich mehr hier.«

»Dann hat sie also hier gewohnt? Hier in der Wohnung?«

»Wird schon so gewesen sein.«

»Wo ist sie denn hingezogen?«

»Keine Ahnung!«

»Darf ich mal kurz reinkommen?«

»Ey Mann, das geht nich!«

»Das geht ganz schnell! Ich spendier auch was für die Kaffeekasse.«

Sebald schob den Rastamann zur Seite, ohne auf das »Ey Mann« zu achten. Die Musik kam aus einem der Zimmer am Ende des Flurs. Lichtblitze zuckten daraus hervor. Der Rastamann folgte ihm und hielt Sebalds Hinterkopf einen Vortrag über den modernen Imperialismus und die Ungerechtigkeiten des BAföG-Systems.

Sebald beachtete ihn nicht weiter und betrachtete die Party. Die Möbel in dem geräumigen Zimmer waren zur Seite gerückt. Che Guevara und Dalís brennende Giraffe glotzten ihn an. In der Mitte des Raumes wiegten sich ein paar Mädchen im Rhythmus der Musik. An einem schmierigen Holztisch hockten ein paar Jungs, denen die Akne noch immer das Gesicht zerpflügte, und starrten auf die tanzenden Körper, als betrachteten sie ein Lagerfeuer. Von Zeit zu Zeit hoben sie ihr Glas und prosteten den Frauen zu, als würden sie Holzscheite ins Feuer werfen, um es am Laufen zu halten. Laser blitzten von der Decke und bedeckten die Tanzenden mit psychodelischem Atem. In einer Ecke lagen zwei Pärchen halb nackt übereinander und steckten sich gegenseitig die Zungen in den Rachen und wo sie sonst noch rankamen. Ein Typ, der aussah wie der Zwillingsbruder des Türöffners, hockte mit geschlossenen Augen und sabberndem Grinsen im Lotussitz und ruckelte mit dem Kopf, als verwandelte er sich gerade in eine Taube. Niemand beachtete Sebald. Er besah sich die Gesichter, bis er sicher war, dass Kordelia nicht hier war.

»Sie ist nicht da!«, brüllte er dem Typen hinter sich zu, ohne wirklich zu erwarten, dass der ihn bei der lauten Musik verstehen konnte. Der Ey-Mann öffnete den Mund und antwortete irgendetwas Unverständliches.

Sebald schob ihn zurück in den Flur.

»Hab ich doch gesagt. Die is nich mehr hier.«

»Wo ist sie denn hin?«, fragte Sebald.

»Biste ’n Freund von ihr oder was?«

»Jaja, also hör mal! Lia hat mir Geld geliehen, und das wollte ich ihr gerne zurückgeben.«

»Kannst es ja mir geben. Ich leite es an sie weiter.«

Sebald lächelte. »Das hab ich mir gedacht.«
»Trauste mir etwa nich?«
»Nicht mehr als du mir!«
»Ey Mann! Okay! Die Kleine hat hier mal gewohnt. Aber mein Bruder hat se rausgeworfen, weil se sich nich an die Regeln halten wollte.«
Sebald vermutete, dass es zu den Regeln gehörte, mit den Ey-Männern zu vögeln, aber er hielt den Mund und ließ den Typen ausreden.
»Die Kleine hat 'n paar Sachen mitgehn lassen, verstehste? Geklaut hat die wie 'ne Elster. Also, wenn du 'n Kumpel von ihr bist und ihr sowieso noch was schuldest, kannst es ja gleich hierlassen.«
Sebald ahnte, was jetzt kommen würde, und damit der Typ nicht zu unverschämt wurde, setzte er ein ziemlich grimmiges Gesicht auf. »Wie viel?«
»Zwohunnert Piep'n«, und als Sebald seinen Blick noch weiter verdüsterte: »Also gut, warn ja gebrauchte Sachen, 'n Hunni und ich verrat dir als Zugabe, wo du die Kleine jetzt findest.«
Sebald starrte den Mann an. Ein gut gezielter Kinnhaken mit anschließendem Armhebel und der Rasta-Verschnitt würde singen wie ein Bob-Marley-Background-Mädchen. Aber da waren ja noch die anderen Gäste. Die meisten zwar schwer zugedröhnt, doch einige wahrscheinlich noch in der Lage, ihm Schwierigkeiten zu machen. Und zweitens wollte er auf jeden Fall vermeiden, dass jemand die Polizei holte. Deshalb setzte er die »Alles ist gut«-Maske auf und lächelte freundlich. »Du kriegst deinen Hunderter, wenn du mir sagst, wo ich Lia finden kann.«
»Ey Mann, gib mir erst die Piepen, okay?«
Statt einer Antwort zog Sebald alle Scheine hervor, die er in seiner Hosentasche finden konnte, strich sie glatt, rollte sie zusammen und klemmte sich das Geldtütchen zwischen die Lippen. Dann zog er ein Streichholz aus einer Schachtel, die auf einem kleinen Glastisch lag, zündete es an und hielt die Flamme an das äußerste Ende der Scheine.
»Ey Alter, du hast wohl 'nen nassen Hut auf, oder was soll das Gefackel?«
»Los! Fang an zu zwitschern, bevor die Kohle verbrannt ist!«
Der Rastamann verdrehte die Augen, dann legte er los.

»Scheiße Mann, mach das Feuer aus! Ich sag dir ja alles!«

»Die Adresse?«, knurrte Sebald zwischen den Lippen hervor. Vor seinem Gesicht züngelten kleine Flammen empor.

»Scheiß auf die Adresse, es gibt keine!«

»Wie meinst du das?«

»Kennst du die Burg? Ey Mann, keine echte Burg! 'ne Wagenburg, da wohnt se jetzt, nich weit von der Nidda im Ginnheimer Wäldchen, sie hat 'nen eigenen Bauwagen, blau mit gelben Tupfen oder andersrum. Ey Mann, mach das Feuer aus! Ich erzähl kein Schrott.«

»Seit wann wohnt sie da?«

»Was weiß ich, zwei, drei Monate, vielleicht auch mehr. Gib mir die Scheine, Mann, bevor sie nur noch Asche sind!«

Sebald schob die Kiefer auseinander, und die glimmenden Banknoten flatterten auf den Teppich.

Er überließ es Ey-Mann, das Feuer auszutreten, und wandte sich zum Gehen. Als er die Wohnungstür erreicht hatte, drehte er sich noch einmal um. »Danke für deine Hilfe, Kumpel. Falls deinen Dealer der Brandgeruch stört: Die Scheine tauscht dir jede Bank. Viel Spaß noch!«

Er zog die Tür hinter sich zu und rutschte die Stufen hinunter. Seine Fußsohlen brannten, und in seinem Kopf drosch ein durchgeknallter Trommler gegen die Schädeldecke. Er lehnte sich an die Wand und gähnte sich die muffige Treppenhausluft in die Lungen. Mehr als alles andere brauchte er jetzt ein paar Stunden Schlaf. Das Geld für ein Taxi war futsch, aber immerhin wusste er jetzt, wo er die Frau finden konnte. Lia also. Er würde ausgeruht und nüchtern sein, wenn sie sich das nächste Mal trafen. Er musste noch einmal nach Hause. Er brauchte etwas Geld, vor allem aber den roten Slip als Faustpfand, um mit ihr ins Gespräch zu kommen. Er glaubte nicht, dass man ihn schon offiziell suchte. Aber es war möglich, dass der Major jemanden zu seiner Adresse geschickt hatte, um auf ihn aufzupassen. Wenn er es klug anstellte, würde er trotzdem ungesehen in seine Wohnung gelangen.

Die Luft hatte sich etwas abgekühlt, und er genoss die Brise, die sich schüchtern zwischen den Häuserschluchten hindurchzwängte. Über ihm öffnete jemand ein Fenster, und der Rasta-König spie sein »No Woman, No Cry« in die späte Nacht. *Good friends we have had, good friends we've lost …* Gegenüber brüllte jemand nach Ruhe und drohte mit der Polizei. War schon da, dachte Sebald. *In this bright future you can't forget your past.* Er lächelte. Dann kam ihm der Gedanke, dass die Ey-Männer mit »I Shot The Sheriff« die bessere Wahl getroffen hätten.

Er glitt um die Ecke und öffnete das Tor zur Straße, zögerte und betrachtete das bunt bemalte Fahrrad. Sein Besitzer schien nicht sein Eigentümer zu sein, oder es war ihm nicht genug wert, um es abzuschließen. Sebald umfasste die Griffe des verbeulten Lenkers und schob das Rad nach draußen. Vorsichtig setzte er sich auf den Sattel und trat in die Pedale. Schlingernd und quietschend nahm das Gefährt Fahrt auf. Das verrostete Vorderrad bockte, und er musste den Lenker schräg halten, um geradeaus zu fahren. Knapp verfehlte er ein ihm entgegenkommendes Auto, dann hatte er die Kontrolle gewonnen und trat sich schwankend nach Hause. Nein, der Gaul war keine hundert Piepen wert.

Sebald legte sich in eine Kurve und lachte laut. Noch hatten sie ihn nicht erledigt. Der Sheriff ritt durch die Stadt.

10

Als er mit dem klappernden Rad in seine Straße einbog, musterte er die lange Reihe der vor den Häusern geparkten Autos. Er glaubte nicht, dass die Polizei schon einen Durchsuchungsbefehl für seine Wohnung hatte – dafür arbeiteten Hirn und Hände der Richter zu langsam. Aber sie hatten seine Spur, und er war völlig übermüdet. Sebald wusste aus Erfahrung, dass Menschen in dieser Situation Fehler machten, und deshalb musste er so vorsichtig wie möglich vorgehen. Wenn sie ihn schon jagten, wollte er wenigstens Fuchs sein und nicht Hase.

Es gab nur eine Möglichkeit, ungesehen in seine Wohnung zu gelangen. An der Rückseite des Hauses befand sich eine Kellertür, die von der Straßenseite aus nicht einsehbar war. Sebald ließ das Rad an einem Laternenpfahl stehen und wählte eine Parallelstraße.

Die Kellertür ließ sich problemlos aufschließen. Sebald tastete sich durch den Flur bis zum Aufzug, aus dem es wie gewohnt nach einer Mischung aus Pisse und billigem Parfüm roch. Er zögerte kurz, schlich dann aber weiter bis zum Treppenhaus. Endlich erreichte er das zwölfte Stockwerk. Außer dem Gekläffe des Fernsehers aus Frau Drombecks Wohnung hörte er nichts.

Leise trat er vor seine Wohnungstür, öffnete und ging hinein. Er ließ das Licht ausgeschaltet und tastete sich voran bis in die Küche, legte Kordelias Foto auf den Tisch und genehmigte sich ein Bier aus dem Kühlschrank. Er trank die Flasche im Dunkeln aus, schlurfte ins Badezimmer und zog die Tür hinter sich zu. Er stöpselte die Wanne zu und drehte den Wasserhahn auf. Erschöpft ließ er sich auf dem Klodeckel nieder und lauschte dem sich verändernden Klang des Wassers, wie es zuerst leise und zärtlich die Emaille berührte, sich aus sich selbst nährte, anschwoll und dröhnend in die Wanne klatschte, mit der Zeit wieder leiser plätscherte und in ein blubberndes Säuseln überging. Als er das hässliche schlürfende Geräusch des im Überlauf verschwindenden Wassers hörte, zog er sich aus, schob seinen Körper in die Wanne und genoss die Verschmelzung mit dem heißen Wasser. Er lehnte sich zurück und schloss die Augen. Innerhalb von einer Minute war er eingeschlafen.

11

Der Kiesbelag im Hof knirschte unter ihren Füßen. Sie näherte sich der Gaststätte langsam, tastend, als befürchtete sie, auf den Steinen auszurutschen. Ihr Blick wanderte über die wackligen Plastiktische, deren Farbe an in Milch gestreute Asche erinnerte. Es war früh am Nachmittag, niemand saß im Garten. Ausgetretene Steinstufen legten sich im Halbkreis um die Eingangstür. Ein niedriges Fenster, das als Durchreiche benutzt wurde, stand offen. Gedämpfte Musik und das Klappern von Geschirr drangen nach draußen.

Die Frau blieb vor der untersten Stufe stehen und musterte ihre Umgebung. Unter einem der Fenster baumelte ein teegelbes Schild mit einem Pfeil und den Buchstaben WC. Die Frau bog um die Hausecke und kam zu einem kleinen rechteckigen Anbau, in dessen Frontseite eine schiefe Tür hing. Sie verzog das Gesicht, umfasste den Türgriff mit Daumen und Zeigefinger und zog daran. Der Geruch von Pisse, Erbrochenem und Desinfektionsmitteln drang ihr entgegen. Ein Dutzend Schmeißfliegen nutzten die Gelegenheit und torkelten wie vom Sturm durcheinandergewirbelte Miniaturhubschrauber an ihr vorbei nach draußen. Die Frau drehte sich um. Die Tische im Garten waren von hier aus nicht zu sehen. Sie folgte dem Toilettenanbau und erreichte nach wenigen Metern eine aus Backsteinen hochgezogene Mauer, die den Innenhof begrenzte. Gut. Falls es Probleme geben sollte, könnte sie hier verschwinden.

Sie kehrte um und betrat die Gaststube. An den holzgetäfelten Wänden hingen die Insignien Frankfurter Gemütlichkeit wie Trophäen eines Großwildjägers: bauchige bemalte Bembel, überdimensionierte Plastikbrezeln und peinliche Fotos mit den Unterschriften prominenter Gäste. In der Luft hing der Geruch von kaltem Rauch und verbrannten Bratkartoffeln. Hinter dem Tresen hantierte ein kräftiger Typ mit langen blonden Haaren und einem Piercing in der Nase. Mit geübten Bewegungen drückte er Gläser in borstige Metallstäbe, die wie Stachelschweinschwänze aus dem Spülbecken ragten. Sie setzte sich auf einen Barhocker am Tresen und betrachtete die breiten Hände des Mannes. »Hi, noch nicht viel los, was?«

Er lächelte und stocherte mit dem Glas in den Borsten herum. »Immerhin haben wir ja schon einen Gast. Willste was trinken?«

»Ein sauer Gespritzter wäre supi.«

Der Mann schüttelte die Hände trocken, schnappte sich einen Bembel mit den Ausmaßen eines Medizinballes und füllte ein Apfelweinglas zu zwei Dritteln. Dann zog er eine Flasche Mineralwasser aus einem Kühlschrank und schüttete den Inhalt in das Glas, bis nichts mehr hineinging.

Plötzlich hatte sie eine Idee. »Kannste mir einen Gefallen tun?«

Sein Lächeln wurde breiter und eine Spur unverschämter. »Klar, wenn was dabei herausspringt.«

Sie zögerte kurz und erwiderte sein Lächeln. »Mein Wohlwollen und die Gunst meiner Freundschaft sollen dir ein reicher Lohn sein.«

Er kicherte wie ein heiserer Hahn und zwirbelte die Luft zwischen Daumen und Zeigefinger. »Davon kann ich mir leider nix kaufen, und wenn ich mit dir ins Bett hüpf, kratzt mir meine Alte die Augen aus.«

Die Frau fuhr sich mit der Zunge über den Mund und blickte ihn frech an. »Also dann Geld statt Liebe?«

Er legte den Kopf schief und fragte sich, ob die Kleine ihn verarschen wollte. Sie seufzte etwas pikiert, aber die Geste hatte etwas Theatralisches, was ihn misstrauisch machte.

»Ich werde mich heute Abend hier mit meinem Freund treffen«, fuhr sie fort.

»Schön für dich!«

Sie ignorierte den Spott in seiner Stimme. »Ich möchte mich von ihm trennen.«

»Schlecht für ihn!«

»Er ist – wie soll ich sagen – leicht aufbrausend, tendiert zu gewalttätigem Verhalten.«

»Mmh …«

»Ich möchte, dass du dich um ihn kümmerst, wenn es notwendig sein sollte.«

»Ich kann die Bullen rufen …«

»Nein, nein! Ich will nur, dass du ihn auf ein Zeichen von mir festhältst, damit ich Zeit genug habe, um zu verduften.«

»Und dann?«

»Dann sorgst du dafür, dass ich fünf Minuten Vorsprung habe. Danach kannst du ihn gehen lassen.«

»Was nützt dir das? Ich mein, der kann dich doch zu Hause genauso verdreschen.«

Sie lächelte. Gerade das würde er nicht können, aber das brauchte sie diesem Typen nicht auf die Nase zu binden. »Kein Problem! Mein Freund beruhigt sich genauso schnell, wie er sich aufregt. Ich brauche nur genügend Zeit, um von hier abzuhauen.«

»Und wenn er sich nicht zurückhalten lässt? Wenn er sich wehrt?«

»Dann solltest du die schlagkräftigeren Argumente haben.«

»Das stinkt nach Ärger. So einfach ist das nicht –«

Sie schnitt ihm das Wort ab. »Wenn du mir hilfst, bekommst du fünf Hunderter bar auf die Hand.«

Der Mann glotzte, als hätte sie ihm eben einen Flug zum Mars angeboten, schnappte sich eines der gerade geputzten Gläser und drückte es in das Spülbecken. Er lachte heiser. »Du bist entweder völlig durchgeknallt, oder dein Typ ist ein Mafioso.«

»Also machst du es?«

Er blickte sie an, und sein Nasenring zitterte. »Einverstanden. Aber ich will die Kohle im Voraus haben.«

Sie seufzte, griff nach ihrem Rucksack und zog ein nagelneues Portemonnaie daraus hervor. Die Frau lächelte und schob die Scheine über den Tresen. »Das war der teuerste Apfelwein meines Lebens.«

Der Mann steckte das Geld ein und zerrte die Lippen auseinander. »Tja, Süße, dafür gehen die Getränke für dich und deinen Ex in spe heute Abend auf Kosten des Hauses!«

12

Er zitterte. Seine Haut fühlte sich faltig an. Die Kälte besaß einen eigenen Willen, breitete sich in seinen Adern aus und fraß sein Blut. In seinen Zellen wuchsen Eiskristalle, durchlöcherten ihn. Er blutete Wärme, trieb in einem Meer aus Eiswasser und löste sich auf. Bald würde er sich in Gesellschaft von Mikroben und Einzellern befinden und den Platz einnehmen, den ihm die Natur oder ein experimentierfreudiger Schöpfer vorherbestimmt hatte. Er würde am eigenen Leib erfahren, was der Begriff »Entropie« bedeutete. Die Menschheit war gut darin, sich Begriffe für alle möglichen Vorkommnisse auszudenken, aber wenn sich das Gedankenkonstrukt als Wirklichkeit manifestierte, wurde man geblendet vom Ausmaß der weißen Flecken auf der Karte der persönlichen Erfahrung. Auch wenn die meisten es nicht wahrhaben wollten: Mit der Geburt hatten sie ihren Fahrschein in den Tod schon in der Tasche, nummeriert, abgestempelt und vom Umtausch ausgeschlossen. Es gab keinen Weg zurück und deshalb auch keinen Grund, sich noch einmal in die Schlange zu stellen. Er gab auf und tauchte in das eisige Element, verschwand in dem Wasserkörper, dessen Ausmaße nur theoretisch begrenzt waren, in Wirklichkeit aber unendlich weit über den Planeten reichten. Unendlichkeit. Nichts anderes war der Tod.

Sebald hustete und öffnete die Augen. Er würgte Schleim in die Wanne und drückte sich mit den Händen aus dem Wasser. Seine Haut war um Jahrzehnte gealtert und erinnerte ihn an den Anblick einer überfahrenen Kröte. Er fror erbärmlich, klapperte unkontrollierbar mit den Zähnen. Die roten Ziffern der Digitaluhr formten eine Neun und zwei Dreien: kurz nach halb zehn. Konnte es wirklich schon so spät sein? Dann hatte er die halbe Nacht in der Wanne verbracht. Aus der Wohnung von Frau Drombeck hörte er Stimmen, was ungewöhnlich war, da die alte Dame selten Besuch empfing. Dafür schwieg der Fernseher endlich.

Schlotternd stieg Sebald aus der Wanne, wickelte sich in das größte Handtuch, das er finden konnte, und rubbelte sich so lange trocken, bis seine Haut glänzte wie rote Paprika. Langsam kehrte die Wärme zurück.

Plötzlich wurden die Stimmen lauter. Sie waren jetzt so deutlich, dass Sebald einzelne Satzfetzen hören konnte: »... mindestens 'ne Woche ... kommt leider zurzeit häufig vor ... schon angerufen ... ist bald da ... hier der Schein ...«

Es waren Männerstimmen, und eine davon kam Sebald bekannt vor. Er drückte sein Ohr fest an die Fliesen, konnte aber von der Unterhaltung nichts mehr verstehen. Dann klickte eine Wohnungstür, Schritte entfernten sich, und dem Quietschen des Fahrstuhls folgte Stille. Wurde er von der Nachbarwohnung aus inspiziert? Aber warum sollten sie das tun, wenn sie ihn sich hier persönlich vorknöpfen konnten?

Er schlich an die Wohnungstür, öffnete sie einen Spalt und spähte in den Hausflur. Im trüben, milchigen Licht der staubigen Deckenlampe war niemand zu sehen. Sebald zog den Kopf zurück, schloss die Tür und ging zurück in die Küche. Vorsichtig lugte er aus dem Fenster. Die Wagen der meisten Nachbarn kannte er. Ein dunkelblauer BMW, der auf der anderen Straßenseite parkte, gehörte nicht dazu. Eine das Blech tätschelnde Hand hing aus dem geöffneten Fenster, der Rest hockte unsichtbar unter dem Dach. Sebald war sicher, dass da unten ein Kollege auf ihn wartete.

Er holte sich frische Kleider und zog sich an. Danach öffnete er den Kühlschrank und warf alles, was noch essbar war oder danach aussah, auf den Tisch. Sein Magen war leer wie eine Diskothek vor den Acht-Uhr-Nachrichten, und die Türsteher hießen die in Joghurt getunkten Cornflakes gemischt mit Käsestückchen und einem Schlag Erdnussbutter herzlich willkommen. Abschließend verlangten noch eine steinharte Pfefferwurst und eine konsistenzlose Banane Einlass. Beide schafften es ohne Probleme in Sebalds Magen.

Nach dem Frühstück fühlte sich Sebald kräftig genug, um darüber nachzudenken, was er als Nächstes unternehmen sollte. Zuerst musste er von hier verschwinden, ohne dass die Polizei davon Wind bekam. Danach würde er Kordelia Heidenfeld aufsuchen, die der Rastamann Lia genannt hatte. War es möglich, dass die Frau Schmittke umgebracht und verstümmelt hatte, weil der ihren Bruder erschlagen hatte? War Kordelia nicht nur eine krankhafte Diebin, sondern auch eine kaltblütige Mörderin? Sebald hatte nichts außer dieser Spur, und er musste ihr folgen, bevor es zu spät für ihn war. Er hatte gar keine andere Wahl, als sich in dem Drama um Barmers

Tod eine neue Rolle zu suchen, wenn er nicht den Rest seines Lebens auf zehn vergitterten Quadratmetern im »Hotel Lebenslang« verbringen wollte.

Das Geräusch der sich öffnenden Fahrstuhltür ließ ihn zusammenzucken. Stimmen drangen daraus hervor, näherten sich. Ein Schlüsselbund klirrte, dann wurde die Nachbartür geöffnet, und jemand betrat die Wohnung von Frau Drombeck. Was war da drüben los? Nichts, was ihn interessieren sollte. Er hatte genug Probleme. Zum Beispiel sollte er seinen Kram packen und verschwinden. Er eilte ins Schlafzimmer, öffnete ein paar Schranktüren, kramte frische Socken, Unterhosen und zwei Hemden hervor und schichtete alles aufeinander. Unter seiner Bettdecke entdeckte er Lias Schlüpfer, den er ebenfalls auf den Kleiderhaufen legte. Er betrachtete den textilen Hügel mit der roten Kuppe eine Weile, dann machte er sich daran, seine Bargeldvorräte zusammenzusuchen. Die Summe reichte gerade so aus, um ein paar Tage in einer billigen Absteige unterzutauchen. Kreditkarte und Ausweispapiere steckte er ebenfalls ein, obwohl er davon ausging, dass sie sein Konto gesperrt hatten. Sebald wusste, dass bei der Aufklärung eines Polizistenmordes die ganze Macht des Polizeiapparates in die Waagschale geworfen wurde, und er rechnete damit, dass sein Foto in den Nachrichtenredaktionen von Funk und Fernsehen demnächst die Runde machen würde.

Drüben bei Frau Drombeck wurde immer lauter diskutiert. Sebald war ziemlich sicher, dass es drei Männer waren. Es irritierte ihn, dass ihm eine Stimme bekannt vorkam. Geduckt schlich er an das Fenster, starrte auf den Balkon seiner Nachbarin, an dessen Frontseite braune Geranienblätter herabhingen. Die Blumen waren Frau Drombecks ganzer Stolz, und nie würde sie vergessen, sie zu wässern. Das konnte nur bedeuten, dass seine Nachbarin nicht zu Hause war oder – schlimmer noch – nicht mehr in der Lage, die Pflanzen zu versorgen.

Er öffnete das Fenster und schlich hinaus auf den Balkon, der wie ein verwaistes Schwalbennest an der Hausfassade klebte. Sofort umhüllte ihn die Wärme des Tages, und ein Schleier aus Schweiß legte sich auf seine Stirn. Die Luft roch dumpf und abgestanden und hinterließ einen süßlichen Nachgeschmack beim Atmen. Er ging in die Hocke und lehnte sich an die Außenwand, starrte in den Himmel, als stünde dort der Text für seine neue Rolle. Das strahlende, monochrome Blau brannte in den Augen und war so dominant, dass er an der Existenz von Wolken zu zweifeln begann. Die Balkontür der alten Drombeck war nur angelehnt. Plötzlich wurden die Worte deutlicher, und dann wusste er, zu wem die durchdringend laute Stimme gehörte.

»Jessesmaria, wenn isch des geahnt hätt, wär isch heut net ausm Bett gegange! Mache Se bloß schnell! Isch halt's nemmer lang aus hier. Der Geruch is ja schlimmer als Hundescheiße in der Mikrowelle.«

Hausmeister Döbel bewohnte mit wechselnden Partnerinnen eine der Souterrainwohnungen und war für die Sauberkeit des Hochhauses sowie für die Ausführung kleinerer Reparaturen zuständig. Da er selbst entschied, was kleinere Reparaturen waren und was nicht, lungerte er die meiste Zeit gelangweilt vor dem Hauseingang, wo er spielende Kinder fortjagte und die Verwaltungskosten in die Höhe trieb. Der Mann war für seine schlechte Laune bekannt, die so unberechenbar war wie sein gewaltiger Bauchumfang und einer der Gründe, warum die Frauen schon nach kurzer Zeit wieder bei ihm auszogen. Wenn er nicht gerade den Staub vor dem Haus aufwirbelte oder jemanden angiftete, schlurfte er im Treppenhaus herum und lauschte an den Wohnungstüren. Im Moment klang er eher beunruhigt. Die zischende notorische Boshaftigkeit seiner Stimme hatte sich in ein hektisches Gebrabbel verwandelt, das auf Sebald kaum weniger unangenehm wirkte.

»Also wenn isch des gewusst hätt, nie im Lebe hätt isch die Tür uffgeschlosse. Aber was blieb mir anners übrisch, die hat ja Tach und Nacht de Fernseher volle Lautstärke uffgedreht. Un die Nachbarn unne drunner ham sich beschwert, die Dummbeutel ham gleich den Eischetümer angerufe, un ausgereschnet isch habn Anschiss gekrischt. Dabei bin isch doch werklisch der Letzte, der irschewas für die Sauerei hier kann!«

»Und nachdem Sie nachgesehen hatten, haben Sie sofort die Polizei benachrichtigt?«

»Na klaa!«

»Und Sie haben nichts angerührt?«

»Ei woher denn? Als isch die Leich sah, bin isch rausgerannt und hab zwooma hinner mir abgeschlosse.«

Der Schweiß auf Sebalds Stirn verwandelte sich in Eiswasser. Frau Drombeck hatte sich von dieser Welt verabschiedet. Ein dicker Kloß aus Trauer und schlechtem Gewissen steckte plötzlich in seinem Hals. Er hatte die alte Dame wenig beachtet. Nie hatte sie Besuch bekommen und außer dem abendlichen Fernsehprogramm keinerlei Abwechslung in ihrem Leben. Sebald hatte ihr einmal pro Woche einen Kasten Wasser in die Wohnung geschleppt, aber diese Unterstützung kam ihm jetzt schäbig vor, so als hätte er diese kleine Hilfe nur zur Beruhigung seines Gewissens auf sich genommen. Er fragte sich, ob er auch einmal so abtreten würde: einsam und dem Geschwätz der Leute preisgegeben.

Er rührte sich nicht. Wie in Trance stand er auf dem Balkon und lauschte den Stimmen, die zu ihm herüberwehten.

»Herr Döbel, können Sie mir sagen, ob es Angehörige gibt?«

»Bestimmt net, des würd isch wisse.«

»Gibt es sonst jemanden, der benachrichtigt werden müsste?«

»Also woher soll isch des denn wisse? Keine Ahnung, mit wem die Leut so zu tun ham. In private Angelescheheite misch isch misch net rei.«

»Schön. Äh, Dr. Ehmel? Sind Sie mit der Untersuchung fertig?«

Aus einem Nebenraum näherten sich Schritte. Eine raue Stimme. »Jaja, ich bin so weit.«

»Und?«

»So wie es aussieht, ist die Frau an Herzversagen aufgrund von Dehydrierung gestorben. Allerdings lässt sich das mit Sicherheit erst nach einer Obduktion feststellen.«

»Muss das sein? Es ist doch offensichtlich, dass sie eines natürlichen Todes gestorben ist, oder?«

»Davon ist auszugehen. Allerdings ist die Frau schon einige Tage tot, der Körper befindet sich in einem fortgeschrittenen Stadium der Verwesung, und deshalb sollte die vermutete Todesursache durch eine Obduktion bestätigt werden.«

»Na gut. Soll ich jemanden anrufen, der sie wegschafft?«

»Ja bitte. Am besten meinen Assistenten aus der Gerichtsmedizin. Ich habe die Leiche schon zum Transport vorbereitet. Sie muss nur noch abgeholt werden.«

»Bleiben Sie denn nicht?«

»Nein. Der nächste Hitzetote wartet schon. Ich muss weiter.«

»Mörderische Hitze!«

»Sie sagen es. Auf Wiedersehen.«

»Lieber nicht!«

Die Männer entfernten sich, die Wohnungstür fiel ins Schloss, und dann kehrten Stille und Würde zurück an den Ort.

Sebald starrte auf die vertrockneten Geranien, die wie Dörrfleisch aus den Blumenkästen ragten. Warum war ihm das nicht schon früher aufgefallen? Er hätte es merken müssen, aber er war viel zu beschäftigt mit seinen eigenen Problemen. Plötzlich wurde ihm bewusst, dass er sein ganzes Leben nur an sich selbst gedacht hatte.

Nachdenklich zog er sich in seine Wohnung zurück. Sein Blick schweifte durch den Raum, blieb an dem alten Koffer hängen, dessen verbeultes Leder unter dem Kleiderschrank herausragte. Während seiner Schulzeit war ihm der rechteckige Kasten mit den kleinen Rollen bei jeder Klassenfahrt ein treuer Begleiter und Beschützer seines bescheidenen Eigentums gewesen. Vielleicht war es an der Zeit, den Koffer zu nehmen, nur die allerwichtigsten Dinge einzupacken und an einem anderen Ort in einem anderen Land neu zu beginnen. Er bückte sich und zog am Griff. Wider Erwarten sträubte sich der Koffer, bis Sebald begriff, dass sich etwas darin befinden musste. Er zögerte. In seiner Erinnerung fand er nichts, was in dem Gepäckstück einen Platz beanspruchen durfte, nichts außer Staub und staubigen Erinnerungen. Mit zitternden Händen drückte er die kleinen messingfarbenen Metallschieber zurück. Ganz langsam hob er den Deckel und spähte hinein. Ein lederbrauner Aktenkoffer schmiegte sich an das Innenfutter und füllte das gesamte Innere aus. Ein Kuckucksei!

In Sebalds Kopf schrillten die Alarmglocken. Fassungslos starrte er auf das viereckige Loch aus schwarzem Leder, den abgenutzten Griff und die matten Silberbeschläge. Der Aktenkoffer war ihm völlig unbekannt. Er strich mit der Hand darüber, beugte den Kopf ganz nach unten, lauschte. Nichts. Kein verdächtiger Laut. Nur der Geruch nach gegerbter Haut und alter Luft. Der Koffer war real. Aber warum nahm er auch gleich das Schlimmste an? Es gab bestimmt eine einfache Erklärung. Er musste ihn nur öffnen. Ganz langsam hob er den Aktenkoffer hoch, wiegte ihn behutsam in den Armen und setzte ihn wieder ab. Er berührte mit den Daumen die beiden Silberverschlüsse, drückte gleichzeitig auf den Auslöser. Mit einem Schnappen sprangen die Klammern zurück. Sebald klappte den Deckel auf.

Was er sah, ließ ihn das Atmen vergessen. Im Koffer befanden sich mehrere Bündel von Geldscheinen, die den vorhandenen Platz zu einem Drittel ausfüllten. Es musste sich um eine hohe Summe handeln! Er griff mit der Hand hinein, wühlte in den Bündeln und berührte etwas unter den Scheinen. Ein Reisepass. Langsam zog er ihn heraus und klappte ihn auf. Ein Flugticket befand sich darin, gültig für einen Einfachflug Frankfurt-Moskau-Novosibirsk. Das Ticket und der Ausweis waren ausgestellt auf den Namen Sergej Mikhailovska. So nichtssagend und falsch der Name auch klang, so klar und deutlich erkannte er die Person auf dem Foto wieder. Es war der Russe mit dem Dreiecksbärtchen und dem blutigen Loch im Kopf, der jetzt mit gefalteten Händen irgendwo unter der Erde lag und vor sich hin faulte. Sebald fluchte. Der Reisepass war eine Fälschung. Vladimir Karentschevko hatte ganz offensichtlich seinen Rückzug in die Heimat geplant, bevor ihm jemand einen dicken Strich durch die Rechnung gemacht hatte.

Aber: Wie kam dieser Koffer in seine Wohnung? Ideen umkreisten ihn, blitzten auf, verschwanden wieder. Es gelang ihm nicht, ein klares Bild heraufzubeschwören. Millionen Puzzleteile wirbelten durch die Luft. Er würde den Rest seines Lebens benötigen, um jedes Teil einzusammeln. Plötzlich packte ihn ein unheimlicher Gedanke: Was da vor ihm lag, waren dreißig Jahre Gefängnis.

Ein schleifendes Geräusch zerrte ihn zurück in die Gegenwart. Schritte und Männerstimmen hallten auf dem Gang. Die Knöchel einer Faust klopften ungeduldig an seine Wohnungstür. Sebald fuhr zusammen und schlug den Deckel so heftig nach unten, als hätten sich die Geldscheine in eine Brut beißwütiger Klapperschlangen verwandelt. Mit einem Ruck stand er auf und starrte fassungslos in die Richtung, aus der das Klopfen kam.

»Polizei! Ist jemand zu Hause?«

Er kannte die Stimme nicht, aber es war klar, was sie von ihm verlangte, und er wusste auch, dass er nicht bereit war, die Frage zu beantworten. Nicht, bevor er mit Lia gesprochen und ihr ein Gefühl dafür gegeben hatte, was es hieß, in aller Öffentlichkeit geteert und gefedert zu werden. Was hatte der Rastamann gesagt? In einer Bauwagenburg an der Nidda? Er musste sie finden.

So schnell er konnte, stopfte er den Pass in Karentschevkos Koffer und eilte damit in die Küche. Vor seiner Tür wurden die Stimmen lauter. Aus dem Flur tönte Döbels Stimme. »Also isch waas net, was heut los is. Nebbean muffelt die alte Drombeck, und jetzt das hier. Sin Se werklisch sischer, dass Se hier reimüsse?«

Sebald sah sich um. Es gab nur einen Weg, ungesehen aus der Wohnung zu kommen. Er öffnete die Balkontür und trat geduckt ins Freie. Döbels Geplärre vermischte sich mit dem Großstadtlärm, ohne darin ganz zu verschwinden. »Un wer garantiert mir, dass Se ach werklisch von de Bolizei sin? Die ham doch immer so ’ne Uniform. Also gut, isch mach scho uff. Will ja net, dass Se die Tür eintrete. Is sowieso niemand zu Hause. Also …«

Sebald zog die Balkontür von außen zu. Döbels Stimme verstummte. Mit einem Löffelchen Glück würde den Polizisten die unverriegelte Balkontür nicht gleich auffallen, und mit einem ganzen Eimer davon käme niemand auf die Idee, dass er die letzte Nacht hier verbracht hatte. Aber er müsste schon mit Fortuna persönlich ins Bett hüpfen, um aus der Geschichte mit weniger als zwei blauen Augen herauszukommen.

Er packte den Koffer und schleuderte ihn durch die Luft. Mit einem dumpfen Klatschen landete er genau in der Mitte von Frau Drombecks Balkon. Die Polizisten würden sich nicht mehr lange mit Döbels Geschwafel aufhalten. Sebald spähte nach unten. Er konnte nichts Auffälliges erkennen und hoffte, dass gerade jetzt niemand nach oben blickte. Vorsichtig kletterte er auf das Geländer, bis seine Füße auf der äußeren Verstrebung Halt gefunden hatten. Er hockte jetzt wie ein Affe auf der Stange und brauchte sich nur noch abzustoßen. Sebald starrte auf das gegenüberliegende Geländer, das sich immer weiter zu entfernen schien. Er fühlte, wie sein Hals anschwoll und kalter Schweiß auf seine Stirn trat. Nervös wandte er den Kopf und starrte auf die nach innen schwingende Wohnungstür. Im selben Moment riss er seine Arme in die Höhe und stieß sich ab.

Hart schlug er mit den Unterarmen auf das Geländer, rutschte ab und verkrallte sich panisch in den Eisenstreben. Seine Füße zappelten in der Luft und suchten einen Halt, aber da war nichts.

Zwischen das aufgeheizte Metall und seine Handflächen schien jemand Öl zu tropfen. Langsam rutschte er tiefer. Er keuchte, brachte seinen Unterkörper ins Pendeln, nutzte den Schwung im richtigen Moment und verhakte sich mit einem Knie in der oberen Geländerstange. Er zählte bis zehn, um seine Kräfte zu sammeln, dann drückte er sich nach oben, schwang seine Beine auf die andere Seite des Geländers und ließ sich auf den rauen Boden sinken.

In Frau Drombecks Wohnung war es ruhig. Ein süßlicher Geruch drang durch die angelehnte Balkontür und vermischte sich mit dem faulen Atem der Stadt. Er kannte diesen Geruch. Wenn er ihn wahrnahm, befand er sich im Keller der Gerichtsmedizin und betrachtete zusammen mit dem zuständigen Fachmann Leichen, deren zersetzendes Gewebe sich in rascher Auflösung befand. Es war der Geruch des endgültigen, unwiderruflichen Todes. Sebald schüttelte sich. Er schob die Handflächen unter seine Brust, drückte sich nach oben und erstarrte. Nebenan klickte die Balkontür. Schritte. Er presste sich schnell wieder gegen den Boden und hoffte, dass er durch das Geländer nicht gesehen werden konnte.

»*Fantastico!* Tolle Aussicht. Komm mal her und sieh dir das an!«

»Mensch, Enzo, wir sind nicht hier, um die Aussicht zu genießen!«

Sebald erkannte die Stimmen sofort. Der Major hatte Enzo und Karl May zu ihm geschickt. Sebald unterdrückte den Impuls, aufzustehen und sich den Kollegen zu zeigen.

»*Sì sì*, ich weiß, aber sieh mal! Da, hinter der Baustelle vom Henninger Turm, der Holzturm am Waldrand, das ist der Goetheturm. Bei starkem Wind fängt der an zu schwanken, dass du es mit der Angst bekommst. Vor zwei Jahren haben wir da oben meinen Geburtstag begossen. Klaus war auch dabei. Nach Sonnenuntergang wird der Turm abgeschlossen, aber man kann leicht über die unteren Balken hineinklettern. Um Mitternacht haben wir ganz oben einige *bottiglias* Lambrusco getrunken und sind anschließend nach Sachsenhausen gezogen. Irgendwann war ich so betrunken, dass ich nicht mal mehr den Finger in den Hals stecken konnte. Klaus hat mich dann mit dem Fahrrad nach Hause gebracht. Weißt du, der hatte damals eine besondere *bicicletta*, ein Tandem, weil er dachte, die *signoras* wären interessiert, auf so einer *macchina* einen Ausflug zu machen. Er musste mich festbinden, damit ich nicht runterfiel. *Oh, là, là!*«

»War Paul auch dabei?«

»*Ma no*, der nicht, aber seine schöne Gattin. Jetzt, wo ich drüber nachdenke, glaube ich fast, der Klaus hatte das Tandem nur wegen ihr mitgebracht.«

»Dann hatten die zwei also was miteinander?«

»Muss wohl so gewesen sein.«

»Vielleicht hat Klaus ihn deshalb ermordet.«

»Wen?«

»Na, Barmer. Wenn die zwei ein Verhältnis miteinander hatten, wollten sie ihn vielleicht loswerden.«

»*Beh!* Aber sie war doch schon tot, als es ihn erwischte?«

»Stimmt. Aber vielleicht hat Klaus ihn umgebracht, weil er Paul die Schuld an ihrem Tod gab.«

»Das würde ja bedeuten, dass Paul etwas mit ihrem Tod zu tun hat?«

»Wohl kaum, aber kannst du ausschließen, dass Klaus genau das vermutet hat?«

»*Che palle!* Selbst wenn es so wäre, würde Klaus doch keinen Mord begehen, oder? *Ecco!*«

»Vielleicht war's ein Unfall. Ich denk nur laut nach. Jedenfalls sind sich Dr. Glotzke und seine Ballistikheinis sicher, dass Barmer mit Sebalds Waffe erschossen worden ist. Die Seriennummer ist eindeutig.«

»Dann muss sie ihm jemand gestohlen haben. *Come no!*«

»Du vergisst den Matrosen, der Sebald beim Beseitigen der Waffe beobachtet und identifiziert hat.«

»Ist denn der *signore* glaubwürdig?«

»Zumindest haben die Taucher die Waffe genau an der Stelle aus dem Main gefischt, wo sie der Zeuge hingeführt hat.«

»Vielleicht hat ja der Rothaarige Paul mit Klaus seiner Waffe erschossen ...«

»Du meinst, unser Zeuge ist der Mörder und stellt sich freiwillig? Klingt nicht gerade wahrscheinlich.«

»*Sì*, stimmt. Ich kapier nicht, warum sich Klaus vor uns versteckt.«

»Tja, sobald wir ihn gefunden haben, können wir ihn danach fragen.«

»Glaubst du, er kommt hierher zurück?«

»Eigentlich nicht. Aber wenn, dann hat er keine Chance. Das Gebäude ist seit heute Morgen von Zivilbeamten umstellt, und die Jungs sind wirklich scharf darauf, einen Polizistenmörder zu schnappen. Nicht mal 'ne Maus würde hier ungesehen rein- oder rauskommen! Also los, Enzo, die Drecksarbeit wartet. Lass uns in schmutziger Wäsche wühlen!«

Sebald starrte auf die geschweißten Nähte des Balkongeländers. Er fühlte sich elend. Seine Kollegen jagten ihn wie einen Verbrecher. Sie schreckten nicht davor zurück, über abstruse Theorien zu diskutieren, wacklige Motive zu konstruieren und in seinem Privatleben herumzuschnüffeln. Die Vorstellung, dass Enzo und Karl seine persönlichen Briefe lesen, an seinem Toilettenwasser riechen und in seinen Männermagazinen blättern würden, berührte ihn peinlich. Immerhin war ihnen noch nicht aufgefallen, dass die Balkontür unverriegelt war.

Er zwang sich, gleichmäßig zu atmen, langte nach dem Koffer und kroch widerstrebend in Frau Drombecks Wohnung.

Als er sich aufrichtete, packte ihn die Übelkeit, trieb ihm die Spucke in den Mund. Schwankend stand er da und sah sich um: rosa Porzellangeschirr in einem massiven Eichenschrank, in der Ecke ein Kanapee, wuchtig und mit zahlreichen verstaubten Häkeldeckchen verziert, daneben ein Beistelltischchen mit gedrechselten Beinen. Von der Wand gegenüber glotzte ihn die konvexe Mattscheibe eines Bildröhrenmonsters an. Sebald betrachtete sich darin wie in einem Zerrspiegel. Sein Blick fiel auf den verräterischen Koffer in seiner Hand. Wohin damit? Und wohin sollte er selbst gehen? Aus seiner Wohnung hörte er polternde Schläge und Stimmengemurmel. Die Kollegen gingen nicht gerade zimperlich mit seiner Einrichtung um.

Sebald setzte den Koffer ab und schlich in den Flur. Etwas, was sich mit morbider Neugierde nur schwach erklären ließ, zog ihn vorwärts. Der süßliche Geruch verdichtete sich und schwoll an. Er drang aus dem Schlafzimmer. Sebald schnappte nach Luft und trat ein. Die halb zugezogenen Vorhänge tauchten das Zimmer in ein diffuses Licht. Auf dem Bett lag ein blauer Plastiksack wie ein exterrestrisches schlafendes Wesen. Eine lange Naht aus kleinen Zähnen umrandete die zerknitterte Haut. Sebald musste nicht nachsehen, um zu wissen, was sich hinter der silbernen Linie des Reißverschlusses verbarg. Wenn Frau Drombeck noch hier lag, konnte das nur bedeuten, dass man sie bald abholen würde, und es bedeutete auch, dass noch jemand in der Nähe war oder auf dem Weg zu dieser Wohnung. Sebald verließ das Zimmer und schlich zur Wohnungstür. Durch den Spion sah er einen Polizisten in Uniform, den er nicht kannte. Der Mann wippte von einem Fuß auf den anderen und schielte ungeduldig auf seine Armbanduhr. Er paffte an einer Zigarette, die ihm unter der Nase aus dem Mund wuchs, als wollte er möglichst viel von dem Rauch inhalieren.

Plötzlich näherte sich ein Schatten. Sebald erkannte Karl May. »Na, Kollege. Haste mal 'ne Kippe für mich?«

»Klar. Hier!«

Der Polizist kramte ein Päckchen aus seiner Jacke hervor, und Mayer bediente sich.

»Was sucht ihr zwei denn da drüben?«

Karl glotzte ihn überrascht an. »Wieso fragst du? Bist du denn nicht zur Bewachung der Wohnung hier?«

»Nö, ich warte nur, bis die Leiche abgeholt wird.«

Mayers Augen wurden so groß wie Autoreifen. »Was für 'ne Leiche? Bist du vom Sachsenhausener Revier oder was?«

»Klar. Der Hausverwalter hat uns heute Morgen angerufen, weil er 'ne tote Frau in der Wohnung gefunden hat.«

»Dadrin?«

»Wo sonst? Ich steh nur hier draußen, weil der Gestank so bestialisch ist.«

»Wer ist die Frau?«

»'ne alte Oma, die hier gewohnt hat.«

»Hat jemand die Todesursache festgestellt«

»Jaja, Dr. Ehmel von der Gerichtsmedizin.«

»Den kenn ich. Macht seine Arbeit gründlich.«

»Vielleicht 'n bisschen zu genau: Er will die Leiche obduzieren.«

»Mhm. Hast du den Schlüssel für die Wohnung.«

»Ja. Wieso?«

»Ich würde mich gerne mal umsehen.«

»Muss das sein?«

»'ne reine Vorsichtsmaßnahme. Ich will nur sichergehen, dass die Wohnung leer ist.«

»Bis auf die Tote ist da niemand!«

»Trotzdem! Bitte!«

»Na schön, hier ist der Schlüssel, aber ich bleib draußen.«

Sebald fuhr zurück. Er musste sich unsichtbar machen, und zwar schnell. Er eilte ins Wohnzimmer, aber da war kein Ort, der als Versteck in Frage käme. Er hörte das Klappern der Schlüssel und rannte ins Schlafzimmer. Wo konnte er sich nur verstecken? Hinter den Gardinen? Seine Füße blieben sichtbar. Im Kleiderschrank? Zu eng. Unter dem Bett? Ja, das könnte klappen. Sebald legte sich flach auf den Rücken und zwängte sich in den schmalen Spalt. Er musste das Gesicht zur Seite drehen, um nicht mit der Nase am Untergestell hängen zu bleiben, unterdrückte einen Hustenanfall und schmiegte sich so dicht an den Boden wie eine Eidechse. Aus dem alten Holzgestell quoll ein muffiger Geruch aus Staub und Mottenkugeln, aber über allem schwebte der süßliche Odem der Verwesung.

Draußen klickte das Türschloss, und Mayers Schritte näherten sich. In diesem Moment fiel Sebald ein, dass der Aktenkoffer unübersehbar im Wohnzimmer stand. Plötzlich schoben sich rehbraune Schuhe neben das Bett. Sie waren so nah, dass Sebald sie mit dem ausgestreckten Arm hätte berühren können. Sein Kollege bewegte sich nicht und schien die Luft anzuhalten. Und dann hörte Sebald ein leises Knistern, dem ein Ziehen und Klicken folgte. Karl-Heinz öffnete tatsächlich den Reißverschluss! Das Geräusch verstummte, ein Stöhnen erfüllte das Zimmer, und die Soßenschuhe stolperten rückwärts aus Sebalds Blickfeld. Drei Sekunden später hörte er das Schnappen der Wohnungstür. Karl hatte den Koffer nicht entdeckt – noch nicht! Aber er konnte jederzeit zurückkommen und die Überprüfung der Wohnung fortsetzen. Nur für den Moment gewährte der Tod Unterschlupf. Sebald legte keinen Wert darauf, diese Gastfreundschaft auch nur eine Sekunde länger als nötig in Anspruch zu nehmen. Er musste schleunigst verschwinden. Die Frage war nur, wie? Und plötzlich wusste er die Antwort.

Die Idee war ebenso einfach wie verzweifelt. Nur leider gefiel sie ihm gar nicht. Er schloss die Augen und erinnerte sich an das

Entsetzen, das ihn als Kind beim Lesen geschüttelt hatte, weil ihm die Vorstellung einer solchen Flucht schrecklicher erschien als lebenslanges Dahinsiechen im Kerker. Sebald würgte an seinem Speichel. Gab es für Fiktion eine Entsprechung in der Wirklichkeit? Er hoffte es. Das Buch trug den Titel »Der Graf von Monte Christo«.

13

Zu seiner Überraschung war es keineswegs stockfinster. Ein bläuliches Licht umgab ihn wie eine Aura aus Himmelsfarben. Auch der Geruch war weniger unangenehm, als er befürchtet hatte. Seine Kleider klebten auf der Haut, und er machte sich Sorgen, dass ihn sein Schweißgeruch verraten könnte. Er fühlte sich wie eine Larve, eingesponnen in einem Kokon aus knisternder indigoider Seide. Aber nein, er war Gefangener auf der Insel Monte Christo, steckte im Leichensack und wartete auf die Freiheit. Dabei musste er an alles Mögliche denken, an die tote Frau unter dem Bett zum Beispiel, mit der er den Platz getauscht hatte. Eklig war es gewesen, ihren leichten, dürren Körper aus dem Plastiksack herauszuzerren und sich selbst in das Behältnis zu zwängen. Und immer wieder drängte sich ihm der Gedanke auf, wie erniedrigend es wäre, wenn sein Plan nicht gelang und man ihn entdeckte.

Sie konnten jetzt kommen. Er war bereit. Den Aktenkoffer hatte er ausgeräumt und unter den Kleiderschrank platziert. Ein paar Bündel Scheine stopfte er sich in die Hosentasche, den Rest versteckte er in der Wohnung. Sollte doch die Polizei darüber sinnieren, wie Oma Drombeck zu so viel Geld gekommen war. Den Reisepass und das Ticket wollte er zuerst verbrennen, aber er fürchtete, dass der Geruch nach verbranntem Plastik ihn verraten könnte. Also zerschnitt er beides mit einer Schere aus Frau Drombecks Nähkorb und spülte die Schnipsel das Klo hinunter, wobei er hoffte, dass niemand auf das Geräusch aufmerksam wurde.

Am kompliziertesten gestaltete sich das vollständige Verschließen des Reißverschlusses. Von innen konnte er ihn nicht ganz zuziehen, sodass ein Loch offen blieb, durch das neugierige Augen einen Blick auf die Leiche riskieren konnten. Schließlich holte er aus dem Nähkorb Nadel und Faden, zog ein Ende des Fadens durch den Reißverschlusszug und verschloss so das Guckloch. Danach zog er den Faden ganz ins Innere, steckte ihn in die Hosentasche und schob sich die Nadel in das weiche Leder seiner Schuhe unterhalb der Schnürsenkel. Er besaß jetzt kaum mehr als seine Kleider auf dem Leib, und er würde das wenige, was ihm blieb, sorgfältig aufbewahren.

Plötzlich hörte er Schlüsselklirren und Stimmen. Die Wohnungstür öffnete sich, und schwere Schritte nahten. Sebald hielt den Atem an.

»Also, da ist ja die Leiche. Nicht zu überriechen, was?« Die Stimme klang jung und bemüht locker. An dem leichten Zittern erkannte Sebald, dass der Mann nervös war.

»Genau. Sie ist im Sack. Wollen Sie sie sehen?« Die Stimme gehörte zu dem qualmenden Polizisten vor der Tür.

»Nicht nötig. Wir haben nur den Auftrag, sie abzuholen. Fass mal mit an, Justin, wir heben die Alte auf die Bahre, und dann nichts wie weg!«

Der Angesprochene murmelte etwas Unverständliches, dann wurde Sebald an Kopf und Füßen gepackt und schwebte in seiner knisternden Hülle durch den Raum. Er nutzte die Bewegung und füllte seine Lungen unauffällig mit schwülwarmer Luft. Als sie ihn losließen, landete er so unsanft auf der Bahre, dass er sich in die Lippen biss, um nicht laut aufzustöhnen.

»Boah, die Alte wiegt ja mehr als drei Kästen Pils. So wie die stinkt, sollte man doch meinen, dass nicht mehr viel dran ist … Sie ham nich zufällig 'ne Zigarette für mich?«

»Klar«, antwortete der spendable Beamte. »Wollen Sie auch eine?«

»Nein danke.«

»Justin ist erst seit 'ner Woche in der Gerichtsmedizin, studiert Medizin und will bei uns promervieren, stimmt's, Justin?«

»Das heißt promovieren, Micha. Nicht promervieren …«

»'n Klugscheißer is er auch, aber 'n netter. Also, normalerweise wird so 'n Fall wie hier sofort freigegeben, ohne Obduktion und so. Todesursache ist doch klar. Aber weil der gute Justin seine Doktorarbeit schreibt, hat Dr. Ehmel Sonderschichten für uns vorgesehen.«

»Über was schreiben Sie denn Ihre Doktorarbeit?«

Sebald verfluchte das Interesse des Polizisten, musste sich aber eingestehen, dass er an die gleiche Frage gedacht hatte.

»Ja, wissen Sie, ich untersuche möglichst viele Todesfälle, um herauszufinden, ob der prozentuale Anteil der obduzierten Leichen in Deutschland zu niedrig ist.«

»Behauptet das denn jemand?«, fragte der Polizist.

Sebald hätte ihn dafür am liebsten geohrfeigt. Er konnte die Luft nicht länger anhalten, sonst riskierte er, ohnmächtig zu werden, aber vielleicht war das in seiner Lage sogar ein Vorteil. Wahrscheinlich würde er aber vorher einen Hustenanfall bekommen. Er beschloss, so flach wie möglich durch den Mund zu atmen. Die stickige, faulige Luft unter der Plastikhülle trug immer noch den Hauch der Verwesung. Der Gestank drang in seine Lungen und schnürte an seinem Hals. Die Kleider klebten ihm wie Leim auf der Haut, sein ganzer Körper stülpte sich nach außen: die Haut honigfeucht, das Blut eingedampft, die Mundhöhle trocken wie Löschpapier und in der Kehle ein Strauß Ackerdisteln. Er unterdrückte ein Räuspern, schluckte mehr Luft als Spucke und konnte den darauffolgenden Hustenreiz nur mit äußerster Anstrengung unterdrücken. Mit der Zunge sammelte er den Schweiß von der Oberlippe, schob ihn ein paarmal zwischen den Backen hin und her und wagte einen zweiten Versuch. Die Dornen in seinem Hals rutschten etwas tiefer, steckten aber immer noch fest. Er ahnte, dass er es nicht mehr allzu lange aushalten würde. Mit jeder weiteren Sekunde stieg die Wahrscheinlichkeit, dass man ihn entdecken würde. Wasser oder Blut rauschte in seinen Ohren, sodass er die Antwort des Doktoranden kaum verstand.

»Die Gerichtsmedizin fristet in Deutschland ein Schattendasein. Angehörige oder auch die Polizei drängen oft darauf, dass ein natürliches Ableben bescheinigt wird. Deshalb werden Mordanschläge viel zu selten entdeckt. In anderen Ländern ist der Anteil der obduzierten Leichen wesentlich höher, in Finnland beispielsweise wird jeder zweite Todesfall gerichtsmedizinisch untersucht.«

»Erzähl ihm mal von dem Typen, den wir gestern abgeholt ham!«

»Der Stromunfall?«

»Klar, der im Aquarium.«

»Aber ist das nicht vertraulich?«

»Stell dich nich so an, Justin, das is 'n Bulle hier, der hat sowieso Zugriff auf alle Daten.«

Der Polizist grunzte etwas, wohl weil er überlegte, ob er das Schimpfwort durchgehen lassen sollte. »Nana, den Bullen hab ich überhört. Aber wie war das nun mit dem Stromunfall?«

»Erzähl's du halt, Micha!«

»Also gut. Da ruft gestern so 'ne Tussi bei den Bullen an, äh bei der Polizei, und meldet, dass sie ihren Freund tot in der Wohnung gefunden hat. Wir also mit dem Doktor und so 'm Typen von euch zu dem nach Hause. Muss ein Fischfreak gewesen sein. Die ganze Bude war bis unter die Decke mit Aquarien zugebaut. Da hängt also der Mann mit Kopf und Oberkörper in einem Becken, so 'n Riesending, was oben offen is. Und die Frau kreischt andauernd ›Das kann nich sein‹ und ›Das war jemand‹ und lauter so 'n Zeug. Dr. Ehmel guckt sich das an und meint nur: Stromunfall! Der gläserne Heizstab war zerbrochen, weil ein Stein von der Einrichtung drauffiel, und der Mann hat da reingegriffen und die volle Zweihundert-Volt-Dosis abgekriegt! Der is regelrecht durchgebrannt und ersoffen.«

»Zumindest sah es nach einem tragischen Unfall aus«, mischte sich jetzt doch noch Justin ein. »Stromschlag beim unvorsichtigem Hantieren mit Wasser ist eine recht häufige Unfallursache, wenngleich das nicht immer tödlich enden muss. In diesem Fall wäre also eine Obduktion nicht vorgesehen gewesen.«

»Genau, wir hams aber trotzdem gemacht und 'n paar harte Facts für euch Burschen rausgekriegt.« Das Wort Polizist ging Micha nicht über die Lippen.

»Was denn?«, fragte der Beamte mit unverhohlenem Interesse.

»Also erstens«, ergriff wieder Justin das Wort, »ist der Mann nicht – wie zu erwarten – ohnmächtig geworden und dann ertrunken. Denn in seiner Lunge fanden wir kein Wasser. Zweitens gibt es bei einem Stromschlag immer zwei Hautmarken, eine, wo der Strom in den Körper eintritt, und eine, wo er ihn wieder verlässt. Diese Markierungen sind typischerweise an den Beinen und am Unterleib. Bei diesem Toten allerdings zählten wir nicht zwei, sondern achtunddreißig Hautanomalien, die auf Stromstöße zurückzuführen waren.«

»Völlig abgefahrn, so was hab ich noch nie gesehn!«

»Und drittens fanden wir an den Handgelenken des Mannes deutliche Abschürfungen und Faserreste von einem Seil, so als wäre der Mann gefesselt worden.«

Der Polizist lachte rau. »Hoho, bestimmt kann das seine Freundin erklären.«

»Kann sein, jedenfalls hat die Polizei jetzt was, worüber sie nachdenken kann.«

»Na vielen Dank, als wenn wir nicht schon genug zu tun hätten!« Der Polizist räusperte sich. »Aber in diesem Fall hier ist ja wohl Fremdverschulden ausgeschlossen.«

Sebald hätte den Kollegen für diese Bemerkung am liebsten umarmt. Das Bedürfnis nach frischer Luft wurde immer stärker, seine Haut brannte, und er hatte das Gefühl, als breiteten sich überall juckende Ausschläge darauf aus.

»Sagen Sie das nicht! Das kann erst die Obduktion zweifelsfrei feststellen.«

»Genau«, mischte sich Micha ein, »und deshalb sollten wir die Leiche jetzt fortschaffen, bevor nichts mehr davon übrig ist. Der Gestank dringt mir ja bis in die Unterhose.« Der Junge quetschte sich ein paar Lacher aus den Rippen, verstummte aber schnell, als er merkte, dass niemand einstimmte.

Sebald achtete jetzt nicht mehr darauf, die Luft anzuhalten, er bemühte sich nur noch, möglichst flach und lautlos zu atmen. Dann endlich wurde die Bahre angehoben, und wie in einer Sänfte schwebte er durch den Raum. Justin und Micha verabschiedeten sich von dem Polizisten, der blieb, um noch eine Zigarette zu paffen, bevor er sich im Revier zurückmeldete. Die Bahre wurde angehoben, legte sich zur Seite, und der Leichensack rutschte. Eine Faust krallte sich in Sebalds Haare und hielt ihn mit Gewalt zurück. Der Schmerz brannte, aber sein Schrei war kaum mehr als ein gehauchtes Stöhnen. Er hörte Justins verärgerte Stimme und Michas gleichgültiges Lachen über sich, während sie ihn zurück auf die Bahre zerrten. Dann waren sie im Aufzug, und die Türhälften schoben sich ineinander. Der Fahrstuhl ruckelte abwärts. Niemand sprach etwas.

Noch nie hatte Sebald das Knirschen der Antriebsräder, das Schwingen der Drahtseile und das leise Surren des Motors so deutlich wahrgenommen. Sebald hielt den Atem an, weil er spürte, dass die Augen der beiden Männer auf dem Leichensack ruhten und ihn kaum mehr als ein Viertelmillimeter Plastik vor der Entdeckung bewahrte. Er hoffte, dass die beiden Gerichtsmediziner zu sehr mit ihren eigenen Gedanken beschäftigt waren, als sich zum Beispiel darüber zu wundern, dass der Verwesungsgeruch fast verschwunden war.

Endlich waren sie unten, der Fahrstuhl öffnete sich, vier Hände packten die Bahre und trugen ihn ins Freie. Schritte vor und hinter ihm, es schaukelte wie bei schwerem Seegang, aber nicht so stark, dass er über Bord zu gehen drohte. Dann wurde er abgestellt, die Zentralverriegelung eines Wagens klickte, und Autotüren schnappten auf.

»Willste vorn bei mir mitfahrn oder lieber bei der?« Micha klang, als wäre ihm die Antwort herzlich egal.

»Wenns dir recht ist, bleibe ich lieber hinten im Wagen.«

»Willst die Alte wohl für dich allein haben? Keine Sorge, die spann ich dir nicht aus!« Er grunzte vergnügt und riss die Bahre hoch. Sebald rutschte nach unten weg.

»Pass doch auf!«, schimpfte Justin und brachte die Bahre wieder in die Waagrechte. »Etwas mehr Pietät könnte nicht schaden.«

»Ach was, in dem Job musst du hin und wieder über die Toten lachen, sonst fressen sie dich eines Tages auf.«

Sebald wurde ins Innere des Wagens geschoben und die Tür geschlossen. Justin setzte sich neben ihn und murmelte etwas, das wie »Blödmann!« klang. Sebald entspannte sich. Wenn sie erst einmal im Institut der Gerichtsmedizin angekommen waren, würde er sicherlich einen Weg finden, unbemerkt aus dem Gebäude zu entwischen. Er kannte sich dort einigermaßen aus. Mit etwas Glück würde ihn niemand zu Gesicht bekommen. Justin und Micha würden ganz schön ins Schwitzen geraten, wenn ihnen dämmerte, dass die tote Oma aus ihrem Sack geklettert war.

Der Motor startete, das Fahrzeug setzte sich in Bewegung. Sebald hoffte, dass die Neugierde des Doktoranden ihn nicht dazu verleiten würde, sich den Inhalt des Sackes genauer anzusehen. Er schwitzte die letzten Tropfen Wasser aus seinem Körper. Sie fuhren nicht schnell, anscheinend zwängten sie sich durch dichten Verkehr.

»He dahinten, alles klar?«, krähte Micha vergnügt.

»Jaja, uns geht's gut«, antwortete Justin matt.

Micha quiekte sein dreckiges Lachen und drosch mit der Hand auf das Lenkrad ein. Offensichtlich hielt er Justins Antwort für einen guten Scherz. »Soll ich das Martinsgejohle einschalten, damit unsre verderbliche Fracht schneller im Kühlschrank is?«

»Nee, lass mal! Der Geruch ist hier gar nicht mehr so schlimm.«

Sebald spürte förmlich, wie der junge Mann neben ihm über diesen Satz ins Grübeln kam. Er wusste, dass der Junge auf ihn starrte. Wohin sollte er auch sonst blicken?

Die Schweißperlen flossen in immer breiteren Rinnsalen und verwandelten sich in den Falten und Vertiefungen des Leichensackes zu kleinen, verräterischen Pfützen. Was sollte er tun, wenn seine Tarnung aufgedeckt wurde? Vielleicht könnte er das lähmende

Entsetzen, das mit seiner vermeintlichen Auferstehung einhergehen würde, dazu nutzen, aus dem Wagen zu flüchten. Zur Not musste er sich den Weg freikämpfen, was seinen Steckbrief weiter anschwellen lassen würde. Also rührte er sich nicht, atmete so flach wie möglich und lauschte. Das Rauschen des Verkehrs schwoll an wie aufbrandende Wellen, die heulenden Motoren verwandelten sich in Sturmgetöse, und das quäkende Hupen wurde zum Gesang brünstiger Meeressaurier. Obwohl er wusste, dass diese akustische Verklärung nichts mit der Wirklichkeit zu tun hatte, gab sich Sebald der Vorstellung hin und ließ sich in einem aufgeheizten Ozean aus Ursuppe treiben. Der Gedanke gefiel ihm, und er spielte toter Mann, ließ sich von den Wellen herumstupsen und starrte in seinen plastikblauen Himmel.

Zu seiner Überraschung tauchte plötzlich Lias Kopf neben ihm auf. Sie blickte ihn aus marineblauleuchtenden Augen an, schraubte ihren Körper in die Luft und präsentierte ihm einen schuppigen Fischleib, dann schlugen die Wellen über ihr zusammen, und sie verschwand silbrig glänzend in der Tiefe. Er hörte sich seufzen. Konnte man mit verschlossenem Mund seufzen? Doch was er hörte, war kein Seufzen. Es klang eher wie ein erstaunter Ausruf und kam … von draußen.

Sebald erstarrte, als er den Schatten über sich wahrnahm und dann spürte er eine Hand auf seinem Gesicht und Finger, die vorsichtig an seinem Kopf entlangtasteten.

»Komisch. Ich frage mich …« Justins Stimme.

Von vorne tönte Michas Quieken. »He, Kumpel, was'n los bei dir?«

Statt einer Antwort vernahm Sebald ein unangenehmes knisterndes Geräusch über seinem Unterleib. Justins Finger bohrte sich in seinen Bauch. Sebald widerstand dem Reflex, die Bauchmuskeln anzuspannen, aber es nützte nichts. Draußen nestelte jemand am Reißverschluss herum.

»Micha, ich frage mich gerade, ob …« Justins Stimme brach so abrupt ab, als hätte man ihm den Mund zugeklebt. Genau das wünschte sich Sebald.

»Ob was?«

»Ob die Frau hier im Sack wirklich tot ist?«

Vom Fahrersitz breitete sich eine Salve hüpfender Lacher aus, die wie Knallfrösche zurückschnellten und nur langsam im Inneren des Fahrzeugs verpufften.

»Hahaha, du bist mir vielleicht einer! Erst machste mir Vorwürfe, von wegen keinen Respekt vor den Toten, und jetzt ziehste selber 'ne Zombienummer ab.«

»Nein, scheiße, im Ernst! Dadrin bewegt sich was!«

»Das sind nur die Maden, die sich austoben. Lass um Gottes willen den Sack zu!« Michas Stimme klang jetzt beunruhigt. Er lamentierte, dass er die kleinen Biester nicht mehr aus dem Wagen kriegen würde, wenn sich die erst einmal in die Ritzen und Fugen gezwängt hätten. Und Schmeißfliegen seien so ziemlich das Letzte, was ein Krankenwagen transportieren sollte. Dann schrie Micha nach hinten: »Hör zu! Ich krieg 'nen Arsch voll Ärger, wenn du den verdammten Sack aufmachst!«

»Ich muss wissen, was da los ist«, erwiderte Justin leise. Sebald hörte das Zerren am Verschluss in solcher Lautstärke, als würde jemand sein Trommelfell Stück für Stück auseinanderreißen. Was dann folgte, ereignete sich in so rasendem Tempo, dass er sich im Nachhinein nur noch an einzelne Szenen erinnern konnte. Das Reißen an seiner Hülle durchdrang ihn vom Kopf bis zu den Zehen, plötzlich spürte er kühlende Luft an seiner Seite, fast im selben Moment wurde die Plane zur Seite geschoben, und er starrte in das bärtige Gesicht eines jungen Mannes, in dem Entsetzen und Überraschung miteinander rangen. Mit einer raschen Bewegung zog Sebald die Knie nach oben, riss das Loch an der Seite mit den Händen auseinander und sprang heraus. Der Schmetterling schlüpfte!

Justin schrie und stolperte rückwärts. Ein zweiter Schrei gellte wie ein Echo aus dem vorderen Teil des Wagens. Sebald stand mit wackligen Beinen da und tastete nach einem Halt. Der Wagen schlingerte, blockierte Reifen schabten über den Asphalt, jaulten auf. Micha hatte sich im Sitz halb umgedreht, das Weiße in seinen Augen quoll hervor wie überkochende Milch. Die Wucht des Aufpralls fegte Sebald von den Füßen, ein splitternder Knall erfüllte die Luft. Der Motor jaulte beleidigt auf, soff ab und rührte sich nicht mehr. Mühsam zog sich Sebald hoch. Justin hockte in einer Ecke und starrte ihn an. Ohne einen Ton von sich geben zu können, bewegten sich seine Lippen. Sebald wankte zur Tür, zog am Griff und plumpste aus dem Krankenwagen. Die Sonne blendete ihn, spiegelte sich auf dem Metallrücken der Autokolonne.

Er befand sich mitten auf einer breiten Allee, fleckige Platanen, graues Pflaster und mürbe Hausfassaden. Im Norden wölbte sich die Friedensbrücke bucklig und müde über den Main. Hinter den Scheiben starrten ihn verschwitzte, sonnenbrillenbewehrte Gesichter an. Ihre Besitzer konnten sich nicht entscheiden, ob sie wütend, erschrocken oder ängstlich blicken sollten. Sebald wollte ihnen keine Zeit lassen, sich endgültig festzulegen. Schnell tastete er sich am Rettungswagen vorbei und rannte über den Asphalt davon in Richtung Fluss. Niemand hielt ihn auf.

14

Sebald fuhr mit der U-Bahn bis zur Nordweststadt, einem aus Glas und schmutzigem Beton zusammengewürfelten Einkaufszentrum, wie es sich nur Architekten ausdenken konnten, die weniger an Ästhetik als an die Macht des Geldes glaubten. Wahrscheinlich hatte man gehofft, dass die Bewohner der Trabantenstadt ihr Geld in den teuren Läden lassen würden, aber die offensichtliche Armut der Bewohner und die auf Exklusivität schielenden Geschäfte passten zusammen wie Mahatma Gandhi und die Investmentabteilung der Deutschen Bank.

Sebald verließ die glitzernde Welt des Konsumtempels und suchte sich seinen Weg nach Süden. Die Nachmittagssonne spiegelte sich in den fleckigen Fenstern der Hochhäuser und heizte die Luft in den schmalen Fußgängerwegen auf. Nur selten bot ein krummer Ahorn oder eine mickrige Eberesche Schatten. Unter einer dieser botanischen Raritäten lungerten ein paar Jugendliche mit der doppelten Anzahl von Bierflaschen und halbem Gehirnschmalz. Sebald näherte sich und entschied sich für ein halbwegs nüchternes Pickelgesicht mit schiefer Nase und Silberblick. »Hallo. Weißt du, wo die Wagenburg ist?«

»Was willst'n da, suchste Asyl?« Die Jungs kicherten, und einer rülpste wie ein Nilpferd, das sich an einem Fisch verschluckt hatte.

Sebald entschied sich für die Wahrheit. »Ich such 'ne alte Freundin, die ich gerne wiedersehen würde.«

Die Typen kicherten. Ein schlaksiger Rotschopf äffte ihn mit hoher Stimme nach: »Ich such 'ne Freundin! Ich such 'ne Freundin!«

Der Picklige spuckte auf den Boden und deutete mit dem Kopf hinter sich. »In der Burg wohn lauter Spinner. Aussteiger un so Typen. Die ham nich mal 'n richtiges Klo.«

Das Nilpferd hockte sich in die Luft und begann zu stöhnen.

Sebald verdrehte die Augen und machte einen letzten Versuch. »War einer von euch Scherzbolden schon mal da?«

»Kann sein«, gab der Picklige zu. »Wenn de mal was zum Rauchen brauchst, kannste da günstig einkaufen.«

Sebald grinste und überlegte, ob die Spaßvögel kooperativer wären, wenn er einen Beitrag in die Getränkekasse leistete, doch der mit dem Silberblick legte schon los: »Du musst über die Nidda und immer flussabwärts. Dann unter der Schnellstraße durch. Gleich danach komm' die verwilderten Gärten, und da is'n Pfad. Ich glaub, der führt hin … vielleicht aber auch nich.«

Der Junge grinste und nahm einen Schluck aus der Flasche. Sebald nickte und schob sich an ihnen vorbei, achtete nicht auf das Klirren der aneinanderschlagenden Flaschen und die grölenden Stimmen der Kinder, die eigentlich keine mehr waren.

Nach wenigen Minuten hatte er die Nidda erreicht. Das Wasser war trüb, roch modrig, und lange Algenfäden bewegten sich wie grüne Schlangen in der schwachen Strömung. Parallel zum Ufer verlief ein staubiger Weg, und am Horizont erkannte er die Schallschutzmauer einer Autobahnbrücke, die wie ein gestürzter Monolith über den schmalen Fluss führte: die Stadtmauern von heute.

Sebald schlenderte darauf zu. Zwanzig Minuten später hatte er die Brücke erreicht. Der Fluss war hier völlig in ein steinernes Bett gezwängt, der Weg verengte sich und mündete in einem Loch, das unter der Brücke durchführte. Trotz der Lärmschutzwand schwoll das Rauschen des Verkehrs so laut an, dass er sich nur schreiend hätte unterhalten können. Sebald trat in den Schatten der Brücke, und sofort änderte sich die Umgebung. Hier unter der Brücke war es unerwartet ruhig und angenehm kühl. Das tote Auge des Orkans. Für einen Moment lauschte er dem Geräusch der über seinem Kopf hinwegrasenden Fahrzeuge, dessen Dröhnen nur schwach zu ihm drang. Benommen trat er auf der anderen Seite aus der Unterführung, und sofort ohrfeigten ihn die Strahlen der tief stehenden Sonne, tauchten sein Gesicht in Schweiß und nagten an seinem Körper.

Er bekam Durst, und der Gedanke an etwas Flüssiges machte ihn noch durstiger. Für einen Augenblick erwog er, sich ans Ufer zu knien und ein paar Hände voll von dem schwarzen Wasser zu trinken, aber dann musste er an Kolibakterien und Einleitungen von Kläranlagen denken, und er verwarf die Idee wieder. Außerdem machte er sich Hoffnungen, dass er ganz in der Nähe seines Zieles war. An den Rändern des Weges tauchten alte Zäune aus Maschendraht und genagelten Brettern auf, wuchernde Liguster- und Hainbuchenhecken, vergammelte Hütten mit eingeworfenen Fensterscheiben, mosaikförmige Strukturen am Boden, Spuren längst vergessener Blumen- und Gemüsebeete. Hundert Meter weiter zweigte ein schmaler Pfad ab und verschwand zwischen zwei mächtigen Walnussbäumen, deren pralle Früchte wie grüne Tennisbälle an den Ästen baumelten.

Hinter den Bäumen öffnete sich eine weite Lichtung, auf der bunt bemalte Bauwagen herumstanden. Zwei Dutzend Riesenlegosteine im Grünen. Auf der einen Seite wuchs eine meterlange Brombeerhecke, gespickt mit Weißdornbüschen, Wildrosen und Schlehen, wie eine dornige Mauer in den Himmel. Die andere Hälfte der Lichtung wurde von einem kleinen Eichenwäldchen umkränzt, aus dem das hämmernde Stakkato eines Spechts ertönte. Die meisten Wagen wirkten leer und verlassen, einige jedoch waren freundlich herausgeputzt, frisch gestrichen, und dort hingen sogar Gardinen an den Fenstern. Niemand war zu sehen. Sebald zählte ganze drei Wagen, die blau angestrichen und mit gelben Tupfen verziert waren. In welchem wohnte Lia? Er musste jemanden fragen.

Etwa im Zentrum der Lichtung befanden sich ein erloschener Feuerplatz, ein Baumstamm, umgedrehte Bierkästen und eine alte Parkbank. Hinter der Bank türmte sich ein Haufen Holz. In einem der größeren Scheite steckte eine Axt. Etwas abseits stand eine alte Blechtonne, in der sich Tüten voll Müll stapelten. Vor einem etwas größeren Bauwagen mit rotem Dach und aufgepinseltem kreisumrandeten A hockte ein Typ und paffte an einer Pfeife, aus der süßliche Rauchschwaden emporstiegen. Sebald trat einen Schritt näher, und der Mann hob den Kopf.

»Hi«, sagte er mit einer Stimme, die trocken raschelte wie altes Laub.

»Hallo«, sagte Sebald. »Ich heiße Klaus.«

»Mmh. Man kann sich's nicht aussuchen.«

»Was?«

»Na, den Namen!«

»Stimmt.«

Schweigen.

Mit den Zehen malte der Typ etwas in den staubigen Boden. Es waren zwei Worte und ein Ausrufezeichen: VERPISS DICH!

Sebald spürte, dass er zornig wurde. »Und wie heißt du? Etwa Herr Verpissdich?«

Der Mann verzog den Mund, zeigte ein Gebiss, das mehr Löcher als Zähne hatte, und lachte heiser, asthmatisch. »Der war gut, hihihi.

Herr Verpissdich. Hab schon seltsame Name gehört, aber der schlägt se alle.«

Der Mann blickte auf. In seinen Augen wuchs ein Gewirr aus geplatzten Äderchen. »Ich heiß Hans-Herbert, aber alle sagen nur Herbi.« Er machte eine Pause. »Biste vom Amt?«

»Welches Amt?«

»Na, Ordnungsamt oder so. Die uns hier wegjagen wolln.«

»Keine Sorge, ich suche nur 'ne Freundin, die hier wohnen soll.«

»Ach so.«

Herbi schwieg, als ob damit alles gesagt wäre, was es zu sagen gab.

Sebald zog sich einen der Bierkästen heran und ließ sich darauf nieder. Er wollte keine lange Unterhaltung, sondern nur wissen, welcher Lias Wagen war. Trotzdem schien ihm ein kleiner Umweg ratsam, um den Typen nicht misstrauisch zu machen. Schließlich wusste er nicht, ob der Pfeifenraucher eine Art Wachposten des Wagendorfes darstellte.

»Schönes Fleckchen habt ihr hier.«

»Mmh.«

»Wohnste schon lange hier?«

»Ziemlich.«

»Und sonst? Wo sind die anderen?«

Herbi schnaufte verächtlich. »Paah! Sin alle angepasste Spießer. Gehn zur Uni oder ins Büro. Wolln alternativ leben, aber könn auf die Kohle nich verzichten. Hier, siehste?« Er rieb Zeigefinger und Daumen aneinander. »Das is alles, was heut zählt, nich die Kunst des Müßigganges.« Der Alt-Hippie pflückte seine Pfeife aus dem Mund und streckte sie Sebald entgegen. »Willste ma ziehn? Is aus eigenem Anbau.«

Sebald zweifelte nicht daran. »Nö danke, vertrag ich nicht«, log er, obwohl er sich nicht sicher war, ob das wirklich gelogen war.

Herbi murmelte etwas und bewegte die Backen, als suche er Spucke zwischen den Zähnen. Niemand sagte etwas. Die Hitze lastete auf ihnen, und jede Bewegung, selbst das Atmen, strengte an. Kleine schwarze Fliegen umkreisten sie. Am Himmel zog ein Flugzeug einen weißen Streifen hinter sich her. Irgendwo kreischte eine Kreissäge, und hinten im Wald gurrte eine Ringeltaube. Sebald fragte sich, ob er einfach in die Wagen eindringen sollte, um nach einer Spur von Lia zu suchen. Wahrscheinlich standen die meisten sowieso offen. Als Sebald gerade aufstehen wollte, seufzte Herbi und zupfte die Pfeife aus dem Mund. »Nur die wenigsten bleiben länger als 'n Jahr. Spätestens im Winter oder wenn die Stadt Druck macht und die Bulldozer komm'n, ziehn se 'n Schwanz ein.«

»Ich suche eine junge Frau. Sie heißt Kordelia.«

»Früher gab's noch so was wie echte Gemeinschaft. Wer Kohle hatte, teilte sie mit den andern, aber das is lang her …«

»Sie hat kurze blonde Haare, 'n Igelschnitt, so um die fünfundzwanzig. Ein Freund hat mir erzählt, dass ich sie hier finden kann.«

»Manche von denen ham jetzt selbst 'ne Eigentumswohnung, sin echte Spießer geworden. Macht sich wohl gut im Lebenslauf: ›Wohnen in der Wagenburg‹!«

»Kann sein. Sag mal, kennst du die Frau? Ihre Freunde nennen sie Lia. Sie hat 'nen blauen Wagen mit gelben Tupfen.«

»Einmal war hier 'ne Tussi, die wollte ihre Doktorarbeit über uns schreiben. Hat geschwafelt über so 'n Zeug wie unkonventionelles Wohnen, gesellschaftliche Randgruppen als Ausdruck städtischer Überformung, neue Formen sozialer Autonomie, bla, bla, bla, lauter so 'n Quatsch. Nach drei Tagen hab ich se vom Acker gejagt.«

Sebald seufzte. Er stand auf. Es hatte keinen Zweck. Der Mann lebte in seiner eigenen Vergangenheit. Gegenwart und Zukunft spielten für ihn keine Rolle. Plötzlich hob er den Kopf und schaute Sebald an, als ob er ihn gerade erst entdeckt hätte. »Die Lia is okay. Nich so wie die andern. Ihr Wagen is der letzte ganz hinten am Wald. Aber ich glaub, sie is nich da.«

Sebald hob die Augenbrauen und setzte sein unschuldigstes Lächeln auf. »Danke, ich werde mal nachsehen«, sagte er.

»Viel Glück«, murmelte Herbi und nahm einen tiefen Zug aus seiner Pfeife.

Sebald winkte, drückte sich zwischen zwei Bauwagen hindurch und fragte sich, woher der Typ wusste, dass er etwas Glück gut gebrauchen konnte.

Lias Wagen stand etwas abseits von den anderen am Rand des Eichenhains. Sebald hatte sofort den Eindruck, dass dies so gewollt war, um sowohl der Abgeschiedenheit des Waldes näher zu sein als auch dem gemeinschaftlichen Leben im Bauwagendorf etwas Individualität entgegenzusetzen. Der Wagen stand aufgebockt auf

Hohlblocksteinen und überragte die anderen um fast einen Meter. Ein paar wurmstichige Bohlen waren zu einer Treppe aufgeschichtet, die zu einer soliden Holztür führte. Sebald stieg die wenigen Stufen hinauf und klopfte. Nichts geschah. Er klopfte noch einmal und presste sein Ohr gegen die Tür. Kein Geräusch drang aus dem Inneren. Sebald stieg nach unten und umrundete den Wagen. Ein quadratisches Fenster auf der Rückseite, zum Wald hin, war verschlossen und so weit oben, dass er nicht hineinsehen konnte. Er stellte sich darunter, streckte seine Hände aus und zog sich an dem schmalen Fensterbrett hinauf. Keuchend hing er am Fenster und spähte ins Innere. Er blickte in einen lang gezogenen Raum mit Küchenvitrine, Herdplatte, Spüle und Holztisch, auf dem Papier und Schreibutensilien verstreut waren. Gegenüber der Tür sah er einen Kleiderschrank Marke Eigenbau, ein paar Regale mit Büchern und – statt eines Bettes – eine über Eck gespannte geflochtene Hängematte, in der ein Knäuel Wäsche lag. Sebald kniff die Augen zusammen, als er neben dem Kleiderhaufen eine schwarze Lederjacke zu erkennen glaubte. Kurz bevor ihm die Arme abrissen, ließ er sich fallen.

Er trat ein paar Schritte zurück und überlegte. Lia war nicht zu Hause, aber der Wagen wurde eindeutig benutzt. Sollte er später noch einmal wiederkommen? Aber wohin sollte er gehen? In der Stadt gab es kaum ein sichereres Versteck als hier, wo möglicher Ärger und Kleinkriminalität in einem Verhältnis standen, das keinen Polizeibesuch lohnte. Außerdem musste er unbedingt mit Lia sprechen. Also würde er hier auf sie warten. Aber würde Lia nicht sofort verschwinden, wenn sie ihn hier draußen entdeckte? Vielleicht sollte er ihre Abwesenheit nutzen und sich im Inneren des Wagens verstecken? Sebald betrachtete den Eingang. Tür und Schloss machten einen soliden Eindruck, mit einem gebogenen Draht oder einer Scheckkarte war da nichts zu machen. Er rüttelte am Griff, prüfte das Spiel zwischen Fugen und Türkante. Zu seiner Überraschung war die Tür absolut passgenau in den Rahmen eingearbeitet worden. Nichts, was dicker als ein Blatt Papier war, passte dazwischen.

Er wollte sich gerade abwenden, um sich das Fenster auf der Rückseite vorzunehmen, als ihm ein Gedanke kam. Die klobige Form des Schlosses ließ erwarten, dass auch der Schlüssel alles andere als zierlich war. So einen Schlüssel trug man nicht mit sich herum.

Sebald bückte sich und untersuchte die Zwischenräume in den Treppenbohlen. Nichts. Er drehte jeden Stein im Umkreis von zehn Metern um, tastete die Reifen ab und inspizierte die Unterseite des Wagens. Er fand nichts außer einer rostigen Gießkanne, einem verbogenen Suppenlöffel und jeder Menge Ameisen. Verschwitzt und dreckig krabbelte er wieder hervor. Beim Aufstehen blieb er an einer Wurzel hängen und landete kopfüber in einem Brennnesseldickicht. Ein Hund kläffte, es klang wie »au-au-au«. Völlig erledigt lag er im Staub und schloss die Augen. Obwohl es schon spät am Nachmittag war, brannte die Sonne immer noch mit südländischer Intensität. Wo blieb der Regen? Wo die schwülen Tage, die sich vollsogen, bis ein betrunkener Zeus die warme Nässe aus ihnen herausschleuderte und Regen niederprasseln ließ? Dieser Sommer war anders. Alles war anders. Die Hitze wollte nicht weichen. Als hätten sich Wüsten über alle Grenzen ausgebreitet und Meere in endlose Sand- und Schlammtäler verwandelt.

Sebald schluckte, aber es gelang ihm nicht, das unbehagliche Kratzen aus seiner Kehle zu vertreiben. Er brauchte etwas zu trinken. Dringend. Plötzlich war eine Melodie in seinem Kopf. Eine raue Stimme sang in seinem Schädel. *That night we went down to the river … and into the river we'd dive …* Ja, er musste aufstehen, zum Fluss hinunterlaufen, sich hineinstürzen, den Dreck von der Haut reiben und das kalte Nass wie eine Blutwäsche durch seinen Körper rieseln lassen. *Down to the river we'd ride …* Er würde erst seinen Magen mit dem Wasser füllen und dann seine Lungen. Vielleicht würde er ja sogar lernen, wie ein Fisch im Wasser zu atmen. Er würde sich einfach treiben lassen, auf dem Rücken von unten in die Sonne starren, und ihre Strahlen würden seinen Körper in einen glitzernden, kühlen Diamanten verwandeln. Und mit diesem Bild vor Augen würde er der Welt Adieu sagen und sich verabschieden. Ja, so könnte es werden. Aufstehen, ein paar Meter laufen und sich fallen lassen. Ganz einfach. *Down to the river.* Nichts leichter als das! Sebald richtete sich auf, blinzelte in die Sonne und betrachtete den sich auflösenden Kondensstreifen. Das Lied in seinem Kopf summte auf seinen Lippen weiter. *Down to the river and into the river we'd dive.* Er drehte den Kopf und entdeckte das Versteck.

Seine Gedanken wurden so abrupt und vollständig in eine neue Richtung gelenkt, dass er sich später kaum noch daran erinnern konnte, tatsächlich an einem Punkt gestrandet zu sein, an dem er seinem Leben ein Ende hatte setzen wollen. Springsteens Verlockungen verstummten, als hätte jemand den Stecker gezogen. Yeah! Es musste einfach die Regenrinne sein. Sebald hatte sie schon vorher gesehen, aber erst jetzt nahm er sie so zur Kenntnis, dass er ihren wahren Zweck erkannte. Direkt über der Tür befand sich eine Halbröhre aus Zinkblech, deren U-förmige Enden wie grinsende Mäuler in der Luft schwebten. An der Längsseite des Wagendaches, dort, wo eine Dachrinne viel mehr Sinn gemacht hätte, fehlte sie. Warum befand sich über der Tür eine Regenrinne ohne Abflussrohr? Es konnte nur eine Antwort darauf geben. Sebald streckte die Hand aus, seine Finger berührten etwas Hartes, zogen es hervor. In seiner Hand blitzte ein Schlüssel, und die Strahlen der Sonne brachen sich auf seiner silbrigen Oberfläche. Ein glitzernder Diamant. Er hatte das Versteck gefunden. Der Fluss musste warten.

Der Schlüssel passte. Sebald drehte ihn zweimal, drückte den Griff herunter, die Tür schnappte auf. Schnell trat er ein und blickte sich um. Das Zimmer wirkte unaufgeräumt, aber sehr gemütlich. Im Bücherregal ruhte Goethe neben Dickens, lümmelte Djian auf Allende, drückte sich Hölderlin an Rowling – eine bunte Mischung aus bedrucktem Papier, mit viel Geschmack und Verstand ausgewählt. Verwundert blickte Sebald auf mehrere Bände juristischer Fachliteratur, deren breite Rücken den belletristischen Tänzern Halt gaben. Auf der Hängematte lag wie selbstverständlich seine Jacke aus alten Zeiten, ganz so, als gehörte sie hierher. Sebald freute sich über den altbekannten Geruch nach kaltem Schweiß und heißen Abenteuern. Er schob seine Hand in die Innentasche, und seine Finger berührten etwas Hartes unter der Jacke. Aufgeklappt wie die Flügel eines sich sonnenden Kormorans lag das Buch des Professors vor ihm.

Sebald beugte sich darüber. Einige Sätze waren von einem fluorgrünen Lasso gefangen, in denen die Worte wie wilde Pferde über das Papier galoppierten.

Seth erkannte den Leichnam, zerriss ihn in vierzehn Teile und verstreute sie in ganz Ägypten. Das Schamglied aber warf er zu den Krokodilen in den Fluss, wo es nicht von solchen, sondern von dem Lepidotus, dem Oxyrhynchus und Phagosfisch gefressen wurde. Als Isis von Seths verruchter

Tat erfuhr, nahm sie ihre sieben heiligen Skorpione und begab sich auf die Suche nach den Körperteilen ihres Mannes. Sie fand auch alle bis auf den Phallus, der von den Frevlerfischen gefressen worden war. Isis setzte den Körper ihres Gatten wieder zusammen und schuf aus dem Lehm des Nils einen künstlichen Phallus, den sie mit Magie zurück ins Leben rief.

Verwirrt blickte Sebald auf. Er kannte den Mythos schon von Professor Bloomsfeld. Aber welche Bedeutung hatte der vorchristliche Text für Kordelia Heidenfeld? Sebald ließ seinen Blick durch den schmalen Raum gleiten, tastete Buchtitel, Geschirr, Kleider, allerlei Gegenstände nach einer Antwort ab und blieb schließlich hängen an einem an die Wand gepinnten Foto. Es zeigte vier Personen vor einem etwas heruntergekommenen Fachwerkhaus. Sebald erkannte Lia als Kind von etwa zehn Jahren, sie hielt stolz eine Katze in die Höhe. Ein älterer Junge mit blonden Haaren betrachtete sie liebevoll-spöttisch. Ein Mann und eine Frau in Sonntagskleidung standen dahinter und lächelten in die Kamera. Lia zusammen mit Eltern und Bruder! Ohne Zweifel.

Der Durst kratzte wie ein eingesperrtes Raubtier in Sebalds Kehle. Er brauchte sofort etwas Flüssiges, wenn er den Tag überstehen wollte. Neben der Spüle auf einem speckigen Holzbrett lag ein Laib Brot wie ein gekenterter Kahn neben einem Messer, das auch als Machete für den verwilderten Garten zu gebrauchen war. Ungewaschenes Geschirr wartete auf seine Bestimmung, aber der dazugehörige Wasseranschluss fehlte. Unter der Spüle fand er eine Tüte mit zusammengefalteten leeren Saftkartons, Putzmitteln und einem zerfaserten Wischlappen. Gab es hier nichts zu trinken? Er öffnete Schubladen und Kommoden, stöberte im Kleiderschrank, suchte in jedem Eck. Die Schubladen enthielten ein buntes Sammelsurium aus Besteck und Kochutensilien, in den Schränken stapelten sich Kochtöpfe und Pfannen, die nach Ruß und ranzigem Fett rochen, neben einem Karton gefüllt mit Butterkekstüten. Auf dem Fensterbrett reihten sich winzige Blumentöpfe mit Salbei und Basilikum aneinander und – endlich – eine Kanne mit Wasser. Sebald stöhnte und drehte sich zur Tür, um Herbi zu fragen, ob die Bewohner der Wagenburg ihre Sachen im Fluss wuschen, als er die Flaschen erblickte. Rotwein. Zwei Flaschenhälse lugten wie Stielaugen grüner Riesenschnecken unter einem Bücherregal hervor. Er zog an einem Auge und las die Beschreibung. Chianti aus Umbrien. Nicht ganz das, was er suchte, aber besser als nichts. Er hatte die Wahl zwischen Blumenwasser und Rotwein am Nachmittag. Es fiel ihm nicht schwer, sich zu entscheiden. Er schob den Korken hinein und goss sich ein Glas voll, nippte und schüttete den Inhalt auf einen Zug in sich hinein. Die Flüssigkeit belebte ihn. Er füllte das Glas ein weiteres Mal und setzte die Besichtigung fort.

Auf dem Tisch standen drei leere, umgedrehte Dosen, in denen Buntstifte, Kugelschreiber und Tintenfüller wie kleine Speere steckten. Ein Stapel Papier erweckte seine Aufmerksamkeit. Es waren Porträts, Tuschezeichnungen und Skizzen mit Kohlestiften. Er erinnerte sich an ein forensisches Detail, das sie an Schmittkes Leiche entdeckt hatten: mikroskopisch kleine Kohlestückchen auf der Haut des Zuhälters. Konnte es sich dabei um Spuren von Kohle handeln, wie sie zum Zeichnen verwendet wurde? Er nahm das oberste Blatt in die Hand und erkannte Herbi mit nacktem Oberkörper, der zugedröhnt von besseren Zeiten träumte. Auf dem nächsten zahnlückengrinsende Kinder, springende Hunde, Frauen mit Zigeuner-Ohrringen, im Hintergrund Zirkuswagen, aufgereiht zum Tanz.

Ein anderes Bild zeigte eine kahl geschorene Schönheit mit edelsteingefasstem Diadem. Auf der Stirn prangte ein verschlungener Knoten, an ihren Ohren zappelten Skorpione. Skorpione! Sie trug eine Djellaba mit spitzer Kapuze und deutete mit einem Stab auf einen Schlangenkopf im Sand. Sebald zuckte zusammen. Der Kopf des Reptils hatte Ähnlichkeiten mit einem abgeschnittenen Penis. Er erkannte die Frau. Zumindest glaubte er, dass es sich um die gleiche Frau handelte, die ihm bei seinem nächtlichen Besuch bei Aquafutur fast in den Wagen gestolpert war. Wer war die geheimnisvolle Unbekannte? Eine Mörderin? Welche Rolle spielte dann Lia? War sie Komplizin, Mittäterin, Auftraggeberin? Oder waren die Skorpione nichts anderes als gebogener Ohrschmuck, das Geschlechtsteil nur ein kriechender Wurm? Ganz unten auf dem Bild hatte Lia in großen Lettern eine Adresse notiert:

Bornheimer Landstraße 73.

Sebald wandte sich der nächsten Zeichnung zu. Sie zeigte ein formatfüllendes Fragezeichen, dessen ovaler Punkt ein konturloses Männergesicht darstellte. Darunter war das Wort »Goldesel« geschrieben. Sebald betrachtete das Fragezeichen, ohne klug daraus zu werden, und zog das letzte Blatt an sich. Er erstarrte, seine Gesichtsfarbe wurde fast so weiß wie das Papier in seinen Händen. Auf dem Bild war deutlich ein sitzender Mann zu erkennen, dessen nach hinten gedrehte Arme an die Beine eines Tisches gefesselt waren. Der Mann war nackt, und in seinem Schoß befand sich nichts außer einem kreisrunden Loch aus Kohle – wie eingebrannt. Unter dem Bild stand in harten schwarzen Buchstaben:

Mein ist die Rache!

Es gab keinen Zweifel. Die Szene zeigte die letzten Minuten aus Ulf Schmittkes Leben.

15

»Haben Sie das Adressbuch dabei?«

Die Worte flogen schnell, hart, wie Kugeln schossen sie aus den zusammengekniffenen Lippen des Mannes. Noch bedrohlicher als die Stimme des Mannes waren seine Augen, und Lia konnte sich nur mit Mühe überwinden, dem kalten, lauernden Blick standzuhalten.

Als sie den Hof der Gaststätte betreten hatte und ihn das erste Mal sah, wie er mit gefalteten Händen und entschlossener Miene auf einen Punkt vor sich starrte, ahnte sie, dass sie es mit jemandem zu tun hatte, der sich nicht so ohne Weiteres in die Rolle eines willfährigen Opfers drängen lassen würde. Und als sie näher kam und den durchdringenden, musternden Blick spürte, wurde ihr klar, dass dieser Mensch gefährlicher war als die meisten unangenehmen Personen, mit denen sie es bisher zu tun hatte. Für ein paar Sekunden erwog sie die Möglichkeit, auf dem Absatz kehrtzumachen und davonzulaufen, aber sie zögerte etwas zu lange. Der Mann wurde auf sie aufmerksam und zwang sie mit seinen Augen näher. Sie gab sich einen Ruck und schob die Füße vorwärts. In diesem Moment tauchte der Bembelwirt in dem kleinen Fenster auf und winkte ihr zu. Lia entspannte sich, schob die Mundwinkel nach oben und setzte sich an den Tisch.

Ein Fünfer-Bembel stand darauf, dazu zwei der typischen gerippten Gläser, schon gefüllt. »Auf Ihre Gesundheit!«, hatte er gesagt und sein Glas erhoben. Förmlich, aber mit angenehmer Stimme, sie hatte genickt, beobachtet, wie er das Glas fast völlig mit der Hand umfasste und an der honigfarbenen Flüssigkeit nippte. Seine Hände waren riesig, passten nicht zum restlichen Körper. Der Anblick erinnerte Lia an das Monstermännchen in ihrem alten Biologiebuch mit grotesk aufgeblähten Lippen, Händen und Füßen, die in ihrer Abnormität der Flächenverteilung der Hautsinnespunkte entsprachen. Sie musste lächeln, da in dem Schulbuch das überdimensioniert darzustellende Geschlechtsteil einfach weggelassen worden war.

Sie hob ihr Glas an die Lippen und trank. Der Apfelwein war etwas schaumig, schmeckte aber erfrischend. Sie trank in kleinen Schlucken und versuchte sich zu entspannen. Niemand sprach. Der gepiercte Kellner näherte sich und fragte, ob alles in Ordnung sei. Er zwinkerte vertraulich, aber seine Miene verdüsterte sich, als er die kräftigen Hände des Mannes wahrnahm.

Lia trank ihr Glas leer und musterte ihr Gegenüber. Er hatte helle, fast strohblonde Haare, die sie für gefärbt hielt, aber als sie seine eisblauen Augen bemerkte, war sie sich dessen nicht mehr so sicher. Er trug ein rotes Hemd, dessen grelle Farbe nicht besonders gut mit dem blassen Farbton seiner Haut harmonierte, und seine kurzen, kräftigen Beine steckten in einer braunen Leinenhose. Über der Lehne des Stuhls hing eine leichte Cordjacke. Er öffnete die gefalteten Hände, und Lia musste unwillkürlich an riesige Krebsscheren denken, die auseinanderklappten, um eine Beute zu packen. Obwohl sie wusste, dass es schwierig war, die Größe einer sitzenden Person richtig einzuschätzen, glaubte sie doch, dass der Mann deutlich größer war, als er im Sitzen wirkte. Sein schmales, kantiges Gesicht stand in seltsamem Kontrast zu den muskulösen Armen, die sich unter dem Hemd abzeichneten.

Er richtete seinen Zeigefinger wie einen Pistolenlauf auf sie und eröffnete das Feuer. »Wo ist das Buch?«, fragte er noch einmal.

Lia zuckte zusammen. Schmittkes hässliches Adressverzeichnis hatte sie zu Hause gelassen. Sie wollte bei diesem ersten Treffen nur ihre Möglichkeiten ausloten, den Mann kennenlernen, den der tote Zuhälter in seinen Notizen despektierlich als Goldesel bezeichnet hatte, und in Erfahrung bringen, ob sie es mit einem potenziellen Verbündeten oder mit einem Feind zu tun hatte.

»Haben *Sie* denn das Geld dabei?«, fragte sie kühl und erwiderte den festen Blick, mit dem der Mann sie fixierte.

»Das ist keine Antwort auf meine Frage, und ich mag es nicht, wenn ich keine Antworten auf meine Fragen bekomme!«

»Dann fragen Sie doch mal was anderes!«

Der Blondschopf grinste. »Na schön. Also: Was wollen Sie von mir?«

Die Stimme wurde weicher, dachte Lia. Aber das ist Treibsand im Vergleich zu Kies auch. Plötzlich kratzte Übelkeit in ihrem Hals. Ein Windstoß blies den Geruch von vergorenem Abfall aus einer gammeligen Hofecke zu ihnen. Sie setzte sich aufrecht, schob die Schultern nach vorne, stützte sich auf ihre Unterarme und machte ein entschlossenes Gesicht. »Ich biete Ihnen ein Geschäft an! Zufällig habe ich im Nachlass eines alten Freundes ein Adressbuch gefunden, in dem auch Ihre Nummer steht, und jetzt prüfe ich, ob und welchen Wert das kleine Büchlein haben könnte.«

Der Mann grunzte abfällig. »Sie haben es gestohlen! Oder nicht?«

Lia stockte der Atem. Ihr war heiß und schwindelig. Sie schnupperte. Plötzlich kam es ihr vor, als würde der faulige Geruch aus ihrem eigenen Körper strömen. Sie fragte sich, ob der Apfelwein nicht doch schlecht war. Aber dann hätte der Mann bestimmt eine Bemerkung gemacht, als er aus seinem Glas getrunken hatte. Was wusste dieser Mann über Schmittke? Anscheinend eine ganze Menge. War er ein Freund von ihm oder eines seiner vielen Opfer?

»Woher kannten Sie Ulf?«, fragte sie mühsam.

Seine dünnen Augenbrauen rutschten nach unten. »Sie antworten schon wieder mit einer Gegenfrage! Aber gut, spielen wir doch mit offenen Karten: Ulf war ein alter Bekannter. Er war zu Gast im Frankfurter Hof, in dem ich eine Zeit lang als Zimmerpage gearbeitet habe, und – Sie entschuldigen, dass ich so direkt bin – ich habe ihm ein paar Frauen besorgt.«

»Wieso nannte er Sie Goldesel?«

»Steht das in dem Buch?«

»Ja.«

»Na ja, er hat mich erpresst. Genauso wie Sie mich jetzt zu erpressen versuchen!«

Lia überging den Vorwurf. »Weshalb hat er Sie erpresst?«

»Geben Sie mir das Adressbuch, wenn ich es Ihnen verrate?«

»Vielleicht.«

Das Atmen fiel ihr immer schwerer. Etwas drückte an ihren Schläfen, und ihre Augenlider flatterten wie taumelnde Schmetterlinge im Spätherbst.

Er musterte sie mit einem – so kam es ihr vor – hämischen Grinsen.

»Na schön. Also hören Sie zu! Ulf und ich freundeten uns ein bisschen an. Wir zogen manchmal durch Sachsenhausen und verzockten unser Geld in illegalen Wettbüros. Zu der Zeit begann ich damit, das Gepäck der Hotelgäste nach Wertsachen zu durchsuchen, kleine Geldbeträge, unbedeutenden Schmuck, nichts, was die Wohlhabenden, die dort abstiegen, sofort vermisst hätten. Eigentlich sammelte ich nur die Brosamen der Reichen unauffällig ein. Irgendwann, als ich mit Ulf in einer Kneipe abhing und wir zu viel getrunken hatten, gab ich damit an, dass ich in der Unterwäsche von Claudia Schiffer gewühlt und mir 'n kleines Andenken mitgenommen habe.«

»Nette Umschreibung für einen Diebstahl.« Lia hatte das Gefühl zu lallen.

»Sehen Sie, ich hatte mich verplappert, aber dass Ulf dieses Wissen benutzen würde, um mich zu erpressen, hatte ich dann doch nicht erwartet.«

»Dann kannten Sie ihn nicht besonders gut.«

»Kann sein. Jedenfalls hat er damit gedroht, die Geschäftsleitung des Hotels zu informieren, wenn ich ihm nicht ab und zu ein paar Hunderter zustecken würde. Ich kann Ihnen das jetzt erzählen, weil ich schon lange nicht mehr dort arbeite.« Er machte eine Pause und lächelte. »Außerdem vermute ich, dass Sie Ulf ebenfalls nicht besonders sympathisch fanden. Stimmt's?«

Lias Blick wurde leer. Schweiß tropfte von ihrer Stirn. Gleichzeitig war ihre Kehle so trocken, als hätte sie Sand geschluckt. Konnte der Kerl Gedanken lesen? Es gab immer noch eine Potenzierung des Bösen, und die kleine Beichte des Mannes war nichts im Vergleich zu ihren eigenen Schandtaten. Sie fragte sich, ob es noch einen Weg zurück gab oder ob sie an diesem Tag endgültig in die Illegalität abtauchen würde. Sie wusste, dass sie einen Preis bezahlen musste für das, was damals geschah, und sie fragte sich, ob der Tag der Abrechnung nah war. Plötzlich spürte sie, dass ihr Gegenüber sie aufmerksam betrachtete. Er sah sie verständnisvoll an. Wissend. Niemand sprach ein Wort. In Lias Ohren rauschte der Straßenlärm.

Schließlich öffnete der Mann den Mund und sagte etwas, dessen Doppeldeutigkeit sie wie ein Peitschenhieb traf: »So, jetzt sind Sie dran!«

Lia schwieg. Ihr war übel. Sie zwang sich, ruhig zu atmen, und schloss die Augen, aber hinter dem Vorhang in ihrem Kopf suchte jemand nach einem Durchschlupf zur Bühne. Sie selbst trat hervor, eine einsame Straße im Dunkeln, das Licht von Straßenlaternen. Ein Haus, geduckt im Schatten einer riesigen Hainbuche. Plötzlich stand sie vor einem offenen Fenster. Sie kletterte hinein. Folgte dem Licht, einem süßlichen Geruch, ihrem Durst nach Rache. Plötzlich starrte sie auf ihn. Er war nackt. Die Kleider um ihn herum verteilt. Den Kopf auf der Brust, die Lider geschlossen. Oberhalb der Hoden nichts außer einem fleischroten dunklen Loch. Zwischen seinen Beinen eine blutige Lache, auf dem Teppich ein Messer. Sie zog ein Taschentuch hervor, umfasste den Griff und hielt sich die Klinge vor das Gesicht, streckte den Arm aus und schloss die Augen. Bilder aus der Vergangenheit: die Fäuste, die auf den Schädel ihres Bruders niederprasselten, während er auf die Knie sank und die Deckung aufgab. Wie der Angreifer weiterschlug, bis sich echtes Blut mit der roten Farbe mischte, ihr Bruder zusammenklappte und liegen blieb … Wie von selbst hatte sie sich nach vorne gelehnt, hatte die Klinge auf sein Handgelenk fallen lassen und den Knochen durchtrennt, rechts, links, zwei dünne Halme. Kein Schrei, kein Wimmern, nur Stille. Als sie die Augen öffnete, war der Mann tot.

Plötzlich waren die Worte da. Sie wollte sie nur denken, aber sie drängten sich wie unverdaute Nahrungsbrocken durch ihre Kehle und zappelten vor ihren Füßen.

»Er hat es nicht anders verdient!« Sie sagte es leise, mühsam, als wäre sie ganz alleine auf der Welt. »Es war meine Aufgabe!« Die Worte hämmerten gegen ihre Schädeldecke, vermischten sich mit dem strafenden Gelächter der Götter.

Lia sah auf. Der Brustkorb des Mannes hüpfte auf und nieder, aus seinem Mund höhnte verächtliches Schnaufen. Sie brauchte einen Moment, um zu verstehen, dass er lachte.

Dann – ganz plötzlich – brach er ab und schob sein Gesicht dicht an ihres. »Sie haben ihn umgebracht, stimmt's?«

Lia atmete aus und starrte auf einen Fleck, der sich in der Mitte des Tisches befand. Fasziniert beobachtete sie, wie der Fleck sich langsam zu drehen begann. Lia schloss die Augen. Was war nur mit ihr los? Ihre Augenlider hatten sich in Blei verwandelt, ihre Lippen in dürre Äste, ihre Zunge war ein Stein in ihrem Mund. Mühsam quälten sich die Worte hervor. »Er hat meinen Bruder erschlagen … hat ihn ermordet … und dafür musste er büßen.«

»Geben Sie mir das Adressbuch, und ich werde niemandem etwas davon erzählen!«

Der Fleck auf dem Tisch zuckte wie die Silberkugel beim Flippern. Der Kies unter ihren Füßen verwandelte sich in kalkiges Wasser. Bodenlos. Trüb.

Der Mann packte ihre Hand und drückte zu. »Geben Sie mir das Buch, und ich lasse Sie in Frieden!«

Mit einem Ruck zog Lia ihre Hand zurück, die Berührung seiner Finger brannte auf ihrer Haut. Lia wurde übel. »Wozu?«, lallte sie. »Sie brauchen's ja doch nicht mehr!«

»Ich will's trotzdem. Und Sie kriegen dafür mein Schweigen, und vielleicht schenk ich Ihnen die fünftausend noch dazu.«

Mühsam richtete sich Lia auf, taumelte und rutschte fast aus. »Ich … ich muss mal aufs Klo. Bin gleich wieder da.«

Der Mann schüttelte unwirsch den Kopf, sprang ebenfalls auf und hielt sie zurück. »Haben Sie das Buch?«

»Klar.« Sie deutete auf ihre Hose. »Ich hab's bei mir, und wenn Sie mich jetzt gehen lassen, bin ich in 'ner Minute wieder da.«

Er zögerte, nickte, setzte sich wieder. Lia ruckelte davon.

Scheißkerl, dachte sie, als sie an dem Toilettenhäuschen vorbei war. Für einen Moment schwankte sie so stark, dass sie sich an der Mauer festhalten musste. Ohne darüber nachzudenken, schob sie sich zwei Finger in den Rachen und kotzte grüngelbe Galle in den Kies. Sie schwitzte, und ihr Kopf brannte, dann wusste sie, wie er es gemacht hatte.

Das Glas war schon voll, als sie kam, und sein Inhalt hatte geschäumt. Sie hoffte, dass es nur ein niedrig dosiertes Schlafmittel war. Vielleicht war es aber auch eine Art Wahrheitsdroge, um sie gesprächig zu machen. Dann hatte es seinen Zweck erfüllt. Sie erinnerte sich an eine Drogenparty, auf der man auch Flunitrazepam herumreichte. Die Typen, die davon probiert hatten, kannten keine Geheimnisse mehr, zogen sich praktisch vor den anderen aus. Wenn sie gewollt hätte, hätte sie alles aus deren beschissenen Leben erfahren können.

Also das war es! Der Typ mit dem kalten Blick musste ihr Ropse verpasst haben. Lia zitterte. Sie musste schnellstens von hier verschwinden. Vor ihr ragte die Mauer empor, die ihr heute Vormittag wesentlich niedriger vorgekommen war und die ihr jetzt fast unüberwindbar erschien, ganz so, als hätte ein übereifriger Maurer in der Mittagspause einen Meter Ziegelsteine draufgeschichtet. Sie ignorierte ihr Ohnmachtsgefühl und hoffte, dass sie genug von dem Rohypnol ausgekotzt hatte, um die Mauer zu bewältigen. Lia wankte zwei Schritte zurück, konzentrierte sich, spannte die Muskeln und sprang. Ihre Finger berührten die Kante, krallten sich in den staubigen Mörtel. Mit dem rechten Knie schlug sie heftig gegen den Stein. Für einen Moment hing sie wie ein abgekämpfter Fisch an der Angel, dann winkelte sie mit einem Klimmzug die Ellenbogen ab und wuchtete ihren Körper nach oben. Sie kam sich vor, als würde sie zwei Zentner überflüssiges Fett mit sich herumschleppen, aber sie war noch klar genug im Kopf, um zu wissen, dass dies eine Nebenwirkung der Droge war. Vorsichtig verlagerte sie ihren Schwerpunkt auf die andere Seite. Sie würde sich einfach fallen lassen. Der Schmerz würde sie wach halten. Sie schloss die Augen, legte sich zur Seite und erwartete den Aufprall. Dann schrie sie auf. Etwas hatte sie gepackt, umklammerte ihr Bein, zog sie zurück über die Mauerkuppe. Eine Pranke hatte sich um ihren Fuß geschlossen, zerrte und rüttelte daran, als ob er ihr das Bein herausdrehen wollte. Mit aller Kraft drückte sie ihre Fingerkuppen in das Gestein. Sie rutschte ab, ihre Fingernägel brachen, ihr Körper hing in der Luft. Wenn sie losließ, knallte sie mit dem Gesicht auf den Boden. »Hilfe«, rief sie, aber ihre Stimme war jetzt leiser, nicht viel mehr als ein Wimmern.

»Gib mir das Buch!«, fauchte er und riss an ihren Hosen. »Gib es mir, oder ich mach dich kalt.«

Sie wusste, dass er es tun würde.

»Hilfe«, kreischte sie wieder. Wieso hörte sie denn niemand?

Dann verlor sie den Halt, rutschte an der Mauer herab und klatschte zurück in den Kies. Sie rollte sich zusammen, wartete auf die Tritte, den Schmerz.

»Mensch Mädchen, mach, dass du verschwindest! Ich weiß nicht, wie lange ich diesen Verrückten noch halten kann.«

Lia öffnete die Augen. Ein Cherub mit langen blonden Haaren und Ring in der Nase hatte seinen muskelbepackten Arm um den Hals des Mannes geschlungen und zwinkerte ihr zu.

Lia raffte sich auf und wankte an den beiden Männern vorbei.

Hinter ihr prasselten die Worte wie Steinwürfe gegen die Hauswand. »Ich krieg dich! Warte nur, und dann wirst du mir mehr geben müssen als dieses beschiss'ne Buch.« Der Kies stob zur Seite, als sie an den verdutzten Gästen vorbeilief, doch als sie die braune Jacke am Stuhl hängen sah, schnappte sie sich das Kleidungsstück, rannte zum Ausgang und wandte sich nach rechts Richtung Innenstadt. Sie wagte nicht, sich umzudrehen. Bei jedem Schritt dröhnte ihr Schädel scheppernd wie eine gerissene Glocke, die jemand mit einer Eisenstange malträtierte. Am Taxistand blieb sie abrupt stehen und riss die Hintertür eines Wagens auf. »Nordweststadt!«, schrie sie dem Fahrer zu, der aufgescheucht seine Zeitung fallen ließ.

»Sie haben's aber eilig, man könnte meinen, der Leibhaftige wäre hinter Ihnen her.«

Lia drückte sich ganz tief in den Sitz. »Vielleicht haben Sie ja recht«, presste sie hervor. »Bitte fahren Sie los!«

Der Fahrer murmelte etwas Unverständliches und fummelte am Zündschloss herum, bis der Motor ansprang. Das Taxi beschleunigte zügig und brachte sie schnell fort.

An der nächsten Kreuzung schaltete die Ampel von Grün auf Gelb, aber der Fahrer gab Gas, und hinter ihnen schaffte es noch ein weiteres Fahrzeug, dessen Halogenscheinwerfer blau und böse funkelten. Als das Taxi schneller fuhr, wurden die Augen kleiner und fielen zurück. Lia wandte sich ab und machte es sich auf dem angenehm kühlen Ledersitz bequem. Ihr Kopf brannte, und der Geschmack in ihrem Mund erinnerte sie an das Stück Seife, das sie als Kind einmal gelutscht hatte, um ihre Ekelgrenze auszutesten. Sie atmete tief aus und faltete die Hände zum Gebet.

Dann schloss sie die Augen und lehnte sich zurück, erwartete Schlaf und Halluzinationen. Sie hatte befürchtet, dass sie sofort wegdämmern würde, sobald sie sich entspannte, aber die Wirkung der Droge verpuffte langsam. Entweder war die Dosis nicht stark genug gewesen, um sie wirklich zu betäuben, oder sie hatte sich den Finger gerade noch rechtzeitig in den Rachen gesteckt. Lia starrte aus dem Fenster. Das Dröhnen der Motoren verdichtete sich zu einem Chor stampfender, in Metall und Kunststoff gehüllter Sirenen.

Als sie den äußeren Alleenring erreichten, verschluckte sie die Anonymität des Feierabendverkehrs. Eine unendliche Kolonne aus massig Blech, etwas Kunststoff und wenig Gehirn.

Die Klimaanlage summte beruhigend, und die Luft im Inneren des Wagens kühlte schnell ab. Lia begann zu frösteln, zog die Jacke des Mannes über ihre Beine und spürte im selben Moment etwas Hartes an den Knien. Sie fasste in die Innentasche und fand zwei Dinge: einen Briefumschlag mit fünftausend Euro und einen weichen fleischfarbenen Lappen, der sich wie gefaltete, knittrige Haut anfühlte. Lia schob ihn vorsichtig auseinander und blickte in die ausgeschnittenen Augenhöhlen eines alten Mannes.

16

»Wie kommst du hier rein?«, fauchte Lias Stimme.

Sebald starrte in das zischende Licht einer altmodischen Gaslampe, die wie ein außer Kontrolle geratenes Riesenglühwürmchen vor seinem Gesicht tanzte. Dann bemerkte er das langschneidige Messer in der anderen Hand der Frau. Sebald war schlagartig wach, ärgerte sich über seine Nachlässigkeit, mit der er sich gestattet hatte, Wein und Schlaf nachzugeben.

Erschrocken wich Sebald zurück. »He, ich tu dir nichts! Wollte nur meine Jacke abholen und mich ein bisschen mit dir unterhalten. Äh … nett hast du's hier.«

»Du Arschloch! Was willst du von mir?«

»He, mach dir keine Sorgen! Wenn du willst, nehm ich meine Jacke und verschwinde sofort wieder.«

Zu seinem Erstaunen schien sie über sein Angebot nachzudenken. Schweiß tropfte Sebald von der Stirn. Das aus der Lampe strömende metallische Gas brannte in seiner Nase, die Hitze auf seinem Gesicht. Minuten vergingen, und gerade als er die Muskeln anspannte, um ihr die Waffe aus der Hand zu schlagen, wandte sie sich plötzlich ab, stellte die Lampe auf den Tisch, legte das Messer daneben und sank auf einen Stuhl.

»Was in aller Welt hast du hier zu suchen?«, herrschte sie ihn an. Ihre Augen wanderten über die Tischplatte, blieben an der leeren Weinflasche hängen, den Blättern mit den Zeichnungen. »Geschnüffelt, was?«

»Tolle Zeichnungen und bemerkenswerte Motive!« Er schaffte es wirklich, unschuldig zu lächeln.

»Du bist hier eingebrochen und hast dich volllaufen lassen!«, sagte sie zornig, dann spitz: »Wirklich schade, dass ich dich immer nur in besoffenem Zustand treffe!«

In Sebalds Blut verdampften sämtliche Alkoholreste. Für ein romantisches Treffen war der heutige Abend nicht geeignet. Dann halt Sebald, der Bulle. Er griff sich die Blätter mit den Zeichnungen und deutete auf das Porträt von Hanna.

»Das ist deine Freundin, stimmt's? Die, mit der du mich im Museum so nett reingelegt hast?«

»Ist das jetzt ein Verhör oder was?«

»Pass mal auf, Süße. Ich könnte dich wegen Diebstahl, Widerstand gegen die Staatsgewalt und Körperverletzung aufs Revier schleppen. Vielleicht mach ich's, vielleicht auch nicht. Das hängt ganz allein von dir ab.«

Er fühlte sich wie ein Superarschloch, aber die Worte schienen Eindruck auf sie zu machen. Wie gut, dass sie nicht wusste, dass er sich bei der Polizei erst recht nicht blicken lassen durfte!

»Okay, okay, lass uns ein wenig quatschen«, sagte sie nervös und starrte ihn böse an.

Sebald zog das Blatt mit dem gefesselten Zuhälter hervor und hielt es Lia dicht vor die Augen. »Keine Lügen mehr! Hast du den hier so zugerichtet?«

Sie betrachtete die Zeichnung so lange, dass Sebalds Hand zu zittern begann. Schließlich erbebte ihr Körper wie von einer unsichtbaren Hand geschüttelt. Sebald sah zu seiner Überraschung, dass sie weinte.

»Er hat meinen Bruder auf dem Gewissen.«

Der Satz wog schwer. Ein Faustschlag in Sebalds Magen. Aber eine Antwort war er noch nicht.

»Ich dachte, er ist bei einem Unfall ums Leben gekommen?«

»So sah es aus. Du weißt ja: Die Polizei mag schnelle Lösungen.«

Lia zog den Rotz hoch und stierte auf die Zeichnung. Sebald griff über den Tisch nach ihren Händen und berührte sie sanft. Ihre Finger zuckten, aber sie zog sie nicht zurück. Er spürte ihre weiche glatte Haut, die sich wie kühle Seide anfühlte. Ihre Blicke trafen sich, und Sebald nickte ihr zu. »Erzähl mir alles! Erzähl, wie es gewesen ist!«

Sie entwand sich ihm, fuhr mit den Fingern durchs Haar, als suchte sie eine bestimmte Locke. Sebald blieb auf seiner Seite des Tisches und wartete, bis sie mit dem Reden anfing.

Nach einer Minute blickte Lia auf und begann zu erzählen: »Mein Bruder Josef und ich, wir verstanden uns so gut, wie es nur bei Geschwistern möglich ist.« Sie blickte Sebald nachdenklich an. »Mit zwanzig verließ Josef unser Elternhaus und zog nach München. Er war sportlich, geschickt, draufgängerisch, aber mit einem guten Gespür für seine Grenzen. Er bewarb sich bei einem Filmstudio als Stuntman und bekam den Job. Er war gut. Immer einen Tick schneller und gewandter als die anderen. Nachdem ich mit der

Schule fertig war, folgte ich ihm in die Großstadt, und während des Studiums konnte ich bei ihm wohnen. Josef verdiente genug für uns beide. Eines Tages tauchte Schmittke im Studio auf und beeindruckte den Regisseur mit seiner fiesen Visage und einem halsbrecherischen Motorradstunt. Er wurde engagiert, aber es gab bald Ärger. Zuerst nur kleine Sticheleien und Frechheiten. Schmittke konnte nicht akzeptieren, dass mein Bruder besser war. Josef reagierte zuerst amüsiert, dann ärgerlich, und schließlich ignorierte er ihn. Aber dann erkannte Ulf, dass er Josef am empfindlichsten treffen konnte, wenn er sich auf mich konzentrierte. Eines Abends wartete er vor unserer Wohnung, begrapschte mich, sabberte mir seine Anzüglichkeiten in die Ohren. Ein grauenhaftes Lied: *Liegt der Bruder auf dem Luder, liebt die Schwester den Inzester.* Immer und immer wieder. Die Leute drehten sich um, peinlich berührt, sie schüttelten den Kopf, aber niemand traute sich, ihm über den Mund zu fahren. *Liegt der Bruder auf dem Luder* … Die Fenster standen offen, und Josef konnte das nicht überhören. … *liebt die Schwester den Inzester.* Josef stürmte aus dem Haus, schüttelte Schmittke und brach ihm mit einem schnellen Fausthieb die Nase. Das Blut spritzte, und Schmittke zog ein Messer hervor. Zum Glück schrien ein paar Passanten auf. Ulf zögerte und steckte die Waffe wieder ein. Dem Josef hat er ins Ohr gezischt: ›Dafür bringe ich dich um!‹ Dann verschwand er für vier Wochen von der Bildfläche. Wie es hieß, hatte er sich krankschreiben lassen. Insgeheim hoffte ich, dass wir ihn für immer los waren. Als er aber wieder auftauchte, schien er den Vorfall vergessen zu haben, behandelte meinen Bruder distanziert freundlich. Ich traute dem Kerl nicht und rechnete jeden Tag mit dem Schlimmsten.«

Sie stockte, sah verwirrt auf Sebald, als wunderte sie sich über seine Anwesenheit. Dann klarte sich ihr Blick, und sie lächelte ihn an.

Sebald wollte etwas sagen, irgendetwas Tröstendes, aber die Worte passten nicht, waren zu klein für den Raum zwischen ihnen. Die Sätze, die ihm einfielen, waren überflüssiger als sein Schweigen, sein aufmunternder Blick. Er bemerkte, dass ihre Augen weitergewandert waren zu den Fotos an der Wand.

»Ist er das? Dein Bruder?«

Lia nickte. Sebald spürte, wie sie sich zwang, den Blick von der

Fotografie abzuwenden. Als sie weitersprach, hatten ihre Worte etwas Metallisches, Hartes. »Eines Tages war er tot. Ermordet!«

»Mein Kollege hat erzählt, dass Josef bei einem Unfall ums Leben kam.«

Sie lachte heiser, blickte spöttisch zu ihm.

»Dann glaubst du also nicht, dass es ein Versehen war?«

»Nein!«

»Weshalb nicht?«

Sie schwieg und starrte in die fauchende, irrlichternde Gasflamme. Er spürte, dass Lia mit sich rang, dass sie die Ereignisse wie einen Film durch ihr Gedächtnis laufen ließ und dass sie sich auch fragte, ob sie es wagen konnte, ihre Geheimnisse mit ihm zu teilen.

»Josef hatte mich ins Studio eingeladen. Sie probten für einen Wildwestfilm, in dem Josef einen Bankräuber stellen und im Zweikampf besiegt werden sollte. Einmal darfst du raten, wer den Räuber spielte.«

»Ulf Schmittke?«

»Genau. Das Drehbuch sah vor, dass sich die beiden vor dem Saloon prügeln und Josef schließlich zu Boden gehen sollte, natürlich nicht, ohne vorher jede Menge Ketchup spritzen zu lassen. Aber der Kampf geriet außer Kontrolle. Schmittkes Faustschläge prasselten auf Josef ein, und niemand bemerkte den tödlichen Ernst der Schläge.«

»Und Schmittke stritt natürlich ab, mit Absicht zugeschlagen zu haben?«

»Der Dreckskerl meinte, Josef sei ihm direkt in die Faust gerannt, er konnte unmöglich etwas dafür.«

»Und dein Bruder?«

»Er starb nach einer Woche an schweren inneren Blutungen.«

»Und niemand zog Schmittke zur Rechenschaft?«

»Die Staatsanwaltschaft ermittelte, erreichte sogar ein Verfahren wegen fahrlässiger Tötung, aber Schmittke erhielt Unterstützung von einem prominenten Rechtsanwalt, der plötzlich ein medizinisches Gutachten präsentierte, in dem festgestellt wurde, dass mein Bruder schon längere Zeit einen Nierenschaden hatte und den Beruf gar nicht hätte ausüben dürfen. Damit war Schmittkes Hals aus der Schlinge, der Rest für den Anwalt ein Kinderspiel.«

»Mmh, wie konnte sich Schmittke einen teuren Anwalt leisten?«

»Was weiß ich.«

»Was geschah danach?« Sebald kratzte sich am Kopf. Was er da hörte, gefiel ihm nicht.

»Der Tod meines Bruders hat mich aus der Bahn geworfen. Ich hockte tagelang herum, starrte die Wände an. Nach zwei Wochen begann ich halbherzig nach Fakten zu suchen, die meinen Verdacht beweisen sollten. Aber niemand war bereit, an der Unfallversion zu zweifeln. Dann plötzlich verschwand Schmittke. Keiner wusste, wohin. Ich nahm es als Zeichen und ließ die Sache auf sich beruhen. Ich kündigte die Wohnung und zog nach Frankfurt. Nach einem Wartesemester teilte man mir einen Studienplatz in Kunstgeschichte zu. Ich lernte Hanna kennen und verdrängte diesen Teil meiner Vergangenheit aus meinem Leben. Es gelang mir ganz gut. Jedenfalls bis zu dem Tag, an dem ich Josefs Mörder wiedertraf.«

Sebald atmete aus, lehnte sich zurück. Es wurde Zeit, dass er wieder die Richtung des Gespräches bestimmte. »Und dann hast du beschlossen, der Wahrheit ein bisschen nachzuhelfen! Du hast herausgefunden, wo er wohnt, und als du sicher warst, dass er sich alleine in seiner Wohnung aufhielt, hast du ihn überfallen, gefesselt und so lange gefoltert, bis er alles gestanden hat. Zum Schluss wird er dir alles Mögliche versprochen haben, nur damit du ihn laufen lässt. Aber du wolltest seinen Schwanz! Als Trophäe, nehme ich an. Und selbst das hat dir nicht gereicht. Er sollte verbluten wie ein abgestochenes Schwein!«

Traurig sah sie ihn an. »Genauso war es«, sagte sie leise.

»Du lügst«, brüllte Sebald und hieb mit der Faust auf den Tisch, dass die Schatten tanzten. Er konnte es nicht glauben, wollte nicht wahrhaben, dass sie imstande war, einen Menschen abzuschlachten. War sie wirklich so kalt und abgebrüht? War sie die Gangsterbraut, die wiedergeborene Bonnie und er der personifizierte Clyde? Sebald konnte es einfach nicht glauben. Er beugte sich über den Tisch und zog das Blatt mit der Ägypterin hervor.

»Wer ist die Frau mit den Skorpionen?«

»Hanna? Du hast sie bereits kennengelernt.«

»Die geheimnisvolle Unbekannte aus dem Museum? Dann war sie es, die in der Mordnacht bei uns angerufen und der Polizei den Hinweis gegeben hat, wo wir Schmittkes Leiche finden. Sie brachte die Skorpione mit, schnitt ihrem Opfer das Glied ab und erstach ihn. Genau wie dieser verrückte ägyptische Gott, der seinen Bruder zerstückelt hat.«

Den letzten Satz hatte er geschrien, ihr die Worte entgegengeschleudert.

»Du irrst!«, sagte sie, und in ihren Augen glänzten Tränen. »Du willst es nicht wahrhaben.«

Sebald schwieg. Er wusste nicht mehr, was er glauben sollte. Der Gefühlswirrwarr in seinem Inneren schien ihr recht zu geben. Er zwang sich zu seiner nächsten Frage. »Woher kannte deine Freundin Ulf Schmittke?«

»Ich glaube, dass Hanna ihn in Ägypten kennengelernt hatte. Irgendetwas war dort vorgefallen.«

»Du weißt aber nicht, was?«

»Ich weiß nur, dass sie Schmittke bis ins Innere ihres Herzens gehasst hat.«

»Trotzdem vermutest du, dass Hanna ihn nicht umgebracht hat.«

Lia nickte. Die Worte tropften aus ihrem Mund und sickerten bis in Sebalds Herz. »Ich weiß es, weil ich es war, der Ulf gerichtet hat.«

Sebald schwieg. Er wollte nichts mehr hören. Aber Lia war noch nicht am Ende ihrer Geschichte. »Hör es dir an, und dann entscheide, was du tun musst.«

Sebald schwieg, und Lia nahm es als Zustimmung fortzufahren. »Nach ihrem Diplom arbeitete Hanna als Doktorandin der Mikrobiologie. Dann geschah etwas Seltsames. Ihr Doktorvater verschwand von einem Tag auf den anderen und mit ihm die finanzielle Unterstützung der Universität für sein umstrittenes Forschungsprojekt.«

»Was heißt ›er verschwand‹?«

»Der Prof war weg, verschwunden, verschollen, verloren. Stand sogar in den Zeitungen.«

»Und Hanna?«

»Sie war wie vor den Kopf gestoßen, völlig aufgelöst, verzweifelt. Sie lehnte jegliche Hilfe ab, was eigentlich untypisch für sie ist. Im Grunde war die Situation gar nicht so schlimm. Hanna ist hoch qualifiziert und hätte ohne Probleme bei einem anderen Prof ihre Doktorarbeit beenden können.«

»Aber das wollte sie nicht?«

»Nein. Sie war völlig von der Rolle. Eine Weile habe ich geglaubt, sie hatte ein Verhältnis mit ihm. Was danach geschah, hat sie mir später berichtet. Ziemlich verrückt, aber irgendwie musste sie das wohl tun, um wieder ihr inneres Gleichgewicht zu finden. Sie exmatrikulierte sich und tauchte ab. Im wahrsten Sinne des Wortes! Sie fuhr mit dem Auto quer durch Deutschland und erforschte Kiesgruben, Quelltöpfe und Stauseen. Sie schnappte sich ihre alte Taucherausrüstung und grub sich in den Schlamm von Tümpeln und Teichen. Sie wollte auf diese Art wohl irgendetwas verarbeiten. Hanna hat es später einmal so beschrieben: ›Die Berührung des Wassers ist wie Salbe auf einer Wunde, die Wellen wie die streichelnde Hand einer Mutter.‹«

Sebald runzelte die Stirn. Hanna konnte alles Mögliche angestellt haben, und vielleicht hatte sie das auch. »Na schön«, sagte er. »Und wann kam Schmittke ins Spiel?«

»Es war an einem der ersten heißen Tage in diesem Jahr. Hanna rief mich an. Ich hatte zwar mein WG-Zimmer gegen einen Bauwagen getauscht, aber meine Handynummer war noch immer die gleiche. Ich fand's super, von ihr zu hören, war aber auch ein bisschen erstaunt, weil ich gar nicht mehr damit gerechnet hatte, dass wir uns noch einmal wiedersehen würden. Wir verabredeten uns vorm ›Harvey's‹. Das war nur wenige Tage, nachdem ich dich das erste Mal getroffen hatte.« Lia sah Klaus in die Augen, wandte den Blick nicht ab, als sie weitersprach. »Hanna hatte sich verändert. Sie war ernster, aber nicht mehr so deprimiert wie zuletzt. Sie hatte einen neuen Freund, machte aber ein kleines Geheimnis daraus. Wir sprachen über die alten Zeiten, was aus den Leuten so geworden ist. Als ich mich verabschieden wollte, entdeckte Hanna Schmittke. Er hat uns nicht gesehen, und Hanna bat mich, ihn zu beschatten.«

»Weshalb?«

»Ich dachte mir, dass sie wissen wollte, wo er wohnt, um ihm besser aus dem Weg gehen zu können. Dann bedankte sie sich und meinte, ich sollte die Sache vergessen und nach Hause zurückkehren.«

»Was du aber nicht getan hast?«

»Natürlich nicht. Endlich war ich meinem Feind einen Schritt voraus. Ich wusste, dass etwas geschehen würde. Jedenfalls versteckte ich mich hinter einer Hecke auf dem gegenüberliegenden Grundstück, das zum Verkauf angeboten wurde. Von dort aus konnte ich Ulfs Haus und die Straße gut überblicken. Ich dachte an Rache, und plötzlich erschien mir alles ganz einfach. Entweder Hanna erledigte Schmittke für uns beide, oder ich brachte die Sache zu einem Ende. Ich wartete lange, aber kurz vor Mitternacht kam Hanna doch noch. Ich hätte sie fast nicht bemerkt, weil sie sich im Schatten der Häuser bewegte.«

»Bist du ihr ins Haus gefolgt?«

»Nicht sofort. Ich wollte Hanna Zeit geben, damit sie ihren Plan durchführen konnte. Nach einer halben Stunde kam sie aus dem Haus und verschwand in der Dunkelheit. Ich schlich in den Garten, die Terrassentür war offen, das Licht brannte. Der Geschmack von Ether hing in der Luft. Als ich das Wohnzimmer betrat, sah ich ihn. Er war an einen umgedrehten Holztisch gefesselt. Auf dem Teppich sprangen Hannas Skorpione herum, aber vor den Viechern hatte ich keine Angst. Sie waren zahm. Man musste nur aufpassen, dass man nicht aus Versehen auf einen trat oder sie in die Enge trieb. Vielleicht hatte Hanna ihre giftigen Haustiere zurückgelassen, um ein bisschen Schicksal zu spielen. Direkt neben Schmittkes Kopf steckte ein riesiges Küchenmesser im Holz. Als ich eintrat, kam er gerade wieder zu sich. Er fluchte und sabberte mir seine Frechheiten entgegen. Er glaubte tatsächlich, dass ich ihn überfallen hatte. Spätestens zu diesem Zeitpunkt gab es kein Zurück. Ich musste Hannas Werk vollenden, und ich war mehr als bereit dazu. Plötzlich wusste ich, was Hanna ursprünglich geplant hatte. Ich zog das Messer aus dem Holz. Ulf glotzte blöd und überschüttete mich mit Drohungen und Flüchen. Als er merkte, dass er mich nicht einschüchtern konnte, versprach er mir eine Menge Kohle, wenn ich ihn laufen ließ. Mir war klar, dass ich ihm so wenig trauen konnte wie einem vegetarischen Krokodil. Mit einem schnellen Schnitt befreite ich ihn von seinem erbärmlichen Gehänge.«

Sebald stöhnte auf. Er wollte das nicht hören, aber Lia ignorierte sein Entsetzen und fuhr fort: »Eine Menge Blut floss aus der Wunde, aber leider nicht genug. Ulf hing wimmernd an den Tischbeinen, und in seinen Augen las ich endlich, was ich sehen wollte: Angst. Um sicher zu sein, dass er krepierte, habe ich ihm die Handgelenke aufgeschlitzt. Verstehst du das? Ich habe ihm das genommen, womit er meinen Bruder zerstört hat.«

Lias Worte prasselten wie Hagelkörner in ein Tulpenfeld. Erschüttert stellte Sebald fest, dass sie lächelte. Erzählte sie ihm die Wahrheit? Ein Detail irritierte ihn, aber er kam nicht darauf, was es war. Weshalb gestand sie den Mord? Wollte sie ihn zum Komplizen ihres Verbrechens machen, oder hatte sie längst beschlossen, dass er ihr nächstes Opfer sein würde? Jemand, dem sie alles anvertrauen konnte, weil er sowieso nicht mehr lange zu leben hatte. Zu was war diese Frau fähig?

»Und sein Penis? Was hast du damit gemacht?«

Sie lachte kurz und hastig. Ihr Blick wurde starr.

»Sein Schwanz war kaum mehr als ein blutiger Wurm. Ich ging in die Küche und stopfte ihn in eine Plastiktüte. Danach habe ich sorgfältig alles abgewischt, um meine Fingerabdrücke zu verwischen, und das Haus verlassen. Noch in der gleichen Nacht hab ich seinen Penis in den Main geworfen. Wahrscheinlich haben ihn längst die Fische gefressen. Wie es ja auch von Hanna geplant war!«

»Du willst mir also weismachen, dass du diesen Mann getötet hast, weil du glaubst, dass er deinen Bruder – auf welche Art auch immer – ermordet hat.«

»Ganz genau. Aber ich *glaube* es nicht. Ich *weiß*, dass er es getan hat.«

»Wieso bist du da so sicher?«

»Hast du Ulf je kennengelernt? Ich meine, als er noch lebte?«

»Nein, natürlich nicht! Die Polizei kann sich nicht um jeden hergelaufenen Zuhälter kümmern.«

»Wenn du ihn gekannt hättest, dann würdest du mir glauben. Ulf war im wirklichen Leben mindestens so bösartig und gemein wie in den Rollen, die er beim Film spielte. Schmittke hat meinen Bruder niedergeschlagen, damit er nicht mehr aufsteht. Ich kann es nicht beweisen, aber ich bin sicher, dass er einen Schlagring oder einen Stein in der Faust hatte.«

»Es muss noch jemanden gegeben haben, der Schmittke geholfen hat. Jemand, der über genügend Geld verfügte, um Zeugen zu bestechen, ein medizinisches Gutachten zurechtzubiegen und einen erstklassigen Anwalt zu kaufen. Hast du eine Idee, wer das sein könnte?«

Lia wurde kalkweiß im Gesicht, sprang auf und griff nach ihrem Rucksack. Mit zitternden Händen zog sie ein kleines Notizbuch daraus hervor und warf es auf den Tisch. Gleichzeitig knarrte etwas, der Bauwagen schüttelte sich, und ein Schatten materialisierte sich im Türrahmen. Sebald konnte ein Stöhnen nicht unterdrücken, als er das gefährliche Glänzen einer Pistole erkannte.

17

Sebald suchte verzweifelt nach einer angemessenen Reaktion. Was sollte er tun? Flucht, Angriff oder abwarten? Er bemerkte das graue aufgeschraubte Rohr, das den Knall der Kugel in ein schales Knacken verwandeln würde. Sebald wusste, dass Angreifer mit schalldämpferbestückten Pistolen die gefährlichsten waren, weil sie ihre Waffe nicht zur Verteidigung benutzten, sondern ausschließlich, um zu töten. Dass der Mann trotz der sommerlichen Hitze Handschuhe trug, war ein weiteres beunruhigendes Detail. Über das Gesicht hatte der Angreifer einen abgeschnittenen Damenstrumpf gezogen, sodass weder Mimik noch Entschlossenheit einzuschätzen waren. Trotzdem war die Vermummung der einzige beruhigende Aspekt: Die Maske schützte sie vor dem Tod des wissenden Zeugen, der einen Täter beschreiben konnte.

Sebald entschied, zunächst abzuwarten

»Was willst du hier?«, kreischte Lia.

Sie kannte ihn also! Sebald erschrak.

Der Mann machte einen Schritt zurück und verschloss die Tür. Ohne sie aus den Augen zu lassen, trat er an den Tisch, beugte sich vor und griff nach dem Adressbuch. »Ich will nur holen, was mir gehört«, zischte er und steckte es in seine Hosentasche. Dann fiel sein Blick auf die Zeichnungen, die über den Tisch verteilt lagen. Er zog Hannas Bild hervor, betrachtete es. »Hübsches Mädchen«, sagte er arglistig. »'ne Freundin?«

Lia zog ein Bündel Geldscheine hervor, schleuderte es auf den Tisch. »Da ist dein Geld. Nimm es und verschwinde von hier!«

Ohne die Pistole zu senken, griff sich der Mann seine Jacke, befühlte die Innentaschen und nickte zufrieden. »Scheint ja noch alles da zu sein. Gut, dass ich dir gleich gefolgt bin. War gar nicht einfach, an dir dranzubleiben.«

Lia schwieg, starrte nervös in das kalte Loch neben ihrem Kopf.

»Und du bist doch der Bulle, der seinen Kollegen plattgemacht hat! Respekt! Deine Visage ist heute in allen Zeitungen zu bewundern.«

»Sparen Sie sich den Sarkasmus für den Staatsanwalt!«

»Hoho, du hast wohl noch nicht geschnallt, dass ich der Richter bin und ihr die Angeklagten. Und ich spreche euch schuldig, und mein Gesetzbuch ist die Kleine hier.« Er deutete mit dem Kopf zu seiner Waffe.

Sebald ging nicht auf das Spiel ein. »Was ist das für ein Notizbuch? Woher kennen Sie Ulf Schmittke?«

»Du stellst zu viele Fragen. Du weißt doch: Der neugierigste Bulle findet die Tür ins Schlachthaus zuerst.«

Die Männer fixierten sich, schätzten Kraft und Gefährlichkeit des Gegners ein. Sebald vermutete, dass der Mann schon eine ganze Weile an der Tür gestanden und ihr Gespräch belauscht hatte. Die Luft schmeckte schal und dünn.

Lia rutschte auf ihrem Stuhl zurück. Ihr Gesicht glänzte grau, die Augen flackerten nervös. »Was hast du mit uns vor?«, flüsterte sie.

Sebald stöhnte innerlich auf. Es war keine gute Taktik, einen potenziellen Mörder an seinen Plan zu erinnern. Es war an der Zeit, dass er aktiv wurde. Verzweifelt suchte er mit den Augen nach einer Waffe.

»Nun. Es gibt zwei Möglichkeiten«, antwortete der Mann. »Beide haben ihren Reiz. Der Vorteil der ersten Möglichkeit besteht darin, dass das Ergebnis sehr sicher und – wie soll ich sagen? – endgültig ist. Die zweite Variante ist etwas komplizierter, nur halb so tödlich, aber dafür reizvoller, weil sie eine Geschichte auslöst, deren Ende nicht vorhersehbar ist.«

Sebald starrte auf sein Gegenüber wie auf eine aus dem Totenreich stammende Mumie. Plötzlich hatte er den Geruch aus dem Leichensack wieder in der Nase. Übelkeit riss an seinen Innereien, drängte sich nach oben und zog an seiner Kehle. Er sah zu Lia hinüber. In ihren Augen las er Angst und Entsetzen. Plötzlich sah er sich mit Lia in einem blauen Kunststoffsack liegen. Nackt und vereint – aber tot. Ein anderes Bild – noch schrecklicher – tauchte auf. Sein Körper aufgebahrt, der Brustkorb geöffnet, die Schädeldecke aufgeklappt. Eine weiß bekleidete Person beugte sich darüber und schob Magen, Leber, Nieren und die gefalteten Schlingen seines Darms auf silbern glänzende Teller. Die Person im weißen Kittel, vielleicht war es Justin, vielleicht Dr. Ehmel, schüttete seine Organe zurück in das Loch zwischen seinen Rippen, klappte die Haut darüber und vernähte die Haut mit Nadel und Faden. Die Nadel glitt durch die Haut wie durch ein schmutziges Segeltuch.

Sebald zuckte zusammen. Die Nadel? Langsam hob er das Knie, bis seine Finger die Oberseite seines rechten Schuhs berührten. Sebald achtete darauf, dass er seinen Oberkörper dabei nicht bewegte. Seine Beine verdeckte der Tisch. Sebald verharrte in der Bewegung, als ihm die Bedeutung der Worte dämmerte, die aus dem Mund des Mannes vor ihm drangen.

»… werde euch beide töten. Niemand hat mich kommen sehen. Niemand außer euch weiß, dass ich hier bin. Nachdem ich dich«, er nickte zu Lia, »erschossen habe, ist der Polizistenmörder dran. Zweimal Kopfschuss, falls ihr keine Sonderwünsche habt.«

»Du bist verrückt!« Lia schluchzte. »Völlig übergeschnappt!« Ihre Stimme klang schrill. Sie schwankte auf ihrem Stuhl.

Sebald spürte, wie auch ihn die Panik packte. Er musste schnell handeln. »Wozu wollen Sie uns umbringen? Wir können Ihnen nicht schaden«, stieß er hervor.

Der Mann lachte heiser. »Genau … und damit das so bleibt, werde ich euch für immer zum Schweigen bringen.«

Sebald biss sich auf die Unterlippe. Seine Finger hatten immer noch nicht gefunden, wonach er suchte. Der Mann musterte ihn jetzt, zielte mit der Waffe auf Sebalds Kopf.

»Wenn Sie das tun, wird man Sie lebenslang in ein Gefängnis stecken.« Sebalds Worte klangen hohl und leer, trotzdem erreichten sie, dass der Mann weitersprach.

»Wohl kaum, denn es wird keinen Grund geben, nach mir zu suchen. Die Bullen werden sich mit dem zufriedengeben, was sie vorfinden: zwei Leichen mit einem Loch im Schädel. In der Hand des Mannes werden sie eine Pistole finden. Eine Glock 17 Luger, Kaliber neun Millimeter, um es ganz genau zu sagen. Und sie werden ihre Ballistiker und Techniker dazu verdonnern, genau hinzusehen, um alles zu überprüfen, was es zu überprüfen gibt. Und wenn das geschehen ist, werden sie festgestellt haben, dass der Mann erst die Frau und dann sich selbst erschossen hat. Sie werden seine Fingerabdrücke auf der Waffe finden – selbstverständlich nur seine –, und sie werden die Köpfe schütteln und sich fragen, warum macht jemand so etwas? Ein junger Mann, ein Kollege auch noch, und dann so eine Schweinerei! Vielleicht werden sie keine Antworten finden, vielleicht wollen sie auch keine Gewissheit, weil sie befürchten, dass sie es vielleicht genauso gemacht hätten. Möglicherweise gibt es aber auch ein Motiv für die grässliche Tat? Eifersucht? Eine beendete Liebesbeziehung? Verschuldung? Das ganze Drama des Lebens!«

Der Maskierte lachte höhnisch, drehte den Arm mit der Waffe in Richtung Lia. Sebald schob das Knie noch höher. Endlich berührten seine Finger das kühle Leder seiner Schuhe.

Lia stöhnte auf. Sie murmelte etwas, was nach einem Fluch klang. Sebalds Fingerspitzen ertasteten den feinen Stahl, zerrten daran. Er musste den Mann am Reden halten. Solange er sprach, würde er nicht schießen.

»Das wird nicht funktionieren«, sagte Sebald und bemühte sich, seiner Stimme einen selbstbewussten Klang zu geben. »Ohne Schmauchspuren auf meiner Hand wird die Polizei nicht an einen Selbstmord glauben.«

Behutsam und ohne mit dem Oberkörper abzuknicken, zog er die Nadel aus dem Leder der Schuhzunge, krümmte die Finger darüber und schloss sie zur Faust. Er schwitzte. Die Nadel glühte auf seiner Haut.

»Oh, der kleine Klugscheißer hat mitgedacht! Tja, Pech für dich, dass die Bullen trotzdem Schmauchspuren auf deiner Hand finden werden! Du glaubst mir nicht? Dabei ist es so einfach: Nachdem ich dir eine Kugel in den Schädel gepustet habe, werde ich das Fenster öffnen, die Pistole in deine Hand drücken und deine Finger so dirigieren, dass du einen Schuss durch das Fenster abgeben wirst. Auf deiner Hand wird eine winzige Hautverbrennung zurückbleiben, die Kugel wird irgendwo im dichten Wald in einem Baum einschlagen, wo sie niemand findet, weil niemand danach suchen wird. Die Patronenhülse werde ich mitnehmen und das Fenster schließen. Deinen Körper werde ich behutsam in eine der Situation angemessene Lage bringen, und niemand wird daran zweifeln, dass die Kugel in deinem Kopf von deiner eigenen Hand dorthin befördert wurde.«

Sebald streckte das Bein aus, spannte die Muskeln an und konzentrierte sich auf den Angriff. Wenn er den Tag überleben wollte, musste er jetzt handeln.

Lias Schrei kam ihm zuvor.

Blitzartig packte sie den Tisch und riss ihn mit einem gewaltigen Ruck nach oben. Noch bevor er krachend zu Boden fiel, verlosch die Lampe. Dunkelheit schloss sich über ihnen wie der Schlund eines Walfisches. Sebald ließ sich zur Seite fallen, der Stuhl rutschte unter ihm fort. Die nächsten Sekunden würde er für immer als die längsten und schrecklichsten in Erinnerung behalten: das bissige Husten der Schüsse, das Klirren zerspringender Teller, Lias panischer Schrei, der schnell zu einem Winseln erstarb. Sebald warf sich mit seinem ganzen Gewicht auf den Schatten und drückte mit dem Nagel des Daumens die Nadel tief in den Oberarm des Mannes. Der Mann jaulte auf, seine Waffe polterte zu Boden, Sebald tastete danach. Der Mann keuchte und trat nach ihm. Aber Sebald hatte die Pistole schon in der Hand. Mit einem Satz brachte er sich in Sicherheit und zielte auf den Schatten.

»Noch eine Bewegung und ich blase dir das Hirn aus dem Kopf!«

Der Mann richtete sich auf. »Verdammter Bulle! Hätte dich gleich ausschalten sollen.«

»Schnauze und keinen Mucks mehr!« Sebald zwang sich dazu, ruhig zu atmen. Er musste die Situation unter Kontrolle bekommen. Lia konnte ihm helfen. Aber was war mit ihr?

»Lia?« fragte er. »Bist du verletzt?«

Statt einer Antwort kam nur ein Stöhnen aus der Ecke.

»Deine Freundin hat's erwischt«, höhnte der Mann.

»Noch ein Wort und ich mach dich alle«, schrie Sebald. Es durfte nicht sein. Er kniete sich zu ihr hinunter, fuhr mit der Hand über ihre Wange, am Hals entlang und weiter bis zu ihrer Brust. Seine Finger berührten eine warme Flüssigkeit, tauchten vollständig darin ein. Er erschrak über das viele Blut, und im selben Moment wusste er, dass alles zu spät war. Sebald zielte. Was hatte er noch zu verlieren? Er würde den Mann nicht verfehlen. Er atmete tief ein, hielt die Luft in den Lungen, krümmte seinen Zeigefinger über dem Abzug und spürte den Widerstand des Bolzens. Ein dumpfer Knall und der Schatten am Boden zuckte zusammen.

Was war da los? Sebald wusste, dass die Kugel noch in der Waffe steckte. Dann hörte er noch mehr Schläge gegen die Tür. Fäuste trommelten gegen das Holz. »Lia? Brauchste Hilfe?«

Sebald erkannte Herbis Stimme. Er überlegte noch, was er antworten sollte, als sich der Schatten am Boden bewegte. Reflexartig hob Sebald die Waffe und zielte auf den Körper. »Keine Bewegung«, zischte er dem Mann zu, doch seine Worte gingen in Herbis schriller Stimme unter.

»Verdammt, wenn du ihr was antust, mach ich dich alle!«

Sebald öffnete den Mund. »Herbi, ruf 'nen Krankenwagen, aber schnell!«

»Mach auf, du Dreckskerl, sonst schlag ich die Tür ein!« Der ganze Wagen erzitterte, als die Klinge der Axt in das Holz eindrang. »Du Schwein, rühr sie nich an!« Der Wagen wackelte. Holz splitterte. Herbi kreischte und drosch das Beil aufs Neue in die Tür. Die Schläge folgten dicht hintereinander, das Knirschen kam näher. Aus den Augenwinkeln bemerkte Sebald eine Bewegung im Dunkeln. Mit einer einzigen gleitenden Bewegung war der Mann aufgesprungen und zum Fenster gehechtet.

»Stehen bleiben oder ich schieße!« Er feuerte in die Luft. Draußen kreischte Herbi und drosch seine Axt schneller ins Holz. Lia keuchte. Sebald machte einen Satz nach vorne, doch er rutschte auf einer der heruntergefallenen Zeichnungen aus. Im Liegen sah er, wie Lias Mörder das Fenster öffnete und seinen Körper durchschob. Sebald hob den Arm mit der Waffe. Nicht in den Rücken! Aber wohin sonst? Er schloss die Augen und drückte ab, der Schuss peitschte.

Als Sebald die Augen wieder öffnete, war der Schatten verschwunden. Schnelle Schritte verloren sich im Wald. Er hatte den Mörder entkommen lassen!

Lia öffnete den Mund, hustete Wortfetzen und Blut. Sebald griff sich ein Tuch und nahm ihren Kopf in seine Arme. Behutsam tupfte er Blut von ihren Lippen.

»Du musst … Hanna warnen.« Ihre Worte waren kaum mehr als ein Hauch aus Luft. Sebald beugte sich näher zu ihrem Mund. Keine zwei Meter entfernt krachte Herbis Axt erneut ins Holz.

»… ist in Gefahr … der Mann … mit der Maske!«

Das Flüstern wurde leiser, wie eine versiegende Quelle.

»He du! Rühr sie nicht an! Hörst du?« Durch einen Spalt in der Tür drang das Licht einer Taschenlampe. Der Strahl huschte durch den Wagen, blieb für einen Moment auf der am Boden liegenden Waffe hängen und zitterte nervös über Lia. Ihr Oberkörper war in silbriges Licht getaucht.

»Nicht reden«, sagte Sebald. »Du wirst wieder gesund.« Er stockte, als er merkte, dass seine Worte wie ein leeres Verspechen klangen. »Ich kümmere mich um Hanna. Mach dir keine Sorgen!«

Ihr Körper erzitterte, Blut sickerte aus den Mundwinkeln.

Krachend flog die Axt in das Holz und vergrößerte das Loch.

»Du musst … rette Hanna!«

»Ja. Sicher. Sag jetzt nichts mehr!«

Dann war es vorbei. Ihr Körper entspannte sich. Sie war tot. Tränen rannen ihm über das Gesicht, tropften herab, vermischten sich mit ihrem Blut.

Sebald schloss ihre Augen und ließ den Kopf langsam auf den Boden sinken.

Wie in Trance stand er auf und starrte auf die splitternde Tür. Das Bild mit Hannas Adresse – er musste es mitnehmen. Er rutschte auf den Knien über den Boden, bis er das Blatt in dem Durcheinander entdeckt hatte. Hastig steckte er es ein. Sein Blick wanderte über den Fußboden zum offenen Fenster. Fort von hier! Mit einem letzten Blick auf die Frau, die er geliebt hatte, glitt er aus dem Fenster.

In diesem Moment begriff Sebald, dass man ihn hereingelegt hatte. Lia war tot, und die Polizei würde nur ihn als Täter suchen. Der Mann mit der Strumpfmaske existierte nicht. Verzweifelt floh er in das Zwielicht des Waldes, bis er Herbis wilde Axtschläge nicht mehr hören konnte. Die Schatten der Bäume stellten sich ihm in den Weg, streiften sein Gesicht, hielten ihn zurück. Sebald stolperte, schob ein paar Büsche zur Seite. Er griff sich an die Brust und spürte Lias Foto, das Papier klebte auf seiner Haut. *Rette Hanna!* Sobald er Lias letzten Willen erfüllt hatte, würde er sich der Meute stellen. Er dachte an Lia. Ihr Gesicht. Die Worte aus ihrem Mund. Plötzlich wusste er, was ihn irritiert hatte: Sie hatte die Frevlerfische nicht erwähnt. Mit keinem Wort! Lia wusste nichts davon! Das konnte nur bedeuten, dass noch jemand am Tatort war. Aber wer und warum?

Er zitterte, fühlte sich matt und fiebrig. Er erreichte die Nidda, flussabwärts tauchten die ersten Häuser von Praunheim auf. Rechts von ihm wucherte eine Ligusterhecke, hinter der sich ein paar Schreberhäuschen versteckten. Vielleicht konnte er sich in einem davon verstecken? Ausruhen. Nachdenken. Er wankte vorwärts, zwängte sich durch eine Lücke im Geäst und schlurfte zu einer schäbigen Holzhütte, die fast vollständig mit wildem Wein bewachsen war. Himbeersträucher und Hartriegel versperrten ihm den Weg. Sebald machte einen Schritt in das Dickicht, und eine unsichtbare Hand zerrte ihn in die Tiefe. Die Erde verschluckte ihn, und nur sein schriller Schrei schwebte zitternd in der Luft, bevor er im Wispern der Nacht verklang.

Teil 4

Das war das Fürchterliche: dass aus diesem Schlamm der tiefsten Tiefen Stimmen und Schreie zu kommen schienen, dass der formlose Staub sich bewegte und sündigte, dass, was tot war und keine Gestalt besaß, sich die Äußerungen des Lebens anmaßte.

Robert L. Stevenson, »Der seltsame Fall von Dr. Jekyll & Mr. Hyde«

1

Der Mann im schwarzen Ford raste an dem Turm vorbei, dessen abgebrochene Spitze sich in der Abendsonne in einen blutgetränkten Speer verwandelte. Der Anblick faszinierte ihn und war einer der Gründe, weshalb er dieses Gebäude so mochte, sogar mehr als alle anderen in der Stadt. Es irritierte ihn, dass ihm der Name des Turms nicht mehr einfiel. Er musste sich konzentrieren. Auf seine Gedanken und auf sein Tun. Beides war wichtig, und nur wenn er überlegt und ohne zu zögern handelte, würde er sein Ziel erreichen. Die Situation hatte sich über Nacht zugespitzt, aber noch war nichts verloren. Es war klug von ihm, dass er den Damenstrumpf im Handschuhfach deponiert hatte. So hatte niemand sein Gesicht erkennen können. Sein Blick wanderte über den Beifahrersitz, auf dem die aktuelle Tageszeitung lag. Schwarz und kantig ragten die Lettern aus dem Papier:

Studentin brutal ermordet
Polizistenmörder hinterlässt blutige Spur

Er lächelte zufrieden. Plan B schien zu funktionieren. Die Frau war tot, und wie vorhergesehen suchte die Polizei den Falschen. Er fragte sich, ob es ein Fehler war, den Mann am Leben zu lassen. Er hatte nicht damit gerechnet, außer Lia noch eine andere Person anzutreffen. Trotzdem war es ihm gelungen, die Situation zu seinem Vorteil auszunutzen. Selbst wenn die Polizei den Flüchtigen schnappen würde, brauchte er sich keine Sorge zu machen. Niemand würde einem Polizistenmörder die Story vom geheimnisvollen Dritten abnehmen. Er schaltete einen Gang zurück und stöhnte auf. Zum Glück war die Nadel nicht ganz im Fleisch verschwunden, die Wunde am Arm war schmerzhaft, aber nicht weiter gefährlich.

Die Straße machte eine weite Rechtskurve, und er nahm den Fuß vom Gaspedal. Hinter der Kurve tauchte eine Reihe kränklich aussehender Platanen auf, die das Mainufer wie mehrfach gebrochene Riesenfinger flankierten. Dazwischen gab es eine Lücke, durch die sich eine Brücke über den Fluss schob. Der rote Peugeot vor ihm beschleunigte und jagte darauf zu.

Alles hing jetzt davon ab, dass sie endlich die Nerven verlor und ihn zu dem Versteck führte. Er brauchte Gewissheit. Und er hoffte, dass sie nicht so gründlich vorgegangen war, dass nichts mehr von ihm übrig war. Er wusste, dass sie sich heute freigenommen hatte, und er hatte diese Gelegenheit ergriffen, obwohl ihm die Nacht noch in den Knochen steckte. Er griff mit der Hand nach seiner Innentasche. Da war sie, wie ein zweites Herz lag sie auf seiner Brust. Die Maske hatte sich als überaus nützliches Accessoire erwiesen, aber selbst die beste Verkleidung verlor irgendwann ihre Glaubwürdigkeit.

Vor ein paar Minuten konnte er sich noch einmal von der Effektivität seiner Maskierung überzeugen. Als sie ihn bemerkt hatte, wäre sie fast gegen eine Mauer gerannt, glotzte ihn an wie einen Geist, und genau das war er ja auch. Für Sekunden weidete er sich an ihrem Entsetzen, das sich von ihren geweiteten Pupillen ausbreitete und ihren ganzen Körper schüttelte, er spürte noch die Erregung, die ihn dabei gepackt hatte. Bevor sich ihre Erstarrung löste, war er in der dichten Menschenmenge untergetaucht. Er verschwand in einem Modegeschäft und zog sich in einer Umkleidekabine die Maske vom Kopf, verwandelte sich zurück und spähte durch die breite, bläulich getönte Schaufensterscheibe nach draußen. Sie stand immer noch an der Stelle, wo sie ihn erblickt hatte, schien sich aber wieder gefasst zu haben. Er konnte beobachten, wie sie sich zur Ruhe zwang, tief ausatmete und schließlich weiterging. Ihre Schritte waren fest und bestimmt. Er hoffte, dass sie einen Entschluss gefasst hatte und die Jagd beginnen konnte.

Der Mann grinste und entblößte kleine spitze Zähne. Er umklammerte das Steuerrad fester und sah dem Peugeot hinterher, der mit hohem Tempo über die Flößerbrücke raste. Als er den höchsten Punkt der Brücke erreicht hatte, erblickte er den Kleinwagen, der in diesem Augenblick von einer roten Ampel gestoppt wurde. Der Mann ließ sein Auto langsam darauf zurollen, achtete aber auf ausreichenden Abstand. Rechts unter ihm lag das silberne Band des Flusses. Wenn er sich umdrehte, würde er das Spiegelbild des Turms auf dem Wasser sehen. Immer noch kam er nicht auf den Namen des Turms, der, das war ihm im Gedächtnis geblieben, auf verunreinigtem Boden erbaut worden war. Noch vor wenigen Jahren befand sich der städtische Schlachthof auf dem Gelände. Ihm gefiel die Symbolik: tiefroter Sandstein durchtränkt vom Blut wilder

Kreaturen, denen man die Kehle durchgeschnitten hatte. Aber er würde sich nicht umdrehen. Er blickte nie zurück. Das brachte Unglück.

Langsam näherte er sich der Kreuzung. Die Ampel war immer noch rot. Er hielt sich auf der rechten Spur und bremste neben einem silbernen 7er-BMW, aus dem das Wummern harter Bässe drang. Bald würde er sich auch so einen Schlitten leisten können. Er brauchte nur noch etwas Geduld.

Der Peugeot wartete auf der linken Spur auf das Umschalten der Ampel. Der Mann konnte einen Teil ihres Kopfes erkennen. Sie telefonierte. Er lehnte sich etwas zur Seite, damit sie ihn nicht im Rückspiegel sehen konnte. Er schwitzte. Er hasste den Schweiß auf der Haut, den Geruch des eigenen Körpers. Plötzlich wurde er wütend. Warum hatte sein Plan noch nicht zum Erfolg geführt? Hatte er sie unterschätzt? Vielleicht war es an der Zeit, einen Schritt zurückzugehen, Überblick zu gewinnen und aus Fehlern zu lernen. So etwas wie mit der kleinen Blonden durfte nicht noch einmal passieren. Die hatte ihn ausgetrickst, obwohl er ihr Hirn mit Flunitrazepam ordentlich durcheinandergeschüttelt hatte. Zum Glück war es ihm gelungen, sie in ihrem Nest aufzustöbern und unschädlich zu machen.

Wenn das Korn reif war, musste es geschnitten werden, sonst faulte es von der Ähre. Aber die Ernte war schwierig in diesem Jahr. Der Boden viel zu trocken. Er zeigte nichts, behielt seine Spuren und Geheimnisse für sich. Die Vergangenheit versteckte sich hinter harter, verkrusteter Erde. War es das? Lag er unter der Erde? Hatte sie ihn verscharrt, eingebuddelt? Aber wo? Er kannte sie, aber nicht so gut, dass er ahnte, wo er suchen musste.

Die Ampel wurde grün, und die Frau fuhr auf dem Anlagenring ins Zentrum. Mit Genugtuung stellte er fest, dass sie sich jetzt halbwegs an die Geschwindigkeitsvorgaben hielt. Die Polizei durfte nicht auf sie aufmerksam werden. Noch nicht. Am Eschenheimer Turm bog sie rechts ab, an der nächsten Kreuzung links, und plötzlich ahnte er, wohin sie wollte. Grüneburgweg, Palmengarten, rechts in die Siesmayerstraße zum Parkplatz des Biologischen Instituts.

Er steuerte seinen Wagen an den Fahrbahnrand und parkte vor einem Altbau aus der Jahrhundertwende. Wir sind wieder hier, wo alles anfing, dachte der Mann und zeigte seine Zähne. Dann öffnete er das Handschuhfach und nahm seine Ersatzwaffe heraus. Die Jagd näherte sich dem Ende. Er würde das Wild nicht mehr aus den Augen lassen. Als er ausstieg, fiel sein Blick auf die gemauerten Sandsteintürmchen, die das Dach der Villa verzierten. Wie betende Hände, dachte er, und dann fiel es ihm wieder ein. Der Name des Turms war Main Plaza. Was für ein bescheuerter Name für einen Turm! Da gefiel ihm schon besser, wie die Frankfurter über dieses Hochhaus spöttelten: »Termitenhügel« oder auch »Hohlen Zahn« nannten sie es. Er grinste und schob sich die Waffe unter das T-Shirt. Denken und Tun bildeten wieder eine Einheit. Der Jäger würde erfolgreich sein.

2

Als Hanna die Paletten voller Blockkalksteine vor dem Biologischen Institut bemerkte, die wie eine Miniaturausgabe der Dolomiten aussahen, setzte ihr Herzschlag für einen Moment aus. Ein rotweißes Absperrband umflatterte Zementsäcke, einen meterhohen Sandhaufen und einen Bagger. Daneben stand ein Lkw, der gerade Fertigbeton anlieferte. Zwei Arbeiter in staubblauen Anzügen verteilten den Beton, der durch ein dickes Kunststoffrohr floss, auf einer im Boden verlegten Schalung.

Eine Studentin verließ das Institut und schlenderte an der Absperrung vorbei Richtung Parkplatz. Hanna verstellte ihr den Weg und packte sie am Arm. »Was soll das denn werden?«, herrschte sie die Frau an und deutete auf die Baustelle.

»Na, was glaubst du denn? Ein neuer Sandkasten für die Kids wird's bestimmt nicht.«

Hanna glotzte sie verständnislos an, als hätte sie in Swahili geantwortet. »Wie bitte?«

»Also, die Fakultät hat beschlossen, dass ein Pförtnerhäuschen hermuss, damit nicht Hinz und Kunz im Institut rumlaufen. Find ich eigentlich auch okay, nich?«

»Die bauen hier ein Haus?«

Die Studentin lachte unsicher. »Na ja, eigentlich nur einen Anbau. Mehr was zum Unterstellen, wenn's regnet.« Sie wollte sich an Hanna vorbeidrücken.

»Seit wann existiert die Baustelle?«

»Och, noch nich so lang. Zwo Wochen vielleicht. Soviel ich weiß, soll aber schon in drei Monaten alles fertig sein.«

Hanna starrte auf die noch flüssige Bodenplatte. Das steinerne Siegel verschloss auf einer Fläche von etwa zwanzig Quadratmetern den Eingang zum Kanal. Drei Monate? So lange konnte sie unmöglich warten. Sie würde verrückt werden, wenn sie nicht herausfand, was es mit den Erscheinungen auf sich hatte.

Die Studentin räusperte sich und zupfte unsichtbare Fusseln von ihrer Bluse. »Also ich muss jetzt los. In der Mensa gibt's ein Meeting für Berufsanfänger. Kontakte knüpfen kann ja nie schaden. War schön, mit dir zu plaudern.«

Hanna stand wie festgeklebt und bemühte sich, das Chaos in

ihrem Kopf durch irgendetwas Sinnvolles zu ersetzen. Was hatte sie gesagt? Kontakte knüpfen? Beziehungen? Vitamin B sammeln, bis es aus allen Körperöffnungen quoll? Sie zitterte. Suchte nach etwas, woran sie sich festhalten konnte. Kontakte knüpfen. Anschluss finden. Verbindungen aufbauen. Das war es. Sie stutzte und drehte sich langsam um die eigene Achse. Ihr Blick wanderte über die Baustelle, das Biologische Institut und über die äußersten Astspitzen der sich in den Himmel streckenden Baumriesen im Grüneburgpark. Es gab meistens Verbindungen, die sich nutzen ließen. Nicht nur über der Erde. Sie hatte die Lösung gefunden. Wie so oft, war sie ganz einfach.

3

Hanna zählte sieben kräftige Glockentöne, die aus dem Glockenturm der Liebfrauenkirche zu ihr herüberwehten, bevor sie entschlossen in die Pedale trat. Das alte Klapprad aus dem Keller knirschte wie eine eingerostete Kinderwippe, aber für den Zweck war es genau richtig. Zum ersten Mal seit Monaten lastete das trockene Wüstenklima weniger schwer auf der Stadt, der Panzer aus heißer Luft hatte Risse bekommen. Eine Gewitterfront näherte sich. Noch heute würde der Regen kommen. Und er würde einer Sintflut gleichen.

Hanna ließ das Rad ausrollen, äugte nach links und überquerte die Kreuzung, ohne sich um die rote Ampel zu kümmern. Sie betrachtete die Alte Oper mit ihrer auf das Portal gemeißelten Forderung nach »Dem Wahren Schoenen Guten«. Hanna hatte sich noch nie Gedanken über den Spruch gemacht. Sie wusste nur, dass er etwas mit Goethes Werk zu tun hatte. Jetzt aber begann sie zu grübeln. Hatte die Reihenfolge der Worte eine Bedeutung? War es wichtig, zuerst nach Wahrheit zu suchen, und würde das Schöne und Gute automatisch daraus folgen? Hanna hoffte es. Der Spruch tröstete sie. Sie würde der Wahrheit auf den Grund gehen. Was aber, wenn es keinen Toten dort unten gab? Bedeutete dies, dass der Professor noch lebte und er es war, der sie mit seiner Erscheinung erschreckte? Aber weshalb? Und wenn Dammlers stinkender, in Auflösung befindlicher Körper in der unterirdischen Welt verfaulte, wie konnte er dann vor ihr auftauchen? Wurde sie verrückt? Hanna kannte Fälle, in denen verunglückte Taucher, die aus großen Tiefen gerettet wurden, noch lange nach ihrem Unfall unter Halluzinationen litten. Sollte sie einen Neurologen aufsuchen oder gleich einen Psychiater?

Sie radelte zwischen den Reihen festsitzender Autos auf der Hochstraße entlang und bog links ab unter das grüne Dach der Bockenheimer Anlage. Als sie das Friedberger Tor erreichte, zögerte sie kurz, entschied dann aber, dass ihr die Bewegung guttat, und strampelte weiter in Richtung Fluss. Sie überprüfte in Gedanken, ob sie an alles gedacht hatte, zwang sich, rational zu denken und alle aufkommenden Gefühle beiseitezuschieben. In dieser Nacht würde sie sich Gewissheit verschaffen, ob Dammler noch dort lag, wo sie ihn versteckt hatte.

Sie hatte ihre Expedition in die Unterwelt gut vorbereitet. Jedenfalls so gut, wie es an einem Nachmittag in einer deutschen Großstadt möglich war. Nachdem sie ihr Vorhaben nach möglichen Risiken durchleuchtet hatte, war sie aufmerksam durch die benachbarten Straßen des Institutes gelaufen. Schließlich gelangte sie in die Feldbergstraße, die abseits der Hauptverkehrsadern vor allem von Anliegern genutzt wurde, und entdeckte gleich neben einer Einfahrt einen geeigneten Kanaldeckel. Ihre Schnellrecherche im Internet hatte nicht allzu viele Ergebnisse erbracht. Immerhin wusste sie, dass etwa dreihundert Kilometer des Frankfurter Entwässerungssystems begehbar waren. Sie hoffte, dass dies zumindest dort der Fall war, wo ein Kanaldeckel den Eingang markierte. Immer häufiger wurden Reinigungs- und Wartungsarbeiten mit speziellen Fahrzeugen von oben erledigt, die ihre Schläuche wie Sonden in die Kanäle führten, sodass die Arbeiter gar nicht mehr selbst in den Bauch der Stadt vordringen mussten. Vor allem weite Bereiche der Innenstadt bestanden immer noch aus über hundert Jahre alten Kanälen, die man aus gebrannten Ziegeln gemauert hatte.

Hanna schätzte das Risiko ihres nächtlichen Spaziergangs nicht höher ein als einen Tauchgang in unbekanntem Wasser. Trotzdem bereiteten ihr drei Dinge Sorgen. Erstens war es trotz aller Vorsicht möglich, dass man sie beim Entfernen des Kanaldeckels beobachtete und die Polizei benachrichtigte. Zweitens konnte sie nicht ganz ausschließen, dass sie in den Gängen die Orientierung verlor und in eine falsche Richtung lief. Drittens musste sie sich vor gefährlichen Gasen wie Methan oder Schwefelwasserstoff in Acht nehmen, die besonders nach langen Trockenperioden eine reale Gefahr darstellten.

Das erste Problem war nicht weiter tragisch. Sie würde den Kanaldeckel nur anheben, wenn sie sicher war, dass niemand in der Nähe war, und ihren Peugeot genau über dem Einstieg parken. Falls jemand sie dabei beobachtete, konnte sie immer noch eine Geschichte auftischen, dass ihr der Hausschlüssel in den Kanal gefallen war.

Das zweite Problem war kniffliger. Wenn man davon ausgehen konnte, dass die Gänge dem Verlauf der Straßen folgten, dann müsste sie nach etwa zweihundert Metern rechts abzweigen und nach weiteren dreihundert Metern ihr Ziel erreichen. Unter der

Erde würde es stockfinster sein, und sie würde höllisch aufpassen müssen, die richtige Abzweigung zu finden. Je nachdem, was sie an ihrem Ziel erwartete, müsste sie unter extremer psychischer Belastung den Weg wieder zurückgehen. Sie brauchte einen Kompass und Licht, aber würde das reichen? Um den Weg zu markieren, könnte sie Kreidestriche an die Wände malen, aber damit hinterließ sie eine Spur. Sie konnte auch etwas Unauffälligeres nehmen, wie zum Beispiel faustgroße Steine, die sie an allen Kreuzungen und Gabelungen platzierte, aber auch das konnte schiefgehen, wenn die Steine wegrutschten oder von ihr übersehen wurden. Es musste eine bessere Lösung geben, aber ihr fiel nichts ein.

Sie beschloss, ihrem Gehirn Zeit zu geben, sich dem Problem von allen Seiten zu nähern. Während ihres Studiums hatte sie die Erfahrung gemacht, dass sich Lösungen versperrten, wenn man zu verbissen nach ihnen suchte. Manchmal war es besser, eine Nacht darüber zu schlafen, und oft genug fand sie die Antwort bei einem Spaziergang oder wenn sie die Fische in ihren Aquarien betrachtete. Sie nannte es den »Katzen-Effekt«: Willst du eine Katze streicheln, dann tu so, als ob du sie gar nicht beachtest, und – Abrakadabra! – hüpft sie dir in den Schoß!

Dagegen glaubte sie nicht, dass sie bei ihrem kurzen Streifzug unter der Erde durch giftige Gase ernsthaft gefährdet wäre. Sicherheitshalber würde sie ihre neue Spare-Air-Flasche mitnehmen, die ihr laut Herstellerangaben sechsundvierzig lebensverlängernde Atemzüge versprach. Genug Zeit also, um sich aus einer sauerstofffreien Umgebung zu entfernen.

Hanna erreichte den Main. Die Häuser drängten sich so dicht an seine Ufer, dass das Wasser erst sichtbar wurde, wenn man schon fast hineinfiel. Hanna überquerte die Ignatz-Bubis-Brücke und ließ ihren Blick über die Silhouette der Großstadt gleiten. Von hier oben wirkte der Fluss ganz anders, lebendig wie eine Riesenschlange auf ihrem endlosen Weg zum Meer. Sie bugsierte das Rad die steilen Stufen zur Uferpromenade hinunter und radelte flussabwärts.

Zwischen Eisernem Steg und Untermainbrücke machte Hanna eine Pause und setzte sich neben einen Angler, der zwei dünne Ruten neben sich im Gras liegen hatte. Der Mann nippte an einer Bierflasche, ignorierte die Passanten und starrte stoisch auf zwei rote Schwimmer, deren blinkende Köpfchen auf dem teefarbenem

Wasser tanzten. Wenn ein Fisch anbiss, wurden die Posen unter Wasser gezogen, und der Fischer konnte seinen Fang ans Ufer drillen. Das Abtauchen bedeutete also, dass ein Fisch den Köder angenommen hatte und damit wegschwamm. Hannas Gedanken zogen Kreise. Etwas verschwand, und etwas anderes tauchte auf. War es möglich, dass man sie benutzte? Konnte es sein, dass jemand Professor Dammler aus dem Weg geschafft hatte und an seine Stelle getreten war, jemand, der noch unsichtbar war – genau wie der Fisch unter Wasser, dessen Größe und Art sich erst an der Oberfläche zeigte? Aber wenn es den Unbekannten gab, der in Dammlers Rolle geschlüpft war, wie konnte sie seine Identität ans Licht zerren?

Sie schüttelte den Kopf. Bildete sie sich das alles nur ein? Sie pulte ihr Handy aus der Gürteltasche und wählte Lias Nummer. Die Verbindung stand, aber das gleichmäßige Tuten wurde nicht von einem »Hallo« oder fragenden »Ja« abgelöst. Es war nicht ungewöhnlich, dass ihre Freundin nicht erreichbar war. Lia vermied in ihren kreativen Phasen oft tagelang jeden Telefonkontakt. Hanna überlegte, ob sie auf gut Glück bei Lia vorbeischauen sollte. Aber vielleicht war es besser, ihre Freundin nicht in diese Geschichte zu verwickeln, vielleicht sollte sie die Sache besser alleine durchziehen.

Plötzlich stand der Angler neben ihr und reichte ihr seine Flasche. »Willstn Schluck?«

Hanna nickte, setzte an und trank. Das Bier war schal und abgestanden, trotzdem schmeckte es. Sie gab dem Angler die Flasche zurück. »Danke. Tut gut. Beißt was?«

»Nö. Is noch zu früh. Aber wenn's dämmert, kommen die Aale aus ihren Verstecken.«

»Stimmt.« Hanna schwieg. Starrte auf das Flimmern des Flusses.

Der Mann betrachtete sie verstohlen. »Gehste auch angeln?«

»Kann man so sagen.«

»Kennste die neuen Knicklichter?« Er bückte sich, kramte in einem Werkzeugkasten und hielt ihr ein weißes Plastiktütchen entgegen. »Is echt klasse. Aus Phosphor. Einmal geknickt und das Ding leuchtet wie 'n Riesenglühwürmchen. Am Schwimmer befestigt, siehste auch im Dunkeln jeden Biss.« Er drückte ihr das Tütchen in die Hand.

Hanna betrachtete kurz den in Folie verschweißten Zauberstab. Dann starrte sie wieder auf die rote Pose, die sich plötzlich aufstellte, zuckend verschwand, wieder auftauchte und sich dann zügig gegen die Strömung in Bewegung setzte.

Sie zeigte mit dem Finger auf den Fluss. »Ich glaube, da hat grad einer angebissen!«

Der Angler fuhr herum, stellte die Flasche auf den Boden und packte die Rute. Hanna sah, wie sich die gewellte Schnur streckte und die Spitze der Angel zum Zittern brachte. Der Mann schlug an und kurbelte langsam an der kleinen Rolle, die Rutenspitze zuckte wie unter harten Schlägen zum Wasser, dann erschien eine schiefergraue Brasse und ließ sich widerstandslos ans Ufer ziehen. Der Angler ging in die Knie, griff nach einem Kescher und hob den Fisch aus dem Wasser. Hanna trat näher und schaute ihm über die Schulter.

»Außer Bresen nix gewesen …«, nuschelte er unzufrieden und stocherte mit einer langschnäuzigen Zange im Maul des Tieres herum, bis er den Haken zu fassen bekam. »Ungenießbar! Wegen der vielen Gräten.«

Hanna wusste Bescheid. *Abramis brama* galt als Fischunkraut, weil sie auch dort noch wuchs und gedieh, wo andere Fische längst aus Sauerstoffmangel die Flossen streckten. »Frikadellen!«, sagte sie.

Der Angler blickte auf. »Hä?«

»Wenn Sie das Fleisch durch den Wolf drehen und mit Paniermehl, Brötchen und Zwiebel vermischen, können Sie daraus leckere Frikadellen braten.«

Der Mund des Mannes wurde zu einem runden schwarzen Loch. »Und die Gräten?«

»Merkt man dann gar nicht mehr.«

Hanna winkte zum Abschied und setzte sich in den Sattel. Sie wusste jetzt, wie sie sicher durch das Labyrinth der Kanäle kam. Schnell radelte sie davon. Sie wollte nach Hause und ihre Vorbereitungen abschließen.

Der Angler stand einige Sekunden unschlüssig über dem immer noch zappelnden Fisch, schließlich packte er die Brese, betäubte sie mit einem Schlag auf den Schädel und tötete das Tier mit einem raschen Stich ins Herz. Dann wischte er sich den klebrigen Schleim an den Hosenbeinen ab, hangelte nach der Flasche und setzte sie an die Lippen. Während er schluckte, merkte er, dass seine Finger nach Fisch rochen. Er dachte an die Frau und an Fischfrikadellen.

Zu Hause gab es niemanden, der ihm das Essen machte. Er starrte in die flimmernde nasse Welt zu seinen Füßen und wartete auf den nächsten Biss. Er hoffte, dass es heute endlich regnen würde. Nicht nur, weil dann die Aale aus ihren Verstecken krochen, um ihren Hunger zu stillen.

4

»Nimmst du mich mit?«

Hanna fuhr zusammen und ärgerte sich sofort über ihre Schreckhaftigkeit. Dabei kannte sie die dünne Stimme doch so gut. »Was machst du denn hier?«

Tarik hockte auf dem Fensterbrett im Treppenhaus und fasste sich an die linke Schulter. Dann sprang er herunter und landete fast lautlos auf dem knarzenden Holzboden. Er grinste, breitete wie ein Zauberer die Arme aus und präsentierte seine Ratte, die erwartungsvoll auf seiner Handfläche saß und in die Luft schnupperte. »Schau mal, was Ritze kann!«

Der Junge kramte etwas aus seiner Tasche und zeigte es Hanna: eine gesalzene Erdnuss. Er ließ die Nuss geschickt von einer Hand in die andere gleiten. Seine Bewegungen wurden immer schneller, bis er plötzlich stoppte. Er streckte beide Fäuste von sich. »Such, Ritze! Such die Nuss!«

Die Ratte hatte nicht besonders interessiert zugeschaut, kletterte aber ohne das geringste Zögern an seinem linken Arm entlang und steckte ihre Nase in eine Lücke zwischen Tariks zusammengepressten Fingern.

Langsam öffnete er die Faust.

Darin lag die Nuss.

Hanna klatschte. »Bravo! Das war ja toll! Aber jetzt verrat mir mal, was du noch so spät hier draußen machst.« Sie deutete auf das geöffnete Fenster, durch das man den Lärm eines startenden Wagens hören konnte. Ein Betrunkener grölte ein Lied, dessen Text wohl niemand außer ihm verstand.

Tarik druckste herum und schielte zu Hannas Rücken, wo die Spitze einer Angel aus einem Rucksack ragte.

»Gehst du zum Fischen?«

Sie zögerte. »Mmh ja …«

»Darf ich mitkommen?« Er sah sie mit seinem flehentlichsten Bittebitte-Blick an.

»Du hast meine Frage nicht beantwortet«, sagte sie scharf, bereute aber gleich ihren Ton.

Tarik zuckte mit den Schultern. »Vater hat Nachtdienst, und Mutter musste zu einer Frau, die ein Kind bekommt.« Er grinste verlegen. »Mein Bruder hat die Gelegenheit genutzt und seine Freundin eingeladen.« Das Grinsen verschwand genauso schnell, wie es gekommen war. »Er hat mich rausgeworfen, damit ich nicht störe …«

Hanna seufzte. Der Junge legte den Kopf schief und versuchte es noch einmal. »Bitte nimm mich mit! Ritze und ich sind auch ganz brav.« Wie um sich der Bitte des Jungen anzuschließen, hob die Ratte ihre Pfoten und fuhr sich damit über die Schnauze. Das zerrissene Ohr wackelte dabei wie ein welkes Blatt im Herbststurm. An den Hauträndern in der Mitte hatte sich ein blutiger Grind über die Wunde gelegt.

»Es geht nicht!« Hanna versuchte ihre Stimme fest und kompromisslos klingen zu lassen. »Es ist einfach zu spät für dich!«

Aber der Junge gab nicht auf. »Es sind doch noch Ferien. Und du hast es mir fest versprochen, dass ich beim nächsten Mal mitkommen darf.«

Hanna wurde ungeduldig. »Tarik. Tut mir echt leid, aber heute Nacht geht es wirklich nicht.«

»Triffst dich wohl auch mit jemandem?«, platzte es plötzlich aus ihm heraus. Enttäuscht ballte er die Fäuste.

Trotz der schummrigen Treppenhausbeleuchtung konnte Hanna erkennen, dass sich rote Flecken über das Gesicht des Jungen ausbreiteten. Sie musste das Gespräch sofort beenden. Sie nahm ihren Wohnungsschlüssel, den sie noch in der Hand hielt, und öffnete ihre Wohnungstür. »Warte hier! Ich bin gleich zurück.«

Tarik rührte sich nicht und starrte trotzig auf die Tür, die Hanna hinter sich geschlossen hatte. Er hatte keine Lust mehr, immer nur zu machen, was andere wollten. Die Lehrer wollten, dass er sich nicht wehrte, wenn ihn die anderen Kinder hänselten, die Eltern wollten, dass er vor der Schule in der Markthalle mitarbeitete, sein Bruder wollte, dass er für ihn log und klaute. Es war Zeit, dass er auch einmal an sich dachte. Vielleicht sollte er einfach abhauen. Draußen war es warm, und er wusste, wie er an Nahrungsmittel kam, ohne erwischt zu werden.

Noch bevor er einen Entschluss gefasst hatte, stand Hanna im Türrahmen. In den Händen hielt sie einen Batman-Comic und ein Plastiktütchen. Sie öffnete die Tüte mit den Zähnen und zog ein schwarzes Band daraus hervor. »Hier, das ist für Ritze«, sagte sie und hielt dem Tier die Lakritzrolle unter die Nase. Ritze zitterte vor Erregung und wollte sich mit einem Satz auf den Leckerbissen stürzen, aber der Junge umfasste sie so fest, dass die Ratte quiekte und biss.

»Ritze mag deine blöde Lakritze nicht mehr«, schrie er trotzig, »und ich will auch nichts von dir!« Er drehte sich weg, presste sein Gesicht an die Wand.

Hanna sagte nichts, sondern legte einen Lakritzkringel zusammen mit dem Heft auf den Boden. Geistesabwesend stopfte sie die angebrochene Packung in die Hosentasche. Mit einem Ruck drehte sie sich um und rannte die Treppe hinunter. Unten lauschte sie einen Moment in die Stille. Keine Stimme rief sie zurück. Hanna öffnete die Tür und trat in die dunkle Nacht, die sich wie ein geöffnetes Maul um sie schloss.

5

Tarik war stinksauer. Er warf einen Blick auf »Batmans Rache«, kickte das Heft in eine Ecke des Treppenhauses und kletterte wieder auf seinen Posten am geöffneten Fenster. Ritze saß neben ihm und knabberte einen schwarzen Halbmond in die Lakritzscheibe.

»Du denkst echt nur ans Fressen!«, grollte er, wagte aber nicht, der Ratte das Lieblingsfressen wegzunehmen.

Er konnte es nicht fassen. Hanna hatte es ihm versprochen. Und jetzt ging sie ohne ihn zum Angeln. Er war es gewohnt, dass die Erwachsenen nicht immer Wort hielten, aber bei Hanna war das bisher anders gewesen. Sie hatte ihn stets freundlich und respektvoll behandelt. Er konnte es nicht glauben. Vorsichtig schaute er auf die Straße. Ja, dahinten war sie. Sie hatte sich über ein Fahrrad gebeugt, das an den Stamm einer jungen Kastanie gekettet war, und schien das Schloss nicht aufzubekommen. Das geschah ihr recht! Aber warum fuhr sie nicht mit dem Auto? War das vielleicht kaputt? Durfte er deshalb nicht mit? Aber warum hatte sie ihm nicht gesagt, dass sie kein Auto hatte? Wo wollte sie angeln? Plötzlich glaubte Tarik nicht mehr daran. Die Rute im Rucksack war ein Vorwand. Sie hätte mindestens noch den breiten Kescher mitgenommen, aber er hatte nur die Rutenspitze gesehen.

Wo wollte sie hin?

Tariks Gedanken überschlugen sich.

Dann sah er den Mann. Der Mann starrte unverwandt in Hannas Richtung. Sein Gesicht drückte so viel Hass aus, dass Tarik erschrocken zusammenzuckte.

Tarik packte die Ratte und rannte los.

In zehn Sekunden war er unten, zerrte sein altes BMX-Rad aus dem Treppenhaus und schob es zur Tür. Vorsichtig öffnete er sie einen Spalt weit, spähte hinaus. Dahinten war Hanna, ja, und hinter ihr radelte auch schon der Mann mit viel Abstand. Tarik schob die Tür ganz auf, schwang sich aufs Rad und folgte den beiden.

Der Mann hatte seine Beleuchtung nicht eingeschaltet, aber Hannas rotes Rücklicht zog wie ein Glimmerwurm über den Asphalt. Sie überquerten die Friedberger Landstraße, verschwanden in der Koselstraße und fuhren über die Eckenheimer weiter bis zu dem Park mit dem kleinen Wasserschloss. Danach durchfuhren sie Straßen, deren Namen Tarik noch nie gehört hatte. Es gab hier kaum Geschäfte, keine Kebap-Läden, keine neonflimmernde Beleuchtung. Versteckt hinter dichten Hecken konnte er die Fassaden prächtiger Villen erkennen, in den Garageneinfahrten parkten teure chromverzierte Wagen.

Als Tarik um die nächste Ecke biegen wollte, bremste er scharf, riss den Lenker nach rechts und versteckte sich hinter einer Litfaßsäule. Der Mann, den er im Stillen »Joker« nannte, hatte sich beim Fahren nach ihm umgedreht. Tarik hielt die Luft an und lauschte. Kam Batmans Erzfeind, um ihn auszuschalten? Was sollte er tun? Batman würde auf das Dach der Säule klettern und den Gegner von oben überraschen, aber er war nicht Batman. Er war nur ein kleiner Junge auf der Suche nach einem Abenteuer, und er spürte, dass er langsam die Lust daran verlor. In der Ferne hörte er Hannas Rad immer leiser quietschen. Irgendwo bellte ein Hund, ein Flugzeug bahnte sich seinen Weg durch den Himmel, in der Ferne rauschte der Verkehr.

Tarik zählte leise bis hundert, erst dann wagte er einen Blick auf die Straße. Sie war leer. Der Joker war weg. Hastig stieg Tarik aufs Rad und radelte los. Er fuhr jetzt auf dem Bürgersteig, hielt sich immer im Schatten der Hecken und Mauern. Er kam an eine Abzweigung, die Straße hier wirkte noch einsamer. Wo waren Hanna und der Mann? Dann – als er sich schon damit abgefunden hatte, dass er sie verloren hatte – entdeckte er am Ende einer schmalen Straße das Rennrad des Mannes, es lehnte an einem schmiedeeisernen Zaun, der ein völlig zugewuchertes Grundstück begrenzte. Plötzlich bewegte sich ein Schatten in der Deckung eines Lieferwagens. Tarik hielt die Luft an und starrte auf die Gestalt. Der Joker! Lautlos schob der Junge sein Rad in die Hofeinfahrt eines Mehrfamilienhauses und blickte sich um. Wenn er hier durch den Garten schlich, konnte er sich bis zu dem verwilderten Grundstück vorarbeiten, ohne dass er von der Straße aus zu sehen war.

Entschlossen kletterte er über einen niedrigen Jägerzaun, vorbei an blühenden Sträuchern, dünnastigen Apfelbäumchen und duftenden Rosenbeeten. Tarik starrte zu der Straße. Glänzte da nicht der Rahmen des Fahrrads hinter dem Zaun? Nicht weit weg davon, in einer Ecke des Grundstücks, wuchs ein mächtiger Walnussbaum, dessen armdicke Äste auf die Straßenkreuzung hinausragten. Wenn es ihm gelang, dort hinaufzuklettern, würde er alles sehen, was unten vor sich ging. Vorsichtig schlich er zu dem Baum und presste sich an die trockene Borke.

Fast unsichtbar im Schatten des Wagens stand der Joker und starrte in eine Seitenstraße, die wenige Meter weiter abzweigte. Tarik stellte sich auf die Zehenspitzen und hangelte nach dem untersten Ast. Er brauchte Platz, um Anlauf zu nehmen. Tarik schob Ritze in den kleinen Stoffbeutel, den er immer bei sich hatte, falls es nötig sein sollte, das Tier für eine Weile zu verbergen, und konzentrierte sich. Er verschloss den Beutel, hängte ihn sich über die Schulter und wartete, bis die Ratte ihr Schicksal akzeptiert hatte und nicht mehr zappelte. Dann atmete er tief ein, beugte seine Knie und spannte die Muskeln an. Mit einem gewaltigen Satz sprang er nach oben, umklammerte mit der rechten Hand das Holz, fasste mit der linken nach. Für einen langen Moment hing er in der Luft, schwang dann ein Bein auf den Ast, zog den Oberkörper hoch und drückte sich mit den Ellenbogen ganz nach oben. Etwa in der Mitte des Baumes wuchs ein besonders kräftiger Ast in Richtung Straße. Vorsichtig schob sich Tarik darauf vorwärts, bis er eine Astgabel erreichte, an der er sich wie an einem Chopperlenker festklammern konnte.

Fünf Meter unter ihm lag die Straße. Er konnte jetzt deutlich den Joker erkennen, der bewegungslos in seiner Deckung lauerte und eine Frau beobachtete, die einen flachen Blecheimer in den Kofferraum eines roten Autos hievte. Das war Hanna! Sie öffnete die Tür ihres Wagens und verschwand darin. Er wartete auf das heisere Knurren des Anlassers, doch nichts geschah. Wollte sie im Auto übernachten? Wäre nicht der lauernde Mann im Schatten, er würde zu ihr gehen und sich entschuldigen. Er wusste, dass sie ihn verstehen würde. Aber der Joker verharrte auf seinem Posten, und Tarik spürte, dass etwas geschehen würde. Nein, er musste bleiben und Hanna beschützen.

Tarik zog den Beutel von seinem Rücken und sah hinein. Ritze kauerte am Boden, den langen Schwanz wie ein Tau um sich gerollt, und blinzelte ihn verschlafen an. Tarik ließ sie in Ruhe und hängte den Beutel an einen abgebrochenen Zweig. Dann schob er sich zurück in die Mitte des Baumes, bis er eine bequeme Stelle gefunden hatte. Er lehnte den Kopf an den Stamm, schloss die Augen und überließ die Beobachtung seinem guten Gehörsinn. Er gähnte und spürte die Müdigkeit wie heiße Schokolade durch seinen Bauch rinnen. Nach zehn Minuten war er eingeschlafen.

6

Hanna nahm die Teleskopangel und zog an der haardünnen, fast unsichtbaren Polyamidschnur, verknotete das Ende an ihrem Gürtel und stellte die Rollenbremse auf den geringstmöglichen Widerstand. Nachdem sie sich davon überzeugt hatte, dass niemand in der Nähe war, glitt sie aus dem Wagen, platzierte Angel und Lampe hinter einem Reifen und schob sich so schnell sie konnte unter die Karosserie. Sie presste ihren Bauch auf den aufgeheizten Asphalt und schloss die Augen. Deutlich nahm sie den Geruch von altem Öl und Gummi wahr, der sich mit einem neuen Duft vermischte. Frisch und fremd. Es roch nach Regen!

Sie packte die wasserdichte Lampe, tastete mit den Beinen nach dem Loch im Asphalt und rutschte hinein. Mit den Füßen suchte sie Halt, verlor für eine lange Sekunde die Balance, dann hatte sie die Reihe der im Mauerwerk verankerten Steigeisen gefunden. Hanna blickte sich ein letztes Mal um. Die Straße lag leer und verlassen. Sie verkeilte den Griff der Rute hinter einem der Stoßdämpfer und richtete die Spitze auf den Einstieg. Zog sie an der Leine, surrte die Rolle und gab Schnur frei. Hanna lächelte. Solange sie an der Angel hing, konnte sie nicht verloren gehen.

Sie befestigte die Lampe am Gürtel und kletterte in den Schacht. Die Halteeisen waren kalt und scharfkantig. Je tiefer sie stieg, desto kühler wurde es. Plötzlich versanken ihre Stiefel in einer weichen, schleimigen Masse, darunter fühlte sie festen Boden. Rechts und links von ihr war nichts als lichtlose Finsternis.

Hanna ließ sich Zeit, erspürte die Besonderheiten der Umgebung, so als tauchte sie in einem unbekannten Gewässer. Sie sog den extranen Kosmos auf, bis sie eine Ahnung von seiner Konstruktion, seiner Funktionalität hatte. Hanna merkte, dass sie anfing, die Welt hier unten mit der da oben zu vergleichen, und insgeheim von »drinnen« und »draußen« sprach, als befände sie sich in einem Gefängnis unter der Erde. Sie machte einen vorsichtigen Schritt durch den Schlamm. Der Boden war schmierig und stieg auf beiden Seiten an. Der untere Bereich der Wände schimmerte feucht, eine lebendige Schicht aus Milliarden Bakterien. Sie musste höllisch darauf achten, auf der Sielhaut nicht auszugleiten. In diesem Augenblick gluckerte etwas über ihrem Kopf und klatschte neben ihr in die

Brühe. Erschrocken zog sie die Lampe aus dem Gürtel und knipste das Licht an. Hanna bückte sich und leuchtete in den ovalen Gang. Der Strahl durchtrennte die Finsternis, wanderte über eine rötlich glänzende Wand aus gebrannten Ziegelsteinen. Aus einem Loch in Kopfhöhe spritzte ein Schwall Wasser in den Kanal. Klopapier und das, was man damit wegwischte, trieb an ihren Beinen vorbei. Hanna verzog das Gesicht.

Das Mauerwerk war fleckig und feucht, machte aber einen stabilen Eindruck. An einigen Stellen ragten bleiche, pigmentlose Pilze wie Finger eines Toten aus den Wänden. In der Nähe des Einstiegschachtes entdeckte Hanna pillengroße Asseln, die sich aufgeschreckt vom Licht der Lampe in schmale Ritzen und unter kleine Vorsprünge zwängten. Etwa einen Kopf unterhalb des Tunnelscheitels verlief eine deutlich sichtbare Markierung aus Styroporkügelchen, Papierresten und anderem Unrat: Überbleibsel des letzten Hochwassers. Der Boden war mit grauem Sediment bedeckt, dessen genaue Zusammensetzung Hanna lieber nicht wissen wollte. Fettablagerungen, die eine frappierende Ähnlichkeit mit altem Schnee hatten, flankierten das Rinnsal.

Prüfend zog sie an der Angelleine, wartete, bis die Nadel ihres Kompasses nicht mehr zitterte, und wählte das schwarze Loch Richtung Westen. Schon nach wenigen Metern wurde die Decke so niedrig, dass sie sich im Entengang vorwärtsbewegen musste. Vorsichtig folgte sie dem leichten Gefälle des Kanals. Hanna zählte ihre Schritte und vermied es, darüber nachzudenken, welchem Ziel sie sich näherte. Immer wieder rutschte sie auf dem schleimigen Untergrund aus, sodass sie sich mit den Händen an der Wand abstützen musste. Schon nach wenigen Metern waren ihre Fingerspitzen feucht und schmutzig.

Je tiefer sie in die Kanalisation eindrang, desto gleichgültiger wurde Hanna gegenüber dem Dreck und der faulenden Feuchtigkeit in den Gängen, die sie wie eine Gebärmutter umschlossen. Die ersten Minuten vermied sie es sorgfältig, mit dem Kopf an die Decke des Tunnels zu stoßen, aber das wurde ihr schnell zu anstrengend. Um Knie und Rücken zu entlasten, hielt sie den Kopf so aufrecht wie möglich, sodass ihre Haare wie ein Mopp am Scheitel der Mauer entlangwischten. Ab und zu tropfte ihr etwas Schleimiges aus den Haaren, dreckiger Schweiß rann an ihrem Hals herunter, und mehr als einmal blieb ihr Stiefel in dem klebrigen Morast stecken, und sie hatte Mühe, ihn wieder herauszuziehen. Obwohl die sperrige Taucherlampe Hanna beim Laufen behinderte, war sie dankbar für das vertraute bernsteingelbe Licht, mit dem sie sich immer wieder vergewisserte, dass sie noch mit ihrer Leine verbunden war, ihrem Ariadnefaden ins Freie.

Nach fünfhundert Schritten gelangte sie an einen weiteren Einstieg. Sie nutzte die Gelegenheit zu einer Pause und streckte sich. Ihre Knie schmerzten, und die Oberschenkelmuskeln waren hart wie Stein. Sie schaute auf ihre Uhr und stellte mit Verblüffung fest, dass sie für die kurze Strecke fast zwanzig Minuten benötigt hatte.

Sie schluckte, wischte sich die Hände an ihrer Hose ab und kroch zurück in das schmale, stinkende Loch des Kanals. Nach weiteren einhundertfünfzig Schritten kam sie an eine Kreuzung. Der Gang mündete in einen anderen Tunnel, dessen Schmutzwasser träge von Norden nach Süden floss. Hanna bog rechts ab und stellte erleichtert fest, dass die Decke des neuen Tunnels deutlich höher war – endlich konnte sie ihre Knie ganz durchdrücken, ohne mit dem Kopf anzustoßen. Der Kanal führte in einer Geraden immer weiter nach Norden. Manchmal musste sie schnell zur Seite springen, wenn aus einem Loch in der Wand die Exkremente eines nächtlichen Toilettenbesuchs herausspritzten, aber sie kannte mittlerweile das typische leise Brodeln, wie ein geflüstertes Murmeln, das sich kurz vor einer fäkalen Eruption hinter den Mauern ausbreitete und die bevorstehende Ekeldusche ankündigte.

Plötzlich erstarrte sie. Etwa zwei Meter vor ihr öffnete sich der dunkle Schlund eines weiteren Ganges. An der Mündung, auf einer kleinen Schlamminsel, lag ein bleicher gekrümmter Knochen, dessen Enden etwa zu gleichen Teilen aus dem Sediment ragten. Hannas Arm zitterte, als sie den Strahl ihrer Lampe darübergleiten ließ. Sie zweifelte keinen Augenblick daran, dass es sich um eine Rippe eines Menschen handelte. Hanna erkannte Fraßspuren von kleinen Zähnen daran. Ratten. Die Richtung des Ganges stimmte. Der Tote selbst wies ihr den Weg.

Für einen Moment überkamen sie Übelkeit und Schwindel. Ihr Herz begann zu rasen. Zuerst befürchtete sie, in eine Gasfalle geraten zu sein, aber dann erkannte sie, dass es die aufkommende Panik war, die sie in die Knie zwang. Sie konzentrierte sich auf eine ruhige Atmung. Hanna sog die triefende Luft in ihre Lungen und taumelte vorwärts. Ununterbrochen starrte sie auf ihre Stiefel, die sich fast wie von selbst durch den wässrigen Schlick bewegten, jeder Schritt produzierte ein vulgär klingendes Schmatzen unter ihren Füßen, das in ihren Ohren nachhallte und sich in ihrem Kopf verstärkte.

Dann stutzte sie, hob den Kopf und schnupperte wie ein Tier. Die feuchte Luft klebte förmlich an ihr – das war nichts Neues. Aber ihre Zusammensetzung hatte sich geändert. Eine süßlich-faulige Penetranz ging von dem Gas aus. Und dann sah sie es. Einen Körper, dessen Gliedmaßen unnatürlich verrenkt in die Höhe ragten. Fleckigbraune Lederschuhe. Durchnässte Hose. Zerfetztes Hemd. Darunter verwesende Fleischreste, freigelegte Rippenbogen, Fraßspuren von Tieren. Ein Kopf, der mehr Schädel als Haut und Haare zeigte. Über der Leiche erkannte sie die Umrisse eines Kanaldeckels. Sie war am Ziel. Eine Zeit lang stand sie unbeweglich da und starrte auf die Überreste ihres Doktorvaters.

Professor Dammler war tot, so viel stand fest. Einen Geist gab es nicht. Entweder hatte sie halluziniert, oder es existierte ein Doppelgänger. Der Tod lag ihr zu Füßen, und seine Realität nahm ihr den Schrecken, verwandelte ihre Ängste in neue Hoffnung. Sie konnte beruhigt umkehren und darauf warten, dass die Zeit alle Spuren beseitigte.

Aber etwas hielt sie noch zurück. Obwohl es keinen Grund gab, trat sie näher. Dicht an die Leiche. Der Körper lag auf dem Rücken, die Beine verdreht, die Arme leicht angewinkelt. Bis auf die Daumen waren die Finger vollständig abgenagt. Danach hatten sich die Ratten wohl mit dem Gesicht beschäftigt. Die Augäpfel existierten nicht mehr. In den Augenhöhlen schimmerte eine transparente Flüssigkeit wie Tränen eines Geistes. Die Nasenspitze fehlte. Der Mund bestand nur noch aus dem Gebiss, einzelne Hautfetzen hingen herab, der Hals befand sich in Auflösung. Hannas Verstand analysierte die Einzelheiten, als würde sie ein Laborexperiment auswerten. Aber dies war kein Labor, kein Versuch unter kontrollierten Bedingungen, sondern die brutale Realität des Todes, der sich nahm, was ihm gehörte. Sie musste dafür sorgen, dass die Leiche beerdigt wurde. Sie konnte ihn hier nicht vermodern lassen. Gleich morgen früh würde sie der Polizei einen anonymen Tipp geben. Ein letztes Mal umkreiste sie den Körper, vergewisserte sich der Unumkehrbarkeit seines körperlichen Zerfalls und schloss die Augen für einen letzten besinnlichen Moment.

Plötzlich hörte sie ein schwaches Scharren. Erschrocken hob sie die Lider, starrte auf die Leiche und spürte, wie das Grauen sie packte und schüttelte. Sie glaubte zu sehen, wie sich die Kiefer der Leiche bewegten.

»Du wagst es, meine ewige Ruhe zu stören!«

Hanna schrie und schnellte zurück, als hätte der Tote nach ihr geschnappt. Die Lampe rutschte aus ihrer Hand und landete im schlammigen Wasser. Sofort umgab sie ein dämmriges Schimmern. Sie schlug wild um sich, trat mit den Füßen nach der Leiche. Dann kicherte der Tote, und plötzlich erkannte Hanna, dass die Stimme nicht von vorne kam. Langsam drehte sie sich um die eigene Achse und starrte auf die gebückte Gestalt eines Mannes. In der einen Hand hielt er eine Pistole, in der anderen eine kleine Taschenlampe, deren mattes Licht auf den Boden gerichtet war. Der Mann machte einen großen Schritt näher und richtete den Schein der Lampe auf das eigene Gesicht.

Hanna kreischte auf. Vor ihr stand Professor Dammler und musterte sie aus tief liegenden, finsteren Augen. Entsetzt wich sie zurück, bis sie mit dem Rücken hart gegen die gemauerte Wand stieß. Der Geist verzog den Mund und zeigte kleine spitze Zähne zwischen wulstigen Lippen, die sich zu einem Grinsen formten. Der Professor griff sich an den Hals und zog sich die Haut vom Gesicht. Vor ihr stand Marcel und blickte sie aus kalten Augen an. Hanna erkannte ihn erst auf den zweiten Blick. Was suchte ihr Kollege von Aquafutur hier?

»Na, dieses Gesicht ist dir wohl lieber!«

»Marcel? Hast du mich erschreckt!«

»Und ich habe schon gedacht, dich kann gar nichts erschrecken …«

Seine Stimme klang kalt, berechnend und auf eine subtile Art abwertend.

Die Stimme irritierte Hanna. Etwas war anders. Grundsätzlich anders.

Zögernd fragte sie: »Wie meinst du das?«

Marcel antwortete nicht, sah sich in dem engen Gewölbe um und nickte. »Gutes Versteck. Hier hätte ich den Alten nicht so schnell vermutet.«

»Du weißt, wer das ist?«

Marcel lachte dröhnend. Das Lachen brach sich an den Wänden, prallte ab und kehrte zurück.

»Du meinst, wer das war?«

Über Hannas Rücken kroch die Angst. Etwas an Marcels bleichem Lächeln verwirrte sie, es stimmte nicht.

»Klar weiß ich, wer da in der Scheiße fault! Ich kenne das Wer, das Warum und das meiste vom Wie – nur das Wo kannte ich bisher nicht. Seit Monaten konnte ich an nichts anderes denken als daran, wo du den Alten versteckt hast.«

»Warum wolltest du das wissen?«

»Nun, das ist eine lange Geschichte, und ich hätte sie dir gerne an einem gemütlicheren Ort erzählt.« Er machte eine Pause und winkte mit der Pistole. »Aber leider ist das nicht möglich.« Er verharrte in der Bewegung und zielte auf ihren Kopf. »Du hast dich für diesen Ort entschieden. Dein Pech!«

»Was hast du vor?« Sie schaffte es nicht, das Zittern in ihrer Stimme unter Kontrolle zu bringen.

»Lass uns doch mit dem Anfang der Geschichte beginnen, nicht mit dem Schluss! Das Ende kommt noch früh genug. These, Experiment, Verifizierung. Ihr nennt das ›deduktives Vorgehen‹. Stimmt's?«

»Ja … sicher.« Was wollte Marcel von ihr? Über wissenschaftliche Erkenntnismodelle diskutieren?

Ohne Vorwarnung riss Marcel an der Angelschnur. Hanna wurde herumgewirbelt, schaffte es gerade noch, nicht umzufallen. Mit dem Rücken presste sie sich an die schmierige Mauer, ihre Füße rutschten weg. Marcel zerrte weiter, die Schnur riss. Hanna stolperte zurück und unterdrückte einen Aufschrei. Marcel zog das Ende der Schnur zu sich und betrachtete es ein paar Sekunden.

»Die wirst du nicht mehr brauchen, obwohl die Idee gar nicht schlecht war. Ich musste nur der Schnur folgen, um dich zu finden.«

Hanna blinzelte in das trübe Licht. Sie öffnete den Mund, hoffte, dass ihre Stimme nicht zu sehr zitterte. »Ich weiß immer noch nicht, was du hier willst!«

»Vielleicht das Gleiche wie du.«

Was sollte das heißen? War dieses Treffen ein Zufall, und Marcel hatte keine Ahnung, worum es hier ging? Spielte er den Eingeweihten, um an Informationen zu kommen, die er nicht besaß? Sie wollte es auf einen Versuch ankommen lassen. »Ich hab nur einen Ausflug in die Kanalisation gemacht und dabei die Leiche hier gefunden. Wollte gerade die Bullen anrufen, als du kamst …«

Marcel lachte höhnisch. »Für die Bullen ist es jetzt zu spät, Herzchen. Die hättest du damals rufen sollen, als der Alte übers Geländer kippte. Das hätte uns beiden viel Arbeit gespart.«

Hanna schluckte. Woher wusste der Kerl das alles?

»Der alte Dammler war zeit seines Lebens ein Schwein, hat die Leute verarscht und ist den Frauen an den Rock gegangen, wo er nur konnte. Auch du bist ein Produkt von Dammlers Geilheit.«

Hanna taumelte. Jedes Wort schmerzte wie ein Schlag ins Gesicht. Es konnte nicht wahr sein.

»Du lügst!«, schrie sie und hob drohend die Faust.

Sofort richtete Marcel die Waffe auf ihren Kopf und reckte das Kinn vor. »Ganz ruhig! Du wirst mir schon noch glauben. Bleib dort stehen und hör mir zu!«

Hanna gehorchte. Marcels Worte sickerten wie Säure in ihren Kopf.

»Der alte Playboy hätte sich auch an dich rangemacht, wenn er nicht rechtzeitig kapiert hätte, dass du sein eigenes Fleisch und Blut bist. Aber vielleicht musstest du auf dieses Vergnügen auch nur verzichten, weil der Alte nicht mehr so konnte, wie er wollte.«

»Woher willst du das alles wissen?«

»Ich weiß es, weil auch ich ein Hurensohn des Alten bin.«

Hanna starrte ihn an. Das konnte nicht sein. »Willst du damit sagen, dass …«

»Genau. Dass wir Geschwister sind.«

»Du – mein … Bruder?«

War das möglich? Falls es stimmte, änderte das einiges. Marcel war dann ihr Verbündeter.

Marcels Stimme klang eisig, als er antwortete. »Nicht Bruder. Nur Halbbruder, meine Liebe! Das ist ein großer Unterschied. Vor ziemlich genau fünfundzwanzig Jahren wurde Dammler – damals schon habilitierter Wissenschaftler – zu einem Forschungsprojekt nach Ägypten eingeladen. Deine Mutter arbeitete zu der Zeit als Mädchen für alles in dem Forschungscamp, putzte und kochte für die Herren. Sie verliebte sich in Dammler, und er machte ihr ein Kind. Aber anstatt sich seiner Verantwortung zu stellen, hat er die Frau mit dem Kind alleingelassen …«

Marcel machte eine Pause und blickte zu Hanna. Ihre Hilflosigkeit erregte ihn. Vielleicht sollte er sich noch ein bisschen mit ihr vergnügen, bevor er sie erledigte. Der Dreck hier unten störte ihn nicht. Nur der penetrante Gestank war kaum auszuhalten.

Hanna richtete sich mühsam auf. »Woher willst du das alles wissen? Er wird es dir wohl kaum erzählt haben!«

Marcel spürte die Angst in ihrer Stimme. Plötzlich empfand er Bedauern, dass sie sterben musste. Trotz allem war sie seine Schwester. Aber es gab keinen anderen Weg. Nur so konnte er sein Ziel erreichen. Und weil sie sowieso sterben musste, konnte er ihr auch alles erzählen. Besser noch: Weil er ihr alles erzählen würde, musste er sie auch umbringen! Der Kreis würde sich schließen. Es gab nur diese Option. So war es sicher.

Er fuhr sich mit der Zunge über die Lippen und begann mit leiser, schnarrender Stimme zu erzählen: »Auf seinen Vortragsreisen machte Dammler regelmäßig Station in München, wo er im Hotel ›Platzl‹ übernachtete. Meine Mutter arbeitete dort im Servicebereich. Die beiden hatten eine Affäre miteinander, aber für unseren Vater wird es nicht viel mehr als eine Bumsgelegenheit gewesen sein. Dann reiste er nach Ägypten, wo er deine Mutter kennenlernte. Ich wurde in Deutschland geboren, du kamst ein paar Monate später zur Welt. Aber meine Mutter war nicht bereit, auf das zu verzichten, was ihr zustand. Als Dammler zurück in Deutschland war, suchte sie ihn auf und zeigte ihm sein Kind. Mich. Natürlich wollte er nichts von Heirat wissen, aber er zahlte die von meiner Mutter geforderte Summe, und wir konnten uns einen bescheidenen Lebensstandard leisten. So ging das einige Jahre, bis aus den Kindern Erwachsene wurden, die ihre eigenen Vorstellungen von Zukunft entwickelten. Dann, vor etwa zwei Jahren, starb meine Mutter, und Dammler nahm mich, seinen Sohn – und, wie er glaubte, sein einziges Kind –, als Alleinerbe in sein Testament auf. Ich zog von der Isar an den Main, und was ich dadurch an Lebensqualität einbüßte, machte Dammlers Geld mehr als wett. Leider entwickelte er im Alter einen ungesunden Geiz. Ich war gerade dabei, mir einen Plan zu überlegen, wie ich mehr aus dem Alten herausholen konnte, als du wie aus dem Nichts auftauchtest. Dammler hat wohl in dir zuerst nur eine scharfe Studentin gesehen, doch irgendwann musste ihm klar geworden sein, dass du seine leibliche Tochter bist.«

Der fliegende Ibis! Der verlorene Goldring war ein Geschenk ihres Vaters an ihre Mutter. Daran hatte er sie erkannt.

»Du musst ihn jedenfalls ganz schön beeindruckt haben, denn er wollte dir die Hälfte seines Vermögens überschreiben.«

»Was er aber nicht mehr tun konnte?«

Marcel zögerte. Er musste die Sache langsam hinter sich bringen. Der Kreis würde sich erst schließen, wenn er ihr das ganze Geheimnis erzählte. Er spuckte in die Brühe vor sich und berichtete das Ende der Geschichte:

»Als Dammler erkannte, dass die ehrgeizigste und vielversprechendste Doktorandin der vergangenen Jahre seine eigene Tochter war, entschloss er sich, seine Verantwortung als Vater nicht länger zu verleugnen und dich als Erbin einzusetzen. Aber er machte einen großen Fehler: Er lud mich in seine Villa im Frankfurter Holzhausenviertel ein, um mich darüber zu informieren. Ich kam zu früh und überraschte ihn in seinem Arbeitszimmer im ersten Stock. Er stand vor dem geöffneten Tresor und sortierte seine Unterlagen. Als er mich sah, drehte er sich um und kam gleich zur Sache. Er genoss es, mich zu demütigen. Er lächelte herablassend, während er mir mitteilte, dass ich eine Halbschwester habe und er mich deshalb auch nur zur Hälfte an seinem Vermögen beteiligen könne. Ich war wie vor den Kopf geschlagen und beschimpfte ihn, dass er nur einen Vorwand suche, um mir mein Erbe vorzuenthalten. Daraufhin zeigte er mir ein Foto von dir, schwafelte davon, dass ich mir ein Stück von deiner Intelligenz und deiner beruflichen Zielstrebigkeit abschneiden sollte. Ich wurde immer wütender. Schließlich drohte er mir, mich ganz zu enterben. Ich verlor die Nerven, zerrte ihn aus seinem Zimmer und schüttelte ihn, so als könnte ich ihn dadurch umstimmen. Plötzlich standen wir auf der Empore. Er machte sich frei und gab mir eine Ohrfeige. Dann ging alles ganz schnell. Ich versetzte ihm einen Stoß, sodass er rückwärts über die niedrige Balustrade stürzte. Er war sofort tot. Genickbruch.«

»Du, du hast ihn umgebracht!«

»Es war ein Unfall.«

»Und warum hast du dann nicht die Polizei geholt?«

»Weil ich eine bessere Idee hatte!«

»Die Maske!«

»Endlich kommt dein viel gerühmtes schlaues Köpfchen in die Gänge.«

»Du hast mir was vorgespielt. Aber wie …?« Hanna kämpfte mit den Tränen. Alles war so sinnlos. Ihr eigener Bruder hatte ihren und seinen Vater auf dem Gewissen. Wie konnte er nur so kaltblütig sein? Wie konnte er sie alle täuschen? »Woher hattest du die Maske? Der Tote war doch echt! Jemand musste dir geholfen haben!«

»Bingo, Schwesterherz. Vielleicht errätst du auch den Namen meines treuen Dieners?«

Die Erkenntnis traf Hanna wie ein Schwall Eiswasser. »Ulf … Natürlich. Ulf Schmittke …«

Mit Entsetzen erkannte sie den Plan, das Werk des teuflischen Malers hinter der überstrichenen Fassade. Der Lack platzte ab, und das wahre Objekt, der tragende Entwurf, wurde sichtbar.

»Woher kanntet ihr euch?«

»Aus München. Schmittke hatte sich dort einmal mit einem Dealer angelegt, dessen Argumente sich auf ein ziemlich großes Schnappmesser beschänkten. Ich war zufällig in der Nähe, und mein Auftauchen muss den Kerl vertrieben haben. Schmittke blutete aus einer tiefen Fleischwunde, und aus einer Laune heraus kam ich seinem Flehen nach und brachte ihn zu einem Arzt, der keine Fragen stellte. Seitdem war mir Schmittke etwas schuldig.«

»Und erledigte die Drecksarbeit für dich.«

»Er war ein Idiot. Musste immer mit dem Kopf durch die Wand. Aber er war durchtrainiert und gewandt, hatte vor nichts Angst. Deshalb nahmen die vom Film ihn auch gerne als Stuntman. Leider bekam er auch da Schwierigkeiten, und ich brauchte eine Menge Kohle, um seinen Kopf zu retten. Zuletzt war er nur noch ein Risiko, und ich bin dir wirklich dankbar, dass du ihn für mich so schön vorbereitet hast.«

Bilder entflammten in Hannas Kopf. Die Frevlerfische. Schmittkes nackter Körper. Die sieben Skorpione. Die scharfe Klinge neben dem gefesselten Körper. Das Institut. Ihr Büro. Professor Dammler mit dem Gesicht ganz nah. Der offene Balkon. Lautloser Sturz. Das gemauerte Grab unter der Stadt. Dammler, Schmittke, Dammler, Schmittke. Austauschbare Gesichter? Wer war wer?

»Er hat dir auch die Maske besorgt?«

»Stimmt. Ulf kannte einen Maskenbildner, der für gute Bezahlung jede Art künstlerischer Herausforderung annahm. Der Typ hat die Maske anhand eines Fotos angefertigt, und das Ergebnis konnte sich im wahrsten Sinne des Wortes sehen lassen. Hat 'ne Stange Geld gekostet, aber die Investition lohnte sich. Mit der Maske verkleidet wollte ich bei Dammlers Hausbank absahnen, um meine Alimente aufzubessern. Aber bevor es dazu kam, verschied der Herr Professor, sodass die Maske ihre Uraufführung in einem anderen Stück haben sollte.«

»Du warst es, der mich in der Gewitternacht im Institut überfallen hat?«

»Nein, leider bin ich dazu nicht sportlich genug. Ulf hat die Maske an dem Abend getragen und dich beehrt. Als du seine schüchternen Annäherungsversuche so schroff zurückgewiesen hast, stürzte sich der arme Kerl vor lauter Kummer über das Geländer und verschwand für immer in der Nacht.«

»Die Ironie kannst du dir zwischen die Beine stecken! Ihr Mistböcke habt mich von vorne bis hinten verarscht.«

Marcel grinste dreckig und leckte sich mit der Zunge über die Lippen.

»Du willst also, dass ich zur Sache komme? Gleich, Schätzchen. Die Geschichte ist bald zu Ende. Hör nur zu! Nachdem unser Vater so unglücklich aus dem Leben stürzte, hab ich mir seine Sachen etwas näher angesehen, vor allem den noch offen stehenden Tresor. Im Wesentlichen enthielt er Bargeld in großen Scheinen, das Testament zu meinen Gunsten, von dem es eine Kopie beim Notar gibt, und ein dickes, zerfleddertes Tagebuch. Ich blätterte darin und erfuhr Details über sein dunkles Vorleben. Ich fand auch eine Menge Informationen über dich. Das brachte mich auf eine Idee. Wenn die Polizei glaubte, dass du für Dammlers Tod verantwortlich wärst, konnte ich als Erbe in Erscheinung treten, ohne dass nur der geringste Verdacht auf mich fiel. Ich wusste ja von Dammler, dass er dir noch nichts erzählt hatte. Dammler lag immer noch unter der Empore, und als ich ihn von oben betrachtete, entstand der Plan. Leider war es notwendig, Ulf um seine Hilfe zu bitten. Ich telefonierte ihn herbei, und nur wenige Minuten später fuhren wir mit Dammlers Leiche im Gepäck zu dir ins Labor.«

»Ihr habt mich hereingelegt!«

»Stimmt. Der Plan konnte nur funktionieren, wenn ich dich mit Dammlers Leiche konfrontierte. Ich kannte deinen Arbeitsplatz und das Gebäude von früheren Besuchen bei Dammler.«

»Wie konnte Schmittke den Sturz überstehen?«

»Gute Frage, Schwester! Ulf brachte seine Übungsmatte mit. Ein braunes Rechteck, das wir direkt unter deinem Balkon platzierten und das in der Dunkelheit auf dem Sandweg kaum zu erkennen war. Dann zog sich Ulf einen weißen Kittel und die Maske über und schlich hoch zu dir. Ich versteckte mich zusammen mit Dammlers Leiche im Gebüsch und wartete auf Ulfs Auftritt. Diesmal machte er seine Sache gut. Er segelte rückwärts durch die Luft und landete perfekt auf der Matte, wo er liegen blieb und toter Mann spielte. Sobald du aus dem Büro warst, gab ich Ulf ein Zeichen, wir schoben die Matte fort, legten Dammlers Leiche auf den Weg und verdufteten so schnell wie möglich.«

»Das Gewitter … der Regen hat alle Spuren verwischt!«

»Das Unwetter kam uns wie gerufen. Wir warteten dein Erscheinen gar nicht erst ab, sondern rannten zum Parkplatz und machten uns davon.«

»Weil du fest davon ausgegangen bist, dass ich die Polizei benachrichtige.«

»Klar! Der Plan war fast perfekt. Ein tragischer Unfall. So etwas kommt vor. Es gab keinen Grund, die Sache zu verheimlichen. Warum hast du Dammlers Tod nicht gemeldet?«

»Und du? Du hättest die Leiche ja auch irgendwo vergraben können!«

»Nein! Erstens brauchte ich einen Täter, um nicht selbst in Verdacht zu geraten, und zweitens ist es leider so, dass das Vermögen vermisster Personen für die Dauer von zehn langen Jahren eingefroren wird.«

»Und deshalb musstest du wissen, wo die Leiche ist. Deshalb bist du mir bis hierher gefolgt. Ohne Leiche keine Erbschaft.«

»Du hast mir keine andere Wahl gelassen. Ich musste dich dazu bringen, dass die Polizei auf dich aufmerksam wurde. Ich wollte dich so weichklopfen, bis du dich selbst verraten würdest. Die Hinweise sollten einen schlauen Ermittler bis zu dir führen, gleichzeitig sollte die Spur so vage und mysteriös sein, dass die Polizei nicht daran zweifelte, dass sie vom Mörder selbst stammte.«

»Du Teufel! Was hast du mir angetan?«

»Reg dich ab. An dem Abend, als du Ulf deinen Besuch abgestattet hast, war ich ebenfalls vor Ort – wenn du es genau wissen willst: auf dem Klo. Tatsächlich hatte ich mir schon lange den Kopf zerbrochen, wie ich Ulf ohne großes Aufsehen verschwinden lassen konnte. Der Kerl war zu gierig und wusste zu viel über mich. Ich hörte Lärm, schlich in den Flur und versteckte mich in einem Schrank. Durch einen Spalt konnte ich euch beobachten, und da Ulf zu einem Risiko geworden war, freute ich mich natürlich über deinen Eifer. Nachdem du deine Show abgezogen hattest, kletterte ich aus meinem Versteck und betrachtete dein Werk. Leider lebte der zähe Bursche noch. Deshalb musste ich etwas nachhelfen.«

»Du warst es? Du hast ihn umgebracht?«

»Tu nicht so empört! Zwei kleine Schnitte in die Pulsadern, und die arme Seele konnte sich endlich von dieser Welt verabschieden!«

»Und dann hast du eine Spur gelegt, die zu mir führen sollte?«

»Erraten. Der abgeschnittene Penis brachte mich auf die Idee mit den Frevlerfischen. Henry hat die Story einmal erzählt, während wir die Viecher bei einer Sendung aus Kairo auspackten. Der Kerl kannte sich wirklich gut aus. Jedenfalls verschwand ich durch die Hintertür und verließ das Grundstück über den Nachbargarten. Ich besorgte die Tiere bei Aquafutur, fuhr zurück und legte die Beutel dem Schmittke zwischen die Beine. Deinen Ring mit dem hässlichen Ibis habe ich gleich mitgebracht, damit die Bullen was zum Beschnüffeln haben.«

Der Schwindel packte Hanna und schüttelte ihren Körper. Sie presste die Daumen an beide Schläfen, bis sich die springenden Bilder in ihrem Hirn beruhigten. »Du warst das? Du hast ihn mir in der Fischhalle gestohlen?«

»Ich brauchte so etwas wie einen Knochen, um die Bluthunde anzulocken. Aber die waren schneller da, als mir lieb war. Ich nehme an, du hast denen einen Tipp gegeben …«

Hanna schwieg, beobachtete ihren Bruder, suchte nach einer Schwäche, fand keine.

»Jedenfalls habe ich darauf spekuliert, dass die Polizei nach einer Täterin fahndet, die Kenntnisse über den altägyptischen Fischkult besitzt und in der Lage ist, diese zu besorgen. Früher oder später – so dachte ich – würde man eine Verbindung zwischen dem verschwundenen Mikrobiologen Dammler und seiner ehemaligen ägyptischen Mitarbeiterin herstellen und diese Spur bis zur Entdeckung der Leiche des Professors weiterverfolgen. Leider habe ich die Bullen überschätzt. Niemand tauchte bei Aquafutur auf und stellte Fragen. Für die Polizei war der Fall Schmittke gelöst, als man die Fingerabdrücke einer toten Nutte auf der Mordwaffe entdeckte. Also musste die Spur deutlicher werden, die Fährte zu dir klarer verlaufen …«

»Mein Gott! Du hast auch den armen Henry auf dem Gewissen!«

»Armer Henry? Dass ich nicht lache. Du hast ihn gehasst, und wer weiß, vielleicht hättest du den Knaben ja selbst irgendwann erledigt.«

Hanna spuckte Marcel vor die Füße. »Du Dreckskerl …« Mehr brachte sie nicht über die Lippen.

Marcel hob die Pistole. »Schweig und hör dir an, was ich zu sagen habe! Es wird die letzte Stimme in deinem Leben sein!«

Hanna konnte die Tränen nicht zurückhalten. Sie schluchzte auf. »Warum nur?«

»Er machte einen entscheidenden Fehler. Henry interessierte sich für den Inhalt der Umkleideschränke, steckte seine lange Nase in meinen Spind, wo er die Maske entdeckte. Damit war sein Schicksal besiegelt, und ich muss sagen, Henry war der ideale Kandidat. Jeder wusste, dass du ihn bis auf die Knochen verabscheutest, und so brauchte ich mir nur noch etwas zu überlegen, damit der Verdacht sofort auf dich fiel. Du gibst doch zu, dass ich bei der Zusammenstellung der Zutaten einen hervorragenden Geschmack gezeigt habe? Fast wie ein modernes Kunstwerk: unten das Wasser mit den elektrischen Welsen, Symbol des Fließens und Vergehens, in der Mitte der zu Staub zerfallende Körper, Sinnbild für die Erde und das Irdische, und ganz oben die zum Himmel gestreckten Hände, die Götter beschwörend wie um Gnade bittend für die befleckte Seele. Der Titel der Installation: Ikebana des nassen Todes. Du hättest auch der Polizei Gelegenheit geben sollen, das Kunstwerk zu bewundern!«

»Du bist verrückt. Völlig durchgeknallt.«

»Ach ja? Und was ist mit dir? Ist es normal, einem Mann kaltblütig den Schwanz abzuschneiden und seinen eigenen Vater in der Kanalisation von Maden kompostieren zu lassen?«

»Du elendes Schwein!« Sie ballte die Fäuste.

Marcel ließ den Zündhahn zurückschnappen. Das leise Klicken brachte Hanna zum Schweigen.

»Pass auf, was du sagst, kleine Schwester! Diesmal ist kein netter Doktor da, der dir hilft, die Sache in Ordnung zu bringen. Die Sache mit Henry war notwendig und hätte auch funktioniert, wenn du und dann Frank nicht plötzlich aufgetaucht wärt. Ich musste mit ansehen, wie ihr mein Werk zerstört habt. Was hattet ihr eigentlich mitten in der Nacht dort zu suchen? Natürlich! Fickificki bei den Fischen? Der ultimative Kick für die, die schon alles probiert haben! Und wohin habt ihr Henrys Leiche geschafft?« Marcel fuchtelte mit der Hand, sein Gesicht verzerrte sich zu einer Fratze. »Vielleicht liegt er ja irgendwo hier unten nicht weit von Daddy entfernt, und die zwei Geister fachsimpeln über ihre Lieblingsfische.«

»Du bist krank, Marcel. Komm mit zurück an die Oberfläche! Ich kann dir helfen.«

»Ausgerechnet du? Krankheit war zu jeder Zeit nur eine Frage der Definition.«

»Marcel! Nimm die Pistole weg und erzähl mir alles in Ruhe – aber nicht hier!« Hanna streckte die Hand aus. »Bitte gib mir die Waffe!«

»Es geht nicht. Bleib stehen!«

Hanna machte einen Schritt vorwärts, sah ihm fest in die Augen. Noch einen Schritt weiter, gleich war sie bei ihm. Er würde nicht schießen. Nicht auf seine eigene Schwester.

Dann ging alles ganz schnell.

Plötzlich rutschte ihr Fuß auf dem glitschigen Boden weg, ihr Körper hing einen Moment in der Luft, dann schlug sie mit einem klatschenden Geräusch auf. Hanna schmeckte das faulige Wasser zwischen ihren Lippen. Bevor sie wieder auf den Beinen war, packte er ihren Schädel und drückte ihr Gesicht in die schleimige Brühe. Hanna strampelte, zuckte, würgte, wand sich unter seinem Griff. Die Sekunden tropften von den feuchten Wänden, dann schien es ihm genug. Mit einem Ruck zog er ihren Kopf aus dem Dreck und drückte ihr den Lauf seiner Pistole an die Schläfe. Hanna hustete, spuckte Schleim und erstarrte, als sie den kalten Druck der Waffe auf ihrer Stirn wahrnahm.

War das ihr Ende?

Marcel keuchte, sie spürte seinen warmen Atem an ihrem Hals. Sie schloss die Augen und wartete auf den Schuss. Den Knall würde sie noch hören, aber die Schmerzen der in ihr Hirn eindringenden Kugel würden sich auflösen, sobald ihre Seele den Körper verließ. Ihre Sinne waren so scharf wie selten in ihrem Leben.

Dann hörte sie das Flüstern hinter den Mauern, und es erinnerte sie an etwas.

Hanna öffnete die Augen und entdeckte die dunkle Öffnung des Rohrs zwei Handbreit über Marcels Kopf. Sie spürte den Schmerz der Waffe an ihrer Schläfe und die Entschlossenheit in der Stimme des Mannes, der ihr Bruder war.

»Es gibt nur eine Lösung, Schwester. Deinen Tod!«, schrie es aus Marcel heraus.

Jetzt musste er es tun. Danach würde er aufräumen. Ihr die Pistole in die Hand drücken und dieses Loch für immer verlassen. Er presste ihr den runden Lauf noch fester in den Schädel. Der Kreis hatte sich geschlossen. Marcel krümmte den Finger, bewegte ihn gegen den Widerstand des kleinen Metallbügels, schenkte der Kugel ein Ziel, der Waffe eine Aufgabe, dem Tod einen Sinn. In Gedanken zählte er: eins – zwei – drei. Dann drückte er ab.

Der Schwall Abwasser klatschte ihm so unerwartet in den Nacken, dass er den Arm hochriss und die Frau verfehlte. Der Schuss peitschte, der Knall überschlug sich krachend und brach sich unzählige Male in der Gruft. Hanna schwang ihr Knie in Marcels Unterleib, befreite sich aus der Umklammerung und rannte los, zurück in den Gang. Absolute Finsternis umhüllte sie. Hanna hob die Hände schützend vors Gesicht und stolperte in die ewige Schwärze des unterirdischen Labyrinths in der Hoffnung, sich irgendwo vor dem Teufel verbergen zu können, dem sie hier begegnet war.

7

Die Welt des Lichtes war verschwunden. Und mit ihr alles Gegenständliche, alles Wirkliche. Übrig blieb nur das Tosen der Wellen in ewiger Nacht. Das Meer der Finsternis, in dem der herabgestoßene Seth sein Unwesen trieb. Das unendliche Reich des Todes. Aus allen Richtungen stürzten Wasserfälle auf sie herab, drückten ihre schmutzige Flut durch die Kanäle und rissen den angesammelten Unrat mit sich fort.

Hanna hatte die Arme in Kopfhöhe vor sich ausgestreckt und lief so schnell sie konnte durch die engen Gänge. Ihre Muskeln zitterten, und die Handrücken, mit denen sie Kontakt zur Mauer hielt, brannten vor Schmerz und waren bestimmt schon blutig geschürft. Trotzdem wagte sie nicht, die Berührung zu unterbrechen. Es war die einzige Möglichkeit, sich in der Dunkelheit schnell vorwärtszubewegen, ohne sich dem Gefühl ergeben zu müssen, gegen eine Wand zu rennen. Ihre Hände waren wie Räder einer Eisenbahn, und die Mauer mit den unzähligen gebrannten Tonziegeln die Schienen, auf denen sie entlangrollte. Die stetige Berührung mit den Kanalseiten war nicht nur so etwas wie ein taktiles Navigationssystem, sondern gab ihr auch eine grobe Vorstellung von der Größe des Tunnels, in dem sie sich gerade befand.

Sie hatte sofort die Orientierung verloren und gar nicht erst versucht, zu ihrem Auto zurückzufinden. Ohne Licht war ihr Kompass wertlos. Um nicht im Kreis zu laufen oder in einer Sackgasse zu landen, hatte sie beschlossen, dem Wasser zu folgen, das dem Gefälle gehorchte und nach Süden zum Fluss strebte.

Ihr Bruder folgte ihr.

Immer wenn sie glaubte, dass sie ihn abgehängt hatte, näherte sich am Ende des Ganges der fahle Lichtschein seiner Lampe. Das Licht kroch durch die Gänge wie ein eigenständiges Wesen, wuchs und näherte sich mit jedem Schritt des Mannes, der seine ganze Energie darauf verwendete, ihr Mörder zu werden. Warum gab sie nicht einfach auf?

Wie hypnotisiert starrte sie auf den Lichtkegel hinter ihr. Es tat gut, zu sehen, wie das Licht heller wurde, lockend schickte es seine Strahlen voraus, glomm hinter einer Kurve hervor und flammte plötzlich zu einem gleißenden Punkt, der wie eine wärmende Sonne

Rettung und Geborgenheit versprach. Doch dann dachte sie an den Todesengel hinter dem Licht und setzte ihre Flucht im Bauch der Stadt fort.

Sie folgte dem Wasser. Manchmal mündeten kleinere Kanäle in den Gang, in dem sie sich gerade befand, und jedes Mal drängte sie etwas, dort hineinzukriechen, um sich vor dem Jäger zu verstecken. Aber dann rannte sie doch immer weiter. Zu unsicher erschien ihr der mögliche Durchschlupf ins Freie, zu sehr erinnerte sie das Loch an eine Falle. Von allen Seiten strömten Regenmassen und verwandelten das anfangs nur knöcheltiefe Rinnsal in einen rauschenden Wildbach. Das Gewitter wütete, schien sich unter der Oberfläche fortzusetzen.

Plötzlich verloren ihre Hände den Kontakt zur Mauer, sie stürzte in einen offenen Raum, von dessen Decke Helligkeit herunterschwebte, schwache Leuchtspuren einer Straßenlaterne oder eines zu tief eingestellten Autoscheinwerfers, die für Sekunden den Weg in die endlose Einsamkeit unter der Straße fanden. Ein Ausgang? Verzweifelt tastete sie nach Eisengriffen, einer Möglichkeit, dem nassen Grab zu entsteigen. Hektisch wischte sie mit den Armen auf dem schleimigen Mauerwerk herum, stöhnte auf, als sie gegen einen rostigen Metallgriff stieß. Sie packte den Griff, zog sich empor, höher, noch einen Meter, dann konnte sie nicht mehr. Plötzlich erstarrte sie.

Direkt unter ihr stand Marcel bis zur Hüfte im Wasser, in einer Hand hielt er die Pistole, in der anderen ihre Lampe. Hanna hielt die Luft an, betete, dass er sie übersehen und weitergehen würde. Suchend tastete sie an ihrem Gürtel entlang, fühlte das kühle, harte Metall ihrer Notflasche. Neunhundert Gramm. Eine leichte Waffe, aber trotzdem eine Chance. Mit zitternden Fingern löste sie die Flasche vom Gürtel.

Marcel machte einen Schritt in Richtung Kanal, und Hanna glaubte schon, er würde an ihr vorbeigehen, als er zögerte und den Kopf hob. Genau in diesem Moment schleuderte Hanna die Gasflasche in sein Gesicht und sprang hinterher. Sie hörte ein Klatschen, dann prallten ihre Körper aufeinander. Ein stechender Schmerz durchfuhr Hannas Bein. Marcel ließ ein gurgelndes Brüllen ertönen und kippte nach hinten. Sofort zerrte die scharfe Strömung an ihren Körpern, begrub sie unter Sturzbächen, presste sie durch enge Kanäle, schob alles mit sich, was nicht im Stein der Wände verankert war. Hanna schlug mit den Fäusten um sich, trat in die schäumende Gischt, schluckte fauliges Wasser. Licht flammte kurz auf, sie haschte danach, spürte nasse Haut und Haare, verkrallte sich darin, tauchte unter, ließ los, schwamm gegen die Strömung, schaffte es nicht, ließ sich treiben, suchte mit den Augen nach ihrem Gegner, erblickte ihn ein paar Meter vor sich, die Hand fest um die Lampe geklammert wie einen Rettungsring aus Licht.

Der Sog nahm an Kraft und Geschwindigkeit zu, wild ruderte sie mit den Armen und streckte den Kopf so weit wie möglich aus dem Wasser. Dann sah sie es. Keine zehn Meter vor ihr strömte das Wasser in einen riesigen Trichter, wirbelte im Kreis und drängte fort. Die Wände flackerten. Nirgends erkannte sie einen Ausgang. Panik schüttelte sie. Marcels Todesschrei hallte durch den Gang, dann hatte ihn die Strömung in das tosende Kreiseln gezerrt, kurz tauchte sein Kopf auf, seine Hand, der Strudel riss ihn hinab. In seiner Hand glühte die Lampe wie Meeresleuchten, der Körper bog und krümmte sich, und Hanna wusste, dass ihr nur Sekunden blieben, bevor sie das gleiche Schicksal ereilte.

Da bemerkte sie das dunkle Loch in der Mauer, kaum eine Armlänge neben dem Eingang zum Trichter. Tief sog sie die feuchte Luft in ihre Lungen und tauchte in das lichtlose Schäumen. Mit aller Kraft drückte sie sich vom Untergrund ab, durchstieß die Oberfläche, breitete die Arme aus, hing blind an der nassen Wand, klammerte sich mit den Fingernägeln in die Fugen, rutschte ab, wischte mit den Handflächen über die Steine, zappelte mit den Beinen, schmierte ab und drohte zurückzurutschen. Dann spürte sie eine Unebenheit, die Mauer wich zurück, bot ihr Platz. Zitternd kroch sie in den Seitentunnel, immer tiefer, bis sie das zerrende Rauschen aus den Ohren bekam, bis sie nicht mehr weiterkonnte und erschöpft niedersank.

Sie drehte sich auf den Rücken. Ihre Lungen brannten. Sie versuchte, ihren Atem zu beruhigen, kontrollierte mit den Fingern, ob ihre Lider wirklich geöffnet waren. Die Schwärze und die Luft, die sie umgaben, waren die eines Grabes. Es roch verdorben, nach faulen Eiern. Hanna fuhr auf und knallte mit dem Kopf gegen die Decke. Ein Feuerwerk aus roten Sternen explodierte in ihrem Schädel. Schwefelwasserstoff! Sie musste fort, robbte auf allen vieren los.

Plötzlich war sie nicht mehr sicher, in welche Richtung sie kriechen sollte. Nur weg von hier! Die Übelkeit verbreitete sich in ihrem Mund, bedeckte Zunge und Gaumen, drang in ihren Rachen, die Speiseröhre, stocherte im Magen. Sie durfte nicht liegen bleiben!

Der Schwindel drückte ihren Kopf auf die gebrannten Steine. Ein Karussell aus Licht. Es erinnerte sie an etwas. Sie hielt die Luft an und erwartete das Kommen der schwarzen Schatten.

8

Tarik schrie. Er keuchte. Hustete sich den Alp aus der Seele. Irgendetwas berührte seinen Kopf. Der Boden schwankte. Wieder berührte ihn etwas Feuchtes auf der Stirn. Er zwang sich, die Augen zu öffnen, und er wusste wieder, wo er sich befand. Um ihn herum heulte der Wind, der Sturm schüttelte den Baum, als wollte er ihn aus der Erde reißen, und die ersten Regentropfen sprühten durch das Blätterdach und ohrfeigten sein Gesicht. Er hatte keine Ahnung, wie lange er geschlafen hatte. Er zitterte vor Kälte und Furcht, spähte nach unten. Niemand war zu sehen. Hanna und ihr unbekannter Verfolger waren verschwunden. Nur Hannas Wagen stand immer noch da. Die Blätter zappelten wie grüne Fähnchen im Wind und versperrten ihm die Sicht.

Er musste fort. Es war viel zu gefährlich, das Gewitter in einem Baum zu verbringen. Er griff nach dem Beutel, aber da war nichts. Erschrocken blickte er nach unten. Der kleine Beutel hing unter ihm im Gebüsch. Er schluckte. Hoffentlich war Ritze nichts passiert! Tarik rutschte den Stamm hinunter. Es war ihm jetzt völlig egal, ob ihn jemand entdeckte. Der Joker war nur ein junger Mann, der hinter einer Frau her war. Das war nichts Besonderes. Er verstand nicht, warum er überhaupt hier war. Er sprang und spürte den harten, ausgelaugten Boden unter seinen Füßen, griff sich den Sack und starrte hinein. Er war leer. Tarik rang mit den Tränen. Wo war Ritze? War sie bei dem Sturz hinausgeschleudert worden? Hastig sah er sich um. Schob mit den Händen das Gras zur Seite, suchte schneehelles Fell im Garten. Nichts.

Plötzlich zuckte ein greller Blitz am Himmel auf, und noch bevor er »Einundzwanzig« murmeln konnte, hallte der krachende Schlag des Donners in seinen Ohren. Er musste weg von hier. Aber wohin? Hanna? Vielleicht konnte sie ihm helfen, Ritze zu suchen. Er zog sich am Zaun empor, dessen Metallstäbe jetzt nass und schlüpfrig waren, blieb hängen, schlug sich das Knie an und versuchte es wieder. Endlich stand er auf der anderen Seite. Das grelle Licht eines Blitzes überstrahlte den Ort. Als der Donner folgte, brachen die Himmelsdämme. Der Regen entlud sich wie eine lang zurückgehaltene Flut und überschwemmte die Straßen. Tarik wankte durch die nasse Wand, innerhalb von Sekunden war er bis auf die Haut durchnässt. Jetzt hatte er den roten Wagen erreicht, die Tür war nicht verriegelt, mit dem Rücken voran glitt er hinein, zog die Tür schnell hinter sich zu. Schwere Tropfen prasselten auf das Dach.

Tarik schaute sich um. Das Auto war leer. Er war allein. Der Rotz rann ihm über die Backen, und die nassen Kleider klebten auf seiner Haut. Er fröstelte und rieb mit den Handflächen über seine Hose, blieb an etwas hängen, fingerte es zitternd hervor. Der strömende Regen spiegelte sich auf den azurfarbenen Flügeln des Skarabaeiden. Der Käfer pumpte sich voll Luft und schien zu wachsen. Mit seinen kleinen blauen Augen blickte er seinen Besitzer an. Tarik atmete tief durch und setzte den Pillendreher vorsichtig auf die Ablage hinter dem Steuer. Der Junge lehnte sich zurück und lauschte den uralten Geschichten, die der Glückskäfer für ihn zu erzählen begann.

9

Sie öffnete die Augen. Nichts. So musste es sein. Die Welt nach der Welt. Eine letzte Warnung, bevor dem Verstorbenen das Herz aus der Brust gerissen und auf die Waage geworfen wurde. Und wehe, wehe, die guten Taten wogen nicht schwer genug gegen die Unschuld der Ma'at! Dann würde die große Fresserin aus dem Nichts auftauchen und Körper und Seele endgültig verschlingen. Wenn es ein Danach gab, musste es jetzt geschehen.

Hanna lauschte. Atmete Stille. Irgendwo tropfte Wasser. Es klang lebendig. Hanna streckte die Arme aus, spürte den schmierigen Belag auf den Steinen, strich mit den Fingerkuppen über die Fugen, schnupperte die faulige Luft. Langsam kehrte ihre Erinnerung zurück. Ihr Einstieg in die Kanalisation. Der schreckliche Anblick des toten Professors. Ihr Vater! Die Maske. Marcel. Flucht, Kampf, Tod im wirbelnden Wasser. Schwindel, Ohnmacht, der Geruch nach faulen Eiern, Schwefelwasserstoff. Dass sie noch lebte, verdankte sie wahrscheinlich der frischen Luft, die mit dem Regen durch die Kanäle gedrückt worden war. Oder es war ihr gelungen, sich gerade noch rechtzeitig aus der Gasblase zu entfernen, bevor sie ohnmächtig geworden war. Aber in welcher Richtung lauerte der unsichtbare Tod? Jeder Schritt in die falsche Richtung konnte sie erneut in die Gasfalle tappen lassen, und das nächste Mal würde sie weniger Glück haben. Das verborgene Mausoleum hielt sie gefangen, hatte seine Eingänge verschlossen, die Ausgänge zugemauert. Wie ein Grabschänder steckte sie im Innern der Pyramide. Gefangen und verloren. Die raffinierten Fallen der alten Ägypter funktionierten auch heute noch. Ohne Licht war sie hier unten verloren!

Hanna stutzte. Verdammt, sie hatte doch Licht!

Hastig richtete sie sich auf, tastete nach dem Gürtel, suchte in ihren Hosentaschen. Was war das? Eine angebrochene Packung mit Lakritzkringeln! Und das? Genau! Sie erinnerte sich, dass sie das Päckchen mit dem Knicklicht eingesteckt hatte, als sie auf ihrem Rad davonfuhr. Der Angler hatte es völlig vergessen, als der Fisch anbiss. Ihre Hände zitterten. Vorsichtig befühlte sie das wertvolle Stück aus vier Quadratzentimetern Plastik. Ihr Rückfahrschein in das Reich der Lebenden!

Plötzlich hörte sie ein Geräusch. Das Trippeln winziger Füße.

Etwas Pelziges streifte ihre Hand. Hanna schrie auf, schlug danach. Vor ihr quiekte ein Tier. Eine Ratte. Wahrscheinlich ein ganzes Rudel! Eine kalte Hand drückte ihr den Hals zu. Nur ruhig, sie hatte Licht! Gegen einen Gegner, dem sie in die Augen blicken konnte, hatte sie eine Chance!

Mit zitternden Händen öffnete sie die Verpackung, griff hinein und zog das bleistiftdicke Knicklicht hervor. Ganz in ihrer Nähe knisterte etwas. Sie nahm die beiden Stäbchenenden in die Hände und bog daran, bis das darin schwimmende Glasröhrchen zersplitterte. Unter Hannas Händen erstand ein grüner schimmernder Punkt, der sein fluoreszierendes Licht erst zögerlich, dann immer kräftiger in die unterirdische Finsternis sandte. Chemolumineszenz. Zuerst erkannte Hanna nur ihre froschgrüne Hand, dann Unterarme, die Mauer, ihre schmutzige Hose, die Tüte Lakritz und ein funkelndes rostgrünes Augenpaar. Hanna zuckte zusammen. Eine Ratte hockte kaum einen Meter neben ihr und knabberte genüsslich an einer Lakritzschnecke. Die Ratte hob den Kopf und blickte Hanna an. Ihr rechtes Ohr sah aus – wie ein geköpftes Meisenei.

»Ritze?«

Hannas Stimme war brüchig, stocherte zaghaft durch das glimmende Grün.

Die Ratte senkte das Maul, um sich wieder mit dem Leckerbissen zu beschäftigen. Die Bewegung glich einem Nicken. Hanna schob ihre Hand näher, berührte das Tier am Rücken, streichelte darüber, spürte den warmen, weichen Körper, die vertrauten Bewegungen der Ratte. Hanna schluchzte. Tränen rannen ihr übers Gesicht. Es war Ritze, Tariks kleine Freundin.

»Wie kommst du nur hierher, kleine Heldin? Hat dich Tarik geschickt, oder bist du einfach dem Lockruf der Lakritze gefolgt?«

Die Ratte hob das Köpfchen, streckte die spitze Nase witternd in die Höhe, schnupperte und fuhr sich zweimal mit der Pfote über die Schnauze, leckte an ihren Fingern und widmete sich dann dem Rest des Kringels.

Es gab keinen Zweifel. Sie saß zusammen mit einer zahmen Ratte viele Meter tief unter der Stadt und spürte, wie der Berg aus Verzweiflung und Hoffnungslosigkeit mit jedem abgeknabberten Stück Süßigkeit, das im Mäulchen des Tieres verschwand, schrumpfte. Sie hatte Licht und eine Gefährtin! Das war gut. Aber reichten eine zahme Hausratte und das bisschen Licht, mit dem sie kaum ihre Füße erkennen konnte, wirklich aus, um aus dem Verlies entkommen zu können? Gut, mit etwas Glück würde die Ratte einen Durchschlupf nach draußen finden. Aber wie sollte sie verhindern, dass sie das Pelztier in der Finsternis verlor? Das funzlige Schimmern des Knicklichtes erhellte kaum den Umfang eines Basketballs. Sie konnte Ritze nur erkennen, wenn sie ganz nah bei ihr blieb. Am einfachsten wäre es wahrscheinlich, den Schacht zu suchen, in den sie vor Marcel geflüchtet war. Wenn sie es dorthin zurückschaffte, konnte sie an den Gullydeckel klopfen. Irgendwann würde man sie hören. Sie lauschte. Das ewige Klatschen der fallenden Tropfen war verschwunden. Der Regen hatte aufgehört. Hanna sehnte sich nach der zarten, tastenden Wärme, die mit der Morgensonne aufging.

Jeden Tag fängt der Gott Re die Sonne ein, bevor sie am Horizont verschwindet. Wenn die Nacht mit ihren Gefahren kommt, durchpflügt er mit seiner Barke das Totenmeer. Die Sonne leuchtet vorne am Bug und wärmt die Toten bis zum nächsten Morgen.

Im nächsten Moment wusste sie, wie es funktionieren konnte. Aufgeregt suchte sie den Boden ab. Von den Lakritzschnecken war nur noch ein angebissenes Stückchen übrig. Ritze hatte sich den Bauch vollgeschlagen und knabberte ohne großes Interesse an dem klebrigen Teil. Hanna zog einen ihrer nassen Socken aus und biss hinein. Sie zerrte so lange daran, bis das Gewebe riss und sie einen schmalen Ring aus Stoff in der Hand hielt. Daraus band sie eine Schlaufe, steckte den Leuchtstab hinein und knotete das Licht fest. Sie streichelte die Ratte, hob sie zu sich und knotete ihr den Lappen wie einen Rettungsring um den Körper, wobei sie darauf achtete, dass das Knicklicht am Rücken des Tieres sichtbar war. Eine lebende Leuchtboje, dachte Hanna und setzte Ritze wieder auf den Boden.

»Los, lauf los! Such Tarik!«

Die Ratte drehte sich einige Male im Kreis, zupfte mit der Schnauze an dem lästigen Tuch, aber Hannas Knoten hielt.

»Such den Ausgang, Ritze! Such Tarik!«

Die Ratte wackelte mit dem Kopf, ihre Augen blitzten grün auf, sie sprang in die Luft und trippelte davon.

»He, du Schlawiner. Warte auf mich!«

Hanna folgte dem leuchtenden Pelzknäuel, so schnell sie konnte. Sie durfte ihren lumineszierenden Geist nicht aus den Augen verlieren, sonst gab es keine Hoffnung für sie. Hanna eilte durch die Gänge, kroch, rannte, rutschte immer wieder aus, achtete nicht auf die Tunnel, Abzweigungen, Schächte, an denen sie vorbeistolperte, schob sich durch feuchte Höhlen, vorbei an schmierigen Abgründen, und betete, dass Ritze nicht in einem Gang verschwand, der zu eng für einen Menschen war. Manchmal bewegte sich die Ratte fast parallel zu ihr, flitzte auf einem unsichtbaren Mauersims, dann wieder war sie weit vorausgetrippelt, sodass Hanna nicht viel mehr als die Ahnung eines verglühenden Sterns – Millionen Lichtjahre entfernt – wahrzunehmen glaubte. In diesen Momenten rief sie verzweifelt nach dem Tier, schickte Flüche und Versprechen ihrer Anführerin hinterher und hoffte, dass diese sie verstehen und auf sie warten würde.

Hannas Gliedmaßen schmerzten, ihre Knie waren aufgeschürft, die Haut ihrer Fingerkuppen war aufgerissen und blutete. In ihrer Stirn hatte sich ein stechender Schmerz eingenistet. Manchmal überkam sie ein Schwindel, und Hanna konnte nur hoffen, dass die Ursache kein giftiges Gas, sondern Erschöpfung und Schlafmangel war. Das Licht war immer noch da. Hanna verlor jedes Gefühl für Zeit und Entfernung. Sie rief nach dem Licht, aber es blieb unerreichbar, trotzdem blieb es bestehen.

Irgendwann hatte Hanna vergessen, warum sie dem Licht folgte. Sie hatte vergessen, dass sie hinter einer Ratte herlief, vergessen, dass sie durch die städtische Kanalisation irrte, sie wusste nicht mehr, wie sie an diesen unbekannten Ort gekommen war, und sie bemerkte auch nicht, dass das Wasser immer flacher, die Gänge enger wurden. Ihr ganzes Sein konzentrierte sich auf den einzig gültigen Entschluss, einem grünen Irrlicht hinterherzuhetzen. Schließlich konnte sie nur noch kriechen, ihre Kräfte waren verbraucht. Und dann war das Licht plötzlich verschwunden, und ihr blieb nicht einmal genügend Kraft, um es zurückzurufen. Völlig erschöpft krümmte sie sich zusammen und schloss die Augen. Sie erwartete nichts mehr.

Ein letztes Mal öffnete sie die Augen. War dort nicht irgendetwas? Der Gang vor ihr verschwand hinter einer lang gezogenen Kurve, und das Oval der Mauer leuchtete wie Mondlicht, wenn sich der

Trabant zwischen Sonne und Erde stellte. Eine Mondfinsternis unter der Erde? Hanna richtete sich auf, schleppte ihren Körper näher an das Licht. Mit jedem mühsam errungenen Meter wurde das Glühen deutlicher, kehrten Erinnerung und Lebenswille zurück. Sie hatte es geschafft! Ein sonnengelbes Loch schwebte über dem schlammigen Boden. Die Ziegel leuchteten in feurigem Zinnober. Auf der Peripherie – Schwanz im Licht, Schnauze im Schatten – balancierte Ritze und nagte an den Überresten des Strumpfes. Über ihr leuchtete ein Tunnel aus Licht, an dessen Seiten kupferne Griffe nach oben führten. Hannas Tor zurück ins Leben! Ritze hob den Kopf und begrüßte sie hopsend und triumphierend: ein stolzer und glücklicher Professor Lidenbrock nach seiner abenteuerlichen Reise zum Mittelpunkt der Erde.

Teil 5

Das Licht der Erkenntnis leuchtet auf und erlischt, und es hinterlässt den Menschen erschüttert, glücklich und bang zugleich.

John Steinbeck, 1954

1

Es war noch früh. Die Sonne würde sich erst in einer Stunde über den Horizont schwingen, die Dämmerung verjagen und zaghaft von den Regenpfützen nippen, die das Gewitter zurückgelassen hatte. Die Stadt verabschiedete sich von der lähmenden Hitze und genoss die frische Kühle des Vormorgens. Noch schliefen die meisten Bewohner, bei Aquafutur aber war der Tag schon angebrochen. Neonlicht flutete die Halle, tauchte die Aquarien in kaltes gelbes Geflimmer, brachte Verstecktes ans Licht.

Ein Mann tauchte den Kescher tief in ein Becken, hob den schweren Nilkugelfisch ins Trockene und ließ ihn mitsamt dem Netz auf den Boden fallen. Dann bückte er sich, umfasste mit der linken Hand den bulligen Nacken und holte mit der anderen weit aus. Ein Hammer sauste nieder, durchdrang die Schädelknochen und bohrte sich ins Hirn des Tieres. Ein Zittern und Schütteln durchlief den Körper des Fahaka, die Flossen streckten sich wie in der Strömung, die Augen traten hervor, dann erstarben sämtliche Bewegungen, gingen unter in einem letzten Vibrieren der Schuppen.

Nachdenklich betrachtete der Mann das tote Tier. Am meisten ärgerte ihn, dass er diese unappetitliche Arbeit noch ein zweites Mal erledigen musste, bevor sein Plan perfekt war. Diesmal würde nichts schiefgehen! Das Zombiegift wirkte von außen nach innen. Zuerst wurden die Lippen taub, die Fingerspitzen, Arme und Beine verloren ihr Gefühl, wurden unbeweglich. Schließlich verflachte die Atmung, der Kreislauf brach zusammen, und ganz zuletzt – wie eine Hand, die das Rädchen am Uhrwerk stoppte – lähmte das Gift den Herzmuskel.

Er legte den Hammer beiseite und griff sich ein bereitliegendes Messer, drehte den Kugelfisch auf den Bauch und stieß den Stahl unter den Kiemen ins Fleisch. Mit einer gleitenden Bewegung öffnete er die Bauchdecke, klappte die Haut zur Seite. Der Geruch zwang ihn, durch den Mund zu atmen. Die Innereien des Kugelfisches lagen jetzt vor ihm, das kleine Herz, der kurze gebogene Darm mit dem unförmigen Magen, die gewaltige purpurfette Leber und versteckt darunter Schwimmblase, Nieren und Gonaden. Der Mann lächelte. Die Bauchhöhle steckte voller Ovarien, tödlicher Rogen aus Tetrodotoxin.

Der Mann grinste und trennte die reifen Gonaden vorsichtig aus dem Gewebe, legte sie in ein Keramikschälchen. Besonders stark konzentrierte sich das Gift kurz vor der Eiablage. So barg das noch unbefruchtete neue Leben schon den Tod in sich. Mit einem Mörser zerkleinerte er die Gonaden und trichterte die bernsteingelbe Flüssigkeit in eine Glasphiole. Er verschloss das Fläschchen sorgfältig und steckte es in die Innentasche seiner Weste.

Zufrieden drehte sich der Mann um, verließ den Gang und wandte sich nach links, bis er vor einem der Waschbecken stand, die alle zwanzig Meter installiert waren. Er ließ das heiße Wasser laufen, wusch die Hände mit viel Seife.

Eilige Schritte näherten sich. Plötzlich war Frank hinter ihm.

»Ich muss mit dir reden.« Er stutzte, betrachtete das Schälchen neben dem Ausguss. »Verdammt, was machst du eigentlich so früh hier?«

»Hände waschen, was sonst?«

»Und was ist mit dem Kram da?«

»Was soll damit sein? Den Mörser hab ich gebraucht, um die getrockneten Flohkrebse mundgerecht zu zerkleinern, und mit dem Messer hab ich Silikon von einem der kaputten Becken gekratzt.«

Frank hob die Klinge gegen das Licht und inspizierte sie kritisch. »Mmh, das wolltest du wohl erst noch machen, oder?«

»Ja … natürlich.«

»Nimm den Spachtel! Damit geht's besser.«

»Mach ich. Sonst noch was?«

Falten wuchsen auf Franks Stirn, seine Augenbrauen zuckten. »Dein Plan hat nicht funktioniert. Hanna hat keine Ahnung, wie Dammler die GMOs hergestellt hat.«

»Was soll's? Die Idee war gut. Vielleicht liegt es ja an deinem fehlenden Einfühlungsvermögen, dass sie mit den Forschungsergebnissen nicht herausrückt.«

Auf Franks Gesicht wuchsen rote Flecken. Er packte den Mann an den Schultern. »Sag so etwas nie wieder, sonst …«

»Sonst was?«

»Sonst erzähle ich den Bullen, welche netten Eigenschaften unsere *Malapterurus* haben.«

Stille. Der Mann starrte Frank an, die Klinge des Fischmessers blitzte scharf und deutlich wie ein Spiegel.

»Wie soll ich das verstehen?«, fragte er lauernd.

»Du weißt genau, was ich meine!«

»Nein, woher sollte ich?«

»Wirklich nicht? Und Henry hat sich dann selbst in einem aquatischen Scheiterhaufen aus elektrischen Welsen verbrannt und das Feuer der Stromstöße mit Säcken voll Salz entfacht?«

»Du hast es gesehen?«

»Scheiße, ja! Ich war da. Aber als ich kam, war Henry schon tot. Dich habe ich gesehen, wie du aus der Halle geschlichen bist. Du hast ihn umgebracht! Nicht Hanna, wie ich vermutet habe, sondern du! Aber warum?«

Der Mann lachte. »Es gab Gründe.«

»Natürlich …« Frank zog sein Handy aus der Gürteltasche. »Die kannst du der Polizei erzählen.«

»Ich werde alles abstreiten, und du wirst den Bullen erklären müssen, warum du Henry von hier fortgeschafft hast.«

Frank zögerte, ließ die Hand sinken.

Der Mann lächelte freundlich. »Vielleicht gibt es doch noch eine Möglichkeit, an die Forschungsergebnisse heranzukommen …«

»Ach ja? Dann red schon!«

Der Mann schwieg, prüfte die Idee von allen Seiten. Er fand keinen Fehler. Trotzdem war es ein Risiko. Er musste darauf vertrauen, dass der Tierarzt mitspielte, die Gier größer war als seine Angst vor ihm. Er blickte Frank fest in die Augen. »Wir fahren zu Hanna. Jetzt. Zuerst spreche ich mit ihr, und danach wird sie deine Fragen beantworten.«

»Wieso sollte sie das tun?«

»Weil ich weiß, was sie beschäftigt, weil sie mir vertrauen wird …« Er beugte sich vor und spürte die Phiole an seiner Brust. »Und weil ich ihr Bruder bin!«

2

Die kleinen Zeiger der Kirchturmuhren hingen an der Neun, als hätten sie für das letzte Viertel des Tages nicht mehr genügend Schwung. Unbeweglich wie die schlanken Türme, an denen sie befestigt waren und die schon seit Jahren ihr Vorrecht auf Himmelsnähe an die emporstrebenden Wolkenkratzer abgegeben hatten, erstarrte das Uhrwerk in Resignation vor den Unausweichlichkeiten des Wandels. Und wie jeden Morgen trieb der Minutenzeiger seinen kleineren Bruder unbarmherzig an, zog ihn weiter über den Gipfel der Zeit hinaus in die ruhelose Welt.

Hanna streckte sich. Endlich Regen! Wie ein Schwarm gieriger Wanderheuschrecken hatte sich die Trockenheit durch das Land gefressen und viele Wochen daran gesaugt und gezehrt, bis es schwach und leer zur Ödnis erstarrte. Dann – fast zu spät – kam doch noch der Regen, vertrieb die Insekten und schlechten Gedanken und zauberte einen zweiten Frühling herbei. Mit der Feuchtigkeit kam auch das Leben in die Städte zurück, wischte Staub und Lethargie von Straßen und Plätzen und weckte die erstarrten Bewohner aus ihrem Dämmer. Die Stadt atmete durch, streifte die alte, vergilbte Haut ab und zeigte sich stolz und zuversichtlich in neuem Gewand.

Hanna gähnte, blinzelte den traumlosen Schlaf aus den Augen. Die Natur erholte sich. Auch sie war dabei, sich zu erholen. Sie wollte nicht mehr an die Vergangenheit denken, konnte aber nicht verhindern, dass die Erlebnisse der letzten Nacht noch einmal durch ihr Bewusstsein streiften. An einem einzigen Tag hatte sie ihren Vater und Bruder verloren! Trotzdem spürte sie kein Gefühl der Trauer, in ihrem Innern war vielmehr ein tiefes Loch, eine wurzellose Leere, und sie ahnte, dass sie viel Zeit brauchen würde, um diesen Hohlraum mit Zukunft zu füllen.

Sie richtete sich auf und rutschte aus dem Bett. Sie konnte nicht mehr schlafen und merkte, dass es an dem Geruch lag, der sie umgab. Die Ausdünstungen der unterirdischen Kloake, der Duft von faulem Schlamm und Scheiße steckten immer noch in ihr! Sie ging in die Küche und schaltete die Kaffeemaschine ein. Dann stellte sie sich unter die Dusche. Sie ließ den heißen Strahl so lange auf sich niederprasseln, bis sie wie ein Hummer im Kochtopf aussah. Erst dann hatte sie das Gefühl, wirklich sauber zu sein.

Sie stieg aus der Dusche, trocknete sich ab, zog frische Sachen an und schenkte sich einen Becher voll Kaffee ein. Was für ein herrlich bitteres und erfrischendes Getränk! Für einen Augenblick irritierte sie das pelzige Gefühl auf der Zunge. Sie dachte darüber nach, ob sie eine neue Sorte eingekauft hatte, konnte sich aber nicht daran erinnern. Plötzlich bekam sie Hunger und holte einen der Joghurts aus dem Kühlschrank, dessen Haltbarkeitsdatum noch nicht abgelaufen war. Dann goss sie sich noch eine Tasse ein, zog die Jalousie hoch und blinzelte in das Licht. Sie stützte sich mit den Ellenbogen auf das Fensterbrett, löffelte Joghurt, nippte am Kaffee und betrachtete die kleine Welt da unten. Das Staubgrau des rissigen Asphalts war zu einem silbrigen Anthrazit geworden, und in Schlaglöchern und Rinnsteinen staute sich das Wasser.

Ein halbes Dutzend Kinder mit Gummistiefeln hüpfte von Pfütze zu Pfütze, sodass Passanten und Spaziergänger sich beeilten, an ihnen vorbeizukommen. Unter den Kindern entdeckte sie auch Tarik, der jede Lücke im Verkehr nutzte, um in eine besonders große, ölige Lache in der Mitte der Straße zu springen, wo sich Benzin und Regen zu einem bunten Kaleidoskop vermischt hatten. Ritze krallte sich in den Haaren des Jungen fest. Ihr weißer Körper hopste auf Tariks schwarz gelocktem Kopf wie eine Schaluppe auf den Wellen des Nils. Hanna musste lachen und nahm sich fest vor, ihrer knopfäugigen Retterin eine Tüte mit Süßigkeiten zu spendieren.

Plötzlich hatte sie Lust auf einen Spaziergang. Vielleicht sollte sie sich die Geschichte von der Seele reden und Lia in ihrem Bauwagen besuchen? Ja, sie wollte ihrer besten Freundin alles erzählen und dann einen Punkt so groß wie ein Mühlenrad dahintersetzen. Sie schlürfte den letzten Rest aus der Tasse und drehte sich um. Das Gefäß glitt ihr aus der Hand und zerplatzte wie Dynamit auf dem Kachelboden.

Hanna starrte auf die Gestalt im Türrahmen, rang nach Luft, kämpfte mit dem Gewicht, das ihren Brustkorb zerquetschte. Sie öffnete den Mund, aber statt des befreienden Schreis drang nur ein klägliches Stöhnen aus ihrer Kehle. Vor ihr stand Marcel. Die Pistole in seiner behandschuhten Faust glänzte gefährlich. Marcels Miene zeigte wilde Entschlossenheit, aber in seinen Augen erkannte Hanna die Flamme des Wahnsinns.

Er stocherte mit der Waffe nach ihr. »Ein Schrei und ich puste dich um!«

Hanna wankte zurück. Wie war das möglich? Marcel musste ertrunken sein! Sie hatte deutlich gesehen, wie er in die Tiefe gerissen worden war.

»Na, Schwesterchen! Mit mir hast du wohl nicht mehr gerechnet, was?«

»Du lebst? Bist nicht … ertrunken?«

»Nein. Obwohl nicht viel gefehlt hätte. Verdammte Flut!«

»Wie, wie ist das möglich? Wie konntest du dich retten?«

»Dein Nuckelfläschchen, mit dem du nach mir geworfen hast, hat mich gerettet. Mit der Pulle voll Sauerstoff hielt ich's unter Wasser aus, bis mich Poseidon in den Main gekotzt hat.«

Hanna ahnte, wovon er sprach. Sie wusste von Lia, dass es unterhalb der Wasserlinie von Main und Nidda Regenentlastungskanäle gab, durch die plötzliche Regenmassen aus der Kanalisation abfließen konnten. Diese Überlaufkanäle mündeten unsichtbar in den Fluss, der Ausgang war nicht durch Gitter verschlossen. Marcel musste durch ein solches Loch ins Freie gespült worden sein.

Der Alptraum begann von Neuem. Ein Schwindel erfasste sie, die Luft in der Küche vibrierte. Marcel öffnete den Mund und bewegte die Lippen. Seine Worte waren dumpf und unverständlich. Hanna schloss die Augen und kämpfte gegen aufkommende Übelkeit. Ihre Lippen brannten.

»Wie geht es dir, Schwesterherz? Hast du etwa zu viel Kaffee getrunken?«

Was faselte der Kerl da? Sie atmete tief aus, suchte mit den Augen nach einer Waffe. »Wie bist du hier hereingekommen?«

»Mit dem hier!« Marcel hielt ihr einen Schlüssel entgegen.

Wut mischte sich in ihr Unwohlsein. Verdammtes Schwein! »Woher hast du den?« Die Übelkeit ließ sich nicht vertreiben. Hatte sie in der Kanalisation zu viel Schwefelwasserstoff abbekommen?

»Von unserem gemeinsamen und auf so tragische und grausame Weise aus dem Leben gerissenen Freund Ulf Schmittke, der sich zu Lebzeiten hier ein bisschen umgesehen hat, um unsere Abschlussfeier vorzubereiten. Bei der Gelegenheit hat er ein paar hübsche Fotos geschossen, unter anderem auch von einem imposanten *Tetraodon fahaka*. Ich hoffe doch, du hast das Tierchen noch?«

Ein grelles Licht entzündete sich in Hannas Hirn. Sie wusste jetzt, was mit ihr los war. Der bittere Kaffee, das taube Gefühl, der

Schwindel: Marcel hatte sie mit Tetrodotoxin vergiftet. Sie ballte die Fäuste und stürzte sich auf den Mann. Ihre Beine klebten am Boden fest, sie schwankte, schaffte ein paar Schritte und fiel nach vorne in die Arme ihres Mörders. Marcel lachte, packte sie an den Schultern und schüttelte sie, sein Gesicht verwandelte sich in eine Fratze. Er zog sie zurück ans Fenster, packte sie am Hinterkopf und presste ihr Gesicht gegen die Scheibe.

»Der Kaffee war vergiftet, und du weißt, dass du nicht mehr lange leben wirst, Hanna! Das Gift des Fugu fließt durch deine Adern. Es ist vorbei! Also hör mir gut zu, bevor es zu spät ist, denn du darfst entscheiden, ob außer dir noch jemand sterben wird.«

»Du Schwein. Was willst du von mir?« Ihre Zunge fühlte sich an wie Schmirgelpapier.

»Siehst du den weißen Kleinlaster am Straßenrand? Ja? Gut. Der Wagen ist gestohlen, und am Steuer sitzt ein Kumpel, der mir noch einen großen Gefallen schuldig ist. Wenn du nicht tust, was ich will, rufe ich meinen Freund über dieses Handy an, und ein unvorsichtiges Kind wird das bedauerliche Opfer eines Verkehrsunfalls mit Fahrerflucht. Hast du das verstanden, Hanna?«

Hanna starrte auf den Wagen, den Schatten eines Mannes hinter dem Lenkrad und auf die Straße, wo immer noch Tarik mit seinen Freunden Pfützenhüpfen spielte. Wenn der Mann zur richtigen Zeit beschleunigte, würde er Tarik problemlos erwischen.

»Und wenn ich … kooperiere?«

»Dann wird mein Freund brav wie ein Fahrschüler davonfahren.«

»Wie kann ich dir glauben?«

»Hast du denn noch eine Wahl? Wenn du mir nicht glaubst, dann bist du schuld am Tod eines Kindes.«

Hanna senkte den Kopf. Wer mit dem Teufel diskutierte, landete immer in der Hölle.

»Einverstanden. Was … soll … ich … tun?«

Marcel tätschelte ihre Backen, zerrte sie zurück.

»Braves Schwesterchen! Komm mit nach drüben! Da ist es gemütlicher.«

Er schob die schwankende Frau aus dem Zimmer, dirigierte Hanna ins Wohnzimmer und drückte sie in einen Sessel. Hanna folgte wie eine Marionette, spürte das Gift in ihrem Körper, fremde Moleküle, die sich an ihre Nerven klammerten, die Entstehung von

Aktionspotenzialen verhinderten und ihr Innerstes perforierten. Millionen winziger Lecks. Es war das gleiche Gift, das auf Hawaii für die Zubereitung von Zaubertränken verwendet wurde und Menschen in lebende Tote verwandelte. Sie hatte nur eine Chance. Sie musste sich irgendwie bemerkbar machen. Aber dazu brauchte sie Zeit, die sie nicht hatte, weil ihr Körper mit jeder weiteren Sekunde ein Stück mehr erstarrte, sich in Stein verwandelte. Unter Wasser würde sie jetzt versuchen, ihren Stoffwechsel zu reduzieren, die Häufigkeit der Herzmuskelkontraktionen zu verringern. Prinzipiell funktionierte der Trick natürlich auch an Land …

Marcel schob ihr ein Blatt Papier unter die Nase und drückte ihr einen Kugelschreiber in die Hand. »Schreib! Sonst rufe ich die Nummer meines Freundes an!«

Hanna ließ die Mine des Kugelschreibers auf das Papier sinken und betrachtete den blauen Punkt. Marcel würde nicht zögern, seine Drohung wahr zu machen. Er kannte keine Scham, keine Scheu und keine Zurückhaltung. Der Tod brachte ihn nicht aus der Fassung, solange es nicht sein eigener war. Ihr Bruder hatte nichts mehr zu verlieren. Sie konnte nur hoffen, dass er den Fahrer nicht aus lauter Bosheit trotzdem benachrichtigte.

»Ein Vierzeiler wird reichen. Schreib: ›Ich habe sie getötet.‹!«

Hannas Hand formte Worte aus zitternden Buchstaben.

ICH HABE SIE GETÖTET.

Stimmte das? Nein! Aber warum schrieb sie es dann?

»Mach weiter so und denk an das Kind. Jetzt den zweiten Satz, etwas poetischer: ›Dammler ruht in der Kloake seines Elfenbeinturms.‹«

Das war schwer. Ihre Hand rutschte über das Blatt, die Worte krochen darüber wie Schnecken durch die Sahara.

DAMMLER RUHT IN DER KLOAKE SEINES ELFENBEINTURMS.

»Gut, Hanna, gleich hast du's geschafft. Schreib auf: ›Mein Weg endet hier.‹!«

Der Stift in ihrer Hand bewegte sich, Buchstaben formten sich, tropften aus der Mine, blieben haften.

MEIN WEG ENDET HIER.

»Hervorragend! Und jetzt nur noch ein kleines Wort und deine Unterschrift. Schreib auf: ›Verzeiht‹, Ausrufezeichen, Vorname reicht!«

VERZEIHT!

Das Wort floss mühelos heraus. Sein Klang vereinigte Härte und Weichheit. Ihr Name erschien ihr fremd und unpersönlich.

Hanna ließ den Kugelschreiber sinken und faltete die Hände. Nur mit größter Anstrengung gelang es ihr, den Kopf zu heben und Marcel in die Augen zu blicken. Ihr Bruder lächelte, zog das Blatt weg und legte es außer Reichweite. Dann tippte er auf ein paar Tasten des Handys und hielt es ans Ohr. Hannas Körper erzitterte unter einer Welle aus Verzweiflung. Sie wand sich auf dem Sessel, wollte aufspringen und der Bestie den Hals umdrehen. Aber alles, was ihr gelang, war ein Rucken des Kopfes. Ihre Finger waren zur Faust geballt, die Beine verdreht. Sie war gelähmt. Das Gift überschwemmte ihren Körper.

Marcels Stimme bellte: »Kannst raufkommen. Alles in Ordnung.« Er grinste Hanna an. »Über den Anblick meines Kumpels wirst du dich freuen.«

Hannas Körper stand in Flammen, ihr Gesicht brannte, ihre Glieder fühlten sich an, als ob sie in einem Brennnesselfeld übernachtet hätte. Einzig Geist und Sinne funktionierten noch, und ihr Herz, das ihr vergiftetes Blut durch die Adern presste. Sie hörte, wie Marcel in der Küche Schubladen öffnete, im Geschirr wühlte, dann stand er plötzlich an der geöffneten Wohnungstür, zerrte eine Gestalt herein. Kalkweißes Gesicht. Angespanntes Lächeln. Frank stolperte in den Raum.

»Hi, Hanna!« Er stutzte. Sah sie mit einer Mischung aus Überraschung und Bestürzung an. »Was ist los mit dir?«

Sie wollte antworten. Ihre Lippen fühlten sich an wie zwei umgestürzte Bäume.

Frank runzelte die Stirn, drehte sich um. »Was hast du mit ihr gemacht, Mistkerl?«

»Nur ein kleines Beruhigungsmittel. Nichts weiter. Stell nur deine Fragen!«

Irritiert betrachtete Frank die Frau. Er schüttelte den Kopf. Blickte misstrauisch zu Marcel, öffnete den Mund. »Hanna, ich weiß nicht, was hier los ist. Wenn du weißt, wo Professor Dammlers Forschungsergebnisse sind, dann sag es mir bitte. Wir könnten die Experimente nachstellen, wir veröffentlichen die Ergebnisse gemeinsam …« Er stockte, beugte sich zu Hanna hinab und legte seine Hand auf ihre Stirn.

»Ich … habe … dich … geliebt«, hauchte sie.

Frank blickte zu Marcel. »Hanna muss sofort ins Krankenhaus. Womit hast du sie …«

Etwas blitzte silbern hinter Frank. Er fuhr herum, zu langsam. Die Klinge durchbohrte seine linke Lunge und zerschlitzte den Herzmuskel. Ungläubig blickte Frank in Marcels Gesicht, bewegte die Lippen, aber statt Worten spritzte blutiger Schaum aus dem Mund, eine rote Sonne zerplatzte in seinem Hirn, sein Blick brach, der Körper sackte zusammen. Aus der klaffenden Wunde sprudelte Blut, pastellierte die Fasern des Teppichs mit dem Widerschein einer blutigen Morgenröte.

Marcel zeigte sein Lächeln. »Schwester, ich wusste gar nicht, dass du so geschickt mit einem Messer umgehen kannst!«

In Hannas Kopf schrie eine Stimme um Hilfe, fand aber keinen Weg bis zu ihrem Mund.

»Sei nicht traurig! Für den warst du nur Mittel zum Zweck. Er war nur scharf auf das Wissen unseres Vaters. Mehr wollte er nicht von dir.«

Hanna spürte die Boshaftigkeit hinter den Worten. Sie wusste aber auch, dass Marcel ausnahmsweise die Wahrheit sagte.

Er zog ein Taschentuch und wischte damit sorgfältig über den Griff des Messers. Dann hob er ihre schlaffe Hand und drückte ihre Finger über dem Griff zusammen. »Und deshalb hast du diesen Mistkerl erstochen.«

Er ließ Hannas Hand los, lachte heiser, fasste das Messer mit dem Taschentuch am Griffende und legte es auf die Tischplatte.

Hanna starrte immer noch auf Frank. Sie hatte ihn gemocht. Vielleicht war da auch mehr. Bis ihr klar wurde, dass er nur wegen ihrer Kenntnisse über GMOs an ihr interessiert war. Frank Litos hatte sich an sie herangemacht, weil er ihr Wissen haben wollte, nicht ihre Liebe. Jetzt lag er vor ihr wie ein verendeter Diskusfisch mit Lochkrankheit. Hanna wunderte sich, dass sie zu diesem Zynismus fähig war: In drei, vier Stunden würde sie genauso hinüber sein wie Frank. Sie konnte zwar noch atmen und die Pupillen bewegen, sonst aber im wahrsten Sinne des Wortes keinen Finger mehr krümmen. Was um sie geschah, konnte sie nicht mehr verhindern. Und was mit ihr geschah, auch nicht. Sie konnte das Gift nicht mehr besiegen. Trotzdem machte sie das Einzige, wozu sie noch fähig war: Sie konzentrierte sich darauf, ihren Körper ruhig zu stellen, und hoffte so, die Geschwindigkeit zu drosseln, mit der das Gift ihren Körper verseuchte. Sie schob den Gedanken zur Seite, dass ein schneller Tod gnädiger war, und heftete ihren Blick auf Marcel, der sich auf das Sofa gegenüber gleiten ließ und sie beobachtete.

3

Er war müde. Das Abenteuer in der Kanalisation steckte ihm noch in den Knochen. Seine Schwester war gerissen und schlau wie eine Katze, aber Frank ein Idiot. Es war richtig, ihn schnell aus dem Weg zu räumen, bevor der Doc zu plappern anfing. Er war froh, dass er diesmal die Kontrolle behalten hatte. Eigentlich sollte er sofort den Kugelfisch suchen und dann so schnell wie möglich von hier verschwinden. Am sichersten wäre es, wieder den Weg durch Keller und Hinterhof zu nehmen, niemand würde ihn dort bemerken. Hoffentlich dauerte es nicht zu lange. Diesmal wollte er warten, bis es vorbei war. Auf Nummer sicher gehen. Hanna würde nicht einsam sterben müssen.

Er lächelte. Mit jedem Toten wurde es einfacher. Jeder Mord hatte ihm mehr Vergnügen bereitet. Alle Spuren, die er in den letzten Tagen und Nächten zurückgelassen hatte, waren beseitigt. Die Polizei würde aufgrund des Abschiedsbriefes davon ausgehen, dass Hanna sowohl den Professor als auch den Tierarzt getötet hatte. Über das Motiv würden sich die zuständigen Sachbearbeiter bei der Polizei schon einig werden: Macht, Eifersucht, zurückgewiesene Liebe. Vielleicht sollte er sich mit Maralda absprechen. Ja, der Fischklops mochte ihn. Es würde ein Leichtes sein, ihr die Worte in den Mund zu gießen.

Wie eine Welle schlug die Müdigkeit über ihm zusammen. Sein Bewusstsein tauchte ab, verschwand unter der Oberfläche. Sollte er dagegen ankämpfen? Wieder auftauchen? Zurück in die Stille eines Zimmers, das er mit einer Leiche und einer Halbtoten teilte? Die Arbeit war getan. Fast. Da war noch der Fisch. Und der Rest des Giftes. Er musste noch eine letzte Spur legen. Ein paar Minuten Schlaf würden reichen. Vielleicht war sie dann schon tot. Er hoffte es. Das Weiß ihrer Augen störte ihn. Wenn er aufwachte, würde er ihre Lider zudrücken. Noch besser Mund und Nasenlöcher. Tod durch Ersticken. Das war ihr Schicksal. Ein vollkommen gewaltfreier Mord. Das Verschließen winziger Öffnungen. Der Druck seiner Fingerspitzen würde genügen. Kein Gerichtsmediziner würde den Erstickungstod auf eine andere Ursache als das Gift zurückführen. Der Gedanke beruhigte ihn. Er schloss die Augen und ließ sich forttreiben.

Hanna starrte voller Hass auf den wehrlosen Körper ihres Bruders, der – nah und zugleich unerreichbar fern – sich in seiner schlafenden Unschuld über sie lustig machte.

Er fuhr hoch. Lauschte. Hatte ihn ein Geräusch geweckt? Sein Hemd war nass geschwitzt. Durch das Fenster drangen die Geräusche der Stadt. Automotoren, Kindergeschrei, Baustellenlärm. Die Nachmittagssonne brannte durch die Scheiben, Staubpartikel schwebten in der Luft. Das Zimmer kochte. Gewächshausnässe. Vom Nachbarzimmer tönte das dumpfe, gleichmäßige Pressen der Filter und Pumpen. Im Treppenhaus polterten Schritte, die Haustür knallte. Er hob die Hand und blickte auf die blinkenden Striche. Dreizehn Uhr vierzig. Er hatte fast drei Stunden geschlafen! Es war Zeit, das Werk zu vollenden. Seine Schwester hatte sich nicht gerührt, hing schlaff und unbeweglich im Sessel. Ihre stecknadelgroßen Pupillen verwandelten die dattelbraune Iris in zwei schwarze Löcher, in denen sich der letzte Rest Leben konzentrierte. Marcel stand auf und näherte sich der Frau, zog die Handschuhe aus und drückte Zeige- und Mittelfinger auf die Halsschlagader. Er fühlte keinen Puls, kein Pochen, keine Bewegung unter seiner Haut. Aber das musste nicht heißen, dass Hanna wirklich schon tot war. Das Gift arbeitete gründlich, aber es ließ sich Zeit. Er formte mit der Hand eine Kuhle und drückte sie fest auf Mund und Nase der Wehrlosen. Hannas Pupille zuckte für den Bruchteil einer Sekunde zur Seite, aber er hatte die Bewegung deutlich erkannt.

»Bist also noch nicht ganz hinüber, Schwesterchen, was?«

Er zog seine Hand zurück.

»Na gut. Ich will nicht weiter stören. Mach das direkt mit dem Sensenmann aus! In der Zwischenzeit bereite ich ein leckeres Fischmahl für dich zu.« Er winkte und verschwand in der Küche.

Es war wie das Abbinden der Blutgefäße nach einem Schlangenbiss. Reduzierte sie ihren Herzschlag, konnte sie die Ausbreitung des Giftes in ihrem Körper verlangsamen, erhöhte aber gleichzeitig die Wahrscheinlichkeit einer Hypoxie, eines tödlichen Sauerstoffmangels. Das Tetrodotoxin hatte sie fast vollständig gelähmt. Sie schätzte, dass ihr noch ungefähr eine Stunde blieb, bevor der Atemreflex aussetzen oder ihr Herzmuskel zu schlagen aufhören würde. Der Moment des vollständigen körperlichen Zusammenbruchs, der

Zeitpunkt ihres Todes, war nicht mehr fern. Der innere Tsunami kündigte sich durch Stillstand und Ruhe an. Trotzdem konnte sie immer noch klar denken, sehen, hören, fühlen.

Er brauchte sie nicht zu ersticken, weil sie schon tot war. Gekreuzigt und genagelt. Die Aasfresser waren schon über ihr, schlugen tiefe Wunden in ihr Leben, rissen Brocken um Brocken heraus. Gab es noch unversehrte Stellen? Sie konzentrierte sich und machte sich auf die Suche nach dem letzten Rest von Leben …

Vorsichtig strich er mit dem Daumen über den geschliffenen Stahl. Die Klinge war scharf und ideal für seine Zwecke. Aus dem Wandschrank zog er einen Suppenteller und ein Geschirrhandtuch. Dann verließ er die Küche, durchquerte den schmalen Flur und öffnete eine Tür. Erstaunt blinzelte er in das Licht. Der Raum glänzte wie ein zerschlagener Bergkristall, die Luft vibrierte, lebende Mosaike aus Flossen und Schuppen schwebten darin. In der ersten Reihe standen die kleineren Becken, dahinter versteckt die Großaquarien, an der Außenwand zur Straße ein geräumiges Terrarium. In einer Ecke fand er, was er suchte: In einem fast zwei Meter langen Glashexagon, über dessen freier Wasserfläche eine Halogenlampe hing, schwebte majestätisch ein gewaltiger Kugelfisch, der ihn aus neugierigen Augen anblickte. Er hatte sich nicht getäuscht.

Als Ulf ihm nach seinem Einbruch in Hannas Wohnung von einem besonders hässlichen Fisch erzählte, der wie ein schwimmender Schuh im Wasser lag, war ihm gleich klar gewesen, dass es sich um einen Kugelfisch handeln musste. Es war gut, dass er sich an dieses Detail erinnert hatte. Er brauchte das Tier, damit sein Plan funktionierte. Er kannte seine Arbeit, hatte sie schon einmal gemacht.

Ohne zu zögern rammte er dem Fisch das Messer hinter die Kiemen und wuchtete das Tier aus dem Wasser. Wie einen nassen Kartoffelsack ließ er den Fisch auf den Boden plumpsen. Zwei, drei gezielte Schläge mit dem Griff des Messers, und das Zappeln ging in ein schwaches Zittern über. Mit einem schnellen, energischen Schnitt öffnete er die Bauchhöhle, legte Darm, Leber und Keimdrüsen frei, breitete die Innereien auf dem Dielenboden aus. Er stand auf und wusch sich in dem sechseckigen Becken das Blut von den Händen, wischte sie an den Hosenbeinen trocken und fingerte die Phiole aus seiner Jackentasche. Er entkorkte das Fläschchen und schüttete die restliche Flüssigkeit über die aufgebrochene Bauchhöhle. Dann verschloss er das Gefäß, steckte es zurück in die Jackentasche und schob den Rogen mit dem Messer auf den Teller. Sorgfältig wischte er seine Fingerabdrücke ab, zog die Handschuhe an, hängte sich das Tuch über den Arm, fasste den Teller mit den blutigen Eiern am Rand und verließ das Zimmer. Bestimmt wartete sein Gast schon ungeduldig auf das Mahl.

Übelkeit. Prickelndes Fleisch. Maden unter der Haut. Chordatische Lähmung. Es ging zu Ende. Da war er wieder. Todesengel im Kellnerkleid. Henkersmahlzeit. Beugte sich zu ihr runter. Den Teller auf den Tisch. Schleim aus rotem Dotter. Getötetes Leben. Ihr Handtuch aus der Küche. Darüber seine Finger. Getrocknete Tierhaut. Genäht.

»Schau mal, was dir dein Bruder mitgebracht hat! Es gibt Fischsuppe!«

Den Mund nicht öffnen. Das Gesicht aus Stein. Seine Finger ganz nah. Wange. Backe. Gewalt.

»Komm, Schwesterchen, mach schön den Mund auf, sonst wird das Essen kalt!«

Ein Loch in der Haut. Klaffende Lippen. Ein Lappen mit Essig. Gelber Schaum vor den Augen. Er stopft ihr den Tod in die Fresse. Champagnerprickeln. Rote Tropfen am Kinn. Kriechender Tod im Hals. Tritt ein, ohne anzuklopfen. Klingeln im Kopf. Klingeln?

Marcel fuhr herum. Hatte er richtig gehört? Tatsächlich. Die Hausglocke schellte. In seinem Kopf rasten die Gedanken wie ein Schwarm Heuschrecken, während er gleichzeitig gegen das aufsteigende Gefühl der Panik ankämpfte. Wer konnte das sein? Die Polizei? Die würden sich nicht vorher ankündigen. Eine Freundin? Möglich. Sie würde wieder gehen, wenn niemand öffnete.

Erneutes Läuten. Ungeduldig. Klopfen an der Tür. Er tastete nach seiner Pistole, schlich zur Tür und lugte durch den Spion. Im Treppenhaus stand ein abgewrackter Typ in einem schäbigen Anzug, der mindestens zwei Nummern zu groß war. Marcel presste sein Auge dichter an das Guckloch, um das Gesicht des Mannes besser sehen zu können, und taumelte zurück. Draußen stand der Polizist aus dem Bauwagen und hämmerte gegen die Tür.

4

Klaus Sebald war sicher, dass er hinter den Gardinen einen Schatten gesehen hatte. Warum machte sie nicht auf? Gerade als er Anlauf nehmen wollte, um die Tür mit Brachialgewalt einzurennen, öffnete sie sich, und der Kopf eines alten Mannes schob sich heraus. Mit der Hand winkte er ihn herein. Sebald zögerte, aber der Alte griff nach ihm und zog ihn einfach in die Wohnung. Verblüfft starrte ihn Sebald an. Das Gesicht des Alten erinnerte ihn an jemanden. »Wer sind Sie? Was machen Sie hier?«

Der Alte öffnete den Mund. Seine Stimme klang angespannt und nervös. Sie hatte einen belegten, quäkenden Klang und kam ihm bekannt vor. »Ich bin Hannas Vater! Etwas Schreckliches ist passiert.«

Eine Vorahnung krallte sich in Sebalds Hirn. »Wo ist Hanna? Was ist hier los!«

»Sind Sie ein Freund von ihr?« Der Alte glotzte misstrauisch.

»Ja. Natürlich. Ich muss mit ihr reden.«

»Die Ärmste hat sich …« Er schluchzte, wandte sich ab. »Sie hat sich das Leben genommen. Es ist unfassbar.«

Sebald taumelte, suchte mit der Hand nach etwas, woran er sich festhalten konnte. Kam er zu spät?

Sebald gab sich einen Ruck. Entschlossen schob er den jammernden Alten zur Seite und erstarrte. Eine Frau mit kurzen schwarzen Haaren, der Kopf hing schief am Hals, die Pupillen starrten kalt ins Leere. Neben ihr auf dem Teppich lag der verdrehte Körper eines Mannes.

»Sie hat ihren Geliebten erstochen. Da liegt der Abschiedsbrief.«

Sebald erschrak. Der Alte hatte sich lautlos genähert, deutete mit der Hand auf ein blutiges Messer, ein Stück bekritzeltes Papier.

Sebald betrachtete das Messer, die gekritzelten Worte, berührte nichts, kniete vor Hanna, blickte in ihre braunen gebrochenen Augen, um ihren Mund orangegelbe, gallertige Gebilde. Was war das?

Er zog ihre Hand an sich, suchte den Puls, zögerte. Die Haut fühlte sich warm an. Er sah hin. Die Finger krümmten sich, nur der Zeigefinger war gerade ausgestreckt, so als würde er auf etwas deuten. Sebald bückte sich tiefer, spähte in die angezeigte Richtung.

Sein Herzschlag setzte aus. Er erkannte sie sofort: Unter dem Tisch lagen die Handschuhe von Lias Mörder!

»Kommen Sie schnell her! Ich muss Ihnen etwas zeigen.« Die Stimme des Alten drang zischend aus einem anderen Zimmer.

Sebald schnellte hoch. Er drehte sich um die Achse, suchte etwas, womit er sich verteidigen konnte. Er atmete tief aus, bückte sich nach dem Messer und verbarg es hinter seinem Rücken.

»Ich bin hier bei den Aquarien.«

Jetzt erkannte Sebald die Stimme wieder. Es war die von dem Mann im Bauwagen. Als er um die Ecke spähte, sah er ihn. Tief über einen riesigen Fischkadaver gebeugt. Der Mann trat einen Schritt zurück, um ihm Platz zu machen, und deutete mit der linken Hand auf die Tierleiche, die andere Hand verschwand unter dem Jackett.

Sebald beugte sich nach unten, als wollte er nach dem geschlachteten Fisch schauen, dann sprintete er los. Die Klinge durchschnitt die Luft, aber der Mann bückte sich und packte Sebalds Handgelenk, nutzte seinen Schwung und schleuderte den Kommissar gegen ein Becken. Glas splitterte, prasselte auf den Boden, das Messer polterte zu Boden und verschwand unter einem der Aquarien. Sebald stöhnte auf und legte seine ganze Kraft in einen Schwinger, aber bevor seine Faust das Ziel fand, zog sein Gegner ein Knie in die Höhe und trat es ihm in den Unterleib. Der Schmerz drückte Sebald die Tränen in die Augen, seine Faust zerbröckelte in der Luft. Und dann spürte er den harten, kalten Lauf einer Pistole an seiner Schläfe.

»Geh zur Hölle, Schnüffler!«, sagte Lias Mörder und krümmte den Finger am Abzug.

Sebald suchte vergeblich nach einem letzten tröstenden Gedanken, bevor er diese Welt verließ. Nichts als Leere. Ein schriller Schrei. Der Schuss. Knallendes Zischen im Ohr. Die eindringende Kugel, das Platzen im Kopf. Der Mann knickte zur Seite weg, wälzte sich am Boden, wimmerte. Wie konnte sein Hirn, eine blutige Masse aus Nerven, Gewebe und zersplitterten Schädelknochen, das noch wahrnehmen? Ein sandfarbener Schatten mit gepanzerten dünnen Beinen und einem darüber schwebenden Stachel stolzierte vor seinen Augen. Und Sebald begriff: Der Skorpion hatte seinen Feind gestochen. Die Kugel war neben ihm in den Boden eingeschlagen. Wütend warf er sich auf den wimmernden Mann und schmetterte seine Faust so lange gegen das Kinn, bis der Mann zu

Boden sackte. Sebald riss die verrutschte Maske ganz herunter und starrte in das zerschundene Gesicht eines Mörders.

Sebald nahm die Pistole an sich und untersuchte den Bewusstlosen. In der Jackeninnentasche fand er ein Handy und ein kleines Fläschchen mit einer trüben Flüssigkeit. Mühsam richtete er sich auf und wäre beinahe auf den sandfarbenen Skorpion getreten, der seinen Stachel drohend gegen ihn schüttelte, bevor er unter einem der Becken verschwand.

Vorsichtig schlich Sebald aus dem Zimmer und zog die Tür hinter sich zu. Er hoffte, dass die Skorpione wussten, wer ihr Feind war.

Hanna. Er musste ihr helfen. Sebald stürzte zurück in das Wohnzimmer, legte die Hand auf ihre Wangen. Da war noch Leben! Er nahm das Handy und wählte den Direktanschluss von Major Tom.

»Polizeipräsidium Frankfurt. Apparat Meinhart. Sie wünschen?«

Verdammt! Das war nicht Meinhart.

»Ich … ich möchte den Major sprechen …«

»Er ist zurzeit nicht im Revier … Klaus? … Bist du das?«

»Karl?«

»Sebald! Wo steckst du?«

»Kann ich den Major sprechen?«

»Meinhart ist nicht im Büro. Mensch, Klaus! Alles wird wieder gut. Ich helf dir. Lass uns reden!«

Sebald zögerte. Unter ihm das kalkweiße Gesicht, blutige verklebte Lippen, flackernder verlöschender Blick.

»Ich hab hier zwei Schwerverletzte. Eine Frau – vergiftet – und einen bewusstlosen Mann. Schick sofort zwei Krankenwagen! Volle Ausrüstung.«

»Mach ich! Und die Adresse?«

»Bornheimer Landstraße am Ende zum Friedberger Platz. Das hellblaue Haus gegenüber vom ›Harvey's‹. Im dritten Stock. Ich lass die Tür auf. Beeilt euch!«

Sebald beendete das Gespräch. Er lehnte die Haustür an und eilte zurück. Er beugte sich über die bewegungslose Frau. Vorsichtig umfasste er ihre Knie, schob den anderen Arm hinter ihren Rücken.

Sie war viel leichter, als er erwartet hatte. Behutsam legte er sie auf den Teppich, überdehnte den Kopf und brachte sie in die stabile Seitenlage. Er beugte sich über ihren Kopf und zog das Kinn nach unten. Blutiger Schleim sickerte aus ihrem Mund. Was war das?

Mit den Fingern drückte er ihre Zähne auseinander, kratzte die schaumige Gallerte heraus und erkannte, dass es sich um winzige dottergelbe Eier handelte. Er rannte in die Küche, füllte ein großes Glas mit Leitungswasser und reinigte Mund und Rachen. Dann begann er mit der Beatmung. Der Brustkorb der Frau hob sich und fiel wieder in sich zusammen. Schon nach wenigen Atemzügen tropfte ihm der Schweiß von der Stirn.

Wo blieb nur der verdammte Krankenwagen? Seine Lippen brannten, als hätte er in eine rohe Zwiebel gebissen. Weiter! Ausatmen. Einatmen. Warten. Lebte sie noch, oder hauchte er einer Toten seinen Atem ein? Ihre Nase fühlte sich kalt an. Ein Arzt! Warum dauerte das so lange! Zitterte er oder zuckte der schmale Körper? Sein Kopf brannte. Die Lippen taub. Seine Hand vibrierte wie ein batteriebetriebener Milchshaker. Weiter. Ausatmen. Einatmen … Schritte vor der Wohnungstür, endlich, sie waren da. Ausatmen.

»Spar dir den Atem!«

Sebald zuckte zusammen, drehte den Kopf, und sein Blick fiel auf eine Sig Sauer, hinter der ihn ein vertrautes Gesicht angrinste. »Gut, dass du endlich da bist«, rief er. »Wo bleibt der Notarzt?«

»Die Arme über den Kopf und weg von der Frau!«

Sebald duckte sich, als ob er geohrfeigt worden wäre, und erhob sich langsam. Das prickelnde Gefühl im Gesicht verstärkte sich. »Mensch, Karl, was soll der Scheiß? Die Frau atmet nicht mehr.«

»Du sagst es! Genau wie der hier …« Karl zielte mit der Sig auf den leblosen Körper neben sich. »Und die kleine Blonde aus dem Bauwagen. Nicht zu vergessen unser Kollege Barmer samt Gattin.« Er hob die Hand und richtete die Mündung der Waffe auf Sebalds Stirn. »Keiner von denen atmet mehr. Klaus, wen hast du eigentlich nicht auf dem Gewissen?«

Sebald erbleichte. Was war hier los? Wo waren die Kollegen? Er sah Karl fest in die Augen. »Du weißt, dass ich unschuldig bin.«

Karl starrte zurück. »Was hat dir Barmers Frau verraten?«

»Nichts, was sollte sie …« Er stockte. »Du bist …«

»Ganz recht, ich bin der Maulwurf, den Barmer gesucht hat.«

Ein gewaltiger Schlag fuhr Sebald in den Magen. Etwas wühlte in seinem Bauch, gleichzeitig hob sich der Nebel in seinem Hirn, und die verschwommenen Schatten verwandelten sich in scharf gezeichnete Bilder. Er hob den Kopf, deutete mit dem Finger auf

Karls Brust. »Du? Du warst es! Du hast Barmer … und auch Sabrina …«

»Tja, das ließ sich nicht vermeiden.«

Maßlose Verblüffung grub sich in Sebalds Gesicht, verwandelte sich nur zögerlich in Wissen und Erkenntnis. »Barmer hat dich enttarnt!«

Karl nickte. »Barmer wusste, dass es eine undichte Stelle in der Abteilung gab. Er tat immer so, als wäre er an dir dran, aber in Wirklichkeit stocherte er überall herum, und schließlich kam er mir auf die Schliche. Barmer schaffte es, Fotos von mir und einigen russischen Drogenbossen zu schießen, die so scharf waren, dass sie mich für zwanzig Jahre in den Knast gebracht hätten.«

»Aber was hattest du mit denen …?«

»Weshalb ich mich mit dem Teufel eingelassen habe?« Karl hob die Hand und öffnete die Faust.

Sebald bemerkte einen dunklen Fleck auf Karls Handballen.

»Spielschulden bei den falschen Leuten können sehr unangenehm werden. Das Loch in der Hand verdanke ich einer glühenden Zigarre. Es sollte mich immer daran erinnern, dass sein Besitzer nichts zu verschenken hat.«

»Warum hast du der Polizei nichts erzählt? Wir hätten die Kerle festnehmen können.«

Das Lachen drang aus Karls Mund wie das letzte Wiehern einer Schindmähre auf der Schlachtbank. »Du weißt selbst genau, dass sie mich vom Dienst suspendiert hätten und ich meines Lebens nicht mehr sicher gewesen wäre. Nein, es gab einen leichteren Weg. Man bot mir an, meine Schulden zu tilgen für ein paar Gefälligkeiten, wie zum Beispiel Informationen über geplante Einsätze und Observationen. Später köderten sie mich mit Geld, mit viel Geld.«

»Bis Barmer dahinterkam und ein Stück vom großen Kuchen abhaben wollte?«

»Ha, wenn es denn so leicht gewesen wäre! Nein, du kennst ihn doch. Geld hat für den noch nie eine Rolle gespielt. Pauls Motive kreisten seit Monaten immer nur um einen Gedanken: Vergeltung! Rache an seiner untreuen Frau und ihrem Geliebten!«

Sebald taumelte zurück, und dann, als hätte ein Windstoß den Nebel in seinem Kopf vertrieben, erkannte er die Bedeutung hinter Karls Worten, die Fetzen aus der Vergangenheit fügten sich zusammen und zeigten das bestialische Gemälde eines zerrissenen Künstlers. Die Mitteilung über Sabrinas Tod, der Kampf mit dem geheimnisvollen Maskierten, seine Ohnmacht, Barmers toter Körper neben ihm, die Sig Sauer in seiner Faust.

Und jetzt starrte er in den Lauf einer Sig, die ein Kollege und Freund auf ihn richtete.

»Barmer drückte mir ein Kuvert in die Hand mit Fotos, die mich mit der Russenmafia zeigten. Er bot mir an, die Fotos zu löschen und lebenslang zu schweigen, wenn ich ihm einen Gefallen tun würde.«

»Der darin bestand, seine Frau aus dem Weg zu räumen …«

»Und ihren Liebhaber!«

»Wie meinst du das?«

»Warum glaubst du wohl, befand sich die Leiche des Russen in der Fabrik?«

»Du … ihr wolltet mich auch …?«

»Paul wollte, dass sich Vladimir auch noch um dich kümmerte, bevor er sich mit einem Koffer voller Blutgeld aus Deutschland absetzte. Aber mein Plan hatte etwas anderes mit dir vor. Barmer würde für mich immer ein Risiko bleiben, genau wie der Russe. Beide mussten also verschwinden, und was lag da näher, als die Schuld an ihrem Tod einem Dritten anzuhängen? Jemandem, der ein ausgeprägtes Interesse an Barmers Tod hatte und dessen Dienstwaffe sich zufälligerweise in meinem Besitz befand.«

Sebald ballte die Fäuste. Gleich würde er sich auf ihn stürzen. Aber noch hielten ihn Mayers Pistole und das offene Ende der Geschichte davon ab. Er zwang sich, tief auszuatmen und den Tanz noch ein paar Runden mitzumachen. »Du hast sie erschossen! Mit meiner Waffe!«

Karl May lächelte. »Sagen wir lieber: Ich habe dir das Leben gerettet! Barmer wollte, dass Vladimir dir das Hirn aus dem Kopf bläst. Du müsstest mir dankbar sein.«

»Du Dreckskerl hast mich benutzt, ausgewählt, weil jeder wusste, dass ich mit Barmer im Streit lag!«

»Na klar. Du warst Barmers Rivale. Der optimale Verdächtige: ein Bulle mit einem Alkoholproblem und einer Puffmutter als Mama.« Karl lachte hämisch und zielte mit dem Lauf der Pistole auf Sebalds Stirn.

Sebald fuhr sich mit der Zunge über den Gaumen, der ihm irgendwie pelzig vorkam. Er musste den Verrückten aufhalten. Zeit gewinnen. »Du warst also der Vermummte, mit dem ich gekämpft habe, nicht Barmer, und während ich bewusstlos war, hast du den Geldkoffer in meine Wohnung geschafft, damit es eine Verbindung zwischen mir und dem russischen Killer gibt. War es so?«

»Genau, Herr Kommissar! Ich habe mir einfach deine Hausschlüssel ausgeliehen und das Geld in deiner Wohnung versteckt. Die Aktion hat keine dreißig Minuten gedauert und verwandelte in ihrer Eindeutigkeit praktisch über Nacht einen ehrgeizigen Polizisten in einen habgierigen Mörder.«

Sebald zitterte. Karl war verrückt. Er musste etwas tun. Warum nur waren seine Lippen, sein ganzes Gesicht wie taub? Hanna fiel ihm ein. Erschrocken blickte er auf ihren starren Leib.

»Gib mir die Pistole!« Sebald streckte die flache Hand aus. »Du musst dich stellen. Es gibt keine andere Möglichkeit.«

Karl lachte heiser. »Tatsächlich? Wie wäre es mit ›Polizistenmörder von Kollegen in Notwehr erschossen‹?«

»Das reicht, Mayer! Waffe runter!«

Was war das für eine Stimme? Sie klang fest und laut und löste eine Erinnerung in Sebalds Kopf aus.

Er blickte auf, aber was er sah und hörte, war eine Abfolge von Bildern, aneinandergehängte Fotos, ruckartige Szenen, als hätte sich die Dauer eines Lidschlags vervielfacht.

Meinhart, der wie aus dem Nichts hinter ihnen auftauchte. Die Pistole mit beiden Armen von sich gestreckt. Getrampel auf der Treppe. Der schwarz gelockte Kopf eines kleinen Jungen an der Tür. Sein überraschter Schrei, als er Hanna erblickt. Die kleinen schnellen Schritte in ihre Richtung. Sein Zögern, als er die Männer mit den Waffen bemerkt. Den Toten am Boden. Das viele Blut. Seine Angst vor Karls zupackender Hand. Sein Wimmern, während Karl die Pistole gegen seine Schläfe presst. Meinhart, der zögert, flucht, resigniert die Arme sinken lässt. Karl, der den Jungen fester packt, wie einen Schild vor sich hält. Die plötzliche Bewegung unter dem weiten Hemd des Jungen. Der pelzige Kopf mit den kleinen listigen Knopfaugen. Weiße spitze Zähne über Karls Haut. Sein Aufschrei, Zurückweichen. Das Bellen der Pistole in Meinharts Faust. Der Junge am Boden. Karls linke Hand auf seiner Schulter,

Blut zwischen den Fingern. Meinharts Fuß, der die Sig Sauer in eine Ecke kickt. Karl am Boden, mit Handschellen gefesselt. Der Major am Handy. Fremde neugierige Gesichter. Meinharts Stimme an seinem Ohr: Das Gift?

Er nickt, taumelt, stammelt in Meinharts verwundertes Gesicht: »Der Mörder? Wo ist der Mörder?«

Ohne Vorankündigung kehrte der Nebel zurück und stülpte sich über ihn. Sebald stolperte, und die Bewusstlosigkeit rollte wie ein schäumendes Meer über ihn hinweg. Er breitete die Arme aus und ließ sich fallen.

5

Behutsam tauchte sie die Hand in den Eimer, umschloss einen der Goldfische und drückte zu. Die Schwimmblase zerplatzte mit dem gleichen Geräusch, das entstand, wenn Kinder die Frucht eines Knallerbsenstrauchs zertraten. Der Fisch spreizte die Flossen und sperrte das Maul zu einem letzten stummen Schrei weit auf. Maralda schnippte den kleinen Karpfen in das Aquarium. Ein pfannengroßer Tigerrochen näherte sich, stülpte das unterständige Maul nach vorne und verschlang gierig die Beute. Wieder senkte Maralda ihre Hand, fasste einen der Fische am Schwanz, zog ihn heraus und packte das zappelnde Tier. Ihr Gesicht hatte Farbe und Form einer geschälten Tomate, Schweißperlen reihten sich dicht an dicht auf ihrer Stirn, der Mund war zu einer schiefen Fratze verzerrt. Tränen der Wut und Enttäuschung rannen über ihr Gesicht und tropften in den Eimer, als sie sich nach einem neuen Futterfisch bückte.

Die Gedanken kreisten in ihrem Hirn wie Herbstblätter auf einem Bach, die im Kehrwasser festhingen und endlose Schleifen drehten.

Es war unmöglich, aber er hatte es gegenüber Frank zugegeben. Hanna war nicht schuld an Henrys Tod. Marcel hatte sie belogen. Er hatte Henry getötet. Er war böse!

Sie drückte zu, bis es knackte. Der schuppige Leib landete im Becken. Der Fisch taumelte zu Boden und zog einen goldenen Schweif aus Schuppen hinter sich her. In dem Moment, als er den Grund berührte, schob ein hungriger Rochen seinen Leib darüber, verharrte eine Sekunde und segelte wie ein kreisrunder Drachen weiter. Die Stelle, an der der Goldfisch lag, war leer.

Schritte. Hinter ihr stöhnte jemand. Maralda fuhr herum. Ihre Augen verengten sich zu einem schmalen Schlitz. Aus ihrem Inneren quoll der Hass hervor, füllte ihr Herz mit bitterem Blut. Marcel stolperte auf sie zu. Seine Haare waren zerzaust, das Gesicht glänzend feucht vom Schweiß. Das linke Hosenbein hatte er hochgekrempelt, Fuß und Wade darunter dick wie ein Elefantenbein. Über dem Knöchel bemerkte Maralda eine violette dreieckige Wunde, von der aus sich konzentrische Kreise in der Haut bis hoch zum Knie ausbreiteten. Marcel starrte sie an, als hätte er sie noch nie gesehen.

»Das Serum! Wir haben doch auch was gegen Skorpiongift da, oder?«

Er taumelte näher, deutete auf den Kühlschrank am anderen Ende des Raums. Mit einer Hand hielt er sich mühsam an einer Säule fest. Sein Blick war glasig.

Maralda schob ihren massigen Körper in die Höhe und versperrte ihm schweigend den Durchgang.

»Was willst du? Geh aus dem Weg, fette Kuh!«, fauchte er sie an.

Sie hob beide Arme und ballte die Fäuste. »Du hast Henry auf dem Gewissen!«

Er stutzte, legte den Kopf schief, betrachtete sie.

»Hast wohl gelauscht, he? Ja, ich habe ihn umgebracht. Es musste sein.«

»Dafür wirst du büßen!« Sie machte einen schnellen Schritt nach vorne und stieß ihn mit beiden Händen vor die Brust. Marcel stolperte zurück und prallte mit dem Rücken gegen das Aquarium mit den Rochen.

»Warte, Maralda! Ich geb dir Geld. Viel Geld. Lass uns reden! Wir …«

»Halt dein Lügenmaul!«, schrie sie, packte ihn an den Schultern und schüttelte ihn wie eine Puppe. Marcel wehrte sich, aber sein Zappeln war nicht mehr als das harmlose Aufbegehren eines Kindes. Der Schmerz in seinem Bein machte ihn kraftlos. Er drohte, bettelte und flehte, aber seine Worte erreichten Maralda nicht mehr. Henry war tot. Es gab nichts mehr für sie zu tun. Bis auf das hier.

Mit ihrem ganzen Gewicht schob sie Marcel über den Rand des Beckens. Sein Schrei hatte nichts Menschliches mehr an sich, erstarb in einem winselnden Prusten, als sein Kopf unter Wasser tauchte. Marcels Körper rutschte in das Becken. Maralda zog sich über den rechteckigen Glaskasten, saugte sich fest, lag da und wartete. Der Stoff ihrer Kleider nahm die Flüssigkeit auf und kühlte ihre glühende Haut. Sie schloss die Augen und wartete, bis die Tritte in ihren Unterleib schwächer wurden, das Ziehen und Zerren an ihren Kleidern nachließ. Sie rührte sich nicht, ihr Fett lag auf den Glasrändern und versiegelte die Öffnung. Sie war nicht nur Nagel, sondern Deckel an seinem Sarg.

Lange blieb sie liegen, bis sie ganz sicher war, dass der Mann unter ihr nicht wieder in ihr Leben zurückfinden würde. Erst dann öffnete sie die Augen. Marcels Körper ruhte unter ihr. Die Haare bewegten sich wie Algenfäden in der Strömung, die Pupillen glänzten kieselsteingrau, der Mund mit den schmalen Lippen und der blassroten Zunge hatte sich in eine geöffnete Muschel verwandelt. Nach und nach landeten die Rochen wie kleine Raumschiffe auf dem fremden Körper und eroberten das unbekannte Land.

Maralda richtete sich auf und sah sich um. Für einen Moment wusste sie nicht, wo sie sich befand. Nur langsam kehrte die Erinnerung zurück. Triefend vor Nässe und ohne Ziel schwankte sie davon. Als sie irgendwann die Augen hob, bemerkte sie, dass ihre Füße sie in das Lager geführt hatten. Sie starrte auf die braunen Pappkartons mit den in Folie geschweißten Hitzebeuteln, die drei der vier Wände fast völlig verdeckten. Hier war ihr Liebesnest, in dem sie sich mit Henry vergnügt hatte. In einer Ecke sah sie den Benzinkanister, der zur schnellen Inbetriebnahme des Notstromaggregates immer gut gefüllt war. Entschlossen packte sie den Behälter, schraubte den Verschluss auf und schüttete den Inhalt über die Kartons. Auf einem Regal fand sie ein Feuerzeug, das Rädchen schnippte, und ein senkrechtes, flackerndes Auge blickte sie höhnisch an. Maralda wartete, bis der stechende Schmerz in ihrem Daumen unerträglich wurde. Dann senkte sie den Arm.

6

Thomas Meinhart stand am Fenster und betrachtete den Verkehr, der wie ein schlangenähnliches Wesen ohne Kopf und Schwanz vor dem Gebäude des Polizeipräsidiums entlangkroch, ein Tier, das keiner mochte und das man – so gut es ging – ignorierte. Er presste die Stirn an das kühlende Glas, spürte das Vibrieren der Scheibe, wenn ein schwerer Laster über die Allee donnerte, fühlte die Härte des durchsichtigen Materials auf der Haut und beobachtete einen Schwarm Krähen, selbstbewusste, schwarzfiedrige Okkupanten, die eine kahle Kastanie in Besitz nahmen. Es gab zu viele Krähen auf der Welt.

Meinhart seufzte und dachte an den Vormittag, das lange Gespräch mit der Staatsanwaltschaft, die Pressekonferenz im Kasino des Präsidiums. Die neugierigen Gesichter, die bohrenden Fragen und die holprigen, tastenden Antworten der Polizei, die Kommentare der Journalisten, in denen stets außer einem Hauch von Spott heimliche Schadenfreude mitschwang über die Verstrickungen von Kriminalbeamten im Netz des Verbrechens, so als wären sie insgeheim froh, dass es tatsächlich jemanden gab, dessen Seele noch ein bisschen dunkler, dessen Korruptheit noch größer als die eigene war. Er hatte alle wichtigen Fragen beantwortet, obwohl er wusste, dass er Monate brauchen würde, um den Fall ganz abzuschließen, um alle Fragen, die wie Mücken in seinem Schädel kreisten, mit einer Antwort einzufangen.

Hinter ihm klopfte es. Er drehte sich vom Fenster weg und nahm aus den Augenwinkeln wahr, wie der Schwarm schwarzer Vögel aufflog und den Himmel für einen Moment verdunkelte. Mit zwei Schritten war er bei seinem Schreibtisch, zwei Sekunden, und Rücken und Schultern waren gestrafft, zwei Wimpernschläge, und Blick und Stimme waren wieder energisch und durchdringend. »Herein!«

Sebald stand in der Tür. Der Major entspannte sich.

»Treten Sie ein! Wie geht es? Sie sehen noch reichlich blass um die Nase aus.«

Sebald schloss die Tür hinter sich und betrat den Raum. Vor dem Sofa blieb er stehen. Wusste sein Chef, dass er sich vor wenigen Tagen wie ein Dieb dahinter versteckt hatte? Er öffnete den Mund, aber Meinhart kam ihm zuvor. »Setzen Sie sich! Wie geht's der jungen Frau? Ist sie immer noch im Krankenhaus?«

Sebald blieb stehen. »Hanna? Es geht ihr gut. Wir hatten im Krankenhaus für ein paar Tage ein gemeinsames Zimmer. Mittlerweile ist sie wieder zu Hause, aber es hätte nicht viel gefehlt, und das Tetrodotoxin hätte sie umgebracht.«

»Das Voodoo-Gift?«

»Ja, es lähmt den Körper bis zur vollständigen Erstarrung. Irgendwann setzen Atmung und Herzschlag aus, und das Opfer stirbt an Organversagen. Das eigentliche Gift hinterlässt keine bleibenden Schäden.« Sebald strich mit der Hand über das raue, kühle Leder der Couch. Er erinnerte sich an das taube Gefühl im Körper, als wäre nicht nur ein Bein eingeschlafen, sondern der ganze Leib. »Hanna kam gerade noch rechtzeitig auf die Intensivstation. Sie wurde so lange in ein künstliches Koma versetzt, bis die Wirkung des Toxins nachließ und ihre Organe wieder selbstständig funktionierten.«

»Das freut mich zu hören. Die arme Frau hat ja einiges mitgemacht.« Meinhart musterte Sebald besorgt. »Ob wohl auch Sie von dem Gift etwas abbekommen haben?«

»Ich habe Hanna beatmet und dabei einige von den giftigen Fischeiern verschluckt. Obwohl die Dosis nur klein war, reichte es völlig, mich auszuknocken. Zum Glück trafen Sie noch rechtzeitig ein, um Mayer aufzuhalten und Lias Mörder festzunehmen.«

»Ersteres stimmt, Letzteres leider nicht.«

»Was? Ist der Mann entkommen?«

»Nicht direkt. Unser Mann ist tot!«

Sebald wurde noch bleicher. Hatte er zu fest zugeschlagen? Musste er sich jetzt auch noch wegen Totschlags verantworten?

»Nein, nicht, was Sie denken«, beeilte sich der Major zu erklären. »Der Mörder befand sich nicht mehr in der Wohnung, nachdem wir Sie und die Ägypterin abgeholt haben. Wir haben das Zimmer mit den Tieren untersucht und natürlich Kampfspuren entdeckt. Einige der Nachbarn bestätigten später, sie hätten einen blonden, stark hinkenden Mann die Treppe hinunterschleichen sehen.«

Sebald schüttelte verwirrt den Kopf. »Aber eben sagten Sie doch, dass Lias Mörder nicht mehr lebt?«

Der Major nickte. »Wir wissen noch nicht genau, was da passiert ist, aber in den Trümmern einer abgebrannten Lagerhalle wurden zwei Leichen entdeckt. Bei den Toten handelt es sich um Maralda Kampert und Marcel Fischer, zwei Angestellte einer Firma, die mit lebenden Zierfischen handelt – oder besser gesagt, gehandelt hat. Die Brandexperten sind sich einig, dass das Feuer mit Absicht gelegt wurde. So wie es aussieht, hat sich der mutmaßliche Mörder von Kordelia Heidenfeld auf der Flucht vor den Flammen in ein Aquarium gestürzt. Genutzt hat es ihm jedoch nichts.«

»Lassen Sie mich raten: Der Name der Firma lautet Aquafutur?«

»Woher wissen Sie das?«

Sebald grinste und machte einen langen Hals.

Meinhart schob die Brauen nach unten und fuhr fort: »Wir sind gerade dabei, den Eigentümer zu verhören. Er hat gestanden, dass er zusammen mit Marcel Fischer und Frank Litos ein illegales Labor für die Zucht von genetisch veränderten Fischen aufgebaut hat.«

»Habt ihr schon die Wohnungen von den Typen inspiziert?«

»Haben wir. Und in Marcel Fischers Unterkunft ein Chirurgenbesteck mit Spuren von giftigen Fischeiern sichergestellt.«

»So ein Teufel!«

»Außerdem fanden wir eine Theatergarderobe mit verschiedenen Gesichtsmasken und ein Notizbuch aus dem Besitz von Ulf Schmittke.«

»Dann waren Fischer und dieser Zuhälter also Komplizen?«

»Zuerst ja, aber wir gehen mittlerweile davon aus, dass Marcel Fischer auch für den Tod von Schmittke verantwortlich ist. Fischer musste Schmittke loswerden, da dieser zu viel wusste und ihm gefährlich werden konnte. Wir glauben, dass er den Penis abgeschnitten hat, um die Polizei glauben zu machen, dass eine Frau die Tat verübt hat.«

»Und die Frevlerfische sollten zusammen mit dem Ring seine Halbschwester Hanna belasten?«

»Genau. Nur ging die Rechnung nicht auf, weil irgendwie die Fingerabdrücke der polnischen Prostituierten auf das Messer gekommen sind.«

»Hat Marcel auch die Skorpione mitgebracht?«

»Entweder er oder eine unbekannte Frau, die sich so sehr für die Tiere interessiert hat, dass sie sie von Professor Bloomsfeld entwendet hat.«

»Davon wissen Sie?«

Meinhart lachte, zwinkerte Sebald zu und blickte nachdenklich auf das Ledersofa. »Wenn Sie wüssten, was ich alles weiß!«

Sebald kroch die Hitze in den Kopf. Was, verdammt, meinte der Major damit? Er beschloss, das Thema zu wechseln. »Und Karl? Hat er gestanden?«

»So viel, dass der Staatsanwalt leuchtende Augen bekam und ich den Kerl fast erwürgt hätte. Er hat über Jahre hinweg interne Informationen an die Ost-Mafia weitergegeben.«

»Aber Barmer hat ihn doch enttarnt!«

»Leider! Denn anstatt die Sache zu melden, hat Paul sein Wissen benutzt, um eine private Rechnung zu begleichen. Er wollte, dass Mayer seine Kontakte spielen ließ und einen Killer auf seine Frau ansetzte.«

»Der Russe?« Sebald machte große Augen.

»Ja. Vladimir Karentschevko. Ein Auftragskiller mit viel Erfahrung, aber wenig Grips. Er sollte erst Barmers Frau und danach Sie erledigen.«

Sebald nickte. »Das war also der Grund, weshalb mich Paul in die Fabrik lockte.«

»Paul Barmers Antrieb und Ziel war Rache, und ich vermute, dass ihm die Konsequenzen seines Handelns letztendlich egal waren. Genau das machte ihn für Karl unberechenbar.«

»Sie meinen, dass Karl auch ihn …?«

Der Major presste die Lippen aufeinander. Er räusperte sich und sprach leise mit belegter Stimme weiter. »Karls Problem war, dass er einerseits dem Killer nicht trauen konnte und andererseits der Polizei einen Verdächtigen präsentieren musste, um nicht selbst ins Visier der Ermittler zu geraten. Er musste es so einfädeln, dass nichts auf ihn hindeutete, und der einfachste Weg war, der Polizei Barmers Mörder gleich mitzuliefern.«

»Und diese Rolle sollte ich übernehmen?«

»Sie haben es ihm durch Ihre überstürzte Flucht sehr leicht gemacht! Er hat Sie benutzt, weil ja jeder wusste, dass Sie mit Ihrem Kollegen verfeindet waren.«

Sebald schwieg und biss sich auf die Lippen.

»Karl hat uns erzählt, dass er in der Fabrik spontan beschlossen hat, Barmer und Karentschevko zu liquidieren und Ihnen die Schuld dafür anzudichten. Er hat beide mit Ihrer Dienstwaffe aus nächster

Nähe erschossen. Anschließend schaffte er Barmers Leiche in ein Nebenzimmer und spielte großes Theater. Haben Sie denn nicht befürchtet, dass Barmers Anruf ein Hinterhalt sein könnte?«

»Ich dachte eher, dass er mich erpressen wollte. An eine wirkliche Gefahr habe ich nicht gedacht.«

»Ach ja, die leidige Sache mit Ihrer Mutter!«

Sebald nickte und blickte auf den Boden. Er fühlte sich unbehaglich.

Der Major machte ein nachdenkliches Gesicht und fuhr sich mit dem Handrücken über die Wange. Es gab ein kratzendes Geräusch, als er über die Bartstoppeln strich. »Na gut. Darüber unterhalten wir uns später noch. Wie konnte Karl überhaupt an Ihre Dienstwaffe herankommen?«

»Na ja, das war nicht besonders schwierig. Meine Waffe liegt für gewöhnlich in meiner Schreibtischschublade, und Karl wusste das genauso, wie er sich darauf verlassen konnte, dass ich sie nicht so schnell vermissen würde. Er hat sie wahrscheinlich noch an dem Vormittag gesehen, als ich mich mit ihm über den toten Zuhälter unterhalten habe. Gegen Mittag sollte er zu Ermittlungen in Sachen Ulf Schmittke nach München fahren, aber stattdessen wartete er, bis ich das Präsidium verlassen hatte, schnappte sich meine Sig und traf sich mit Barmer und dem Killer am Osthafen …«

»Mit dieser Reise nach Bayern, über die ich übrigens nicht informiert worden bin, hatte er gleichzeitig ein Alibi. Stimmt's?«

»Genau. Irgendwann hätte ich zugeben müssen, dass Karl in meinem Auftrag in München recherchierte. Sein Alibi funktionierte zwar nur über mich, aber das machte nichts, da er darauf vertrauen konnte, dass jeder zuerst mich ins Visier nehmen würde.«

»Es kam doch zu einem Kampf zwischen Ihnen und dem maskierten Mayer. Bemerkten Sie denn nicht, dass der Angreifer eine andere Statur als Barmer hatte? Schließlich war Karl-Heinz im Vergleich zu Barmer ein Fliegengewicht.«

»Na ja, es war dunkel, Karl hatte sich eine Wollmütze übergezogen, und Sekunden vorher war ich auf die Leiche des Russen gestoßen.«

»Mayer konnte Sie nicht überwältigen, und fast wäre sein Plan schiefgegangen, oder?«

»Richtig. Er geriet in Panik, als er mich mit dem ersten Schlag verfehlte. Bei dem anschließenden Handgemenge löste sich ein Schuss. Fast gleichzeitig stürzte ich die Treppe hinunter und blieb bewusstlos liegen. Obwohl ich Karl fast geschnappt hatte, war der kurze Kampf ein Glücksfall für ihn. So glaubte ich tatsächlich daran, dass Barmer noch gelebt hatte, als ich in die Fabrik kam. Ich war davon überzeugt, dass ich ihm versehentlich in die Brust geschossen hatte. Selbst der Einschusswinkel passte. Karl muss ihn von unten erschossen haben. Vielleicht stand er noch auf der Treppe, während Barmer oben auf ihn wartete.«

»Und was hat Mayer dann mit Ihnen angestellt?«

»Es muss ungefähr so gewesen sein: Er hat meine Hausschlüssel an sich genommen, fuhr in meine Wohnung und versteckte dort den Geldkoffer. Das Flugticket und den gefälschten Ausweis legte er dazu, damit die Polizei sofort eine Verbindung zu dem russischen Killer herstellen konnte. Das meiste Geld nahm er an sich, der Rest sollte genügen, um der Polizei weiszumachen, ich hätte es. Wahrscheinlich hat er mich gefesselt und mir die Augen verbunden, damit ich nicht fliehen konnte, falls ich während seiner Abwesenheit erwachen sollte. Aber das war gar nicht nötig. Als er zurückkam, lag ich immer noch bewusstlos im Staub. Karl hat mir die Waffe in die Faust gedrückt und mich mit den beiden Leichen allein gelassen. Er ist noch in der gleichen Nacht nach Bayern gefahren, um wegen Schmittkes Vergangenheit zu recherchieren und ein Alibi zu haben. Und als ich am nächsten Tag erwachte, hatte ich außer einem Brummschädel jede Menge Probleme am Hals.«

Der Major schüttelte den Kopf, stopfte die Hände in die Hosentaschen und marschierte mit gesenktem Kopf durch das Zimmer. Schließlich blieb er abrupt stehen und musterte Sebald finster. »Wenn Sie gleich zu mir gekommen wären, statt sich durch Ihr Verhalten weiter verdächtig zu machen, hätten Sie sich diese Richard-Kimble-Scheiße ersparen können!«

Sebald nickte und erwiderte den Blick. »Ich hatte damals eine Menge Probleme. Vor allem private …«

»Sie hätten sich mir anvertrauen sollen!«

»Aber das hab ich doch. Zumindest versucht.«

»Wie ein Kaninchen haben Sie sich versteckt! Glauben Sie etwa, ich hätte Sie nicht entdeckt?«

»Aber, aber weshalb …?«

»Weshalb ich nichts gesagt habe? Erstens wollte ich Sie gegenüber Mayer nicht blamieren, und zweitens wollte ich Ihnen die Gelegenheit geben, sich selbst zu stellen!«

Sebald war sprachlos.

»Dummerweise haben Sie es aber vorgezogen, wie ein ertappter Verbrecher auszureißen. Zum Glück haben Sie dabei Ihr Jackett vergessen. Mit Ihren Aufzeichnungen und dem Anwaltsschreiben konnte ich mir bald ein recht genaues Bild machen.«

»Das Schreiben der Kanzlei! Das hatte ich völlig vergessen.«

»Haha, Sie sind mir ein Witzbold! Mit diesem Brief hätten Sie sich sofort entlasten können. Sie hatten den Beweis Ihrer Unschuld schon in der Hand und haben sich durch Ihre überstürzte Flucht selbst mit Mist beworfen!« Thomas Meinhart schritt aus, als wollte er mit den bloßen Füßen einen Graben in den Boden treten. Er schnaufte, und sein Brustkorb hob und senkte sich in schneller Folge.

»Was stand denn in dem Brief des Notars?«, fragte Sebald vorsichtig.

»Er enthielt die Mitteilung, dass Frau Barmer das Notariatsbüro beauftragt hatte, im Falle ihres Ablebens Ihnen einen Schlüssel für ein Schließfach auszuhändigen. Der Schlüssel lag abholbereit im Büro der Kanzlei. Ich musste bis zum Innenminister telefonieren, um das zuständige Gericht davon zu überzeugen, dass die Polizei den Schlüssel ausgehändigt bekommt. Ehrlich gesagt haben wir ihn nur gekriegt, weil plötzlich dieses tote Mädchen auftauchte, Kordelia Heidenfeld, und weil – zumindest für die Presse – alles danach aussah, als wären Sie völlig durchgeknallt und kurz davor, zu einem Massenmörder zu mutieren.«

»Ich … also, Sie wissen, dass ich mit dem Tod von Lia … nichts zu tun habe?«

»Jetzt, mein Lieber, weiß ich's! Aber damals konnte ich es nur hoffen, und wie die meisten Ihrer Kollegen darüber dachten, möchte ich mir lieber nicht ausmalen.«

Sebald drückte die Hände auf das Gesicht und rieb sich die Augen, bis sie schmerzten. »Was befand sich in dem Schließfach?«, flüsterte er.

»Ein USB-Stick, vollgepackt mit Beweisen. Vor allem digitale Fotos, auf denen Mayer mit russischen Mafiabossen abgelichtet war. Ich vermute, dass Frau Barmer das Material heimlich vom Rechner ihres Mannes heruntergeladen hat. In diesen Dingen sind Frauen sehr geschickt. Außerdem ein Brief.«

Der Major nahm einen Umschlag von seinem Schreibtisch und reichte ihn Sebald. »Wir mussten ihn leider öffnen. Er ist sehr persönlich. Vielleicht sollten Sie ihn lieber zu Hause lesen.«

»Nein, ich möchte das gleich tun!«

Der ältere Polizist nickte und blickte aus dem Fenster. Sebald nahm das Blatt aus seiner aufgerissenen Hülle und starrte auf die mit blauer Tinte geformten Sätze. Seine Augen tasteten sich durch die geschwungenen Linien der Buchstaben, und in seinem Kopf bildeten sich Zusammenhänge, die ihn bestürzt, verlegen und traurig machten.

Lieber Klaus,
verzeih mir, dass ich dich für diese Aufgabe ausgewählt habe. Aber wenn du diesen Brief liest, werden meine schlimmsten Befürchtungen eingetreten sein, und dann wird es zu spät sein, zu sagen, was ich dir schon längst hätte anvertrauen sollen. Die Informationen, die du in diesem Schließfach findest, bedeuten eine große Last. Ich bin aber davon überzeugt, dass du sie so weit tragen wirst, bis Gerechtigkeit und Wahrheit wieder dort sind, wo jetzt Gewalt und Lüge herrschen. Sieh dir meinen Garten an! Einst bestand er nur aus Lehm und scharfkantigen Steinen. Jetzt ist er ein Ort des Friedens und der Schönheit …
Paul weiß von unserer Affäre. Aber statt sich von mir zu trennen, macht er mir das Leben zur Hölle. Er hasst mich, und ich glaube, dass dieser Hass ihn frisst und ins Verderben stürzen wird. Ich habe Angst davor, dass er mich mitreißt in diesen Schlund aus Rache und Vergeltung. Und ich habe Angst um dich! Du kennst Pauls aufbrausende Wut, aber du kennst nicht seine kaltblütige Verschlagenheit und sein Gespür für Intrigen. Ich habe versucht, mich vor seinen Attacken zu schützen, indem ich seine Schritte vorausberechne. Jetzt habe ich etwas gefunden. Fotos und Unterlagen, die Karl-Heinz schwer belasten. Ich glaube, dass Paul diese Beweise zurückhält, und ich fürchte mich vor dem Grund dafür. Du selbst hast mir erzählt, dass der Maulwurf noch unentdeckt ist. Deshalb habe ich die Beweise gegen Karl-Heinz kopiert und diesen Brief für dich geschrieben. Ich bete, dass du ihn nie lesen musst!
Ich denke oft an unser Gespräch über die Fische, und jedes Mal zaubert die Erinnerung daran ein Lächeln auf mein Gesicht. Oft habe ich auf der

Mainbrücke gestanden, in das trübe Wasser gestarrt und daran gedacht, wie schön es wäre, schwerelos wie ein Fisch zu schwimmen und die Enge des Lebens einfach hinter sich zu lassen. Ich habe mich nie getraut, den letzten Schritt zu tun!
In Liebe,
Sabrina

Sebald zerkaute seine Unterlippe. Er starrte auf die Worte. Mit einer hastigen Bewegung wischte er sich über die Augen. »Ich … ich wusste nicht, dass sie so viel für mich empfand …«

Der Major drehte sich um und trat zögernd vor Sebald. »Wir lieben immer die falschen Frauen und erkennen zu spät, welche die richtige ist.«

»Wie meinen Sie das?«

»Ich wollte damit nur sagen, dass wir … vielleicht bei der ganzen Kopfarbeit, die wir als Männer verrichten müssen, unser Herz nicht vergessen sollten. Besonders wir, die wir berufsmäßig alles zehnmal hinterfragen und unsere Gefühle bis aufs Skelett sezieren müssen.«

Sebald schaute seinem Chef offen ins Gesicht und bemerkte mit Erstaunen, dass auch in dessen Augen Tränen schwammen. Plötzlich trat Meinhart dicht vor den jüngeren Polizisten und drückte ihn kurz an sich. Die Umarmung kam so unerwartet, dass Sebald keine Zeit hatte, darüber nachzudenken, und noch bevor er sicher sein konnte, dass er den Körper seines Chefs an seinen Schultern gespürt hatte, löste dieser seinen Griff und wandte sich von ihm ab, durchschritt das Zimmer mit festen, kleinen Schritten.

Der Major räusperte sich umständlich, dann hob er den Kopf und nickte Sebald zu. »Danach ließ ich Mayer rund um die Uhr bewachen. Wir wollten ihn uns schnappen, sobald wir die Beweise ausgewertet hatten. Zu dem Zeitpunkt war ich bereits sicher, dass Sie nichts mit dem Tod von Barmer zu tun hatten. Aber das wollte damals kaum jemand hören. Ich habe Sie suchen lassen, erst mit kleiner Mannschaft, später sogar mit Hundestaffel und Hubschrauber. In Ihrer Wohnung hätten wir Sie ja fast aufgestöbert, aber wo hatten Sie sich in der Zwischenzeit nur versteckt?«

Die Bilder seiner Flucht rasten durch Sebalds Kopf. Der Leichensack, die Nacht im Wald, Lia im Bauwagen, sein Kampf gegen den Mörder, seine Verzweiflung über ihren Tod, die verwilderten

Schrebergärten, seine Suche nach einem Unterschlupf, der Sturz in die Schwärze.

»Ich bin in einen alten Brunnenschacht gefallen, nachdem ich die Wagenburg verlassen hatte. Irgendwo auf der nördlichen Flussseite. Als ich am nächsten Tag aus meiner Bewusstlosigkeit erwachte, hat mir ein Obdachloser aus dem Loch geholfen und mich so weit aufgepäppelt, dass ich in der Lage war, Hanna aufzusuchen. Fast wäre ich zu spät gekommen …«

»Karl hat uns dann zu Ihnen geführt, aber mir will nicht in den Schädel, weshalb Sie sich nicht gestellt haben. Sie mussten doch wissen, dass Ihre Flucht wie ein Schuldeingeständnis aussah!«

»Sie sagen doch selbst, dass niemand an meine Unschuld glaubte. Nicht einmal ich selbst war davon überzeugt. Nach meiner Ohnmacht erinnerte ich mich kaum an die Geschehnisse in der Nacht. Es war wie ein Filmriss: Ein Stück der Erinnerung fehlte. Als ich in der Fabrik erwachte, lag ich neben zwei Leichen, in denen Kugeln aus meiner Pistole steckten. Sie haben ja selbst gesagt, dass ich Barmer hasste. Und so hielt ich es für möglich, dass ich ihn erschossen hatte, in der Dunkelheit die Treppenstufen herunterfiel und dort bewusstlos liegen geblieben bin.«

Der Major schüttelte den Kopf und schritt weiter aufgebracht durch den Raum. Plötzlich – als hätte er etwas entdeckt – brach er ab, trat nahe an Sebald heran und fixierte ihn mit einem seltsamen Blick. »Woher wusste Barmer eigentlich von der Geschichte mit Ihrer Mutter?«

»Ich glaube, dass er mich beschattet hat und dadurch wusste, dass ich regelmäßig ein bestimmtes Bordell im Bahnhofsviertel aufsuchte. Schließlich war es nur noch eine Frage der Zeit, bis er die Zusammenhänge herausgefunden hatte. Als die Polizei bei einer groß angelegten Razzia nur wenige illegale Prostituierte erwischen konnte, hat er sich die Namen der überprüften Frauen und Bordellbesitzer besorgt und dabei den Namen Rosamunde Sebald entdeckt.«

»Ihre Mutter?«

»Ja, ich habe immer darunter gelitten, dass meine Mutter anders war als andere Mütter. Natürlich konnte ich in der Schule nicht erzählen, womit sie sich ihren Lebensunterhalt verdiente. Meinen Vater habe ich nie gekannt, und ich vermute, dass nicht einmal sie weiß, welcher von den Kerlen es war.«

»Hat sie denn nichts von ihm erzählt?«

»Nur, dass sie ihn am Anfang ihrer Bordellkarriere kennengelernt hatte. In meinem Kopf existiert aber kein Bild von einem Vater.«

»Mmh, das ist schade, aber wäre es nicht möglich, dass sie dem mutmaßlichen Vater überhaupt nichts von dem Kind berichtet hat?«

»Was wollen Sie damit sagen?«

Der Major fasste sich gedankenverloren an die Nase. »Ach, nur so … Lassen wir das! Und die Polizeischule war der Versuch, der unkonventionellen Tätigkeit Ihrer Mutter etwas Achtenswertes gegenüberzustellen?«

»Möglich … Damals habe ich noch geglaubt, die Welt bestehe nur aus Schwarz und Weiß. Ich hatte mich immer für meine Mutter geschämt und dachte, ich könnte ihr Tun legitimieren, wenn ich das genaue Gegenteil von dem tat, was sie verkörperte. Sünde und Tabulosigkeit wollte ich Gesetz und Tugend entgegensetzen. Folglich musste ich mich zwischen Mönch und Polizist entscheiden. Sie wissen, worauf meine Wahl fiel.«

»Und Ihre Mutter hat das akzeptiert?«

»Es fiel ihr sehr schwer, aber sie war toleranter als ich. Natürlich fand sie es unmöglich, aber sie nahm es schließlich an; nutzte sogar meinen Beruf für ihre Interessen.«

»Vielleicht war es auch nur eine letzte Möglichkeit, noch Kontakt zu ihrem Sohn halten?«

Sebald blickte den Major überrascht an und nickte dann zögerlich. »Ja, so habe ich das noch nicht betrachtet. Aber das könnte eine Rolle gespielt haben. Was werden Sie jetzt in dieser Sache unternehmen?«

Der Major blickte ihn nachdenklich an. »Nun, ich werde nichts unternehmen.«

»Nichts?«

»Da Sie sich bei Ihren Indiskretionen nicht persönlich bereichert haben und wir nicht zwingend davon ausgehen können, dass Ihre Mutter dieses Wissen verwendet hat, um Straftaten zu vertuschen, sehe ich keinen Grund, auf einen weiteren meiner Mitarbeiter verzichten zu müssen.«

»Aber …«

»Kein Aber! Draußen wartet das Chaos, und wenn wir nicht

darin versinken wollen, müssen wir die Ärmel hochkrempeln und den Sumpf trockenlegen. Je mehr Fäuste zupacken, desto besser!«

Klaus Sebald räusperte sich, sah kurz zu Boden und griff dann in die Innentasche seiner Jacke. »Sie wissen es ja wahrscheinlich schon. Meine Mutter und Professor Bloomsfeld werden heiraten. Mutter bat mich, Ihnen diese Einladung zu geben.«

Der Major starrte auf den Umschlag, presste die Lippen aufeinander. Sebald machte einen Schritt nach vorne und drückte dem Alten den Brief in die Hand. »Die Trauung ist in vier Wochen. Werden Sie kommen?«

Thomas Meinhart betrachtete das rosa Rechteck zwischen seinen Fingern und starrte auf seinen mit roter Tinte geschriebenen Namen, den eine entschlossene Frauenhand aufs Papier gebracht hatte. Die Schleife des H schwebte wie eine große Wolke über Vor- und Nachnamen. Er nickte nachdenklich. »Ich werde kommen«, sagte er leise und legte den Brief langsam auf seinen Schreibtisch. Dann musterte er den jungen Kollegen. »Ihren Urlaubsantrag für nächste Woche kann ich nun ja kaum noch ablehnen. Sie werden sicher Ihre Mutter bei den Festvorbereitungen unterstützen wollen.«

»Ehrlich gesagt, nein. Die beiden wollen sich dabei gar nicht helfen lassen. Ich möchte verreisen!«

Der Major brummte etwas Unverständliches und blickte auf, ein listiges Glitzern huschte über seine Augen. »Verraten Sie mir, wohin die Reise geht?«

»Nach Ägypten. Ich muss dort etwas erledigen.«

Der Alte nickte und lächelte. »Nimmst du die Fische mit?«

»Ja, ich werde sie in ihre Heimat bringen.«

»Mmh, das ist gut.«

Meinharts Worte stockten, als ihm bewusst wurde, dass er den jungen Polizisten spontan geduzt hatte. Er dachte daran, dass die Hochzeitsfeier ein guter Anlass sein würde, offiziell zum Du überzugehen.

Hastig verabschiedete er Sebald und schloss die Tür hinter ihm, lehnte sich mit dem Rücken dagegen und sog die staubige Büroluft ein, seufzte, wie er es sich nur gestattete, wenn er allein war, und betrachtete die Ordner, in denen sich die Schicksale unzähliger Opfer und Täter mit seinem eigenen verbanden. Die Unterlagen enthielten nicht nur Abschriften, Protokolle und Obduktionsberichte, sie enthielten seine Gedanken und Träume, Befürchtungen und Ängste. Es gab nur wenig Erfreuliches in den Aufzeichnungen, und er erkannte, dass hier ein großer Teil seines eigenen Lebens niedergeschrieben war. Schließlich setzte er sich hinter seinen Schreibtisch, griff nach der Lesebrille und zog die unterste Schublade auf.

Er musste einige Sekunden suchen, bis er den Briefumschlag fand, der tief vergraben unter anderen Papieren am Grund des Faches aufbewahrt war und dessen Farbe immer noch an Flamingofedern erinnerte. Mit zitternden Händen zog er das Foto heraus, auf dem eine attraktive junge Frau mit roten Lippen kussmundwinkend vor dem Fotografen posierte. Unter dem Bild stand in schwungvollen Lettern geschrieben: »Für Thomas, meine große Liebe! Tausend Küsse von Rosamunde«. Über seinem Namen schwebte eine Wolke aus roter Tinte. Der Major schloss die Augen und begab sich auf eine Reise in die Vergangenheit.

Epilog

»Sind wir bald da? Die Stadt ist doch weit genug entfernt. Nicht, dass die zwei noch kurz vor dem Ziel die Flossen strecken!«

Hanna drehte sich um und wartete auf Klaus, der mühsam hinter ihr herstapfte. Jeder von ihnen trug einen Rucksack mit Wasser und Verpflegung.

»Keine Angst, die beiden sind robust. Immerhin haben sie schon einiges hinter sich!«

»Na, und was ist mit mir? Ich hab auch einiges mitgemacht!«

»Du weißt doch: Fische schwimmen immer gegen die Strömung. Wir müssen sie dort einsetzen, wo keine Abwässer mehr eingeleitet werden. Sonst hättest du sie auch gleich ins Klo kippen können.«

Klaus seufzte und wischte sich den Schweiß von der Stirn.

»Gleich sind wir am Ziel«, munterte sie ihn auf, und schon war sie wieder meterweit vor ihm. Der Pfad war schmal und in der Dämmerung kaum zu sehen. Die untergehende Sonne malte lange Schatten auf den steinigen Boden. Plötzlich verschwand der Boden vor ihm, und als er sich der Kante näherte, leuchtete der Nil wie eine silbrige Schlange zu ihnen hoch. Das frische Grün seiner Ufer hüllte ihn ein, und das Plätschern der Wellen war wie das Atmen eines schlafenden Riesen. Weit im Norden – und selbst aus der Entfernung noch beeindruckend – ragten die Pyramiden von Gizeh in den azurdunklen Himmel, dahinter bereitete sich die Wüste auf eine neue Nacht vor. Die Frau vor ihm stoppte so plötzlich, dass er fast in sie gestolpert wäre.

»Alles in Ordnung?«, fragte sie und reichte ihm den Arm.

»Klar, ich hoffe nur, du findest den Weg auch wieder zurück.«

»Als Kind habe ich hier oft gespielt. Es gibt nur wenige Stellen, an denen der Nil so einsam ist wie hier. Nur dieser Pfad führt hinunter ans Ufer.«

Klaus nickte und verdrängte den Gedanken, dass er nie jemanden kennengelernt hatte, mit dem er einen Teil seiner Kindheit verbringen konnte. Hanna hatte ihm im Krankenhaus ihre Geschichte erzählt.

»Was wirst du jetzt tun?«, fragte er. »Ich meine, wenn das hier vorbei ist?«

»Das, was ich am besten kann. Ich werde nach Marsa Alam gehen und eine Tauchschule gründen.«

»Was ist mit deinem Erbe?«

Sie lachte und kickte nach einem Stein. »Es gibt keins, jedenfalls kein Vermögen. Vater war bei Weitem nicht so reich, wie er immer behauptete. Das meiste von seinem Geld steckte er in seine aufwendige Forschung, den Rest hat er verprasst.«

»Dann war Marcels Plan, dich auszuschalten und sich als Alleinerbe zu präsentieren, ja völlig umsonst?«

»Mein Bruder wollte alles auf einmal: Reichtum, Glück und Ansehen. Er hat sein Schiff überladen, sodass es beim ersten Sturm kenterte und ihn in die Tiefe riss.«

Klaus suchte nach den richtigen Worten. Er musste es wissen. Das war sie ihm schuldig. Es gab keinen Richter, niemanden, der Protokoll führte. Nur die Wüste und sie.

»Da ist noch etwas, was ich dich fragen wollte.«

»Ja?«

Das Misstrauen in ihrer Stimme ließ ihn zögern.

»Als ich in deiner Wohnung war, in dem Zimmer mit deinen Tieren, habe ich etwas gesehen …«

»Und was?«

»Ich habe ein Glas mit Formalin gesehen, in dem sich etwas befand …«

»Ja?«

»Etwas, das wie ein abgeschnittener Penis aussah. Aber wie kommt das Teil in deine Wohnung, wenn Lia es gewesen war?«

Hanna blickte auf und betrachtete Klaus, ohne etwas zu erwidern. Die Sekunden rieselten wie Sand aus einer geöffneten Faust, bis Hannas Lächeln sie für einen Wimpernschlag anhielt. »Du hast sie wirklich geliebt!«

»Das ist keine Antwort!«

»Vielleicht doch. Warum suchst du nach Antworten, wenn du die Wahrheit schon kennst?«

In ihren Augen spiegelte sich die Sonne. Plötzlich verwandelte sich ihr Gesicht. Das Haar leuchtete goldgelb, und die Iris blitzte wie fließendes Wasser in dem Moment, wenn es zur Kaskade wird. Ihr Mund öffnete sich und schwebte auf ihn zu, die Lippen pressten sich auf seine, und ihre Zunge bewegte sich flatternd wie ein kleiner

Vogel in seinem Mund. Es war Lia, die ihn küsste. Dann – als hätte sie erst jetzt begriffen, was sie taten – rissen sie sich voneinander los, aus Lia wurde wieder Hanna.

»Du darfst nie wieder danach fragen! Das einzig Gute, was mein Bruder je getan hat, war, dass er Lia zuvorkam und sie so davor bewahrte, selbst zur Mörderin zu werden. Mehr kann ich dir nicht sagen. Ich habe alle Menschen verloren, die ich geliebt habe. Ich möchte nicht, dass auch du dazugehörst!«

Er fragte sich, was sie meinte. Ob sie nicht wollte, dass er zu den Menschen gehörte, die sie geliebt, oder zu denen, die sie verloren hat. Er wollte etwas entgegnen, nachhaken, Gewissheit gegen seine Zweifel und Trost für sein Herz. In Hannas Augen glitzerten Tränen, die goldene Sonnenkugel zerdrückte sich am Horizont, und die Spitzen der Pyramiden entflammten wie glühende Berggipfel und brannten ihr Abbild für immer in die Netzhaut der Erinnerung. Er wandte den Blick zum Fluss. Die Wellen vereinigten sich zu einem einzigen Strom aus leuchtender, fließender Bewegung. Atmung, Bewegung, Veränderung. Der Leib des Nils umschloss und verbarg alle Geheimnisse der Erde.

Der Sand spritzte zur Seite, als Sebald den Pfad hinabrutschte und zum Nil rannte. Am Ufer legte er den Rucksack ab und schaute sich um. Die Sonne berührte schon den Horizont, machte sich flach, als könnte sie ihr Verschwinden dadurch hinauszögern. Hanna glitt durch den aufgewirbelten Staub auf ihn zu, und für einen Moment glich sie einer Pharaonin, die durch eine Aura aus brennendem Licht schritt. Er bückte sich, öffnete den Verschluss des Rucksacks und zog die Plastikbeutel mit den Fischen heraus. Dann watete er in den Fluss und entließ die Fische in die neue Schwerelosigkeit, sah ihnen zu, wie sie sich erst zögernd positionierten, den ungewohnten Geschmack der Flüssigkeit prüften und wie zwei schwingende Pfeile im grünen Wasser des Stromes abtauchten. Er erkannte ihren Weg durch das lebendigste aller Elemente, sah den kraftvollen Schlag ihrer Flossen und das schwerelose Gleiten der schuppigen Körper.

Dann, von einer Sekunde zur nächsten, brach die Dämmerung herein und überflutete das Land mit Finsternis. Fast im selben Moment leuchteten die ersten Sterne auf, mit ihnen verwandelte sich der Nachthimmel in ein Mosaik aus strahlender Energie.

Eine Sternschnuppe verglühte. Ihr Schweif spiegelte sich im samtschwarzen Wasser und hinterließ eine funkelnde Spur. Klaus Sebald schien es, als leuchtete sie den Fischen auf ihrer Reise zurück zur Quelle.

Nachwort

Alle Personen und Ereignisse in diesem Roman sind reine Fiktion und entstammen meiner Phantasie. Gleichzeitig liegen Krux und Magie eines spannenden Thrillers immer auch in seinem engen Bezug zur Realität, in der Frage, ob Erdachtes sich manifestieren und zum Leben erwachen könnte. Manches in diesem Roman ist schon jetzt Wirklichkeit: Genetisch veränderte Aquarienfische, sogenannte GMOs (*Genetically Modified Organisms*), wurden im Jahre 2003 erstmals von der taiwanesischen Firma Taikong auf den Markt gebracht. Die lumineszierenden Zierfische sind bei Aquarianern in Amerika und Asien beliebt, da sie den Flair des Besonderen bieten. In Deutschland und vielen anderen Ländern erlauben die aktuellen Gesetze den Import von GMOs (noch) nicht. Es ist davon auszugehen, dass die Tiere regelmäßig und mit hohem Profit in die EU geschmuggelt und illegal verkauft werden.

Die Diskussion über GMOs und ihre Auswirkungen auf die Biosphäre hat noch gar nicht richtig begonnen, obwohl die Tiere längst existieren und täglich neue erschaffen werden.

Die Theorie über die aquatische Evolution des Menschen wurde vor mehr als fünfzig Jahren von Alister Hardy aufgestellt und Jahrzehnte später von Elaine Morgan weiterentwickelt. Vor allem Physiologen entdecken immer wieder faszinierende Hinweise, die Hardys Theorie unterstützen. Eine spannende Zusammenfassung über das Thema findet sich in dem Buch »Der Strom, der bergauf fließt« von William H. Calvin.

Im Gegensatz zu den Akteuren gibt es die meisten Orte in diesem Roman tatsächlich. Gebäude, Straßen, Plätze und Einrichtungen wurden von mir nur dann abweichend beschrieben, falls dies dramaturgisch nötig war.

Tiefe Einblicke – vor allem auch im wörtlichen Sinne – in die Frankfurter Kanalisation verdanke ich dem Team des Städtischen Amtes für Entwässerung und der freundlichen Unterstützung von Dipl.-Ing. Roland Kammerer und Werner Hartmann. Ohne ihre Bereitschaft, mich in den Bauch der Stadt mitzunehmen, wäre die Beschreibung der unterirdischen Welt nicht möglich gewesen.

Wertvolle Hilfestellung erhielt ich auch von Professor Dietrich Sahrhage († 2009), der geduldig meine Fragen über die

Frevlerfische und ihre Bedeutung in der ägyptischen Mythologie beantwortete.

Claudia Fenster-Waterloo danke ich für die zeitaufwendige Erledigung des Erstlektoriats und ihren unerschütterlichen Glauben an den Erfolg des Projektes.

Danken möchte ich auch Frau Dr. Christel Steinmetz für das Vertrauen in die Machbarkeit des Textes. Den Mitarbeiterinnen und Mitarbeitern des Emons Verlages danke ich vielmals für Ihre Unterstützung und Hilfsbereitschaft rund um die Buchproduktion. Besonders bedanken möchte ich mich bei Carlos Westerkamp für das professionelle und einfühlsame Redigieren des Druckmanuskriptes. Ohne seine Aufmerksamkeit wäre so mancher Fehler unentdeckt geblieben.

Meinem dichtenden Kollegen und Bruder Torsten Krüger danke ich für die pointierte Kritik und die wertvollen Verbesserungsvorschläge.

John Lennon, Bob Marley und Bruce Springsteen danke ich für ihre wunderbare Musik, die es mir immer wieder ermöglicht, durch ein Fenster in der Zeit zu schlüpfen.

Der größte Dank gilt meiner Frau Jutta Meseth und meiner Tochter Fabiola, die auf unzählige gemeinsame Stunden verzichtet haben, damit diese Geschichte beendet werden konnte.